甜蜜

影视同期书

宋方金 黄 健 著

中国工人出版社

一

这天的天气很好。田蜜是被刺眼的阳光惊醒的，睁开眼一看，明晃晃的太阳就挂在卧室的落地窗的顶角上，一束束光线恣意地穿透窗帘照在身上。田蜜懒懒地爬起床，洗漱、晨浴。这时刘得恩已经做好了早餐，上楼去叫田蜜起床，刚进卧室就听见田蜜在浴室里喊：得恩！帮我拿一下浴巾！刘得恩一边把浴巾递过去一边笑着埋怨：每次都忘拿浴巾，说了你八百回了，能不能长点记性！

田蜜洗完澡下楼的时候刘得恩已经走了。做好的早餐静静地摆在餐桌上，还冒着热气。

平常刘得恩都是跟田蜜一块吃完早餐才出门的，今天走得有些匆忙，因为早上有一个重要的会议。等他赶到办公室的时候宁新创投的沈总已经到了。沈总开门见山地说道：董事会已经做出了决定，否决了向甜蜜科技追加投资的动议。刘得恩心里揪了一下。刘得恩说：沈总，请你再争取一下。我们的前期成果你也看到了，用不了一年，我们的最新直播教育平台就大功告成了。这时候如果资金链断了，等于是前功尽弃。宁新创投作为甜蜜科技的第二大股东，于情于理，不能袖手旁观啊。沈总说：我也很想帮你，但我左右不了董事会的决定。我们是财务投资，不是战略投资，我们不关心过程，只关心结果。刘得恩沉默了。沈总又说：刘总，我提醒你一句，再有三个月，我们的对赌协议就到期了。届时如果甜蜜科技的状况没有根本性的改变，你恐怕会很被动！

刘得恩心里沉甸甸的。沈总走后，刘得恩对老戴说，我还是去趟上海吧。老戴有些吃惊，问：你要去找罗江？刘得恩点头：是。

无论对甜蜜科技还是刘得恩而言，罗江都是一个绕不过去的名字。当年，刘得恩看准了在线教育这个风口，和罗江、老戴共同创立了甜蜜科技。但仅仅过了两年，刘得恩和罗江就从最初的亲密无间变成了势同水火。简单来说，刘得恩走的是技术路线，而罗江走的是资本路线。随着公司规模的扩大，两人的分歧也越来越大直至无法调和。最终，罗江以一亿元的对价将股份全部转让给了刘得恩，退出了甜蜜科技。之后，罗江离开宁城去了上海，创办了攀梦资本。凭借着稳准狠的投资风格，攀梦资本很快声名鹊起，逐渐成为国内创投界的重量级机构之一。

刘得恩至今仍然清楚地记得罗江临走前说的话：得恩，资金链是创业公司的生命线，你这样下去甜蜜科技迟早会倒闭！没想到，罗江一语成谶。

吃过早餐，田蜜照例要练习半个小时的瑜伽，不过没做几个动作就腰酸背痛吃不消了，只好草草收工。昨天实在是太累了，田蜜有些自怨自艾，但回想起高速拦狗那一幕，田蜜还是有些小激动，没想到往常在网上看到的新闻切切实实发生了，而且自己还是重要参与者。

田蜜喜欢小动物。早年间，田蜜曾经领养过一条小狗，奈何刘得恩对狗毛严重过敏，只好忍痛把小狗送走了。虽然养不了，但是不妨碍田蜜爱狗。田蜜参加了宁城当地的一个救助流浪小动物的义工组织，叫爱宠义工团，每次义工团搞活动田蜜都很积极，出力又出钱。

昨天上午下了一阵雨，下午雨停了，天阴阴的。田蜜懒得出门，窝在家里上上网刷刷朋友圈。突然义工团微信群里发出一条消息，说据可靠消息，一辆从河南过来的运狗车预计将于四点左右过境宁城，车上有几百条狗，来源可疑，邻近某市的动保积极分子正驾车追赶，呼吁宁城的动保团体立即展开拦截行动！

微信群里顿时群情激昂，纷纷响应。田蜜想都没想赶紧换了衣服出门驾车直奔约定的拦截地点——高速宁城收费站。到那一看阵势还真不小，足足来了十几辆车、二十多人。等到约摸四点半，传闻中的运狗车果真出现了，一辆脏乎乎的大货车，车厢蒙着厚厚的帆布。众人一拥而上把大货车给拦住了，有人掀起帆布一看，车厢里数十个大铁笼子，每个铁笼子里都挤了十几条狗，经过长途跋涉，已经虚弱不堪。有人当场就掉下泪来。

运狗车司机是一对三十来岁的夫妇，模样倒是很憨厚老实。两人大概也是头一回见到这样的阵仗，紧张得直哆嗦。面对愤怒的人群，丈夫只好将妻子护在身后，嘴里翻来覆去就一句话：我有手续，我是合法的。不一会儿警察来了，警察先是劝义工们，说这车狗手续齐全，他们没权力扣留。义工们则坚持说那些手续是伪造的，这车上大多是品种狗，是被偷的家养的宠物！

眼看天色渐渐暗了，双方僵持不下，都有些焦躁。田蜜既心疼那一车苦命的狗，也有些可怜那对运狗车司机夫妇。田蜜说，这样吧，这车狗我买下了，你们出个价！

有人反对，说花钱的话等于是纵容这些狗贩子的非法贩运行为，助长狗贩子的嚣张气焰。田蜜很坚决，说这些狗狗必须马上得到救治！反对的人只好不说话了。运狗车司机想了想说，我这车狗花了两万，加上油费过路费，你给三万吧。

田蜜付了钱。一行人护送着运狗车浩浩荡荡到了一家救助基地，一直忙活到夜里将近十点才把一车狗都安置好，着实累得够呛。

整个上午义工团的微信群里都在热火朝天地议论着昨天的救助行动，大家都知道了田蜜花了三万买下一车狗的义举，纷纷夸赞。但紧接着有人提出了问题：救助基地原本资金就很紧张，现在一下子多了几百条狗，光是口粮就是一笔大数目，有些狗还需要医疗救助，同样是一笔不小的开支，亟须开展募捐活动。众人纷纷响应。

田蜜一盘算，有了主意，当即打开闺密群，艾特了刘媛、马蒂莎、秦妙雯，约她们晚上一块吃饭。消息刚发出去，李梦电话就打过来了。李梦大惊小怪地嚷嚷着：田蜜姐，这几天你又创纪录了，日均三万两千步！干什么了你？田蜜说你没看新闻啊？你上网搜一下宁城、高速拦狗就知道了。李梦说我看到那条新闻了，你也参与了？田蜜说什么叫参与啊，我主导的！我从下午四点忙到晚上十点，腿都快断了！

李梦啧啧惊叹了几句，然后话题一转：你们晚上有饭局？带上我呗。田蜜说你来可以，不许推销你的车！她们头胎二胎车都是买的你的，不会再买你的三胎车了！李梦说你以为我喜欢这样吗？我倒是也想跟你那样，每天除了做公益就是花钱，什么都不用干——我不是没那个命嘛！

李梦是田蜜在老家重庆时的邻居，比田蜜小五六岁。两人的父亲是单位同事，两家人关系不错。田蜜长得漂亮，聪明，而且能歌善舞，从小就是女神级的存在。李梦很羡慕乃至很崇拜田蜜，一直视其为自己的人生榜样。李梦最大的理想就是像田蜜一样嫁一个长得帅而且痴情专一的大款。但在理想实现之前先得养活自己，李梦选择在一家高档品牌汽车 4S 店当销售，其中一个重要理由是来她们店买车的都是有钱人，可以大大增加遇见大款的概率。

田蜜对李梦的想法很不以为然。田蜜不止一次认真地跟李梦说：我嫁给刘得恩不是为了钱，是为了爱情。李梦说钱和爱情能够兼得当然好，如果不能，我宁可选择钱。田蜜劝李梦不要太功利，李梦说：你是站着说话不腰疼！田蜜没脾气，久而久之也懒得说了。

从宁城到上海坐高铁需要两小时，刘得恩本想在高铁上好好睡上一觉养足精神，却怎么也睡不着。自从五年前罗江离开甜蜜科技后，两人就再没见过面。刘得恩想，见到罗江以后该怎么称呼他，老罗？罗江？还是罗总？想了半天，刘得恩觉得还是称呼罗总比较合适，因为这次会面不是叙旧，而是洽谈合作，确切地说，是求救。

下午两点，刘得恩准时到达罗江的办公室。跟五年前相比，罗江显得老了一些、胖了一些，但总体上身材保持得还不错。刘得恩一时间有些百感交集，罗江却很冷静，礼节性地跟刘得恩握了握手，请刘得恩落座，随后就按下了桌上的一个倒计时钟。

刘得恩想起了圈里的传说，罗江会见任何寻求投资的创业者从不超过五分钟。这么说，罗江是把自己等同于那些排队觐见他的普通的创业者了。刘得恩心里暗暗苦笑，来的路上想了半天的寒暄话语也只好省去了，直奔主题。

刘得恩说：甜蜜科技资金链断了。罗江一愣：这么快？我原以为你还能再撑一年。刘得恩说：看来你还是关心甜蜜科技的。罗江不置可否地笑笑，问：你需要多少钱？刘得恩说：两个亿。罗江想了想，说：得恩，我帮不了你。

从罗江的办公室出来，刘得恩的脚步有点飘。罗江是甜蜜科技唯一的救命稻草，现在，这最后的一线希望也破灭了。

在返回宁城的高铁上，刘得恩终于沉沉地睡着了。他做了个梦，梦见了去世多年的父母。梦中父母的面容影影绰绰的，看不清楚，刘得恩想叫爸妈，张着嘴却发不出声音来，一着急就醒了，大汗淋漓。

手机响了，一个陌生号码。刘得恩犹豫了一下还是接了起来。对方自报家门，是市中院执行局第三执行庭的刘法官。刘法官问：你和三强公司的那个借款纠纷案，三强公司已经正式向我院申请了强制执行。强制执行通知书我们已经寄给你了，请问你是否收到了？刘得恩一愣：我现在在外面出差，还没看到。刘法官，我现在正在努力筹款执行法院判决，能不能再多给我一点时间？我希望能跟三强公司达成和解。刘法官说：这个不是我个人说了算的。刘得恩说：我明白。我明天一早就跟三强公司联系，看能否达成和解。刘法官说：能和解最好。不能和解的话，我们只能采取强制执行措施了。

刘得恩挂了电话，突然感到一阵天旋地转。他靠在了座位上，闭上了眼睛，想再睡会儿，但脑子里如同千军万马奔腾着，很久才平息下来。

刘得恩想来想去，拨通了常胜的电话。刘得恩说我正在高铁上，一小时后到宁城，我们能否见一下？常胜问：什么事这么急？刘得恩说见面再说吧！

接到刘得恩电话的时候，常胜刚刚和于洋洋一道走出民政局的大门。两个人都很平静，脸上甚至还挂着笑容，丝毫看不出就在几分钟前他们正式结束了婚姻关系。

两人的婚姻维持了三年半，加上恋爱的三年半，刚好凑够了七年之痒之数。两人的相识相恋过程很简单，他们同在盛邦信托公司上班，又在同一个部门，同样天资极高，业绩极为出众，被同事们戏称为公司的金童玉女。刚开始两人其实对对方并不感冒，反倒是暗自较着劲，想在业绩上压对方一头。所谓不打不相识，慢慢地，两人开始互相欣赏，再后来就顺理成章地在一起了。

其实半年前两人就动了离婚的念头，但一直都有些犹豫。犹豫的原因是两人离婚并没有确凿的理由，没有出轨家暴之类狗血的理由，也不存在经济问题，甚至都谈不上感情不和。两人之间最大的问题是三观不同，这导致在几乎每件事情上两人都会产生分歧，继而争吵。终于有一天两人都累了，他们深刻地意识到，三观不合的两个人生活在一起是痛苦的，好比网上玩笑性质的豆腐脑甜咸之争，双方都没有对错，却水火难容。

昨天两人再度因为一件小事发生了争吵，跟往常一样吵了半天也没有结果，谁也说服不了谁。吵到最后于洋洋没力气了，瘫坐到沙发上，说：明天我们去民政局把手续办了吧。常胜想了想说：早该办了。

走出民政局的那一刻，两人心里多少有点不是滋味，但又都有种解脱的感觉。

于洋洋问：以后我们还是朋友吗？常胜说必须是啊。于洋洋说我想请你帮个忙，我们离婚的消息先别对外说。常胜奇怪，说为什么呀？是你提出离婚的。于洋洋说，你先去见客户，等晚上回家我们再谈吧。

常胜和刘得恩约在一家酒店大堂见面。刘得恩也是常胜的客户。说起来两人还是发小，两人都出身于一个叫阳光里的老社区。刘得恩身世比较坎坷，大约十岁那年因一场意外父母双亡，成了孤儿，跟着爷爷奶奶生活。爷爷奶奶当时也上了年纪，多亏了老街坊们的帮衬，总算顺顺当当把刘得恩拉扯成人。

刘得恩上了大学以后，爷爷奶奶也相继撒手人寰。从大三起刘得恩就开始自力更生了，先是帮别人写程序，积攒了一些经验和资金以后刘得恩决心创业，自己成立了一家软件公司。大四毕业的时候，刘得恩已经成为宁城乃至国内小有名气的创业明星了。阳光里的老街坊们都视刘得恩为骄傲，刘得恩也不忘本，但凡街坊们有什么需要，从来有求必应。

常胜和刘得恩算不上很熟，反倒是母亲蔡冬梅时不时提起刘得恩，一个劲夸赞刘得恩有出息如何如何，暗示常胜也应该更加努力以求上进，等等。常胜一向奉行顺其自然的人生哲学，对母亲的说教自然也没有放在心上，通常都是左耳朵进右耳朵出。

常胜和于洋洋结婚的时候，蔡冬梅邀请了很多街坊邻居参加婚礼，也邀请了刘得恩。刘得恩带着夫人田蜜去了，还送了一份重礼，这让蔡冬梅感到很有面子。婚礼上常胜和刘得恩也无暇多聊，只是交换了一下名片，说了些客气话。

婚礼过后两人也基本上没联系过。过了一年多，刘得恩主动找到常胜，办了一份一千万的家族信托。这份家族信托约定，自刘得恩去世之日起，指定受益人可以终身从这份信托中每月领取五万元人民币现金。指定受益人刘得恩填写了妻子田蜜。本来常胜还建议刘得恩说不用写具体人名，写“配偶”就可以了。常胜的潜台词是，万一将来你离婚了又再婚了呢？但刘得恩很坚决，说就写田蜜，这份家族信托就是为她办的。

这之后常胜就没再见过刘得恩，算起来有将近两年了。常胜在酒店大堂等了二十多分钟，刘得恩到了。一见面常胜暗暗吃了一惊，跟他印象中相比，如今的刘得恩显得老了许多，面容憔悴，眉头紧锁，如同一位刚刚徒步穿越沙漠的旅人，从头到尾都透着疲惫。

两人握手简单寒暄了两句，刘得恩说：我那份信托可以撤销吗？常胜有些意外，说可以撤销，但你能告诉我为什么吗？刘得恩也不隐瞒，说我现在资金链面临断裂，需要钱救急。

常胜更加吃惊了。家族信托是高净值人群也就是所谓富豪阶层为自己和家庭成员设立的财富保险箱，如果不是万不得已，很少有人会主动撤销。看样子刘得恩遇到大麻烦了。

常胜也不好多问，当即从网上下载了撤销申请书，刘得恩填好签上字交给了常胜，并一再嘱咐：请你务必明天帮我提交上去，钱能早到一天是一天！常胜应了。刘得恩告辞离去。常胜忍不住叫了声：得恩兄，保重。刘得恩转头朝常胜笑了笑，很快消失在酒店大堂出口处。

晚餐约在了六点钟，不过田蜜三点就出了门。明天是刘得恩的生日，她还没来得及准备礼物呢。送什么礼物田蜜也是绞尽脑汁，最后还是选择了一款智能手表。最近两年或许是太过劳累的原因，刘得恩的血压比较高，田蜜有些担心。这款智能手表有监测血压和心率的功能，田蜜想以后让刘得恩全天候戴着这款手表，起个提醒作用。

买好礼物，田蜜接到了母亲肖华从美国打来的电话。肖华说：蜜蜜，你爸的手术时间定了，洛杉矶当地时间下周五下午！

田蜜的父亲田加安患有严重的类风湿关节炎，需要进行关节置换手术。这类手术国内的一些大医院也能做，不过考虑到国外的康复治疗水平要高一些，田蜜和刘得恩商量后决定送父亲去美国治疗。刘得恩找朋友帮忙联系了美国一家著名的骨科医院，田蜜爸妈先行过去检查、等待手术排期，等了将近一个月终于排上了。

田蜜计划下周三飞往美国。田蜜本想给刘得恩打个电话说一下，又一想算了吧，等刘得恩晚上回来再说。

六点钟田蜜准时到达约定的餐厅。不一会儿，刘媛、马蒂莎、秦妙雯、李梦也都到了。田蜜说下午去给刘得恩买生日礼物了，众人问买的什么，田蜜起初还想保密，马蒂莎说：保什么密啊，我们家赵康也快过生日了，正发愁不知道给他买什么呢。我想参考一下。快说说。田蜜拿出那块智能手表，说这款表能测睡眠心率，能听音乐，能追踪生活轨迹，等等。

秦妙雯说我明白了，你是要追踪你老公的轨迹！田蜜说什么呀，我是想测一下得恩的睡眠，他最近老睡不好。马蒂莎倒来了兴趣，说这挺好的，我也要买一块。李梦插话：莎姐，你老公也睡眠不好？马蒂莎说他好着呢，一沾枕头就打雷。我跟田蜜不一样，说话藏着掖着，我就是要追踪一下我老公的生活轨迹！

众人都笑了。刘媛问：你跟你们家赵康都几年了，还这么没有安全感？马蒂莎说：我看过一本鸡汤书，说人一有安全感，就不安全了。李梦不失时机地开始推销：莎姐，那我建议你买款车送他。我们这款车上有行车记录仪和360度视频记录，蛛丝马迹，尽在掌握。马蒂莎笑道：车就不需要了，他的司机是我表弟，人盯人！

众人说说笑笑了一阵，田蜜绘声绘色地把昨天高速拦狗的壮举说了一遍，引得众人惊叹连连。田蜜趁机又说：这批狗狗的后续安置费还缺二十万，咱们一人出五万怎么样？刘媛等人这才明白了。刘媛说：合着你请我们吃饭就是为了募捐啊！马蒂莎也说，上个月你说那个什么救助基地没钱付房租，我们一人捐了三万，现在又让我们捐，你薅羊毛也不能老是紧着我们这几只薅啊！田蜜笑着说：你们愿意捐就捐，不愿意我绝不勉强，我坚决反对道德绑架。秦妙雯倒是看得开，说不就一个包的事嘛，我认捐。刘媛马蒂莎其实也不在乎这点钱，顺势也都答应了。田蜜开心了，端起酒杯：我代表那几百条狗狗敬你们一杯！

将近七点钟的时候，刘得恩回到了公司。一进公司大门老戴就迎了上来，期待地问：怎么样？罗江肯伸手吗？刘得恩缓缓摇头。老戴顿足：他这是见死不救啊！刘得恩说：在商言商，他不肯伸手也在情理之中。我还有一笔私人信托，一千万，明天我拿回来，先应应急。老戴说：得恩，你不要再拿自己的钱来填窟窿了。而且，这点钱也无济于事。刘得恩说：先把拖欠的老师们的工资发了吧。欠谁的钱，也不能欠这些老师的。老戴叹了口气，又道：对了，杜老师一直在等你，说有事跟你谈。

杜老师叫杜鹏，是甜蜜英语的头号名师，也是公司教研部门的主要负责人。自从公司陷入资金危机以来，陆续已有不少老师辞职，业务线也大幅度收缩。若非杜鹏全力支撑，公司的业务恐怕早就全线停顿了。

刘得恩匆匆到了办公室，和杜鹏握手寒暄了两句，故作轻松地笑着说，杜老师，下周公司会有一笔资金到账，我会优先把欠你还有其他老师的课时费结清的，你放心！杜鹏没接话，低头沉默了一会儿说，刘总，我想辞职。

刘得恩愣了一会儿，勉强笑了笑说，杜老师，不管什么原因，我还是希望你能留下来。你是甜蜜英语的总教习，你走了，人心会散的。杜鹏说，刘总，人心已经散了。刘得恩无言以对，沉默了片刻，问杜鹏准备去哪儿高就？杜鹏也不隐瞒，说北京一家专业考研辅导机构高薪聘请他去担任英语部门的总负责，他已经订好了次日一早飞北京的机票。

刘得恩黯然叹息道：人各有志。杜老师坚持要走的话，我也不能强留。你为甜蜜科技做出的贡献，我会永记在心。多余的话我就不说了。甜蜜科技的大门永远对你敞开，你随时可以回来。杜鹏说：希望会有那么一天。

两人握手告别。杜鹏离开了。刘得恩在沙发上呆坐了好一会儿，深深地叹了口气，起身向办公台走去，刚迈出几步，忽然又一阵天旋地转。刘得恩伸手想去抓住什么东西，却抓了个空，直直地倒了下去……

田蜜和刘媛等人的酒局刚刚过半，田蜜兴致正高，突然接到老戴的电话，说得恩出了点事，嫂子你赶紧去医院！田蜜顾不上多问，慌忙跟李梦一道赶往医院，见到老戴一问，老戴说刘得恩突发脑梗正在抢救。田蜜问严不严重，老戴不说话。

田蜜呆呆地坐在手术室外的椅子上等候着，大脑一片空白。也不知道过了多久，手术室的门开了，大夫和护士走了出来。老戴和李梦立刻围了上去，田蜜却呆坐着没动。她看到大夫跟老戴和李梦神情肃穆地说着什么，随即又朝田蜜走过来。大夫朝田蜜鞠了一躬，说：刘太太，很抱歉，我们没能救回刘先生。

田蜜忽然觉得身子轻飘飘的，耳边嗡嗡地响，张了张口，却什么也说不出来。李梦忍不住背过身去抹眼泪。

大夫又说：刘太太，请您节哀。有件事我必须告诉您，刘得恩先生是器官捐献者，红十字会的人马上就到，有些程序还希望您能配合一下。

田蜜没有反应。老戴哽咽着说，嫂子，我们进去跟得恩道个别吧。

田蜜呆呆地任凭老戴和李梦把她搀到更衣室，帮她穿上隔离服，进入手术室。田蜜一眼看见监测器上显示刘得恩的心脏还在跳动，一下子激动起来，一把抓住大夫的手：大夫，我先生他还活着啊！你们为什么不抢救了？啊？你们看，他的心还在跳啊！老戴，李梦，你们看，得恩还活着啊！他还活着啊！你们倒是快救救他啊！

大夫说：刘太太，刘先生是脑死亡。田蜜有些歇斯底里地喊着：我先生他的心还在跳啊。我不相信他已经死了！请你们继续救他！多少钱都可以！大夫说：刘太太，这不是钱的问题。请您相信我们，我们已经尽力了。从医学意义上来讲，刘先生已经死亡了。田蜜依旧很激动：人和人不一样的。也许他只是太累了，也许他根本不是脑死亡呢？万一他能醒过来呢？不是有很多醒过来的例子吗？舒马赫不就醒过来了吗？我要转院，转到上海，转到北京，转到美国。我要等他醒过来！

李梦含泪说，田蜜姐，你冷静冷静，姐夫醒不过来了。

田蜜呆呆地看着李梦，身子晃了晃，忽然眼前一黑，倒在了李梦怀里。

红十字会人体器官捐献协调员李红赶到医院时，田蜜才刚刚醒过来，被李梦搂在怀里坐在沙发上，眼神空洞地看着前方。

这样的场景李红经历过很多次了，类似的话也说过很多遍了，每次依然觉得难以开口。但职责在身，她不想说也得说。

李红说，刘太太，我是宁城红十字会人体器官捐献协调员李红，我代表红十字会向您表示慰问。根据刘得恩先生生前签署的器官捐献志愿书，现在已经进入器官捐献的法定程序。我们需要谈一谈。

田蜜忽然又激动起来：别跟我谈，我不想谈！刘得恩还没死，他的心还在跳！

李红说：刘太太，虽然您感情上不能接受，但医院的结论是科学的，严谨的。我需要跟您说一下，器官捐献有它的特殊性，捐献者离世后，在一般条件下，大器官要在十分钟内实现快速降温，灌注保存液，否则就没办法了。另外，脑死亡以后虽然还会有心跳，但是会很快衰竭，一旦停止心跳，就无法完成捐献了。

李梦忍不住问：如果我们不同意捐献呢？

李红说：我们充分尊重逝者的遗愿，同样也尊重家属的意愿，如果家属不同意，捐献就停止。刘太太您有拒绝捐献的权利。但作为人体器官协调员，我还是希望能完成这个捐献。因为刘得恩先生的条件非常好，能拯救好几个患者。一个很早就配对成功的北京的年轻人正在心脏衰竭抢救阶段，如果您同意，这个年轻人将有很大的可能获得重生。

田蜜沉默了一会儿，说：我想再看看得恩。

李红和李梦等人陪着田蜜再次进入手术室。刘得恩依旧静静地躺在手术台上。

田蜜从包里取出下午买的那块智能手表，戴在了刘得恩的手腕上。

田蜜痴痴地看着刘得恩，流下泪来：到今天晚上十二点，就是得恩四十岁生日了。我要让他活过四十岁，我要给他过最后一个生日……

李红看了看显示仪上越来越慢的心跳，有些焦急，硬着头皮说：刘太太，过了十二点，可能就来不及了。

田蜜依旧痴痴地看着刘得恩：得恩，还记得刚开始你认识我的时候吗，咱们老唱一支歌……田蜜唱了起来：甜蜜蜜，你笑得甜蜜蜜，好像花儿开在春风里——

众人都不忍看，别过脸去，擦拭眼泪。

田蜜唱完了那首《甜蜜蜜》，弯下身去，深情地亲吻刘得恩的额头。

田蜜在人体器官捐献确认登记表上签上了自己的名字。李红忍着泪朝田蜜鞠了一躬：谢谢您，刘太太。

医护人员举行了一个简短而肃穆的仪式，众人分列在手术台两侧，向刘得恩遗体深深地鞠躬。李红默默用手机记录下了这一刻。

手术室外，田蜜泪如雨下。

二

常胜和刘得恩分手之后就回了家。路上经过一家蛋糕店，常胜想了想，去店里买了一个小蛋糕，让店家在上面写上一行字："一别两宽，各生欢喜。"

回到家，常胜简单做了几个菜，开了一瓶红酒。于洋洋如往常一样还在忙工作，发邮件、发微信、打电话几乎一刻不停，似乎都忘记了常胜的存在。常胜不得已干咳了几声，于洋洋这才反应过来，连忙道了声歉，坐到了餐桌上。

两人碰了碰杯，吃了几口菜，常胜问：你下午说先不对外公布我们的离婚消息，为什么？

于洋洋说：咱们公司马上就要人事调动了，这次我很有希望提拔为副总。等提拔完，不管什么结果，咱们再公布。怎么样？常胜说：我认为公布不公布，和你提拔不提拔，没有必然关系。于洋洋说：我还是希望不节外生枝。多一事不如少一事。不过，如果你不同意，我也同意你的不同意，咱们就公布。——这是我作为你曾经的妻子，对你提的最后一个生活请求。常胜想了想说：好吧，那就等人事调动结束。我现在也不知道怎么跟我爸妈开口，先瞒一阵也好。在正式公布之前，你还是住这儿吧。于洋洋说：谢谢你。

说完两人陷入了短暂的沉默。空气中不自觉地弥漫起一种忧伤的气氛。

还是于洋洋先开了口：你就没什么对我说的吗？

常胜说：如果要说，就一句话，洋洋，你太拼了。于洋洋说：我觉得我拼得还不够。常胜苦笑：我们俩认识到现在七八年了，我就几乎没见你休息过，每天就是工作工作——这难道是你想要的生活？

于洋洋说：当然不是。我理想的生活是有一栋大大的房子，每天就是逛街、购物、旅行，闲下来看看书、听听音乐，再生两个孩子，养一条狗。——不过，这一切的前提是要实现财务自由。在实现财务自由之前，不足以谈生活。

常胜苦笑：看样子我让你很失望。

于洋洋说：我没有责怪你的意思。每个人有每个人的选择，安于现状也没什么不好。只不过，我不甘心。

常胜举杯说：那就祝你早日实现财务自由的理想吧。

于洋洋也举起杯来：祝贺我们告别了这段错误的婚姻。

常胜说：没那么严重，我觉得不是错误，是个误会。

两人碰杯。

常胜次日一早要去上海，替周先生参加一场拍卖会，所以早早就上床睡了。临睡前他想起刘得恩的事情，于是拿出刘得恩那份撤销申请书交给了于洋洋，嘱咐于洋洋第二天一上班就帮他递交上去。

周先生是周氏集团的掌门人，多年来稳居宁城首富之位。周氏集团靠商业地产起家，近几年则逐渐向文旅行业转型。常胜日常喜欢写一些财经和理财方面的文章，还创建了一个微信公众号，叫“常胜赢家”，几年下来也积攒了数万粉丝。大概是前年，周氏集团突然被爆出大量出售旗下资产，业界纷纷传言周氏集团资金链断裂，不得已断腕求生，等等。常胜当时在公众号上写了一篇文章，先从财务角度分析了一番，认为周氏集团资产负债率完全在可控范围内，不存在资金链断裂之虞，继而判断这是周氏集团有意识地放弃过去的重资产战略的转型之举。

文章发表以后引起了一定的反响，不过常胜也没往心里去。没想到某一天突然有人给他打电话，自称是周氏集团董事长办公室的，说周先生看了常胜那篇文章，想跟常胜见面聊一聊。那次具体聊的什么常胜已经不记得了，总之两人聊得很投机。后来周先生又主动约常胜聊过几次，一来二去两人就成了忘年交。

常胜恪守君子之交的原则，从不主动打扰周先生，也从不主动向周先生推介自己公司的业务，也因此更得周先生的欣赏和信任。渐渐地，周先生会偶尔请常胜帮忙处理一些私人事务，比如这次的拍卖会。

这是一场翡翠艺术品专场拍卖会，其中最贵重的一件拍品是一条翡翠帝王绿项链，起拍价一千万，专家们预估成交价在两千万以上。常胜此行的任务就是把这条项链拍到手。周先生只交代了一句话：五千万以内，不用向我请示。有了这句话，常胜在拍卖场上就有了底气。竞拍的过程很激烈，五位买家轮番叫价。叫到两千万时，两位买家退出了。叫到三千万时，又一位买家退出了。很快叫到了三千五百万，另一位买家犹豫了。等拍卖师喊到“三千五百万第二次”的时候，常胜举牌了：四千万！

常胜的策略显然很有效，那位叫价三千五百万的买家很诧异地打量了常胜好一会儿，最终没有再举牌。拍卖师鼓槌落下的那一刻，常胜松了口气，这趟上海之行总算不辱使命。

拍卖会结束后，在常胜和公证处人员的共同见证下，拍卖行工作人员郑重地把那条翡翠帝王绿项链装进保险箱里，贴上了封条。常胜给周先生打电话汇报了一下情况，说拍卖行会在一周内派专人把项链送至他府上。

忙完已经接近中午了。于洋洋打来电话，说你怎么不回我微信？常胜说我刚忙完没顾上，什么事？于洋洋说，刘得恩死了！常胜愣了好一会儿：不可能！我昨天傍晚还跟他见了面的！于洋洋说，你看我给你发的微信吧！

常胜挂了电话连忙打开微信查看。于洋洋给他发了一篇新闻，标题是：《突发！甜蜜科技创始人刘得恩昨夜猝死》。常胜打开新闻看着，一时有些难以置信。

田蜜一整夜没睡，在沙发上呆坐到天亮。李梦一直陪在身边，一步都不敢离开，生怕田蜜出什么意外。

八点多钟的时候，刘媛和马蒂莎、秦妙雯来了。三人对刘得恩的去世都很震惊难过，陪着田蜜掉了几滴眼泪，说些宽泛的安慰的话就告辞了。李梦给公司经理打电话谎称自己病了，请了几天假陪田蜜。

老戴打来了电话，请田蜜到公司来一趟。这时有关刘得恩过世和甜蜜科技资金链断裂的传闻已经在网络上传开了，下一步该怎么办，公司必须拿出对策来。刘得恩是公司第一大股东，他去世了，按照公司章程，他名下的股份以及董事长、法人代表的职位应该由田蜜继承。何去何从，老戴不敢擅专，虽然明知田蜜目前还处在巨大悲痛之中，也只好请她过来主持大局。

李梦陪同田蜜去了甜蜜科技。事到如今老戴也只能实话实说了。老戴说甜蜜科技目前已经资不抵债，离破产只有一步之遥。他正在跟几个主要的债权人沟通和协调，计划引进新的投资人来接盘甜蜜科技，避免进入司法破产程序。目前最紧迫的任务是稳定军心，所以想马上对外发一个声明，由田蜜接任甜蜜科技董事长，公司一切业务照旧云云。

田蜜听完沉思了良久，说：我不懂经营，当不了董事长。老戴，得恩走了，你就是公司的主心骨，公司的事务就全权委托给你吧。

老戴想想田蜜说的在理，目前的乱局，田蜜进来对公司毫无帮助。再说，自己和刘得恩亲如兄弟，这时候理应担负起责任来。

田蜜签署了一份《股权托管协议》，委托老戴担任甜蜜科技代理董事长，并全权代行股东权力。签完字，田蜜说：老戴，拜托你了。老戴眼睛也红了，说嫂子你放心，我会尽最大的努力。甜蜜科技是得恩和我多年的心血，我不想让它就此夭折。

老戴又带着田蜜和李梦去了刘得恩的办公室。办公室墙上挂着电影《至暗时刻》的海报，海报旁边贴着丘吉尔的一段名言：

没有最终的成功，也没有致命的失败，最重要的是继续前进的勇气。这种精神与信念，正是人类社会穿过一个个幽暗的时刻，最终迎来光明的保证。——丘吉尔。

另一面墙上挂着一个飞镖盘，飞镖盘印的是刘得恩本人的脸，上面扎了十几支飞镖，其中一支飞镖正插在刘得恩的眉心。

田蜜心疼地看着那张伤痕累累的脸，上前将飞镖一支支摘了下来。

田蜜在桌子抽屉里发现一个日记本，扉页上写着四个大字：创业笔记。在这四个字下方又写了一句话：我不想谢幕。田蜜深情地抱着日记本入怀。

李梦帮田蜜收拾好刘得恩的遗物，陪同田蜜返回别墅。到了门口，却见路边停了几辆法院字样的警车，几名法官和法警等候在一旁。田蜜的心猛地沉了下去。

领头的法官确认了田蜜的身份，掏出了证件：我们是市中院执行局第三执行庭的。一年前，刘得恩以这栋房子为抵押，向三强担保公司借款一千五百万元，期限半年，月息百分之二。但到期后刘先生并未按合同约定还款。三强担保公司因此向本院起诉，本院依法受理了此案，目前判决已经生效。鉴于刘先生一直拒绝履行法定的还款义务，三强公司特向我院申请强制执行。由于被执行人刘先生突然去世，三强公司又紧急向本院提出申请，追加田蜜女士为被执行人。

田蜜木然地不说话。

李梦急了：法官同志，刘得恩欠的债，跟田蜜有什么关系？而且这钱刘得恩都花在公司上了，凭什么让田蜜还？而且刘得恩尸骨未寒，你们就上门执行，也太不人道了吧！

法官说：根据法律规定，在夫妻关系存续期间所发生的债务都属于夫妻共同债务，田女士有连带偿还责任。三强公司提出的申请符合法律程序，我们也是依法执行。

法院工作人员们将一张《查封公告》贴在了大门上。又仔细盘点房间内的物品，诸如家具家电等贵重物品均逐一贴上封条，登记在册。末了又没收了田蜜的车钥匙。

最后法官说：本院将按照法律程序进行后续拍卖事宜。在此之前，田女士可以继续住在这里。如果田女士不服裁决，可以向本院提起申诉。

田蜜依旧不说话。李梦愤愤地嚷着：我们一定会申诉！

阳光里小区的得恩广场上，蔡冬梅领着张秋菊等一群中老年妇女跳着广场舞。这个广场是当年刘得恩出资捐建的，各种运动器械一应俱全，是阳光里小区居民们主要的锻炼和休闲场所。广场一侧的两棵树之间拉起了一条大红的横幅，上面有几个大字："激情阳光里 誓夺得恩杯！"横幅右下角还有一行小字"阳光里小区舞蹈队宣"。

蔡冬梅是小区舞蹈队的队长。蔡冬梅年近六十，但看上去比实际年龄要年轻得多。蔡冬梅是个闲不住的人，小区里但凡有什么事她总是第一时间参与其中，热心张罗，久而久之便成了小区退休老头老太们的核心人物。

得恩杯社区广场舞大赛已经举办到第三届了。当初街道要举办广场舞大赛但缺乏经费，蔡冬梅找到刘得恩拉赞助，刘得恩爽快地答应了，自掏腰包拿了十万块钱，广场舞大赛就此被命名为得恩杯。第一届阳光里小区拿了冠军，第二届只拿了个亚军，冠军被隔壁的白云里小区拿去了。这让阳光里小区的居民们很憋气。用蔡冬梅的话说，刘得恩是从咱们阳光里小区走出去的企业家，以他命名的得恩杯竟然落到外人手里，这是咱们的耻辱！因此，今年的比赛大伙儿都憋了一股劲，从年初开始就日日坚持训练，一心要夺回得恩杯一雪前耻。

每天练完舞，蔡冬梅照例要和几个老伙伴到自家的棋牌室玩几圈麻将。棋牌室是蔡冬梅的老伴儿常子龙退休以后开的，是小区老街坊们休闲喝茶聊天的据点。常子龙是个慢性子，说话做事总是慢条斯理、不急不躁，脾气也好，从来没见他跟别人红过脸。蔡冬梅喜欢热闹，常子龙则喜欢看热闹。就拿打牌来说吧，常子龙从不参与，但每次蔡冬梅打牌的时候，常子龙总是搬把椅子镶在旁边观战，一看就是一下午。有时候有人要上厕所或者临时有事，想让常子龙替几把，常子龙总是坚决摆手拒绝，绝不为所动。

蔡冬梅有几个固定的牌搭子，张秋菊、康哥和李明白。张秋菊是蔡冬梅的铁杆闺密，也是舞蹈队的副队长，两人平常基本上是焦不离孟，孟不离焦。李明白和常子龙有点像，不怎么爱说话，口头禅是“我明白了”，久而久之得了个“李明白”的外号，真名叫什么倒没几个人记得了。康哥则是一个异类。论岁数康哥也快六十了，但还是成天烫着卷发，穿着花里胡哨的衬衫和鞋子，热衷健身，喜欢一切新生事物。康哥最忌讳别人说他老，但凡有人叫他“康叔叔”或者“康伯伯”，康哥就立即纠正：我还年轻着呢，别叫叔，叫我康哥！

这天的牌局有些平淡，常子龙看了一会儿觉得没意思，就拿起手机看看新闻什么的。常子龙注意到常胜发了一条朋友圈，常胜转发了有关刘得恩去世的一篇文章，发了几个蜡烛的表情。常子龙打开文章瞄了几眼，脸色大变。

蔡冬梅正要打出一张牌，常子龙大喝一声：停！吓得蔡冬梅一哆嗦。常子龙把手机往蔡冬梅眼前麻将桌中间一放：你看！蔡冬梅定睛看了看，看见了“刘得恩”“猝死”等字眼，顿觉天旋地转，手中的麻将牌“啪嗒”掉到了桌上。

高铁上，常胜不停地刷着微博和朋友圈，有关甜蜜科技和刘得恩的消息铺天盖地，在哀叹刘得恩英年早逝的同时，也大量揭示了甜蜜科技面临的困境。据称，甜蜜科技目前负债高达三四个亿，业务几乎陷入停顿，管理层人员和核心人才也流失殆尽，处于破产的边缘。随着刘得恩的意外离世，甜蜜科技恐怕是避免不了破产的结局了。常胜不自觉有些感伤。生命无常，昨天还见面聊天，好好的一个人，怎么就走了呢？

常胜下了高铁，打了辆车正往公司赶，接到了常子龙的电话。常子龙说出大事了！你妈要跳楼！常胜吓一跳，问父亲：怎么回事？您又跟我妈吵架了？常子龙说跟我没关系，刘得恩死了！常胜纳闷：我妈再喜欢刘得恩也不至于到这份上吧？刘得恩死了她也不活了？常子龙说我也搞不清楚，你赶紧回来吧！

常胜来不及多问，赶紧叫司机掉头赶往阳光里小区。

常子龙家里此刻乱成一团，包括张秋菊、康哥、李明白等人在内的十几个老街坊，有的压肩有的按腿，把蔡冬梅死死地按在了沙发上。蔡冬梅一边拼命挣扎一边哭喊着：让我去死吧！我不活了！李明白说：你不活了，我们的钱怎么办！张秋菊也说：你要死也不能今天死，否则我们说不明白了！

常胜急忙忙到了家，一进门吓了一跳。客厅里坐了十几位街坊叔伯阿姨，蔡冬梅这会儿也没力气了，半躺在沙发上哼哼着。

蔡冬梅看见常胜一下子坐起来：好！儿子，你回来了，我看见你了！现在让我去跳楼抵罪吧！

众人慌忙又按住蔡冬梅。

常胜说：妈您别闹，您倒是说说，为什么要跳楼啊？

蔡冬梅带着哭腔：我没闹，是我让大伙儿把钱扔得恩那儿的！我还不起，我死了算了，一了百了！你们别拦我！

常胜还是摸不着头脑：什么钱？怎么跟刘得恩扯上关系了？

在众人七嘴八舌夹杂不清的叙述中，常胜终于搞清楚了来龙去脉。原来，就在一个月前，蔡冬梅为得恩杯的事情找到刘得恩，讨要赞助款，刘得恩二话不说就让人给开了十万块的支票。两人又闲聊了几句，蔡冬梅感慨地说现在物价涨得快，银行利息低，钱越来越不值钱。刘得恩说他们公司经常需要找别的机构拆借资金用于周转，利息比银行高不少，蔡阿姨要是有余钱可以借给他。也是赶巧了，蔡冬梅买的银行理财刚好到期。蔡冬梅一寻思，存哪儿不是存啊，得恩又是自己人，摊子铺得大，就把那钱从银行取出来，借给了刘得恩，利息一个月两分，按月支付。

有一天蔡冬梅和张秋菊等人打牌的时候，蔡冬梅就把这事说了，还鼓动张秋菊也把钱存到刘得恩那去。张秋菊本来心里也犯嘀咕，说这些年报纸上电视里没少见这样的事儿，说是利息很高，到最后本钱都拿不回来。蔡冬梅说：得恩，得恩，他得的是咱们的恩，别说他不是骗子，他就是，也不会骗咱们！得恩广场谁给建的？得恩杯谁给赞助的？得恩那孩子是我们这帮老街坊看着长大的，现在已经是大老板了，能骗你这点小钱？

张秋菊一听有道理，刘得恩骗谁也不会骗咱们这些叔伯阿姨啊。于是也把自己辛苦存的养老钱拿了出来，借给了刘得恩。消息传开了，陆续又有几个人加入了进来。谁曾想，这还不到一个月，刘得恩就出事了！

常胜问：刘得恩一共欠你们多少钱？

众人纷纷拿出借据来。常胜一看，最高的是母亲蔡冬梅和张秋菊，都是一百万，其他的从十万到五十万不等，加起来一共五百八十万。

张秋菊说：常胜，不是我们为难冬梅，要不是冬梅当时拍胸脯打保票，我们不会跳这个坑的！

胡春丽也说：我们投进去的，都是我们的棺材本儿。一听说刘得恩死了，我站都站不起来了。我们来找冬梅，冬梅上来就要跳楼，没打算认这个事儿。

蔡冬梅说：我怎么认？我跟常子龙一辈子攒下的一百万也扔进去了。我就是想还也还不起！

胡春丽说：还不起，你也得给我们个说法！

常胜赶紧打圆场：各位叔叔阿姨，你们冷静一下，刘得恩死了，不代表债务就不存在了，他还有公司，还有家人。我这两天先去摸一下情况，再给大家一个答复。各位叔叔阿姨现在先回去好吗？

老马说：不行，别跟我们玩缓兵之计，我们现在就要说法！

常胜无奈地说：这样吧，我把我们家房本抵押给大家！蔡冬梅急了：儿子，你这是要我的命啊。常胜说：总比你现在要跳楼好！

众人商议了一番，也只好这样了，真逼出人命来谁也落不着好。康哥自告奋勇由他来保管房本，还立下了收据。

众人吵吵嚷嚷地散去了，剩下常子龙、蔡冬梅、常胜三人大眼瞪小眼。

常胜忍不住责备母亲，你把钱借给刘得恩，这么大的事怎么不跟我商量一下呢？常子龙说她连我都没说！蔡冬梅哭丧着脸抓住常胜的手说：儿子，你想想办法，怎么帮大伙儿把钱给追回来，要不然我真没法活了！

常胜安抚完母亲，迅速赶往公司，调出刘得恩那份家族信托，找到田蜜的电话打了过去。

法院的人走后，在李梦好说歹说之下，田蜜终于喝了一小碗粥，又去睡了一会儿，虽然只睡了不到一个小时，总算恢复了一些精神。

田蜜努力整理着纷乱的思绪。得恩去世了，甜蜜科技快要倒闭了，房子车子都被查封了，一夜之间，她一无所有了。为什么会这样？为什么这一切会落在她的头上？没有人能给她答案。

这时电话响了，是个陌生号码。田蜜接起来，对方自我介绍说是盛邦信托的，叫常胜，并说刘得恩先生有一些遗留的财务问题需要跟她当面谈谈。田蜜听到盛邦信托几个字一激灵，说那你现在过来吧！

田蜜想起来了，一年多前刘得恩跟她说过，他特意为她办了一份家族信托，总额有一千万。有了这份家族信托，以后万一他出了什么事，田蜜的生活起码能有个依靠。当时田蜜还嗔怪说，不许胡说八道，我们说好要一起活到一百岁的！可谁曾想，言犹在耳，但斯人已去。

常胜打完电话就驾车去往田蜜的别墅，到了门口正要按门铃，看到大门上贴的《查封公告》，有些吃惊。

李梦把常胜迎进门。常胜先寒暄了几句，说我们见过一次，在我的婚礼上。田蜜想起来了，常胜是刘得恩的街坊。刘得恩无数次跟她提过阳光里，提过那些热心善良的街坊们，他说除了田蜜以外，那些街坊们也都是他的亲人。田蜜又想起来，她和刘得恩结婚的时候，好多阳光里小区的街坊都去了。得恩没有父母，有个姓蔡的阿姨夫妻俩就主动担当起了得恩父母的角色。田蜜还记得那位蔡阿姨在婚礼上说：以后田蜜就是咱们阳光里的儿媳妇了！谁敢欺负她，就是我们整个阳光里的敌人！大家都笑成一团……

田蜜胡思乱想着，李梦按捺不住了，问常胜：刘得恩是不是留下了一份家族信托？那笔钱什么时候能给到田蜜手上？

常胜说：我今天来主要就是想跟田女士交代一下这件事。那份家族信托已经撤销了。

不光是李梦，田蜜也大惊失色。

田蜜问：为什么撤销了？什么时候撤销的？

常胜如实回答：就是昨天下午。得恩找到我，说公司资金紧张需要周转，想先撤销家族信托，用这笔钱来救急。

李梦说：他不知道自己会出事他才会撤销啊。他现在出了事儿，你应该把这个撤销赶紧撤销！你看见这些封条没有？田蜜的房子、车子、银行卡都被法院查封了，如果家族信托也撤销了，你让田蜜以后怎么活啊！

常胜说：对不起，发生这样的事情我也很遗憾，但我爱莫能助。

刚刚泛起的一丝希望又破灭了，田蜜的心又往下沉了沉。李梦还想跟常胜掰扯几句，田蜜阻止了，说谢谢你大老远跑一趟，梦梦你送一下常先生吧。

常胜却坐着没动，说我还有一件事要跟田女士交代一下。说着从包里拿出一摞借据的复印件和债务统计表，放到田蜜面前：这是刘得恩生前留下的一些借据。

田蜜惊疑，拿起借据看着：蔡冬梅，张秋菊……这些都是什么人？

常胜说：蔡冬梅是我妈。其他的都是阳光里小区的老街坊。

李梦问：一共多少钱？

常胜说：五百八十万。

李梦突然激动起来：这些债是刘得恩欠的，刘得恩借这些钱，田蜜姐根本不知道，这些钱不算夫妻共同债务，跟田蜜没关系！

常胜说：算不算夫妻共同债务，还要看具体的事实和法律规定。

李梦说：那你们去告好了！反正这些债务田蜜绝对不会认！

田蜜开了口，说：我认。得恩欠的钱，我该还，必须还。得恩留下的，好的，坏的，我都要承受。

李梦想说话却被田蜜阻止了。田蜜又说：常先生，请帮我转告几句话给那些叔叔阿姨。

常胜打开手机录像功能，对准了田蜜。

田蜜对着镜头，泪水在眼中打着转，说：阳光里小区的叔叔阿姨们，我是得恩的妻子田蜜，得恩欠了你们的钱，对不起了！你们了解得恩，我也了解他，他的本意不会是欠钱不还，只是突然出了意外。你们放心，夫债妻还，这账，我认。刚才我想让常先生转达，但后来我怕没凭证给你们。这段视频就算我的保证。再次说声对不起！

田蜜深深地鞠躬，泪水悄然滑落。

张秋菊、李明白、胡春丽等一众债主从蔡冬梅家里出来后也没心思回去，聚在一起七嘴八舌地商讨对策。康哥是哪有热闹往哪儿凑，也夹在中间不时插几句。

胡春丽说我们怎么运气那么背呢？上个月才把钱借出去，一分钱利息都还没见着人就走了！

张秋菊也很沮丧：别提了，本来我是没打算借，怕上当受骗，但看到冬梅这么积极，又再三拍胸脯，以为应该不会出岔子，谁知道……我肠子都悔青了！

胡春丽说怎么办哪？我那三十万是家里的药匣子啊！留着买药治病用的。

李明白说：我就不明白了，刘得恩好好的一个公司，怎么说垮就垮了呢？

众人一合计，这事还得着落在蔡冬梅身上。她跟刘得恩最熟，借钱的事也是她挑头的，不管怎么样，蔡冬梅脱不了干系。

胡春丽说：也不知道常胜打听到什么消息没有，我们得再去冬梅家去看看。康哥赶紧阻拦，说别去了，冬梅已经被你们逼得要跳楼了。她都把房本拍我这儿了！你们急什么？张秋菊一把推开康哥：没你的钱，你可不是不着急吗！

蔡冬梅这会儿正躺靠在沙发上，闭着眼睛，额头搭着毛巾，有气无力地说：老常啊，你给常胜打个电话，问问他，情况了解了没有，到底怎么回事啊……常子龙没好气地说：我不打！你自己惹的事你自己解决！蔡冬梅说：常子龙，一家人不要两条心。家里大事小事你都不上心，出了事就知道怨我！常子龙说：不怨你怨谁？成天除了打牌就是跳舞，早叫你把家里的账交给我管，你就是不乐意。要交给我管，哪会有这些事！

蔡冬梅腾地翻身坐了起来，说：你想管账？这可是你说的啊！行，从今儿起，家里的账就归你管！常子龙说：钱都没了你才让我管账，这是让我管要账吧？蔡冬梅赌气说：我还是死了算了！

两人正吵着，有人敲门。常子龙以为常胜回来了，赶紧去开门，张秋菊、康哥等人蜂拥进来了。

常子龙说：唷，大家伙儿怎么又来了？张秋菊说：我们不放心哪！冬梅！

蔡冬梅误会了，以为张秋菊说的是不放心她，很感动：哎，谢谢你们。还是咱们老姐妹情深哪！比自家人都贴心！张秋菊说：冬梅，咱们老姐妹是情深，所以刘得恩这事，你得给大家交个底。蔡冬梅不解：交什么底呀？没有底。老马忍不住说：交不了底就交代呗。蔡冬梅愣了下：交代？交代啥？老马：是你鼓动我们把钱借给刘得恩的！你是不是托儿啊？蔡冬梅一下子急了：你怎么说话的呢！谁是托！你说谁是托！老马不客气地说：说的就是你！

一群人又吵作一团，康哥和常子龙两头劝却怎么都劝不住。还好这时候常胜回来了。常胜一看这架势，一着急跳上了茶几，大喊一声：我见到刘得恩老婆了！

这一招果然很灵，众人立刻安静了下来，但随即又七嘴八舌地问：到底怎么回事？你查清楚了没有？刘得恩老婆怎么说？什么时候能还我们的钱？

常胜说你们自己看吧！

常胜掏出手机打开给田蜜拍的视频，众人凑近看着。看完了蔡冬梅一拍巴掌：太好了。她愿意还！看到了没？你们还吵吵啥！张秋菊说那她啥时候还啊？常胜说这个得再具体商议。她目前有还款意愿，但没有还款能力。

众人顿时失望了。胡春丽说：那不是白说嘛！常胜说不能这么说，她愿意认这个账，总比不认好。张秋菊问：常胜，那咱们现在怎么办？常胜说：大家先耐心等几天。——刘得恩刚去世，田蜜作为妻子，她的心情我想大家也能理解。过了这个节骨眼儿，我再找她谈一下，看能不能拿出一个解决办法。

众人有些不甘心，但想想也无可奈何，只好纷纷散去了。

三

常胜回到家已经天黑了，于洋洋也刚回来。常胜给自己下了碗面，于洋洋则叫了份外卖。常胜边吃面边告诫于洋洋：别老吃外卖，对身体不好。于洋洋说那你怎么不给我做饭啊？常胜说你昨天说了，以后咱们虽然住在一起，但各管各的。我充分尊重你的意见。于洋洋白了常胜一眼懒得说话了。

常胜简略讲了一下今天发生的种种事情。于洋洋说，就你妈那性格，上当受骗是必然的事。这事你最好别插手。常胜说我不管的话搞不好还要出人命！

常胜忽然想起家族信托的事，问于洋洋：刘得恩的撤销申请你递交上去了吗？于洋洋说：刘得恩人都不在了，干吗还要撤销？常胜说刘得恩签了字就具备法律效力，就应该撤销。于洋洋说：这事就我们俩知道，你不提交上去不就行了？常胜说刘得恩是我的客户，我得完成他的委托！

于洋洋耐着性子说：我们盛邦信托的信条是受人之托忠人之财。刘得恩做这一千万信托的受益人是他太太田蜜，他希望他出了意外之后，能保障田蜜的生活。这就是他真实的想法。我们应该尽可能忠于并实现他的这个想法。这才是受人之托，忠人之财。

常胜说：可是他已经撤销了！

于洋洋说：那时候他不知道自己会猝死。他如果知道自己会猝死，他一定不会签这个文件。你要明白并理解客户真正的想法。甜蜜科技现在欠着很多钱，一旦撤销，这个钱就马上会被划走，刘得恩最早想保障家人生活的想法永远不可能实现了。

常胜说：程序正义比揣摩想法重要得多！我们手里拿着他的签名撤销申请，就必须完成这个撤销。一个社会只有程序正义，才能有长远的未来！

于洋洋说：所以你就牺牲你的老街坊老朋友的利益？你知道你这么做会把他太太田蜜推向万丈深渊吗？常胜说：恐怕我牺牲的不是我的老街坊老朋友的利益吧。于洋洋说：你什么意思？常胜说：我也牺牲了你的利益——这一千万是在你的基金池中管理。

于洋洋再也按捺不住怒火了，站起身来：常胜，你这是在侮辱我！我在跟你讨论，我们应该忠于客户真实的想法。我们应该保障他家人的利益！常胜说：对不起，我不能销毁刘得恩的签字，这不是我一个信托人员该干的事儿。我绝不违背我的职业道德。这是我的底线！于洋洋说：你首先是一个人，其次才是一个信托人员。你以为给刘得恩撤销了这个申请你就有职业道德了？那道德呢？把他的家人推向深渊就是你的道德吗？

常胜也怒火中烧：于洋洋，我永远跟你说不明白，一件事就是一件事儿，你不要扯另一件事儿。这件事儿，只关乎职业道德！刘得恩是我的客户，这笔信托是我经手的，我的客户已经签了字，我要求撤销。否则我会向公司投诉！

于洋洋很无语地看着常胜说：常胜，你知道咱们为什么会离婚吗？你一点儿同情心都没有！常胜说：弄虚作假就叫同情心吗？信托撤销跟咱们离婚有什么关系？你把一件事儿变成了三件事儿了！于洋洋说：好。那就只说这一件事儿——明天我给你办，但你肯定会后悔的！

于洋洋大步回自己房间去了。

常胜悻悻然地去洗了个澡。奔波了一天累得够呛，加上跟于洋洋又吵了一架，更加疲惫。洗完澡，常胜就躺到了床上，想把今天发生的事情好好捋一捋。

要说整件事的责任还在刘得恩。常胜相信刘得恩不会故意去骗那些叔伯阿姨的钱，他可能是实在山穷水尽了不得已才四处借钱。现在他人已经没了，责怪他毫无意义。田蜜虽然答应还债，但以她的现状，恐怕还债只是一句空话。但如果不把这些债务要回来，那些叔伯阿姨们肯定不会罢休。田蜜挺可怜的，但那些债主们也很可怜，好多人都是一辈子积攒的养老钱，就这么没了。世事无常啊！昨天刘得恩还活着，今天就走了。昨天于洋洋还是自己的妻子，今天已经成前妻了。还是走一步看一步吧。常胜不自觉有些怅然。

田蜜晚上依旧只喝了一小碗粥。李梦劝田蜜多吃点，说这样下去你身体垮了怎么办呀？你不为自己考虑，也得考虑一下你爸妈吧！

田蜜忽然想起爸爸这周五就要做手术，自己本打算过去陪他们的，现在肯定是去不了了，得告诉他们一声。田蜜想得恩的事该不该瞒着他们，等爸爸手术完了再说。李梦劝田蜜说，瞒是瞒不住的，早晚要说，不如早说，但是欠债的事情可以晚一点再说，免得二老担心。

田蜜觉得有道理，犹豫着拨通了母亲肖华的电话，刚开口叫了一声“妈”就泣不成声。肖华和田加安听到女婿去世的消息如雷轰顶。田蜜强忍悲痛安慰爸妈不要担心自己。肖华和田加安本想放弃做手术赶回国内，田蜜极力劝阻。肖华和田加安最终还是决定做完手术完成第一阶段康复治疗再回来。

挂了电话，田蜜暗暗对自己说：田蜜，为了你爸妈，你也要坚强起来！

田蜜想洗个澡早点睡觉。洗着洗着，田蜜习惯性地喊了声：得恩！帮我拿下浴巾——话刚出口，田蜜猛地回过神来，得恩永远不在了。巨大的悲伤终于从心里涌了上来，田蜜像个孩子一样无助地放声痛哭。

第二天田蜜早早就起来了，还特意化了点妆，看起来精神好了一些。李梦做了点简单的早餐，两人吃着吃着，田蜜忽然想起，前天得恩给她做了最后一顿早餐，自己却没顾上吃就走了。从今往后，她再也吃不到得恩给她做的早餐了。想着想着，田蜜又有些伤心。

这时门铃响了。李梦去开门。李梦问谁呀？外面的人说送快递的。李梦打开门，三名男子闯了进来。三个人都西装革履，却面色不善。其中一名中年男子自我介绍叫万百千，是刘得恩的老朋友。听说刘总不幸去世，所以过来探望一下。万百千假惺惺地安慰田蜜说：刘总英年早逝，实在是可惜。不过生死有命，富贵在天，您也别太伤心了。接着万百千话题一转说，之前我跟刘总之间有点账还没清，这次冒昧上门就是想跟田女士商量商量，看怎么处理。

万百千说着从包里掏出一份《借款协议》，往桌上一拍。

田蜜和李梦都有些惊疑，拿起借款协议看着。一看之下李梦叫了起来：本金两百万，一个月利息就要二十万——你这是高利贷！

万百千说：我这还没算违约金呢。看在刘总跟我是老朋友的分上，违约金就免了。

田蜜认真看了一会儿借款协议，说：得恩的债，我都认。

万百千倒是一愣，随即鼓掌：好！巾帼英雄！女中豪杰！我服！你认就好！

万百千的两名手下——小虎和小豹——也跟着鼓掌。

田蜜接着又道：但是，你这笔款，我不认。

万百千的笑容僵住了：不认？为什么？

田蜜说：因为你是高利贷，高利贷违法。我不认。

万百千立刻变了脸色：要赖是吧？把她带走！

小虎和小豹气势汹汹地向田蜜走过去，李梦挺身而出，拦在田蜜跟前。

李梦说你们赶紧给我滚出去！不然我就报警了！

万百千说你给我让一边去，否则别怪我不客气！

万百千一使眼色，小虎、小豹上前正准备动手，李梦却突然摸出一管防狼喷雾剂，朝着三人一通乱喷。三人捂着眼睛高声惨叫，慌忙掉头就跑。李梦追到门口，赶紧把门关好反锁上。

万百千和小虎、小豹逃到车上，找出矿泉水往自己脸上一通浇，过了一会儿总算稍微缓过劲来。

小虎问：大哥，啥玩意啊，这么霸道？万百千：辣椒水。妈的，这妞儿下手真黑！小豹说：大哥，要不咱把电棍拿上，杀个回马枪！万百千抬手给了小豹一巴掌：拿啥电棍！我刚才说把她带走是吓唬她的。我说多少回了，咱们是做买卖的，不是黑社会！

三人没想到遇到个硬茬，一时也没主意。万百千交代小虎、小豹，从今天开始，二十四小时守着田蜜，她到哪儿你们就到哪儿，绝不能让她跑了！

屋子里，李梦也很忐忑，说这几个人可能是黑社会，他们回头再来怎么办？田蜜却很淡定，说他们要来就来好了，反正高利贷我是绝对不认的。李梦担心田蜜的人身安全，田蜜惨然一笑说：我现在这样，还会怕死吗？李梦没再说什么，心里却暗暗担忧。

广场舞队的日常训练照常进行，不过大家都没什么精神，草草练了一会儿就散了。打牌自然也没心思了，蔡冬梅和张秋菊、李明白、康哥等人无精打采地围聚在一起，话题不自觉又落到债务问题上。

张秋菊问：常胜那边有什么动静没有？蔡冬梅：他不是说了嘛，等些日子再说。李明白问：常胜行不行啊？他能帮咱们把钱要回来吗？张秋菊说他是搞金融的，比咱们办法多。李明白说：常胜这孩子聪明是聪明，但性子太直，有时候办事不会转弯。张秋菊说：那能怎么办，死马当作活马医呗。

蔡冬梅不高兴了：哎！说什么呢？你们谁要是觉得我们家常胜没能耐，谁自个儿要钱去，别回头孩子忙活半天到你们这儿还不落好。张秋菊说：咳，我们这不瞎聊天嘛，没人说常胜的不是。

康哥这时候插话了，说我倒是有一个建议。讨债这个事情呢，是我们阳光里小区目前的头等大事。照常胜的说法，大家想把债要回来，可能不是一天两天的事情，要做好打持久战的准备。所以我建议，不如我们大家联合起来，成立一个债务委员会，大家觉得怎么样？

大家一听，康哥说得有道理。人多力量大，要想办成事，必须得有组织！

蔡冬梅看康哥不顺眼：老不着调康，这事跟你有关系吗？你又不是债主！康哥说：我虽然不是债主，但是我脑子好使，可以帮大家出主意呀。冬梅花儿开，我这还不是替你跟常胜排忧解难，要没这债委会，难道真卖你家那房本？蔡冬梅不说话了。

几个人当即分头通知债权人到棋牌室来开会讨论。不一会儿工夫，人到齐了。康哥自告奋勇找来纸笔帮忙记录。

债权人一共十一位，众人七嘴八舌讨论着。大家一致决定，组织名称就叫阳光里小区债务委员会，简称债委会。办公地点就设在棋牌室。

蔡冬梅说：我得补充一条，除了刘得恩和田蜜的债权人，其余闲杂人等一律不许加入债委会。要是随便什么人都能加入那就乱套了！众人附和：是，只有债主才有资格加入债务委员会，不是债主的一律靠边站。蔡冬梅说：康哥你给我记上！康哥悻悻然，只好记上这一条。

接着又讨论起委员会的管理问题，委员会的头儿谁来当？蔡冬梅说谁的债最多谁当。张秋菊表示反对，说咱们是债务委员会，不是什么公司的董事会，不是说谁股份多谁就当头儿。众人都附和张秋菊，说冬梅你当不合适。

蔡冬梅急了：我怎么不合适？我退休前当了十几年车间小组长，现在我还是小区舞蹈队队长，我有领导经验。张秋菊说：你那算什么领导。要说领导的话得是李明白，李明白退休前可是正儿八经的副股级干部。李明白摆摆手说：我让贤。我虽然当过股级领导，但我喜欢清净。

康哥忍不住插话：我觉得啊，不一定要选头儿，我们可以采取集体领导制，有什么事情大家一起开会研究。蔡冬梅说集体领导也得有个头儿啊，比如说召集开会啊，主持会议啊，都得有人负责不是。康哥说可以选一个秘书长，专门负责执行。秘书长对债委会负责，接受债委会领导。

大家都觉得这个办法可行，纷纷赞同，蔡冬梅也只好同意，又问：那秘书长谁当？康哥说：我就比较合适秘书长这个工作……蔡冬梅说：你想得美！你不是债务委员会成员，根本就没资格！

众人又议论纷纷，有人赞同蔡冬梅，认为康哥没资格。有人则觉得康哥脑子灵光而且有热情，当秘书长也未尝不可。

张秋菊略一思索开了口：秘书长有现成的。

众人问：谁？张秋菊说：常胜！

康哥不乐意了：常胜也不是债务委员会成员呀！他能当秘书长，我怎么不能当！张秋菊说：首先，常胜他妈，也就是冬梅是债主，所以常胜也算债主。其次，眼下就常胜认识刘得恩媳妇，咱们要想把债讨回来，离了常胜恐怕还真不行。

众人纷纷附和：对。就常胜了！让常胜当秘书长！

康哥无可奈何，只好不吭声了。

最后蔡冬梅说：我宣布，阳光里小区债务委员会，今天正式成立！

康哥站起身来鼓掌。蔡冬梅一瞪眼：鼓什么掌！又不是什么喜事儿！康哥讪讪地停了手。

蔡冬梅说：咱们以后就是一根绳子上的蚂蚱了，大家要团结一心，共同奋斗，争取早点儿把钱要回来！

拍卖行给常胜打来电话，约定次日上午派专人乘飞机护送那条项链到达宁城。常胜问清航班号和抵达时间，计划到时候去机场接上拍卖行工作人员，一同去往周先生府上。

刚放下电话，蔡冬梅的电话打了过来，叫常胜抽空过去一趟，说有重要事情跟他商量。中午休息的时候常胜回了趟家。蔡冬梅兴奋地讲述了成立债务委员会的事，还说大家一致推举你担任债委会秘书长，你可得好好干，别辜负大家对你的信任和期待！

常胜哭笑不得，说妈您这不是给我找事吗？合着这要债的任务以后就落我头上了？我还上不上班了！蔡冬梅说你不去要，难道我去要？我们家房本还押在人家手里呢！常胜无可奈何。

临走的时候，蔡冬梅忽然说，洋洋有日子没上家里来吃饭了，哪天你跟她一块过来吧。常胜有些心虚，含糊地说洋洋最近比较忙，过段时间再说吧。

常胜回到公司，刚坐下，于洋洋过来了，板着脸把一叠资料往常胜桌子上一摔，说这是你要的撤销手续资料！扭头又走了。

常胜心里放下了一块石头，却又有些隐隐不安：自己这么做从职业道德、职业规范上当然毫无问题，但是，正如于洋洋所说，这真是最好的选择吗？

常胜想了想还是得去趟田蜜那儿，一则把这些手续资料交还给她，二则争取跟她再好好交流一下，看看那些债务到底怎么处理。

常胜给田蜜打了个电话，问她在不在家、自己过去拜访方不方便，田蜜只淡淡地说你过来吧，就挂了电话。

常胜驾车去往田蜜家别墅。进门的时候被守候在附近的小虎、小豹看见了，两人连忙发微信向万百千汇报。万百千说：把那人车牌号记下来，回头查查是什么来路！

常胜把家族信托撤销手续资料交给了田蜜。田蜜问：家族信托撤销了，钱呢？常胜说钱会退回刘得恩的账户。田蜜又问：这笔钱可以用来还三强公司的债吗？刘得恩欠了三强公司一千多万，法院说要把这个房子拍卖。常胜说不能，因为刘得恩留的退款账户是甜蜜科技公司的，不是个人的。他本来是想拿这笔钱来缓解公司的资金紧张。鉴于甜蜜科技的现状，这笔钱恐怕一到账就会被冻结，用于偿还甜蜜科技的欠债。

李梦忍不住愤怒了，斥责常胜：你能有点人情味儿吗？这钱是刘得恩留给田蜜的！常胜说撤销信托是刘得恩的主观意志。李梦说：他人都走了还有什么主观意志？不知道变通吗？常胜说：程序的事情不能变通。我的行为都是经得起推敲的，都是按照法律程序来走的。李梦说：房子如果被拍卖了，田蜜就要无家可归了，这都是你的责任！常胜说：我只对刘得恩负责，我没义务对田蜜负责！

田蜜心里忍不住升起一股愤懑之情。眼前的这个男人就像个冰冷的机器，只知道按照程序办事，却丝毫不通人情。他明知道撤销家族信托将彻底断绝自己的后路，但他根本不在乎，因为他根本就没有一点怜悯之心。一瞬间，田蜜对常胜的厌恶到了极点，就连他那张原本还算英俊的脸此刻也显得格外面目可憎。

李梦还想跟常胜争论几句，被田蜜打断了。田蜜说那笔钱已经没了，没必要再说了，又对常胜说，没别的事您请回吧。

常胜说还有件事得跟您说一下，阳光里小区的那些债主们联合起来成立了一个债务委员会，任命我担任这个债委会的秘书长，以后有关这笔债务的问题您跟我对接就行了。田蜜说我已经说过了，欠阳光里街坊们的钱我会还的，但我现在真没钱。常胜说我知道你现在还不了，所以我们得商量一下，制定一个还款计划。田蜜说我没计划。常胜说我是财务专家，可以帮你制定计划。田蜜说不需要！

常胜感受到了田蜜散发出来的敌意，心里也有些不痛快。要依他的脾气早就拂袖而去了，但一想到债委会那些老头老太，常胜还是把一口气忍了下去。

常胜耐着性子说，田女士，我同情你的遭遇和目前的状况，但希望你明白，世上的可怜人不止你一个，你想过那些六七十岁的债主们吗？你承诺会还钱，有担当，非常好，令人钦佩，但如果没有实际行动，你的承诺就是一句空话！

李梦忍不住插话：你说你是财务专家，那你有什么办法能让田蜜把债还清？

常胜说：我是财务专家但不是神仙，按照田女士的现状，一下子把债还清是不可能的。但我至少可以提一些财务方面的专业建议，帮田女士进行一些财务上的规划。比如说这栋房子，就不只有拍卖这一条路。

李梦问：你有办法保住房子吗？

常胜说：房子保是保不住了，不过最好的办法就是跟那家担保公司达成和解，签订还债协议，让他们撤诉，解除对房子还有相关财产的查封扣押，然后再把房子卖了偿还债务。

李梦说这不一样吗？常胜说不一样，这样可以避免法院拍卖过程中的不确定因素，最大限度地减少财产损失。我估计如果自己卖的话，还完那笔担保债务以后还有一部分结余，还可以还一部分债委会的债务。李梦撇嘴说合着你还是为了自己！常胜说我当然要考虑债委会那些债权人的利益，但这样做对田女士来说也是最佳选择。

田蜜沉默了一会儿说：常先生，就按你说的办吧。

常胜暗中松了口气，叫田蜜把法院判决书、强制执行通知书以及借款合同复印件等资料都拿出来交给自己，他回去研究一下，看怎么跟法院那边沟通。田蜜照做了。

常胜告辞离开后，李梦问田蜜：你怎么就相信他了？小心他背后搞什么阴谋诡计。田蜜说，这个人讨厌归讨厌，但他说的话有道理。有道理的话我就该听。李梦也只好不说话了。

第二天上午，常胜起床后就匆匆赶往机场，接上拍卖行的两名工作人员，驾车前往周先生住处。周先生的住处位于市区一栋大楼里，这栋大楼自然也是周氏集团的产业，车子进入大楼的地下停车场，从一个挂有“私家重地”牌子的通道进去，里面是一个庞大的私家车库。在保安人员的指引下，车子拐了几个弯在一个入口处停了下来。

几名工作人员早已站在入口处等候着，客气地把常胜和拍卖行的工作人员引进楼中，乘坐私家电梯直达顶层，周先生的住处便位于此，又穿过几道迂回曲折如同迷宫般的走廊，便到了周先生的会客室。

周先生热情地和常胜及拍卖行工作人员握手道谢。周先生约摸五十来岁，相貌儒雅亲和。其中一名工作人员把怀里紧紧抱着的密码箱放到一张红木案几上，另一名工作人员戴上了白手套，小心翼翼地打开密码箱，从里面取出一个精致的首饰盒，打开，里面正是那条翡翠帝王绿项链。

周先生取出项链，拿起放大镜仔细端详欣赏。过了片刻，周先生放下放大镜，微笑颔首：值。常胜微笑附和说：周先生的眼光自然是错不了的。

拍卖行工作人员把装着有关文件和鉴定证书的大信封交给了周先生，随即告辞离开。常胜也打算告辞，周先生却说：小常，你稍等一下，我还有话跟你谈。

周先生把常胜引到会客室旁边的一处茶室，烧水、沏茶。

周先生说：我女儿下个月结婚，这条项链我准备送给她当结婚礼物。常胜说：恭喜周先生了。周先生说：我女儿从小就被我送到国外去了，前年才回来。这么多年我也没怎么陪她。一想到她要嫁人了，我这心里还有点不是滋味。常胜说：女儿是小棉袄，您舍不得也是人之常情。

周先生叹了口气：我就这么一个女儿，我这点家业将来肯定是要交给她的。她倒是很聪明，不过终究是年轻，没什么社会经验，我实在是不放心啊。常胜说：这点我觉得您倒不必多虑，正如您所说，您女儿还年轻，多历练历练就行了。您可以把她带在身边，言传身教，等过个十年八年，您到了退休年龄，您女儿想必也成长起来了。

周先生说：本来我也是这样想的。可惜啊，我等不到那时候了。

常胜一怔，看着周先生。

周先生微笑着指了指自己的肝部位置：这儿，出问题了，晚期。不做手术，六个月。做手术，一两年。就这么点时间了。

常胜震惊地看着周先生，半天说不出话来。

周先生的面色却很平静，给常胜倒茶。

常胜说：周先生，我们可以立即帮您联系全球最顶尖的医疗资源……周先生摆摆手打断：不必了。下个月我就去美国动手术。常胜说：那我能为您做点什么？周先生说：我想请你帮我把将来的事情安排一下。

常胜心情沉重地离开了周先生家。驾车行驶在繁华的街道上，常胜忽然一阵迷茫。周先生拥有着常人难以企及的财富以及社会地位，但又怎样呢？周先生终究也是个凡夫俗子，面对无常的命运，他同样无能为力。

回到公司，常胜径直去了于洋洋的办公室。于洋洋冷冷地问：什么事？常胜说我刚从周先生那里回来。于洋洋见常胜一脸沉重，以为常胜向周先生推介公司的业务被拒绝了，心想周先生这样的大客户肯定不会那么容易搞定，不能遇到一点挫折就放弃，所以想鼓励鼓励常胜，说：没事，反正周先生这条线你已经跟了几年了，不着急一时，你继续跟吧。

常胜说：周先生希望我帮他成立周氏家族办公室。

于洋洋愣了下随即激动起来：太棒了常胜！你怎么说服他的？

常胜说：不是我说服他的，是他主动提的。他决定把周氏集团的全部资产都放到这个家族办公室里。

于洋洋震惊得半天说不出话来，周氏集团的全部资产少说也有两三百亿，这笔单子要是能做成，必将成为轰动全国的大新闻！

但于洋洋随即又有些疑惑，问：这是好事啊，你怎么一点都不兴奋？

常胜深深地叹了口气，说：周先生得了绝症，只剩下不到一年的时间了。

常胜转身缓缓走出了办公室。

于洋洋愣了一会儿，又露出了兴奋的笑容，立即打电话给顶头上司陈总汇报这一重大事项，请陈总立即召集公司各相关部门开会。

会议上，常胜先介绍了一下周氏集团的架构、资产规模、资产分布情况。接下来谈到周先生设立家族办公室的诉求。

常胜说：周先生的主要诉求有两点。第一，他希望他女儿周诗丽小姐能够在三十五岁的时候接掌整个周氏集团。

于洋洋问：为什么是三十五岁？

常胜说：周先生认为，他女儿至少要经过十年的学习和历练才能胜任周氏集团掌门人的位子。也就是说，我们一方面要为周先生的女儿量身定制一个长达十年的能力进阶计划；另一方面要帮周先生建立一套管理体系，确保周氏集团能够平稳度过十年的过渡期。

于洋洋又问：第二个诉求是什么？

常胜说：周先生的第二个诉求是，希望能建立一个癌症公益基金会，用于资助全球范围内的癌症相关医学研究，以及癌症患者的救助。

于洋洋问：基金会的规模大概多大？

常胜说：周先生希望捐出全部资产的百分之三十作为基金会的原始基金，按当下价值估算，大约一百亿人民币。

众人啧啧惊叹。

会议结束，法律、财务、税务等部门分头回去拟定方案，要求在一周内拿出计划书草案，以便常胜和周先生进一步沟通。

走出会议室，有同事向于洋洋道贺，说你家常胜太厉害了，这笔单子谈下来的话，本年度全行业业绩冠军的宝座肯定是非常胜莫属了。于洋洋也笑着附和了几句，心里却突然有些不是滋味。

常胜下了班没回家，约好哥们葛子去喝酒。葛子是常胜的大学同学，但毕业后没进入金融行业，而是去了一家出版社，干起了出版，多年下来也混成了资深编辑。

常胜朋友不多，葛子算一个。跟常胜比起来，葛子说话办事更稳重，不像常胜有时候容易冲动。常胜遇到什么拿不定主意的事总会找葛子出出主意，心烦的时候也会找葛子喝顿酒消消愁。

葛子一看见常胜就说：你是不是有事啊？常胜说你从哪儿看出我有事的？葛子说你脸上写着呢。常胜感慨：是吗？我都人到中年了，还这么藏不住事儿吗？葛子说：照你这性格，人到老年你也藏不住。到底什么事儿？

常胜叹了一口气，喝了杯酒，这才说了他和于洋洋离婚的事。葛子吃了一惊，问为什么呀？常胜说没有为什么，不为钱，双方也都没有外遇。葛子说那敢情你们闲得无聊离婚闹着玩？常胜说：要说矛盾也有，我们两人就是有些事儿，看法不一样，做法不一样。葛子说：那就不一样呗。本来就男女有别，干吗强求一致。

常胜说：我觉得有别归有别，但两人的价值观还是得差不多才行。比如说，我和于洋洋一致同意离婚不离家，暂时不对外公开离婚的事。但我是不知道怎么跟我爸妈交代，想瞒一阵子再说。而于洋洋你知道为什么吗？她是因为我们公司过阵子会有人事调整，她怕离婚的事会影响到她升职。

葛子懒得跟常胜纠缠这些问题，就岔开话题，问常胜最近忙什么。常胜说我忙着讨债呢。接着就把刘得恩、田蜜还有债务委员会这一摊子事说了一通，听得葛子摇头咋舌不已。末了葛子语重心长地说：常胜，看样子你今年流年不利，后面指不定还有什么糟心事，你好自为之吧！常胜骂：乌鸦嘴！

喝完酒回到家已经十点了，于洋洋正在收拾行李，说明天要去北京总部培训，可能要去四五天。又说周先生家族办公室的事她都交代好了，但常胜也得盯着点儿，这周内必须把草案拿出来。常胜心不在焉听着，不时"嗯嗯"几声。

于洋洋说：明天早上你送我去机场吗？

常胜说：你去机场有这么几种方式，一、申请公司的公用车；二、打车；三、开你自己的车去，搁停车场；四、找我送你。顺序就是这么个顺序，我想请问，到第四这个顺序了吗？

于洋洋笑道：人一走，茶就凉啊。

常胜说：不是我不送你。是个科学程序。大家都节省时间。

于洋洋说：什么科学程序，刚谈恋爱那会儿，我每次出差，是谁让我把公司的车给辞了，自己来回接送的？那会儿你怎么不讲科学啊？就是刚结婚那阵儿，接是不接了，送有时候还是送的——

常胜打断于洋洋的话：洋洋，往事不要再提了。咱们都朝前看吧。

常胜打着哈欠进了房间。于洋洋站在那里，鼻子忽然一酸。

四

债务委员会连续开了两天会，讨论委员会的章程。每次开会康哥最积极，提前一个小时就跑到棋牌室来做准备，把几张桌子拼起来，铺上一次性桌布，又叫常子龙沏好茶、准备好瓜子水果之类的小吃。

康哥还自掏腰包定制了一块金底黑字的不锈钢标牌，上书"阳光里小区债务委员会"，挂到了棋牌室门口的墙上。常子龙差点急了，我这是棋牌室，是做买卖的地方，挂个什么债务委员会的牌子算怎么回事！多不吉利啊！坚持要给取下来。最后还是蔡冬梅发话，常子龙才不吭声了。

这天人还没到齐，众人就在那儿喝着茶嗑着瓜子闲聊着。

张秋菊表扬康哥：康哥这服务工作做得很到位，值得表扬！康哥连忙讨好地说：谢谢秋菊大妹子夸奖！我以前就是做办公室工作的，服务我最拿手了！只要让我加入债务委员会，我保证天天为大家服务！

蔡冬梅说：加入债务委员会可不行，你不够资格。

康哥恳求：可以破下例嘛，就当我是义务工作者。

李明白说：我说康哥，我是真不明白了，这债务委员会又不是什么好玩意儿，我们加进来都是因为倒霉钱被骗了，你这么上赶着要加入我们干吗呀？

康哥义正辞严地说：我们都是老街坊老伙计，应该有福同享，有难同当，现在你们倒了霉，我怎么能袖手旁观呢！

老马说：要不这样吧，康哥，你给我十万块钱，把我那笔债还了，我把我这位子让给你。胡春丽跟着说：你给我三十万，我也把位子让给你。老郑说：康哥你就说吧，看中我们谁的位子了，只要你掏钱，我们都能让给你！

康哥被噎得说不出话来了，尴尬地直挠头。众人哈哈大笑。

人齐了，开始开会。又讨论了几个小时，终于把全部章程定出来了。

有人提意见说：咱们以后开会还是尽量务实一点，多谈谈怎么才能把钱给追回来，少弄些虚头巴脑的东西，耽误时间。

蔡冬梅说：这怎么叫虚头巴脑呢！无规矩不成方圆，齐心协力才能取得胜利，要不然成立这债委会干吗！

胡春丽说：我现在最担心的不是钱能不能追回来，而是什么时候才能追回来。可别拖上个十年八年。我跟我老伴身体都不行，怕一旦来事儿，扛不住。

老马说：没错！现在物价涨得那么快，十年以后，就算咱们都还活蹦乱跳，那钱也不值钱了。

胡春丽和老马这么一说，众人都有同感，都觉得时不我待，讨债这事必须得加快速度才行。债委会随即通过了第一项决议，要求秘书长常胜同志加紧制定出讨债计划，并至少每周一次向债委会汇报讨债的进展情况，同时责成蔡冬梅同志会后及时准确地将本次会议的精神和决议通知常胜同志。

蔡冬梅一看，好嘛，合着讨债全成了我们家的事了！当即表示反对。但根据刚通过的债委会章程，少数必须服从多数，蔡冬梅不同意也得同意。

开完会，蔡冬梅和张秋菊、胡春丽几个人往家走，路过得恩广场，看到那条“激情阳光里，誓夺得恩杯”的横幅，蔡冬梅眉头皱了起来。

蔡冬梅说：这横幅不妥，得换。张秋菊不解：怎么了？蔡冬梅说：咱们这比赛不能叫得恩杯了。我一瞅见“得恩”这俩字血压就噌噌地往上升。

张秋菊说：不是你找刘得恩赞助的吗，不叫得恩杯叫啥？蔡冬梅说：我现在一想，他赞助的那钱其实都是我的，是不是应该叫冬梅杯？张秋菊说：也有我的钱啊。冬梅杯还不如叫秋菊杯呢。秋菊多好啊，冬梅听上去冷飕飕的。胡春丽也说：照这么说还是春丽杯更好听，春和日丽。

蔡冬梅说：咱们先别争，我没说一定叫冬梅杯，我就是打个比方。我的意思是，得恩现在也没了，比赛还叫他的名，这合适吗？张秋菊一想冬梅说的也是。咱们要是赢了，把奖杯拿回来了，反而给自己添堵。胡春丽说：问题是叫什么名其实真不是咱们能定的，咱想改也改不了啊。

蔡冬梅说：不行，我得找街道办说道说道去，这名字得改！张秋菊笑她：说得好像街道办是你家开的似的。蔡冬梅说：他们要不改，我们就拒绝参赛！那十万块钱赞助我也给要回来！我现在就去找街道办！

蔡冬梅说着扭头就走了。张秋菊和胡春丽面面相觑，都觉得有些好笑。

常胜几天来一直在努力地跟法院和三强担保公司方面沟通。法院倒是好说，说只要当事人双方能够达成协议，法院都会支持。三强公司一开始态度强硬，坚持要走强制执行程序。常胜苦口婆心，晓以利害，最终三强公司勉强同意和田蜜当面沟通一下。定好了时间，常胜赶紧把消息通知了田蜜。

李梦请假期限到了，回去上班了，这两天田蜜就一个人待着，除了吃饭睡觉以外就是发呆。母亲肖华打了一次电话回来，她告诉田蜜田加安的手术很成功，已经可以下地了，但还需要进行两个月的康复治疗。田蜜劝爸妈安心在那边待着，等爸爸康复了再回来。

晚上是田蜜最难熬的时间。很疲惫，却总是睡不着。睡不着的时候田蜜就爬起来，一间屋子一间屋子地看着。这房子里的每件东西都遗留有刘得恩的气息。东西都在，人不在了。再过些天好多东西就不在了，这座房子也不在了。就这样看着，想着，田蜜的眼泪止不住地往下流。

次日上午，田蜜和常胜准时到达了法院。

上次那位领头上门执行的刘法官主持了调解会议。三强公司方面派了一名副总和一位法务总监。常胜的身份则是田蜜的私人财务顾问。

沟通过程还算开诚布公。刘得恩欠三强公司借款和利息、违约金等总计一千六百多万。三强公司急于把有关款项收回来，虽然法院下了强制执行通知书，但整个拍卖过程耗时冗长，还存在流拍的可能性，总之具有很大的不确定性。如今田蜜愿意签订还款协议，三强公司其实也是求之不得。

关键就在于还款期限上。起先三强公司坚持最多给田蜜四十天，常胜说四十天太紧张了，田女士处理房产和其他资产也需要时间。三强公司一再坚持，常胜想了想说：那要这样的话，我们也有一个请求，希望贵方能够酌情减免罚息和部分利息。

三强公司的代表说：可以。零头抹掉，你们只要还一千六百万就行了。常胜说：我们希望是一千五百万。三强公司的代表一口回绝：不可能！常胜说：我还有一个条件——我们全力配合你们，十五天完成还款。对你们来讲，时间应该比钱更重要吧。

常胜提出的这个条件果然打动了三强公司的代表。两人请示了一下公司领导，最后还是同意了，十五天，一千五百万。

法官提醒田蜜说：还款协议签署以后，你就是这笔债务的直接责任人了。如果你不按时履行还款义务，或者借机转移财产逃避执行，很可能触犯刑法中的拒不执行判决、裁定罪，后果会很严重。

走出法院，常胜告诉田蜜，法院最快在四十八小时内就会下达解除查封裁定书。让田蜜回去马上找一家中介公司，把房子挂牌出售，务必在十五天内卖掉。

田蜜按捺不住了：你怎么知道我十五天能完成？常胜说十五天能省一百万，必须完成。田蜜说我要是完不成呢？常胜说刚才法官不是说了吗？完不成的话你要负法律责任。不过我认为你能完成。

田蜜气极：如果我十五天内还不上钱我要坐牢的！你凭什么不经过我同意就替我做主？！常胜说：你还没开始做怎么知道自己完不成？你先努力去做，不要想着依靠别人。如果你努力了还是做不到，我自然会出面的！最重要的是去努力，明白吗？

常胜走后田蜜呆站了一会儿，怒气渐渐消退了。田蜜心里对常胜很不忿，觉得这个人简直不可理喻，自大而且自私。但常胜那句话说得对，自己现在不能去依靠别人了，也没有人可以依靠，只能靠自己。

田蜜本想叫辆出租车回家，一转头看见远处一辆车停在路边，车上两个鬼鬼祟祟的家伙，正是万百千的两个手下。

田蜜有些恼火，这帮人竟然跟踪自己，转念一想有了主意，大步朝那辆车走过去。车上的小虎、小豹见田蜜走了过来，一时有些慌张。小豹说：哎哎，那田蜜过来了，趴下！小虎说：趴啥趴，她早看见咱俩了！说话间田蜜已经到了车旁，一伸手拉开了后车门，上了车。小虎和小豹面面相觑。

田蜜说：开车。小虎下意识问：去哪儿？田蜜说：回家。

小虎和小豹交换着眼色，不知如何是好。

田蜜说：你们不是要跟踪我吗？干脆我坐你们的车好了，你们省事。

小豹低声问小虎：这算跟踪吗？小虎想了一下：效果是一样的。得，走吧。

就这样，小虎、小豹开着车把田蜜送回了别墅。田蜜下车的时候掏了二十块钱给小虎、小豹，说是车费，又说：请你们回去告诉你们老板，他的钱我不会还的。我绝不认高利贷！

小虎和小豹半天才回过神来。小豹说：不对啊，她拿咱们当司机了！小虎说：跟踪跟成了跟班，传出去会成为江湖上的笑话。两人一致同意，这件事绝不可外传，连大哥也不能说。

于洋洋在北京的培训已近尾声。目前她最关心的还是常胜那笔家族办公室的单子。这笔业务要是能做成，对自己的升职无疑是巨大的加分项，一定不容有失。

于洋洋本想打电话给常胜督促他一下，想了想还是发了个微信，说方案的事你抓紧点。常胜回了两个字“知道”，也没问于洋洋在北京情况怎么样、哪天回来。于洋洋有些没来由的委屈。以前虽然两人也老吵架，但别说出差，就算自己晚上应酬回来晚了，常胜总会打电话发微信关心一下。这才刚离婚没几天，就好像成了陌生人。

晚上吃完饭，于洋洋在房间里休息，习惯性地看看财经新闻、查收一下邮件什么的。突然收到一条微信，于洋洋一看，胃猛地收缩了一下。

微信是陈总发来的。陈总说他今天刚出差到了北京，跟于洋洋住在同一家酒店，问于洋洋有没有时间到他房间见一下。

陈总今年四十五岁。八年前于洋洋大学毕业刚进入盛邦信托宁城分公司工作的时候，陈总还是财富管理部的经理，也就是于洋洋现在的职务。陈总对新入职的于洋洋很关照，业务上悉心指点，生活上也经常嘘寒问暖。于洋洋那会儿刚二十出头，对成熟男性的这种套路还是缺乏免疫力的，不知不觉掉进了陈总编织的情网中。

直到一年多以后于洋洋才发现，陈总已经成家并且妻子刚生了孩子，这才意识到自己掉进了渣男精心编织的陷阱里。于洋洋是个很果决的人，当即跟陈总分了手。这之后陈总虽然使尽各种办法想挽回这段情，于洋洋都不为所动。再后来常胜走进了于洋洋的生活，陈总也就彻底死了心。不过，私底下陈总偶尔还是会对于洋洋流露出一丝重温旧梦的想法，但于洋洋从不假以颜色。

于洋洋思忖片刻，给陈总回复微信：陈总，就不见了。陈总又发来微信问：为什么？于洋洋回复：无实际意义。过了一会儿陈总再次发来微信：最近公司要人事调整。我找你是想谈谈工作。于洋洋想了想，回微信：房号。

于洋洋去了陈总的房间。陈总热情地招呼于洋洋坐下，问于洋洋喝点什么，房间里有红酒、洋酒，等等。于洋洋却从包里掏出一瓶矿泉水，说我喝这个就行了。陈总您不是要谈工作吗？我想听听有什么指示。

陈总只好正襟危坐，说：公司最近要进行人事调整，就是要提拔一部分高管。我想推荐你。你的能力我是看得见的。你很有希望成为我们宁城分公司的副总，做我的副手。

于洋洋笑了笑问：陈总，代价是什么？

陈总没想到于洋洋这么直接，愣了下干笑道：洋洋，有没有可能昔日重来？

于洋洋说：我已经不是过去的那个我了。

陈总顿了顿说：但你还是来了。于洋洋说：我来是想跟你当面说“不”的。陈总说微信里也可以说呀。于洋洋说微信里你看不见我的坚定。

陈总有些泄气了，说：看来你后悔以前了。于洋洋说：我从不后悔已经不能改变的事情。陈总还有些不甘心：我记得以前你很想进入管理层。于洋洋说：我现在也很想。只是我绝不会付出所谓的代价。

于洋洋说着起身离去。陈总在身后说：洋洋，将来有什么需要，你还可以随时找我！

隔了两天，法院那边打来电话，说《解除查封裁定书》已经下来了。常胜赶紧叫田蜜一块去法院。法官把田蜜的车钥匙也还给了她，叫她直接去停车场取车。

告辞的时候法官郑重地说：最近全市法院系统正在抓执行难的问题，这个案子我们已经当成典型案例上报到市高院去了。你们回去以后抓紧时间履行还款协议，千万别拖，越拖越被动。

常胜说：明白。您放心，我们会尽量抓紧。

法官也很客气地跟常胜和田蜜握手：谢谢你们对我们工作的配合！

走出法院大门，常胜问田蜜找好中介公司了吗？田蜜说找好了，已经在联系买家了。常胜问你那房子挂牌价多少？田蜜说一千四百万。常胜说你那房子市场价大概一千五百万，你就按一千六报。降是实降，报要高报，否则降不下来。记住，要求是一次性付全款，税和中介费由买家出！一定要抓紧时间！

田蜜从法院停车场取出了被查封的车子，想了想，开着车直奔李梦上班的汽车4S店。小虎、小豹照旧开着车跟在后面。

李梦见到田蜜有些意外，说明天休息，我正打算去看你呢。你怎么样？

田蜜简单讲了一下和三强公司达成的还款协议，说法院暂时解除了查封，我必须在十五天内把欠担保公司的一千五百万还掉。

李梦问：有什么需要我做的？田蜜说：我的车取回来了。就停在外面。你能不能帮我在你们这儿卖掉？李梦说：没问题。这车就是从这儿提走的。评估起来更简单。

说完两人都一愣。田蜜不自觉有些感慨：是啊，这车当年就是在这儿买的。李梦赶紧岔开话题：到时我跟我们公司评估师说一声，让他尽量把价钱定高点。

田蜜把车钥匙、行驶证等资料交给李梦，又聊了几句以后，田蜜就告辞了，说要回去跟中介联系看房的事。

田蜜出了店门，见小虎、小豹的车又等在附近，故技重施走上前拉开门上了车。

小虎、小豹还没反应过来，问田蜜：你的车呢？田蜜说车子卖了，又问两人：我上次说的话你们跟你们老板说了吗？小虎说：说了。我们老板说他不信邪。田蜜嗤笑：他不信邪那你们就继续当我的司机。回家！

小虎、小豹无奈，又把田蜜送回了别墅。等田蜜进了屋，小虎连忙打电话向万百千汇报，说田蜜今天去了趟法院，把车子取出来了，又拿去店里卖了。咱们是不是该行动了？

万百千懒洋洋地问：行啥动？小虎说：找她要钱啊。她可说了不认账啊！万百千说：认不认不是她说了算！我有把握让她认！小虎有些迷糊了：那我们整天跟着她的意义在哪里？万百千说：意义就是给她制造心理压力。压力一大，必然听话。小虎只好点头：大哥英明！

常胜去了趟阳光里小区，蔡冬梅、张秋菊紧急召集债委会全体成员开会，说常胜有重要情况向大伙儿汇报。很快人就到齐了。

常胜把这些天的情况介绍了一遍，然后说：接下来我会监督协助田蜜处理现有各项资产。大家别着急，再等等。

张秋菊问：等多长时间？

常胜说：半个月左右。等她把房子、车子卖了，还完那家担保公司的账，看还剩多少，到时候先还咱们一部分。

李明白问：一部分是多少啊？常胜说：我现在没有具体数字，只能到时候再看。蔡冬梅问：那担保公司是公家的还是私人的？常胜说：企业性质是国营控股的，算公家的。蔡冬梅说：公家的钱晚点再还不行吗？先把咱们私人的钱还了。

众人纷纷附和，胡春丽说：对啊！而且她上次不是说了先还咱们钱的吗？

常胜说：这个不行。他们的协议在先，而且是在法院主持下达成的，不还的话法院首先就不答应。

张秋菊说：常胜，我们现在都指望你了，你可要说话算话。常胜说：秋菊阿姨，我是那种说话不算话的人吗？

不管怎样，讨债的事情总算有了一点进展，大伙儿心里也都稍微踏实了点。张秋菊想起蔡冬梅去街道办的事，问她什么结果。蔡冬梅很得意，说街道办答应改名了，不叫得恩杯，叫阳光杯！康哥好奇，说冬梅花儿开你还真有点门道，街道办都听你的话。蔡冬梅说他们敢不听吗？我说了，他们要是不改名，就把十万块赞助费还给我！众人都哈哈大笑。

周先生家族办公室的计划草案出来了。常胜立即带着计划书去拜访周先生。周先生仔细阅读了一番，满意地点头：很好。我想要的都在里头了。

常胜说：您如果没有意见的话，下一步我们就在这个框架的基础上对每一项内容进行细化，形成法律性文件。周先生说可以。不过他下周就要去美国，正式文件可能要等他从美国回来才能签署了。

常胜说：没问题。周先生，希望您美国之行一切顺利。周先生笑笑：谢谢。尽人事以听天命而已，顺不顺利我都已经看开了。常胜：您不必这么悲观……

话音未落，周先生突然捂着腹部露出痛苦的表情，身子也往一边歪去。常胜大惊失色赶紧扶住周先生，只见周先生双眼紧闭，已经人事不省了。

周先生被紧急送往医院抢救。常胜在医院一直等到周先生脱离了危险才离开，心情格外的沉重。

常胜回到家，发现于洋洋已经出差回来了。常胜说了下周先生的情况，于洋洋很担心，万一周先生提前离世，那家族办公室计划就泡汤了！于洋洋立即拿起电话跟公司各部门联络，要求大家加班加点尽快拿出正式的法律性文件。于洋洋说：我们要跟时间赛跑！

常胜默不作声，内心却有些悲凉。

隔日常胜接到电话，说周先生想请他去趟医院。常胜赶紧去了。周先生躺在病床上，看上去一下子苍老了十多岁。

周先生告诉常胜，鉴于他的身体状况，他去不了美国了。他女儿次日就会返回国内。常胜宽慰了周先生几句，说国内的医疗水平也很先进，相信周先生一定能挺过难关，战胜病魔。

周先生不置可否地笑笑，示意助理拿出一份文件交给常胜。常胜一看，竟然是一份《授权委托书》。委托书中声明，周先生及周氏集团将全权委托常胜代为计划、设立和管理周氏家族办公室一切事宜。这就意味着，即便周先生去世了，常胜依然有权依照周先生的委托意愿成立家族办公室。

常胜有些震惊，这相当于周先生把名下数百亿的庞大资产的处置权都交给了自己，这是多么大的信任！

周先生微笑着：有了这份文件我就放心了。之后的事就交给你了。

常胜哽咽着说：周先生，希望您尽快好起来。我还想跟您再去钓鱼呢。

回到公司，常胜把那份授权委托书交给了于洋洋，于洋洋欣喜若狂，说太棒了，这下这一单跑不掉了！常胜没说话，转身默默出去了。

田蜜的卖房计划很不顺利。几天来中介带了十几拨客户来看房，大多转一圈就走了。田蜜不得已把价格从一千六百万降到一千四百万。

这天李梦刚好休息，过来探望田蜜，正好中介又带了一位客户来看房。客户是位大腹便便、头发稀疏的中年男人。

客户慢悠悠地把房子转了个遍。李梦说：这套房绝对是稀缺资源。整个小区目前就这么一套房源。中介也帮腔说：是，价钱也合适。

客户问：听说你们想尽快出手？李梦说：是不是尽快，那也得看您有没有诚意了。客户说：诚意我有，但我想知道你们这房子尽快出手的原因。李梦说：这个跟您有关系吗？

客户说：有关系啊。这么好的房子，这么绝对的稀缺资源，你们为什么要出手呢？我得搞清楚啊。我炒房这么多年，什么蹊跷事儿没见过。去年我就一不小心入手了一个凶宅，差点砸手里。

李梦不高兴了：您要买就买，不买也别贬低我们这房！中介赶紧打圆场，说这位黄先生很有诚意，多问几句也是应该的。

李梦说：我们急着卖这房，是因为要移民出国了。没乱七八糟的事儿。黄先生既然有诚意那咱们就别绕来绕去了，您还个价吧。

黄先生一竖大拇指说：遇见痛快人了！——九百五。李梦一愣，说九百五？您知道我们的报价吗？黄先生说知道啊，一千四。李梦说：黄先生，这是房子，这不是商场折扣大推销！

中介赶紧赔笑说：姐，黄先生已经是目前为止出价最高的了。有些客户出的价我都没敢跟您说，所以都没领他们来看房。

李梦一听这话也不敢做主，只好望向田蜜。

田蜜沉默了一会儿说：人有人的命。房子有房子的命。卖这个价钱，我对不起这房子。所以，我不能卖。

黄先生倒也没纠缠，说了句“理解”就告辞了。

李梦兀自愤愤不平：简直是趁火打劫！

田蜜有些焦灼，照目前情况看，就算半个月内能把房子卖出去，钱也不够偿还三强公司的债务。田蜜有些后悔听从了常胜的建议。李梦也说，他那哪是帮你啊，他是给你下套！

两人正说着常胜来了。常胜是来看看田蜜筹款筹得怎么样，听田蜜说房子卖不掉，常胜很奇怪：这么好的房子为什么卖不掉？田蜜说不是卖不掉，是卖不到理想的价钱。现在出价最高的就九百五十万。常胜说：这么低？我要有钱我就买了。李梦没好气地说：你别光动嘴，有本事你帮田蜜把房子卖掉试试！

常胜在屋内转了几圈，下了决心：算了，我自己挖的坑，我自己填吧。

常胜坐下来，从包里取出笔记本电脑，登录他的微信公众号“常胜赢家”的后台，开始操作。

田蜜和李梦狐疑地在旁边看着，不知道常胜葫芦里卖的什么药。

常胜操作了一会儿以后停了手，眉头微皱盯着屏幕看着。

李梦忍不住了：你搞什么鬼？上网找中介公司吗？网上的中介公司根本不可靠，好多骗子……

李梦话没说完常胜忽然眉头一展：卖掉了！

田蜜、李梦都一愣：什么卖掉了？常胜说：房子呀。田蜜：多少钱？常胜：一千四百万。对方付中介费。一会儿我会把你的电话给买方，他会直接跟你联系。最好明天你们就见面办手续。你提前把合同什么的准备好，网上可以下载。

田蜜和李梦目瞪口呆。

常胜收拾起电脑，又说：你其他的东西该处理的也尽快处理掉。另外房子卖掉以后你住哪儿也要提前考虑，别到时候又抓瞎。有事就给我打电话！

常胜走了。田蜜和李梦有些回不过神来。

李梦说：他是说真的还是说胡话？几分钟他就把房子卖掉了？这是什么路子？田蜜说：管他什么路子，明天就知道了。

于洋洋正在办公室忙碌，接到陈总电话，语气严厉地叫她去下他办公室。

于洋洋不明白陈总又要出什么幺蛾子，但上次在北京自己已经明确表明了态度，相信陈总也不敢造次，于是就去了。

一进门，陈总就板着脸劈头盖脑地责问：常胜也太不讲究了吧？我请求他多少次给我的朋友打个广告他都不打！怎么自己倒卖起了房？他不是从来都不打广告吗？他不是要坚守自己的原则吗？

于洋洋莫名其妙：什么卖房？陈总说你没看他的公众号？

于洋洋连忙掏出手机打开微信查看，原来，常胜刚刚在“常胜赢家”公众号推送了一篇文章，标题是：本号截至目前唯一一次广告，内容正是田蜜那套别墅的介绍。

于洋洋愣了会儿说：对不起陈总，这件事他没跟我说，回头我问问他到底什么情况。

陈总还愤愤不平：这是你道歉能解决得了的事情吗？倒也不是给不给我朋友打广告的事儿，我根本不在乎这个。关键问题是，我们根本不允许一个在职员工搞这些副业，要不是我睁只眼闭只眼，领导能允许他开公众号吗？再说了，我让他给我朋友打广告做推广没说不给钱啊！都按正常价码来啊！这个面子他不给也就罢了，他自己说的公众号不打广告，不做商务推广，他为什么食言了？为什么打起了广告？他知道我也在看他的公众号呀！这是在示威吗？

于洋洋知道陈总有点借题发挥，但他说的也是实情，只好忍气吞声：陈总，常胜他不会想侮辱您。这个事情，我先了解一下再向您汇报！

陈总问：这个事情你一点都不知道吗？于洋洋说我真的不知道。

陈总说：那我得说句不该说的了，这对你，也是一种不尊重。如果不能给我一个满意的解释，他就得走人了。否则我在总部领导那儿保不住他！

于洋洋赔笑：总部领导那儿您先压一下。陈总说：压不住了。总部领导已经给我打过电话了。于洋洋疑惑：总部领导也知道常胜？

陈总说：四十五秒卖出一套价值一千多万的别墅。开天辟地、惊天动地、泣鬼神惊风雨啊！领导能不知道？舆情能不传播？你上网看看，常胜一战成名了！

于洋洋被陈总训了一通，一肚子恼火，下了班回到家见到常胜就嚷嚷了起来。

于洋洋说：常胜你要害死我啊！你为什么在公号卖房子？你不是不打广告吗？之前我求你多少次你都不打，陈总拜托你多少次你都不打，你为什么突然打广告了？

常胜说：严格意义上，我没有打广告，没有违背自己的承诺，这次卖房子是个公益。我不收一分钱。于洋洋说：你为什么做公益？怎么就想起做公益了？

常胜说：刘得恩是我的客户，又是我从小的街坊，他出了这么大的事儿，我帮一下他的遗孀是理所应当的。再者，田蜜欠了我爸妈还有阳光里那些叔叔阿姨的钱，我帮田蜜其实也是帮助这些叔叔阿姨。于情于理我都该帮田蜜。

于洋洋说：你帮她我不管，但你……你这么干为什么不跟我打个招呼？常胜说：咱们已经离婚了。我没有义务跟你汇报这个。

于洋洋更火了：什么叫没有义务？你那个常胜赢家的公众号是我帮你注册的，你写东西也是我撺掇你的，常胜赢家那个公司里边也有我的股份！于情你不必跟我说，于理呢？

常胜说：是你撺掇我弄的，但你从来没参与过啊。你今天怎么较真了？于洋洋说：公司总部领导都知道了，他们认为你在搞副业！你这么干，也会影响到我。常胜说：这样的话我建议咱们立即宣布已经离婚。于洋洋说：宣不宣布这件事儿咱们已经说好了，是在公司人事调整以后。现在说的是你的公众号的事儿。常胜说：对。应该说说公众号的事儿。我觉得，咱们这几天办一下手续，把你的那些股份转回到我这儿。于洋洋冷笑：常胜，我在关心你会不会被总部开除，你却在关心我的股份！

常胜说：谢谢你的关心。这是我自己的事情。这个事儿已经做了，不可逆转了。我们没必要讨论这些不可逆转的事情。洋洋，咱们既然分了，就各管各的吧。别那么累。

于洋洋说：你真是不可救药！

五

晚上，果然有人打电话给田蜜，是一位姓温的男子，说是常胜老师介绍的买主，约定次日登门商谈。

第二天一早，温先生如约到了。温先生看上去也就三十来岁，文质彬彬，也不像什么富商巨贾，田蜜和李梦都有些狐疑。

田蜜试探地问：温先生，您认识常胜先生？温先生说：我不认识常胜老师，不过我是常胜老师的粉丝，我很崇拜他。

李梦不解：您为什么崇拜他？温先生说：常胜老师有个公众号，叫常胜赢家，常胜老师写的财经故事经常让我豁然开朗。金融理财方面，我最服他。所以昨天看到他的推荐，就想买下您这套房子。

李梦将信将疑地在手机上搜索常胜赢家公众号，看到了常胜发的广告。田蜜和李梦这才恍然大悟，原来常胜是通过这种方式把房子卖出去的。

田蜜又问：温先生，我这边时间很紧，不能贷款，还需要现金，您能配合吗？温先生说：条件常老师在公众号里都写了，都没问题，否则我也不会坐在这儿。房子我刚才也看了，很满意。如果您没意见，咱们就可以走手续了。

田蜜赶紧拿出之前从网上下载打印出来的房屋销售合同，温先生很爽快地签了。田蜜问：房款您什么时候能给我？温先生说：您要着急的话，我明后天就给您打过来。手续慢慢办不着急。

李梦忍不住问：您不怕被我们骗吗？温先生笑着说：你们是常胜老师介绍的，我相信你们不会骗人。

温先生走后，田蜜总算大大地松了一口气。

李梦这下算心服口服了，说真是小看常胜了，没想到他这么牛，就发了那么一篇不伦不类的广告竟然就把房子卖出去了，他要是能帮我卖汽车，那我还愁什么完不成任务啊！

田蜜又和李梦商量后续事宜，房子卖了一千四百万，还差一百万才能还清三强公司的钱。车子估计能卖四五十万，再把首饰和那些名牌的衣服、鞋子、包都卖掉，应该够了。李梦上网找了一家专门回收高档奢侈品的店家，约好了次日上门来验货取货。

田蜜在家就抓紧整理东西。算下来这些年花在买名牌上的钱也有一两百万了。田蜜忽然觉得很愧疚，自从跟刘得恩结婚以来她就成了寄生虫，整天除了花钱别的什么都不会。如今，不管愿不愿意，她都要彻底跟过去的生活说拜拜了。

常胜心情很不错。一天下来他接到了好多个陌生电话和添加微信好友申请，都是一些媒体和自媒体的记者，想就他光速卖房一事进行采访，常胜一概回绝，最后索性电话也不接了。

下班了，常胜下到大厦地下一层的停车场，正要上车，一个戴墨镜的青年男子忽然走了过来。

墨镜男客气地说：常先生您好。

常胜警惕地打量着墨镜男：您是？

墨镜男说：我是周诗丽小姐的助手。周小姐想见您一面。

常胜一愣：周先生的女儿？墨镜男说：是的。

常胜有些惊讶，不知道周小姐找他有何贵干，略一沉吟，还是跟着墨镜男上了车。

车子开到市中心某个高档酒店，乘电梯直上顶层的私家会所。一位妙龄女子起身迎接常胜：常先生好。

常胜注意到女子脖子上戴着的正是那条翡翠帝王绿项链，知道这一定是货真价实的周小姐了。

寒暄几句过后，常胜单刀直入：周小姐，不知您找我什么事儿？

周诗丽说：我们开门见山吧。今天请您来，是希望和您达成某种共识。常胜问：什么共识？周诗丽问：你接了我们的家族办公室这单业务，能有多少收入？常胜一愣，说：周小姐，这个属于我们公司的内部数据，我不能提供给您。周诗丽问：有五百万吗？常胜说：当然没有。我们没有这么高的收入。周诗丽微微一笑说：如果你能说服我父亲放弃家族办公室计划，或者你放弃做这一单业务，我给你五百万。

常胜有些吃惊地看着周诗丽：周小姐，您为什么要这么做？

周诗丽说：我父亲一直以为我不够成熟，需要磨炼。但我不想十年后才接管周氏集团。我相信时不我待。我父亲是做传统行业起家的，他不清楚我们已经进入5G时代，互联网一日，人世间三年。接下来的十年，相当于过去的一百年，甚至是一千年。到那个时候，什么都晚了。我不愿意躺在财富上过逍遥日子，我希望去搏击风浪。比如，我希望周氏集团现在就可以进入医疗行业，研发新药，改进治疗技术，使我父亲这样的病人免于痛苦。

常胜说：周小姐，您的愿望是好的，我也同意您的判断，接下来的十年将是人类急剧变化光速发展的十年。但周先生自有他的考虑，设立家族办公室是他深思熟虑后的决定，身为信托人员，我必须尊重周先生的意愿和委托。所以，我不能也不会去说服周先生改变主意，我也不会接受您这个所谓的共识。

周诗丽有些失望，但依旧很有礼貌，说既然这样我就不勉强了，不过希望常先生对我们今天的谈话保密。

常胜说我会的。起身告辞了。

周小姐的举动令常胜有些忧心。短短的接触，周小姐给常胜最直接的印象就是有着和年龄不匹配的成熟老到，有巨大的野心和抱负，假以时日必当是商界女强人。然而，她的心机却深沉得有些可怕，她是一个为达目的不择手段的人。这个特质也许能让她更快地获得成功，但未来很可能会反噬她并对她造成伤害。如此看来，周先生计划让女儿十年后再接班实在是用心良苦。常胜不后悔拒绝了周小姐的五百万，他相信将来有一天，周小姐会感激周先生做出的决定，也会感激他今天的拒绝。

常胜没想到的是，就是在他离开会所后不久，于洋洋就接到了周诗丽的电话。周诗丽说想跟她谈谈家族办公室的事，于洋洋有些吃惊，说这件事是由常胜负责的。但周诗丽坚持要跟她见一面，并且嘱咐她不要告诉任何人，包括常胜。

于洋洋满腹狐疑但还是去了。同样是在那个会所，周诗丽同样单刀直入，希望于洋洋帮忙阻止家族办公室计划。

于洋洋问：为什么？这里边清晰地保障了您的权益，而且实际上只有这样才能保障您的权益。周诗丽说：严格说是十年后的我的权益。我认为十年后的我不是今天的我。我也不一定是十年后的我。所以，我不希望有这么一个计划。

于洋洋明白了，周诗丽是想立即上位，不愿意等到十年后。

于洋洋说：我没有理由阻止这个计划。周诗丽说：我会给你一个理由。

于洋洋问：比如？周诗丽说：钱。我给常先生开了五百万，常先生拒绝了我。我没有再开价，是因为他没有还价，所以我知道多少钱他都会拒绝，因为他拒绝的是我。至于于小姐，我想，这次你来出价。我不还价。

于洋洋说：很诱人。周小姐，我必须告诉你，我被打动了。但我必须拒绝，因为我做不到。这件事已经进入了程序，这是我们大家一块做的方案。大家都付出了心血。而且，这是我们盛邦信托历史上最大的一单。谁都不会放弃，也不敢放弃。

周诗丽说：我相信你会有办法。于洋洋说：周小姐，您高看我了。我没有办法。而且，我也得遵守我的职业道德。我受到了诱惑，但我不能这么做。

周诗丽只好说：好吧。如果你改变了主意，随时给我电话。

于洋洋其实有那么一瞬间非常心动，听周小姐的意思，如果自己愿意帮忙阻止家族办公室计划，即便开价远高于五百万周小姐也会答应。但转念一想，自己升职在即，为了五百万或者一千万而放弃自己的大好职业前途，并不是一件划算的事。

于洋洋倒是很想知道常胜为什么以及是以什么样的理由拒绝周小姐的，但既然答应了替周小姐保密，也只好把这件事藏在心里，装作没有发生过。

田蜜的车子、首饰和各类名牌衣服、鞋子、包，加起来一共卖了一百零九万八千。温先生的购房款也如期到账了。常胜陪同田蜜又去了趟法院，在法官的见证下，把一千五百万转入了三强公司的账户。

出了法院，常胜带着田蜜径直去了阳光里小区。

蔡冬梅、张秋菊等债委会成员早早就等候在棋牌室里。康哥端茶倒水忙活着。

常胜把田蜜介绍给众人。田蜜有些局促不安。

蔡冬梅说：同志们，今天是咱们债务委员会成立以来的一个重要日子——田蜜女士今天将偿还咱们第一笔欠款——多少来着？

常胜说道：九万八。

众人都一愣。张秋菊说：怎么才这么点？不是说她那房子卖了吗？

田蜜低声说：房子卖了，车子卖了，我所有值钱的东西都卖了，还掉欠担保公司的一千五百万，就剩这么多了。

张秋菊说这么点哪够分啊。我还以为能还个一二百万呢。李明白说：我明白了，大伙儿是白高兴一场。胡春丽说：小田，你可别跟我们玩心眼，有钱故意不还。田蜜说我不会，请相信我。

常胜说：各位，我可以替田蜜证明，她的卡里确实只有九万八了。

蔡冬梅说：九万八就九万八，总比没有强。我说，首先要表扬一下我儿子，也就是常胜常秘书长，他这段时间做了不少工作，取得了初步成效。其次要鼓励一下田蜜，万里长征终于走出了第一步，希望你再接再厉！

康哥带头鼓掌，其余众人稀稀拉拉也鼓了几下掌。

接下来众人开始商议，这九万八怎么分？

蔡冬梅提议按比例来，张秋菊、李明白等几个大债主都同意，但胡春丽、老马等小债主有意见，说那样的话我们分得太少，要求平分。众人吵作一团。最后康哥提了个建议：抓阄！拼手气！

蔡冬梅问：怎么抓阄？康哥从麻将桌上拿起一张麻将牌说：用这个！

康哥找出十一张麻将牌，一张四万，一张两万，四张一万，五张白板，反扣到桌上。大家每人摸一张，摸到四万就得四万，摸到一万就得一万，摸到白板就一分钱没有。

蔡冬梅说：这办法倒是很新颖。我是没意见，反正我手气好。张秋菊说：拉倒吧，你手气好什么呀，就今儿下午我就截和了你两把。蔡冬梅说：你那是侥幸。不服咱们来摸，看谁能摸到四万！

众人都被挑起了兴致，纷纷赞同：好，就抓阄！看谁手气好！

常胜一算，说不对，一个四万，一个两万，四个一万，一共十万。田蜜只有九万八，还差两千。

康哥说好办，我再借给田蜜两千块，凑个整，十万。说着从口袋里掏出一叠钱，数了两千出来往桌上一放，又对田蜜说：哎，你给我写个借条。来来，柜台那边有纸和笔。

康哥不由分说半推半拉着田蜜往柜台处走去，找常子龙要来纸和笔，让田蜜写借条。康哥说：你放心啊，这个钱我不要利息的，也不要你还。

田蜜不解：为什么？康哥说：我自有用意。来来，赶紧写。

田蜜只好写了张借条，签上名，写上日期。借条到手，康哥脸上顿时笑开了花，拿着借条快步走向会议桌，把借条往桌上一拍。

康哥说：我现在是田蜜的债主了！我申请……不是，我要求，正式加入债务委员会！

众人这才恍然大悟，合着康哥打的是这个算盘！

张秋菊说：康哥你是不是闲的啊？当债主好玩是吧？康哥说：你不要管我闲不闲，反正，我有权利加入债务委员会！蔡冬梅说：才两千块钱加什么加！这钱你拿回去！常胜，你拿两千块钱出来，凑个整。康哥说：哎，借条已经写了，正式生效了！ 蔡冬梅说我不同意！康哥说：冬梅花儿开，你没权力不同意，章程上写了，只要是田蜜和刘得恩的债主，都可以加入债务委员会！

常胜一看没完了，赶紧打断，说康哥入会的事情改天再讨论，先抓阄吧！

众人都摩拳擦掌，暗暗祈祷自己能摸到那张四万。

康哥把那十一张麻将牌倒扣在桌上，胡乱洗了一番，再摆齐。刚开始谁都不肯第一个摸，互相推让，李明白不信邪，第一个摸，翻开一看是个两万，乐了。

众人这下争先恐后开始摸牌。四个人摸到了一万,四个人摸到了白板。最后就剩蔡冬梅和张秋菊没摸了。

康哥说：还剩一个四万,一个白板，看你们俩谁运气好。谁先摸？

蔡冬梅和张秋菊都有些紧张。张秋菊说：冬梅你先摸吧。你是债委会领导。蔡冬梅说：不，领导要把群众利益放在首位。我得让着你，你先摸。张秋菊一咬牙：我先摸就我先摸。

说着伸手去摸牌。蔡冬梅又拦住：等会儿！还是我先来吧。领导应该冲锋在前。张秋菊说：冬梅你真够磨叽的，赶紧！

蔡冬梅深吸了一口气，搓搓手，伸出手去，在两张牌上空犹豫了好一会儿，咬咬牙拿起了一张，一翻，是个白板。

张秋菊哈哈大笑：我说什么来着！今儿你就是被我截和的命！

蔡冬梅恼火地把麻将牌一扔，指着康哥：都怨你！出的什么馊主意！

众人都哈哈笑了起来。田蜜的心情也放松了下来。之前常胜要带她来见债委会成员，她心里其实很不情愿，她不知道该如何面对。然而真见到了这群和她爸妈年纪相仿的债主，看他们斗嘴吵闹，田蜜心里竟不自觉生出一种亲切感。田蜜心想无论如何自己必须把欠他们的钱还清。一想到还有那么多债务，田蜜心里又沉甸甸的。

接下来田蜜还要面对一个最现实的问题：房子卖掉了，她住哪儿？按说她应该租个房子，但田蜜浑身上下就只剩下一千多块钱了，别说租房了，马上就连吃饭都要成问题了。

常胜并不知道这些，或者说常胜并不在乎这些，他只是叮嘱田蜜：找好房子以后务必第一时间把新住址告诉他。田蜜说没必要吧？你有事打我电话或者发微信就行了。常胜说不行，我是你的债务监督人，我必须及时掌握你的最新动向。田蜜不情愿地答应了。

田蜜不由自主又想到那一千万的信托。如果信托没有撤销，她的生活至少不成问题，每个月多余的钱还能还一部分债。她又后悔不该听从常胜的，把剩下的九万八全还了，应该留下一点生活费。想来想去，对常胜的不满又多了一分。

李梦很清楚田蜜的状况，知道她开不了口向别人求助，暗中也替田蜜着急。李梦住的房子是跟别人合租的，二房东特别苛刻不好相处，让田蜜住过去也不太方便。李梦只好跟刘媛、马蒂莎等人说了。刘媛说不行的话我们几个凑点钱帮田蜜租个房子，马蒂莎、秦妙雯也没意见，毕竟跟田蜜是多年的好姐妹，这点小忙该帮还是要帮的。

马蒂莎回去跟老公赵康提了一嘴这事，赵康说我们不是还有一套公寓空着吗？现成的地儿，让田蜜住那得了，省得你们还凑份子。马蒂莎很高兴，说我本来也这么想，怕你反对所以没敢提。赵康说：你把我想得太狭隘了。马蒂莎说：什么呀，上次我提出把我爸妈接过来住那套公寓你都不乐意。我还以为你不想让人住那房子呢。赵康说：两码事，你爸妈在老家有朋友有事儿干，跑这儿住不闷得慌啊？房子空着也是空着，谁住不是住？我不是心疼房子，我是心疼人。

马蒂莎当即打电话跟田蜜说了这事。田蜜很感激，但担心给马蒂莎添麻烦，想婉拒，马蒂莎说姐妹一场客气什么，就这么定了！

田蜜和温先生约好交房的日期。到了那天，李梦和马蒂莎过来帮田蜜搬家。屋子里的家具家电什么的都算在房价里留给了温先生。田蜜的全部身家就剩下一大一小两个箱子了。

站在屋子门口，田蜜万般不舍。这里有太多美好的回忆。但田蜜别无选择，过去的一切已经一去不复返了，她必须独自一个人去开始新的生活。

守在门口的小虎、小豹一看田蜜像是要搬走，赶紧请示万百千怎么办。万百千说赶紧盯上，看她去哪儿了！小虎、小豹开着车跟在马蒂莎的车后，一时着急忘了记住马蒂莎的车牌号码，加上路上遇上堵车，跟着跟着竟然跟丢了。

小虎、小豹慌忙向万百千汇报。万百千臭骂了两人一通，这点小事都干不好，这个月你们俩别想要奖金了！

马蒂莎把田蜜、李梦带到自己空置的那套公寓，稍微交代了几句，说中午还有应酬，就走了。

李梦在公寓里转悠了一圈很是羡慕，说这么好的房子空着真可惜。公寓是两室一厅，李梦说她租的房子还有两个月到期，到时候干脆她也搬过来陪田蜜住，房租也省了。田蜜却说这样不好，马蒂莎虽然是朋友，但朋友帮你是情分，不帮你是本分，不能以为是理所当然的。田蜜打算抓紧时间找一份工作，赚了钱就自己出去租房子住。

正聊着田蜜手机响了，一看来电显示是“魏桂花”。这是田蜜以前捐助的一个山区的贫困家庭。

魏桂花说：田恩人您好，这个月给我们家的捐助怎么还没到？前几天就该打过来了呀！以前都很准时啊。田蜜说：对不起魏女士，我家里出了点事儿，不能捐助你们了。魏桂花很惊讶：什么？不捐助了？出了点事儿就不捐助了？对你们来说，这才多点钱？你说不捐就不捐了，我们家孩子怎么交学费？吃什么穿什么？你必须得给我一个说法！你不能不讲诚信！

田蜜按捺住不快说：魏女士，不是我没有诚信，是我失去帮助别人的能力了。我丈夫去世了。魏桂花说：这样啊，这个月不行就算了，下个月能打钱吗？田蜜说：下个月恐怕也不行。魏女士，你去看咱们的公益捐助条约，第十四条写着，如果捐助人失去了捐助能力，条约就自动中止了，这一点我会向公益平台写个说明。我现在失去了经济来源，还欠了债，等我以后有了经济能力，我会继续履行我的承诺。

魏桂花问：那得等到什么时候？你给我个准话。

李梦在旁边听不下去了，抓过电话对魏桂花说：田蜜她自己现在还需要别人捐助呢，您找别人捐助去吧，别找她了！说完挂了电话。

李梦愤愤然：什么人哪！跟催债的似的！

田蜜神情有些黯淡，李梦刚才那句无心的话深深地刺痛了她。是啊，自己现在成了需要别人捐助的人了。现实如此冰冷，她必须去面对。

债务委员会开会讨论康哥的入会事宜。蔡冬梅一如既往地表示反对，说康哥是钻空子，这债主不能算。以后咱们章程里得加一条，债务少于五万的不算。康哥只好赔笑：冬梅花儿开，你不要这样好不好？我又没得罪你，你老是跟我过不去干吗。蔡冬梅说：谁跟你过不去了。咱们本来挺严肃一组织，你一搅和，快成马戏团了！

胡春丽说：这个问题我支持冬梅。咱们讨论的有些事情属于内部机密，康哥一外人，嘴巴又不严，给嚷嚷出去了不好。康哥说：谁说的，我嘴巴严着呢！我不会到处乱说的！蔡冬梅说：拉倒吧，你嘴巴还严呢，谁家有点儿什么事，只要你一知道，要不了半天，全小区就全知道了！你就是咱们这一片远近闻名的大嘴巴！康哥急了：你这是污蔑！

张秋菊说：行了，别吵吵。这样吧，老规矩，投票表决。

其余众人对康哥是否加入债委会基本上持无所谓态度，有康哥忙前忙后插科打诨，债委会显得还轻松热闹一些，于是都投了赞同票。赞同票超过了三分之二，蔡冬梅只好同意康哥加入债委会。

康哥激动地朝大伙儿点头哈腰作揖：谢谢！谢谢大家！

债委会有一个微信群，康哥当即要求张秋菊把他拉进群里。张秋菊说：新入群的要发红包啊。康哥说没问题！

众人立即做好了抢红包的准备。康哥心情舒畅，说大家不用急，我发十五个红包，每人都有份！张秋菊说多发点啊，别总共就几块钱。康哥说没问题，我发一百块！

康哥发了红包，众人纷纷抢，胡春丽抢到了二十五块，高兴坏了。其余人也都抢了几块、十几块不等。唯独蔡冬梅就抢到了两毛七，懊恼不已，众人哄笑。

开完会后，康哥追着蔡冬梅说玩儿把牌。蔡冬梅说没工夫，今天我儿媳妇过生日，我得回家准备生日宴呢。康哥说：给儿媳妇准备生日宴？冬梅花儿开，你们婆媳关系不错嘛。蔡冬梅：那当然了。我们家从来没有婆媳矛盾。有个这么好的儿媳妇，是我儿子的福分，也是我当婆婆的福分！

蔡冬梅倒不是说假话，于洋洋父母不在身边，蔡冬梅心里把这个儿媳妇当亲闺女一样疼。每年于洋洋过生日，蔡冬梅都要在家里给于洋洋举办一个生日宴，一家四口和和美美地吃上一顿饭。今年自然也不例外。

一大早，蔡冬梅就催着常子龙去买菜，叮嘱常子龙：排骨，小河虾，青蟹，这三样是必买的，其他的你看着买。有什么新鲜菜多买点，别舍不得花钱。平时省点就省点，洋洋的生日不能省。常子龙说：我知道！哪回洋洋过生日我舍不得花钱了？每年你都要唠叨一遍。

常子龙去买菜的当口，蔡冬梅拿起手机给于洋洋发了条语音微信。

蔡冬梅说：洋洋，生日快乐。你爸爸今天买了排骨、小河虾、青蟹，还有好多菜，都是你最爱吃的。下了班早点回来啊！

发完蔡冬梅又给常胜发了条语音微信，说：儿子，今晚上洋洋的生日宴，菜我都准备好了。你别忘了订蛋糕啊。

常胜收到蔡冬梅发来的微信，很是发愁。于洋洋的生日他其实记着，还在想要不要买点礼物表示一下，但又一想都一别两宽、各自欢喜了还表示什么呀。但常胜忘了生日宴这一茬。他和于洋洋离婚的事爸妈还不知道，这会儿坦白交代好像也不合适。常胜想了想还是得跟于洋洋通下气，听听她的意见，去还是不去。

常胜打开于洋洋的微信，写了条文字微信：今天晚上的生日宴，你去吗？犹豫了一会儿，常胜还是删了。常胜想发微信还不如当面说，于是去了于洋洋办公室。走到门口常胜又想，万一于洋洋不给面子说不去怎么办？还是先想好退路比较好。于是常胜又回到了自己的办公室。

常胜在办公室门口徘徊的样子于洋洋注意到了，心里暗暗好笑。她也是收到蔡冬梅的微信才想起生日宴这一茬，对她来说，去和不去都无所谓，反正不用她向常胜爸妈交代。她猜测常胜刚才是想找她说这事，不知为何又回去了，估计是不知道如何开口。一想到常胜这会儿一定特别纠结，于洋洋不自觉有种报复的快感。

正如于洋洋所料，常胜整整纠结了一天，还是想不好怎么跟于洋洋开口，到了五点半快下班了，常胜又收到蔡冬梅的微信，嘱咐他和于洋洋早点过来。常胜没辙了，只能硬着头皮去找于洋洋。

敲门进了于洋洋的办公室，常胜没话找话：还没下班呢，洋洋？于洋洋说马上，又装作漫不经心地问常胜：有事？常胜支吾着问：那个，今天什么日子你记得吧？于洋洋装糊涂，反问：什么日子？

常胜说：你生日啊！洋洋，我得批评你，忙工作忙得连自己生日都忘了，这哪行。于洋洋嘲讽地笑：难得你还记得我生日啊。常胜说：当然记得了。每年你生日都是在我们家过的，我哪能忘。于洋洋说：你忘了。常胜说：没有，真没忘。于洋洋说：以前每年我过生日，一到零点，你就会给我发微信，再发个大红包。今年你没有。常胜说：咳，我本来是想发的，又怕不合适，就没发。

于洋洋说：忘了就忘了呗，没什么大不了的。我们已经离婚了，你没有义务再记住我的生日。其实我也忘了，要不是你妈给我发微信，我都没想起来。常胜大惊：什么？我妈给你发微信了？于洋洋说是啊，一大早就发了。说你爸买了好多菜，叫我下了班早点过去。常胜说：嘿，你怎么不跟我说啊！害我着急了大半天。于洋洋问：你着急什么？常胜说：今晚上我们家的生日宴，你去还是不去？于洋洋说：我不去行吗？常胜说：不行。你要不去的话，咱俩离婚的事就兜不住了。于洋洋说：那还有什么好说的，去呗。

常胜这才松了一口气：洋洋，你很顾全大局，很好，谢谢你。于洋洋笑道：不客气。——蛋糕买了吗？常胜说：买了。于洋洋问：买的什么？常胜说：还是你最爱吃的巧克力蛋糕。

于洋洋笑了，既开心又有些苦涩。

常胜和于洋洋准时去了蔡冬梅家。蔡冬梅早已准备好了一桌丰盛的菜肴。吃饭前照例先许愿、唱生日歌、吃蛋糕，一家人其乐融融。常胜和于洋洋刻意要在二老面前演戏，互相抢着给对方夹菜，显得恩恩爱爱。

蔡冬梅看在眼里满心欢喜，忍不住说：洋洋，你们也不能光想着工作，孩子的事也得抓紧。常子龙打断：你别老提这茬。年轻人有年轻人的想法，要不要孩子、什么时候要，让他们自己决定。蔡冬梅一瞪眼：你闭嘴！

常胜有些尴尬，不知道如何回应母亲的话，于洋洋却笑道：妈，孩子的事，我听常胜的。说着于洋洋握住了常胜的手。常胜下意识想抽回手，于洋洋却握得更紧了。

蔡冬梅说：儿子，洋洋都表态了，你也表个态？常胜干笑着说：妈，我努力。蔡冬梅眉开眼笑，说：好好好，要努力！来来来，我们一家人干一杯！祝洋洋生日快乐，年年都是十八岁！

众人举杯，常胜趁机抽回了手。

吃完饭，常胜和于洋洋告辞回家。

蔡冬梅把吃剩下的半个蛋糕放进冰箱，忽然觉得不对劲，又把蛋糕拿出来，仔细端详。

蔡冬梅喊常子龙：老常，你有没有发现不对劲？常子龙疑惑：什么不对劲？蔡冬梅说：儿子和儿媳妇生分了。常子龙说哪里生分了？他们俩刚才吃饭的时候，你给我夹菜我给你夹菜，还手拉着手——要多腻歪有多腻歪。

蔡冬梅说：就是生分了。你看这蛋糕上的字！

常子龙看了看，蛋糕上残存着“洋洋”两个字。常子龙不解：这字怎么了？

蔡冬梅说：蛋糕上写的是：祝洋洋生日快乐。——这句话有问题。常子龙问：什么问题？蔡冬梅说：我记得洋洋第一次到我们家过生日的时候，那会儿他们还没结婚，蛋糕上写的是“祝亲爱的洋洋生日快乐”。他们刚结婚那年，蛋糕上写的是“祝亲爱的老婆生日快乐”。去年，蛋糕上写的是“祝老婆大人生日快乐”。今年既没写亲爱的，也没写老婆，就两个字：洋洋——这明显生分了呀！

常子龙很诧异：几年前蛋糕上写的字你都记得？蔡冬梅说：记得呀。我记得清清楚楚的。哎，你说，他们怎么不叫亲爱的了？常子龙说：常胜和洋洋结婚好几年了，也算老夫老妻了，很正常。以前我也叫你亲爱的，现在再这么叫你受得了吗？蔡冬梅说：他们才结婚几年，算老夫老妻吗？常子龙说：算。过了三年就算。蔡冬梅说：婚姻的保鲜期这么短呀？常子龙说：保鲜期短点没关系，保质期长就行！

常子龙说着走开。蔡冬梅对着蛋糕看了又看，想了又想，终究没有头绪，叹了口气，把蛋糕放进了冰箱。

回到家，常胜和于洋洋都有些疲惫。

于洋洋笑着问：今晚上我表现还可以吧？ 常胜说：挺好——就是戏稍微有点过了。还好没穿帮。于洋洋问：怎么过了？常胜说：我也说不上来，就感觉有些别扭。于洋洋说：不是我的戏过了。是你自己不在状态，接不住。常胜说：可能吧。这样下去不是办法，我们得找合适的机会把实情告诉他们。于洋洋说：随便你，你想说就说吧。

于洋洋说着扭头往自己房间走，走着走着，不自觉眼泪却流了下来。

六

这天晚上，肖华给田蜜发来微信视频通话邀请。田蜜接了。看到爸妈的头脸出现在屏幕上，田蜜眼睛顿时红了，强忍着把泪水憋了回去。

田加安看上去精神还行，但神情有些担忧。

肖华一眼就看出了田蜜不在家，有些疑惑，问田蜜在哪儿？

田蜜犹豫了一下还是说了实话，说得恩留下了一些债务，房子卖了还债了，她现在住在一个朋友家。

肖华一下子紧张起来，说得恩怎么还欠了债？欠了多少？还清没有？

田蜜怕刺激爸妈，只好含糊地说：债务问题我已经处理好了，你们放心。

田加安一脸心疼地说：蜜蜜，这么大的事情，你不该瞒着我啊。你跟我说了，就算帮不上什么忙，也能帮你拿个主意啊。你那边到底什么情况？

田蜜说：我这边挺好的。您放心。

田加安说：挺好的？怎么可能挺好的，房子你都卖了还会挺好的？我怎么可能放心？蜜蜜，你不要什么都瞒着我们，事儿已经出了，你躲不了，我们也躲不了，迟早得面对。你不告诉我们，以后我们会更难受。我现在恨不得马上就回去！

田蜜说：爸，真不用，您一定要恢复好了再回来。得恩公司的事情现在是得恩的合伙人老戴主持。公司的债务是公司债务，得恩还有些个人债务，卖了房子已经还上了。接下来我准备找工作，找到工作，我就从这儿搬出去。大概情况就是这样，你们没必要现在回来。去趟美国不容易，您一定在那儿恢复利索了再回来。这也是得恩安排您去美国治疗的本心。田加安叹息：蜜蜜，你受苦了。田蜜说：我没事，您好好休养，我等你们回来！

挂断视频，田蜜忍不住泪流满面。

次日一早，田蜜还没醒，手机响了。田蜜一看来电显示是高中的班主任马老师，赶紧接起来。

马老师在电话里说，今天一早有个人三番五次给我打电话，说你是田蜜的班主任，你没有教育好田蜜，你要为她负责。我以为是个诈骗电话，就拉黑了，但不一会儿别的号又打来。我问对方是谁，他说你欠了他的钱不还，我挂断他又打来，我拉黑他就找个别的号打。马老师有些疑惑也有些担心，问田蜜这是怎么回事？你真欠人钱了吗？

田蜜顿时明白，一定是万百千干的“好事”。但也没法向马老师解释，只好连连道歉，说自己和那个打电话的人有点纠纷，我马上处理。

刚挂断马老师的电话，李梦的爸爸又打电话来了，和马老师一样，也是一大早就莫名其妙受到了电话骚扰，内容跟马老师接到的差不多。

李梦爸爸很担心，说我刚给李梦打电话了，李梦说是骚扰电话，不让我跟你说。我觉得还是得跟你说一声。怎么回事啊？你是不是遇上坏人了？田蜜说：叔叔，再有陌生电话您别接。我来处理！

田蜜又气又急，她想起了不知在哪儿看到的，说高利贷催债专门有一招叫“打爆通讯录”，万百千使的估计就是这招。

田蜜翻出通讯录黑名单，从黑名单中把万百千拉了出来，给万百千打电话。

万百千得意扬扬地说：哟，田女士，你终于把我从小黑屋放出来了？你怎么搬家也不说一声啊？你以为搬了家就不用还钱了？

田蜜无奈把公寓地址告诉了万百千。过了没多久万百千带着小虎、小豹来了。

田蜜说：我再说一遍，高利贷我不认！要杀要剐你们冲我来好了！

万百千说：你这样说就没意思了。你知道我们这招叫什么吗？打爆通讯录，砍掉消息树。我们将把你从小学开始认识的人，从你的生活中消除。你的通讯录一共是八百六十三个号码，我们仅仅才打了十个人。如果打一百个人呢？如果打八百个人呢？

田蜜知道万百千说得出做得出，如果自己通讯录上的联系人都被万百千骚扰一遍，自己真的没办法见人了。

田蜜只好忍气吞声，咬咬牙说：咱们各让一步，如果你不再打我的通讯录，我可以承认本金和正常利息。

万百千一听鼓起掌来，说：你看，从开始的坚决不认，到现在有条件地认，这就是巨大进步嘛。这说明什么？这说明，人是会发展变化的；这说明，人是需要深入交流的；这说明，世界上没有什么事情是不可改变的。

小虎和小豹也跟着鼓掌点头，连声赞赏大哥的话如同醍醐灌顶。

万百千随即又说：我当初和刘得恩签了合同的，白纸黑字，多少利息就多少利息，你认也得认，不认也得认！

万百千说着拿出早已准备好的合同，说：章我都盖好了，你签了字，债务就转到你这儿来，只要你认了，我们就不会再打你的通讯录。

田蜜无力地说：我就是认了，也还不起你的钱。

万百千说：你先不用还本金，你就付利息就行。原来我跟得恩兄合作得就非常好。得恩兄走了，我非常难过。他是个讲规矩的人。田女士，我是个文明人，我也不愿意打你的通讯录，我也不愿意使用那些我根本不愿意使用的手段，但是你首先得认这个事儿。

小虎和小豹也在一旁帮腔。小虎说：田女士，赶紧认了吧，大道理我不会讲，反正我们大哥只要使出打通讯录这一招，到现在为止，除了精神有问题的，还没人扛得住。

小豹拿出手机说：接下来我们大哥准备打你通讯录上的三十个名单，有马蒂莎、刘媛、秦妙雯、田加安——哦，就是你爸、肖华——哦，就是你妈——

田蜜缴械了：我认。合同给我吧。

田蜜在万百千带来的新的债务合同上签上了自己的名字。

万百千拿着合同笑嘻嘻地说：田女士，从今天起，咱们就是合作伙伴了，有什么需要，随时开口。田蜜说：我需要你们三个从我面前立即消失！

万百千目的已经达到，没再纠缠，带着小虎、小豹走了。

田蜜心力交瘁，内心一片茫然。

于洋洋期盼已久的人事任命会召开了。

陈总代表盛邦信托总部宣布：通过最近的考察和结合盛邦信托宁城分部的具体发展情况，我们有两位同志得到了提拔，今天在此向大家正式宣布一下，接下来会有具体的文件下发到各个部门。陈总不自觉地看了于洋洋一眼，拿起一张人事调整任命书，念道，兹经盛邦信托宁城分部执委会决议通过、盛邦信托总部批准，特做如下任职调整：原财富管理部副总监李小猜调任总经理助理，原风险管理部总监刘百刚调任副总经理。祝贺李小猜和刘百刚两位同志，同时也希望大家精诚团结，把咱们盛邦信托宁城分部的工作推向新高度！

于洋洋简直出离愤怒了。不仅期望中的副总经理的职务旁落他人，就连她的部门副手也被提拔了，自己却被人当成了空气！

于洋洋强忍着没有当场爆发，会议一结束就扭头回到了自己的办公室，刚坐下，常胜进来了。

于洋洋问：你都知道了？常胜说：世界上最快的消息就是人事任命的消息。你们还没散会，风就吹到我耳朵里了。

于洋洋难掩气愤：论业绩，论资历，副总都该是我的。常胜说：其实财富管理部最适合你。没升职我倒觉得是个好事。于洋洋说：你要这样想问题，干一辈子也就是个客户经理。一点儿都不上进！常胜说：我从小就不上进，我喜欢的是上心。干业务是上心，求职务是上进。你这不是上进不利嘛，我来安慰一下你。

于洋洋笑了：谢了。没想到一离婚你还学会安慰人了。弄得我都快要重新爱上你了。实在不行咱们复合？常胜说：别。系统重启意味着老化。咱们还是各自奔向广阔天地。我来是想问问，职务调整结束了，咱俩的事儿是不是得向亲戚朋友公布了？于洋洋说：你就这么着急昭告天下啊？有下家了？常胜说：我不着急。但我怕我爸妈从别的地方知道咱俩离了，那还不炸锅啊？于洋洋忽然有些泄气，说：你说得对，职务调整已经结束了，没必要瞒下去了，你想说就说吧。

常胜出去了。于洋洋坐在那儿想了又想，心里那团火越烧越旺盛。这时陈总发来了微信，请于洋洋到他办公室去一趟。

于洋洋本就想找陈总问个明白，板着脸就去了。

于洋洋说：陈总，这次的人事调整希望您给我一个说法！陈总说：洋洋，你是职场老将了，以后还有机会，不要情绪化。于洋洋说你为什么这么做？就因为我拒绝昔日重来？

陈总连忙摆手：不不，洋洋你误会了。其实这次我上报总部的是你来担任副总经理，李小猜接你的职位，但是没通过。李小猜路子更硬。你明白我的意思吗？于洋洋说：陈总，明人不说暗话，你根本没报我！陈总说：你要不相信我也没办法。不过不管怎么说，这次算我亏欠你的。我看这样，我推荐你去总部吧，我保证给你至少安排一个部门副手的位置。

于洋洋说：谢谢。我不想去别的地方。从大学到现在，我在宁城经营了快十年了。这儿就是我的家，也是我的阵地。陈总说：洋洋，说实话，你在宁城分公司不会有太大发展了。去外地是你的最佳选择。

于洋洋听出了陈总的弦外之音：陈总，你想让我走？陈总略一迟疑，点头：对。于洋洋怒气勃发：你太过分了！陈总连忙说：洋洋，冷静、冷静。我是想保护你。于洋洋说：我不需要你的保护！

陈总无奈：跟你说实话吧，我太太知道以前我们有过一段。你如果还留在宁城分公司，她会毁了你，当然，也毁了我！于洋洋愣了：我们的事都七八年前了，早就结束了！陈总说：咳，就上次在北京，你去我房间，我太太知道了。——她派人跟踪我。于洋洋气极反笑：可笑，上次在北京什么都没发生！我明确拒绝了你！陈总说：是，但我太太不信。——洋洋，你也知道的，没有我太太，我根本坐不到现在这个位置。她想毁掉你，易如反掌。

于洋洋冷笑：你认为我就毁不了你？陈总心中一凛：洋洋，你什么意思？于洋洋却换了一副无所谓的神情：没什么意思。我不会毁掉你的。太平世界，干吗动不动就要毁掉谁。——我可以离开宁城分公司。

陈总松了一口气：洋洋，谢谢你。我知道你会顾全大局的。说吧，我可以怎么补偿你？

于洋洋问：周先生的那个家族办公室的方案你签字了没有？陈总说：还没有。我马上签！今天就派人送往北京总部，一定尽快让总部通过！于洋洋说：不。你现在不要签。陈总疑惑：为什么？于洋洋说：你不用问为什么，等我两天。

于洋洋说完扭头出去了。回到自己的办公室，关好门，于洋洋拨通了周诗丽的电话。

晚上，于洋洋如约去了上次那家会所，周诗丽在等着她。

于洋洋开门见山地说：周小姐，我可以帮你阻止家族办公室计划。

得知于洋洋要见自己，周诗丽已经猜到了这个结果，所以很平静，反问了一句：于小姐能告诉我你为什么改变了心意吗？于洋洋说：这是我自己的事，跟你无关。你只要达到你的目的就行了，我也一样。

周诗丽微笑着说：于小姐说得对。那么请你说个数吧。

于洋洋淡淡地说：一个亿。

周诗丽吃了一惊：于小姐，您可真敢开啊。

于洋洋说：否则，它不值得我为此冒险。

周诗丽沉吟了一会儿说：开诚布公地说，你的这个数字是我预料的十倍。但是因为我说过我不还价，所以你这个数字我接受。只是有一点，这么大的数字，我不可能一次性付给你。我只能分期付，因为我现在并没有完全掌管财权。

于洋洋说：完全理解。咱们商量一个具体方案出来。这是我的强项。

周诗丽笑了，伸手和于洋洋相握：合作愉快！

次日一上班，于洋洋就去了陈总的办公室。

于洋洋说：周先生的家族办公室项目，你帮我推掉。陈总惊讶，问为什么？于洋洋说你不用问为什么。这是我离开宁城分公司的条件。

陈总有些为难，说我没这个权力。于洋洋说你有这个能力。陈总说：我不能这么干，也不该这么干。于洋洋说：不该干的事儿你不也干过吗？！陈总苦着脸说：我没法向总部交代。总部已经知道这个项目了。于洋洋说：我给你拟好了说辞了，就说周先生改变了心意，撤销了这个方案。陈总问：如果总部派人调查呢？于洋洋说：现在全世界能直接接触到周先生的不超过五个人。凡是总部派的能接触到周先生身边的人的都是这个说辞。我会安排好的。

陈总想了想又问：那跟周先生怎么交代？于洋洋说：官方说法：根据总部查询，周先生的资金有洗钱嫌疑，我们不便接下这个项目。陈总问：你就准备这么跟常胜说？于洋洋说：是的。陈总说：如果我不照你说的做呢？我想知道后果。于洋洋说：

后果你承担不起。你太太调查出你跟我有过一段恋爱史，那她调查出李小猜了吗？就我知道的，营业部还有两个。

陈总脸色变了：好。我答应你。但从此之后，我们就两不相欠了。

于洋洋说：一言为定！

社区广场舞大赛日期临近了，蔡冬梅、张秋菊等人也加紧了训练。康哥闲着没事也经常在旁边看热闹，偶尔还跟着跳上一段。

这天练着练着，蔡冬梅忽然上前关掉了音响。

蔡冬梅说：停！——这样不行，一点儿精气神都没有。照这个状态咱们还是甭比了，免得丢人现眼！

张秋菊说：冬梅，说实话我现在压根就不想比赛了，没心情。胡春丽也说：我也没心情。又没奖金，就一破奖杯，你说有啥可争的。

康哥这时凑了过来说：你们练也是白练，肯定争不过白云里。蔡冬梅一听不乐意了：争不过也得争！咱们练了这么长时间了，眼瞅着没几天就比赛了，哪能半途而废呢！

康哥说：我到白云里打探过了，你们猜，我发现了什么？蔡冬梅说：甭卖关子，发现了什么你赶紧说！康哥说：白云里今年下了血本了！他们从市歌舞团请了个教练！

众人一听都紧张起来了。

张秋菊问：真的假的？还请了教练？康哥说：可不。而且这个教练还很有来头，在国际上都获过奖的。胡春丽说：至于吗，就这么一破比赛。蔡冬梅神情严肃：比赛就是比赛，不要叫什么破比赛！这个情报很重要。咱们必须找出对策来。

张秋菊说：你是队长，你说怎么办吧！

蔡冬梅想了想：大伙儿先解散，秋菊，春丽，我们几个开会研究一下！

随即，蔡冬梅、张秋菊、胡春丽、老马几个广场舞骨干和康哥聚到棋牌室里开会商讨对策。

张秋菊说：现在从战略来说，我们阳光里比白云里强，因为我们赞助了十万块钱，如果水平同等，这奖杯肯定就咱们拿了。

蔡冬梅说：别说战略，说战术。还有，这十万块钱的事儿别再提了，咱们要靠实力赢下对方。

胡春丽说：战什么术啊。人家是专业舞蹈教练替她们编排动作，咱们是自个儿瞎跳。不管什么领域，业余的撞上专业的，都死翘翘。

蔡冬梅说：你不要长他人志气，削自己威风。不过呢，这事我有一点责任，之前我思想上还是有点儿轻敌，准备工作做得不够细致。

胡春丽说：现在说这些已经晚了。咱们再聘请专业教练也来不及了。

张秋菊叹气：唉，都是被钱给闹的。这段时间大伙儿训练也是三天打鱼、两天晒网，都没什么心思练。现在甭说拿阳光杯了，不拿夜光杯就谢天谢地了。

老马说：我看咱们还是退赛得了。安心要账。

蔡冬梅说：不行！我好不容易才让街道办的把奖杯名字改了，哪能随随便便就让别人拿走！要账不是有常胜嘛！再说了，咱们丢得起这人吗？

张秋菊说：对。这我同意冬梅花儿开的。就是输，也得输出个气势来！

康哥开了口：大家少安毋躁，我给你们出个主意。

众人疑惑地看着康哥。

康哥掏出手机，找出一段视频，放给众人看。

视频是一个芭蕾舞团跳天鹅湖，其中一个人故意动作跟别人不合拍，老出错，惹得观众阵阵大笑。

视频播放完，众人都有些疑惑。

蔡冬梅问：你是说，在我们中间抽一个人，上去胡跳一气，扮小丑？康哥说：差不多这意思。但是，不是真的胡跳一气，是设计好的，不能让这个人上去一打岔，整个儿就乱了，那不行。

蔡冬梅看看其他人：你们觉着康哥这主意行吗？张秋菊想了想说：我看行。咱们也不用练新动作，还跟平常一样跳。就安排一个人故意在上头出错、出洋相，效果就有了。

康哥说：秋菊说得对。这个舞能不能跳好，关键是那个扮演小丑的人，好不好笑就看她了。小丑是整个舞蹈的灵魂人物。

众人一商量，死马当作活马医，干脆就按康哥说的办，说不定能出奇制胜。但谁来扮演小丑呢？

蔡冬梅说：秋菊，你来当小丑吧！张秋菊说：我不行！我水平有限，哪当得了灵魂人物呀。要不老马当。老马说：我更不行了，灵魂人物那必须得是队长啊。老蔡当。

蔡冬梅想了想，忽然有了主意：别争了，我们都不合适。

众人问：那谁合适？

蔡冬梅：灵魂人物必须是独一无二、不可替代的。他就是——康哥！

康哥吃惊，指着自己的鼻子：我？你没搞错吧？

蔡冬梅笑道：没错，小丑的角色非康哥莫属！

众人都拍掌大笑：对对！必须是康哥！

康哥百般推辞，说我一个大老爷们跟你们一群老太太一块上台比赛，会被人笑话的！但蔡冬梅、张秋菊等人软硬兼施，康哥不得已答应试一试。

蔡冬梅当即又召集齐了广场舞队，把康哥的想法说了一下，众人都纷纷叫绝。一群人当即排练起来。康哥起初还有点放不开，跳着跳着放开了，耍宝耍得恰到好处，不仅围观的人笑得直不起腰来，连场上队员都忍不住笑场。

排练完毕，众人都信心十足：今年这个冠军咱们拿定了！

过了没几日，常胜突然接到通知：周先生的家族办公室计划被总部打回来了！

常胜很是吃惊，急忙去找于洋洋询问。

于洋洋装作很意外的样子，说我也刚接到通知，据总部那边说，风险防范部门在调查中发现，周先生的一部分资产有洗钱嫌疑，所以否决了这笔业务。

常胜说：洗钱？怎么可能！我都做过调研了啊。于洋洋说：总部有总部的标准。总之，这个项目撤销了。常胜问：没有挽回的余地了吗？于洋洋说：洗钱这个事儿谁都不敢碰。对不起。

常胜极为苦闷。设立家族办公室可以说是周先生的托孤之举，周先生对他如此信任，甚至签署了全权委托书，没想到项目竟然被总部否决了！这让自己如何向周先生交代？

常胜别无选择，只好紧急约见了在家休养的周先生，把这个坏消息当面告诉了他。周先生也很意外。常胜如实说了总部否决的理由。

周先生叹息说：欲加之罪，何患无辞啊！唉，我若还有三寸血气，尚可理论一番，如今徒唤奈何了，也罢！也罢！

常胜很愧疚，说对不起，周先生，我真的尽力了。周先生大度地摆摆手说，你不用自责，这不是你的责任。

常胜告辞离开，回到家，心情依旧郁闷难解。他想到了周诗丽和自己的那次会面，直觉告诉他，这件事一定和周诗丽有关。

于洋洋温言相劝：周先生的事很抱歉。你也别想太多，这件事结束了。常胜说：我觉得没结束。于洋洋说：你不已经通知周先生了吗？如果周先生那儿不好做工作，我可以出面帮你。

常胜看着于洋洋说：周先生的工作好做。我觉得，奇怪的是你。于洋洋假装镇定地微笑：我？我怎么了？常胜说：原来周先生的事情你最上心。甚至比我还上心。但是我感觉你现在觉得这事儿无足轻重。这是为什么呢？

于洋洋说：常胜，这是总部的决定，不是我能左右得了的。常胜说：你能不能帮我联系一下总部的负责人，我想沟通申诉一下。

于洋洋说：我不能越过陈总直接联系总部。而且你就是联系了也没用，我不是跟你说了吗，现在反洗钱动静这么大，谁都不敢扛这个雷。常胜说：周先生是很规矩的企业家。于洋洋说：周先生现在很规矩，以前呢？起家的时候呢？蓬勃发展的时候呢？几百亿的资产谁能保证一分一厘都是干净的？

常胜无言以对了。

于洋洋又道：我知道这个项目你跟了好几年，已经有感情了。但是我们这个行业是不讲感情的，讲的是收益和风险。你不会不懂。——这件事翻篇了！

于洋洋回房间去了。常胜继续发着愣，忽然手机进来一条微信，是周先生发来的。周先生说：常胜小友：明天下午两点。老地方见。可否？常胜回复：好的。周先生又发来一条微信：法不传六耳。拜托。

常胜疑虑重重。

晚上，田蜜正在招聘网站上浏览招聘信息，又接到魏桂花的电话。

魏桂花说既然你不捐了，我们也不跟你计较了，但我们得找新的捐款人，做父母的，不能让孩子上不起学啊。我不是那没良心的人。

田蜜说：衷心祝愿您的孩子能继续读书。孩子现在成绩怎么样？

魏桂花说：你想想，没吃没穿的，能好得了吗？这几天我去找捐款组织了，想重新登记，人家怕我领双份，说申请书上必须得有你的说明和签字。

田蜜说：没问题。你把申请书寄给我，我签了字马上给你寄回去。

挂了电话，田蜜把公寓地址发给了魏桂花。没想到，第二天下午，魏桂花竟找上了门。

田蜜很惊讶，问：您怎么来了？魏桂花说我来找你签字。田蜜说您不是说寄给我吗？魏桂花说寄信太慢。孩子正长个儿呢，缺钱。

田蜜无奈把魏桂花迎进门。

魏桂花打量着房子，啧啧感叹，说瘦死的骆驼比马大啊。你不是身无分文了吗？你住着这么好的房子，你停了我们家孩子的捐款？哎，你是不是诈捐？

田蜜忍着不快说：这不是我的房子，是我借朋友的房子暂住。

魏桂花有些不信，说你朋友在吗？我听听她怎么说，看是不是真的。

田蜜有些生气了：魏女士，你没有权利这么做。请你把申请表给我，我给你签字。签完字您请回吧！

魏桂花听田蜜这么一说反倒来了劲，叉着腰指点着田蜜的鼻子连珠炮似的说：我没有权利这么做？我有权利这么做！这些年，我们接受你们点捐款容易吗？得配合你们的爱心，给你们写回信，感激你们！还得接受记者采访，配合你们拍照片。很多人拍了照片，上了报纸电视就不捐了，两面三刀的人我们见得多了。我觉得，你很可能就是诈捐。我有义务揭露你们这些利用我们的贫困欺骗我们的人！

魏桂花说着又掏出手机四处拍照：我拍下你的房子，给捐款组织看看。明明有钱，停捐了。这算不算诈捐！

田蜜说：我跟你说了，这不是我的房子！魏桂花不依不饶：你说，当年是不是你求着要捐助我们的啊？！是不是？田蜜说：是！是我主动去捐助你们的！现在我捐不动了！魏桂花说：你还有理了？你答应捐到我们家孩子上大学，我们就没再要别人的捐款！我还以为你真的落难了呢，你住着这样的房子你不捐了？一个月才多点钱啊！

田蜜忍无可忍地说：你别拍了！你再这样我报警了！

魏桂花说：你报！我正好让警察查查你是不是诈捐！

田蜜咬咬牙掏出手机正要拨打，门铃响了。田蜜愣了下，只好放下手机去开门，却见来人是马蒂莎的老公赵康。

赵康微笑说：你好，田蜜。田蜜一愣：赵总，你怎么来了？赵康说：我来看看你。田蜜赶紧说：请进！

赵康进门看见魏桂花，有些意外，问：这是哪位啊？

田蜜对魏桂花说：魏女士，你不是找我的朋友吗？这个房子就是我这位朋友的。

魏桂花打量了一下赵康，撇撇嘴：谁知道你们是朋友还是什么！

田蜜怒了：请你出去！

魏桂花说：我大老远地来了，你还没给我签字呢，你就叫我出去？！没门儿！

赵康见两人吵起来了，赶紧阻止，问怎么回事。田蜜把大致情况说了一下。魏桂花则一个劲地指责田蜜诈捐。

赵康问魏桂花：田蜜答应捐助你多少钱？魏桂花说：一月一千五。直到我家孩子大学毕业。赵康说：这事儿很简单。我朋友没有诈捐，她确实出了点事儿。你们家孩子我接着她给你捐。

赵康说着从包里取出一沓钱，又拿出一张名片，递给魏桂花。

赵康说：先给你付两个月的。这是我名片，明天你打给我。

魏桂花喜出望外，接过钱和名片，连连鞠躬：谢谢。谢谢赵恩人！

赵康说：不用谢。不过，不要再怀疑田女士是诈捐。魏桂花连忙说：不会的不会的。我也是为了孩子一时心急。我向田女士道歉！

田蜜说：道歉就免了，请您赶紧走吧！

魏桂花喜笑颜开地走了。

田蜜松了一口气，对赵康表示感谢，又问：莎莎呢，怎么没跟你一起来？

赵康说：她每天忙得脚打后脑勺，我都不知道她干什么去了。

两人坐了下来。赵康问田蜜最近生活怎么样？接下来什么打算？田蜜如实相告，说自己最近正在找工作。

赵康说：我这儿也缺人。为什么不到我这儿呢？田蜜说：您的公司主要是做投资的，我完全不懂，还是别给您添麻烦了，我先自己找找看。

赵康说：我说的也不是公司。

田蜜一愣，看着赵康，赵康脸上带着暧昧的笑容。

田蜜警惕起来，说：赵总，我不明白您的意思。

赵康说：时间这么紧，那我也就长话短说。田蜜，你现在的情况我很了解，我的情况你大体也了解。莎莎、雯雯、刘媛，你们这一拨人里边，我最欣赏你。你跟她们一块玩，但你跟她们不一样。

田蜜说：赵总，你到底想说什么？

赵康说：我觉得，我们可以在一起一段时间。

田蜜震惊地看着赵康。

赵康说：说说我的诚意。你现在欠的这批债，我马上给你还了，每月再给你五万。你不要在宁城待了，你就回重庆，我给你买套房子，再给你开个店，人不能没事儿干。我一个月去一趟。三年为期。当然，如果这三年里，咱们有了孩子，不管男孩女孩，我再付一百万。

赵康显然是有备而来，从包里取出了一张银行卡放到茶几上，说这张卡里是一百万，算是一个定金。

田蜜看着赵康，有些难以置信他竟然会说出这样一番话来。

田蜜说：你这样对得起莎莎吗？

赵康说：我从来没有亏待莎莎。也不会亏待你。你想一会儿，不着急回答我。

赵康说着起身去了浴室，不一会儿，浴室里竟然传来哗哗的水声——赵康竟然去洗澡了。

田蜜悲愤莫名。丈夫刚去世不到一个月，好闺密的老公竟然对自己提出这样无耻的要求，而且如此的肆无忌惮。显然，赵康认为田蜜已经陷入绝境，如同待宰的羔羊，只有任他摆布的份儿。

田蜜心说，我就是死，也绝不会接受这样的羞辱！

田蜜当即起身去了卧室，收拾起行李来。她觉得在这儿多待一分钟就多一分耻辱，她必须马上离开。

田蜜收拾好行李箱，走出卧室，却猛然看见了马蒂莎，不禁变了脸色。

马蒂莎今天刚好从外面办事回来路过公寓附近，想着过来看看田蜜，一进门见田蜜拎着行李箱像是要出门的样子，有些疑惑，正要开口询问，突然听见浴室里传来赵康的声音：田蜜，我的浴袍在大卧室的柜子里，麻烦你给我拿过来！

马蒂莎懵了，下意识看向田蜜，一扭头又看见了桌上的那张银行卡，似乎明白了什么，很是震惊，一时竟说不出话来。

田蜜知道当下有口难辩，说：莎莎，这儿我不能待了，我走了。回头跟你说。

田蜜拉着行李箱头也不回地走了。

马蒂莎深呼吸了几下，走到卧室里拿出浴袍，再走到洗手间门口，开门递进去。

赵康接过浴袍，边穿上边走出来，正要开口叫田蜜，却见是马蒂莎，一下子呆住了：莎莎，你怎么来了？

马蒂莎冷笑：这么大的事儿，我怎么能不来！我不来，我不就被人抄了后路了嘛！

赵康赔笑说：你别误会，是田蜜约我来聊聊她找工作的事儿……马蒂莎说：聊到浴室里去了？聊到得穿着浴袍聊？赵康，你又想玩老一套！

赵康知道理亏不敢辩驳，赶忙又回到浴室换上原先的衣服，说我还有个会，我先走了，有什么事回家再说。马蒂莎拉住赵康，说你不许走！你把话给我说清楚！

赵康不耐烦地甩开马蒂莎的手：没什么可说的！你别无理取闹！强行推开马蒂莎走了。

马蒂莎气得浑身直抖，过了好一会儿才平静下来，走到门口，把门反锁上，随即又去储物间搬出一架梯子，放到客厅的吊灯下方，爬上梯子，取下吊灯的其中一个灯头——里面竟然隐藏着一个针孔摄像头！

马蒂莎取出摄像头连接的存储卡，插到随身的笔记本电脑上，刚刚发生的事情一览无余。

马蒂莎脸色铁青。

七

周先生说的老地方是城郊一处河边。周先生喜欢垂钓，以前每个月都要约常胜去垂钓一次。

常胜赶到河边的时候，周先生早已到了，身边的桶里已经有几条钓上来的鱼。周先生看上去气色还不错，但举手投足间却总透着一股强弩之末的意味。

两人一边钓鱼一边聊着。

周先生说：无事此静坐，一日当两日。皮囊之苦，已抛脑后。惟有眼前事、身边人，还不得不想。人生之累，莫过于此。

常胜说：那件事我没办好，向您道歉。周先生说：那件事，跟你无关。

常胜疑惑地看着周先生。

周先生提醒常胜：你的钩上有鱼。

常胜手腕一抖，鱼钩出水，但鱼已脱钩。

周先生笑道：差之毫厘，即分成败。

常胜重新上饵甩钩入水：我想听周先生分解。

周先生说：那件事，你们总部并没有接到方案，更谈不到有人认为我有洗钱的嫌疑。常胜吃惊：怎么会这样？您怎么知道的？周先生说：我苦心经营这么多年，个把可靠的消息源还是有的。常先生，你认为问题出在哪儿？

常胜犹豫着，不知道该不该提及周诗丽的事情。

周先生说：不必多虑。常胜说：我想，出在周小姐那儿。周先生点点头：心急啊。那么，你这边是谁出了问题呢？常胜想了想：周先生，我这边一共三个人，我，部门负责人于洋洋，还有我们分部的陈总。

周先生说：可以先把你拿掉。常胜说：洋洋应该也可以拿掉。她最支持这个项目。方案她也出了不少力，做了很多推动工作。我想她不会不希望把这个事情做成。

周先生没说话。

常胜有些自责：周先生，我能为您做点什么？

周先生说：我觉得，你更需要为你自己做点什么。有些事，一时糊涂了，就是一生糊涂了。

常胜微微一怔，没明白周先生的意思，但还是说：谢谢您。

周先生轻轻叹了口气道：诗丽年轻气盛，不知道细水长流。更何况她身边也有三亲六戚兼各色人等，对她阿谀奉承，巧言令色，使她失了分寸。也怪我当年家族意识太强，爱用所谓的自己人，导致现在集团结构盘根错节，叠床架屋。外边看上去繁华似锦，里边实则已枝蔓丛生。我本来想利用三五年时间梳理干净，谁成想天不假年，患此一疾，功败垂成。

常胜说：周先生您宽心，现在医疗技术日新月异，更何况这次手术效果也还是不错的。等您恢复一下，再慢慢梳理。周先生说：但愿吧。

常胜又说：周先生，您不能直接跟周小姐聊聊吗？我想她会理解您的苦心的。周先生说：她当然理解我的苦心，但是她自己没有耐心，又高估了自己的能力。常胜说：周先生，我不是很理解的一点是，您目前左右不了您的局面了吗？

周先生苦笑了一下：是的。其实，我不但左右不了我的局面。我要说我连我自己吃什么都左右不了你信吗？

常胜惊愕地看着周先生，摇摇头。

周先生说：我们家厨房由我大姐主事儿。如果某道菜我说了好吃，就会连着一个月都上这道菜，理由是我说了好吃。如果我不吃，我大姐就会觉得我难伺候，说你不是说这菜好吃吗？有时候朋友送来一条羊腿，我说趁新鲜吃掉它，我大姐就会说冰箱里有一条上个月的羊腿，得先吃那条。有时候我想吃点时令蔬菜和水果都难，因为我大姐勤俭持家，当令的又都贵一点。

常胜问：不能沟通？

周先生说：不能沟通。有几次我话说重了一点，我大姐就会大哭一场，说她省吃俭用是为了谁？还不是为了这个家。我也就不说了。这么多年，我喜欢钓鱼，就是因为就这根钓竿属于我。

周先生又自嘲地笑了起来：没有人能想到，百亿身家的人在家也吃不上一条新鲜的羊腿。

常胜心底再次涌起悲凉的感觉。

太阳渐渐西沉，常胜和周先生收拾东西准备离开。

周先生提起自己的桶，哗啦将钓上来的六七条鱼倒进了河里。常胜看了看自己钓到的两条鱼，有些犯难。不知是否该像周先生一样放生。

周先生觉察到了常胜的犹豫，说：一期一会。我以前钓鱼其实也都是不放生的，只是生病以后心态变了。你不必跟我一样做。

常胜想了想还是提起自己的桶，也将两条鱼放了。

常胜说：我随个份子吧。周先生笑了：准确点来说，叫随喜。

说着把手中的钓竿一递：这套家伙不错，送你了。

常胜一愣：那您以后怎么办？周先生说：我挂竿了。

周先生抬手朝河面一抱拳：河兄，多年叨扰，就此别过了。

下班的时候，于洋洋和陈总在通往地下停车场的电梯里相遇了。

陈总满面春风地说：洋洋，好消息。杭州分公司的张副总上调北京总部，他的位子空出来了。我已经跟总部的几位领导口头沟通过了，推荐你担任杭州分公司副总一职。快的话下个月正式任命就会下来。我保证，这回不会出现任何意外。

于洋洋说：谢谢。不过我暂时没有去外地的打算。

陈总一怔，沉下脸：你答应过我的，周先生的事情一办妥，你就离开宁城分公司！你又反悔了？于洋洋说：陈总，你还不了解我？我做事从来不反悔。陈总盯着于洋洋：你什么意思？于洋洋说：我会离开宁城分部。确切地说，我会离开盛邦信托。

陈总愣了愣：你要辞职？于洋洋说：是。陈总说：你这么做就前功尽弃了。于洋洋说：我对自己的职场生涯是有规划的。几年进几阶，如果不行，我就变道。陈总说：洋洋，你太心急了。于洋洋笑笑：一万年太久，只争朝夕。

电梯到了，于洋洋昂首迈出了电梯门。

田蜜从公寓出来以后，拖着行李箱漫无目的地沿街走着，愤怒和屈辱感渐渐退去，取而代之的是一片茫然。她不知道该去哪儿，又该如何去跟别人解释刚才发生的一切。

田蜜想来想去无处可去，只好去了李梦上班的汽车4S店。田蜜也没进去，就在门口等着。李梦下班从店里出来，猛地看见田蜜，吃了一惊。

李梦说：田蜜姐，你怎么了？

田蜜一时控制不住情绪，满腹委屈爆发了出来，眼泪一下子涌了出来，说不出话来。

李梦不知道发生了什么事，一时也不方便细问，只好先把田蜜带回自己的租住地。

田蜜的情绪也平复了下来，就把下午发生的事情简略说了一遍。

李梦愤愤地说：那个赵康真不是东西！怪我，我应该早点儿提醒你的。田蜜不解：早点提醒我？你了解他？李梦说他以前就骚扰过我！

田蜜吃惊：什么时候的事儿？

李梦说，去年有次饭局，刚好赵康也去了，李梦加了他的微信，本来想找他买车的，结果赵康车没买却时不时地骚扰李梦，说要包养她。刚开始李梦还不想撕破脸，就当他是开玩笑，没想到赵康变本加厉，后来竟然还跑到店里去找李梦。李梦忍无可忍就把赵康拉黑了。后来李梦把赵康给她发的微信截图发给了马蒂莎，谁知道，马蒂莎竟然警告李梦：第一，以后不许再跟赵康有任何联系；第二，不许把这件事告诉任何人，包括田蜜，否则就让她在宁城混不下去！

田蜜愣了一会儿说：竟然还有这事儿。你该早告诉我。你要早告诉我，我不会去住马蒂莎公寓的。李梦说：田蜜姐，对不起。我没想到这个赵康竟然敢打你的主意。明天我们去找马蒂莎，跟她把话说清楚，这是她老公的事儿，跟你没关系。田蜜摇头道：不必说了。从上次她处理赵康跟你的事儿来看，马蒂莎很了解赵康。咱们说不说，她心里都清楚。就看她自己怎么想吧。

李梦租住的房子是一套两居室，李梦住的那间是次卧，比较小，说是房租一个月一千五，在这样的地段这样的房子算是比较便宜了。两人一商量，只能让田蜜暂时在这儿凑合凑合，慢慢再作打算。

常胜坐在窗前，望着窗外浓浓的夜色，把玩着周先生送给他的那杆鱼竿，回味着周先生下午那番话：我觉得，你更需要为你自己做点什么。有些事，一时糊涂了，就是一生糊涂了。

于洋洋走了过来：又在发什么呆？常胜说：没什么。洋洋，我想跟你谈谈。于洋洋说：我也有事想跟你说。常胜说：你先说。

于洋洋说：我打算辞职了。常胜“哦”了一下。于洋洋问：你一点都不意外？常胜反问：我应该意外吗？于洋洋说：你不问问我为什么辞职？常胜说：因为没能升职？于洋洋说：对。常胜看着于洋洋：没有别的原因？于洋洋顿了顿说：没有。——我的事说完了，该你说了。

常胜看了于洋洋一会儿，忽然道：周小姐答应给你多少钱？

于洋洋一怔，不说话。

常胜说：于洋洋，我希望你至少能对我开诚布公一次。于洋洋说：常胜，我对你一向是开诚布公。只是有些事，你知道不如不知道。常胜说：我已经知道了。总部根本没有接到周先生家族办公室的报告。于洋洋说：知道了何必还问？常胜说：我想知道，你为什么这么做？于洋洋顿了会儿说：一个亿。

常胜吃惊地看着于洋洋。

于洋洋自嘲地笑笑：这个理由够充足了吧？常胜说：你这是在犯罪！于洋洋看着常胜：你会举报我吗？常胜沉默了片刻：我不会。于洋洋说：谢谢你。

常胜看着于洋洋，渐渐地露出痛苦的神情。

常胜说：是我的错。从我们认识以来，你几乎每天都要谈论所谓成功学。在你的价值观体系里，成功是第一位的，为了成功可以不惜一切。而且，你所谓的成功，就一个字：利。为了一个利字，你多少次剑走偏锋。我原本应该阻止你的，但我没有，我眼睁睁看着你一条道走到黑。直到现在，你终于走上了一条不归路！

于洋洋说：常胜，没那么严重。我清楚自己在做什么。常胜说：你不清楚！洋洋，夫妻一场，你听我一句劝，现在收手还来得及！于洋洋冷冷地说：你用不着自作多情！我们已经离婚了！就算有什么后果，也是我一个人承担！跟你没有任何关系！

常胜悲哀地看着于洋洋，曾经的枕边人，如今却变得如此陌生。常胜没再说话，站起身，大步走出了家门。

于洋洋怔在那里。

走在夜晚的街头，被初夏的凉风一吹，常胜的愤懑情绪稍稍消退了一些，心里却还是堵得慌。常胜觉得自己实在是愧对周先生。之前周诗丽找他的时候，他就应该如实告诉周先生。他之所以不说是担心伤害到周先生和周小姐的父女关系，然而自己的一念之仁却给了周小姐和于洋洋可乘之机，枉费了周先生一片苦心。

常胜走到一处无人的街角，掏出手机给周先生打电话。电话响了一会儿通了，却是周诗丽接的。

周诗丽说周先生现在不方便接电话。常胜不想跟周小姐多言，就说我明天再打。周诗丽却说：常先生，明天你也没必要打了。一小时前家父突然昏迷，目前我们正在转往上海瑞金医院的路上。

常胜呆了片刻，无力地挂断电话。

常胜走进了一间酒吧，找了个幽暗的角落，要了一瓶威士忌，木然地喝着。今天晚上，他只想一醉方休。

于洋洋一个人呆坐在屋子里，想了很久。常胜的话如同重锤一般狠狠地撞击着她的心。她忽然有些惶恐，自己这么些年来的所谓奋斗，究竟是对还是错？是不是如同常胜所说，自己不知不觉中剑走偏锋走上了一条不归路？自己该回头吗？自己还能回头吗？如果不回头会是什么样的结果？那样的结果是自己想要的吗？是自己能承受的吗？想着想着，于洋洋不禁冷汗淋淋。

已经接近午夜了，常胜还没回来。于洋洋一遍一遍拨打着常胜的电话，却没人接。

而在酒吧里，常胜面前的一瓶威士忌已经空了一大半。放在一旁的手机被设置成了静音模式，屏幕不停地闪烁着，显示“洋洋”的来电。常胜没看手机，自顾自喝着酒，神情沮丧落寞。

李梦房间里只有一张单人床，两个人睡有点挤，田蜜只好打地铺。田蜜注意到李梦有些心神不宁，一会儿看看表，一会儿又朝门口看看。田蜜问李梦有什么事？李梦说没事，你累了就躺下睡觉。

正说着有人敲门，李梦一激灵，赶紧去开门。狗剩儿一脸冷漠地出现在门口，扶了扶眼镜说：李女士，我们得谈一下。李梦出了房门，随手把门关上，战战兢兢地跟着狗剩儿往客厅里去。

狗剩儿是李梦的合租室友，也是二房东。他本名叫李化腾，但他从来不许李梦叫他本名，只许叫他狗剩儿。狗剩儿其貌不扬，甚至有些邋遢。据他自己说他是个程序员，并且属于天才那一类。但李梦在这儿住了一年多了，从没见他去上过班。不仅如此，狗剩儿还给李梦制定了很多稀奇古怪的合租规定，甚至编写了一本厚厚的《合租条约》，违反了其中任何一条都会面临罚款的处罚。还好李梦的平常生活就是公司和家两点一线，在家的时间很少，两人之间基本上还是相安无事的。

之前田蜜发愁没地方住的时候其实也想过住到李梦这儿来，但李梦总含糊其辞不接田蜜的话茬，田蜜知道李梦不愿意她住过去，也只好不提了。今天实在是迫于无奈，李梦只好把田蜜带回来了。这不，狗剩儿开始找麻烦来了。

狗剩儿抱着胳膊神情严肃地说：离零点还有一分四十秒。她该离开了。李梦低声下气地恳求：狗剩儿，今晚上她真没地方去。

狗剩儿翻着白眼，语速极快地说：根据合租条约 Version 4.3.2，括弧，执行版，第二部分，第 66 条规定，访客必须在当日零点前离开，不得过夜。违者罚款五百。——现在离零点还有一分零十秒。

李梦还想解释：她不是访客，是我二十多年的亲闺密！

狗剩儿根本不为所动：根据合租条约 Version 4.3.2，括弧，执行版，补充规定一，括弧，名词解释，第 7 条，本条约所称“访客”，系指除本条约签约人之外的一切人和类人生物。——现在离零点还有五十秒。

李梦有些无奈焦急，忽然灵机一动，说：她是租客！是本条约的联合签约人。

狗剩儿愣了一下：租客？李梦说：对！她跟我合租。我们住一间房。狗剩儿说我怎么不知道？李梦说：我们刚决定的！狗剩儿先生，合租条约里没有规定不许再找合租人。也没有规定任何一方找合租人必须向另一方汇报并经过另一方允许。所以她是租客，不是访客！

狗剩儿被李梦说懵了，好一会儿才回过神来，一想，李梦说得有道理，合租条约中并没有对租客资格做出规定。

狗剩儿说：这是个 bug。是个不能容忍的 bug。但我必须遵守。李梦差点忍不住笑出声来：狗剩儿，你是个遵守原则的人。你这一点真好。狗剩儿霍地站起身向自己房间走去，推开房门，又回过身来：明天合租条约将升级到 Version 5.0！

狗剩儿进了房，关上了门。李梦松了口气，不禁为自己的急中生智而得意。

回到房间，见田蜜掏出手机想要打电话。李梦问田蜜打给谁，田蜜说打给常胜。李梦不解：打给他干吗？田蜜说他给我定了一条规矩，如果居住地发生变化，必须第一时间向他汇报。李梦说他怕你跑了？田蜜说谁知道呢，他这人特事儿！

常胜此时已经醉得不省人事。酒吧马上就要打烊了，除了老板和一名伙计已经没别的客人了。老板想把常胜叫醒，怎么叫常胜都没反应。老板正发愁呢，田蜜的电话打过来了。

老板赶紧接起来，问你是他朋友吗？他喝大了，你赶紧把他给领走吧！田蜜说对不起，我不是他的朋友，你找别人吧。说着挂了电话。

李梦倒有些不放心，说常胜看样子醉得不轻，要不我们还是去看一下？田蜜说有什么好看的，他是成年人又不是小孩，他应该对自己的行为负责。李梦说我听说最近宁城出了连环失踪事件，都是有人喝醉了，躺大马路上，被人塞车里拉走了，送黑煤窑去了。万一常胜他——

李梦这么一说，田蜜心里也不踏实了，犹豫了好一会儿，又拨通了常胜的电话。这回还是酒吧老板接的，田蜜问明酒吧的位置，和李梦一块打车过去了。

两人到了酒吧，看见烂醉如泥的常胜，也是束手无策。

酒吧老板不耐烦了，说你们倒是赶紧把他弄走啊。我们真得打烊了。李梦说我们不知道他住哪儿，怎么弄啊？老板说不知道你们来干吗？他再不走我就只能找警察叔叔了。田蜜说这倒也是个办法，警察也许能找到他的住址送他回家，老板您还是报警吧。

李梦想了想说：咱们还是别浪费警力资源了。老板，你这儿包夜多少钱？老板一愣：包夜？李梦说：对。从现在包到他睡醒。老板说：你意思是让他在这儿睡一晚上？李梦说：是付费让他在这儿睡一晚上。老板说：付费也不行！我们是酒吧不是酒店，我们没这业务。李梦说你要不同意那我们也没办法了。

老板有些左右为难，想了半天说那就包夜吧，我还得留个人在这儿看着，你们给一千块钱吧。李梦说：一千五行吗？

老板有点糊涂了，没见过这么讨价还价的。

李梦笑着指了指酒柜：再给我们拿瓶酒！

田蜜有些吃惊，赶紧拦着李梦：你吃饱了撑的啊，花这冤枉钱！李梦说不用我们掏钱，他掏！说着一指常胜。

李梦拿过常胜的手机，又抓起常胜的手用指纹解开了锁，用常胜的微信支付付了一千五给酒吧老板。

田蜜被李梦的举动弄得有些哭笑不得，只好跟李梦一道留了下来。虽然已经夜深，两个人倒也没什么睡意，边喝酒边有一搭没一搭地聊着。

田蜜问：我妈这几天有没有跟你联系？李梦说联系了。田蜜问：说什么了？李梦说：还能说什么，问你呗。田蜜有些担心：你怎么说的？李梦说：报喜不报忧啊。田蜜说：喜？我有什么喜？李梦说：不报忧阿姨就不担心，她不担心就能安心照顾叔叔，叔叔康复得就快。这就是喜啊。田蜜有些黯然。

突然常胜的手机屏幕闪了起来，有电话进来了。李梦探头一瞅，来电显示是“洋洋”。

李梦问：接吗？田蜜说你问我干吗？这跟我有关系吗？李梦一想也是，跟我也没关系，不接，咱们喝咱们的酒！

于洋洋有些焦虑。以前她和常胜也有吵架吵得很厉害的时候，但常胜从来没有像今天这样怎么都不接她的电话。于洋洋不自觉胡思乱想起来，担心常胜会不会出了什么事。

眼看已经凌晨一点了，于洋洋下了决心，拨通了蔡冬梅家的电话。

蔡冬梅和常子龙早已经入睡了，被电话吵醒。蔡冬梅一接，是于洋洋打来的。于洋洋问：妈，常胜回你们那去了吗？蔡冬梅说没回我这儿呀。怎么了？于洋洋说我们俩闹了点别扭。他晚上出去了，到现在还没回来。蔡冬梅说是不是常胜欺负你了？我收拾他！于洋洋说不是。蔡冬梅追问：那是怎么了？于洋洋说：回头让常胜跟您说吧。您先给他打个电话。有消息了您也告诉我一声。阿姨再见。

蔡冬梅挂了电话立即拨打常胜的手机。搁在桌子上的常胜手机又闪了起来，李梦探头一看，来电显示“妈妈”。

李梦说：他妈打来的。田蜜一愣，想了想说：你接一下。李梦说为什么啊？这跟我有什么关系啊？田蜜说他妈会担心的。李梦说接了我怎么说呀？田蜜说报喜不报忧。

李梦只好硬着头皮接起电话。蔡冬梅一听是个女孩的声音，一愣，说你谁啊？我儿子手机怎么在你那儿？李梦急中生智说我是常胜老师的粉丝！蔡冬梅没明白：粉丝？什么情况？李梦信口开河：是这样，今天——确切说是昨天晚上常胜老师举办了一个小型的粉丝见面会。粉丝们太热情了，常胜老师喝得稍微有点多，现在正在休息呢。不过您放心，我们一群忠实粉丝都守护在他身边，常胜老师绝对安全。粉丝护主，万无一失！

蔡冬梅听得似懂非懂，说那麻烦你叫常胜接一下电话。李梦说不好意思阿姨，他喝大了。接不了电话了。等他醒了，我就让他给您回。蔡冬梅还是不放心：你给我拍张照片发来，我得确认他安全。李梦说：好的。我马上拍了用常胜老师手机给您发过去。

挂了电话，李梦拿手机拍了几张常胜趴在桌上熟睡的照片，又打开微信，从联系人里找到“妈妈”，把照片发了过去。忙活完总算松了口气，又自鸣得意，问田蜜：我刚才说得怎么样？我聪明吧？田蜜好笑：你真是个天才！

蔡冬梅收到照片略微放心了一些，但想了想，又觉得不对劲。

蔡冬梅说：洋洋和儿子闹了点别扭。常子龙说：以前也不是没闹过，过几天就好了，你快睡吧。

蔡冬梅说：我总觉得怪。刚才洋洋打电话，第一声叫的是妈，挂电话的时候叫的是阿姨。常子龙说：你肯定是听岔了。蔡冬梅仔细想了想：妈是一个字，阿姨是两个字。我能听岔？难道我耳朵出问题了？常子龙说：有可能，康哥就经常幻听。蔡冬梅有些忧心，叹了口气说：但愿是我耳朵出问题了！

田蜜和李梦一直喝到凌晨三点多，一瓶酒喝完了，两人都醉了，跟常胜一样，趴在桌上睡着了。

于洋洋却一晚上没睡，坐在客厅里想着心事，想着想着就流下泪来。到了天亮，于洋洋起身去了房间，把自己的东西收拾了一下，装了两个大行李箱。

于洋洋给常胜发了一条长长的微信，拖着行李箱离开了家门。

早上七点多钟，天色已经完全放亮了。常胜骤然惊醒，睁开眼，茫然四顾，猛然发现旁边一桌趴在那儿熟睡的田蜜和李梦。常胜吃了一惊，不自觉瞪大了眼睛，不明白发生了什么。

过了好一会儿，常胜稍微清醒了一点，拿起自己的手机，打开，先看到了于洋洋发来的那条微信。

于洋洋说：常胜，给你打电话你一夜未接。我已经搬走了，你回家吧。记着给你爸妈回个电话，我们的事不应该再瞒着他们了。让我们都面对现实吧。洋洋。

常胜愣愣地看着微信对话框，深深叹了口气，点按屏幕退出对话框，回到微信首页，正要退出微信，注意到一条微信支付新消息，打开一看，显示消费金额一千五百元。

常胜努力回忆着昨夜的情景，却只记得自己一个人到酒吧来喝酒，之后就什么都想不起来了。

常胜起身走到田蜜和李梦身边，重重地敲了几下桌子。田蜜和李梦先后醒来，看见常胜也都吃了一惊。三个人面面相觑，都有些恍惚。

常胜问：怎么回事？

李梦回过神来，大致说了一下经过。

常胜又问：那一千五百块钱怎么回事？李梦说：包夜费。酒吧老板出的主意。他让我们在这儿等你醒过来。不等常胜说话，李梦赶紧转移话题：这事你得感谢田蜜，要不是她大半夜的给你打电话，你昨天晚上十有八九就睡大街了！

常胜看向田蜜：你大半夜的给我打电话是什么事？田蜜说你不是说我换地方住得向你报告吗？常胜问你换地方住了？田蜜说我搬李梦那儿去了。常胜说：以后遇到这样的情况，请发微信，文字的，否则空口无凭。

常胜起身往外走去，想了想还是回头说了句：谢谢你们。

田蜜、李梦相互看看，都一副宿醉未醒的样子。两人不禁都有些好笑。

两人出了酒吧，找了一处早点摊，一人要了一碗粥喝着。

田蜜说都怪你，我说不管他你非要管，你看看他那个样子，就说了一句谢谢，一点诚意都没有。李梦说我们不是喝了他一瓶酒吗？没吃亏！

喝完粥，李梦拿起手机看了下时间，说到点了我得上班去了，迟到了罚五十块钱呢。你自己回去吧。田蜜说那你赶紧走吧。

李梦起身走了几步又转身回来，问田蜜：你身上有现金吗？田蜜说昨晚上出来得太匆忙没带。李梦从包里掏出一百块钱递给田蜜，说你拿着，一会儿进了家门，狗剩儿会站在你面前，直勾勾看着你，别说话，把这一百块钱给他。田蜜莫名其妙：为什么？李梦说没时间跟你解释了，听我的就行了。晚上再跟你说。走了！李梦匆匆离去。

八

常胜回到家，见于洋洋的房间已经空了，洗手间里于洋洋的洗漱用品、化妆品也都没了。

常胜一时有些恍惚，呆站了好一会儿，似乎才意识到，于洋洋是真的走了，他们的关系这次是真的结束了。

常胜感觉头疼得厉害，坐到沙发上闭上眼休息了好一会儿，掏出手机给蔡冬梅打电话。

蔡冬梅问你酒醒了？常胜说醒了。蔡冬梅又问：你和洋洋怎么了？需要妈做点什么吗？常胜沉默了片刻说：妈，中午我想吃您做的炒年糕。

于洋洋在公司附近找了一家酒店住下，冲了个澡，缓解了一下疲惫和困倦，随即去了公司，把之前已经准备的辞职报告打印了出来，去了陈总办公室。

于洋洋把辞职报告往陈总面前一放。陈总抬眼看了看于洋洋，没说话，拿起笔来在辞职报告上签上字。

陈总把签完字的辞职报告递给于洋洋，挤出一丝笑容：洋洋，以你的才干在哪儿都能趟得开。祝你成功。

于洋洋接过辞职报告，说了声谢谢，转身往外走。

陈总又说：将来如果有需要——

于洋洋站住看着陈总，有些嘲讽的意味。

陈总把话收了回去：咳，客套话就不说了。我想我们也不会再见面了。

于洋洋微微一笑：是的。再见。

田蜜回到了合租房，进门观察了一下，没看见狗剩儿。田蜜松了口气，正要往房间走，狗剩儿却突然从屋里出来了，走到田蜜跟前，直勾勾地看着田蜜。

田蜜愣了几秒，想起李梦的话，连忙从包里掏出一百块钱递给狗剩儿。狗剩儿接过钱，扶了扶眼镜说：我们要谈一下。

田蜜有些忐忑地跟着狗剩儿走到餐桌旁坐下，狗剩儿拿出了一本厚厚的打印文件，放到田蜜跟前。

田蜜一看，文件封面写着：《合租条约 Version 5.0.0（最新修订版）》。

田蜜有些诧异地翻看着。

田蜜说：李化腾先生——狗剩儿打断：不，请叫我狗剩儿。田蜜说：狗剩儿先生——狗剩儿又打断：请将先生两个字去掉。

田蜜只好说：狗剩儿，您能解释一下这是什么吗？狗剩儿说：合租条约。这是 Version 5.0.0，括弧，最新修订版，取代了之前的 Version 4.3.2，括弧，执行版。田蜜说：我认识字。我是想问，您让我看这个干吗？狗剩儿说：因为你是租客。田蜜不解：我是租客？我怎么是租客？狗剩儿说：这是个 bug。因为这个 bug，所以你成了租客。田蜜更加一头雾水：狗剩儿，您能解释得清楚一点吗？

狗剩儿忽然提高音量叫道：老婆！

田蜜一惊，正要开口，却见一个有些奇怪的机器人模样的东西一闪一闪地从客厅那边移了过来。

机器人开了口，是一个机械感的甜美女声：老公，我在呢。

狗剩儿说：老婆，请复述合租条约 Version 5.0.0，括弧，最新修订版，第三部分第 86 条。机器人说：合租条约 Version 5.0.0，括弧，最新修订版，第三部分，第 86 条，除本房屋租客外，任何人和类人生物在本房屋内居留时间不得超过二十四小时。

田蜜看着智能机器人，张大了嘴，既吃惊又好奇。狗剩儿看到田蜜的神色不自觉地流露出一丝得意之色，但很快又恢复了冷漠脸。

狗剩儿说：要么你就签了这份合租条约，成为本房屋的正式租客。要么你就走人——我解释清楚了吗？

田蜜看着厚厚一本合租条约说不出话来。

狗剩儿说：如果你没有别的问题的话，我们之间的谈话就结束了。

田蜜连忙说：我有一个问题——狗剩儿说：请说。

田蜜指指智能机器人：你叫那个东西……什么来着？

狗剩儿说：老婆。

田蜜像看怪物一样看着狗剩儿。

狗剩儿矜持地一笑：看样子你不太了解我们宅男文化。有时间我可以给你补上一课。

狗剩儿走到客厅，将田蜜刚给的那一百块钱扔到墙上挂着的一个透明有机玻璃箱子里，随即进屋去了。

智能机器人也转了个身，一闪一闪地移到客厅角落里，不动了。

田蜜坐在那儿，半天回不过神来。

回到房间，田蜜想了想给母亲打了个电话。田蜜问爸爸恢复得还好吧？肖华说挺好的，下个星期就准备出院了。田蜜说千万别着急出院！爸爸的腿至少需要两个月的康复治疗，康复治疗不到位的话容易留下后遗症。——你们的钱够吗？肖华说：够，得恩留在账上的钱还没用完。

提到刘得恩，田蜜有些难受，沉默了一会儿，告诉母亲，自己搬到李梦这儿来了。肖华有些惊讶，问干吗又要搬家，田蜜说，我和李梦两个人住一块儿有个伴儿，也省得您和爸爸老担心。肖华问住得惯吗？田蜜说住得惯。好着呢。什么都有。肖华又说：李梦这孩子也不容易，咱们住那儿，也要担一半房租，你钱够吗？田蜜说：够。妈，钱的事你和我爸都别操心，我能解决。让我爸安心养病就行。

李梦订购的双层床到了。工人说他们只管送货不管安装，如果要他们安装的话得加一百人工费。田蜜犹豫了一下还是算了。工人走后，田蜜拆开包装，对着说明书，花了几个小时，一点一点地把双层床组装了起来，累得满头大汗。

忙完歇了会儿，田蜜去上洗手间。智能机器人又移动起来，跟着田蜜到了洗手间门口。田蜜不明所以，进了洗手间，一关上门，智能机器人突然“叮”的一声，吓了田蜜一跳。

智能机器人说：租客你好，你已进入租客专用洗手间，根据合租条约 Version 5.0.0，括弧，最新修订版，第二部分，第 41 条，每人每次使用洗手间用时不得超过 5 分 12 秒，违者每次罚款 20 元。现在计时开始。下面为你播放音乐。

洗手间里响起了婉转的音乐。田蜜有些哭笑不得。直到上完厕所按下马桶冲水按钮，音乐声才戛然而止。

田蜜打开洗手间的门。智能机器人说：租客你好，你本次使用洗手间用时共计3分38秒，比昨日用时减少10分11秒。

田蜜略微愣了下，赶紧逃回了房间。

赵康一夜未归。马蒂莎也一夜未眠，在家等着赵康。快中午的时候赵康回来了，跟没事人一样，说下午要出差回来收拾一下东西。

马蒂莎说：你不准备解释一下昨天的事吗？赵康说：有什么可解释的？田蜜约我来聊聊，我想帮助一下她。之前你可是也跟我说过田蜜需要帮助的。

马蒂莎拿出电脑，打开监控视频，说你自己看！

赵康一看傻眼了，随即又气急败坏：你竟然监视我！夫妻之间你竟然用这样的卑鄙手段！同床异梦啊马蒂莎！

马蒂莎说：你说得对，就是同床异梦！就在那间公寓，赵康，你睡过三个女人，这还不叫同床异梦吗！视频都在我电脑里，你要看吗？

赵康眼见无法抵赖，索性换了一副嘴脸：行啊马蒂莎，一直以为你安心吃吃喝喝买买买，看来手段还不少。证据都拿到了，你想怎样啊？你想走，现在就可以走！

马蒂莎被赵康镇住了，除了哭，说不出话来。赵康趁机安抚了马蒂莎一番，说做人要大气，咱们是一家人，有什么事过不去呢。你赶紧把那些视频删掉，以前的事情就一笔勾销了！

马蒂莎选择了妥协。事实上除了妥协她别无选择。她深知赵康的秉性，这样的事情不是第一次也绝不会是最后一次。但她又能怎样呢？离开了赵康她什么都不是，甚至会过得比现在的田蜜还要惨。她只能一次次地把屈辱吞进肚子里，然后装作没事一样，等待着下一次屈辱的到来，周而反复。这是她的宿命。

擦干眼泪，马蒂莎发微信约刘媛、秦妙雯逛街，刘媛说家里有事来不了。马蒂莎和秦妙雯见了面，先逛了会街买了几件衣服，又去喝下午茶。秦妙雯提起田蜜，问田蜜最近怎么样。马蒂莎突然就红了眼睛。秦妙雯问怎么了？马蒂莎哽咽着说：

田蜜她勾引我们家赵康！

秦妙雯吃了一惊，问怎么回事。马蒂莎说田蜜有天约赵康去公寓说有事找他，赵康想着田蜜是咱们的好闺密，也没多想就去了，没想到田蜜见了赵康就往他身上凑，还说想让赵康包养她！

秦妙雯张大了嘴说真没瞧出来田蜜背后还有这一手。真是过分了，就是要靠一个，也不能撬闺密的男人啊。这种人以后可不敢再跟她来往了！马蒂莎说这件事过去了就算了，我也懒得跟她计较了，以后不来往就是了。秦妙雯说你这人就是心软，要我的话非狠狠骂她一顿不可！

中午的时候常胜去了爸妈家。蔡冬梅炒了一大盘年糕。常胜埋头吃着一直不说话。常子龙着急，催问常胜：你跟洋洋到底怎么了？你倒是说啊！蔡冬梅说：常子龙，儿子在吃饭呢。吃完饭再说。

吃完饭，常胜一五一十地把他和于洋洋离婚的经过说了一遍，常子龙和蔡冬梅下巴都快惊掉了。

常子龙怒了：离婚这么长时间了你都不说！上次洋洋过生日，你妈催你赶紧跟洋洋要个孩子，你还说好的好的——你是要我和你妈呢！常胜说：爸妈，对不起，我是不该瞒着你们。但不对外公布离婚事实是我和洋洋的共同决定，我必须遵守。

蔡冬梅说：儿子你说实话，你有没有对不起洋洋？常胜说没有。蔡冬梅问：那是洋洋那头儿出问题了？常胜说她也没有。常子龙顿足：那你俩好好的离的哪门子婚？常胜说：爸妈，这个问题我很难向你们解释清楚。简单说吧，我和洋洋更适合当好朋友、好同事、好伙伴，而不是好夫妻。

蔡冬梅说：行，儿子，咱不翻旧账了。我就问一句，你和洋洋这事还有没有挽回的余地？常胜摇头：她已经搬出去了。我们已经没有了继续同住一个屋檐下的任何可能性。

吃过饭常胜去公司上班了。蔡冬梅赶紧拿起家里的座机拨打于洋洋的电话，电话里传出提示音：您所呼叫的用户无法接通。蔡冬梅又拿起手机拨了一遍，同样提示无法接通。

蔡冬梅、常子龙都有些疑惑。常子龙说你给她发个微信看看。

蔡冬梅打开微信，找到通讯录里的“儿媳妇”，准备发条语音微信。

蔡冬梅说：我这么说行吗，我就说，洋洋，好久不见，我和你爸都很想你，哪天有空你上家里来一趟。我们想跟你聊聊。常子龙略一沉吟说：别说哪天有空，就说今天晚上你能否上家里来一趟。还有，不能说“你爸”了，得说“你常叔”。蔡冬梅不自觉叹气：上次见面洋洋还一口一个“爸、妈”，一转眼，成叔叔和阿姨了。常子龙催：赶紧发微信吧。

蔡冬梅按住语音键发语音微信：洋洋，好久不见，我和你常叔都很想你，今天晚上你能否上家里来一趟。我们想跟你聊聊。说完蔡冬梅一松手，一看微信对话框，出现了“你还不是对方好友，是否发送验证”的红色提示。

蔡冬梅、常子龙这才明白，于洋洋把他们的电话和微信全拉黑了。两人的心哇凉哇凉的，知道这一切确实已经无法挽回了。

常胜回到公司，经过于洋洋的办公室，发现里面已经换人了，知道于洋洋果真辞职了。想到昨晚和于洋洋的谈话，常胜心里有些沉甸甸的。

常胜跟周诗丽打了个电话，想问问周先生情况怎么样了。周诗丽在电话里沉默了片刻说：常先生，家父已经于凌晨三点四十分走了。

常胜如遭雷击，脑子里嗡嗡作响，过了好一会儿，问：周先生的追悼会什么时候举行？我想去送送他。周诗丽说：家父生前嘱咐，他走后一切从简，不开追悼会，不举办遗体告别仪式。您是他的忘年交，应该也了解他。

常胜缓缓挂了电话，巨大的悲伤涌上心来，难以抑制地掩面而泣。周先生竟然就这么走了，他辜负了周先生的信任，却再也没有机会弥补。

过了很久常胜才平复下来，他打开了电脑登录了微信公众号平台。他不能为周先生做点什么，但至少可以写篇文章。

常胜写下了一个标题“重磅！周氏集团创始人骤然离世”，想了想，又删掉重写“沉痛悼念周氏集团创始人”，想了想又删掉了。沉思良久，常胜缓缓地敲下了一行字：周先生走了，我很怀念他。

接到常胜电话的时候周诗丽正在车上。半个小时后，车子到了宁城，周诗丽没回家，而是直接去了那个会所。于洋洋已经在那儿等她了。

于洋洋说：周小姐，抱歉这时候来找你。周诗丽说：是的于小姐，你太心急了。我答应你的事不会忘。

周诗丽说着掏出一张银行卡放到于洋洋面前，说：这是第一笔，一千万。余下的我会按照约定分期给你。

于洋洋看着那张银行卡，笑笑说：谢谢。我这么着急找你，是想告诉你，我们之前的约定取消了。周诗丽一愣：家父已经去世，你想反悔已经来不及了。于洋洋说：是，你的目的已经达到了，我反悔也没用。周诗丽问：那于小姐什么意思？于洋洋说：那笔钱，我不能拿。

周诗丽怔了怔：于小姐，你遵守了你的承诺，我也会遵守我的承诺。那笔钱，没有问题。于洋洋说：对我来说是问题。原本我认为我们之间的约定是个双赢的结果，但现在我不知道，我那么做到底是帮你还是会害了你。但我拿了钱，一定是害了我自己。所以，周小姐，祝你好运。

于洋洋把那张银行卡推到周诗丽跟前，起身走了。

常胜飞快地敲击着键盘，写完了文章，点了“发送”按钮。随即，常胜又打开一个空白文档，敲下了四个字“辞职报告”。

陈总接到常胜的辞职报告很是吃惊，继而有些恼怒。

陈总说：于洋洋前脚刚走，你跟着也要辞职——你们俩商量好的是吗？常胜说：这是我的个人决定，和任何人都没关系。陈总说：这个决定有可能影响你一辈子。你不要感情用事。我还是一直很看好你的。常胜说：抱歉，我已经决定了。

陈总说：你总得给我一个理由吧。一天之内走了两员干将，我跟总部不好交代啊。常胜说：理由你清楚。陈总沉下脸：你什么意思？常胜平静地说：我厌倦了。我对这份工作已经失去了热情，也失去了信念。

陈总看了常胜一会儿，说：常胜，你和公司签订的劳动合同中设立了竞业避止条款。如果你辞职，未来五年内你都不能从事信托以及理财相关的行业。你知道这意味着什么。五年后，就算你想回来，这个行业恐怕也不会再有你的立足之地。你明白吗？

常胜缓缓点头：我明白。

陈总终究还是在常胜的辞职报告上签了字。常胜走后，陈总也松了一口气。虽然公司一下子走了两员干将，但好歹这一页总算翻过去了。

常胜收拾好自己的私人物品离开了公司。刚走到地下停车场，于洋洋电话来了。常胜迟疑了一下还是接了起来。

于洋洋问：你为什么辞职？！常胜说你的消息真灵通。于洋洋顿了会儿说：常胜，我们谈谈吧。常胜冷冷地说：过去的事就过去了，没必要谈了。于洋洋说：我们不谈过去，谈谈将来，好吗？

于洋洋的语气里有些恳求的意味。常胜忽然就心软了。

两人约在一家常去的餐厅，点了几个菜，一瓶酒。

于洋洋说：我打算去度个长假。去柬埔寨或者斯里兰卡，或者去太平洋上某个不知名的岛国。常胜说：现在你财务自由了，可以开始享受生活了。但你清楚这个事情的后果吗？于洋洋笑笑说：那笔钱，我没要。

常胜一愣。

于洋洋说：你说得对。我现在收手还来得及。那笔钱足够让我后半辈子在监狱度过，我不能冒这个险。常胜有些如释重负，点点头说：你很聪明，很理性，懂得趋利避害。但我希望你对这个事情进行深刻反省。

于洋洋说：我想，也许过去的我确实太偏执了。我们结婚四年，竟然从来没有一起去度过假，好像就是在工作工作工作。现在，这已成为我们过去的婚姻生活中永远无法弥补的遗憾了。

于洋洋眼中似乎有亮光闪动。

常胜说：你说了不谈过去。——度完假以后，你什么打算？于洋洋说我打算当一名天使投资人。常胜说：这是你一直以来的职业理想，现在终于有了实现它的机会。祝你成功。于洋洋问：你呢？今后五年之内不能从事信托和理财行业了，你准备做什么？

常胜沉默不语。

于洋洋说：抱歉，我似乎不该这时候问这个问题。常胜说：你没必要抱歉。这个问题我迟早要面对，只不过现在我还没有答案。我只能去寻找答案。于洋洋说：我倒是希望，有机会我们能够再次合作，一起去做一番事业。常胜说：有些事顺其自然就好，不必强求。

于洋洋举起酒杯，微笑着说：总之，从今天起，我们都彻底告别了过去。为我们的新生活新起点，干杯。

好不容易等到李梦下班回来，田蜜把李梦拉进房间，把那本厚厚的合租条约往李梦跟前一扔。

李梦惊讶：狗剩儿跟你谈过了？田蜜说：你怎么会跟狗剩儿签这样的条约？简直是丧权辱国！李梦说：我不是为了占点小便宜嘛。像这样的房子，别处一个月最少要两千，狗剩儿只要一千五。不就是规矩大吗，我忍！

田蜜说：占小便宜？客厅里挂着的那个小箱子里面的钱是谁的？李梦说还能是谁的。田蜜说：你算算你被罚了多少钱？你占到便宜了吗？李梦想了想：占不到。田蜜说：占不到你在这儿干吗？练忍？想当忍者神龟？李梦说：是的。

田蜜一愣：什么意思？

李梦说：索性跟你直说了吧，我在这儿不但占不到便宜，还得赔进去点。但我住在这儿，能锻炼自己的忍耐力。田蜜疑惑地问：难道，你有受虐倾向？李梦说：什么呀。你想啊，我能坚持在这儿住下去，还有什么样的客户我不能忍受？还有什么样的困难我不能克服？原来我不愿意上班，但我住到狗剩儿这儿之后，再去上班就跟度假一样！

田蜜翻开合租条约念着：除周六、周日和法定节假日外，每天早上八点到下午六点，租客不得在本房屋中逗留，违者罚款一百——凭什么呀？就他能待在家里，别人不能？李梦说：就凭他是二房东。他就喜欢一个人待着。田蜜说：连上厕所的时间都要限制！李梦说：也是为租客健康着想。

田蜜忽然想起什么：哎，李梦，你是不是便秘啊？李梦一愣，有些难为情：你怎么知道？田蜜说：你昨天上厕所上了十几分钟。——狗剩儿老婆说的。李梦哀叹：完了，隐私曝光了。

智能机器人的声音忽然响了起来：租客你好，请于三分钟后到公共区域B区即就餐区开会。

田蜜一愣：开什么会？李梦说：跟狗剩儿签约。田蜜说：就签这个合租条约？李梦说对。田蜜说要签你签，我才不签！

话虽如此，田蜜还是不得不在合租条约上签了字。合租条约一式三本，狗剩儿将其中两本分别递给田蜜和李梦，自己留了一本。

狗剩儿说：签约仪式完成。恭喜田蜜女士正式成为本房屋的租客。希望田蜜女士自觉遵守本条约的各项规定，争当模范租客。

李梦说：狗剩儿，这条约有一千多条，田蜜刚住进来，不可能全记住。能不能给她一个月的试住期？头一个月之内，她违反条约规定，只警告，不罚款。狗剩儿说：不能。李梦恳求：那，要不一个星期？狗剩儿说：请翻到条约最后一页。

田蜜、李梦翻到最后一页。

狗剩儿说：请看最后一句。

田蜜看条约，正文最后一行是："本条约自三方签字后立即生效。"

田蜜、李梦有些无语。

狗剩儿说：请问还有别的问题吗？没有的话，本次会议到此结束。

狗剩拿起合租条约站起身要走。

田蜜说：等一下狗剩儿。我有个小问题。狗剩儿站定：请说。

田蜜问：为什么上厕所的时间限定为5分12秒，而不是5分钟或者5分半？

狗剩儿有些不屑：你难道不知道，对我们程序员来说，512才是整数吗？

田蜜恍然大悟：哦，我明白了。想了想又觉得不对：但是，一分钟是60秒，5分钟是300秒，5分12秒就是312秒，这，好像不是整数？李梦帮腔：对呀，按秒算的话不是整数。

狗剩儿愣住了，有些羞愧难当，半晌才艰难地开了口：这也是个BUG，很低级的BUG，我——

狗剩儿忽然把另外两本合租条约也拿了起来，三本一起抱在怀里。

狗剩儿咬牙切齿道：明天早上，合租条约会升级到Version 5.0.1。

狗剩儿转身进房间去了。田蜜、李梦对视一眼，都有些忍俊不禁。

田蜜低声说：太奇葩了！我先忍一忍，一找到工作我就搬出去！

说到找工作，田蜜很是犯愁。她虽然也是大学本科学历，但自从结婚后就当了全职太太，长时间脱离职场，工作经验基本上是白纸一张。她上网投了很多简历，结果都石沉大海，一个面试通知都没收到。

无论田蜜怎么省吃俭用，她口袋里的钱还是越来越少，就剩下几百块了。这个月再找不着工作，田蜜都不知道该怎么活下去。

田蜜无奈只好降低标准，不管什么单位、什么职位，只要是不需要太专业的知识和技能的，田蜜都一股脑投去简历。即便如此，一星期过去了，田蜜还是一无所获。

于洋洋却不着急找工作。自从离职的消息传出去后，猎头就找上门来。这天于洋洋正在酒店里一边做着瑜伽拉伸动作一边看电视，一个叫欧阳鹏的猎头打来电话，说大通银行财富管理部总监的位子空缺，问于洋洋有没有兴趣。

于洋洋说谢谢你，也谢谢大通银行的好意。我和盛邦信托签订了竞业避止协议，五年内不能再从事这一领域的工作。欧阳鹏问那你想转哪一行？于洋洋说接下来我打算尝试一下天使投资方面的工作。欧阳鹏说没问题，有合适的职位我会向你推荐。于洋洋说你不用着急帮我推荐，我打算先休息一段时间。

挂了电话，于洋洋继续做瑜伽动作，突然看到电视里正播放一条新闻：

下面是财经早报时间。近日，国内知名的风险投资机构攀梦资本宁城办事处正式成立。据悉，这是攀梦资本在国内设立的首个分支机构……

于洋洋眼睛一亮。罗江和攀梦资本的大名她早有耳闻。风险投资机构大多集中在北上广深这些一线城市，宁城本地的不多，像攀梦资本这样的顶尖风险投资机构落地宁城，对她来说无疑是个十分难得的机会。

于洋洋是个行动派，想到就做。她当即打开电脑，搜索到了攀梦资本的官网，找到 HR 的邮箱，发送了一份简历过去。想了想，又搜了一下罗江的微博，也发了一份简历，留了个言：罗总，有机会到您身边工作吗？

之后的几天，于洋洋一边找房子一边等着罗江那边的消息，结果什么动静都没有。于洋洋心里不踏实，检查了一下邮箱和微博，发现自己发送的邮件和私信都是已读状态。

于洋洋不禁有些失望，看样子罗江和攀梦资本对自己并不感兴趣。于洋洋又有些不甘心，给自己认识的跟风投行业有关的人打了一圈电话，询问他们认不认识罗江或者攀梦资本的相关人员，结果一无所获。

于洋洋灰心了，索性不再想这事。她先找好了一间公寓搬了过去，之后便一门心思筹划度假。最终的度假目的地于洋洋选择了斯里兰卡。

很快订好了机票和旅店，办好了签证，到了出发这天，于洋洋突然又接到那个欧阳鹏的电话。

欧阳鹏说：你好于女士，我是启航猎头公司首席顾问欧阳鹏，前天跟你联系过的，你还记得吧？于洋洋说：欧阳先生，我在回复邮件中说得很清楚了，我暂时对工作不感兴趣，我要休息一段时间。欧阳鹏说：于女士，有个人特别想见你，你能否拍出5分钟时间——于洋洋打断：不好意思，我订了下午的航班去斯里兰卡度假，有什么事等我度假回来再说吧。

于洋洋直接把电话挂了，继续收拾行李。

没过两分钟欧阳鹏又打了过来。于洋洋有些恼火了，接起电话说：欧阳先生，如果你再这样纠缠不休，我就把你的电话拉黑了！欧阳鹏连连道歉说：对不起于女士，我想再争取一下。请给我一分钟，就一分钟。

于洋洋说：那你说吧。欧阳鹏说：相信我，这是个非常难得的工作机会。委托方的老总非常看好你——于洋洋不客气地打断：他看好我我就要见他吗？他谁呀？欧阳鹏说：攀梦资本的罗江。

于洋洋一愣，下意识一下子把手机捂在了怀里。愣了一会儿，继续接听电话。

欧阳鹏絮絮叨叨地说：你去斯里兰卡的航班是几点？实在不行，我们可以安排在机场见面……于女士？你在听吗？

于洋洋按捺住兴奋的心情，故作平静地说：好吧，那就机场见吧。下午四点，过时不候！

于洋洋挂了电话，欣喜若狂。她找了罗江那么久没有结果，没想到现在罗江主动找上门来了。

于洋洋收拾好行李，看看时间差不多了，赶紧去往机场。路上欧阳鹏又打来电话，和于洋洋确认了一下见面地点，在机场的一间咖啡厅里。

于洋洋四点整准时到了咖啡厅，罗江已经在等候。两人握了握手，说了句幸会就坐下了。

罗江从口袋里摸出一个倒计时钟表，放到茶几上，按下按钮。

于洋洋有些不明所以。

罗江微笑解释道：创投圈的人都知道，任何人找我谈任何事，时间都不能超过五分钟。不过他们不知道的是，我找别人谈事，也要求我自己从不超过五分钟。于洋洋说：罗总未免绝对了。得分什么事。罗江说：不管什么事，五分钟还谈不定，其实就没必要谈了。

于洋洋笑笑：好吧。您还有四分钟。

罗江扫了一眼于洋洋脚边的行李箱：听说于小姐要去斯里兰卡旅游？于洋洋说：去度假。我想休息一段时间。罗江问：我的电话你有吧？于洋洋说：有。猎头公司告诉我了。罗江说：好，回来后你跟我联系。

罗江说完又按了下倒计时钟表。

于洋洋一愣：这，您谈完了？罗江说谈完了。

于洋洋有点不淡定了，勉强微笑着：但您什么都没说呀。罗江问：说什么？于洋洋说：您至少该问问我愿不愿意去攀梦资本工作。

罗江微笑着说：你愿意。我知道。我来这儿见你，一是表示尊重，二是为你送行。

于洋洋笑了。于洋洋说：我想，也可以是接风。——能立即工作吗？

罗江也笑了：我没找错人。

罗江带着于洋洋径直去了攀梦资本宁城分部的办公室。办公室不大，刚装修完，看起来很干净简洁。

于洋洋四下张望了一下，问：罗总，咱们还有其他员工吗？

罗江说：目前没有。就你我二人。如果你觉得有必要，可以随时招人。不过请注意，我说的是有必要，不是有需要。

于洋洋说：明白。极简主义。罗总，接下来我的工作是什么？

罗江招呼于洋洋进了自己办公室，从抽屉里拿出一叠项目书递给于洋洋。

罗江说：这是宁城这边的几十个项目。你从里边挑出五个你觉得有潜力的给我。投资人最重要的是远见和眼力。我先看看你的眼力如何。我明天回上海，下周我回来，你把结果给我。

见完于洋洋，罗江又去了甜蜜科技找老戴。老戴有些意外，态度也很冷淡。

老戴说：你的倒计时表呢？怎么不拿出来？罗江说：老戴，这就见外了，咱们老朋友叙旧，我带那玩意儿干吗。老戴说：得恩去见你的时候，你就用了那玩意儿。他不算你老朋友？罗江说：得恩来见我，是谈事儿。

老戴说：咱们今天不谈事儿？罗江说：老戴，你对我是不是有意见？有意见你就直说。跟我甭绕弯子。老戴说：老罗，当时得恩去找你，是最后一条路。我说我去，他不让，坚持要自己去找你，这也体现了他的诚意。你不该羞辱他。罗江说：我怎么会羞辱得恩，那是我谈项目的方式。老戴说：那么，得恩的死，你就没有一点愧疚？罗江顿了顿说：我有。所以，今天我跟你坐在这儿。

老戴说：你今天约我什么意思？也别绕弯子，不妨直说。罗江说：我想了解一下甜蜜科技的情况。老戴问：然后呢？罗江说：然后我决定是否接盘。老戴又问：你不是不看好甜蜜科技吗？

罗江说：老戴，当时我为什么从甜蜜科技走？就是因为跟得恩的发展理念不合。我坚持由近及远，步步为营，他一定要星星点灯，烈火燎原。我早就预料到了今天这个局面。这你也是知道的。所以，我并非不看好在线教育，也不是不看好甜蜜科技，我是不看好拥有得恩的甜蜜科技。

老戴说：所以，你是来收复失地了？

罗江说：老戴，你对我有意见我理解。但我不是来收复失地的，我是来帮助甜蜜科技的。我对甜蜜科技，有感情。你也不希望看着甜蜜科技被破产清算了吧？它是咱们三个人的一段生命。我不希望它变成历史。

老戴沉默了一会儿说：法院牵头的破产重整小组已经成立。目前甜蜜科技比较艰难，高管辞职，名师都走得差不多了，学员纷纷要求退款。破产清算的可能性很大。罗江说：后续工作我来接手。老戴，我希望你能配合我。老戴叹了一口气说：甜蜜科技是咱们的心血，得恩已经不可能起死回生了，如果甜蜜科技能起死回生，也算是了了他的心愿。

罗江说：老戴，甜蜜科技不会倒的，让我们一起努力！

九

田蜜的努力终于有了成果。这天，田蜜接到了一家大型超市的电话，叫她下午过去面试。到了约定时间，田蜜有些激动又忐忑地去了。

田蜜应聘的是进口食品专区导购员职务。

招聘主管问：你没有这方面的工作经验啊，为什么要应聘这个职务？

田蜜说：我是没从事过这方面的工作，不过我对进口食品非常熟悉，我有信心能胜任这份工作。其实我是你们超市进口食品专区的常客，就算闭着眼睛我都能知道什么东西放在哪个货架上。

招聘主管有些不信：是吗？田蜜说：真的。您要不信，我们现在就去进口食品专区，您当场检验。招聘主管笑笑说：我们提供的工资，可买不起进口食品。

田蜜略微一愣：是，我明白。我说的是以前，以前我常去。招聘主管问：后来为什么不去了？田蜜说：这属于隐私。

招聘主管沉吟了一会儿，又看看田蜜的简历，发现了什么。

招聘主管问：你是已婚？田蜜顿了顿说：是。招聘主管说：但你在网站上填的是单身。你到底已婚未婚？田蜜说：已婚未婚很重要吗？你们是知名的超市连锁集团，不应该歧视已婚女性。

招聘主管有些不高兴了：已婚未婚不重要，诚信很重要！我们的招聘要求写的是未婚，你如果已婚，就不应该得到这个面试机会。我再问你一句，你是已婚未婚？田蜜沉默片刻说：我是已婚……丧偶。

招聘主管愣了会儿，语气缓和下来了：哦，遭遇了不幸，这样吧，你去办理入职吧。田蜜问：您招聘是因为我的不幸？招聘主管说：这重要吗？田蜜说：很重要。招聘主管说：是的。按正常，你得不到这份工作。田蜜站起身来：那我还是希望你秉公招聘。

田蜜转身走了。招聘主管有些错愕地看着田蜜的背影。

田蜜有些失落地在超市中穿行着。路过生鲜区，田蜜突然站住了。

生鲜区摆着几只装满螃蟹的箱子，螃蟹按照个头大小分成不同的价格。田蜜看到了戏剧性的一幕：一只螃蟹正从标价 138 元一斤的蟹箱里奋力地向相邻的标价 198 元一斤的蟹箱里爬，失败了好几次，最终成功地爬进了 198 元的蟹箱。

田蜜被深深触动了，上前捞起那只螃蟹装进了袋子里。

田蜜把螃蟹递给称重员，解释说这只是 138 块的，但它自己爬到 198 块的箱子里去了。

称重员说：它在哪箱就得按哪箱的价格算。田蜜说：你们这儿有监控吧？它就是 138 块这箱的。不信你们可以打开监控看一下回放。称重员说：我们不可能为了只螃蟹调取监控，您要不重新去挑一只。田蜜说：不，我就要这只。称重员说：这只就得按 198 的价儿卖。田蜜无奈，咬咬牙：就它了！你就按 198 卖！

回到合租屋，田蜜赶紧找了一个小塑料盆，小心翼翼地把螃蟹放了进去，放了点水，又找了根菜叶，扯碎了喂食螃蟹。

狗剩儿站在一旁很好奇地看着，问田蜜：这螃蟹，你是打算把它养肥一点再吃吗？

田蜜说：不。它不是食物，是宠物。

狗剩儿有些惊讶：有人爱狗，有人宠猫；宽泛一点说，鹦鹉、画眉、金鱼、锦鲤什么的也常见；再远一点，仓鼠、兔子也有养的；要再偏一点呢，还有养蛇和蜈蚣的。要说时髦呢，现在还兴起了网上虚拟宠物——我就养了一堆，但是这养螃蟹当宠物的，我倒是头一回瞧见。新鲜。

田蜜说：没什么新鲜的，还有把植物当作宠物的。

狗剩儿露出了赞赏之色：我很欣赏你这种标新立异的精神，和我很相似。你稍等，我去给你找个容器。这个盆儿不符合宠物的身份。

狗剩儿说着扭头回屋去了，过会儿果真找了一个精致的玻璃瓶过来，坚持要送给田蜜用来装螃蟹。田蜜推辞不过，只好连连道谢。

晚上李梦回来了，见了螃蟹也很感兴趣。

李梦问：你这螃蟹，不，你这宠物，有名儿吗？田蜜说：有。李梦问：什么名儿？田蜜说：奋斗。李梦你知道吗，今天我在超市看见奋斗的时候，它正在从 138 一斤的箱子爬出来，往旁边 198 一斤的箱子里爬。

李梦问：爬进去了吗？

田蜜说：爬进去了。所以我被它感动了，一只螃蟹，都在为改变自己的处境拼搏奋斗。我又有什么可沮丧的？虽然还有很多钱没有还，但我终究会还得上的！愚公移山、精卫填海，田蜜还债，正是奋斗给我了奋斗的信念，所以我就决定把它请回来，作为我精神的象征。看到奋斗，我就有了奋斗的力量。我也要改变我的处境，我也能改变我的处境！

李梦听得目瞪口呆：我一直想鼓励你这么做，没做到，没想到被一只螃蟹做到了。李梦举手给螃蟹敬了个礼：蟹奋斗先生，谢谢您！

吃过饭洗过澡，田蜜和李梦一上一下躺靠在床头看书看手机。田蜜闲暇时就会拿出刘得恩那本《创业笔记》来翻阅。里面记录了刘得恩的很多创业心路历程。看得越多，田蜜对刘得恩的了解就更加深一层。

这天田蜜又拿起那本《创业笔记》继续翻，翻着翻着，笔记本里忽然掉出一张折叠的纸。田蜜拿起来展开一看，愣了，竟然是张借条复印件！

田蜜赶紧叫李梦从床上下来。两人拿着借条研究了一番。从字迹上看这是刘得恩亲手写的借条，但出借人只写了“侯先生”而没写全名，金额是六十万，借期两年，月息两分。下方还写了一个电话号码。

李梦问侯先生是谁？田蜜说不知道。没听得恩说起过。李梦又问他为什么不找你？田蜜说他可能不知道我的联系方式。李梦想了想说：六十万，够买辆吉普了。——烧了！咱们得烧了它！田蜜一愣：为什么要烧？李梦说：不烧了你还找他上门还钱呢？

李梦说着从包里找出一个 zippo 打火机来。

田蜜奇怪：你不抽烟哪来的打火机？李梦说：我不抽，有客户抽啊。

李梦打着了打火机，忽然想起什么，又迅速关了。

李梦低声说：狗剩儿不让在屋里生明火。咱们得找个通风的地方烧。到窗户边去。

刚要迈步，当当当，有人敲门。李梦连忙冲田蜜“嘘”了一下，藏起打火机，快步去开门。狗剩儿站在门口。

李梦问：狗剩儿，有事？狗剩儿说：我好像闻到了明火的味道。李梦说：不可能，这屋里哪有明火。你自己看。

狗剩儿探头看了看，又吸了吸鼻子，还是怀疑：我的嗅觉从不会骗人。就是有明火的味道。李梦说：哦，我们刚才开了下窗，可能是外面的气味传进来了。今儿雾霾，味儿大，呛人。

李梦捂住嘴“咳、咳”干咳了几下。

狗剩儿又探头看看，将信将疑扭头走了。

李梦得意地偷笑，关上门，反锁了，招呼田蜜走到窗户边。

田蜜举着借条。李梦点燃打火机凑近借条。田蜜忽然缩回了手。

田蜜说：还是先留着吧。

田蜜转身走回床边，把借条又夹进《创业笔记》中。

李梦说：你别给自己揽事了。旧债未清又添新债，这样下去你永远还不清！

田蜜沉默片刻说：我知道。

田蜜很纠结。李梦说得对，现有的债务已经压得她直不起腰来了，她不应该也没必要再给自己揽事。但田蜜又想，万一那位侯先生也跟阳光里小区那些债主一样，这笔钱原本是他的养老钱呢？万一他不是不想找我而是找不到我呢？万一他现在刚好家里人生病就急等着用钱呢？

田蜜越想越不安。次日，等李梦上班去了之后，田蜜犹豫了半天，终于下了决心，拨通了借条上的那个电话号码。

电话接通了。田蜜问：请问是侯先生吗？对方说是，问您哪位？田蜜说：我是刘得恩的太太，我叫田蜜。

侯先生的声音忽然紧张起来，说：你是刘得恩的太太？什么意思？你干吗给我打电话？

田蜜说：我在刘得恩的遗物中发现了一张借条，上面显示刘得恩借了您六十万。我怕您联系不上我，所以给您打这个电话。我想先了解一下这笔借款是怎么回事，再跟您商讨具体的偿还办法。您看行吗？

侯先生沉默了一会儿说：刘太太，是有这么回事，但是具体情况有些复杂，我想我们能不能见面聊一下。田蜜说：好的。您什么时候方便？侯先生说：下午六点，长宁路 140 号。

挂了电话，田蜜心里轻松了不少。她想起自己曾经说过的话：得恩留下来的，不管好的坏的，我都会去承受。田蜜在心里默默地告诉自己：你一定能做到！

盼望已久的社区广场舞大赛开始了。

大赛地址就选在了得恩广场，在上面搭起了一个简易舞台，舞台前摆了一排桌子，中间坐着五个评委。后面摆了很多排椅子，坐满了观众。

参赛代表队一共十多个，基本上都中规中矩，分数大多在三十五到四十分之间。去年的冠军白云小区倒数第二个出场。看得出来，他们的舞蹈编排很有专业水准，不愧是经过专业教练调教过的。一曲跳罢，众人热烈鼓掌叫好，把大赛的气氛推向了高潮。

主持人上台：感谢白云小区代表队的精彩表演。下面，有请评委亮分！

评委们纷纷打出 8 分、9 分的高分。

主持人：好的，评委们的分数已经出来了，两个八分，三个九分，白云小区代表队的最终得分是——四十三分！这是截至目前的最高分！恭喜白云小区代表队！

观众们鼓掌欢呼。

台上的老太太们招手鞠躬致意，退下台去，个个都笑成了花，显然觉得这次比赛的冠军已经是手拿把攥。

蔡冬梅、张秋菊、康哥等人在台下摩拳擦掌，相互鼓劲。

主持人说：下面，请大家欣赏阳光里小区代表队为我们带来的精彩表演！有请阳光里小区代表队！

蔡冬梅、张秋菊、康哥等人登场，摆好造型。康哥故意晚一点登场，边上场还边系扣子戴帽子，显得手忙脚乱的样子，引得台下观众和评委发出一阵笑声。

康哥在队伍中间站定，摆好造型。音乐起，舞蹈开始，康哥故意状态百出，台下评委和观众笑成一团。短短五六分钟的舞蹈，场下观众的笑声和掌声就没停过。

一曲跳罢，音乐戛然而止，康哥最后来了个滑稽的亮相。观众们纷纷站起身来，鼓掌欢呼。

蔡冬梅、康哥等人满面笑容地向观众鞠躬致意。

主持人一脸笑容地上台了：感谢阳光里小区代表队为我们带来了这样一场精彩纷呈、别具一格的表演！有请各位评委打分！

评委们纷纷亮出打分牌，两个九分，三个十分。

主持人：好的，评委们的分数已经出来了，同样是两个九分，另外三位评委给出的分数是——满分十分！阳光里小区代表队最后的得分是——四十八分！恭喜阳光里小区代表队！

蔡冬梅、张秋菊、康哥等人激动地欢呼起来，又蹦又跳，开心得像是六七岁的孩子。

蔡冬梅如愿捧回了奖杯，在众人的簇拥下，兴高采烈地回到了棋牌室。

众人七嘴八舌地说：快快！把奖杯搁桌上！别摔了！

常子龙很吃惊：嗬，还真把奖杯给拿回来了？蔡冬梅说：废话，我早说了，不把奖杯夺回来誓不罢休！我们成功了！我们是冠军！

众人又欢呼起来。

张秋菊说：咱们这叫出奇制胜！康哥今儿表现得太棒了，不愧是舞王！康哥说：哪里哪里，我还没发挥出最高水平，主要是练的时间太短了，要是再练上一个月，我们肯定能拿五个十分！

胡春丽说：多少分无所谓，反正比白云小区高就行了！老马说：临走的时候我碰到白云小区的人了，一个个臊眉耷眼的，我看气得够呛。蔡冬梅说：该！去年冠军被她们拿去了，我气得一礼拜没吃下去饭！这叫一报还一报！

众人大笑。

胡春丽忽然接到了一个电话，脸色变了。众人问怎么了？胡春丽说我老伴犯病了！说完急匆匆走了。

众人的喜悦情绪消退了不少，都有些忧心。

到了下午，坏消息传来了：胡春丽老伴脑血管瘤破裂，需要做开颅手术。手术费大概要二三十万。胡春丽的老伴没有医保，医疗费只能自己掏。大伙儿都知道胡春丽家的情况，恐怕一时半会儿拿不出这笔钱来。

蔡冬梅和张秋菊、康哥等人商量了一下，决定召开一次债委会紧急会议。

常胜辞职后情绪有些消沉，整天在家吃了睡、睡了吃，也没去想找工作的事。这天实在闲得无聊，常胜去找葛子喝茶聊天。

葛子说：离了婚，又离职。流年不利啊。不是你本命年吧？常胜说：不是。就算是，我也不信这套。葛子问：下家找好了吗？常胜说：没呢。葛子说：没找好下家就敢辞职啊？现在哪有你这么玩的。那你什么打算啊？

常胜说：有竞业避止协议，老本行是干不了了。我跟你一样，得跨界了。你是主动跨界，我是被动跨界。我准备找找其他工作机会看看。

葛子说：要不跟着我干出版？常胜说：算了吧。咱俩多年老友，这么交往着挺好，就别往一块儿凑了。葛子说：也是。不过我觉得你现在有个现成的事儿可以干。常胜问：什么事儿？葛子说：把你常胜赢家公号上的文章整理一下，出本书。多少也是个外快。常胜说：我没心情。葛子说：不着急。等你心情缓缓，我再找你。

正聊着蔡冬梅打来电话，说债委会晚上六点半在棋牌室开会，让常胜通知一下田蜜。常胜问什么事，蔡冬梅说胡春丽阿姨的老伴儿病了要做手术，想找田蜜商量商量手术费的问题。

常胜心想这事确实很重要，不敢耽误，赶紧给田蜜打电话。

常胜说：晚上六点半到债务委员会开会。田蜜说：今晚不行，我六点约了人。常胜说：推了。债务委员会的会议必须参加。田蜜说：没法推。我约的那人也是债主。常胜纳闷：什么债主？田蜜说：新债主。常胜问：哪来的新债主？什么人？你怎么不向我汇报？田蜜说我不是还没见吗，怎么向你汇报？常胜又问：多少钱？田蜜说六十万。

常胜想了想问：你们约在哪儿？田蜜说：长宁路 140 号。常胜说：这样吧，债务委员会的会议改到八点。你把你地址发给我，五点半我去接你，一块去见那个债主，完了再去债务委员会。田蜜不情愿：你去干吗？这事跟你没关系。

常胜说：凡是涉及你债务问题的一切人和事，都和我有关。我要随时了解你的负债情况。再提醒你一句，下次遇到这样的事，你要第一时间向我汇报。

田蜜有些生气了：你们的债我会还，但我欠的别的债跟你没关系，我没这个义务告知你！而且，这还属于我个人隐私呢！——八点我过来。

说完田蜜啪地挂了电话。

常胜有些悻悻然，心说脾气还不小，我好心好意想陪她去，她还不领情。常胜只好通知蔡冬梅，让她把会议时间改到晚上八点。

回到家，常胜想了又想，总觉得哪儿有些不对劲。他突然想到了田蜜说的那个地址：长宁路 140 号！

常胜脸色变了，赶紧拿起手机给田蜜打电话。

田蜜一看又是常胜的电话，不想接，任凭手机响着。没想到常胜不屈不挠地反复拨，田蜜终于烦了，直接摁断了。

常胜很恼火，忍不住骂：愚蠢！不知好歹！骂了一通，常胜一看时间快六点了，顾不上想太多，赶紧出门开车直奔长宁路 140 号而去。

田蜜按照手机导航到了长宁路 140 号附近，发现周围是一大片荒凉区域，间或有一些破旧建筑。田蜜沿着一条两侧杂草丛生的水泥路往前走着，心里也有些战战兢兢。看看手机导航，定位显示目标还在前方。田蜜只好硬着头皮继续往前走。

水泥路走到头，是一座废弃厂区的大门口。锈迹斑斑的大铁门虚掩着，门口依稀还能看见水泥门牌，正是"长宁路 140 号"。

田蜜左右看看，硬着头皮推开大铁门进去，里面是个荒凉破败的院子。田蜜胆战心惊地四下看着，不见人影，田蜜越发紧张。

手机骤然响起，田蜜吓了一大跳，一看是侯先生打来的，连忙接起来。

侯先生问：你到了吗？田蜜说：我进大门了。您在哪儿呢？侯先生说：从大门往前走五十米，左边有个楼梯，你上来。

田蜜挂了电话，张望了一下，战战兢兢向前走去，走了不远果然看见角落里一段铁楼梯。田蜜小心翼翼地沿着楼梯上到了楼顶，只见一名戴着鸭舌帽的男子远远站在楼顶边缘。

田蜜往前走了几步又站住，紧张地打量着男子。

男子开了口：你好，刘太太。田蜜问：你是……侯先生？男子说：是。借条带来了吗？田蜜说：带来了。

田蜜从包里掏出借条。男子走了过来。田蜜下意识往后退了一步。

男子伸出手，田蜜略一犹豫把借条递了过去。

男子仔细看着借条。田蜜则紧张地看着男子。

田蜜和男子都没发现的是，此时，在相邻的另一处楼顶，常胜正躲在那儿悄悄窥视着两人。

常胜有些疑惑，男子虽然戴着帽子和墨镜，却很眼熟，好像在哪儿见过，但一时又想不起来这人是谁。常胜想了想掏出手机来拍摄视频。

再说田蜜那边，男子说：没错，这借条是我的。得恩做事情精细，写借条就写吧，还复印一份留底。男子说着话的同时慢条斯理地把借条撕成一小片一小片，往嘴里塞，咀嚼几下吞了下去。

田蜜有些惊恐地看着男子。

男子边撕边吃边说：得恩是我的好朋友，英年早逝，可惜啊。刘太太，此事到此为止。你可以走了。

田蜜被男子的古怪举动吓着了，张了张口没说出话来，往后退了几步，转身快步下楼梯，向厂区外跑去，很快出了大门。

过了一会儿，那名男子也匆匆离去。

常胜这才停止了拍摄，打开刚才拍的视频，放大画面，仔细查看男子的面部，还是想不起来这人是谁，只好收起手机，匆匆离去。

常胜开着车回到阳光里小区，把车停在棋牌室外的路边，坐在车里等着。

田蜜因为要走路加坐公交车，足足比常胜晚了半个多小时才到阳光里小区。常胜看见田蜜立即下了车。

常胜问：见到那个债主了。田蜜说见到了。常胜又问：那笔债务具体怎么回事？田蜜说不劳你费心。那笔债务我已经解决了。常胜问：解决了？你用什么办法解决的？田蜜说：用我的聪明才智，还有沉着冷静。具体细节你就没必要知道了。总之，解决了。

常胜笑了，掏出手机播放田蜜落荒而逃的视频片段。

常胜嘲讽地问：这是拥有聪明才智并且沉着冷静的你吧？

田蜜先是有些懵，随即又羞恼气愤：你凭什么跟踪我？你侵犯我隐私！

常胜收起手机，神情也严肃起来。

常胜说：长宁路 140 号原先是第三化工厂，后来搬郊区了，那儿说是要盖个游乐园，但一直没动工，烂尾了。就最近这三年，140 号发生过两起强奸案，三起凶杀案，里边的耗子比别的地方都大。

田蜜听呆了，想起刚才的场景，不禁有些后怕。

常胜说：希望你的聪明才智和沉着冷静以后用对地方！

八点整，会议开始。

蔡冬梅说：春丽还在医院，来不了。这事得我们帮她拿主意。目前的情况是，春丽爱人需要尽快动手术，他爱人没有社保大病保险，手术费和后续费用还有十几万的缺口。田蜜，找你来，就是想问一下，你能不能先把这个胡阿姨的钱还了？

众人都把目光投向田蜜。

田蜜迎着众人的目光，咬咬牙说：能。

蔡冬梅松了口气：太好了。谢谢你田蜜！

老马有些疑惑：她能还胡春丽的钱为什么不能还我们的钱啊？

另外几个人纷纷附和：是啊。总不能为了要债生场大病吧？我们倒不是跟春丽攀比，就是田蜜她能还为什么不早还？

蔡冬梅说：现在治病要紧，咱们先别计较这些好不好？我提议，田蜜先还春丽的钱，我们的钱今天先不讨论，往后延一延。大家有没有意见？

大家一想蔡冬梅说得在理，胡春丽老伴儿等着钱救命，都是老街坊，也不好再说什么，纷纷表示同意。

蔡冬梅说：好，一致通过。街坊情谊重于山。我代表春丽向大家表示感谢。田蜜，你看，大家都还是识大体的，你要有钱也尽快还我们。田蜜说我会的。蔡冬梅问：胡阿姨这个钱，你什么时候能给？田蜜问：能给我多少筹钱的时间？蔡冬梅说：明天动手术。时间你看着办吧。张秋菊说：我们能等，病人等不得。田蜜想了想说：三天。

常胜这时开了口：田蜜，三天你能筹到多少钱？田蜜说：我欠胡阿姨三十万，我可能筹不了那么多，我至少筹二十万，够胡阿姨给叔叔治病用。常胜说：人命关天，你要对你的话负责任。不要信口开河。

蔡冬梅说：常胜说得对，这事含糊不得。田蜜，你现在手头上有多少钱？

田蜜一愣：这个属于个人隐私，我不想说。

众人一听都有些怀疑。

张秋菊问：你是不是现在就有二十万啊？田蜜说：没有。李明白说：那我就不明白了，你从哪儿弄这二十万？

田蜜说：各位叔叔阿姨，我说筹二十万就二十万，我怎么筹到的，你们不要管。你们怀疑我手头有钱不还，那我也可以告诉你们，我身上现在只有八百六十三块钱。

众人顿时急了。

张秋菊说：合着你这么多天啥都没干？没去筹钱啊！这不要我们吗！李明白说：我明白了，田蜜，你是不是在采取拖延战术？老马说：什么拖延战术，她压根就不想还钱！八百六十三块，你听听，有零有整。

常胜赶紧打圆场：各位叔叔阿姨，当务之急不是催债，是救命。田蜜说三天内筹二十万，我认为有一定困难，得有备用方案。我建议——

田蜜忽地站起身来。众人都望向田蜜。常胜也只好住了嘴。

田蜜说：你不用建议了。三天之内，我会把胡阿姨爱人的手术费交上。

田蜜转身走了，出了棋牌室，往小区外走，走着走着忍不住掉眼泪。

身后传来汽车喇叭声，田蜜赶忙擦了擦泪，闪到一旁。

常胜开着车缓缓驶了上来，停到田蜜身边，降下车窗。田蜜看向常胜。

常胜说：我提醒你一句，你承诺了的事就必须做到，做不到你也应该如实说明。耽误了手术，那就不光是钱的事了。这个责任你负不起。

田蜜冷冷地说：用不着你提醒。该负的责任我一定负。

常胜说：别光用嘴。最好用你的实际行动负。——三天之内，不管你能筹到多少，务必给我一个准确数字。

车窗升起，车子驶走了。

田蜜呆站不动。

回到合租屋已经十点多了。李梦见田蜜情绪不高，问什么事。田蜜不想说，架不住李梦一个劲地问，还是说了。

李梦问：三天你到哪儿去筹二十万？田蜜说：这是人家的救命钱，不管用什么办法，哪怕是卖血，我也必须把这钱给人家筹到。

李梦想了想，从自己包里找出钱包，拿出一张银行卡，塞到田蜜手里。

田蜜一愣，抬头看着李梦。

李梦说：这卡里还有十万块钱。密码是我手机后六位数。

田蜜有些惊讶和感动，但坚决地把银行卡塞回李梦手中。

田蜜说我不能要你的钱。李梦说你先拿去救急，有钱再还我。田蜜说谢谢你，但我自己的事，我要自己扛。

李梦急了：你怎么扛啊？你用什么扛啊？都什么时候了你还这么犟！

田蜜也急了：都什么时候了我也这么犟！我说了我有办法我就会有办法！别人瞧不起我，你也瞧不起我？我还得起！我就是还得起！

李梦愣住了。

田蜜很快又冷静了下来：梦梦，对不起。我不能总是依靠别人，这样下去我是还不了债的。

李梦叹了口气，收回了银行卡。

入夜，李梦早早睡了，田蜜躺在床上怎么都睡不着，索性翻身起来，轻轻地从床底下拿出行李箱，打开，从行李箱的夹层里找出一个首饰盒。

田蜜打开首饰盒，里面是一枚结婚钻戒。田蜜拿出钻戒，举起来，怔怔地端详着。戒指内侧刻着田蜜的名字和心形图案。

之前田蜜为了偿还三强公司那笔债务已经把所有首饰都卖掉了，唯有这个结婚戒指，她舍不得卖，因为这是她和刘得恩爱情的见证。

田蜜把钻戒戴到左手无名指上，深情地看着，轻轻地摩挲着。当年和刘得恩举行婚礼的热闹场景一一在脑中浮现。泪水不知不觉浸满了田蜜的双眼。

十

一大早，常子龙正在棋牌室擦桌子搞卫生，蔡冬梅拎着两个装菜的塑料袋进来了，把其中一个塑料袋往柜台上一放说：这个你拿回家去。

常子龙说：干吗让我拿？蔡冬梅提溜了一下手中的另一个塑料袋说：我去趟儿子那里。给他送点菜，还有他最喜欢吃的年糕。

常子龙说：你就是闲操心。大老远的还送菜过去，他想吃自己不会买？蔡冬梅不满：常子龙，你眼里只有钱，根本没有儿子！常子龙说：你不要挑拨我们父子感情。我怎么眼里没有儿子了？蔡冬梅说：洋洋已经搬走了，不在那儿住了，谁给儿子买菜做饭呀？常子龙说：洋洋以前也不做饭。蔡冬梅说：是，以前做饭是儿子做得多，那也是因为洋洋在。洋洋不在了，他哪还有心思做饭？肯定是有一顿没一顿的。我当妈的不关心，谁关心？

常子龙说不过蔡冬梅，只好投降：好好，你有理。赶紧去吧。去完了赶紧回家做午饭。蔡冬梅兀自气哼哼的：今儿中午我还就不做饭了！爱吃什么你自个儿做去！

常胜在家闲着没事，又拿出昨天拍摄的视频，仔细查看视频中的男子模样，越发确定这人自己见过，但就是想不起来是什么人。常胜索性又把男子的头像画面截图下来，上网搜索，搜了半天还是一无所获，只好放弃。

常胜又想到田蜜。她真的能在三天内筹到二十万吗？她自己肯定是没钱的，除非找人借。按说田蜜当了那么些年阔太太，应该也认识不少有钱的朋友，借二十万估计问题不大，所以她那么笃定。对了还有田蜜家里人，田蜜没钱，她父母总该有点积蓄，女儿出了这么大的事她父母肯定不会不管。不过这么长时间了好像她父母一直没过来，不知道什么原因。

正胡思乱想着，客厅的门忽然开了，蔡冬梅拎着装菜的塑料袋进来了，猛然看到常胜，有些惊讶。

常胜也吓了一跳：妈，您怎么来了？蔡冬梅说：我给你送菜来。你今儿怎么没上班？病了？常胜本想撒个谎，又一想瞒得了一时瞒不了一世，还是说了实话，说自己从公司辞职了。

蔡冬梅很是气恼，说幸亏我今儿来了，要不然，你还不知道瞒到什么时候！常胜说我没想瞒你们。我是打算找到新单位以后再告诉你们。

蔡冬梅问：不能干信托了，你还能干什么？常胜说：妈，您儿子不管搁哪儿都是百里挑一的人才。广阔天地，大有可为。蔡冬梅说：别跟我说虚的！你再找新工作，能挣到原来那么多钱吗？常胜说必须的啊！钱不是重点，我现在考虑的是怎么更上一层楼。之前我的头衔是经理，下一份工作，我的头衔必须带个“总”字，不然我不考虑。

蔡冬梅听常胜这么说稍微放下心来，又问：你为什么辞职？因为洋洋？常胜说：跟她没关系。她先辞的职。蔡冬梅说：她把我电话、微信都拉黑了，你知道吗？常胜一怔，说不知道，她没说，我也没问。

蔡冬梅忍不住又叹气：洋洋这孩子跟我一直挺亲，她把我拉黑，估计是怕说话尴尬。你俩的事，看样子是没办法挽回了。常胜说：妈，您理解就好。

蔡冬梅说：我理解不了！原本吧，我儿子、儿媳妇都在高大上的信托公司上班，一年都挣好几十万，搁谁谁都羡慕，夸我有能耐，培养了一个好儿子，找了个好儿媳妇。没想到一觉醒来，儿媳妇没了，儿子高大上的工作也没了，几十万年薪也没了——你让我怎么理解？我心里堵得慌！

常胜无言以对。

田蜜带着那枚钻戒去了一家珠宝行。

鉴定师拿着放大镜仔细查看着那枚钻戒，看到内侧的字。

鉴定师问：田蜜是您本人？田蜜点头：是。

鉴定师放下放大镜和戒指说：是正品。您多少钱买的？田蜜说：四十万。鉴定师说：值。这种定制款的是独一无二的，同样的款式已经买不着了。

田蜜问：你们多少钱能收？

鉴定师说：按行规，二手的珠宝首饰，典当价为原价的五折。你这个我只能按二十万收。田蜜犹豫了一下问：我先当一年可以吗？鉴定师说：可以。不过，如果到期您不续当或者赎回，损失就大了。您不如直接卖给我们，我可以出到三十五万。

田蜜想了想说：就二十万当一年吧。

鉴定师也没再劝，拿了合同和田蜜签了，当场就把二十万转到了田蜜的卡里。

常胜刚送走蔡冬梅不久，收到一条银行提示短信，提示田蜜刚刚向常胜的理财卡转入了二十万元。随后又收到田蜜的一条微信：20 万。请你尽快把胡阿姨爱人的手术费交了。如果有多出来的，你交给债委会，请他们自己看怎么分。

常胜有些惊讶，没想到田蜜这么快就筹够二十万了。常胜本想问问田蜜钱从哪儿筹的，又一想田蜜肯定不会说，问也白问，还是别自讨没趣了。

常胜不敢耽误，立即给胡春丽打了个电话，然后开车去了胡春丽老伴所在医院，跟胡春丽碰了面，交了十五万手术费。胡春丽非常感动，拉着常胜的手连声道谢。常胜说不用谢我，这钱本来就是您的。

蔡冬梅回去以后把常胜辞职的事告诉了常子龙，常子龙也觉得心里堵得慌。

常子龙说：你还说我眼里没儿子，我看是儿子眼里根本没有我们！当初你就不该同意他搬出去住。要是跟我们住一块儿，我们俩早就当爷爷奶奶了，哪会有现在这些事！蔡冬梅瞪眼说：常子龙，我心情不好，你最好闭嘴，别烦我！常子龙立马闭了嘴。

康哥到棋牌室来找蔡冬梅，说要商量一下胡春丽的事。

康哥说：我想了一下啊，这么短的时间，田蜜肯定筹不到钱。春丽爱人手术费的事，还得我们管。蔡冬梅没好气：我管不过来。我自己还一脑门子官司呢。康哥说：冬梅花儿开，你是债委会常委，广场舞队长，阳光里小区资深业主，你不能不管啊。

蔡冬梅说：哎，你什么意思，老不着调康，你有钱啊，你怎么不管？常子龙也帮腔：他何止是有钱，阳光里小区就数他最有钱。康哥说：常山赵子龙，我跟你比不了，你每天这现金流，那是哗啦啦流水一样啊。

常子龙说：你儿子在美国干高科技，干一个月顶我们干一年。春丽爱人的手术费你先给垫上不就完了。蔡冬梅说：对啊。你又没借钱给刘得恩，你手头有钱。康哥说：真到万不得已的时候我会拿钱出来的。我不是想着带领大家一块儿献爱心嘛。蔡冬梅说：爱心我有，钱不趁手。康哥，你先代表我们把爱心献出去，行吗？康哥说：不行不行。我威信不够，代表不了大家。蔡冬梅说：够，能代表。你赶紧代表去吧！

正说着常胜也来了，先朝常子龙叫了一声“爸”，常子龙看了常胜一眼，板着脸没说话，扭头走开了。

康哥说：哎，常胜将军，你来得正好。你说说，我在阳光里小区里的威信高不高？常胜说：高。我们家房本还在您手里呢。威信不高我敢把房本给您吗？康哥高兴了：有道理。那我就代表大家把爱心献出去——春丽爱人的手术费我来解决！常胜说：手术费已经交上了。

几人都一愣。蔡冬梅问：谁交的？常胜说田蜜啊。她筹到了二十万。

众人都很惊讶。康哥问：田蜜从哪儿筹来的二十万？常胜说：没问。她怎么筹钱不归我管。蔡冬梅说：田蜜这人不简单。康哥点头：是，言而有信，跟我一样。

蔡冬梅说：我是说，她城府很深。康哥问：此话怎讲？蔡冬梅说：昨天她口口声声说没钱，今天就拿了二十万出来。说明什么？说明她有钱，不到逼急了不肯拿出来。要不再逼一逼？康哥想了想：你说的有一定道理。但是田蜜看上去又不像那种城府很深的人。常胜将军，你怎么看？常胜说：别逼了。逼急了会出人命的！

几个人又商量了一下，还有五万块钱，也不太好分配，暂时就由常胜保管。常胜建议说开个专用账户，田蜜还来的钱全都存到专用账户上，凑够一定数量再分给大家。

快到中午了，蔡冬梅叫常胜吃了饭再走。两人回到家，蔡冬梅问常胜想吃什么，常胜说就炒年糕吧。

蔡冬梅说：别老吃炒年糕，换换口味。要不猪肉汤团？常胜说：就炒年糕。我老妈做的炒年糕，是世界上最好吃的炒年糕。

蔡冬梅笑了，随即又面现惆怅：洋洋也爱吃我做的炒年糕。她还说要跟我学炒年糕的手艺，一直没顾上。常胜赶紧打断：妈，过去的就别提了。您向前看。蔡冬梅说：我向前看。你也得向前看。什么时候你给我领个回来啊。常胜说：我会给你领的。你现在先给我领一碗炒年糕吧！

蔡冬梅去了厨房。常胜靠在沙发上心不在焉地刷着手机，无意中一抬头，视线落到对面墙上一幅相框上，一愣。

常胜迅速站起身，凑近观看那幅照片。照片是广场舞大赛颁奖现场，一名正装中年男子正笑容满面地给蔡冬梅颁发奖杯。

常胜急忙掏出手机，打开相册里保存的那名神秘男子的截图照片，举起来和墙上的照片做对比。——田蜜那位神秘债主，赫然正是那名颁奖的男子！

常胜恍然大悟。他这才想起来，那名颁奖男子是街道办一位副主任，每次街道上有什么活动他都会出席露面，常胜也见过几次，难怪觉得面熟。联想到他的古怪举动，常胜心里立刻明白了：这位侯副主任的钱恐怕有点来路不明，所以刘得恩去世后他也不敢声张债权，权当那笔钱不存在。没想到田蜜会主动找上门，侯副主任生怕此事曝光，所以约田蜜在那种荒僻的地方见面，并且毁掉了借据。

看着照片上母亲和侯副主任满面笑容的样子，常胜有点哭笑不得。想了想，常胜悄悄取下了相框，塞进自己包里，背起包往外走，边走边朝厨房喊：妈，我有点急事，先走了啊！不等蔡冬梅答话，赶紧溜出了门。

田蜜从马蒂莎公寓搬走的时候其实就被小虎、小豹盯上了。摸清了田蜜的新住处，万百千也不着急行动，让小虎、小豹暗中盯着。反正田蜜已经签了新的借款协议，她逃不出自己的手掌心。

田蜜去珠宝行的时候没注意到小虎、小豹在盯梢。等田蜜离开后，小虎、小豹立刻进入珠宝行打听，鉴定师说了田蜜当了一枚戒指，但具体多少钱就不肯说了。

小虎、小豹赶忙回去向万百千汇报。万百千想了想：你们准备一下，明天我们去拜会一下田蜜女士。

小虎问：准备什么？万百千说：准备上手段！

晚上，田蜜靠坐在床头，手里捧着一个日记本写着什么。

李梦坐到床沿，往脸上敷着面膜，不经意一转头，看到日记本封面上写着“还债日记”四个字。

李梦有些诧异：你还写还债日记呢？田蜜说：才第一天。李梦说：别叫还债日记。没彩头。苦巴巴的。得换个名字。田蜜说：那叫什么？你起个不苦巴巴的。李梦思索着：叫什么呢，怎么才能还债，得发财啊。有了，发财日记！对，发财日记！大吉大利！

田蜜想了想，摇头：我并不想发财，我只是想还债。李梦说：别实心眼儿啊田蜜姐。发财才能还债啊。人这一辈子，要讲究个口彩，祸从口出，财从口入。田蜜说：我的初心是还债，一旦叫发财就变味儿了。所以还是叫还债日记比较好。我要不忘初心。李梦无奈：好吧。那就祝你砥砺前行。

第二天清晨，田蜜和李梦都还在睡梦中。房子忽然震动起来，起初是轻微地震动，逐渐震动得越来越厉害，似乎整栋楼都在摇晃。

田蜜、李梦先后醒来。李梦似乎反应了过来，大叫一声：地震！

两人慌忙跳下床往外跑。跑到客厅，见狗剩儿也从房间跑出来了，也是惊慌失措：什么情况？什么情况？李梦说地震了快跑！

田蜜忽然站住，说：不是地震。

李梦和狗剩儿也下意识站住了。

田蜜说：地震是这样的。地震就是震那么一下子，不会一直这么震。

李梦说：那是怎么回事？

田蜜没说话，径直走向大门，打开门，脸色一变。

万百千靠在楼梯栏杆上咧嘴笑着：早，田女士。

田蜜扭头一看，门边墙上固定着一个高能振动器，正“滋滋”地震动着。小虎、小豹站在一旁得意扬扬地笑着。

田蜜很快恢复了镇定，指了指高能振动器：你们把这个关了。有什么事我们谈，不要扰民。

狗剩儿不明所以地看着几名不速之客，问田蜜、李梦：他们是你们邀请的访客？李梦说：不是！我们没邀请他们。

狗剩儿转向万百千等人，严肃地说：根据合租条约 Version 5.0.1 最新修订版第二部分第 112 条规定，未经租客邀请，任何人不得进入本房屋。——请你们出去！

万百千有些迷惑，问小虎、小豹：他说什么呢？小虎说：不知所云。

田蜜说：梦梦，狗剩儿，你们回房间去，我来处理。

万百千乐了：狗剩儿？这人叫狗剩儿？什么年代了还叫这么土的名？哈哈哈！

狗剩儿突然愤怒起来，朝万百千冲过去：你们可以侮辱我，但不许侮辱我的名字！我跟你们拼了！

小虎抬起一脚，将狗剩儿踹飞在地。狗剩儿仰头躺在地上大口喘气说不出话来。田蜜、李梦大惊失色，赶紧上前搀扶。

万百千指着狗剩儿：给我打，往死里打！

田蜜连忙拦在了狗剩儿身前：万百千！你们再敢动一下手，我欠你的钱你一分都别想拿到！

万百千一伸手：那就把钱拿来！田蜜说：我现在没钱！万百千说：别跟我玩虚的。你当戒指的钱呢？田蜜一愣：你怎么知道我当戒指了？万百千得意地说：你的一举一动，都在我的掌握之中。就算你躲到天涯海角，我也能找到你！

李梦这时已经偷偷地上前把狗剩儿扶起来靠墙坐着，狗剩儿捂着胸口一脸痛苦。

万百千伸着手：还钱吧。田蜜说：当戒指的钱，我还给别的债主了。万百千一愣：他们给你上了什么手段？田蜜说：没上手段。她爱人要做手术，那是救命钱，我不能不还。

万百千呆了片刻，霍地站起身，气急败坏地咆哮起来：那应该是还给我的钱！你凭什么不经过我的同意就把我的钱给了别人！凭什么！简直欺人太甚！

田蜜被万百千的样子吓到了，不自觉往后退了退。

狗剩儿这时声音虚弱地叫道：老婆……

智能机器人移了过来：老公，我在呢。

万百千和小虎、小豹不自觉地被智能机器人吸引了目光。

狗剩儿说：拨打 110……智能机器人说：好的。马上拨打 110……

万百千飞起一脚，把智能机器人踢飞了。智能机器人噼里啪啦冒着火星，很快哑火了。

狗剩儿惊叫：老婆！挣扎着想起身，李梦赶紧拦住。

万百千有些愕然：这人是个疯子吧？你们竟然跟个疯子住一块儿？田蜜厉声地说：万百千，请你离开这儿！这是我朋友的家！万百千说：我不会离开的。

田蜜无奈放缓了语气：下次我有了钱，一定第一个通知你。你们赶紧走吧。万百千问：下次？下次是什么时候？田蜜说：我不知道。

万百千冷笑：看样子你是不见棺材不掉泪。给你三天时间，你先把这个月利息付了。到时候见不着钱，你，还有你这个闺密，都给我去夜总会挣钱！这个疯子给我去黑砖窑！什么时候把我的钱还清了，什么时候放你们出来！我再强调一遍，三天后，二十万！你要再敢跟我耍花腔，就别怪我们心狠手辣！

撂完狠话，万百千和小虎、小豹扬长而去。

田蜜和李梦赶紧把狗剩儿扶到沙发上躺下。

李梦说：田蜜姐，我们报警吧。万百千那种人根本没有底线，他们真的什么都干得出来！田蜜沉默了一会儿说：我会处理的。梦梦你上班去吧，迟到了要罚款。李梦看了下时间：我是得走了。田蜜姐，他们要再来，千万别开门！

李梦出门上班去了。

狗剩儿皱眉捂着胸口，连连咳嗽。

田蜜有些担心：狗剩儿，我陪你去医院看看吧。狗剩儿摇头：不去。我受不了医院的气味。田蜜有些愧疚：对不起，给你添麻烦了。狗剩儿说：不，说对不起的应该是我。

田蜜一愣：什么？

狗剩儿努力坐起身来，努力挺起胸膛：身为二房东，我有义务保护租客的生命和财产安全。你放心，有我在，绝不会让他们动你一根手指头！

狗剩儿说着又剧烈咳嗽起来。

田蜜有些感动，狗剩儿虽然平常的思维和言行有些奇葩，骨子里却还是一个正义和有担当的人。

田蜜又有些彷徨。万百千今天露出了凶神恶煞的一面，他临走前的那番话让田蜜不寒而栗。她知道，如果她继续住在狗剩儿这里，不光她自己，李梦和狗剩儿也必将永无宁日。

田蜜想了良久，收拾起自己的行李箱，婉言谢绝了狗剩儿的挽留，离开了狗剩儿和李梦的合租房。临走前，田蜜抱走了那个装着蟹奋斗的玻璃瓶。

田蜜不知道去哪儿，想了想，以前的那些闺密里，除了李梦也就刘媛跟自己亲近些，于是给刘媛打电话。

电话响了很长时间才接通。田蜜说：媛姐，我能不能去你那儿住一晚上？刘媛迟疑了一会儿说：不行啊田蜜，我在国外呢。田蜜问：国外？你什么时候去的？你在哪儿呢？

刘媛说：为了你的安全，也为了我的安全，我不能告诉你我在哪儿。田蜜愣了下：媛姐，你怎么了？刘媛说：我老公出了点事儿。我跟他出来了。田蜜问：那你什么时侯回来？

刘媛在电话里沉默了片刻说：我这辈子可能都回不去了。田蜜吃惊：为什么？刘媛的声音黯淡下去了：我老公在赌场欠了钱，我如果回去，处境就跟你一样，甚至比你还要困难。

田蜜呆了一会儿：我知道了。媛姐，你保重！刘媛问：你怎么了？没地儿住了吗？田蜜说：没事，我有地儿住。——我到李梦那儿去。刘媛歉意地说：对不起啊，我现在帮不了你。田蜜说：没事。媛姐，你照顾好你自己。

田蜜挂了电话，一时有些茫然。没想到，刘媛也出了事。田蜜信步在街头走着，走到一处街边公园，坐下来休息。

李梦打来了电话，急切地问：田蜜姐，你怎么搬走了？田蜜犹豫了一下说：梦梦，我找了一个新住处。李梦问：什么地方啊？ 田蜜说：你还是不知道的好，免得万百千找你麻烦。你放心，我现在很安全。李梦说：我不放心！你必须告诉我你的准确位置。

田蜜强笑着说：好啦，你用不着替我担心，大风大浪我都过来了，万百千不算什么。李梦说：这一点我信。田蜜姐，你是打不垮的。田蜜重复着：对，我是打不垮的。

田蜜微笑着，眼泪却流下来了。

天黑了。田蜜拖着行李箱来到了一条室内美食街。美食街坐落在一个大型商场的顶层，总共也就百把米长，尽头处摆放着一辆装饰用的火车车厢，两边坐落着十几家小吃店，是宁城有名的小吃一条街，田蜜以前来过几次。

田蜜坐到美食街紧里头的一家年糕店前，要了一份炒年糕，慢慢吃着，眼泪忍不住啪嗒啪嗒地往下掉。

吃完了炒年糕，田蜜也就坐在那儿发呆，直到夜深，老板娘赶人了，田蜜只好离开，但又不知道去哪里。刚好看到那个火车车厢，田蜜就进去了。

车厢里镶了两排椅子，除此之外就别无他物了，在夜晚显得格外的冰冷。田蜜在椅子上坐了一会儿，实在扛不住满身的疲惫，昏昏沉沉地躺了下去，不知不觉竟睡着了。

直到第二天上午十点，小吃店纷纷开门准备营业了，田蜜才被吵醒。又冷又硬的椅子硌得田蜜浑身酸疼。田蜜数了数身上的钱，还有六百二十四块。她必须在这些钱花完之前找到一份工作，不管工资多少，只要能养活自己就好。而在找到工作之前，她必须节省每一分钱。

田蜜索性就在美食街的火车车厢里住了下来。白天她就躲在车厢里上网投简历，饿了就去年糕店吃一份炒年糕。美食街上的公共卫生间可以提供洗漱。算下来一天只需要花二三十块钱。

其实活着也没那么难，田蜜想。但她不仅是要活着，她还要还债。沉重的债务就像一座山一样，压得她有些喘不过气来。但她必须坚持下去。我承诺过的，一定要做到！

一转眼从公司辞职已经半个多月了，常胜感觉歇得也差不多了，刚辞职时的愤懑憋屈沮丧的负面情绪也基本上消退了，常胜开始考虑找工作的事情。因为跟盛邦信托签有竞业避止协议，五年内不能再从事跟信托、理财相关的行业了。常胜从大学毕业就开始干这一行，算起来也有十多年了，如今要离开这个行业，不能说多舍不得，但心里多少还是有点失落。

这天常胜正抱着笔记本电脑浏览招聘信息，忽然接到一个电话。对方自我介绍说是启航猎头公司的首席顾问欧阳鹏，想约常胜见面聊聊。常胜左右无事就答应了。

两人在一家咖啡馆见面。

欧阳鹏拿着一个文件夹，一边和常胜交谈一边不时记上几笔。

欧阳鹏说：常先生，我想确认一下，您是已经从盛邦信托公司辞职了是吗？

常胜说：是。手续都办好了。一旦找到新的单位我可以随时入职。欧阳鹏说：明白了。以您的资历，找份新工作并不难。我约您谈主要是想跟您聊聊您的未来职业规划。我认为——

常胜打断：对不起我打断一下。我和盛邦信托签了竞业避止协议，五年内不能从事信托或者理财之类职业。欧阳鹏愣了愣：这么说，您要改行？常胜说是。欧阳鹏又问：那您有没有考虑好从事哪个行业？

常胜说：之前我从事的是偏传统的金融行业，不过我对互联网这一块一直非常关注，也非常感兴趣。我的特长是客户关系管理。所以我想，如果有互联网公司的客户关系总监一类的职务，最适合不过了。

欧阳鹏想了想说：常先生，恕我直言，以您的资历、资源，放到金融行业，不管是信托还是投资领域，都是我们猎头公司打破头也想抢到手的。但放到互联网行业，您恐怕得从头开始。

常胜说：我明白。BAT这些头部公司暂时先不考虑，我可以先从小型的、初创期的互联网公司做起。最好是宁城的。杭州、上海也可以。

欧阳鹏说：这也是一条路。不过，恐怕您得下调您的职位预期，以及薪酬预期。常胜问：您觉得，下调到多少比较合适？欧阳鹏说：职位不限。年薪——十到二十万。

常胜心里有些不舒服。在盛邦信托时他基本年薪三十万，加上业务提成和奖励，年收入五六十万还是比较轻松的。如今按照这位欧阳鹏的说法，年薪要降到十到二十万，常胜还真有点接受不了。

欧阳鹏忽然问：哎，常先生，您有没有考虑过风险投资行业？常胜说：风险投资？恐怕我不适合。我不喜欢风险。欧阳鹏说：上次一个你们同事，也是刚辞职不久，她就一心想从事投资行业。

常胜一怔：我同事？谁？欧阳鹏说：于洋洋。你认识吗？常胜顿了顿说：认识。欧阳鹏笑了：我猜你们也认识。后来，我们把于小姐介绍到了攀梦资本，双方一拍即合，现在于小姐已经正式开始上班了——

常胜打断：对不起，我对投资行业不感兴趣。欧阳鹏说：好吧。那，我们就根据您的求职意向，尽量帮您找合适的职位。

和欧阳鹏分开，常胜还是有些郁闷，又去找葛子聊天。

葛子趁机又劝常胜出书：常胜，你就从了我，把这本书出了吧。我保证给你三万册的起印量。

常胜说我觉得时机不到。葛子说：还时机不到？你原来的工作干不了了，你得转型。你那些公号文章很有价值，我给你包装一下，没准儿就火了。就是不火，赚点生活费总可以吧。

常胜说：葛子，常胜赢家是我个人自娱自乐的平台，从未进行过任何商业运作。我无偿写，读者免费看，偶尔有一些思想交流和思维碰撞，我就很满足了。这些文字网上都有，再让读者花钱去买来阅读，我觉得意义不大。

葛子说：网上读者只是一部分，还有很多不上网的读者呢？还有很多想看纸质书的读者呢？常胜严肃地说：出版在我心里，是很神圣的。我觉得我写的那些东西很多都是急就章，还不够出版的资格。葛子，你就别劝我了。

葛子无奈：你还是跟大学那会儿那么犟。你得转变头脑。常胜说：我头脑一直在转变，否则也就不辞职了。葛子问：想好干什么了吗？常胜说：还在摸索。葛子说：我觉得你就可以转行当财经类作家。

常胜说：你又绕回来了。放心，葛子，最近我除了找工作，还一直在收集和挖掘有关财富和人生的经典案例，时机成熟的话我选择一些经典案例写成书，到时候你还得多帮助我。

葛子只好作罢：没问题。不过你也多想想我的建议。人生该拐弯不拐弯，容易翻车。常胜不耐烦：行了，知道了，我尽快拐弯！

十一

罗江从上海回来了，一进办公室，前台一个女孩站起身打招呼：罗总您好。

罗江有些疑惑：你是哪位？

女孩说：我是于总招进来的前台，已经上班三天了。

罗江"哦"了一声，朝女孩笑笑没再说什么，径直去了于洋洋办公室。

于洋洋笑脸相迎：罗总好。罗江问：谁让你招聘的前台？于洋洋说：您啊。罗江一愣：我什么时候让你招前台了？于洋洋说：您上次说如果我觉得有必要，就可以招人。我觉得有必要招一个前台，就招了。

罗江又问：前台有必要招吗？于洋洋说：当然。非常有必要。可以说，没有我，都得有前台。因为接下来会有很多的文件来往，合同传递，如果没有前台，搁哪儿？总不能我出去，门儿就锁上了吧？

罗江哈哈一笑，没再继续纠缠这个问题，转而问道：你项目看得怎么样了？

于洋洋从桌上拿起一份厚厚的打印文件递给罗江。

于洋洋说：我已经按照您的要求，对您给我的四十个项目做了一个全面的分析，并从中选择了五个项目。这是详细的分析报告，您看看。

罗江却直接把文件扔到桌子上，说：你眼力不行啊。

于洋洋说：罗总，您没看怎么就说我眼力不行？

罗江说：我给你的那四十个项目都是我淘汰掉的。没有任何一个有潜力。我让你挑，是考你的眼力。正确答案是，你得告诉我，这些都不行。

于洋洋说：罗总，我认为，题不是这么解的。您让我从四十个里边挑五个有潜力的，我认为是挑这四十个中间相对好一些的项目。另外，我希望您看一下我的结语，在最后一页。

罗江摆摆手：我不看了，你说吧。

于洋洋拿起分析报告，翻到最后一页：我的结语是：虽然这五个项目在这四十个项目中相对靠前，但是依然不具备投资价值。所以，不建议您投资。

罗江有些诧异，伸手接过于洋洋手里的分析报告，翻到最后一页一看，于洋洋所言不虚。

罗江笑了：看来我的眼力还行。确实没看错人。于洋洋说：接下来呢？罗总还想继续考我的眼力吗？罗江说：接下来你主要盯一个我们要接盘的项目。于洋洋问：什么项目？罗江说：甜蜜科技。接下来，你抓紧时间起草攀梦资本关于接盘甜蜜科技的可行性方案和申请报告。

于洋洋一愣，有些惊讶：罗总，甜蜜科技是公认的一个烂摊子啊。您为什么要接盘？罗江说：教育是一个民族的未来。在线教育是教育的未来。这是未来的未来，我没有理由不接盘。于洋洋说：您要接盘为什么不早一点接？刘得恩在的时候，情况比现在好多了。

罗江说：我找你来是让你帮我做工作的，不是找一个十万个为什么。于洋洋说：我既然在您身边工作，我就有义务为您止损。罗江有些哭笑不得：你怎么就判断我接盘甜蜜科技会有损失？于洋洋说：性价比不够不也是损失吗？目前至少有更好的教育类项目值得您去投。我了解甜蜜科技，目前没有其他投资机构愿意介入，风险太大。

罗江说：深水缺氧，你知道吧？于洋洋点头：知道。罗江说：但大鱼都在深水。我们要去抓别人抓不到的鱼。

于洋洋似有所悟。

罗江又笑了笑说：投资这行没有你想的那么简单，你慢慢琢磨吧！

这天中午常胜去了趟阳光里小区看望爸妈。

常子龙见了常胜没好脸色，劈头就问：你工作找得怎么样了？常胜说在找。还没定。常子龙说：你都三十多岁的人了，做事情也不过脑子！辞职一时爽，找工作愁断肠。——悔不当初了吧？

蔡冬梅不满：行了常子龙！儿子需要鼓励，别老说些丧气话。你一边去！

常子龙悻悻然走开，又站住，朝常胜道：你要不到我棋牌室来上班？总比整天瞎晃荡好。常胜说：爸，我谢谢您。您放心，我就算要饭，也绝不会啃老。常子龙说：我的钱都被你妈败光了，你想啃也啃不着！

常子龙气哼哼地走开了。

蔡冬梅低声地说：你爸就这样，气死人不偿命！儿子，你把心放宽点，天塌下来之前，咱该吃吃该喝喝。常胜朝母亲一竖大拇指：妈，你乐观豁达这一点特别随我。蔡冬梅笑着啐道：别没大没小的！

下午常胜又去找葛子聊天，唉声叹气。

葛子说：你这样晃荡下去可不行。常胜说：我也不想晃荡啊。离开了舒适区，合适的工作不好找。葛子问：怎么样，还不想出书？常胜说：书一定会写。但得是新的。把之前的文章凑一块出，不像那么回事儿。

葛子说：常胜，你就没想自己创业？常胜说：想过。没找到什么门路。葛子说：现成的门路就摆在你面前。你的常胜赢家公号就是一笔财富。多少人靠经营自媒体发了大财。常胜摇头：我没有经营才能。葛子说：那就去找有经营才能的合伙人。常胜又说：葛子，我不想操心。葛子恨铁不成钢：你这是典型的穷人思维，只想打工，不想创造。常胜说：我愿意！

回到家常胜还有些郁闷，心说自己不说是精英阶层吧，起码也是个金领，这才失业不到一个月，怎么在别人眼里就成了废物、寄生虫了，至于吗？我又不是没饭吃，我都奋斗了那么些年了，我休息休息还不行吗？

正胡思乱想着，手机响了。常胜接了起来。

对方是一名男子。男子说：常先生您好，我们是自由猛虎科技，我们这儿有个首席财务官的职位，想请您来聊聊？

常胜有些疑惑：自由猛虎科技？我不记得给你们投过简历。男子说：我们对您的简历非常清楚。如果您有兴趣，就请过来聊聊。常胜说：我有兴趣！

常胜挺高兴，自己正为工作的事发愁呢，工作自己找上门来了。常胜猜测可能是猎头公司牵的线，也没多想，开着车就去了。

公司位于宁城 CBD 区域的一栋高档写字楼里，整整占了一层楼。常胜暗想这家公司实力还不错，暗暗打起了精神。

给常胜打电话的是公司人力资源部的韩总。韩总很客气，介绍说公司是做短视频社交平台的，是一家创业公司，刚成立不到一年。前不久公司刚刚完成了两千万美元的 A 轮融资，计划在未来两年内至少要完成 B 轮到 D 轮累计不低于两亿美金的融资计划，并实现上市。公司原先的 CFO 也就是首席财务官因为个人原因离职了，现在这个位子空缺着。公司认为常胜的履历和专业才干非常适合这个职位，所以特意请他过来谈谈。至于待遇问题嘛，年薪四十万，外加股份期权。

常胜暗地里心花怒放，四十万年薪虽然只是勉强跟过去的年收入持平，但股份期权这一块才是大头。将来公司上市，自己不说多，怎么着也能成为一个千万级的富翁。

但常胜表面上还是装得有些矜持，说这份工作我还是比较感兴趣的，我对贵公司的前景非常看好。

韩总说那太好了，如果常先生没有其他异议的话，希望您能尽快入职！

常胜微笑着说：我就一点小疑惑，您是从哪儿知道我的简历的？猎头那儿？韩总说：不是。您是攀梦资本的于洋洋推荐来的。

常胜脸色变了：于洋洋跟你们什么关系？韩总说：我们的 A 轮融资就是由攀梦资本领投的，于洋洋代表攀梦资本负责我们的战略指导，人才也是于总非常重视的一块。

常胜呆了片刻，忽地站起身说：谢谢韩总。这个职位我不打算接受。请转告于总，感谢她的好意，你们另请高明吧！

常胜说着扭头就走，韩总愕然，半天回不过神来。

常胜出了自由猛虎科技公司立马给于洋洋打电话，说我要见你！于洋洋说我们公司楼下有个咖啡馆，我一会儿把地址发给你，咱们在那儿见。

常胜到了于洋洋所说的咖啡馆，给于洋洋发了个微信说我到了。几分钟后于洋洋下来了。

韩总刚刚已经向于洋洋汇报了跟常胜的谈话结果。于洋洋一上来就直截了当地问：你为什么拒绝那个职务？常胜说我不适合。于洋洋说怎么不适合？你专业对口而且不违反竞业避止协议。常胜说：但是我不适合那个位置。

于洋洋问：怎么说？常胜说：这辈子我不想再当你的下级了。于洋洋逼问：因为自卑？还是自尊？常胜说：因为自在。我喜欢自在。于洋洋嗤笑：找不到工作就叫自在？

常胜板起面孔：洋洋，请记住你现在的身份是前妻。这些话以前你说说我还行，现在说有点不合适了。咱们没那么近了。于洋洋说：很遗憾，咱们永远会很近。因为世界上有一种近，叫曾经那么近。

常胜说：我今天来找你不是跟你谈什么远近的。我是想告诉你于洋洋，以后不要再给我找工作了。我有事儿干了。于洋洋说：你能别死要面子了吗？你明明没有工作。常胜说：是的。我还没有工作，那是因为我要创业了！

于洋洋一愣：创业？创什么业？常胜说：常胜赢家。于洋洋惊讶：你要经营你那个号了？什么时候的事儿？常胜说：就刚刚。于洋洋说：你这是在跟我置气。常胜说：不是跟你置气。但你确实激励了我。让我迈出了这一步！谢谢！

常胜起身走了。

于洋洋无奈地叹气。

与其说是于洋洋激励了常胜，不如说是刺激了他。常胜心说自己跟于洋洋同一天辞职，于洋洋说要转行当投资人立马就转了，看起来还干得风生水起，跟之前比是更上了一层楼。论智商论情商论专业能力自己一点也不比于洋洋差，怎么就沦落到要靠前妻替自己找工作的地步了？也许于洋洋说得对，自己就是太不思进取了。无论如何，这种状况不能再持续下去了。

常胜铆足了劲儿，连着几天把自己关在家里，哪儿都不去，闷头查阅资料，了解自媒体创业领域的相关讯息和知识，思考常胜赢家公众号的商业化可行性方案。想法基本成熟之后，常胜又去找葛子聊了几次，听取葛子的建议，进一步完善思路。渐渐地，常胜的斗志越来越旺盛，信心也越来越充足。

是时候去开创属于我自己的时代了。常胜想。

这天，常胜精神抖擞地去了于洋洋办公室，说有重要事情跟她商谈。见了面，常胜径直将一份文件放到于洋洋面前。

于洋洋拿起一看，是“常胜赢家传媒有限公司股权转让协议”。

于洋洋疑惑：股权转让？你是说，让我把常胜赢家的股份转让给你？常胜说：

对。于洋洋问：你真打算创业了？常胜说：创业是件很严肃的事情。请不要怀疑我的决心。

于洋洋说：我没怀疑。不过我不明白为什么要我把股权转让给你？常胜说：你的股权属于历史遗留问题，早该解决了。以我们现在的关系，再作为公司共同股东我觉得不太合适。

于洋洋说：这有什么不合适的。我们只是离了婚而已，又不是仇人。常胜说：你的股权比重太大了。将来我要融资，要给员工建立期权池，我手里这些股权腾挪不开。——这样吧，我给你保留百分之十的股权，剩下的你转到我名下。

于洋洋说：将来的事将来再说。目前我没有把股权转让给你的必要。常胜有些懊恼：洋洋，你这是何必？常胜赢家对你来说毫无用处。于洋洋笑道：现在自媒体创业也是个风口，常胜赢家很可能是一座等待开掘的金矿。——我看好你。

常胜说：你这就不对了啊。你想坐享其成？！于洋洋说：怎么会。我现在的身份是天使投资人。我的资源对你创业会有很大帮助。——你找到天使投资没有？常胜说：不需要。起步阶段的资金我自己就能解决。于洋洋说：你有多少钱我一清二楚，就那点钱你就想创业？还有，你的商业模式是什么，你想清楚了吗？常胜说：当然想清楚了。这些不劳你费心。

于洋洋收起了笑容，正色道：常胜，你想创业我非常支持，但我希望你还是慎重一点。我干天使投资这一行时间还不长，但我几乎每天都能见到创业公司的诞生和死亡。创业的艰难也许会超出你的想象。常胜说：多谢提醒。今天我找你是解决股权问题，不是听你说教。

于洋洋把股权转让协议往桌上一放：股权问题，等你找到第一笔融资的时候我们再谈。

常胜无可奈何，站起身，拿起股权转让协议，转身出去了。走到攀梦资本公司门口，看见对面的办公室玻璃门紧锁，上面贴着一张公告：“招租 详情请洽租赁部”。

常胜想了想，去了大厦租赁部，说想看一下那间办公室。租赁部工作人员很热情，领着常胜去了。

租赁部员工说：我们这儿风水特别棒，特别适合创业公司。最近一年，我们这栋楼就有三家创业公司上了市。这间办公室之前也是一家创业公司的，他们刚刚融到了五千万美金，规模从一百人一下子扩张到五百人，坐不下了，只好搬到别处去了，听说直接买了一层楼！

常胜暗中算了一下，办公室总共大概六百平方米，租金每平方米每天五块多，算下来一个月租金差不多十万，不算太贵，当即决定：我租了！

田蜜在美食街的煎熬还在继续。这些天田蜜疯狂地投简历打电话，甚至直接上门，保持着每天至少面试两家的频率，但几乎所有人看了田蜜的简历之后都摇头，要么直接说您不适合我们，要么说您回去等通知。田蜜心力交瘁却无可奈何。

钱包里的钱越来越少，原先田蜜每天晚上要一份肉炒年糕，十二块，现在也改成素的了，只要八块。每次田蜜只要一份炒年糕，一坐就是好几个小时，老板娘也不待见她，虽然没直接赶她走，但也没什么好脸色。

田蜜的意志被一点点消磨殆尽了。她不知道这样的日子何时才是个头。

李梦也倍感煎熬。这些天她跟田蜜打了无数电话发了无数微信，田蜜要么不接不回，回也就简单一句话，说我很好，你不用担心。李梦问田蜜在哪儿，田蜜就是不说。李梦也不知道去哪儿找田蜜，只能干着急。

这天一早李梦准备去上班，刚出门就迎面碰上了万百千和小虎、小豹。

万百千笑嘻嘻地打招呼：早，李梦小姐。

李梦说你们怎么才来？万百千一愣：什么意思？李梦说你上次不是说三天后来的吗？这都一个多礼拜了！万百千说：哦，我们业务比较繁忙，有事耽搁了。怎么着，是不是田蜜女士想我了？

李梦说想你个头！田蜜走了！万百千又一愣：这么早？她去哪儿了，几点回来？李梦说：她不会回来了。万百千沉下脸：别跟我玩花样！李梦说：谁跟你玩花样了。上次你们前脚刚走，田蜜姐后脚就搬走了，问她去哪儿了，她就是不肯告诉我。

万百千朝小虎、小豹一挥手：你们俩上去看看！

小虎、小豹迅速进楼去了。

李梦说：我没骗你，她真搬走了。你们慢慢看吧，我上班去了。

李梦要走，万百千伸手拦住：请稍等。

李梦说：拦着我干吗？我真不知道她去哪儿了。我得赶紧上班去了，迟到了罚五十呢。万百千说：李梦小姐，五十块钱重要，还是你好姐妹的安全重要？她人不见了你一点都不担心？李梦说：我担心啊。可不管我怎么问，田蜜姐就是不说她在哪儿。

没一会儿，小虎、小豹匆匆从楼里出来了。

万百千问：人呢？小虎说：没在。真搬走了。万百千愣了。

李梦说：我没骗你吧？

小虎问：大哥，怎么办？

万百千咬牙切齿：找，掘地三尺也要把田蜜给我找出来！

三人扭头就走。

李梦在后面喊：找着了麻烦通知我一声！

万百千回去以后立刻拨打田蜜的手机，不出意料又被拉黑了。万百千又让小虎、小豹用自己的手机打给田蜜，田蜜倒是接了，但一听是万百千或小虎、小豹的声音，不等他们一句话说完立马挂了，然后拉黑。

万百千气坏了，叫小虎、小豹：把所有的手机卡都拿出来！挨个给她打！

田蜜在公共卫生间里刷牙洗脸，手机插在插座上充电。如厕的人纷纷侧目。田蜜对旁人异样的目光显然已经麻木了，自顾自地梳洗。

手机响。田蜜见是个陌生号码，有些犹豫，但还是接起来了。这次不是万百千。对方说是一家舞蹈中心，叫田蜜十点半去面试。

田蜜挂了电话，打开行李箱找出一套衣服来，四下看看没人，拿着衣服进入了一个厕所隔间，快速地换好衣服，又稍微化了化妆，赶紧前去面试。

舞蹈中心位于一栋老旧的写字楼里。面试的地点就在舞蹈练习室里。里面摆着一张桌子两把椅子，墙上贴着各种舞蹈剧照。

一名男面试官看看田蜜的简历，又抬头仔细打量着田蜜。

面试官说：身材各方面条件都还可以，就是年纪稍微大了点。你学过舞蹈？田蜜连忙点头：学过，不过我不是科班出身。

面试官问：会跳什么？田蜜说：民族，现代，芭蕾，都会一点。主要还是跳现代舞。面试官说：你跳几个动作给我看一下。

田蜜站起身，把装着蟹奋斗的玻璃瓶放到桌上，各种类型的舞蹈动作跳了几下，跳完微微鞠个躬又坐下。

面试官看着玻璃瓶中的蟹奋斗有些发愣，过会儿才回过神来。

面试官说：那个，身体协调性还行。钢管舞会跳吗？田蜜一怔：不会。面试官说：你有舞蹈底子，学起来倒也不难。高难度的不用学，会一些简单动作就行。

田蜜犹豫了一下问：钢管舞的话，通常都在哪里演出？

面试官说：酒吧，歌厅，主要是各种夜场。偶尔也有私人聚会场所。一场演出十分钟，报酬五百。有时候一天晚上要赶好几个场子。如果放得开，捧场的客人多，可能一晚上就能挣一万块钱小费。你如果有兴趣的话，不妨试试？

田蜜沉默了一会儿说：对不起，跳钢管舞对我来说难度太大。面试官说：要自信。你还没试呢，怎么知道自己不行？田蜜说：我说的不是技术难度。抱歉。

田蜜起身，抱起玻璃瓶，拖着行李箱离去。

万百千和小虎、小豹依旧不屈不挠地给田蜜打电话，同样是一句话没说完就被田蜜挂断，然后拉黑。

万百千气咻咻地说：换张新卡，接着打！小虎说：大哥，这是最后一张了。万百千问：十几张卡她都拉黑了？

小虎说：都拉黑了。对了大哥，您平时不总说可以给人定位吗，就是手机关了都能定到他。小豹说：听说把电池卸下来您都还能定。这个时候该拿出这个黑科技了吧？

万百千恼怒：你们能不能动动脑子？小虎说：我动了！我觉得是该拿出来了！小豹：我也动了！打不通啊！不拿出来没招儿了！万百千说：我那是吓唬别人的知道吗？要手机关了、电池卸了都还能定位，马航那架飞机至于这么多年找不到吗？我要有这技术我还干这个金融事业？我就干搜索事业了！

小虎、小豹恍然大悟。小虎说：明白了。您这是狐假虎威。万百千说：什么狐假虎威，这叫虚张声势！

小虎这时已经换好了新卡，问：大哥，就剩这张新卡了。还打吗？小豹说：她一听到咱们的声音就挂电话，然后拉黑。

万百千想了想说：给我，我来说。

小虎把手机递给万百千。万百千拨通了田蜜电话。

电话响了几声，田蜜接了，“喂”了一声。

万百千一口气语速极快地说：田蜜我警告你，你要是再敢拉黑我电话，我就呼死你！

话音刚落，田蜜那头已经挂断了电话。

万百千再拨，传出提示音“您所呼叫的用户无法接通”。

小虎说：大哥，警告无效。

万百千恨恨地说：必须给她上手段了！她拉黑我，我就呼死她。——去，对她启动呼死你。小虎说：好的。那给她多长时间的呼死待遇？万百千说：四十八小时地毯式轰炸。让她的手机窒息！

田蜜此时已经回到了美食街，饥肠辘辘，身心疲惫。

田蜜悄悄打开钱包查看。钱包里只有大约两百多块钱。

田蜜低头看着玻璃瓶中的蟹奋斗，轻声地说：奋斗，你跟着我受苦了。不过，总比你被人吃了好，是不是？只要活着就有希望，只要活着就要奋斗，我们俩都要努力活下去，好吗？

老板娘面无表情地端过一盘炒年糕往田蜜跟前一放：素炒年糕。八块。

田蜜从钱包里找出八块钱递给老板娘。老板娘转身离开。

田蜜拿起筷子吃起炒年糕来，吃了几口忽然一愣。那盘炒年糕里，分明有很多肉丝。

田蜜抬头看，老板娘背对着这边忙碌着。

田蜜紧紧抿着嘴不让眼泪流下来，过了会儿，低头大口吃起来。

吃完炒年糕，田蜜回到火车车厢里，闭着眼睛靠坐在椅子上想休息会儿，这时手机突然密集地响了起来，响两声就自动挂断，接着又响。田蜜拿起手机查看，一会儿工夫已经有上百条未接电话。田蜜连忙把手机调成静音，电话和信息依旧如潮水般涌进来。田蜜有些不知所措，最后不得已关机了。

这天下午，马蒂莎和秦妙雯又约了逛街，逛完街又一起吃晚餐，吃完晚餐马蒂莎还意犹未尽，拉着秦妙雯去看电影。电影散场已经十一点了。

马蒂莎问秦妙雯：你饿不饿？要不吃点宵夜再走。秦妙雯说：好啊。吃什么？马蒂莎说：楼上美食街有家炒年糕。我跟我们家赵康去吃过几次。赵康爱吃，我跟着吃了几次，也就爱吃了。秦妙雯来了兴致，说行啊，那你带我去尝尝。

两人便去了美食街，不料年糕店已经打烊了。

马蒂莎说：哎呀，已经关门了。来晚了我们。秦妙雯问：你说的是哪家？马蒂莎指了指：就那家。秦妙雯有些惋惜：今天尝不到了，改天再来吧。

两人准备从美食街一侧的出口出去，经过那辆火车车厢，马蒂莎不经意往车厢里一瞥，呆住了。

车厢里，田蜜蜷着身子躺在椅子上正熟睡着。

秦妙雯有些奇怪：怎么了莎莎？走啊。

马蒂莎呆站着没动。秦妙雯反身走了过来：看什么呢？

秦妙雯顺着马蒂莎的视线看过去，也呆住了。

田蜜突然醒了，睁开眼，看见了车厢外的马蒂莎和秦妙雯。田蜜缓缓坐起，呆看着两人，恍如梦中。

秦妙雯开了口：田蜜，你怎么在这儿啊？

田蜜突然有些六神无主，她没说话，急慌慌地抱起蟹瓶，拉起行李箱，逃也似的出了车厢匆匆走了。

马蒂莎和秦妙雯都很震惊。秦妙雯说：她怎么落到这个地步了？马蒂莎说谁知道呢。秦妙雯又说：她真是自作自受，要不是她勾引你老公……马蒂莎打断：别管她了，我们走吧。

田蜜拖着行李箱在空旷的大街上走了很久，最后在一处街边公园停了下来。这一晚上她就在公园的长椅上坐到天亮。美食街的难堪一幕不停地在她眼前闪现，令她的心一阵阵地刺痛。

但天亮以后，田蜜还是回到了美食街。她已经把这儿当成了最后的避风港，除此之外她实在无处可去。

中午，田蜜照例又到年糕店要一份炒年糕。吃完正要离开，被老板娘拦住了。

老板娘面无表情地说：我这里要招一个杂工，包吃包住，工资一个月两千。想干的话，今天就上班。

田蜜一怔，看着老板娘，老板娘却转身走开了。

田蜜热泪盈眶。

李梦还是联系不上田蜜。以前电话还能打通，虽然不知道田蜜情况，但起码知道她人没事。但这几天电话打过去总是提示已关机，发微信也不回，李梦是真的有些慌了。李梦又一想，是不是跟万百千有关？赶紧给万百千打电话。

万百千和小虎、小豹这两天也是食不甘味。“呼死你”这样的手段一般人一天都扛不住，毕竟现代人几乎一天都离不开手机。但田蜜却真能扛，连呼了两天什么动静都没有。万百千猜测田蜜要么是关机了要么是换号了，但一时也没辙。正烦着呢，李梦打来了电话。

李梦在电话里毫不客气：万百千，田蜜关机了！是不是你搞的鬼？她在哪儿你知道不知道？万百千说：她在哪儿我当然知道，但我不能告诉你。

李梦说：别吹了！你不是说就算躲到天涯海角，你都能找到吗？宁城就这么点地方，你找个人都找不到，还好意思吹！我看你就是光说不练假把式！我告诉你，要是我田蜜姐出了什么事，我跟你没完！

万百千气坏了：我警告你，不许再给我打电话了！再打我呼死你！

小虎忧心忡忡：大哥，这事传出去，有损我们的江湖声誉啊。万百千咆哮着：你们还有脸说！宁城就这么点地方，找个人都找不到！我看你俩是光说不练假把式！蠢材！——还不赶紧继续去找！

十二

这天于洋洋从外面回来，刚走到公司门口，发现对面办公室几个工人正在往里搬家具。于洋洋不经意地朝里面看过去，猛然看见常胜正在里面指挥着工人：这个搬到里面那个办公室。慢点儿，别磕着门！

于洋洋很疑惑，赶忙进去，问常胜什么情况？你在这儿干吗？常胜说这是我们常胜赢家的办公室啊。于洋洋说你真准备创业了？常胜说那还能有假，下礼拜公司就正式开张了！

常胜领着于洋洋参观办公室。

于洋洋很惊讶，这间办公室比对面攀梦资本的办公室大多了。于洋洋问：你用得着租这么大的办公室吗？你打算招多少人？常胜说：初期大概三十人左右。不过一年之后，我们大概会扩充到一百五十人左右的规模。

于洋洋有些疑虑：自媒体公司需要那么多人吗？常胜侃侃而谈：常胜赢家不仅仅是自媒体公司。我们准确的定位应该是“知识服务运营平台”。初期我们以知识付费业务为主，未来我们将以这个平台为基础，多点开花，进入出版、培训、理财、投资融资等多个领域。

于洋洋说：想法很好。不过我提醒你一句，饭要一口一口吃，否则容易噎住。常胜意气风发：时不我待啊。伟大的时代，需要伟大的人去成就伟大的事业！

这时手机响，常胜接起来：你好欧阳先生。……我还没来得及看邮件。……好的，下午就安排他们过来面试吧。……谢谢。再见。

常胜挂了电话，对于洋洋说：欧阳鹏。你认识的。于洋洋惊讶：你让猎头公司帮你招人？成本太高了吧！常胜说：一家创业公司，成功的关键就在于人才。这点钱，花得值！

于洋洋很是无语。

常胜这些天一直处于创业的亢奋状态中，从租房子到买家具、招聘、面试加上制定公司运营计划等，全都亲力亲为独自完成，而且效率极高。很快，公司就正式开张了。

开张当日常胜做了精心准备。办公大厅里用彩带、气球做了一些简单的喜庆装饰，一面投影屏幕上打着一行字“常胜赢家 开学典礼”。公司的首批员工约二三十人围聚在投影屏幕前，聆听常胜的演讲。

常胜热情洋溢地说：各位同学，欢迎大家正式加入常胜赢家！常胜赢家不仅是一家公司，更是一所学校，这所学校培养三种人：第一种是自媒体领域的领军人才，第二种是未来的创业精英，第三种是未来的千万富翁、亿万富翁！

员工们纷纷鼓掌欢呼。

罗江和于洋洋悄悄站在常胜赢家门口静静观看了一会儿，返回自己的办公室。

罗江笑着说：有点意思。常胜把公司开到咱们对面，明显是冲你来的啊。于洋洋说：罗总说笑了。常胜做事情有时候比较冲动，不过他不是小心眼。

罗江说：你给他推荐的公司他不肯去，已经很说明问题了。他想证明自己不比你差。于洋洋说：他不用证明。客观地说，常胜无论是智商还是能力，都远在我之上。

罗江笑了：洋洋，你们离了婚，你还这么维护他，你很伟大啊。于洋洋说：哪里，我是实事求是。——罗总，要不常胜赢家就我来跟进？罗江说：跟进？跟进什么？于洋洋说：您不是有投资自媒体的打算吗？我认为常胜赢家很有潜力。

罗江说：你真这么认为？还是仅仅出于情感因素？于洋洋想了想说：兼而有之吧。罗江说：如果我说，常胜赢家撑不过两个月呢？于洋洋一怔：罗总，您判断的依据是？罗江说：直觉。于洋洋说：我希望您这次判断失误。罗江不置可否地笑笑：两个月很快。我们不妨到时候再看！

葛子得知常胜的公司开张了，特意过来道贺。两人在常胜办公室里喝茶闲聊着。

葛子说：厉害啊老同学！没想到你这么快就把公司开起来了。常胜不无得意：现在都5G时代了，速度慢了，就会被时代抛弃。葛子问：你现在多少人？常胜说：不多，二十来个。接下来还要继续招。

葛子开玩笑说：哎，有什么空缺职位，给我安排一个呗。常胜说：你不行。葛子一愣：什么意思？我怎么不行了？你不自媒体吗？我干了这么多年出版编辑，给你当个主编肯定不在话下。——哎，你不用给我发工资，给我点股份就行了。

常胜说：跟能力无关。你是传统行业，我们是风口行业，你的观念、心态都已经落伍了，根本就不适合我们这类创业公司。葛子悻悻然：不够意思！

田蜜失联好几天了，李梦心急如焚，天天打电话催问万百千，万百千快被逼疯了，不得已把李梦给拉黑了。李梦无计可施，想找人帮忙又不知道找谁，这时候微信上收到一条订阅号更新推送，题目是“常胜赢家即日启航”，打开一看，是常胜赢家的开张公告，洋洋洒洒写了一大通，末尾附上了常胜赢家的办公地址联系电话等。李梦眼前一亮，仿佛看到了一根救命稻草，也顾不上多想，直接去了常胜赢家的办公室。

常胜见到李梦很惊讶，问：你怎么来了？李梦说：田蜜失踪了！手机关机，微信短信都不回！常胜吃惊，追问怎么回事。李梦就把万百千追债田蜜出走等整个过程描述了一遍。

常胜一算，田蜜从李梦那儿搬出去至今已经半个月了，如今突然失联，搞不好真出了事。常胜当机立断：马上报警！两人当即开着车前往附近的派出所。

田蜜在年糕店已经工作了几天，主要是洗碗擦地端盘子，每天从早上八点忙到晚上十点多，很累，但田蜜咬牙坚持下来了。晚上田蜜就睡在年糕店里，几张桌子一拼就当床了，虽然店里总有一股挥之不去的油腻的味道，但总比睡在火车车厢里强。相比前些天天天风餐露宿不堪回首的日子，田蜜已经很满足了。

中午，田蜜在洗碗，老板娘在炒年糕，装盘，叫道：3 号桌，肉丝炒年糕三份！田蜜连忙冲了冲手，过去用托盘装起三份炒年糕往外走。

3 号桌三位客人都低着头玩手机。田蜜把炒年糕放到桌上，微笑着：肉丝炒年糕，三位请慢用。

三人一抬头，田蜜呆住了，竟然是万百千和小虎、小豹。

万百千和小虎、小豹也愣住了，过了一会儿都咧嘴笑了。

万百千：踏破铁鞋无觅处，得来全不费工夫啊！

田蜜回过神来转身想逃，万百千一挥手，小虎、小豹动作迅速地起身，一前一后拦住了田蜜。

小虎说：你的行为严重影响了我们的江湖声誉。小豹说：这回你别想跑了。田蜜说：我没跑。我在这儿打工呢！小豹说：为什么不接我们电话？田蜜：你们那是骚扰电话，我不接！小虎：别废话，跟我们走吧！

万百千却抬手阻止：等会儿！

小虎、小豹和田蜜都停在那里。

万百千慢悠悠地掏出了手机：少安毋躁，我先打个电话。

常胜开着车和李梦正在去往派出所路上。李梦手机响了，一看是万百千，赶紧接通：喂，万百千！

万百千得意扬扬地说：李梦，你的田蜜姐现在正站在我面前。李梦吃惊：啊？你找着田蜜姐了？ 万百千说：我早说过，她逃不过我的手掌心。我随时都可以找得到她。就看我想不想找！

李梦急问：你们在哪儿？万百千说：美食街散打年糕店。李梦说：我马上过来！万百千说：过来就不必了。因为我们马上就要走了。再见。

没等李梦再说什么万百千挂断了电话，笑嘻嘻地朝田蜜：田蜜女士，跟我们走吧。田蜜往后退，小虎上前伸手去拦田蜜，忽然被人一撞，小虎踉跄着退出好几步，定睛一看，年糕店老板娘挡在了田蜜跟前。

老板娘板着脸：敢到我的店里来捣乱，活得不耐烦了！万百千也沉下脸：你什么人？敢这么跟我说话！老板娘抱起了胳膊：亚洲女子散打冠军，王青霞！

万百千说：我不管你冠军亚军，这人欠我们钱，你最好少管闲事。老板娘说：她是我的员工，闲事我管定了！又问田蜜：你欠他们钱？田蜜说：是。我答应还他们，但现在手头上没有。

万百千一听胆气壮了：你听见没有？她自己都承认了！你少多管闲事！老板娘说：得饶人处且饶人。让人家慢慢还吧。今天你们这三碗炒年糕我免费送你们。万百千说：三碗炒年糕就想打发我们？休想！双拳难敌四手，小虎、小豹，上！

小虎、小豹有点发虚，但老大发话了，只能硬着头皮往前冲，突然间两人身子腾空而起，都没反应过来怎么回事，已经重重地摔在了地上。

万百千在一旁却看得清清楚楚，老板娘先是一个背摔把小虎摔倒在地，紧接着一个扫堂腿放倒了小豹，动作快如闪电，整个过程也就几秒钟。

万百千赶紧扶起小虎、小豹，说话都哆嗦了：你有种！敢打我的弟兄！你等着！我一会儿回来削你们！三人转身落荒而逃。

田蜜在旁边也惊得合不拢嘴，没想到老板娘真的身怀绝技。田蜜很感激老板娘的出手相助，但随即又向老板娘辞行，要离开这儿。

老板娘安慰田蜜：你就在这里待着，有我呢，他们不能拿你怎么样。田蜜说：您不知道，那帮人是无赖，手段多着呢，惹上他们会有很多麻烦。我还是离开这儿吧。老板娘见田蜜去意已决，也只好同意。

田蜜很快收拾好东西，又说：我有个朋友可能会过来找我，您就说我已经安全离开了，等我手机恢复了，我会给她打电话的。田蜜朝老板娘鞠了一躬，朝万百千等人的反方向离去。

万百千和小虎、小豹被老板娘赶走，很是狼狈。小虎心有余悸，说那老板娘太厉害了，幸好咱们跑得快！小豹说，这回咱们面子丢大了，被一个女人给揍了！

万百千嘴硬，说你们懂啥，我这是欲擒故纵以退为进。咱们的目的是找到田蜜，不是真把她带回去，带回去还得供她吃供她住。你们俩就在这儿守着，想办法找到田蜜现在的住处，别打草惊蛇！

小虎、小豹恍然大悟，连连夸赞大哥英明。两人就在美食街附近出口守着。过了一会儿，突然看到李梦和常胜匆匆赶来。小虎、小豹一分析，两人肯定是来找田蜜的，当即决定让小豹在原地留守，小虎悄悄跟踪李梦和常胜。

小虎怕被发现没敢跟得太近，李梦和常胜也没发现。两人找到了美食街那家年糕店，老板娘把刚才田蜜的话复述了一遍，常胜和李梦赶紧向田蜜离开的方向追过去，却没见到田蜜的身影。

两人无奈，回到常胜车上。李梦打田蜜手机，还是打不通。李梦说咱们还是去报警吧。常胜一想，田蜜现在是安全的，没有报警的理由。而且田蜜也说了，等电话正常了会打电话给李梦的，还是等等再说。

忙活了半天两人都还没吃午饭，常胜说我请你吧，李梦也不客气。两人就近找了一家餐厅，点了几个菜，刚吃了没一会儿，李梦忽然接到老戴打来的电话。老戴说：李梦，你赶紧到甜蜜科技这边来，有人看见田蜜跑到公司楼顶上去了，不知道怎么回事。我在外面正往公司赶，你方便的话也赶紧过来一趟吧！

李梦大惊失色，也顾不上吃饭了，赶紧拉着常胜往甜蜜科技赶。

原来，离开美食街之后，田蜜心情很沮丧，好不容易得来的一份工作，被万百千搅和了，她又要流落街头了。田蜜茫然地沿街走着走着，不知不觉竟然走到了甜蜜科技所在的大厦外。田蜜拖着行李箱抱着玻璃瓶上到了楼顶天台。天台的风景很好，四面通透，往远处看过去，整座宁城都尽收眼底。当年她和刘得恩就是在这儿拍摄了婚纱照，如今却已物是人非。

田蜜伤感不已，在天台上久久地徘徊着。刚好一名甜蜜科技的员工从外面回来，不经意一抬头看见了楼顶的田蜜，认出来是前老板刘得恩的太太，以为田蜜想轻生，急忙给老戴打电话。老戴正好在外地，一时来不及赶回来，急切中想到了李梦，赶紧给李梦打电话叫她去看看。

常胜和李梦吃饭的地方离甜蜜科技不远，不到十分钟两人就到了，停好车赶紧往楼顶上跑。

田蜜这时正呆呆地站在楼顶边缘，头发衣服随风飘动，看上去似乎稍微一动就会掉下去。

李梦吓坏了，朝田蜜冲过去，大喊：田蜜姐！你别犯傻！

常胜怕刺激到田蜜，赶紧拉住李梦，示意她站着别动。

田蜜突然见到两人也愣了，转过身呆呆地看着两人。

常胜尽量保持着平缓的声调：田蜜，你赶紧过来，有话好好说，有事好商量，留得青山在，不怕没柴烧。李梦说：是啊，姐夫的债还不清就别还了，你不能把自己逼死，你得想想叔叔阿姨，你如果走了，他们怎么办？你如果走了，他们还怎么活？常胜又说：田蜜，你先听话，先过来，钱的事情我们想办法解决，你这样太危险了。

田蜜明白了，常胜和李梦以为自己想自杀。

田蜜苦笑：我想一个人在这里静一静，我没有想跳楼，我为什么要跳楼呢？我还有那么多债没还完，那么多债，我要是走了，得恩的债谁来还。

常胜说：咱静一静可以到别的地方，你先过来咱们慢慢商量。

田蜜不自觉有些愤懑委屈：我为什么不能站在这里，这是甜蜜科技的大厦，我为什么不能一个人安静地待在这里？我为什么要听你们的？你们要我还钱，我就得还钱；你们要我卖房子，我就得卖房子；要我离开家就得离开家，为什么？我为什么不能按自己的想法，想去哪儿待着，我就去哪儿待着？我现在不在这里待着还能去哪？

常胜见田蜜情绪激动，连忙伸手作安抚状：没问题，你就在这待着，没问题。一切都会过去的。我们都知道你现在面临着巨大的债务，但这笔债不是没有可能还清。为了得恩，为了你父母，你也要坚强。

田蜜怔怔地看着两人，眼中有泪花闪动：为什么他欠了这么多钱，他从来不告诉我？为什么公司一直亏损，他不告诉我？为什么融资失败，他也不告诉我？他要是早一点告诉我，也许我就会劝他早一点脱身，早一点放弃……为什么我一下有这么多债？为什么我要替他还钱？我为什么要还？为什么这种事情会发生在我身上？为什么我无家可归？我像一只狗一样被人追，被人嫌弃，到处流浪，为什么是我？！

田蜜终于忍不住多日的委屈，痛哭失声。李梦也哭了，走上前抱住了田蜜。常胜松了一口气。

田蜜哭了一会儿后情绪平复了下来，跟着常胜、李梦离开天台出了大厦。李梦的经理打来电话催李梦回去，说有个客户等着你签单呢，四点前要是见不着你，明天你就不用来上班了！李梦无奈，对常胜说：田蜜就交给你了！李梦就匆忙走了。

常胜把田蜜带到自己车里，问田蜜：你这些天去哪儿了？我不是告诉过你，搬家换地方要第一时间通知我吗？田蜜见常胜语气中有责备之意，有些来气，说我这些天都睡在大街上，怎么通知你？常胜有些惊讶：你连住旅馆的钱都没有？田蜜不吭声。常胜想了想说：我们去趟债委会吧。

常胜给蔡冬梅发了条微信叫她召集债委会开会，随即开车带着田蜜去了阳光里小区。一会儿工夫，债委会成员都到齐了。

常胜没提田蜜这段时间的遭遇，只是说，田蜜现在遇到了困难，不但没地方住了，而且也快没钱吃饭了。希望大家商量一下，找一个解决办法。

蔡冬梅疑惑：你的意思是让我们帮田蜜解决吃住问题？

常胜说：上次田蜜不是还了二十万吗，除去胡阿姨爱人的手术费，还有五万块钱富余。我建议从这五万块钱里头拨出八千块钱，用于田蜜的租房和日常生活开支。

众人面面相觑。

李明白说：我明白了，她不是来还钱的，是来要钱的。张秋菊首先不同意：这就过分了。还回来的钱哪有要回去的道理！老马说：就是，合着她不还钱，还要我们管她生活费——到底她是债主还我们是债主啊？

田蜜说：各位叔叔阿姨，我不是在乞求你们的帮助，我是在寻求我的基本生活保障。张秋菊说：你活不下去也赖不着我们呀。田蜜说：请各位叔叔阿姨仔细想想，如果我的基本生存都得不到保证，我拿什么还你们的债？我只有活下去，并且越活越好，才有可能还清你们的债务。

康哥率先附和：田蜜说的有道理。我们帮她就是帮我们自己。蔡冬梅也说：那五万块钱我们暂时先不分，要说先拨给田蜜八千块钱也不是不可以。张秋菊说：问题是八千块钱能管什么用？现在房租那么贵，加上吃穿住行，就算再怎么省着花，顶多也只能管三个月。三个月以后你要又没钱了呢？还管我们要吗？ 田蜜说：我正在努力找工作，用不了三个月，我肯定能自力更生。老马说：你要是找不着工作呢？这口子不能开！

众人一时争执不下。常胜说：从道理上说，这八千块钱可以不拨；但从道义上说，这笔钱应该拨。我建议还是大家举手表决吧。

蔡冬梅说：好。那就老规矩吧，举手表决。同意拨给田蜜八千块钱的举手。

常胜、蔡冬梅和康哥举起了手。其余人都默不作声。

蔡冬梅说：田蜜，对不起，表决没通过。

田蜜没说话，站起身就要走。

康哥连忙站起身：等一下！我倒是有个建议。

田蜜站住了。众人都看向康哥。

康哥说：大家说的都很有道理。但道理归道理，现实归现实。现实就是田蜜现在没地方住，没钱吃饭。她如果不是走投无路了，也不会跟我们开口。难道我们就让她自生自灭？万一她真灭了呢，她欠大伙儿的债谁帮她还？

众人都不吭声。

张秋菊说：康哥，你这么想管，干脆你借她八千块钱得了，正好凑个整，一万。老马附和：对，反正康哥有钱。康哥说：不不不，借钱给她不是一个好办法。她债务已经够多了，就别再增加了。蔡冬梅说：绕了半天，你的建议到底是什么？张秋菊说：对呀，你倒是说啊。

康哥赔笑：别着急，听我说。田蜜目前最迫切的不就是找个住的地方吗？我们大伙儿，基本上每家都有房间空着。所以我的建议就是，就让田蜜住大伙儿家得了，也别租房了，这样还省钱。

蔡冬梅说：康哥这个建议很新颖，很有创意，可以考虑。但是住哪家呢？康哥说：哪家方便住哪家。其实我们家房子就挺空，不过我一个人住，还是得避下嫌。田蜜摇头：不行。我跟你们非亲非故，住到你们家去，不合适。蔡冬梅说：田蜜你先坐下。合不合适我们说了算。

田蜜只好又坐下。

蔡冬梅想了想：我看要不这样，轮流住，每家住一个星期。

众人都有些不情愿，七嘴八舌议论：——让她住我们家？多别扭呀，我是不愿意。——我们家房子本来就小，她再住进来，挤得慌。——她要住进来，是不是还得管她饭？这账怎么算呀。——本来她欠我们的钱，现在弄得好像我们欠她钱似的。

张秋菊说：我提议啊，也别轮流住了，就让田蜜住冬梅家得了。蔡冬梅一愣：住我家？凭什么呀。张秋菊说：冬梅，这事本来就是你起的头，你得扛起责任来啊！

众人一听纷纷附和：——对啊冬梅，你说过要对我们的债务负责的。你得拿出实际行动来。——住冬梅家最合适，你们家房子大，三居室，住个田蜜绰绰有余。——轮流住还要搬来搬去的也不方便，冬梅你就辛苦点，别麻烦大伙儿了。——我看行，就这么定了！

蔡冬梅急了：什么就这么定了呀！咱们章程里写得清清楚楚，所有债务委员会成员，不论金额多少，都享有同等的权利和义务。怎么一遇到具体的事儿，权利你们寸步不让，义务都成我一个人的了？我坚决不同意！

张秋菊说：行了咱们也别争了，按规矩来，举手表决。同意田蜜住到蔡冬梅家的请举手。

众人除了蔡冬梅和常胜，齐刷刷都举起了手。

蔡冬梅拍案而起：这不公平！我抗议！

张秋菊说：抗议无效，散会！

众人如释重负纷纷离去，只剩下常胜田蜜和蔡冬梅大眼瞪小眼。

蔡冬梅定了定神，招呼常胜：你过来一下。

常胜跟着蔡冬梅到了棋牌室外。

蔡冬梅压低声音说：儿子，田蜜绝对不能住咱们家！常胜说：妈，不行就让她住着吧。反正咱家房子空着也是空着。蔡冬梅说：我不是不想让她住，是不能让她住！咱们家情况特殊！常胜不解：什么情况？蔡冬梅说：你爸他梦游！

常胜吃惊：梦游？蔡冬梅说：啊。一到半夜就爬起来满屋子溜达，别提多瘆人了！现在每天晚上睡觉之前，我都得把菜刀什么的藏起来，生怕出什么意外。常胜说：这么严重？我爸什么时候得的这毛病，怎么没跟我说？蔡冬梅说：咳，就是那一百万折了之后得上的。你爸向来把钱看得比命还重，他就一直过不去这道坎，天天念叨，把自己给念叨得梦游了。你想啊，你爸梦游起来我都害怕，这要是让田蜜看见，还不得吓死。无论如何不能让她住进来！

常胜既吃惊又有些好笑，想了想说：我知道了。田蜜交给我吧，你甭管了。

常胜回到棋牌室，对田蜜说：跟我走吧。

田蜜迟疑了一下，拿起东西跟着走了。

天已经黑了。常胜开着车行驶在街道上。田蜜抱着玻璃瓶坐在后座，有些不安，忍不住问：你要带我去哪儿？常胜说：去我那儿。田蜜脸色微变，突然喊了一声：停车！

常胜吓一跳，下意识靠边停车，问：怎么了？

田蜜没说话，径直打开车门下了车，又吃力地把行李箱提了下来。

常胜急了：你干吗？你去哪儿？田蜜说：我自己的事我自己解决，谢谢你的关心！说着提着行李箱向路边的地下通道走去。

常胜想下车去追，奈何此处不是停车的地方，只好继续向前开，开了一段找到一个停车位，停好车，赶紧反身往回走，去找田蜜。

田蜜吃力地提着行李箱进入地下通道。一名流浪歌手抱着吉他在唱歌，唱的是一首英文歌《离家五百里》——

If you miss the train I'm on

You will know that I am gone

You can hear the whistle blow a hundred miles

A hundred miles, a hundred miles

A hundred miles, a hundred miles

You can hear the whistle blow a hundred miles……

田蜜不自觉停了下来，坐在了行李箱上，怔怔地听着。

歌声中，田蜜掏出手机，查看通讯录。一个个名字滑过，李梦、常胜、马蒂莎、爸妈、秦妙雯等，最后停在了“得恩”上。

田蜜缓缓收起了手机。疲惫、迷茫、无助。

流浪歌手唱着——

Lord I'm one, lord I'm two

lord I'm three, lord I'm four

Lord I'm five hundred miles away from home

Away from home, Away from home

Away from home, Away from home

Lord I'm five hundred miles away from home

Not a shirt on my back

Not a penny to my name

Lord I can't go back home this a-way

This a-way, this a-way

This a-way, this a-way

Lord I can't go back home this a-way……

田蜜不知不觉已经泪流满面。

常胜这时候进入了地下通道，远远看见田蜜，一怔，站住了。

田蜜终于按捺不住压抑多日的情绪，哭得稀里哗啦不顾一切。常胜远远地看着，心里最柔软的那部分突然被触动了。

不知道过了多久，田蜜终于止住了哭泣。

常胜缓步走上前，递给田蜜几张纸巾。

田蜜抬起泪眼，怔怔地看着常胜。

常胜说：咱们先去吃饭，吃完再说。

常胜领着田蜜就近找了家小饭馆。两人都饿急了，一人要了一碗面，狼吞虎咽一会儿就吃完了。田蜜的情绪也彻底平复下来了。

常胜说：跟我回去吧。田蜜说：我不能去你那儿。常胜说：你不能去你去哪儿？田蜜说：我去哪儿我也不能去你那儿。

常胜说：那我给你找个宾馆？还是现在就给你租个房子？现实吗？你现在自己面临什么处境你不知道吗？你睡地下通道大马路边出了事儿谁的责任？我的呀！债

委会把你交给我了！你以为我愿意把你请回家啊？我一人住着多自在！

田蜜略微一怔：你一个人住？常胜说：对啊。田蜜说：你不是成家了吗？常胜说：成家了就不能出家了？离了。哦，明白了，你是怕那什么吧，告诉你，我对你没兴趣。你不是我的菜。

田蜜没吭声，犹豫着。常胜说：田蜜，我告诉你，你现在到我那儿，符合你的状况，符合我的任务，符合债委会的群众利益，符合科学统筹。如果你真想对自己负责任对父母负责任对你的债主负责任，就跟我回去。耗在这儿不解决任何问题，只会制造新的问题。明白吗？

田蜜被说动了，事实上她也别无选择，只好跟常胜回家。

两人不知道的是，小虎从美食街开始一直偷偷跟着常胜，跟到甜蜜科技，又跟到阳光里小区，最后终于跟到了常胜住处。小虎欣喜若狂，赶紧给万百千发微信报喜：大哥，发现兔子窝了！

田蜜住进了于洋洋原先住的那间卧房里。常胜找出了干净的床单被套等，让田蜜自己换上，又大致交代了一下房子的格局，就自顾自回房间休息去了。

田蜜先去洗了个澡。这么多天她都没正儿八经洗过澡，感觉浑身都发霉了，洗完澡顿时轻松了许多。累了一天田蜜实在困得不行了，回到房间，锁好门就躺下睡了。田蜜感受到了久违的舒适和放松。这一夜，田蜜睡得格外香甜。

十三

次日田蜜睡到八点多才醒。起床一看，常胜已经起来了，正在做早餐。田蜜洗漱完毕、常胜早餐也做好了，招呼田蜜过来吃早餐。

田蜜有些不好意思，犹豫了一下还是坐到了餐桌旁，说了声谢谢，低头吃了起来。

常胜把一张纸放到田蜜跟前。田蜜一看，是一张债务统计表，列出了债权人、债务额、利息累计等明细。

田蜜问：你这是干什么？常胜说：作为你的财务顾问，帮你梳理一下债务情况。这是债委会那部分。除此之外还有哪些债务？都写上去。田蜜说：谢谢，不麻烦你了，我欠的债，每一笔我都记得清清楚楚。常胜说：光你清楚不行，我也得清楚。听说有个高利贷的老追着你？他叫啥？你欠他多少钱？

田蜜说：那是我自己的事，和你、和债委会没关系。常胜说：怎么没关系？别的债主跟我们债委会是竞争关系。好比你有了钱，先还谁的再还谁的，这都得有说法的。所以我必须全面掌握你的债务情况。我这是在帮你，明白吗？田蜜说：我自己的事，我自己会解决的。

常胜也懒得再说了，心里有些气恼，心说这女人也太固执了，好话歹话说什么都听不进去。要不是债委会那边压着，我才没工夫管这些闲事呢！

正想着门铃响了。常胜过去开门，问：谁啊？外面喊：快递！田蜜听出是小虎的声音，脸色一变，正待出言阻止，常胜已经打开了门，万百千和小虎、小豹一拥而入。

常胜还没反应过来，万百千等人已经笑嘻嘻地朝田蜜走过去了。

田蜜不自觉有些慌张：你们、你们怎么跑这儿来了？谁让你们来的，你们、你们赶紧出去！

万百千大咧咧往沙发上一坐：田女士，你这就没意思了，你说你老是这么躲来躲去，累不累啊？早跟你说了，躲没用，你躲哪儿我们都找得到你。我没骗你吧？田蜜说：有什么事我们出去说！转身想走，被小虎、小豹拦住了。

万百千把借款合同拍在田蜜跟前：上个月的利息该付了。也不多，就二十万，再加滞纳金——小虎，我们滞纳金多少来着？小虎说：两千，每天。万百千掐指算着：今儿十六号，那就再加三万。一共二十三万。

常胜听明白了，这些人可能就是放高利贷的。他们也真是神通广大，昨晚上刚把田蜜领回来，今天一早他们就追上门了。

田蜜说：有钱的时候我会还你的。万百千说：别来这套。瞧瞧，住着这么好的房子，你说没钱谁信啊。

常胜走上前：这房子是我的。万百千转头看看常胜：您是？常胜说：我也是她的债权人。万百千说：唷，是吗？同行啊。您贵姓？常胜说：免贵姓常。

万百千掏出名片递给常胜：我姓万，万百千。常先生狠，竟然把债务人跟自己弄一块儿。敬业！我怎么没想到这一招。小虎说：大哥，咱们想到过，您说这是非法囚禁。咱们就没敢弄。你看，人家就没事儿。小豹说：水真深！

万百千朝两人瞪眼：闭嘴！转过头又朝常胜：常先生，一会儿咱们加个微信，有空多交流交流。常胜说：加微信就算了。你们说事就说事，说完事赶紧走人。这是我的地盘，我做主。

万百千点头：好的，好的。又转向田蜜：说吧，这钱你打算怎么还？田蜜说：我会想办法赚钱的。但我需要时间。你现在逼我也没用。

万百千说：敷衍，一直在敷衍。你不能光说不练啊。这样吧，我给你指条生路，挣钱快，操作也很简单，去夜总会上班。这里面也有很多门道，看你会不会做人了。我建议你先去夜总会上班，有了更挣钱的活儿再说。

田蜜有些气恼：我不会这么干的。

万百千说：你还有其他选择吗？别敬酒不吃吃罚酒！我再给你一个星期时间，要么你把利息和滞纳金付了，要么就按我说的办！我已经给过你几次机会，这是最后一次！

万百千说着站起身来：我再劝你一句，打消幻想，面对现实，千万不要有侥幸心理。我做这行十多年了，什么样的人没见过？别逼我上手段。真上起手段来，我保证你生不如死！别以为我是在吓唬你。我们出来混的靠的就是信誉。我们向来是——

小虎、小豹齐声说：言出必行！

万百千朝常胜一拱手：常先生，打扰了。再见。

万百千和小虎、小豹扬长而去。

田蜜颓然地坐下。

常胜说：你欠这人多少钱？田蜜说：二百万。我认本金和正常利息，不认高利贷，他不肯。常胜说：我刚问你你就是不说，还说跟我没关系。你瞧瞧，人家都找上门来了！你还敢说跟我没关系吗？ 田蜜说：跟你说有用吗？他们就是无赖。常胜说：对付无赖有对付无赖的办法。田蜜说：那你说怎么对付他们？常胜一时语塞：我这不还没来得及想吗？

田蜜忽然有些难过，沉默了一会儿说：我还是走吧。我不想连累别人。

常胜说：你能走哪儿去？放高利贷的一旦盯上你，不把你血吸干是不会罢休的。必须想办法把那伙人制住才行。你不用担心，这件事交给我了！

常胜给了田蜜一把备用大门钥匙，嘱咐她抓紧时间找工作，然后出门上班去了。公司刚成立，事务比较繁忙，花钱的地方也多，尤其是平台推广这一块费用巨大，一个月恐怕就要几十万。常胜的目标就是在短时间把常胜赢家公众号的订阅数和阅读量提升上去，为融资打下基础。常胜对此信心十足。

田蜜的事情倒是有些棘手，但常胜也不能不管。想来想去，常胜有了主意，打电话给银行信贷部门的朋友，请他帮忙查一下万百千的银行征信和贷款记录。朋友有些为难，说这是违规的。常胜一再恳求，并保证绝不外泄，朋友才勉强答应帮忙。

中午常胜抽空回了趟家，跟母亲说了对田蜜的安排。蔡冬梅一听有些忧心。

蔡冬梅说：儿子，你这做法欠妥。田蜜不能住你那儿。常胜说：您以为我乐意啊？这不我爸梦游吗，不住我那儿她能住哪儿？蔡冬梅说：她不是有个特要好的闺密吗？怎么不住她那去。常胜说：她就是闺密那儿住不下去了才出来的。蔡冬梅问：为什么？常胜说：高利贷上门追债。

蔡冬梅一听更忧心了：高利贷的可不好惹。他们要是找上你怎么办？常胜说：已经找上门来了。不过您放心，现在正扫黑除恶，放高利贷的要敢乱来，就是自寻死路。

蔡冬梅欲言又止：不妥，还是不妥。常胜笑了：怎么就不妥了？您倒是说啊。蔡冬梅急了：你怎么不明白呢？你是离异，她是丧偶，你们孤男寡女的住一块，别人会说闲话！常胜不以为然：身正不怕影子歪。您还信不过您儿子的人品？

蔡冬梅说：我信，但别人不一定信。这要传出去，你以后怎么找对象？常胜说：您想什么呢？我什么时候说要找对象了？蔡冬梅说：不找对象，难道你下半辈子打光棍？常胜说：那都以后的事，以后再说。蔡冬梅说：什么叫以后的事，你现在就得开始找！

常胜说：妈，您能不操心吗？凭你儿子的条件，找对象那不是分分钟的事。您着什么急啊！蔡冬梅说：得了吧，你根本不了解现在的婚姻市场行情。婚介所的人说了，就你这样的条件，在他们那儿也就中等，还偏下。你现在要想找个跟洋洋差不多的，难上加难。常胜一愣：等等。——您去婚介所了？蔡冬梅说：啊，你的材料我已经登上去了。他们说有合适的就打电话通知我。常胜哭笑不得：这下完了，我的人设崩塌了！

常胜回到家，看见田蜜在给蟹奋斗换水、喂食。

常胜忍不住问：你这螃蟹哪儿捡的？田蜜说：什么捡的，我买的。常胜说：你这是打算当宠物养？田蜜说：是的。它叫奋斗。确切地说是我的伙伴。

常胜说：螃蟹是群居动物，你知道吗？建议你再买上一两只，单只养不容易成活。田蜜说：奋斗会好好活下去的。我要让它见证我努力奋斗还清债务的过程。常胜说：你要四年就还清？田蜜说：我什么时候说四年就还清了？常胜说：这种蟹的寿命理论上只有四年。如果你以它为目标的话，得抓紧了。

常胜回房间去了。田蜜愣住。

第二天，那位银行的朋友把万百千的资料发了过来。常胜仔细研究了一番，心里有底了。常胜当即找出万百千的名片，给他打电话，说要跟他谈一谈。万百千不知道常胜葫芦里卖的什么药，爽快地答应了。

常胜把万百千的资料打印出来，去了万百千的办公室。

万百千客气地请常胜坐下，问什么事？常胜看了看小虎、小豹说：万先生，我想跟你单独谈谈。万百千说：有什么事你就说。小虎、小豹不是外人。常胜说：万先生，我们的谈话会涉及一些机密问题，当着其他人的面说我无所谓，不知道你是不是无所谓。

万百千犹豫了一下，吩咐小虎、小豹去把这几天要收的账务梳理一下。小虎、小豹答应着出门去了。

万百千问：你要跟我谈什么？常胜说：谈谈你和田蜜的债务问题。万百千说：这事跟你有关系吗？你要你的债，我要我的债，谁能要回来是谁的本事。常胜说：有关系。我既是田蜜的债主，同时也是田蜜的财务顾问。

万百千说：行，那你说说，田蜜的事儿咱们怎么解决？常胜问：万先生，你跟刘得恩的借款协议是什么时候签的？万百千想了想：去年五月份。常胜说：去年五月份到现在，你利息都收到手软了吧？现在还不收手，是不是有点过了？万百千说：过什么过？我按合同办事怎么了？这叫契约精神你懂吗！常胜说：按合同办事是没错，但首先得合法。

万百千掏出田蜜签字的那份借款合同往桌上一扔：我怎么不合法了？你看看这合同，是不是田蜜的亲笔签名？ 常胜说：万先生，揣着明白装糊涂不好。你这借款什么性质你不知道吗？你这是高利贷，是违法的！万百千不屑：你别拿这个吓唬我。说破大天，也是一个愿打一个愿挨。常胜说：那你知不知道，刑法里有一条叫高利转贷罪？

万百千愣了下：你什么意思？

常胜说：高利贷通常是违法不犯罪，但是，如果放高利贷的资金来源于银行等金融机构的贷款，那就构成犯罪，处三年以下有期徒刑或者拘役，数额巨大的处三年以上七年以下有期徒刑，并处违法所得一倍以上五倍以下罚金。——万总，你放高利贷的钱是从哪儿来的，你自己清楚吧？

万百千显然有些乱了方寸：你胡说！我的钱都我自个儿挣的，跟银行没关系！

常胜笑笑：是吗？那你看看这个。

常胜从包里掏出一叠资料，递给万百千。万百千一看，傻眼了，那些资料正是他多年来从银行贷款还款的记录。

万百千呆了片刻：这，你怎么有这些资料？常胜说：要想人不知，除非己莫为。你只需要确认一下，这些资料是否属实。

万百千霍地站起身来：你什么意思？你敢调查我？！常胜说：还用调查？都是公开信息。根据我初步掌握的资料，你以自己名下的房产商铺为抵押，在几家银行总共贷款超过了六百万。这些钱干什么用了，你心里清楚。万百千吼着：你管我干什么用了！常胜不急不慢地道：我是管不着，但有关部门管得着。我提醒您一句，六百万，够得上数额巨大了。

万百千有些恼羞成怒，指着常胜：你威胁我是不是！我看你活得不耐烦了！常胜说：万总，别说这些没用的。我建议你坐下来，咱们心平气和地谈一谈，找到一个双方都能接受的解决办法。

万百千僵站了片刻，还是坐了下来，问：那你说，这笔账怎么算？

常胜拿起田蜜签的那份合同翻看了一下：凡事都得讲个公平合理。本金部分，田蜜已经认了，我就不说什么了。利息部分，从这个月起，就按两分计算。

万百千霍地又站起身来：你！你欺负人是不是？利息你给我直接从一毛降到两

分？！没门儿！常胜平静地看着万百千：万总，你奋进了这么多年，你想奋进到监狱里去吗？

万百千僵在那里，脸上青一阵白一阵说不出话来。常胜这一招可以说是点中了万百千的死穴，他放高利贷的本钱大多是从银行贷款贷出来的，万一举报上去足够万百千吃一壶的。万百千不得已忍气吞声，答应了常胜的建议。

常胜当场用自带的笔记本电脑写了一份新的借款协议，让万百千签上字。协议里常胜特别注明一条：万百千不得利用跟踪、电话轰炸、人身威胁等手段骚扰田蜜或者她的家人朋友，否则视为万百千违约，田蜜有权拒绝履行债务偿还义务。

万百千很悲愤：你这是不给我活路啊！常胜说：万总，我这是为你好。高利贷害人害己，我劝你还是尽早转型吧！

常胜拿着协议兴冲冲地回到了家，把协议往田蜜跟前一扔，说我搞定万百千了！田蜜看了看协议，很吃惊，问常胜：你怎么跟他谈的？他怎么会答应的？常胜自得地说：小意思，我是学金融的，一个放高利贷的我还对付不了？你早告诉我这事早就解决了，你何至于受那些苦？

常胜得意扬扬的样子田蜜看着有些别扭，但毕竟常胜帮了她天大的忙，消除了她的心头大患，田蜜还是很感激，心里也松了一口气。

万百千被常胜拿捏住了把柄，气急败坏，大发雷霆，差点把办公室都砸了。小虎、小豹也很沮丧。小虎说：咱们这阵子白忙活了！小豹说：都怪那姓常的多管闲事！大哥，要不咱们去教训他一顿！万百千抓起桌上的文件劈头朝两人扔过去，咆哮着：教训谁？你说教训谁？！你想让我坐牢是不是！

小虎、小豹垂头不敢说话了。

万百千沉着脸沉默了一会儿，咬牙切齿：你们俩给我把那小子的底细查清楚！跟我玩阴的，早晚让他吃不了兜着走！

小虎、小豹齐声道：是！大哥。

上午十点多，于洋洋正要出门，经过常胜赢家办公室门口，下意识看了下，见常胜在办公室一角的茶歇区吃东西。

于洋洋想了想进了门，环顾四周，偌大的办公室里就三五个人，空空荡荡。

于洋洋向常胜走过去：常总好。这么清闲？常胜说：哎，洋洋。茶歇时间。要不要来点儿？于洋洋说：不用了，谢谢。你们公司福利待遇不错啊。常胜说：必须的。现在公司条件还比较简陋，将来我准备单独弄一个咖啡吧，大家工作累了可以去喝喝咖啡听听音乐，放松放松。

于洋洋四下看了看：哎，你不是招了二十多个人吗？怎么就剩这么几个了？常胜说：我们实行的是弹性工作制。什么时候上班、什么时候下班，完全由员工自己决定，不用打卡。于洋洋吃惊：这样能行吗？常胜说：什么叫以人为本？就是要充分调动人的主观能动性。我们公司实行了一系列人性化制度，效果非常好。

于洋洋愣了会儿，说：常胜，咱们谈谈。

两人进了常胜的办公室。于洋洋说：我问你几个问题，希望你认真回答。常胜说：不涉及隐私吧？于洋洋说：不涉及。常胜说：那我知无不言言无不尽。——请问。

于洋洋问：你的商业模式究竟是什么？常胜说：知识付费。于洋洋问：能具体说说吗？你们的产品形态是什么？定价多少？你们的获客成本是多少？付费用户数量达到多少才能实现盈亏平衡？常胜说：对不起啊洋洋，你问的这些都属于商业机密，无可奉告。于洋洋说：别忘了我也是常胜赢家的股东。

常胜说：好吧，跟你说也无妨。我们目前还处于品牌建设阶段，暂时不考虑获客成本和盈亏平衡问题，而是全力以赴把常胜赢家打造成为知识付费领域的金字招牌。产品方面，我们已经开通了今日头条、百度百家、一点资讯等多个付费阅读平台，通过常胜赢家微信公众号的免费文章加以引流。前期我们还是以文字为主，后期会逐步推出音频、视频乃至图书、音像出版物等，最终形成一条全方位的知识付费产业链。

常胜一副挥斥方遒的气势。

于洋洋点点头：我知道了。你的商业模式还有你的管理模式是否可行，我先不作评价。——我就问你一个问题：你的资金，能够支撑几个月？

常胜走到办公台前，从文件盒中抽出一份文件，亮给于洋洋看。文件封面写着“常胜赢家天使轮融资计划书”。

于洋洋惊讶：你开始融资了？常胜说：兵马未动粮草先行，这个道理我懂。

于洋洋伸手去拿计划书，常胜却缩回了手：对不起，商业机密。现在已经有四家天使投资机构主动跟我联系表达了投资意愿。两家北京的，一家上海的，还有一家宁城的。

于洋洋说：你对门就是国内最著名的天使投资机构之一，你想融资为什么不先找我？常胜说：避嫌。于洋洋问：避什么嫌？常胜说：我不想让别人以为，我创业还要靠前妻。

于洋洋盯着常胜不说话。

常胜干笑：我没别的意思啊，我其实是不想给你添麻烦。你别介意。于洋洋说：常胜，我很担心。常胜问：担心什么？于洋洋说：罗总说，你支撑不了两个月。本来我不信，现在我有些动摇了。

常胜不高兴了：罗江说的？他什么心态啊！你转告他，常胜赢家将是今明两年国内创投界最耀眼的明星，但是他罗江，还有攀梦资本，永远别想从常胜赢家身上赚一分钱！

于洋洋说：罗江心态没问题，你的心态出问题了。说完转身离开了。

常胜愣在那里。

田蜜找工作的事情还是没什么进展。除了工作经验，年龄也是一道坎。田蜜原本想找一些文秘、行政类职务，但这类职务大多数都是要求三十岁以下甚至二十五岁以下。以前田蜜没觉得自己老，现在却不得不面对这样一个现实：以她的年龄在当今的职场上根本毫无竞争力可言。

这天下午田蜜又去一家公司面试，等了一个多小时才见到面试官，结果对方几句话就把田蜜打发了，让田蜜回去等通知。田蜜虽然已经习惯了这样的结果，但还是有些沮丧。

田蜜没回家，去了李梦上班的汽车4S店。李梦见到田蜜很开心，询问田蜜在常胜那儿住得怎么样，常胜有没有欺负她，等等。田蜜说常胜帮她搞定了万百千，李梦啧啧称叹。

两人聊着聊着又聊到找工作的问题，田蜜愁眉不展，说实在不行我只能再去那家年糕店继续当服务员。李梦说当服务员能挣几个钱？你要想还债必须找挣钱多的工作。田蜜问什么工作挣钱多？李梦说，除了当老总，就是干销售。像我们虽然底薪不高，但有提成，上不封顶，好的话一个月赚几万也正常。

田蜜燃起了希望，说：梦梦，那我跟着你卖车你觉得行吗？李梦想了想说：你真想干销售的话，有个活儿比卖车更适合你。田蜜问：什么？李梦：名牌店的导购员。田蜜想了想说：再看吧。

回家的路上田蜜一直想着李梦的话。其实李梦提到名牌店导购员的时候田蜜有些心动，她别的特长没有，说到名牌那绝对是她强项，不管是化妆品还是服装箱包，市面上常见的那些大品牌她都如数家珍，做名牌店的导购员对她来说肯定得心应手。但田蜜又有些犹豫，以前她是宁城各大名牌店的常客，很多店长和导购员都认识她，如今要让她去求职，实在有点放不下面子。

田蜜在街头缓步边走边想着心事，不经意一抬头，看到前方一座大厦外墙上的大幅某奢侈品牌的招牌。田蜜下意识站住，远远地望着奢侈品牌广告，犹豫了好一会儿，下了决心，向大厦方向走去。

田蜜刚走进那家奢侈品店，一名导购员连忙快步迎了上来，热情地招呼：田姐您好！

这家店田蜜以前也经常光顾，和这位导购员也算是老相识了。

田蜜勉强笑笑：你好。导购员说：您是不是又出国去了啊？好久不见了。田蜜支吾着：不是，我最近有点忙。导购员说：您今天来得真巧，我们昨天刚进了一批新品。您这边请！

田蜜：哎！等等……我今天不是来买东西的……你们店长在吗？导购员疑惑：您找我们店长？您是想……田蜜欲言又止：我……

身后忽然传来一声干咳。田蜜下意识扭头一看，脸色一变。

真是冤家路窄，马蒂莎和秦妙雯竟然也来到了这家店。田蜜有些不知所措地站在那儿。

导购员迎了上去：马姐，秦姐，真巧啊，你们也来了。

秦妙雯有些嘲讽地看着田蜜：田蜜，你来这儿干吗呢？田蜜低头说：随便逛逛。再见。说着往外走。

背后传来秦妙雯的声音：这么快就满血复活了，不会是又找到下家了吧？

田蜜转头怒视秦妙雯：秦妙雯，姐妹一场，为什么这么说我？马蒂莎在一旁拉了下秦妙雯：好了，过分了啊。田蜜，你最近好吗？上次遇见你之后，我们都很担心。田蜜冷冷地说：谢谢。托你的福，我很好。

田蜜转身走了。导购员有些不明所以地看着几个人。

秦妙雯撇撇嘴，朝马蒂莎道：你原谅她了？马蒂莎说：都过去的事儿了。不提了。得饶人处且饶人啊！我这人就是心软。见不得别人落难。秦妙雯说：就怕好心没好报！

傍晚，田蜜疲惫地回来了。常胜正在厨房煮面，见田蜜回来随手又多抽了一把面扔到锅里。一会儿面熟了，常胜喊田蜜出来吃饭。

田蜜也不说话，坐到餐桌前，大口吃着，忽然掉下泪来。

常胜倒愣住了：不至于吧？我又不是专为你做的。搂草打兔子，捎带手的事儿。哎，你不会真觉得这面是我专为你做的吧？

田蜜没回答，抽出纸巾擦干眼泪，继续吃面，把汤也一饮而尽。

常胜问：吃饱了吗？

田蜜点点头。

常胜将一张纸推到田蜜跟前：那咱们谈点正事。

田蜜拿起一看，上书“合租公约”几个大字。

田蜜诧异地抬头看着常胜：合租？

常胜说：对。这房子是我租的，一个月租金五千。我多出点，三千，你出两千。还有水、电、煤气、宽带这些，一个月大概一千，咱们一人一半。你同意吗？

田蜜不知怎的想起狗剩儿的合租条约，再看常胜拟的合租公约，倒是很简单，就一页纸。

常胜见田蜜不说话，又解释：你别误会啊，我不是现在就跟你要钱。主要一个手续问题，万一有人上门查，咱们非亲非故的，住一块儿，说不清楚。

田蜜说：我不同意你多出五百。既然合租，就一人一半。

常胜笑了：好。有志气。我同意你的不同意。吃饭呢，我们各管各的，自己做还是订外卖随你。如果一块吃就 AA 制。今天这碗面不包括在内。各人房间自己收拾打扫，公共区域的卫生事宜以周为单位双方轮流负责。未尽事宜，随时补充到合同里。这你有问题吗?

田蜜说：没问题。

常胜拿来笔，两人当即都在合租公约上签了字。

田蜜说：我想跟你商量一件事。常胜说：请说。田蜜说：我暂时付不起房租。常胜大度地说：没事，先欠着。等你能付得起再说。

田蜜说：既然是合租，我就不该拖欠。但我现在确实有困难。所以我想，在我付清拖欠的房租之前，做饭、搞卫生、洗衣服，这些家务活我都承包了，就当是滞纳金。不知道你同不同意?

常胜有些意外：你会做家务吗?田蜜说：做得不好，但我会尽力。常胜想了想：我不同意。房租欠着就欠着，什么时候有钱什么时候给我。田蜜说：我不需要你的同情。常胜说：我不是同情你。田蜜问：那你为什么不同意?常胜说：为了那么点房租，就拿你当免费保姆使唤，显得我太不厚道了。我坚决不同意。田蜜说：你要不同意，我就从你这儿搬出去。

常胜看着田蜜，田蜜一脸倔强。

常胜无奈：好吧。就按你说的办。

田蜜说：谢谢。我会尽快把房租付清。——你吃完了吗?吃完了我去洗碗。

田蜜站起身。常胜叫道：等等。坐下，请坐。

田蜜又坐下。常胜抽出一张纸放到田蜜跟前。

常胜说：耽误你两分钟，做一个小测试。

田蜜一看，纸上抬头写着“自杀态度测评量表”，下方写着说明，一共二十道题，总分四十分，分数越高自杀倾向就越大，反之分数越低自杀倾向越小。

田蜜微微沉下脸：我没想自杀，用不着测试了。常胜说：还是测一下好。你现在住我这儿，我责任很重大啊。

田蜜有些生气，想想还是忍了，拿起笔，快速地填写那张测试表，填完往常胜跟前一推。

常胜拿过笔看答案算分。

田蜜问：什么结果?常胜抬起头看着田蜜，一脸吃惊：不对啊。田蜜有些紧张：什么不对?常胜说：你怎么才六分?我刚自己也测了一下，我二十分。这不科学啊。你是不是乱填的？我怎么可能比你的自杀倾向更大呢？田蜜没好气地说：我说了我没想自杀。你自己的问题你自己好好思考一下吧！

田蜜起身收拾起两人的碗筷去厨房了。

常胜似乎很迷惑，想了想拿着测试表又填了一遍，填完一算分，二十二分。

常胜悻悻然地把测试表揉成一团扔进了垃圾桶。

十四

肖华和田加安从国外回来了。原本康复疗程至少要三个月，但田加安实在待不住了，坚持要回国。两人怕田蜜反对也没说，自己买好了机票，直飞上海，下了飞机立刻转高铁前往宁城。下了高铁后，肖华这才打电话告诉田蜜：我们已经到宁城了。

田蜜大吃一惊，问明爸妈所在位置，马上赶了过去。一家人时隔数月再见，恍如隔世。田蜜和妈妈忍不住相拥而泣。

田蜜问爸妈：你们怎么回来了呀？不是说康复治疗需要三个月吗？肖华说：你爸刚能下地走路，就着急回来。田加安连忙说：没事，我腿已经好了。那边大夫说了，回来调养也一样。田蜜问：你们没回重庆？肖华说：没有。我们直接飞的上海，从上海过来的。我们想先来看看你。田蜜说：回重庆后爸爸还得住院，治疗不彻底的话会留下后遗症。田加安说：我们晓得，你不要担心。

肖华问：蜜蜜，你现在住哪里？田蜜迟疑了一下说：我跟一个人合租。肖华又问：什么人？男的女的？田蜜说：男的，那人是得恩以前的街坊。他那儿条件比李梦那儿好一些，我就搬过来了。田加安问：方便带我们过去看看吗？

田蜜带着爸妈去了常胜住处。肖华和田加安看到房子各方面条件还不错，稍微宽了点心。田蜜又带着爸妈到自己房间参观，三人坐到床沿又聊了一会儿，肖华突然看到放在床头柜上的《还债日记》，一愣，拿了起来。

田蜜想隐藏已经来不及了。肖华翻开一看，如遭重击。

肖华问：你不是说把房子卖了还了债吗？田蜜只好说：房子卖了只还了一部分，还有一些没还。田加安问：蜜蜜，你总共欠多少钱？跟我们要说实话。田蜜说：还欠六百多万。肖华问：这些债主都是些什么人？田蜜说：大部分都是得恩以前的街坊。跟我合租的那个人，常胜，他妈妈也是债主之一。

肖华看着田蜜，一脸心疼：你怎么这么傻，硬是瞒了我们这么长时间？田蜜含泪说：我不想你们操心。肖华说：我们不操心谁操心？我们不操心，我们还是做父母的吗？为人父母，就是要尽心尽力啊。出了事儿，不能你一个人担着。田蜜说：我肯定有办法还的。你们把自己照顾好就行了。

田加安沉默了一会儿说：我们想见见那些债主。

田蜜只好给常胜打电话。常胜很快赶回来了。肖华和田加安见了常胜很客气，不停地道谢，态度有些谦卑。田蜜看了鼻子直发酸。

常胜开车带着田蜜一家三口去了债委会。之前常胜已经通知了大家，众人早早就到齐了。

常胜简单介绍了一下，说这两位是田蜜的爸爸妈妈。他们刚从外地过来，想跟大家见个面聊一下。

田加安站起身说：我是田蜜的爸爸。对不起大家。我们刚刚才晓得这个事情。我家蜜蜜给大家添麻烦了。

田加安向众人深深鞠了一躬。肖华也站起身鞠了一躬。田蜜垂头坐着。

蔡冬梅说：田爸爸，田妈妈，你们不要客气。这个事主要是得恩造成的，跟你们没关系。田加安点着头：谢谢大家的理解和宽宏大量。

康哥说：你们坐下，坐下来说。田爸爸，你家田蜜很了不起，很有担当，我是很佩服她的。债务的事情你们也不要着急，慢慢还……

张秋菊打断：康哥，你别代表我们大家说话。田爸爸，我们不是不着急，我们急得很。但是，人心都是肉长的，我们也没好意思逼得田蜜太紧。既然你们二位来了，今儿最好能商量出一个解决办法。大家说是吧？

众人纷纷附和：——是。能早点还最好早点还。——我们也都不富裕。——拖得时间太长了，说不急那是假话。

田加安说：我知道，我知道。蜜蜜欠你们的也不是小钱，谁遇到这种事都会着急。我们这次来得匆忙，没带什么钱。请大家放心，我们回去以后会想办法，就算砸锅卖铁，我们也一定要把这个钱还上。

蔡冬梅说：田爸爸、田妈妈，情况你们应该都知道了，我们也不多说了。我们能体谅你们的难处，希望你们也能体谅我们的难处。作为我们来讲，当然是希望债越早还清越好。一次性还有困难的话，分几次也行。具体怎么办，你们一家子回去好好商量商量。

田加安说：是，是，我们回去好好商量。谢谢大家。谢谢！

常胜默默注视着田蜜一家三口，心里发出了一声叹息。

开完会常胜让田蜜带着爸妈自行回去，想给他们一家人留点空间好好聊聊。正好自己也很久没在家吃饭了，就跟着蔡冬梅、常子龙回了家。

蔡冬梅做了几个菜，一家三口边吃边聊。

常子龙问：你那公司经营得怎么样？常胜说挺好的。常子龙又问：一个月收入有多少？常胜说：这才刚开始，还在投入期，没什么收入。常子龙说：没收入怎么行，白往里扔钱？常胜说：爸，我们这公司呢，跟您那棋牌室不一样。前期必须往里扔钱。常子龙说：儿子，你的钱也是辛辛苦苦挣来的，不是白捡来的，悠着点花，啊？

蔡冬梅不满：常子龙，儿子又没花你的钱，你不懂别瞎掺和。——儿子，你想怎么干怎么干，别听你爸的。常子龙说：我倒是想把钱给儿子花，这不还有一百万要不回来吗！蔡冬梅恼怒：你又来了！

常胜笑着说：爸，您就别纠结那一百万了。债慢慢要，能要回来的。退一万步说，就算真要不回来了，也无所谓。将来我挣的钱您几辈子都花不完。您一定要把心放宽，同时要加强锻炼，这样有利于您的身体康复。

常子龙说：康复？我身体好好的，康什么复？常胜说：爸，我都知道了。常子龙脸色变了：你知道什么了？常胜说：梦游。常子龙急了：蔡冬梅！不是叫你守口如瓶吗？你出卖我！蔡冬梅说：谁出卖你了，我是为你好。我要不跟儿子说实话的话，田蜜就要住到我们家来，到时候你的秘密还怎么守？告诉儿子总比让外人知道好吧？你不谢我还埋怨我！

常子龙悻悻然不说话了。

常胜说：对了。我给你们买了样东西。

常胜起身拿过自己的包，从里面掏出一个儿童吹龙玩具来。常胜把吹龙放到嘴边，一吹，尖锐的哨声，纸龙伸展开来。

常胜把吹龙递给蔡冬梅：妈，您拿着。蔡冬梅不解：这不是小孩子玩的吗？给我干吗？常胜说：你一旦发现我爸梦游，就吹这个，把我爸给叫醒。

常子龙说：梦游的人不能叫醒的，会变成傻子！蔡冬梅也说：对呀，不能叫的。常胜说：你们这是伪科学。梦游的人实际上是处于深度睡眠状态，叫醒了梦游就停止了。不过梦游的时候一般很难叫醒，你们用这个试试。

蔡冬梅将信将疑：行，晚上我试试。常子龙很欣慰：儿子，你有心了。

常胜笑着拍拍常子龙的手：爸，记住我的话，把心放宽。

田蜜又和爸妈回到了常胜住处，路上买了些菜。田蜜想做饭却被田加安拦住了，田加安说你很久没吃爸爸做的饭了，你去跟你妈谈谈心，我来做饭。

田蜜也没坚持，和肖华到自己房间谈心。肖华问田蜜今后的打算，田蜜说她打算先找份工作，慢慢赚钱还债。肖华安慰田蜜说，你放心，天塌下来爸爸妈妈会帮你顶着。

聊了一会儿田蜜去上厕所，肖华起身帮田蜜收拾房间，看见田蜜一个小行李箱，打开看了看，里面是刘得恩的遗物，有相册、相框、雨伞、鞋子，还有那个飞镖盘，等等。

肖华神情凝重，想了想，关上行李箱，拉着出了房间，刚好撞见上厕所出来的田蜜。田蜜惊讶：妈您干吗呢？肖华说：你跟我来。

肖华把行李箱拉到厨房，田蜜不明所以地跟了过来。

肖华拿过厨房里的金属垃圾桶，打开行李箱，把里面的东西都扔到垃圾桶里，又拿起一张照片凑到煤气灶上去点火。

田蜜一把抓住了肖华的手：妈！不能烧！得恩就剩这点东西了，烧了就没了！这是我最后的一点念想。

肖华眼神坚定地看着田蜜：蜜蜜，得恩已经走了，我不能让他带走你。

田蜜转头看向拿着锅铲的爸爸：爸，你别让我妈烧！

田加安叹了口气，不知说什么，转过头去。

田蜜含泪朝肖华道：妈，您为什么要这样啊？

肖华说：蜜蜜，你得开始新的生活！你得有新的家，新的丈夫。你不能带着他活一辈子！

田蜜怔怔地看着母亲，慢慢松开了手。

肖华把手中的照片伸到灶火上点燃，扔进了金属垃圾桶里。火焰跳动着。最上面是那个飞镖盘，盘面上印着的刘得恩的头像渐渐被火焰吞没。

田蜜泪流满面。

吃过饭，田蜜本想帮爸妈找个宾馆住下，田加安却坚持连夜返回重庆。田蜜无奈只好送爸妈去了火车站。临进站前肖华硬塞给田蜜两千块钱，说你先花着，没钱的时候就跟我们说。田蜜推辞不过只好收下了。望着爸妈蹒跚的身影渐渐消失在火车站入口的人流中，田蜜紧紧捂住了嘴，不让自己哭出声来。

第二天下午，肖华和田加安回到了重庆，顾不上休息，立即去找房产中介公司，要把自家那套房子挂牌出售。中介公司派人上门查看房子、拍照，问肖华和田加安想卖多少钱。田加安报了一百二十万。

中介员工说：叔叔阿姨，这房子卖一百二十万可惜了。我还是建议您再等两个月，我估计那会儿至少能卖一百五十万。田加安说：不等了，就一百二十万，越快出手越好！

爸妈的到来让田蜜倍感压力。她突然意识到，爸妈已经老了。他们本该是颐养天年的年纪，她不但无法尽孝，还要让爸妈为自己的事操心。田蜜如今最大的愿望就是早一天能还清债务，然后把爸妈接到身边，好好尽一下孝心。但眼下最现实的问题还是找工作。虽然田蜜已经很努力了，但工作经验和专业特长的欠缺始终是她的两大软肋，令她处处碰壁。

田蜜的困境被常胜看在眼里。有天常胜忍不住了，说你找工作怎么这么费劲？不行的话你到我们公司来好了。

田蜜问：我去你们公司，能干什么？常胜说：你的话……也就干干前台吧，别的你干不了。田蜜说：你怎么知道我干不了。我也是大学毕业。常胜问：你学的什么专业？田蜜说：人力资源管理。

常胜说：现代社会发展日新月异，你当年学的东西早就落伍了。而且你这么多年没工作，早就跟社会脱节了。田蜜说：我可以从头学。常胜说：从头学也不是一天两天的事。你可以从前台学起。

田蜜想了想问：你们公司的前台工资多少？常胜说：试用期两千五。田蜜说：太低了。常胜不高兴了：嗬，你还瞧不上怎么地？告诉你，我们公司前台都是通过猎头公司招的，一般人想进我们公司根本都没机会。

田蜜说：我不是瞧不上。我还是想找一份更有前途的工作，能赚更多的钱，要不然我没能力还债。常胜更不高兴了：你意思是我们公司没前途？你知道吗？田蜜，你刚刚错过了一个可以成为千万富翁的机会！田蜜说：谢谢你的关照。我不相信天上掉馅饼的事。就算有，也掉不到我头上。常胜悻悻然：随你。夏虫不可语冰，朽木不可雕也！

李梦劝过田蜜，别太实诚了，你的简历可以稍微修饰一下，加一些工作经历。田蜜一听，这不是造假吗？绝对不行。李梦只好作罢。

这天田蜜刚参加完一个面试，正往家走，李梦打来电话。

李梦咋咋呼呼地说：田蜜姐，你这几天又干什么了？一天五万步！你是要冲击吉尼斯世界纪录吗？田蜜说：没干什么，我现在每天就是面试。李梦说：面试？那也不至于一天五万步啊。田蜜说：我都是走着去的，没坐车。李梦吃惊：什么？你不会连坐车的钱都没有吧？我马上微信给你转点钱！田蜜说：不用，坐车的钱我有。我喜欢走路，既省钱又能锻炼身体。哎，你住的地方离你们单位也不远，你也可以每天走路上下班。李梦说：我才不走呢！我的原则是，能坐着绝不站着，能躺着绝不坐着。田蜜说：你小心躺成胖子。——哎，吉尼斯世界纪录一天是多少步？李梦说：不知道。你还真想破纪录啊？田蜜问：破纪录有奖金吗？李梦说：没有。田蜜说：那算了。

田蜜挂了电话，继续前行，走着走着，忽然看见一家餐馆门口悬挂着醒目的海报：极限挑战——超级变态辣烤鸡翅 凡成功吃完两对（4 个）本店特色超级变态辣鸡翅的消费者，即可赢取两千元现金大奖！

田蜜盯着海报，有些跃跃欲试，犹豫了一会儿，咬咬牙迈进了餐馆大门。

店里特意设置了一个“极限挑战台”，有一名挑战者正坐在挑战台后吃着一个烤鸡翅。挑战者被辣得眼泪鼻涕横流，吃完一个，刚拿起第二个，想了想，放弃了，大口喝水。几个旁观者笑了，纷纷鼓动怂恿同伴挑战，但都没有人上前。

一名店长模样的男子注意到了田蜜，迎上前：女士您好。您是想参加我们的极限挑战吗？田蜜点点头：是。店长说：欢迎！请就坐。

田蜜在挑战台前坐下。立刻有服务员端上来两对烤鸡翅。

店长说：挑战规则是，十分钟之内吃完两对超级变态辣烤鸡翅，期间不能喝水，如果挑战成功，将赢取我们的两千元大奖。

田蜜盯着两对烤鸡翅看了一会儿，抬起头来：可以开始了吗？

店长看了看表：计时，开始！

田蜜抓起一个烤鸡翅，吃了一口，感觉了一下，咽下去，又吃了几口，忍住口腔内翻滚的辣意。

店长和服务员对视一眼，会心地笑。

田蜜吃完了第一个烤鸡翅，又拿起第二个吃了起来。店长和服务员有些惊讶。

田蜜的眼泪开始被辣出来，额头也开始冒汗。田蜜咬紧牙关坚持着，吃完第二个，又拿起第三个吃了起来。

店长和服务员忐忑地看着田蜜。

田蜜吃完第三个，停了几秒，又伸手去拿第四个烤鸡翅。

店长有些害怕了，赶紧上前阻拦：够了够了！这位女士，别吃了。本店推出这项挑战以来，还从来没人吃完过三个鸡翅。这位女士，第四个不用吃了，我们算你挑战成功了！

田蜜摇摇头，还是拿起了第四个烤鸡翅，流着泪，一口一口艰难吃完。

店长呆若木鸡。周围几个顾客鼓起了掌。

店长过了一会儿才回过神来，也不禁露出了钦佩的神色：这位女士，祝贺您挑战成功。您是要现金？还是微信转账？

田蜜嘴唇哆嗦着挤出了两个字：现金。

从餐馆出来，田蜜感觉快要窒息了，从口腔到肠胃似乎都有烈火在炙烤着，眼前的城市在她眼里一阵模糊，一阵清晰。田蜜又到街边小店买了几瓶水拼命喝着，过了良久，烧灼感才稍微减轻了一些。

田蜜强撑着回到了家，常胜也刚好下班回来了。

田蜜掏出一个信封递给常胜。

常胜疑惑：这是什么？田蜜说：这是我今天赚的。两千块。常胜好奇：你哪儿挣的两千块啊？田蜜说：正当途径。常胜一听更怀疑了：什么途径？你可不要铤而走险啊。田蜜说：总之是我合法挣来的。我有点累，先休息会儿。

田蜜进房间去了。

常胜感觉田蜜有些奇怪，也没多想，随手把信封一放就去厨房做饭去了。做好饭常胜去叫田蜜吃饭，喊了两声没反应，常胜就去敲田蜜的门。

常胜边敲门边喊：田蜜！吃饭了！

没人回应，常胜正要再敲，突然听到房间里传来压抑着的痛苦呻吟的声音。常胜一惊，下意识一拧门把手，门没反锁。

常胜喊：田蜜你怎么回事？我进来了啊！

常胜轻轻把门推开一道缝，一看，大吃一惊。只见田蜜躺在床上蜷着身子捂着腹部，满脸通红，大汗淋漓，神情痛苦，说不出话来。

常胜来不及多想，冲上前抱起田蜜就往外跑，开车迅速把田蜜送往最近的医院，挂了急诊。医院诊断是急性肠胃炎，一通紧急治疗，田蜜总算缓了过来。

当晚田蜜在医院留置观察室住了一晚。常胜怕再出意外也不敢离开，就在走廊的椅子上坐了一晚上。第二天上午输完液，田蜜基本上没事了，两人才回到家。

折腾了一晚上，两人已疲惫不堪。

常胜看着萎靡不振的田蜜，好气又好笑，从身上掏出一叠医院单据放到茶几上：医药费一共两千四。你说你，遭这么大罪，最后还倒赔四百。

田蜜有些沮丧，说：你记下账，我会还你的。

常胜又说：你想赚钱，愿望是好的，但你不能拿自己的命开玩笑啊！你知不知道昨天多危险？差点就胃穿孔了。幸好我在家，我要是不在，很可能你人就没了！愚昧啊！那变态辣变态都吃不下去你不知道吗？

田蜜说：我吃下去了。就是胃没扛住。

常胜板下脸：还犟呢！请你吸取教训，今后做任何事情都应该量力而行！

小虎、小豹经过多日的跟踪调查，大致摸清了常胜的情况，去向万百千汇报：

他原先是在一家信托公司上班，后来辞了职，开了一家公司，叫常胜赢家。另外他还担任一项社会职务，阳光里小区债务委员会秘书长。他名下有一辆车，房子是租的，存款多少不知道——

万百千打断：等会儿，什么秘书长？小虎说：阳光里小区债务委员会的秘书长。万百千纳闷：还有这单位呢？我怎么没听说过？小豹说：名字里有债务俩字，估计是咱们同行。万百千说：胡说什么，干咱们这行的，谁敢挂招牌？小虎说：大哥，要不我再去打听打听？万百千想了想说：不用，明儿我亲自去探探底！

第二天正好周末，债委会召开例行会议，照例由蔡冬梅主持。

蔡冬梅说：今天的会议主题是，给田蜜找工作。据我儿子，也就是常秘书长反映，目前田蜜找工作找得不怎么顺利。她找不到工作，就赚不到钱，赚不到钱，就还不了我们的债。所以，我们大家要群策群力，想想办法，看怎么解决。

康哥说：我建议啊，大家发动各种社会关系，谁家有亲戚朋友开公司当老总的，请他们帮帮忙，给田蜜安排一个工作。

众人议论纷纷：——6号楼的老郑他儿子好像是个老总。——3号楼的老董退休前是什么局的局长，他应该有路子。——你上次不是说你儿子那公司上市了吗？——是上市了，但我儿子不是公司领导啊，他说不上话。

张秋菊说：哎，常胜不是开了家公司吗？叫田蜜去他那儿干不就行了，还费什么劲找工作啊。蔡冬梅也说：对啊。儿子，让田蜜去你那儿不行吗？常胜说：我请过她，让她去干前台，她觉得没前景。蔡冬梅说：当前台不挺好的吗，怎么没前景了？常胜说：前台工资低，她想找个能赚钱的工作，这样还债也快一点。

蔡冬梅说：不管什么工作先做了再说，骑驴找马也挺好的。我看这样，大家回去以后呢，先把各自的能利用到的社会关系梳理一下，汇总到康哥那里，然后我们再选择一些重点目标，进行拓展和开发。

正说着万百千进来了，四下张望了一下，看见了常胜，笑嘻嘻地走了过去。

万百千朝众人拱了拱手：各位，不好意思啊，打扰了。常胜一愣：万百千？你怎么跑这儿来了？万百千说：是这样，我听说咱们今儿要召开一个重要会议，会议内容跟我的利益紧密相关，所以就不请自来了。——哎，你们继续，我先听听，听完了我再发表意见。

蔡冬梅拉下脸：你谁呀？我们的会议是你说参加就参加的吗？给我出去！万百千说：哎，这位阿姨怎么说话的呢？蔡冬梅说：我就这么说话！这是我的地盘！

常胜赶紧上前拦住万百千：万先生，我们借一步说话。

常胜把万百千拉到了棋牌室外，沉下脸问：你怎么找到这儿来了？

万百千指了指门口挂着的“阳光里小区债务委员会”的牌子：你别管我怎么找到这儿来的。你就告诉我，这个债务委员会是怎么回事？

常胜明白了：你跟踪我？万百千说：谁跟踪你了！我们是保护你。你不是要替田蜜出头吗？要是田蜜跑了或者出了什么事，这笔账只能算在你头上。所以，我们务必要保护好你的安全。常胜说：谢谢你的好意。——告诉你也无妨，这个债务委员会是田蜜的债主们成立的。刚才那些全都是田蜜的债主。当然，跟你不一样，我们是光明正大的。

万百千来了兴致：是吗？田蜜的债主这么多呢。田蜜一共欠他们多少钱？还了多少了？常胜说：这是我们内部机密，无可奉告。万百千说：什么内部机密！我也是田蜜的债主，我有知情权。常胜说：对不起，我们有纪律的，我不能告诉你。万百千说：你要不说，那我只能去问田蜜女士了！

常胜说：万先生，我们协议上白纸黑字写了，以后你不许再骚扰田蜜女士以及她的家人朋友，否则以违约论处。万百千有些恼火：你！——内部机密是吧？行，那我也要加入债务委员会！

常胜笑了：我们这债务委员会不是你想加入就能加入的，得经过批准。万百千问：要谁批准？ 常胜朝棋牌室里努努嘴：要经过全体成员投票，超过三分之二同意才算数。万百千说：真够麻烦的。你们怎么弄我不管，反正我得加入！

常胜忽然灵机一动，有了主意，说：万先生，我们有严格的规章制度，所有成员必须服从统一管理。你能服从吗？万百千说：没问题，只要让我加入，我就服从。常胜点点头：好，那我帮你争取争取。万百千高兴了：对对，争取争取！

两人又进了棋牌室。

常胜说：我先给大家介绍一下，这位是万百千万先生，他也是田蜜的债主。

众人或好奇或疑惑地望向万百千。

万百千站起身朝众人干笑着点头示意：幸会幸会。

常胜说：万先生得知咱们债务委员会的存在，非常激动，坚决要求加入债务委员会，成为组织中的一员。今天正好趁着大家都在，我们临时增加一项议程，讨论一下万先生的入会申请。

康哥问：田蜜欠你多少钱？万百千说：不多，连本带利也就二百来万。张秋菊说：那不算少了。你也是借钱给刘得恩了？万百千说：是。我跟各位一样，也是上了那孙子的当。

蔡冬梅虎着脸：哎，怎么说话的你？刘得恩是从阳光里走出去的孩子，我们这些人都算是刘得恩的叔伯阿姨——你张嘴就孙子，骂谁呢？万百千连忙赔笑：哦，对不起、对不起，口误、口误。我下回注意。

常胜说：根据债务委员会的章程，必须是刘得恩和田蜜的债主才有资格加入，万先生符合这个资格，所以我个人原则上同意万先生的入会申请，不知道大家有没有意见？张秋菊说：符合资格那就让他加入呗。多个人多份力量，没坏处。

蔡冬梅说：我不同意！咱们这是阳光里小区债务委员会，他虽然是债主，但不是咱们小区的，没资格加入。康哥说：冬梅说的有道理，外面的人没资格加入。我们互相都认识，有什么事好说好商量，这个人我们又不认识。

常胜说：规矩是死的，人是活的，我们成立这个委员会，就是为了统一思想、统一行动，以便尽早地实现大家的诉求。现在万先生自愿加入我们，服从我们的管理，听从我们的指挥，我认为是好事，咱们不妨把章程变通一下。

万百千站起身来：各位，实不相瞒，我呢是做借贷生意的，要说到追债，不是吹牛啊，我绝对是专家级的。我加入债务委员会，主要是想帮助大伙儿早点儿把债给要回来。说实话，你们要是指着常胜，我估计这债猴年马月也不一定能追得回来！

常胜说：万先生，请注意你的言语，我们还没批准你加入债务委员会呢，还轮不到你指点江山。万百千干笑：不好意思，我这人就是心直口快。我想你不会介意的。常胜说：我很介意。万百千只好点头：那我谨言慎行。

蔡冬梅一拍桌子：我知道了，你就是那个放高利贷的！是你逼得田蜜差点跳楼是吧？儿子你搞什么名堂！这人不能进！常胜说：妈，公众场合，别叫我儿子。咱们就事论事。

万百千讨好地朝蔡冬梅点头：唷，原来是常伯母啊。久仰久仰。蔡冬梅一翻白眼：久仰？你久仰我什么？万百千赶紧找词儿：我久仰您……您培养了一个好儿子啊！我跟常胜那是一见如故——蔡冬梅打断：去，别瞎套近乎。反正我不同意你加入债务委员会！

张秋菊说：这样吧，咱们也甭耽误工夫了，还是大家举手表决。同意这个人加入债务委员会的，请举手。万百千说：我不叫“这个人”，我叫万百千！

常胜康哥张秋菊等几个人率先举起了手，其他一些人相互看看，大多也都犹豫着举起了手。蔡冬梅则板着脸没动。

张秋菊数着：一二三四五六七八九……超过三分之二多数了，通过！

万百千高兴了，站起身来连连鞠躬致意：谢谢！谢谢各位！

蔡冬梅起身把常胜拉出棋牌室，问：你打的什么主意？那人明摆着不是什么好人，你还把他拉进来。常胜说：妈，与其让他背地里搞阴谋，不如让他搞阳谋。他加入进来以后，再有什么事，都必须在债务委员会的框架内解决，这样就不用怕他背后使坏招了。

蔡冬梅恍然大悟：哦，这样啊。对。咱们债委会这么多人，还怕对付不了他！常胜笑着：就是这个理。——妈，万百千就交给你们了。我先回去了啊。蔡冬梅说：你去吧。放心，他敢胡来我大嘴巴抽他！

张秋菊给了万百千两页纸，说是债委会的章程，让万百千回去好好学习学习。万百千连连答应。张秋菊又说：我们每个月 1 号和 15 号是全体会议，你记着按时参加。万百千点头：一定、一定。您有微信不？咱们互相加一下，多联系。张秋菊说：微信？有。我们还有个微信群。万百千说：太好了。来，您扫一下我。

张秋菊加了万百千微信，又把他拉进了债委会的微信群。

康哥笑嘻嘻凑了过来：万总，新人进群要发红包的哦。万百千说：规矩我懂，马上发。

众人一听，立刻拿起手机准备着。

万百千环顾四周：都准备好了没有？我发了啊——走着！

众人急忙去抢。张秋菊叫着：三块二！康哥抢了五块一！他怎么老是比我多，气人。康哥得意：我人品好！

蔡冬梅手慢了一步没抢到，懊恼：嘿，我又没抢着。老是慢一拍。张秋菊说：冬梅你手机太旧了，早该换新的了，也就千把块钱的事。柜台里的常子龙听见了，喊：哎！秋菊打官司，你别挑事儿！张秋菊诧异：我哪儿挑事了？蔡冬梅没好气地朝常子龙横了一眼：我明儿就去买个新手机！

众人都笑了。

十五

这天下午田蜜去了一家公司面试。公司名字很大气，叫博瑞森国际集团，具体业务则语焉不详。田蜜也忘了什么时候投的简历，接到面试通知就赶紧过去了。一名戴眼镜自称方总的男子接待了田蜜。

方总翻了翻田蜜的简历，问：你能说说，为什么想到我们公司来工作吗？田蜜说：因为贵公司的招聘要求打动了我。方总饶有兴致地问：哦？怎么打动你了？

田蜜说：坦白说，我没有什么实际工作经验，也没有什么一技之长，之前面试过很多次但是都失败了。我看到贵公司的招聘要求中没有提年龄、学历、工作经验这些，而是强调能吃苦耐劳，有进取心，有强烈的赚钱欲望——这些要求我都完全符合，简直就是为我量身打造的。所以我相信贵公司是我最好的选择。

方总看了田蜜一会儿，一拍桌子：说得太好了！你被录取了！田蜜一愣：啊？这就录取了？方总满面笑容地说：我们招聘员工首先就是看价值观，你跟我们公司的价值观完全一致。你就是我们需要的员工！田蜜这才反应过来，惊喜地站起身鞠躬：谢谢方总！谢谢您！方总说：不用谢，你能到我们公司来，这是缘分哪！——我马上给你办理入职手续，今天你就开始正式上班！

方总说着就带着田蜜去了隔壁人事部，嘱咐人事部门员工马上给田蜜办理入职手续。手续也很简单，就是填一张《入职登记表》，交一张两寸照片，人事部门当场给田蜜制作了一张工作吊牌。

方总和田蜜握手：恭喜你正式成为博瑞森国际集团的一分子！也恭喜你从此走上了财富的康庄大道！好好干，在我们集团工作，年入一百万绝对不是梦！田蜜有些激动，连连点头：谢谢方总。我会努力的！

外面忽然传来嘈杂声。方总和田蜜都一愣，紧接着办公室的门被撞开了，几名警察冲了进来，大喊：警察！都不许动！

方总脸色大变。田蜜也呆住了。

警察勒令全公司二三十名员工连同田蜜在外面走廊里靠墙一字排开，挨个检查身份证。田蜜排在队伍最末端，有些懵，不知道发生了什么。

警察到了田蜜跟前，面无表情地说：身份证拿出来。

田蜜连忙掏出身份证递了过去。警察用随身仪器检验身份证。

田蜜小心翼翼地问：警察同志，什么情况？ 警察冷冷地瞄了田蜜一眼：什么情况你自己不清楚吗？田蜜说：我真不清楚。警察问：你是这家公司的吗？田蜜说：是。不过我刚刚才入职，还没正式上班。不信你问那个人。田蜜指指队伍另一头的方总。

警察说：我们会问的。——都带回去！

另一个警察叫着：排好队！跟着我走！一个接一个，不许说话！

队伍开始移动。

田蜜有些急了，边走边对领头的警察解释：警察大哥，我真的是清白的，我下午才来面试的，我什么都不知道！警察严肃地说：清不清白我们调查之后会得出结论的。——赶紧跟上！

田蜜只好跟着队伍向前走去。

常胜回到家，见田蜜还没回来，就自己动手做了几个菜。菜做好了田蜜还没回来，常胜心说她去面试这么晚也该面试完了，就给田蜜发了条微信，问：你什么时候回？等了一会儿田蜜没回复，常胜想想又拨打田蜜的电话，提示说关机了。

常胜有些纳闷，又一想可能田蜜手机没电了，也懒得等了，自己先吃了。吃完饭洗个澡常胜就坐到电脑前写公众号文章。常胜赢家开张半个月时间，付费用户数将将突破了两千大关。常胜鼓励众员工，再接再厉，力争这个月底突破一万大关，为此又增加了推广预算，加大了推广力度。有员工建议公司应该两条腿走路，一条腿是付费阅读，一条腿是微信公众号广告。但常胜早在公司开张之初就明确了一个原则：微信公众号将长期坚持非商业化，不做广告。通过微信公众号积累免费用户，再想办法把免费用户转化为付费用户。虽然这么做公司将损失很大一部分潜在的商业利益，但常胜坚持不改初心。

不知不觉过了很久，常胜终于写完了明天要推送的文章，长出了一口气，伸了个懒腰。忽然想起什么，看看时间已经十点多了。常胜有些吃惊，田蜜怎么还没回来？赶紧拿起手机拨打田蜜的电话，还是提示已关机。

常胜有些纳闷，想了想，又给李梦打电话。李梦已经躺在床上准备睡觉了，一听田蜜还没回家，手机也关机了，立刻紧张起来。

李梦说：田蜜是不是出什么事了？常胜说：别一惊一乍的。早上她出门的时候还一切正常，按理不应该出事。李梦说：那她这么晚不回家跑哪去了？常胜说：她今天说是有两个面试。但面试也不至于这么晚。李梦问：她去什么公司面试啊？常胜说：我没问。李梦说：怎么办，要不要报警？常胜想了想说：现在还不确定什么情况，再等等吧。

常胜躺在客厅沙发上等着，等到十二点还是没动静。常胜心知等下去也是白等，索性上床睡觉了。第二天一早醒来，田蜜还是没回，电话依旧关机，常胜心里也有点打鼓了，田蜜万一真的出了什么事，自己可没办法向债委会交代。

常胜不敢怠慢，赶紧去了阳光里小区，找到蔡冬梅、张秋菊、康哥等人把这事一说。众人也都很忧心。

康哥说：昨天我刚看到一个新闻，一个单身女的，打了辆黑车，结果司机见财起意，把那女的给掐死了。过了十多天尸体才被发现。常胜赶紧打断：康哥您别胡说。田蜜哪有什么财。再一个，田蜜现在轻易不打车，都是走路或者坐公交车。李明白说：我明白了！她跑路了！常胜说：不至于。她要跑路早跑了，不会等到现在。而且她这段时间一直都在很努力地找工作，没有任何要跑路的征兆。

蔡冬梅想了想说：会不会是那个放高利贷的干的？张秋菊说：万百千？你是说他把田蜜抓走关起来了？蔡冬梅说：除了他还能有谁？关起来事小，搞不好田蜜已经被他害死了！康哥也点头：有可能。放高利贷的什么都干得出来。蔡冬梅站起身来：我们马上报警！常胜连忙拦住：妈，别急，没证据没法报警。要不咱们把万百千叫过来问问他再说。

常胜给万百千打电话，说田蜜失踪了，请他过来一趟。过了约摸半个小时万百千匆匆来了。

万百千说：不好意思啊让你们久等了。路上有点堵。哎，找着田蜜没有？

蔡冬梅一拍桌子：万百千！你把田蜜弄哪儿去了？赶紧老实交代！万百千一愣：什么叫我把田蜜弄哪去了？我这些天根本就没见着她。康哥说：万总，坦白从宽，抗拒从严。如果是你干的，你把她放出来就完了，我们就当这事没发生过，既往不咎。

万百千说：嘿，怎么赖上我了！——常胜，田蜜昨天什么时候失踪的？常胜说：昨天下午。万百千说：这不就结了！昨天下午，我就在这儿，在你们的眼皮子底下，光荣地加入了债务委员会。我哪有作案时间啊。李明白说：我明白了，你从我们这儿走了以后作的案。万百千急了：你这是血口喷人！

蔡冬梅说：别嚷嚷。你说，你从我们这儿走了以后，去哪儿了？万百千说：我……回家睡觉去了。蔡冬梅逼问：有目击证人吗？万百千说：没有。

蔡冬梅目光锐利地盯着万百千：你撒谎了。你肯定不是回家睡觉去了。万百千，你现在说实话还来得及。万百千居然有些扭捏：好好，说实话。我去我女朋友家了。昨晚上我们一块吃的饭，还看了场电影。——我女朋友可以作证。

康哥恍然大悟：难怪你不肯说，原来是会小三儿去了。万总，你这样不好。万百千说：您说什么呢？我还没老婆，哪来的小三儿！我是正经人！康哥说：是吗？我误会了。你这么大岁数了怎么还没结婚啊？ 蔡冬梅说：他这样的早晚得进去，哪个姑娘敢嫁。万百千不高兴了：阿姨，说话别这么难听。怎么就没姑娘敢嫁我了？哦，就你家常胜是好人，别人都是坏人是吗？常胜是好人又怎么了？他不照样离婚了吗？蔡冬梅怒了：不许说我儿子！信不信我扇你！

众人连忙拦住。

常胜说：好了好了，说正事。我认为，田蜜失踪这事不是万百千干的。别看他平常张牙舞爪的，其实真让他杀人放火，他根本没这个胆。

万百千说：你说什么？我没胆？我——忽然反应过来，连忙改口附和：你说得对，太对了，我没胆儿，别说杀人了，我连杀鸡都不敢。

常胜又道：万总，你不是擅长找人吗？你能不能动用一下你的手段——当然得是合法的啊——尽快找到田蜜？康哥说：对对对，放高利贷的都擅长这个。万总你赶紧帮忙找一下田蜜！

万百千支吾着：我……我们这些手段都是行业机密，轻易不能用。

张秋菊说：哎，万总，这可是关系到我们大家切身利益的重大事件，甭管机密不机密，有什么招你赶紧使出来吧！康哥说：就是，你那些行业机密，我们就算知道了也没用。

万百千装模作样地说：哎呀，在我们行业里，我也算是权威人士，分量很重，我带头违反行规，恐怕影响不太好啊。蔡冬梅说：你不想找？我看你还是心里有鬼！万百千说：你要这么说我还真就不找了！田蜜是跑了还是出事了，跟我又没关系，我着什么急呀！张秋菊说：怎么跟你没关系？她不也还欠你二百万吗？

万百千说：田蜜是欠我钱，但是常胜非要替她出头，说他是田蜜的什么财务顾问，所以我现在根本不关心田蜜能不能还上钱，反正，她要还不上，我就找常胜。常胜要还不上，我就找蔡阿姨。蔡冬梅一拍桌子：你敢！万百千皮笑肉不笑地：我敢不敢，到时候您就知道了。

常胜一直冷眼观察着万百千，点点头：我明白了。李明白问：我不明白你明白什么了？ 常胜说：万总，你说实话，你是不是根本没招？你找人靠的是跟踪盯梢这类原始手段，根本没有什么特殊手段。对不对？李明白说：我明白了，他是在吹牛。康哥说：啊，我也明白了，万总是绣花枕头，中看不中用。张秋菊说：嘿，没本事吹什么吹，这不瞎耽误工夫嘛！

万百千有些尴尬：谁说的！我们没点真本事怎么闯荡江湖？我们的手段多得是，多得能让你们怀疑人生！常胜说：万总，时间很宝贵，多耽误一分钟田蜜可能就多一分危险。你有办法就说，没办法就别打肿脸充胖子了。万百千说：有办法！我有办法！

众人都看着万百千。

万百千憋了半天憋出两个字：报警！

众人哭笑不得，狠狠奚落了万百千一番，但想来想去确实没别的办法，只有报警一途了，当即决定让常胜和万百千一道去报警。

常胜开着车带着万百千去往公安机关。常胜问：去哪个派出所？万百千说：不去派出所，直接去市局。常胜又问：万总对本市的执法机关应该很熟悉吧？万百千说：那当然……你什么意思？我是守法公民！常胜说：万总别太敏感。我意思是说，要是有熟人的话可能报案、立案效率能高点。

万百千想了想说：我倒是认识一个刑侦大队的，不知道有没有调走，到了我问问。常胜说：像你们这行，时刻行走在法律的边缘，也很危险啊。万百千说：可不是！——你又套我话呢？常胜说：没有，我套你话干吗？随便聊聊。

万百千沉默片刻，叹了口气：兄弟，说实话，我们这行越来越不好干了。像我这辈的，出来混多少还讲点规矩。我们的目的是求财，虽然有时候也上点手段，但还是有底线的，第一是按合同办事，不骗人不讹人。第二是不能伤天害理，不能真把人逼到家破人亡。现在那帮新入行的才不管这一套。尤其是做网贷的，逮谁骗谁，把人往死里逼，连大学生都不放过！我们这行的名声全被那帮人给败坏了，搞得我们跟过街老鼠似的，人人喊打。道德沦丧啊兄弟！

万百千一副痛心疾首的样子。

常胜说：看样子万总是个明白人。既然如此，何不早点收手？万百千说：我也想过收手。但是吧，这行我干习惯了，别的行当一是干不了，二是也不见得有这行利润高。常胜说：万总，给你个建议，该转型得转型啊。万百千说：我一定深入思考你的这个建议！

两人说着话很快到了宁城公安局。两人停好车，正要往公安局大楼里走，却见对面走来一个人，正是田蜜。三个人都一愣。

万百千忽然激动起来：她在这儿！她没事儿！我是清白的！我说能找着她就能找着她，你们还不信！——我得赶紧跟债委会的通报一下！

万百千手忙脚乱地操作手机发语音微信：找着田蜜了！我找着田蜜了！

常胜和田蜜都向对方走去，都有些惊讶，两人几乎同时开口。

常胜问：你怎么在这儿？田蜜问：你怎么知道我在这儿？

两人略微愣了一下，又同时开了口：回去再说。

回去的路上，田蜜吞吞吐吐说了昨天的遭遇。原来，她去应聘的那家公司是一个职业诈骗团伙开的，专门打着销售低价名牌产品的名义进行电话诈骗。团伙核心人员就五六个，他们每次就是租一个办公室，然后以高薪诱惑招聘一些不明真相的求职人员，短暂培训后就开始上岗。为逃避警方打击，他们通常三个月就换一个地方，另外租一个办公室，换一个公司名称，再招聘另外一批人员。

昨天田蜜被带回公安机关以后，因为人数太多，警察需要逐一讯问，所以在留置室待了一晚上。今天早上警察讯问了田蜜，发现田蜜确实不知情，而且是昨天刚刚来应聘入职的，就教育了她几句把她放出来了。

临走的时候警察说：以后找工作警惕性高点。像这种公司，什么人都招，张嘴就是年薪一百万，但凡有点儿心眼的，都知道不靠谱。你说你也是不走运，这案子我们市局亲自抓的，盯了这家公司几个月了，昨天才决定收网，刚好就把你收进来了。不过也幸好你是头一天去。要是上了几天班，实际实施了诈骗行为，那你今天就出不去了。田蜜说：谢谢。我会接受教训的。

田蜜刚从公安局里走出来，一打开手机发现十几个未接电话，都是常胜和李梦打来的。田蜜正准备给两人打电话说一下呢，刚好就碰上了常胜和万百千。

常胜和田蜜回到住处，田蜜先去洗澡换衣服，常胜煮了碗面。田蜜洗完澡坐在餐桌前狼吞虎咽地吃着面。

常胜坐在对面看着田蜜，有些啼笑皆非：你真是让我刮目相看。先是吃烤翅把自己吃进了医院，接着面个试又把自己面进了公安局——你这都什么神操作啊？我现在真有点后悔让你住进来了，你说你万一真出了事，我怎么跟你爸妈还有债委会那些人交代啊！

田蜜抬头看着常胜：我们是合租。你没权力撵我走。常胜说：谁说要撵你走了！我是那种遇到困难绕着走的人吗？虽然责任大一点，担子重一点，但是，我不承担谁承担？

田蜜低头继续吃面：你不需要承担什么。我一人做事一人当。常胜说：那不行，我不能对你放任不管。从今以后，你不管去哪儿，不管干什么，必须随时向我汇报。

田蜜想了想说：我可以向债委会汇报，不能向你汇报。常胜说：一回事儿。我是债委会秘书长，向债委会汇报就是向我汇报。田蜜说：不是一回事儿。债委会秘书长就跟新闻发言人一样，不是人，是一种制度。——谢谢你煮的面。

田蜜站起身端着碗筷向厨房走去。

常胜说：好吧，随你，只要你答应随时汇报就行。

想了想，又觉得不对劲，扭头朝厨房方向喊：哎，什么叫秘书长不是人？你怎么绕着弯子骂人啊！

一转眼，常胜的公司已经开张一个月了。公司的付费用户数量勉强刚过五千，离计划中的一万付费用户的目标还差一半。员工们都有些沮丧。常胜召集全体员工开会给大家鼓劲，说万事开头难，大家只要坚定信心团结一致沿着既定的方向走下去，一定能够到达成功的彼岸！

开完会，财务人员拿着一叠单据让常胜签字。

财务人员说：常总，这个月发完工资，我们账上钱就不多了。常胜问：还有多少？财务人员说：不到四十万。目前我们每个月的房租、人员工资、推广费用以及其他一些杂七杂八的费用，加起来至少需要五十万。常胜又问：这个月我们进了多少钱？财务人员说：两万一千零一点儿。——都是微信公众号打赏的收入。常胜说：知道了。不用担心，不出意外的话下个月我们就会有一笔融资到账。

中午常子龙回家吃饭，蔡冬梅坐在沙发上摆弄着一部新手机。常子龙说：你还不吃？菜都凉了。蔡冬梅没抬头：等会儿。你吃你的，甭管我。常子龙嘟囔着：一个破手机都摆弄俩小时了，我看你真是闲得慌。蔡冬梅说：什么叫破手机呀，这可是最新款的。常子龙不满：你别的本事没有，花钱在行。这玩意多少钱啊？蔡冬梅说：说出来吓你一跳。六千八百六。

常子龙一哆嗦手里的碗差点摔了：你说什么？！多少钱？蔡冬梅说：六千八百六！常子龙霍地站起身来：什么手机这么贵？蔡冬梅说：苹果。现在社会上都用这个。常子龙瞪大了眼：你疯了？！你哪来那么多钱？蔡冬梅支吾着：我……从卡上取的啊。常子龙一愣：哪张卡？蔡冬梅含糊地说：就你棋牌室那张卡。常子龙咣当跌坐回椅子上，脸涨得通红：你、你是要把家败光啊！

蔡冬梅有点儿心虚。平常家里的钱都是蔡冬梅掌管，唯独棋牌室这一块的账目是由常子龙掌管的，盈亏自负，蔡冬梅不得干涉。棋牌室的钱都存在一张卡上，常子龙把这张卡藏起来了，蔡冬梅拐弯抹角问过很多次那张卡放哪儿了，常子龙坚决不说。常子龙的意思是，那张卡上的钱是俩人的救急金，不到万不得已的情况绝对不能动用。没想到蔡冬梅不但偷偷找到了那张卡，还买了那么贵的一部手机，饶是常子龙脾气再好也按捺不住了，大发雷霆。

常胜正躺在办公室沙发上闭目养神，手机响了。常胜接起来，就听见常子龙在电话那头怒吼：这日子没法过了！我要跟你妈离婚！

常胜不敢怠慢，放下电话赶紧往家赶。到了家，常子龙兀自怒气未消，气冲冲地指着蔡冬梅：你说你换手机也就罢了，还非要换什么苹果！就那么一个破玩意儿六千多，就没你这样败家的！蔡冬梅说：我本来没想换这么贵的，可人家都说苹果的好，而且耐用，我心说买了这个以后就不用再换了……常子龙说：你多大岁数了？别人说什么你都信？你自己没脑子？你都把咱们家一百万给败掉了还不够吗！

蔡冬梅恼了，霍地站起身来：那一百万我又不是故意的！常子龙，我跟了你三十多年，我什么时候手里松快过？买个好点儿的手机就跟要了你的命似的！离就离！这抠门日子我也不想过下去了！

常胜明白了怎么回事，赶紧拦住母亲：好了好了，妈您坐下，别激动。您自己决定的买苹果手机？蔡冬梅说：对啊。

常胜一竖大拇指：佩服！爸，您高兴才对，我妈能买苹果手机，说明我妈心气儿足，能跟得上年轻人的潮流。我妈要真买回一几百块钱的老年机，您就高兴了？就几千块钱的事，至于闹离婚吗？

常子龙气哼哼地说：你就跟你妈一块气我吧。几千块钱还少吗？顶我那棋牌室两个月的收入！也不光是几千块钱的事儿，是做人不该大手大脚！这叫冲动型消费！如果那一百万还在咱们家户头上，买也就买了，现在是在坎儿上啊！不有句话叫人穷志短嘛！

蔡冬梅有些泄气了：算了，儿子，要不我退了吧。常胜说：我同意我爸的观点，冲动型消费应该尽量避免。但这手机不用退，钱我出。常子龙说：你出就不是大手大脚了？就不是冲动型消费了？常胜说：是大手大脚，但还真不是冲动型消费。因为我妈马上要过生日了，本来我就计划要给她买一部新手机，我妈自己提前买了，我就给实报实销呗。早晚的事儿。

蔡冬梅高兴了：谢谢你儿子！

常胜又朝常子龙：爸，一会儿我就转到您账户上去。常子龙脸色这才缓和了下来：好。我的卡号你那还有吧？常胜说：有，我存着呢。常子龙说：亲父子，明算账，你别忘了。我去棋牌室了。常胜说：您去吧，我坐会儿再走。

常子龙出门去了。

蔡冬梅低声地说：儿子，你就先把钱给他，反正他一个子儿也不花，都存那儿，这钱早晚都还是给你的！常胜哭笑不得：妈，差不多就行了，知道我爸抠，您以后就少招他，以后您想买什么跟我说。

常胜又说了田蜜最近忙着找工作的事，蔡冬梅又叮嘱常胜好好监督田蜜，叫她努力找工作赚钱，也要提高警惕，不要再去那些不靠谱的公司面试了，等等。两人聊了一会儿常胜说要回去上班，起身告辞。

蔡冬梅说：等会儿，我还有事跟你说。

蔡冬梅起身快步进了房间，过会儿拿着一叠资料出来了，把资料往常胜面前一放。

常胜疑惑：什么这是？蔡冬梅说：婚介所给的资料。按我的要求挑的。年龄、学历、家庭背景、工作，包括长相，跟你都比较般配。你拿回去仔细看看，觉着哪个看着顺眼，我就让婚介所的给你约见面时间。

常胜无奈：妈——蔡冬梅打断：你闭嘴，不许反驳！我知道你想说什么。你不着急我着急。别以为你给我买个手机就算孝顺了，你要真孝顺，就赶紧给我领个新儿媳回来！常胜有些搓火但还是忍住了：好好，我听您的。我回去好好挑，一定给您挑个满意的儿媳妇！

常胜拿起那叠资料起身往外走。

蔡冬梅跟在后面喊着：别敷衍我啊！三天之内给我个结果！

一场虚惊过去了，但工作还是没着落，田蜜很着急。这天田蜜又上招聘网站查看招聘信息，不经意看到一条招聘汽车导购员的信息，再一看，招聘单位正是李梦工作的那家 4S 店。田蜜犹豫了好一会儿，还是提交了一份简历。

田蜜对能否获得面试机会乃至应聘成功丝毫没底，所以也懒得跟李梦说了。没想到过了两天，田蜜居然接到了汽车 4S 店人事部门的电话，通知她一周后过去面试。田蜜有些激动，正好当天也没面试，田蜜就去了汽车 4S 店找李梦。

田蜜说：梦梦，我收到你们店的面试通知了！李梦惊讶：啊？你什么时候到我们店应的聘？田蜜说：我在一家招聘网站上看到你们的招聘信息，随手就投了简历，没想到这么快就接到了面试邀请。李梦说：太好了，你要面试成功了，我们就成同事了！田蜜说：哎，我的面试时间被安排在下个星期，你能不能帮我跟你们经理说说，提前一点啊？最好是今天。李梦说：这个我可帮不了你。这次招聘是我们车总亲自负责的，他这人特别讲原则，我说也白说，搞不好还要挨他一顿批评。田蜜只好说：好吧，不给你添麻烦了。

田蜜又和李梦闲聊了几句，怕耽搁李梦工作，便告辞离开了。走出店门，田蜜忍不住又想：等一个星期时间太久了，既然来都来了，干脆去见一下那位车总，打声招呼，起码能加深一下车总对自己的印象。

田蜜悄悄从另一个门又进入店里，避开了李梦的视线，往店里面的办公区走去。边走边看，看到挂着“总经理”标牌的办公室。

田蜜稍微整理了一下头发和衣服，抬头敲门。

里面传出车总的声音：请进！

田蜜推门而入。车总从办公台后抬起头来。

田蜜微微鞠躬：车总您好。我是来面试的。车总点点头：请坐。你怎么称呼？田蜜说：我叫田蜜。车总翻看着桌上一摞资料：田蜜……我这儿没你的简历啊？你是跟我约了今天来面试吗？田蜜说：我是今天收到了面试通知，让我一周以后过来面试。

车总说：一周以后？那你怎么今天来了？对不起，你改天再来吧！田蜜说：车总，我听我朋友说，您特别讲原则，看来名不虚传。不过我实在是迫不及待想得到这份工作，所以就冒昧提前来了。车总疑惑：哦？你有朋友认识我？谁？田蜜说：抱歉，我不能说。我希望是靠自己的表现来得到这个工作机会，而不是靠朋友的面子。

车总沉吟了一会儿：你对我们店还有我们这个行业了解多少？田蜜说：我对咱们店非常熟悉，以前常来。其实我也是咱们店的客户，在咱们店买过车。不过前些日子我把车子卖了。

车总来了兴致：一日客户，终身客户。田女士，您能否告诉我，为什么把我们的车给卖了？是对我们哪方面不满意，产品还是服务？田蜜说：都不是。我——就是因为缺钱。你们的产品和服务都非常好，要不然我也不会这么渴望到咱们店来工作。

车总似乎很受用：感谢田女士对我们的信任和支持。——你能说说，你为什么想干这行吗？田蜜说：我觉得做汽车销售这行可以接触到方方面面各种层次的人，可以开阔眼界，提升自己待人处事的能力。——算了，说实话吧，我觉得，卖车能挣钱。

车总笑眯眯地说：挣钱那可不一定啊。也有一辆车卖不出去的。不过你说的有一定道理。做汽车销售这行呢，懂车倒在其次，最关键的还是要懂人。有经验的汽车销售顾问，客户一进门，两眼这么一看，再几句话一说，客户的身份、喜好、消费水平、消费心理等，基本上就能摸到八九不离十。——能干好这行的，必须是人才中的人才啊，最好得有识人的眼力。

田蜜忽然指了指车总手腕上的手表：车总，您的手表是宝玑经典系列，18K金表壳，大明火珐琅表盘，蓝宝石水晶玻璃表镜，鳄鱼皮表带——我的眼力怎么样？

车总一愣。

田蜜又上下打量了车总一番：吉尼亚的衬衫，古驰的领带，阿玛尼的眼镜，铁狮东尼皮鞋——车总，您的品位非常不一般。低调而奢华，说的就是车总您这样的人！

车总吃惊地看着田蜜，愣了一会儿，自己鼓起掌来：人才、人才啊！要形象有形象，要气质有气质，敏锐的观察力，良好的口才，各种品牌张口就来——我们公司就需要你这样的人才！

田蜜有些不敢相信：车总，您的意思是，我被录取了吗？车总说：田女士，你只知道我很讲原则，但你知道我最重要的一条原则是什么吗？田蜜摇摇头：不知道。车总说：我最重要的原则就是，不拘一格降人才。——我给人事部门打个电话，你马上去办理入职手续，明天就开始上班！田蜜激动地站起身鞠躬：谢谢车总！谢谢车总！

车总拿起桌上电话正要拨打，又想起什么：对了，现在你能告诉我你的朋友是谁了吗？田蜜有些不好意思地笑笑：她就是这儿的员工李梦。车总点点头：好！她是名很优秀的销售，希望你能超过李梦的销售量！

没一会儿人事部门经理过来了，车总交代了几句，人事部门经理就带着田蜜去办入职手续了。田蜜的心怦怦直跳，有点不敢相信自己竟然这么顺利就应聘成功了。直到人事部门经理把写有她名字的胸牌递到她手上，田蜜这才确信：自己真的被录用了！

田蜜激动地直奔销售大厅李梦的工位，把胸牌往李梦跟前一扔。李梦一愣，抬起头来，只见田蜜笑吟吟地站在跟前。

李梦惊讶：田蜜姐，你怎么还没走？田蜜指了指桌上的胸牌：你自己看。李梦拿起胸牌看了看，看到上面“田蜜”俩字，吃惊地抬头：什么意思？田蜜难掩激动：我刚刚通过了车总的面试，被录取了！从今天开始，我们就是同事了！

李梦愣了会儿，站起身一把抱住了田蜜，哽咽道：田蜜姐，祝贺你！田蜜也抱住了李梦，眼中有泪光闪动。

十六

告别李梦，田蜜急急忙忙地赶回了家。常胜刚下班，正在帮蟹奋斗换水喂食。田蜜脚步轻快地走到蟹奋斗跟前，鞠了一躬：蟹奋斗同学，谢谢你！

常胜有些奇怪：你谢它干吗？你该谢谢我啊，是我在照顾你的蟹奋斗同学。

田蜜一脸笑意地看着常胜不说话。

常胜有些发毛：干吗这么看着我？ 你情绪不太对啊。田蜜说：你看看我，有没有哪儿不一样？常胜疑惑地打量着田蜜：没看出来。田蜜说：好好看看。常胜有些不确定：容光焕发，龇牙咧嘴……什么情况啊？

田蜜掏出汽车4S店的胸牌亮了亮，昂首挺胸大声地说：我，田蜜，从今天起，是一个有工作的人了！我的奋斗，终于有了结果！

常胜愣了下也有些惊喜：是吗！恭喜恭喜！我很欣慰啊。在我的帮助和督促下，你取得了长足的发展，迈出了可喜的一步。当然了，这跟你的个人努力也是分不开的。田蜜笑着：你要能分开算你本事。这次连李梦都没帮忙。常胜说：你现在还不能骄傲自满，这只是万里长征第一步，你还要继续努力奋斗。田蜜用力点头：我会的。你也加油吧！祝你早日成为千万，不，亿万富翁！两人都笑了。

肖华和田加安的房子终于卖了出去。这天下午，肖华和田加安去了房产中介公司，和买主签订了房屋买卖合同，约定次日去做网签，网签完了先付一半房款，过完户再付另一半，算起来总共大概需要一个星期到十天时间。

两人刚回到家，田蜜就打来电话。田蜜兴奋地告诉爸妈，自己找好工作了，跟李梦一家公司，当汽车导购员。田蜜说，如果做得好的话，一个月能赚一两万呢。肖华和田加安也都非常高兴，鼓励田蜜好好努力，

田蜜问：爸爸的腿怎么样？有没有去医院继续治疗？田加安说：去了医院了，医生说我的腿恢复得很好，没事了。田蜜问：真的没事了？田加安说：没事了，你放心。

肖华这时想起一件事，跟田蜜说：蜜蜜，你那边地址是多少，给我发个微信过来，我们有点东西寄给你。田蜜问什么东西？肖华说：就是些过去的相册啊，你小时候的奖状啊之类不值钱又舍不得丢的小东西。田蜜说干吗寄给我呀？就放家里呗。肖华说：咳，这些东西终究是个念想，你爸说我们年纪大了记性差，生怕弄丢了，说放你那儿放心些。田蜜说：哦。那我等一下把地址发给你们。

挂了电话，田蜜很快把常胜家的地址发了过来。肖华神情有些黯淡。田加安问：怎么了？不高兴了？肖华叹了口气说：能高兴吗，住了多年的房子，总是舍不得。田加安说：我倒是很高兴。肖华诧异：卖了老窝儿你高兴？田加安说：对啊。咱们可以用这笔钱给女儿还债了！肖华想了一下，点头：你这么一说，是不像刚才那么难受了。田加安微笑着说：这就对了。换个角度，天下太平！

第二天田蜜早早到了4S店。车总把田蜜安排到李梦一组，叮嘱李梦带一带田蜜，让田蜜尽快熟悉规章制度和工作流程。完了又鼓励田蜜：好好干，你很有潜力，我看好你！

田蜜有些兴奋又忐忑，悄悄问李梦：我真的很有潜力吗？李梦不以为然：车总跟每个新来的都那么说，你别太当回事，听听就行了。

李梦把田蜜领到工位，拿过一大摞资料，往田蜜桌上一放，说你先看看资料，熟悉一下情况。田蜜问这些资料都要看？李梦说不光要看，还要全背下来。田蜜心里暗暗叫苦，但随即鼓励自己：这点小事都做不到，你还怎么赚钱还债？于是咬咬牙认真翻看起资料来。一整天下来也才看了一半，眼都花了。

田蜜把资料带回了家，晚上一吃过饭就坐到桌前继续看资料。常胜打趣：够用功的啊。怎么样，第一天上班，卖出车去没有？田蜜说：哪有那么快，这些资料我还没背熟呢。

常胜看了下田蜜手边厚厚的那摞资料：这么多呢，背得下来吗？田蜜说：当然。今天晚上我就要把它全部背完。常胜说：欲速则不达，你还是悠着点吧。这么多资料你一晚上背完不可能。田蜜说：我肯定能背完。试用期就一个月，我必须抓紧时间出成绩。常胜说：你要能把它背完，你让我干什么我就干什么！田蜜问：此话当真？常胜说：我可以当真啊。但你要背不下来呢？田蜜说：背不下来，跟你条件同等。常胜说：一言为定！

常胜也没把打赌当回事，说完就回房间写公众号文章去了，十点多写完，上床睡觉。第二天一大早，常胜睡得正香呢，就听见田蜜在外头砰砰砰地敲门，喊着：常胜，起来了！

常胜被吵醒了，没好气地爬起身去开门，问：大清早地干什么呢？田蜜说：我背完了。你检查吧。常胜说：什么背完了？田蜜说：我们公司的资料啊。你昨晚上不是跟我打赌来着吗？常胜愣了会儿才想起来昨晚上的话：你还来真的呀？田蜜说：你以为跟你开玩笑呢？

常胜没辙，跟着田蜜去到客厅，随手拿起那些资料，抽查里面的内容，没想到田蜜果真对答如流。

常胜瞠目结舌：你怎么做到的？田蜜有些自得：我就是做到了。常胜忐忑地：那你想让我干什么？田蜜说：没想好。但你欠我一件事。

田蜜掏出手机，打开录像：来，对着手机，留个视频证据。

常胜无奈，对着镜头说：本人常胜，因打赌输了，欠田蜜一件事。田蜜问：是不是你说的我让你干什么就干什么？常胜说：是。但不能是违法犯罪的事儿。

田蜜笑了，收起手机：到时候不许抵赖啊。常胜说：男子汉大丈夫，一言既出驷马难追！

田蜜在汽车4S店的工作很快就进入了角色。刘得恩去世至今三个多月了，她的生活好不容易才回到正常的轨道，田蜜无比珍惜这来之不易的机会，全身心投入到工作中去。刚开始白天的时候田蜜拿着小本子形影不离地跟着李梦，观察记录李梦如何跟客户打交道，晚上回去则对着小本子一遍遍地练习。一个星期下来她已经熟练地掌握了汽车销售的各种话术，学会了如何察言观色，老练程度令李梦惊叹不已，称赞田蜜是百年不遇的销售天才。

这天上午常胜去了宁城一家风险投资公司谈融资合作。这家公司的负责人姓郝，四十多岁，看起来很和善。常胜简明扼要地介绍了常胜赢家的发展战略和愿景，郝总听得频频点头。最后说到融资额，常胜说：两百万,百分之十，这是我们的底限。郝总说：估值两千万，不算高。常胜说：郝总，这就是白菜价。下一轮估值我们最少一个亿。

郝总说：常总，我有一个疑问。你们的微信公众号在财经类自媒体中有相当的影响力，你们为什么不做广告，而是舍近求远去做付费阅读？常胜说：这是我们的既定战略。我认为，相对于广告而言，付费阅读以及衍生的知识付费服务，市场前景更为广阔。郝总点头：常总果然目光长远，不简单啊。

常胜客气地：多谢郝总夸奖。那么，您看我们的融资协议——郝总说：对不起，我暂时不能投你们。

常胜表情僵住了。

郝总说：前景我们当然要考虑，但我们也很看重当下的业绩和成长性。三个月以后，如果你们的付费用户数量能够达到五万，我一定投你们。郝总说着站起身和常胜握手：努力吧。

常胜略微有些受打击。此前他向宁城当地和国内十几家风险投资机构发送了融资计划书，但回应者寥寥，除了宁城这家就还有上海的两家。公司开办至今一个多月他已经投入了将近两百万，这几乎是他这些年的全部积蓄了，如果月底之前融资还不能到位，公司真的难以为继了。常胜想，看样子得尽快去一趟上海，找那两家投资人谈谈。

中午的时候常胜接到蔡冬梅的电话。蔡冬梅问：儿子，上次的资料看了没有，你过来，该合计合计了。常胜说：妈，我忙着呢。公司一大堆事，真顾不上。蔡冬梅说：别糊弄我。你忙我就过去找你。我现在就过来！常胜无奈：别别别，还是我来找您吧。

常胜去了母亲家，一坐下蔡冬梅就问：我上次给你那些资料你看了没有？常胜说：看了，没合适的。蔡冬梅说：就知道你会跟我敷衍。说着从茶几下面抽出一叠资料：呐，我帮你选了一些，你看看。

常胜吃惊：怎么又这么多？蔡冬梅说：我办了一年的线下会员服务，婚介所说了，一年之内免费安排相亲，不限次数，一直到找到对象为止。——这些姑娘，你都挨个给我见一遍。

常胜急了：妈，您要这么弄，我可要宣布跟您断绝母子关系了啊。蔡冬梅说：你敢！看我不打断你的腿！常胜说：您现在就把我腿打断得了。反正，我绝对不去相亲！蔡冬梅倒是不急不恼：不去是吧？行，那我只能换个办法了。常胜警惕地：什么办法？

蔡冬梅又从茶几底下抽出一块纸牌子，上面印着常胜的头像，还有姓名身高体重，等等。

常胜吃惊：你这是要干吗？

蔡冬梅说：咱们街道公园每周六周日都举办相亲大会。我去看了下，都是家长替儿女找对象的，特别热闹。你要不肯去相亲，我就只好辛苦一点，去相亲大会帮你找了。

常胜一把按住蔡冬梅的手：妈，不麻烦您了，我去相亲，我去行了吧？蔡冬梅说：真去？常胜点头：真去。蔡冬梅说：不是敷衍我？常胜说：只要你不拿这牌子去相亲大会，我就去相亲。蔡冬梅说：好，我不去相亲大会。但你今天必须得把这俩给我见了。我已经给你约好了，两点一个，三点一个，你赶紧去吧！

蔡冬梅把两份相亲资料搁到了常胜跟前。

常胜无可奈何地拿着相亲资料去了蔡冬梅订好位子的一家咖啡馆。等到两点第一位相亲女孩准时到了。常胜只好有一搭没一搭地聊着。

女孩姓王，戴副眼镜，长得很文静，在一家公司当会计。小王说：我找对象，不看外表，也不看金钱和地位，我只看对方的灵魂是不是有趣。常胜说：那太遗憾了，我最大的优势可能就是外表。小王笑了：你很有趣。我本来以为搞金融的都很死板呢。常胜说：哪里，我其实是有一说一。我现在不搞金融了。小王问：哦？那你现在做什么工作？常胜说：我创业了，自媒体。小王说：哇！你真了不起！我最喜欢创业者了。创业者胸怀宽广，目标远大，志存高远，是我们国家的栋梁，民族的希望！常胜说：咳，我没有什么高远的志向，就是想赚点钱。小王说：你不是已经实现财务自由了吗？常胜说：早着呢。我们公司刚创立不久，一切还都是未知数，说不定下个月就破产了。压力山大啊。

小王看出了常胜的心不在焉，不高兴了：明白了。你对我不满意。常胜说：您别介意啊，我没有对你不满意，我只是对自己还不满意。小王说：如果你对我满意，你不会这么说话！说着站起身走了。

常胜有些懊恼，心说相什么亲啊，简直是自讨没趣。但来都来了，只好继续等。等到三点，第二个相亲女孩来了。女孩身材高挑，长得也还不错，常胜不自觉眼睛一亮。

女孩走到常胜跟前，微笑着：请问是常先生吗？常胜连忙站起身：是，我是常胜。你是白小姐吧？请坐！

两人坐下。服务生过来了。

常胜问：白小姐喝点什么？女孩说：苏打水。常胜对服务生说：一杯苏打水。再给我来杯橙汁。服务生说：好的。转身离开了。

常胜朝女孩：看介绍，白小姐您以前是做模特的？女孩说：前模特。现在我已经退出模特圈了。你呢？常胜说：前理财专家。我也退出金融圈了。女孩笑了：现在流行退圈啊。常胜说：不但流行退圈，还流行跨界——我就跨界了。女孩饶有兴致地问：是吗？跨什么界？常胜说：自媒体。

服务生送过来苏打水和橙汁。常胜帮女孩打开苏打水，倒入玻璃杯中。远端，于洋洋突然出现在咖啡馆里，常胜一惊，手一抖差点倒洒了。

于洋洋也看到了常胜，有些惊讶，朝常胜这边走过来。

常胜正准备站起来打招呼，忽然听到身后有人说话：您好于总。

于洋洋目不转睛地从常胜身边走过，和常胜后面卡座的一名年轻男子握手：您好李先生。

常胜暗暗松了口气，心说于洋洋还挺识趣，这样也好，省了不少尴尬。于是就继续跟对面的女孩闲聊着。

于洋洋是来见一位寻求投资的创业者，她也没想到会这么巧遇见常胜。于洋洋不自觉地听着常胜和女孩的对话，反倒没注意对面的创业者说了些什么。

女孩说：说实话，我是被我妈逼着来相亲的。常胜说：我也是，彼此彼此。女孩说：不过你这人倒是挺有意思的。要不我们加个微信？常胜连忙点头：好、好，我扫你。

两人掏出手机加微信。

常胜说：我创办了一家自媒体公司，叫常胜赢家，你有兴趣的话可以先关注一下我们的公众号。你搜常胜赢家就行了。女孩说：哇，你还会写文章啊。常胜说：会一点。我还有很多忠实粉丝。

于洋洋对面的男子刚好说到：……归根到底一句话，我们要做中国的马斯克。

于洋洋扑哧笑了。

男子愕然：您笑什么？于洋洋连忙收敛笑容：没什么没什么。您继续说。还有一分半钟。男子有些生气：于总，刚才的三分半钟您一直心不在焉，根本没听我在说什么。你们这样不尊重创业者的投资公司，给再多钱我也不会接受！

男子起身走了。

那边，女孩对常胜：不好意思啊，我还约了另外一个相亲对象，我得走了。

常胜说：没关系没关系。

女孩也离开了。

常胜迅速起身走到隔壁，坐到于洋洋对面。

于洋洋看着常胜，忍不住扑哧又笑了起来。

常胜有些尴尬：你笑什么？没见过相亲的？嘲笑我？于洋洋说：相亲是好事啊，我干吗嘲笑你？我巴不得你早点儿再婚，要不然我心里还有些愧疚，老觉着是我耽误了你的青春。哎，刚才那个就挺不错的，你得抓住机会。常胜说：谢谢。你能这样想，我很欣慰。

常胜注意到桌上放着一个倒计时钟表，有些奇怪：你跟人谈话怎么还带个闹钟？于洋洋说：跟我们罗总学的。这不是闹钟，是倒计时钟。他每次见创业者，从不超过五分钟。常胜说：有必要吗？罗江这人够矫情的。于洋洋说：人家能成为创投界大拿，自然有他的道理。多少人排着队想见他都见不到呢。常胜不屑：这种人，求着要见我我都不会见。于洋洋说：这种幼稚的话还是少说为好。哎，你那公司最近怎么样？业务有没有进展？融资融到了吗？常胜说：我这不忙着找对象吗，哪有心思管公司的事。于洋洋说：我提醒你啊，创业不是儿戏。常胜说：怎么做我自有分寸，用不着你操心。你别以为当了几天投资人就能指点江山了。于洋洋生气了：狗咬吕洞宾，不识好人心！起身走了。常胜悻悻然。

常胜正准备回公司，忽然接到了田加安的电话。田加安说他和田蜜妈妈已经到了宁城，想见一下常胜，并且嘱咐常胜先别跟田蜜说。常胜有些惊讶，也没多问缘由，连忙赶往田加安所说的一家小旅馆。

小旅馆离阳光里小区不远，这是田加安和肖华刻意选择的。两人要了一个单间，没有空调，也没有独立卫生间，很是简陋。房间一角堆着几个大包小包的行李，这是他们仅剩的全部家当了。

田加安客气地请常胜在床沿落座，寒暄了几句后，常胜询问他们叫自己过来的原因，田加安掏出了一张银行卡递给了常胜，说卡里有一百五十万，麻烦常胜代他们还给债委会。常胜试探地问，这些钱是哪来的？田加安也不隐瞒，说他们把重庆的房子卖了，暂时只筹到了这么多，请常胜帮忙向债委会解释一下，剩下的钱他们会继续想办法的。

常胜有些吃惊，说你们卖房子田蜜知道吗？肖华说，我们怕她不同意，就没跟她说。你先替我们办了，我们再告诉她。拜托了！

常胜只好答应了，当即通知债委会全体成员开会。众人一听田蜜爸妈又来了，而且要还钱，都精神大振，很快就聚齐了。

蔡冬梅问：田蜜爸妈呢？怎么没来？常胜说：他们有点别的事，委托我跟大家把债务的事情碰一下。

万百千问：钱呢？他们带钱来没有？常胜说：带了。张秋菊问：带了多少？常胜掏出田加安给他的那张银行卡：一百五十万。万百千皱眉：他们回去那么长时间，怎么才筹了这么点钱？一百五十万，还不够还我一个人的。常胜说：田蜜爸妈已经竭尽所能了。他们把重庆的房子卖了。这些就是卖房的钱。

众人都有些吃惊。

康哥说：房子卖了？那他们以后住哪儿呀？常胜说：他们打算以后就住在宁城了，直到把债还清为止。康哥感慨：不容易啊。田蜜爸妈是厚道人。

常胜说：这钱怎么分配，大家商量商量。老马说：还跟以前一样，抓阄。蔡冬梅立马反对：不行！钱少的时候可以抓阄，钱这么多怎么抓？我建议按比例分。张秋菊说：我也同意按比例分。康哥说：我怎么都可以。但我不参与分配。我的债务要保持不动，不要稀释我的债务。

万百千说：哎哎，我说两句。常胜，咱们不是说好了按一个月两分利息吗？你不能光还本金不付利息啊。这样田蜜是划算了，我们不划算啊。我建议，先把咱们这几个月的利息付了，剩下的钱再还本金。众人一听有道理，纷纷附和：是，万总说得对。利息应该先付。

蔡冬梅说：常胜，你算一下，田蜜差我们多少利息。

常胜打开手机计算器快速算了一下，从刘得恩借钱开始到这个月底，总利息大概四十万。

蔡冬梅说：那咱们就这么定，先把这几个月的利息结清了，余下一百一十万还咱们的本金，按债务比例分配。同意的举手！

众人纷纷举起手来，一致通过。

常胜说：我回去把每个人应得的利息和应分款项算一下，然后打到你们各自的账号里。

蔡冬梅又说：同志们，今天是个好日子，田蜜一举清偿了将近四分之一的债务，可喜可贺！这其中，我儿子，也就是秘书长常胜同志功不可没。让我们以热烈的掌声，对常秘书长致以衷心的感谢！

众人纷纷鼓掌，常胜倒有些尴尬，连声道：谢谢各位，谢谢各位。

万百千说：我说，大家别高兴得太早了。田蜜爸妈把房子都卖了，以后他们也没什么值钱的财产了，剩下那四分之三，我看恐怕真要等到猴年马月才能要回来了。蔡冬梅恼了：你怎么老是阴阳怪气的！这钱你不想要是吧？——常胜，算账的时候别算万百千的！万百千连忙举手投降：哎哎，我没说不要。我就提醒一下你们。居安思危、居安思危。

从债委会出来，常胜又去了趟小旅馆，把债委会的决定跟田加安和肖华说了，两人都表示没意见，又连声对常胜表示感谢。

常胜告辞离开后，肖华和田加安估摸着田蜜差不多该下班了，于是给田蜜打了个电话。田蜜一听爸妈又到宁城来了，也很惊讶，连忙赶了过去。

一家三口见面很是开心，相互嘘寒问暖了一番之后，田加安开了口，说：刚刚小常来了，我们给了他一百五十万，请他替我们还给债委会了。

田蜜很吃惊：一百十五万？你们哪来的一百五十万？

肖华和田加安相互看看，没说话。

田蜜忽然明白了：你们把房子卖了？田加安微笑着点点头：嗯。我和你妈都不放心你一个人在这边，所以打算搬到宁城来，房子留在那边也没什么用，所以卖掉了。田蜜眼睛红了：爸、妈，你们把房子卖了，钱给了我，以后你们怎么生活？田加安说：这个你不要担心，我和你妈退休工资加起来好几千块，够花了。田蜜说：我不能要你们的钱！肖华说：这是什么话，爸爸妈妈的钱，不给你还能给谁？田蜜说：你们自己留着。你们想待在宁城就待在宁城，这笔钱在郊区买个小户型还有富余，剩下的钱留着救急，万一你们生病什么的，没钱不行。——我现在没有能力赡养你们，但我无论如何也不能要你们的养老钱！

田加安慈爱地看着田蜜：蜜蜜，你的心情我们都理解。但是，我们不能光想着自己，那些债主也都很着急，我们也要替他们想想。这么多债，靠你一个人还到什么时候？不把这些债还清，爸爸妈妈花钱也不安心啊。我和你妈都想好了，现在我们身体都还可以，我们一家人一起努力，苦个几年，早点把债还清。日子还长，好日子还在后头呢。

田蜜怔怔地看着爸妈，用力点头，眼泪却抑制不住地流了下来。肖华慌忙拉住田蜜的手，温言安慰，田蜜终于止住了眼泪。一家人又聊了一会儿，得知田蜜目前的工作很顺利，生活也很安定，肖华和田加安都很欣慰。

田蜜看着简陋的旅馆房间，想了想说：要不我回去跟常胜商量一下，你们也住过去。你们住我的房间，我在客厅打个地铺就行。田加安说：不用了蜜蜜，别给你还有小常添麻烦了。我们就住这儿挺好。肖华也说：这个旅馆价钱也不贵，你放心好了。田蜜说：主要是这里太不方便了，没卫生间也没厨房。田加安说：我们不是长期住，暂时先住几天，然后抽空找找看附近有没有便宜的房子出租。

田蜜说：爸，妈，将来我一定挣钱给你们买一套比原来更大的房子。肖华微笑着说：蜜蜜，大房子小房子都一样，只要我们一家三口能在一起，比什么都强。

田蜜含泪紧紧握住了母亲的手。

爸妈卖房替自己还债的举动，让田蜜倍感愧疚，但同时也给了她巨大的动力。田蜜更加忘我地投入工作，期望尽快出业绩，赚了钱先租套房子，跟爸妈一块住。

李梦说：田蜜姐，要不你先从我这儿拿点钱用着。田蜜说：谢了。你在业务上多指导指导我就行了，钱我要自己赚。李梦不高兴，说：你真是的，以前我没钱的时候找你借你从来没有二话，现在你有难处我想借钱给你你死活都不要——你心里根本没把我当成好姐妹！田蜜笑着说：谁说的，我就你一个真正的好姐妹了，我不能失去你。所以，我绝不能坑你、害你、拖你的后腿。李梦也只好作罢。

这天中午休息的时候，李梦看见田蜜在浏览一家招聘网站，有些惊讶，低声问田蜜：你干吗又找工作？不想卖车了？田蜜说：不是。我想找份兼职。晚上我基本上没什么事，我看能不能再找份工作做做。李梦说：开什么玩笑，上一天班够累的了，晚上还去兼职，你身体哪吃得消。田蜜说：我身体好着呢。朋友圈步数的纪录还是我保持着的。李梦说：你真够拼的！

田蜜挑了半天，没发现什么适合自己做的兼职，有些失望，突然一条信息引起了田蜜的注意“高薪诚聘夸夸师，每小时 100 元起”。招聘单位是夸夸俱乐部。田蜜有些好奇，不明白“夸夸师”是个什么职务，夸夸俱乐部又是干什么的，但一百元的时薪对她诱惑力不小，田蜜决定先去看看再说。

下了班田蜜循着地址去了那家夸夸俱乐部。从门面到内部装饰看起来就是一间普通的休闲酒吧。还没入夜，里面没什么人。

田蜜正在好奇地张望，一名服务生迎上前来。

服务生说：女士您好。感谢您的光临。黄昏是我一天中视力最差的时候，而您的到来如同一束光，让我的视线可以穿透黑暗直达光明。——请问您几位？田蜜说：对不起。我不是来消费的。我是来应聘夸夸师的。服务生说：哦。敢于来应聘夸夸师说明您这个人喜欢面对人生的挑战，具备生活的情趣。您知道今天我们只聘一位吗？田蜜点头：知道。服务生说：知道还敢来，说明您很自信。俗话说，就叫胆儿大！跟我来！

服务生把田蜜领到里面一个包间。包间里摆着一张长条桌，已经坐了五个人。

田蜜刚落座不久，一位体型微胖面色和善的中年男子进来了，坐到上首位置。

中年男子说：各位好，我是夸夸俱乐部的创始人温暖。

应聘者甲说：真帅！应聘者乙说：酷！有范儿！

温暖：请您二位出去。你们被淘汰了！

这两人傻了。

应聘者甲问：为什么呀？温暖说：夸人最重要的是真诚。你们这是拍马屁。

应聘者甲和乙悻悻然地出去了。

温暖对应聘者丙说：请你夸夸这张桌子。

应聘者丙看了看桌子，有些结巴：这张桌子，它不是张一般的桌子。啊，桌子啊，你从木头变为桌子——

温暖打断：这位先生，打住。您这个夸得不具体。可以了。

应聘者丙沮丧地出去了，气氛紧张起来。田蜜这时隐隐明白了一些夸夸师的工作性质。

温暖看了一下剩下的三个人，对应聘者丁说：我最近装了一颗金牙，请你夸一下。

应聘者丁口才不错反应也很快：哇，普通人选择把金子作为项链、耳环、手链，但你选择把它作为金牙，这说明你的选择是独特的，是真正爱金子的人，爱它不是要把它戴在身上放在手上，而是含在舌尖，这是舌尖上的金子，每日跟你吃香的喝辣的，在你开心的时候金光闪闪，在你不开心的时候沉默是金，当你开口，就是金口！当你起身，就是金身！

丁说完，自信地看着温暖。

温暖却说：还有些浮夸。你还得继续努力。

应聘者丁惭愧地出去了。只剩下田蜜和另外一个人。

温暖掏出一个面包吃了起来。

温暖说：这个面包是我自己做的。你俩夸一下。

剩下的那个人说：您到现在还没吃饭，说明您是个敬业爱岗的人；您这么忙，还自己做面包，说明您是个热爱生活的人。我能跟您这样的人坐在一起，就是我此生最大的荣幸。

温暖转头看着田蜜。

田蜜说：我觉得您在骗我。温暖一愣，问：为什么？田蜜说：因为这个面包不像是您做的。像是我吃过的一家米其林三星餐厅里的。不过我没吃过，我吃过了就能有更具体的判断。

温暖撕了一片面包给田蜜。

田蜜尝了一下，摇头：不是那家米其林三星餐厅里的。——因为比那家好吃。

温暖点点头：就你了！

另外那名应聘者摇摇头出去了。

温暖继续吃着面包：这就是那家米其林三星餐厅的。你叫什么名字？田蜜说：我叫田蜜。温暖说：人如其名。为什么想来夸人？田蜜说：挣钱。温暖说：简单，爽快，不装。我们的社会正需要您这样的人。我们俱乐部也欢迎您这样的人。知道夸夸师的职责和使命吗？

田蜜说：愿闻其详。温暖说：夸夸师的职责和使命，就是利用语言这种强大的工具，为天底下所有幸或不幸的人，送去冬日阳光，夏日清凉。

田蜜问：请问，工资怎么算？温暖说：我们是按时计酬。我们的夸夸师分三个级别，腰部夸夸师，肩部夸夸师和头部夸夸师，对应的报酬分别是每小时一百元、二百元和五百元。田蜜问：我可以直接当头部夸夸师吗？温暖说：步子大了容易伤到腰——你现在只能从腰部夸夸师干起。不能越级。

田蜜心想腰部夸夸师每小时也有一百块，不算低了，于是愉快地答应了，和温暖约定第二天晚上就开始上岗。

田蜜有些小兴奋，一则很顺利地就找到了一份待遇还不错的兼职，二则这个夸夸师的工作看起来还很有趣。问题是自己没多少夸人的经验，要想胜任这份工作，还得加强练习才行。田蜜决定一会儿回到家先拿常胜练练手。

田蜜一进门，见常胜刚煮好面，正拿碗盛面，不小心热汤淋到了手上，手一抖碗摔落在地，啪地碎了。

田蜜略微吓了一跳，站住，随即说道：哇，碎碎如意！好兆头！你这几天必有喜事！给你点赞！

常胜蹲下身去收拾碎片，没好气地：什么喜事，烫着我手了！田蜜说：手被烫了你还这么镇定，临危不惧，大丈夫本色！给你点赞！

常胜有些莫名其妙，抬头看着田蜜：你说什么呢？田蜜说：问得好。问这个问题说明你在任何情况下都保持着强烈的好奇心和求知欲。给你点赞！

常胜烦了：别点赞了！赶紧过来帮我收拾！田蜜说：哇，妥妥的霸道总裁的语气，给你点——常胜一瞪眼要发作，田蜜赶紧收声：好吧我来收拾。

常胜疑惑地看着田蜜：你今天怎么了？田蜜说：能敏锐地感觉到我今天有变化，说明你的观察力惊人。常胜彻底被打败了：好了。我不问了。——你什么也别说了！

田蜜重新拿碗盛了两碗面条，和常胜一人一碗坐在餐桌前吃着。

田蜜看着面条，神情和语气都很夸张：一碗普普通通的面条，为什么能煮得这么美味？是因为煮面条的人对生活充满了热爱，对人间充满了善意和温情。常胜把筷子一顿：田蜜，你吃错药了吧？田蜜说：时刻为他人着想，关心他人的健康，这就是典型的暖男啊。

常胜实在受不了了，端起碗扭头走了。

田蜜自言自语：看样子夸得不到位不妥帖……我还得多练习才行！

十七

肖华和田加安在小旅馆住了两天，没空调没洗手间倒还能克服，但是没厨房的话吃饭就成了问题，为了省钱只好吃方便面。两人商量了一下，还是要租个房子，不然太不方便了。肖华提议去阳光里小区看看，田加安有些顾虑，说跟债主们住一个小区不太合适。肖华却说离得近有好处，有什么事情我们可以及时了解。田加安想想有道理，也同意了。

这天上午两人就去了阳光里小区，四下逛了逛。小区环境不错，交通和日常生活都很方便。田加安担心小区的房租太贵。肖华说：我们要不找中介问问，有没有那种地下室。地下室便宜。田加安想了想说：找中介还要交中介费，不划算。我们去物业问问看。

两人正想找人打听一下物业的地址，迎面遇上了康哥。

康哥率先认出了两人，热情地打招呼：田爸爸！田妈妈！

田加安也认出了康哥是债委会的人，连忙点头：哎。你好你好。

康哥问：你们今天怎么有空过来了？找债委会有事？田加安说：不不，没事，我们不找债委会。我们去物业。康哥不解：去物业？干什么？ 田加安犹豫了一下说：我们想问问看小区里有没有房子出租。康哥又问：你们想在我们小区租房？肖华说：也不一定就这个小区，附近的也行。我们是想离你们近一点，这样有什么事的话你们找我们方便。

康哥点头：明白了。这种事不用找物业，找我就行！你们就说有什么要求吧！田加安说：我们没什么要求，只要一间房，能做饭能洗澡就行。康哥问：一间房？你们不跟田蜜一块住？田加安点头：就我们自己住。肖华补充道：房租能便宜点最好。条件差点都没关系，像地下室那种都可以。康哥说：我懂了。这事就交给我了，三天之内我保证帮你们搞定！

肖华和田加安连声感谢。康哥又掏出手机和田加安肖华互相加了微信留了电话，说有消息随时通知他们。

送到肖华和田加安，康哥立刻熟门熟路地去了小区门口一家房产中介公司，随便找了一个熟悉的工作人员，说：小张，你帮我查查，这附近一居室都什么价位。小张问：您说的是买卖还是出租啊？康哥说：出租。我有个熟人想租房。

小张操作电脑查了一会儿说：一居室……有两千的，有两千五的，差不多就这个区间内吧。康哥问：有没有更便宜的？小张说：更便宜的只有合租房了，八百一千都有，就是条件差点儿，厨房卫生间都公用的。康哥沉吟了一会儿说：行，知道了。我再看看吧。

吃过中午饭，康哥给田加安打电话，说有套房子特别棒，就在我们小区，不过是跟人合租的，不知道你们愿不愿意？田加安想了想说：合租也可以。不知道房租是多少？康哥说：这样，你们没事的话现在就过来，我先带你们去看看房子。你们要是满意的话再说房租的事。

田加安和肖华连忙赶到了阳光里小区。康哥热情地把两人带到一套房子里。房子是一套大两居，两室两厅两卫双阳台，宽敞整洁，南北通透。

康哥带肖华和田加安进入那间空着的卧室参观。

康哥说：这个房间朝南的，阳光很充足，空气对流也很好，有独立卫生间，还有个阳台。你们俩住着肯定巴适安逸！田加安点头：是，巴适得很。这房租恐怕不便宜吧？康哥说：先不管房租，你们就说对这房子满不满意吧。田加安说：满意是满意，不过——康哥手一挥：满意就行了！那你们就住这里了！

田加安和肖华交换了一下眼色。

田加安握住康哥的手，诚恳地说：康哥，不瞒你说，我们家蜜蜜还欠那么多债，我们能力也有限，不能一次性还清，只能慢慢地帮她还。所以平常吃住行我们想能省一点是一点。肖华也说：是啊康哥，我们不用租这么好的房子。我们想租个地下室就行了。

康哥说：我理解你们的想法。你们不用担心，这个房子的房租不贵。田加安问：多少？康哥略一思索：房租的话我看这样好了，连水电煤气物业费在内，一个月……五百！怎么样？

康哥伸出一个巴掌，热切地看着肖华和田加安。

肖华和田加安有些惊讶。

田加安说：五百倒是不贵。不过这房东能同意吗？康哥说：能啊，肯定能。肖华疑惑地：你认识房东啊？康哥笑了：认识，太认识了，房东就是——我。

肖华和田加安都愣了。

田加安说：康哥，这样不行。康哥急了：怎么不行？这个房租你们也不用一个月一交或者几个月一交，有钱就交没钱就欠着。——你们是不是还嫌贵？那这样好了，我再优惠点，一个月两百！

田加安说：不不，康哥，我们哪里是嫌贵，我们是觉得你这房租太便宜了。肖华说：是啊康哥，非亲非故的，你这样照顾我们，我们哪里好意思。康哥说：哪里的话，谈不上照顾，反正我房子空着也是空着，是吧？你们看要是没什么意见的话，就这样定了？

田加安想了想：要不这样，房租按八百算，水电费煤气费物业费另算。康哥连连摆手：不用那么多，房租五百就可以了！田加安说：不行康哥，不能让你太吃亏了。你要这么便宜的话我们就不租了。康哥无奈：行行，那我们都爽快点，一口价，房租六百，其他费用全包！就这么说定了，不能讨价还价了！

肖华和田加安相互看看，都有些感动。

田加安无奈地点点头：好吧。真是谢谢你了。康哥高兴了：别客气！那我们就说定了！你们今天就赶紧搬过来吧！田加安说：我们回去收拾一下，明天搬吧。今天的旅馆费也退不了了。康哥说：明天搬也行。你们东西多不多？多的话我过去帮你们搬。田加安连忙说：不用不用，没多少东西，我们自己搬就行了。康哥咧嘴笑着：有什么需要尽管说。以后我们就是一家人了！

田蜜终于开张了。这天下午来了一位中年男顾客，田蜜接待的。男顾客衣着考究颇有些派头，但脸上难掩倦色，手机虽然设置了静音但不停地闪烁，听田蜜介绍时也有些心不在焉。田蜜猜测这位顾客是一位公司老板，至少也是公司高层，这类人亲自来选购车辆的最大可能就是家庭购车而不是商务用车。田蜜果断地向他推荐了一款适合全家出行的家用SUV。

果然，听完田蜜的介绍，男顾客都没问价钱，略一思索就说：行吧，我就买这款。田蜜问：那您看是今天签合同还是？男顾客说：今天就签了吧。

田蜜按捺住心中的激动，把男顾客引到贵宾区休息，又迅速准备好合同，男顾客简单听完田蜜对合同的讲解，就爽快地签了字，交付了定金，约定下周一交全款提车。

田蜜刚把男顾客送出门，李梦就快步走了过来，期待地问：怎么样？

田蜜扬了扬手里的一叠文件：搞定！李梦欢呼雀跃：太棒了！恭喜恭喜！你终于开张了！田蜜笑道：都是你教得好。李梦说：谁说的，是你自己努力的结果。这就叫功夫不负有心人！——哎，今天刚好周末，咱们晚上出去庆祝庆祝！田蜜说：着什么急啊。等我拿到提成再庆祝。李梦说：及时行乐知不知道？等拿到提成的时候，兴奋劲已经过去了。要庆祝就今天庆祝。——我请客行了吧？田蜜说：不是钱的问题。我晚上还要做兼职呢。李梦撇嘴：没劲！

车总得知田蜜成功地卖出了一辆车，也跑过来向田蜜道贺。

车总满面笑容地说：祝贺你啊小田，我们这行，新人淘汰率很高，像你这样没经过正规培训，不到一个月就能出业绩的，可以说凤毛麟角啊！ 田蜜说：谢谢车总！真的，特别感谢您给了我这样一个机会。车总说：良好的开始是成功的一半。

你也不能骄傲自满啊，要再接再厉。你的下一个目标，就是成为公司的当月销售冠军！田蜜自信地说：谢谢车总鼓励。我不但要成为公司当月销售冠军，我还要成为季度、年度销售冠军！车总笑得合不拢嘴：好、好！我果然没看走眼！我这几天就向领导打报告，给你转正！田蜜也开心地笑了。

下了班，田蜜赶往夸夸俱乐部。温暖领着田蜜走到吧台，说：新来的夸夸师首先要在吧台锻炼，这儿会有一些求夸的散客，如果在这儿表现好，才能给要求单夸的客人服务。今天晚上你就在这儿值班吧。田蜜说：好的。但是希望您能尽快安排我进单间服务。温暖说：只要表现好，我会考虑的。

入夜了，客人渐渐多了起来。有人直接进了包间，有人则坐在吧台前，有喝酒的，有喝咖啡的，看上去都是失意落魄之人，也有被好奇心吸引过来的。

田蜜在吧台前来回穿梭安抚求夸的客人。

客人甲说：我喝醉了，还想喝，求夸。田蜜说：今朝有酒今朝醉，明朝散发弄扁舟。豪迈。

客人乙说：今天早饭时跟我老婆吵架了，求夸。田蜜说：你俩能一起吃早饭，好羡慕。世界上有很多只能一个人吃早饭的人会羡慕你们的。

客人丙说：我刚找了个新工作，干了半个月，谁知公司解散了，我失业了，求夸。田蜜说：还好只上了半个月，没耽误时间。你很幸运。

客人丁原本在玩手机游戏，输了，恼火地把手机往吧台上一扔：我游戏打得太烂了！给我夸！田蜜说：知道自己打得烂说明你有自知之明。打得烂一直还在打说明你有毅力。如果把这个毅力用到其他方面，相信你会做出了不起的事情！

温暖一直在一旁悄悄观察，田蜜的表现令他有些惊讶。温暖想了想走上前把田蜜叫到一旁。

温暖说：刚才我都看见了。你表现不错，反应敏捷，夸得又适度，所以今天晚上就给你安排了一个求单夸的客人。田蜜很开心：谢谢温总！

温暖把田蜜领到一个包间。包间里坐着一位体型肥硕的中年男子。男子垂头坐在沙发上，一副生无可恋的表情。

田蜜微笑着：先生您好。我是夸夸俱乐部的夸夸师田蜜。很高兴为您服务。请问先生怎么称呼？男子说：公孙浩。田蜜说：公孙是贵族姓氏，再加上一身浩然正气——您注定不是平凡之辈。

公孙浩木然地指指天花板：十分钟前，我刚从你们楼顶下来。我本来想跳楼的，可这座楼太低，我怕跳下来摔不死，摔成残废，成为社会的负担，所以没跳。

田蜜心里咯噔一下，但还是面带微笑：您敢于把生死置之度外，具备常人不具备的勇气。即便在生死关头，您首先想到的还是社会责任，非常伟大！——顿了顿又说：我能问下您为什么想跳楼吗？

公孙浩说：点背。我三次创业三次失败。第一次，我想做智能手机，结果赶上行业萎缩，竞争特别激烈，五个亿就这么没了。第二次，我想做空气净化器，我的目标是让天下无霾。没想到产品推出来那年，国家开始治理了，真的就全年无霾了，空气质量不是小好，是大好，两个亿又没了。第三次，我想做电子烟，这次产品刚生产出来还没上市呢，3·15晚会又点名批评电子烟行业，我的最后一个亿也没了！——我现在口袋里就剩五百块钱了，一会儿走出你们俱乐部，我就身无分文了，我的生命终将走到尽头。现在我就一个心愿，在我离开这个世界之前，你夸夸我，好好夸夸我，行吗？

田蜜愣了会儿：公孙先生，本来我的工作职责就是夸您，但您的情况，我不能夸。公孙浩有些气愤：什么？不能夸？我花钱购买了你们的夸夸服务，你就得夸我！

田蜜说：公孙先生，您知道甜蜜科技吗？公孙浩说：知道。刘得恩嘛。我们俩当年还一块入选过宁城十大创业青年。可惜他先走了。我马上就要跟他在另一个世界相会了。田蜜说：我就是刘得恩的太太。

公孙浩愣愣地看着田蜜。

温暖经过包间门口，忽然听到里面传出哭声，一惊，急忙推门进去，只见公孙浩正在号啕大哭，田蜜坐在一旁递纸巾。

温暖连忙鞠躬：对不起公孙先生！实在抱歉！我们这位夸夸师是新来的，她的专业水准还有待提高。说着转头朝田蜜瞪眼：田蜜，怎么回事？让你夸人怎么把公孙先生夸哭了呢？请你向公孙先生道歉！

公孙浩抬起头来，摆摆手，接过纸巾擦干眼泪，长出了一口气：舒服。很多年没这么痛快地哭过了。谢谢你，田女士。田蜜说：公孙先生，期待着您的第四次创业成功！公孙浩点头，用力握拳：一定会的！我们都要奋斗！

送走公孙浩，温暖把田蜜拉到一边，递给她两百块钱。

温暖说：救人比夸人难。你很了不起。从今天起你正式升为肩部夸夸师。田蜜很开心：谢谢温总。我会继续努力！

温暖问：你跟他说了些什么，让他打消了轻生的念头？

田蜜说：我跟他说了一只螃蟹的故事。一只叫奋斗的螃蟹。它拼命想从一个缸里，爬到另一个缸里。

温暖一脸迷惑。田蜜拿起二百块钱，转身离开了。

田蜜回到家，常胜刚写完公众号文章，正琢磨着融资的事，发着愣。

田蜜走到常胜跟前，掏出两百块钱放到桌上。

常胜愣了下：干吗？田蜜说：我今天卖出去一辆车。常胜说：卖一辆车才挣二百？少了点吧？田蜜说：不是。卖车的提成下个月才能发。这二百块钱是我另外做兼职挣来的。常胜疑惑：做兼职？什么兼职？田蜜笑了笑说：暂时保密！

田蜜回到自己房间，手机响了，是田加安打来的。田蜜连忙接起来：爸爸。田加安说：蜜蜜，还没睡吧？田蜜说：没呢。你们还好吧？明天我过去看你们啊。田加安说：跟你说个事啊，我们租了个房子，明天就搬过去了。田蜜惊讶：这么快就租好房子了？哪个小区？田加安说：就阳光里小区，康哥家。

田蜜更加惊讶了，问怎么回事。田加安把原委一说，田蜜既好笑又感动，难得遇上康哥这样孩子气的热心人。

第二天一大早田蜜起床收拾了一下就要出门。常胜问：周末还加班啊？田蜜说：我去我爸妈那儿。他们今天搬家。常胜问：搬家？搬哪去？田蜜说：搬到康哥那儿。常胜一愣：等等！——什么叫搬到康哥那儿？田蜜说：康哥把他家房子租给我爸妈了。回来再跟你说。我得赶紧走了。

常胜说：等会儿！——我跟你一块去吧，我开车去。田蜜说：不用麻烦你了。常胜说：我今天正好也要回家，顺路。

常胜开着车带着田蜜去了小旅馆。肖华和田加安已经收拾好东西了，常胜帮着把东西搬到车上，驾车带着一家三口去往阳光里小区。康哥早早就在楼底下等候，热情地把常胜和田蜜一家人迎进家门。

康哥招呼着众人：来来来，先把东西放下。你们坐，我给你们泡茶。田加安说：康哥你别忙了，我们既然来了，就不是客人了。你千万别客气。康哥说：你们两个不是客，常胜和田蜜是，而且是稀客。哎，你们赶紧坐，先吃点水果。

肖华说：康哥，我们先收拾一下。康哥说：哎，你们随意。

田蜜说：我来帮你们。和爸妈一起拎着行李进房间去了。

常胜低声问康哥：你租他们多少钱？康哥说：六百块钱一个月，包水电煤气物业费。本来我说五百的，他们嫌太低，非要加点儿，我没办法只好同意。你看这个价格还合适吧？常胜朝康哥一竖大拇指：康哥，您这是活雷锋啊。康哥说：咳，都不容易，能帮一把是一把。

两人闲聊了一会儿，常胜起身说：康哥，您招呼田蜜爸妈吧。我去我妈那儿看看。康哥说：你留下吃饭呗，我菜都准备好了，非常丰盛！常胜说：我妈昨天就把菜准备好了。我要跑您这儿来吃，我妈非把你们家桌子掀了不可。康哥一听不自觉有些畏惧：是是，你赶紧回去吧！

蔡冬梅听说田蜜爸妈搬到康哥家了，也很吃惊：什么？这么大的事情，康哥怎么没汇报呀？常胜说：这事跟债委会没关系，妈您别多管闲事了。蔡冬梅说：哎，康哥到底什么意思？他把田蜜爸妈弄他家去什么居心？常胜说：没什么居心，他就是看田蜜爸妈不容易，想帮一把。蔡冬梅说：康哥热心倒是很热心，不过有时候也挺不着调的，什么事他都要掺和一下。常胜说：这年头热心肠的人不多了，您就包容包容康哥吧。

中午吃过饭，常胜和田蜜回到了家。田蜜显然轻松了不少。

常胜说：你爸妈算是安顿好了，你也可以放心了。田蜜说：是啊，真是特别感谢康哥。本来租一个那样的房子起码要两千，他只要六百，怎么说都不肯多收。像康哥这样既热心又大方的人真的很少见。

常胜看了看田蜜：你是不是觉得我向你要一半房租要多了？田蜜笑了：我没这意思。你别多心。常胜说：多少减点儿。我的思想觉悟不能比康哥还低啊。田蜜说：谢了。说好了一半就一半。这点房租我负担得起。你现在正处于创业阶段，也很需要钱。

正说着温暖打来电话。温暖说：田蜜，今天预约的客人比较多，你能不能早点过来？田蜜说：可以呀。客人多才好呢，您帮我多安排几个吧。我六点过去。温暖说：好，晚上见。

田蜜挂了电话。常胜说：我说，你能不能别去做什么兼职了？田蜜问：为什么？常胜欲言又止：不合适。田蜜说：有什么不合适的，这个活儿能赚不少钱，而且也不累。常胜说：你想赚钱的心情我能理解，但你也没必要勉强自己做一些不愿意做的事。田蜜说：我没勉强自己呀，这个工作挺有意思的。常胜说：你做这种工作，你想想你爸妈要是知道了会怎么想？田蜜说：我跟我爸妈说了，他们很支持我呀。常胜按捺不住了，说：你再怎么想赚钱也不能干违法的事！田蜜纳闷：我哪儿违法了？违反什么法了？常胜说：治安管理处罚条例！

田蜜奇怪地看了常胜一会儿，忽然明白了，有些羞恼：你以为我做的什么兼职？！常胜说：你说你做的什么兼职？田蜜说：反正不是你想的那种！你这人思想怎么那么肮脏呢！常胜说：嘿，我怎么肮脏了？你不说清楚我哪知道你做的哪种兼职？田蜜说：我凭什么要告诉你？常胜说：我担心你误入歧途！我错了吗？

田蜜看着常胜，忽然就气消了。田蜜说：等合适的时候我会带你去我兼职的地方看看的。扭头进房间了。

晚上，田蜜接待了一位形容憔悴的中年女客户。

田蜜微笑着说：您好。我叫田蜜。是这儿的夸夸师，请问有什么能为您服务的？女客户说：最近两个月，我一直走不出生活的阴影。笑也笑不出来，哭也哭不出来。田蜜问：为什么走不出生活的阴影呢？能告诉我吗？女客户说：我老公两个月前去世了。

田蜜一愣。

女客户说：怎么？不能夸吗？田蜜说：能夸。女客户说：我闭上眼是他，睁开眼也是他，没办法正常生活了。连工作都辞了。田蜜说：这说明你们非常恩爱，拥有一段美好的过去。女客户说：这过去没有了。田蜜说：过去没有了，但它会成为一段美好的记忆。您曾经创造美好的过去，一定也有能力创造美好的未来。您得向前看。

女客户说：说起来容易做起来难。田蜜说：是的。正因为难才有价值。女客户说：我不知道该怎么做。田蜜说：敢于承认自己不知道怎么做就是一个想知道怎么做的正确的开始。女客户问：你觉得我应该怎么做？田蜜说：我觉得，你应该从恢复工作开始。女客户说：我放不下去。田蜜说：强迫自己放下。如果实在还放不下，就把他的照片烧了，跟过去一刀两断。你不能让另外一个世界的人带走你这个世界的生活。

女客户忽然激动起来：我凭什么就把他照片烧了？我舍不得！田蜜说：如果想告别过去，就得舍得。你能做到的！女客户说：你这是站着说话不腰疼！你根本不了解我失去丈夫的悲痛！我即便烧了，万一我后悔了呢？你不合格！我要求换人！

田蜜说：您可以要求换人。不过，我可以告诉您，我不久前也刚刚失去丈夫。女客户一愣：卖惨是吧？夸夸师不是用夸的吗？卖惨没用！我还是要求换人！田蜜说：好的。我这就去给您换人。但我没有卖惨，没有撒谎，我的丈夫确实去世了。

田蜜转身往外走。女客户叫道：你站住。你说的是真的？田蜜说：是的。跟你不一样的是，我丈夫不但去世了，还给我留下了一笔几百万的债务，我白天卖车，晚上到这儿来兼职，就是为了赚钱还债。我的确也没舍得烧我丈夫的照片，是我母亲替我烧的，那句话也是她说的，她说，不能让我丈夫再带走我。为了还债，我借住过朋友的房子，露宿过街头，被追债的人围追堵截。但人总得活下去，不是吗？

女客户沉默了一会儿，说：谢谢你。

女客户起身走了。田蜜怔怔地坐在那儿。

过了会儿温暖推门进来了，兴冲冲地：田蜜，这个客人夸奖了你了，认为你做得很好——

温暖忽然顿住。他看见田蜜在流泪。温暖愣了一会儿，没说什么，又轻轻退了出去。

周一常胜去了上海，面见某投资公司的黄总。两人握手寒暄了几句坐下，黄总摸出一个倒计时钟表往面前一放。

常胜略微一愣：您这是？黄总说：哦，是这样的。您知道罗江吗？常胜说：知道。黄总说：我入这行是他领的，他是我师父。我谈话的这个风格就是跟他学的。这样对双方都好。常胜说：那我只有五分钟时间？黄总说：不。我跟我师父不一样，他是五分钟，我是三分钟。以上时间不算。

黄总按下了倒计时钟表。

常胜说：常胜赢家的目标是成为国内知识付费领域的头部自媒体，我们目前已经制定了明确的战略规划，建立了极具战斗力的创业团队，常胜赢家品牌的知名度和影响力也在逐步上升。预计六个月之内我们就能实现盈亏平衡——

黄总打断：你需要多少钱？常胜说：二百万。百分之十股权。

黄总说：我投五百万。常胜有些惊喜：多谢黄总！黄总又道：百分之百股权。常胜一愣：您是要收购我？黄总点头：对。经营还是由你负责。常胜愣了一会儿：对不起，这个条件我不能答应。黄总说：常总，你不适合创业，你更适合当职业经理人。常胜问：何以见得？黄总说：所有的创业者，几乎都有一种不疯魔不成活的劲头。你没有。

黄总按下了倒计时钟表，起身和常胜握手：你想清楚了可以再来找我。

常胜心情沉重地回到了宁城。不知怎地，他忽然想到了刘得恩。几个月前，刘得恩猝死的当天，他也曾去了趟上海寻求融资，也曾失望而归。常胜似乎能够体会到刘得恩当时的心情了，除了沮丧和焦虑，更多的是不甘。只不过相比较起来，自己比刘得恩要幸运多了。

常胜独自坐在办公室里胡思乱想，不知不觉已经到了下班的时候。

有人敲门。常胜这才从遐想中回过神来，叫道：请进！

员工小杨走了进来：常总。常胜点头：哎。还没下班？

小杨没说话，走近，把一份辞职报告放到常胜面前，平静地说：我想辞职。

常胜一愣：辞职？什么原因？小杨说：个人原因。常胜说：个人原因的背后往往还是公司原因。我也在职场待过，我也辞过职。

小杨迟疑了一下：常总，我很喜欢我们公司的氛围。但是，一个多月下来，我发现我丝毫看不到公司的前景。常胜说：现在下这个判断有点早了。每家创业公司在创业初期都会遇到这样那样的问题，关键是怎么解决这些问题。

小杨说：坦白说吧常总，常胜赢家是我见过的最不像创业公司的创业公司。公司就像个温室，员工都是温室里的花朵。一家缺乏狼性文化的创业公司，注定是走不远的。抱歉常总。

小杨转身离开了。

常胜愣在那里。他不得不承认，小杨的话击中了要害。类似的话于洋洋早就说过，今天上海的黄总也说过。常胜原本不喜欢所谓的狼性文化，但现在他不得不面对一个现实，就是公司的业绩远未达到预期，如果再不做出改变，公司只有倒闭一途。

常胜苦思冥想了一晚上，第二天一上班，就召集全体员工开会。

常胜说：各位同学加盟常胜赢家已经一个多月了，我可以坦白地告诉大家，目前常胜赢家的形势很严峻，我们最初制定的各项业务目标一项都没能完成。主要责任在我。我给大家制定了目标，却没有督促大家去完成。作为一家创业公司，我们必须培养狼性文化，而不是温室文化。接下来的一个月是常胜赢家生死攸关的一个月。我们必须拿出百倍的热情和干劲，迎接接下来的巨大挑战。

常胜顿了顿又说：下面我宣布两项新政策。第一，即日起，公司不再实行弹性工作制，员工每天上下班必须打卡。

下面的员工一阵躁动。

常胜继续说道：第二，各个部门都必须制定详细的 KPI 绩效考核体系，细化到每个人头上。请各部门负责人明天下班之前把本部门的 KPI 绩效考核体系表交到我手上。——散会！

常胜转身回到了自己的办公室，松了一口气。做出这样的决定对常胜来说并不容易，但形势逼人，他必须做出改变。

没一会儿有人敲门。常胜喊：请进。

一名员工进来了，不说话，走上前，递上一份辞职报告，转身出去了。

常胜看着辞职报告发愣，又一名员工进来，递交辞职报告。

第三名、第四名员工依次进来，递交辞职报告。

常胜僵住了。

十八

肖华和田加安在康哥家住了几天，起初还有些拘谨，渐渐地也放松下来了。两人感激康哥的热心相助，又有些过意不去，便主动承担了买菜做饭搞卫生的活儿。

两人偶尔在小区里遇见其他的债主，大家也都很和善。肖华和田加安不禁感慨，自己一家固然不幸背上了巨额的债务，但幸运的是遇上这样一群善良的债主。两人也暗下决心，一定要尽自己最大的能力帮女儿尽早还清债务。

两人商量着找点什么事情做做。肖华说：做什么呢？我们这么大年纪，找工作可不好找。田加安说：找工作就算了。我想我们能不能做点小生意。肖华说：做小生意也要本钱啊。田加安想了想说：摆个小吃摊你觉得怎么样？本钱我估计几千块钱够了。这附近我看有好几个小区，生意应该不会差。

两人一致觉得这个想法可行，但又有些担心这边的人吃不吃得惯重庆小吃，于是去找康哥商量。康哥眼珠子一转有了主意，说吃不吃得惯试一下就知道了！

重庆小吃种类很多，三人一商量，决定以红油抄手为主打。抄手是四川重庆一带的习惯叫法，其实就是馄饨，材料简单操作方便。三人当即去买来材料，肖华和田加安一个和面一个剁馅，康哥在旁边打下手，很快做了几碗抄手出来，用快餐盒打包拿到棋牌室，又请蔡冬梅、张秋菊、李明白等人来品尝。

众人都很纳闷：好好的你突然请我们吃馄饨是什么意思。

康哥说：是这么回事，田爸爸田妈妈想摆个小吃摊，赚钱还我们的债。我们呢先做一个市场调研，听听大家的意见。

蔡冬梅问：你们打算在哪儿摆小吃摊？田加安说：就我们这个小区门口。张秋菊问：城管让摆吗？康哥说：没事，天天一大堆人摆，城管也管不过来。

张秋菊说：咱们还是得遵纪守法。我看摆小吃摊不如开个小吃店。田加安说：开个小吃店起码要几十万本钱，我们实在拿不出来。我想先摆摆摊看看，生意不好就算了，生意好的话就先摆着，等赚够钱再考虑开店的事。康哥说：对，循序渐进。创业阶段，还是一切从简为好。

蔡冬梅说：我看这事也不怎么靠谱。摆个小吃摊能挣多少钱啊？张秋菊也说：想靠这个把田蜜的债还清？我看够呛。康哥说：秋菊遍山野，你别小瞧这小吃摊。就咱们这片卖早点的，你知道他们一天能挣多少吗？说出来吓着你。一天挣千儿八百跟玩儿似的。

田加安说：说实话，我们也不敢抱太大希望，说赚多少钱，但有的赚总比没的赚好。只要我们俩还能动，肯定不会闲着，多赚一块钱就能多还你们一块。我和老肖商量好了，不把你们的债还清，我们绝不离开宁城。

蔡冬梅冲田加安竖了竖大拇指：老田，老肖，你们俩这态度值得表扬。

康哥说：哎，别光说话，大家赶紧趁热尝尝这抄手，提提意见。

众人于是各自拿过一碗馄饨吃起来，一吃之下都皱眉，唯有康哥边吃边点着头：好吃！太好吃了！田爸爸的手艺绝对没话说，顶得上饭店的大厨了！

蔡冬梅将汤勺一放：康哥，让说实话吗？康哥说：当然了，必须说实话。蔡冬梅说：说实话，我觉得不好吃。张秋菊也放下了汤勺：我也说实话吧，这根本不好吃，太辣了！康哥说：这个，辣是稍微辣了一点，不过味道还是蛮好的。

蔡冬梅扭头朝柜台喊：常子龙，赶紧给我们沏壶茶！

常子龙端着一壶茶和几个茶杯过来了。众人包括康哥都忙不迭地拿茶杯倒茶喝。

蔡冬梅说：哎，常子龙，你尝尝这个。

蔡冬梅端起自己的碗舀了一个馄饨喂到常子龙嘴里。

常子龙吃了一个，辣得直吐舌头。

蔡冬梅问：好吃吗？

常子龙看看田蜜爸妈，不好意思说不好吃：还可以。

田加安和肖华都有些尴尬。

蔡冬梅说：老田老肖，你们初来乍到，可能不太了解，我们宁城人偏甜口，辣的可能不行。张秋菊说：我们也不喜欢吃什么饺子馄饨，我们喜欢吃年糕、汤团。李明白说：我就不明白了，你们为什么要做重庆抄手，还不如做烧烤呢。就这个，白给我吃我都不吃。

田加安微笑着点头：我知道了。谢谢你们。

田加安肖华和康哥回到家中。

康哥安慰两人：我们宁城人在吃上面是很讲究的，不好伺候。我看要不摆个水果摊好了，卖水果也很赚钱。

田加安说：康哥，我们就摆小吃摊。康哥一愣：那，你们会做我们宁城当地小吃吗？肖华说：我们就做重庆小吃。康哥说：这个，要慎重啊。虽然前期投入成本不大，但是吃苦受累又赔钱，不划算啊。

田加安说：你放心，赔不了。肖华也说：通过今天的试吃，我们有了信心。康哥看着田蜜爸妈，有些疑惑：为什么啊？田加安微笑着说：摆起来你就知道了。

康哥犹豫了一会儿，点头：好，你们真想干的话，我全力支持！

三人说干就干，当天吃过中午饭就去买来了一辆电动餐车、厨具以及包抄手的原材料，忙活了一下午，都准备妥当了，傍晚正式出摊。

黄昏时分小区门口就热闹起来了，街道两侧摆着各种小摊，有卖水果、卖衣服、卖小吃的。这天新多了一辆崭新的电动餐车，车身贴着红色不干胶大字："正宗 重庆抄手 八元一碗"。餐车车厢里一眼炉灶，上面架着一口大锅，里面热水翻滚。灶台上整齐码放着一排排包好的抄手（馄饨），以及香菜、蒜末、辣椒油和各种调味品。

肖华和田加安系着围裙站在餐车旁，满脸期待。

康哥则拿着一个喇叭，对着来往的行人喊着：正宗重庆抄手！全宁城最正宗的重庆小吃！好吃不贵！走过路过不要错过！

有路人问：多少钱一碗？康哥说：八块。来一碗？

路人没答话径直走开了。肖华和田加安有些失望。

康哥不以为意，拿着喇叭继续喊着：正宗重庆抄手！八块一碗！八块一碗！不好吃不要钱！

过了一会儿又一名路人过来了，用重庆话说：来一碗抄手嘛。田加安连忙也用重庆话答：哎！你等一下，马上就好！

田加安抓起一把抄手放入锅中煮了起来。

康哥笑道：哟，老乡啊。你算是有口福了，以后想家的话就来吃一碗重庆抄手！路人笑着说：要得。

开张大吉，康哥吆喝得更加起劲了。不一会儿电动餐车前就围满了人。田加安和肖华忙得脚不沾地，康哥也顾不上吆喝了，在旁边帮忙收钱。没两个小时，抄手就全卖光了！田加安和肖华只好对着剩余没吃上的顾客连连道歉，请他们明天再来。

三人收摊回家，康哥兴奋异常：神奇啊，神奇！才两个小时不到，就全卖光了！田加安：多亏了你呀，要不然我们都忙不过来。肖华说：主要是康哥吆喝得好。

我们都不会吆喝。康哥说：等等。你们必须跟我说实话。田加安问：康哥，说什么？康哥说：我们大伙儿都觉着你们这重庆抄手不好吃，肯定卖不动，你们却特别有信心，而且，生意还果然这么火爆。——为什么？

田加安笑笑：康哥，你想想，到我们小吃摊吃抄手的顾客，都是些什么人？康哥想了想：好像都是些年轻人。田加安说：对。而且大部分是外地人。这些人是小吃摊的重点目标顾客。像你、蔡大姐、张大姐这些，是本地人，又是中老年人，你们平常根本不会去吃外面的小吃摊，也吃不惯。所以啊，你们觉得不好吃就对了。要是你们觉得好吃、喜欢吃，这小吃摊我还真就不敢摆了。

康哥恍然大悟：有道理！没想到摆个小吃摊还有这么多学问。——哎，你们怎么知道这些的？你们以前干过？肖华说：没有。这两天，我们一直在外面观察别的小吃摊，看出了点门道。田加安笑道：当然，也有蒙的成分。

康哥一竖大拇指：了不起！以后我要向你们多学习。田加安说：哪里哪里。对了康哥，能不能麻烦你跟债委会打声招呼，我们摆小吃摊的事，别跟蜜蜜说。康哥疑惑：怎么了？她怕没面子。肖华说：不是面子的问题。主要是蜜蜜特别孝顺，老田腿不太好，蜜蜜最担心的就是老田的身体，她要知道我们干这个，肯定会反对。康哥点头：明白了。行，明天我跟大伙儿打声招呼。

田加安和肖华的小吃摊就这么成功地开起来了。两人算了一笔账，一晚上大概能卖出去一百碗抄手，除去成本大概能赚到四五百块钱，一个月能赚一万多。两人都很高兴，看样子这条路选对了。

康哥对小吃摊的热情丝毫不亚于田加安和肖华，有他帮忙，田加安和肖华要轻松不少。两人有些过意不去，就跟康哥商量，说小吃摊就算三个人合伙的，收益三人平分，康哥占三分之一。康哥坚决不同意，说他就是图个高兴，而且他就是打打下手而已，哪能跟他们俩分钱呢！田加安和肖华拗不过康哥，只好作罢。

这天下午，蔡冬梅、张秋菊、李明白聚到棋牌室准备玩牌，左等右等康哥还没露面，蔡冬梅就打电话催：康哥，三缺一，赶紧过来！康哥说我没空！蔡冬梅说：干吗呢没空？就等你呢！康哥说：我真没空，我在做抄手呢！你找别人吧！

康哥不由分说挂了电话。

蔡冬梅悻悻然：嘿，他说他在做抄手，没空！张秋菊说：田蜜爸妈也够倔的，劝他们别开小吃摊，他们非要开。也不知道生意怎么样。蔡冬梅说：肯定好不了。那玩意谁吃啊。他们非不听劝，早晚会后悔。

李明白说：我就不明白了，田蜜爸妈开小吃摊，康哥怎么连麻将都不玩了？蔡冬梅说：他就是图新鲜。张秋菊说：三缺一，要不咱们叫万百千过来？蔡冬梅说：等他过来到什么时候。我问问老胡有没有时间，有日子没见她了。张秋菊说：行，你打个电话问问。

蔡冬梅又拿起手机拨打起来，接电话的却是胡春丽的儿子。蔡冬梅一听脸色变了——老胡出事了！

蔡冬梅立即召集债委会全体成员开会。康哥自告奋勇去医院打听一下具体情况。众人围坐在一块儿等着。

老马问：春丽什么病啊？蔡冬梅说：还不知道。今儿一大早她还去超市抢便宜鸡蛋呢，回到家突然就晕过去了。张秋菊说：唉，这老胡今年也真够背的，倒霉事都让她摊上了。老伴儿前些日子刚出院，自个儿又进去了。

这时康哥匆匆进来了。

蔡冬梅急忙问：康哥，怎么样，有什么消息？康哥坐下，神情严肃：确诊了，流感引发的重症肺炎。张秋菊问：人呢？人怎么样？康哥说：重症监护室呢，目前还是昏迷不醒。蔡冬梅吃惊：这么严重呢？康哥说：老胡她本来就炉膛子弱，加上她老伴儿刚出院，忙里忙外的累着了。前几天她就说有点不舒服，以为就是感冒，也没当回事儿，今儿抢了四斤鸡蛋，回家鸡蛋一搁，人突然就不行了。

蔡冬梅说：那怎么办？上次她老伴儿生病就说钱不够，现在她上哪儿弄钱去？李明白问：她没医保？蔡冬梅说：医保只能报一部分，好多费用还得靠自己。张秋菊说：冬梅，你跟常胜说一下，叫他找一下田蜜，看田蜜能不能再拿点钱出来。

常胜下了班赶到蔡冬梅家。蔡冬梅把胡春丽生病的情况说了一下。

常胜问：胡阿姨的儿子在哪儿上班？蔡冬梅说：在杭州一家建筑公司打工，媳妇儿刚生了个儿子，手头上也不宽裕，老胡以前还时不时地贴补他点儿。田蜜最近还有钱还吗？有的话先把老胡剩下那点钱还掉。常胜说：够呛。她得到下个月初才发工资。她爸妈那儿估计也没余钱了。胡阿姨那边大概缺多少钱？蔡冬梅说：听康哥说至少还要五万。常胜说：我回去跟田蜜说说吧。

蔡冬梅叹息了一声：老胡要不是被我拉到刘得恩那儿去投资，也不至于落到这地步。老胡好可怜啊。一旁的常子龙说：咱们也不比老胡好哪儿去。蔡冬梅朝常子龙瞪眼：话里有话啊常子龙！这是埋怨我呢还是埋怨我呢？

常胜打圆场：爸，妈，人活着不是跟人比惨的。要往好了奔。胡阿姨这事儿，我会想办法的。实在不行，还可以向社会呼吁，爱心众筹什么的。自个儿在家互相埋怨没有用。你俩也要注意身体，没事多锻炼锻炼，把心放宽，健康比什么都重要。常子龙说：你操心操心你自己吧，别操心我们。——你那公司怎么样了？常胜含糊地说：还行。蔡冬梅问：上次相亲的那几个姑娘，怎么都没下文了？你得主动点。有事没事跟人联系联系，感情是慢慢培养的。常胜说：妈，您放心，儿媳妇会有的。

胡春丽生病缺钱的事也传到了田加安和肖华耳朵里。两人心里有些沉甸甸的。田加安说：这五万块钱，我们无论如何要给人家凑出来。肖华说：到哪里凑？在重庆的时候我们已经借了一圈了，再去找人借不合适。田加安想了想：我有个学生，是做生意的，好像有点钱。他一直很尊重我，找他借五万应该不是什么大问题。肖华说：当老师的找学生借钱，哪里开得了口哦。田加安说：那就不开口——我给他发微信。

田加安掏出手机给那个学生发了条文字微信：我是田老师。我现在外地，有点急事，想向你暂借五万块钱，暂定一年后归还。不知是否方便。祝好。

微信发出去后，田加安和肖华都盯着手机看着等回复。过了会儿对方回复了一条微信：骗子！滚！

田加安和肖华面面相觑，很尴尬。

田加安说：我还是打电话吧。刚掏出手机，电话响了，正是那个学生打过来的。田加安连忙接了起来，还没开口呢，对方就大着嗓门说：田老师，你微信被盗了！骗子冒充你在微信里到处向人借钱呢！你赶紧把密码给改了！田加安说：哦、哦、哦……我晓得了。我马上改。

田加安挂断电话，和肖华相对苦笑。

田蜜下班后照例去夸夸俱乐部兼职，这天生意还不错，接待了三位客人，赚了六百。

温暖夸奖田蜜：干得不错。田蜜，你真是我们这行难得的人才！田蜜说：多亏了温总慧眼识珠。我什么时候能升到头部夸夸师？温暖说：从肩部夸夸师晋升到头部夸夸师我们是有严格标准的，必须服务过至少一百个客户，并且客户满意率达到百分之九十五以上。田蜜说：知道了，我继续努力！

田蜜回到家，常胜整个对着电脑发愣。电脑屏幕上显示的是"融资计划书"。

田蜜朝常胜走过去：我回来了！——哇，这么晚还在工作啊。这世界上最可怕的事情就是比你优秀的人比你还努力。给你点赞！常胜皱眉：又来了！你能不能正常点说话？田蜜说：夸你还不乐意啊。不乐意算了。

田蜜掏出六百块钱往常胜面前一放。

常胜问：又是兼职挣来的？田蜜说：对。我算过了，我白天卖车晚上兼职，如果我够努力、运气也够好的话，一个月能赚四五万！常胜说：你还真自信。田蜜说：自信来自于我的实力！

常胜说：你有实力现在就拿出五万块钱来吗？田蜜一愣：出什么事了吗？常胜说：胡阿姨重症肺炎，在抢救。还缺五万块钱。田蜜沉默了一会儿说：请转告胡阿姨的家属，我会尽快把五万块钱还给他们。常胜问：你有办法弄到五万块钱？田蜜说：暂时没办法。但我会想办法。放心，我会说到做到。常胜说：你最宝贵的品质就是从不推卸责任。——我也给你点个赞！田蜜说：甭给我点赞。我想到的第一个办法就是——你能借我五万块钱吗？常胜一愣。没说话。田蜜说：不想借就直说。常胜说：田蜜，不是我不想借，我现在跟你一样，也身无分文了。田蜜惊讶：你怎么了？常胜说：公司账上没钱了。我现在正四处融资。田蜜看了常胜一会儿说：我很想表达我的同情。只是我好像没这个资格。

田蜜进了房间。常胜继续对着电脑发着愣。他跟田蜜说的是实话，他已经到了穷途末路了。唯一的出路就是把常胜赢家卖掉，那样的话他至少还能全身而退。常胜安慰自己：留得青山在不怕没柴烧，这次就权当是一次创业试验吧，失败了也没什么了不起，将来有合适的机会自己还可以再次创业。

常胜打定了主意，第二天便去找于洋洋谈。

于洋洋问：怎么，融资不太顺利？常胜说：还行。上海的黄总说要给我投五百万。于洋洋说：是嘛，那恭喜你了。他给你估值多少？常胜顿了一下说：

五百万。于洋洋一愣：他要收购你？常胜说：我拒绝了。五百万就想收购我，太黑了！——至少也要六百万。

于洋洋明白了：你是不是想说服我同意把常胜赢家卖了？常胜说：法律上你还是常胜赢家第二大股东，任何股权变动都要经过你同意。于洋洋说：我不同意！常胜说：洋洋，我也不想瞒你了。如果你不同意，常胜赢家就只有死路一条了。于洋洋说：常胜赢家是死是活，我都没有损失。我为什么要卖？常胜说：你没有损失，我有！我马上就变成一无所有的穷光蛋了！

于洋洋嘲讽地看着常胜：当初我怎么劝你来着？不听老人言，吃亏在眼前。——你真想把常胜赢家卖掉的话，那就卖给我吧。你的股份我买下了。常胜说：你买？你出多少钱？于洋洋说：按注册资金算。给你三十万。常胜怒了：你这是趁火打劫！别人出五百万你出三十万！老猫鼻子上挂咸鱼——你休想！

于洋洋直视着常胜：你真想卖掉常胜赢家吗？卖掉了常胜赢家，你还有什么？常胜有些颓然：愿赌服输。我输了。于洋洋说：创业就好比是上战场。有些人在场上纵横驰骋。而有些人穷其一生都得不到上场的机会。不管怎样，只要你还在场上，就还有赢的机会。如果你退场了，就只能当一个旁观者，输赢都和你没关系了。——如果我是你的话，只要还有一线机会，我就不会退场。你好好考虑考虑吧！

田蜜一上午都在想着五万元的事情，有些心烦意乱。她想要不要先跟李梦借五万块钱应应急，总感觉有些开不了口。正犹豫间，忽然接到了万百千的电话。万百千显然知道田蜜在为钱的事发愁，说有个赚钱的机会你愿不愿意试一试？田蜜本能地想拒绝，话到嘴边却问道：多少钱？万百千说：三天五万块。田蜜说：违法的事情我不干，违背道德良心的事我也不干。万百千说：你放心，什么都不违反。田蜜问：具体是干什么？万百千却卖起关子来，说咱们见面聊吧！

田蜜去了万百千的办公室。万百千这才说出所谓的赚钱机会：去当试药人。田蜜倒是听说过试药人这个职业，每种药品正式上市之前都需要经过临床验证，有的需要患者和健康人群的对比试验，除了志愿者之外，还催生了一批以试药为生的职业试药人。正常来说试药都有严格的程序，不会对人体健康产生实质性损害，但是药三分毒，一般人都不愿意以身试险，因此试药人的报酬还是相当丰厚的。万百千说他一个朋友是专门做这个的，类似于中介，帮有需要的机构寻找招募试药人，他只是把这个信息告诉田蜜，去不去她自己定。

田蜜盘算了一下，明天是周五，请一天假，加上周六周日刚好三天。田蜜当即做出了决定：我去。

万百千当即领着田蜜去了位于郊区的某个药物临床试验基地。工作人员接待了田蜜，并安排她当场做了一系列体检。等了两个小时，体检报告出来了，各项指标都合格。之后工作人员拿来了一叠文件，有志愿者登记表、知情同意书等，田蜜逐一签了字。

忙完这些已经快六点了。田蜜向万百千表示了感谢，并请他帮忙保密，不要告诉任何人自己当试药人的事。万百千满口答应。随后田蜜又赶回汽车 4S 店，找车总请了假。下班后田蜜还是去了夸夸俱乐部，待到十点多接待了四位客人，赚了八百块。临走时田蜜告诉温暖自己这几天有事过不来，温暖说没关系，有事你就去忙，有空就过来。

回到家，田蜜告诉常胜，明天她要去趟外地见个朋友，周一才回来。常胜试探地问：你是要去找朋友借钱？田蜜默认了。常胜你那朋友在哪个城市？田蜜随口说杭州。常胜有些疑虑但也没多问。

回到房间，田蜜又给爸妈打了个电话。田加安说：蜜蜜，钱的事你不要急，我们来想办法。田蜜说：爸，你们不用管了，这五万块钱我已经解决了。田加安惊讶：解决了？田蜜说：嗯，我有个好朋友答应借我五万块钱。田加安追问：哪个？我们认识吗？田蜜说：就是……刘媛。你们见过一次，前年还是大前年一块吃过饭。田加安说：哦。她呀。我记得。那她这钱你要什么时候还？田蜜说：你们放心吧，下个月我就能还上。对了，这几天我特别忙，周六周日都要加班，就不去看你们了。田加安说：你忙你的，注意身体。田蜜说：嗯，你们也是。

挂了电话，田蜜黯然神伤。

第二天早上常胜起床后发现田蜜已经走了。不知怎地他有些隐隐的担心，一整天都心神不安。到了晚上常胜忍不住拨打田蜜的电话，电话通了却没人接，常胜只好挂断。但很快田蜜发来了一条文字微信：我很好，请勿担心。常胜想了想，回了条语音微信：田蜜，你给我发一条语音微信，确认你的身份，以及你是否安全。等了片刻，田蜜果然发来一条语音微信。常胜点开听着，田蜜清唱了几句《离家五百里》：

If you miss the train I'm on

You will know that I am gone

You can hear the whistle blow a hundred miles……

常胜怔怔听着，嘴角不自觉浮出一丝微笑。

田蜜刚入住临床试验基地时还是有些忐忑。跟她同一批的试药人有二三十人，年纪有老有少，四个人一间病房。第一天最为难熬，从上午八点吃完药开始，每隔一个小时就要抽一次血。之后两天要轻松许多，只是早晚各抽一次血，其余时间自由支配，但也只能在病房和指定的活动室活动。不知怎地田蜜总是感觉特别困，三天里大多数时间都是躺在床上睡觉，偶尔玩玩手机。周日晚试药结束了，但还是不能离开，又住了一晚，第二天一早检查血液、尿液和心电图，确认一切正常，整个试药过程才算完成。

田蜜揣着五万块现金满身疲惫地回到了常胜住处。常胜正准备去上班，见到田蜜有些惊讶：怎么这么早回来了？田蜜没回答，从包里掏出那五万块钱放到常胜面前。

常胜看着田蜜严肃地说：你必须跟我说实话，这五万块钱到底哪来的？田蜜沉默了一会儿说：我赚来的。常胜逼问：怎么赚的？田蜜说：你别问了，我不会告诉你的。你只需要知道这些钱都是合法的就行了。常胜说：三天赚了五万，还合法的，谁信啊？田蜜说：信不信由你。请你尽快把钱交给胡阿姨的家属，谢谢。

田蜜说着就往房间里走，刚推开房间门，忽然一头倒在了地上。

常胜大惊，慌忙冲上前扶起田蜜，却见田蜜双目紧闭气息沉重，竟然不是晕倒而是睡着了。常胜不明所以，赶紧把田蜜抱起放到床上躺好，先是叫了田蜜几声没反应，又用力推了几下，田蜜依旧昏睡不醒。

常胜有些束手无策，只好在旁边守着。约摸过了一个小时，田蜜突然长出了一口气，醒了。

常胜扶田蜜靠坐到床头，又端来一杯热水。田蜜低头喝着水不说话。

常胜盯着田蜜：现在你能说实话了吗？这三天，你到底干什么去了？田蜜低声说：我不能告诉你。常胜说：如果你不告诉我，我只能告诉你爸妈了。否则我承担不了这个责任。田蜜有些着急：你别告诉我爸妈。常胜说：那你就告诉我。田蜜看了常胜一会儿：我……去当试药人了。

田蜜没有说是万百千给她提供的信息，只是说她从网上看到招募试药人的广告，就去报了名。试药的过程田蜜也轻描淡写地几句话略过。田蜜请求常胜务必保密，尤其是不能让她爸妈知道。

常胜看着田蜜，既生气又有些心疼。常胜说你知不知道这么做风险很大？田蜜说有风险，会有一些副作用，但都在可控范围之内。常胜说你现在出不起事儿了！田蜜咬着嘴唇说，我知道，但我没有别的选择。常胜暗暗叹了口气说，你这样的状况出门很危险，你别去上班了，请几天假吧，好好休息休息！

嘱咐完田蜜，常胜带着五万块钱去往阳光里小区，准备把钱交给母亲或者康哥，让他们转交给胡春丽的家属。刚进小区门，就见康哥匆匆往外走。常胜连忙叫住康哥，问康哥您去哪儿？康哥神情凝重，说：老胡走了！常胜呆住了。

十九

胡春丽的去世令田蜜无比心痛和愧疚。虽然常胜安慰她说你已经尽力了，但田蜜依然觉得，如果自己能早点还清胡阿姨的债，也许她就不会积劳成疾以至于这么早过世。

试药的副作用还未消除，田蜜总觉得浑身乏力、嗜睡，但她没有心情再休息下去了，第二天一早起床就要去上班。

常胜连忙阻拦：等等！不是说让你请假的吗？田蜜说：老是请假的话，我工作就保不住了。常胜说：工作保住了，身体垮了，还是得不偿失。田蜜说：我要还债，顾不了那么多。常胜说：不行，你这是拿自己的生命健康开玩笑！

田蜜不说话，抿着嘴，盯着常胜。

两人对视了一会儿。常胜无奈妥协了，缩回了手。

田蜜向大门口走去，刚伸手去拉门，忽然身子软绵绵地往后倒去。常胜慌忙冲上前一把托住田蜜，却见田蜜又闭上了眼睛昏睡了过去。

常胜心知田蜜肯定是试药落下了后遗症，不敢大意，等田蜜醒来，坚持要带她去医院检查。大夫问明了前因后果，又仔细阅读了田蜜之前签署的“知情同意书”，说：你试的是一种新型抗肿瘤药物。这种药国外都还没上市。之前的动物试验就显示这种药效果很显著，但副作用也很大。嗜睡就是副作用的一种。

田蜜问：大夫，那我这嗜睡症能治好吗？大夫说：你这个不叫嗜睡症，叫发作性睡病，主要表现为不可抗拒的短期睡眠发作，并且往往伴有猝倒发作、睡眠瘫痪、睡眠幻觉等其他症状，合称为发作性睡病四联症。——我等下会给你开药。这个病还是要以休养为主。治疗期间最好不要独自远行，不要从事高空、水下作业，不要驾驶车辆，以免发生意外事故。

常胜问：除了嗜睡，还会有别的后遗症吗？大夫说：这个因人而异。这个药目前还处于早期人体试验阶段，很多都是未知数。自己平常注意吧，身体有什么不舒服早点就医。

听大夫这么一说，田蜜也知道这种发作性睡病不是闹着玩的，只好听从常胜的劝告，托李梦向公司请了假安心在家休息。

田蜜在家昏睡了一下午，傍晚时分突然被电话惊醒。

电话是温暖打来的。温暖问：田蜜，你昨天怎么没过来呀？田蜜说：对不起啊，昨天我有点事。温暖说：赶紧把事情处理完，我们很需要你！田蜜说：温总，我可能还要过些日子才能去上班。温暖问：还要过多久？这几天有好几个客户都点名预约你的服务，我推都推不掉。——特别是那个公孙浩，他连着来了三天了，他说今天要是再见不着你，就熬不下去了！田蜜想了想说：好，我晚上过去。温暖高兴了：一定啊！人命关天！

田蜜爬起床收拾好东西准备出门，想了想，拿起笔在自己手背上写下了常胜的手机号码，下方又写了一行字：如有意外，请拨打此电话。

田蜜背着包出了门，叫了辆出租车去往夸夸俱乐部。出租车司机开着开着，突然从后视镜发现田蜜歪倒在后座上似乎人事不省了。出租车司机大惊，赶紧靠边停车查看，叫了几声没叫醒，正想打120，忽然注意到田蜜手背上的字，赶紧拨打了常胜的手机号码。

常胜接到电话，问清出租车停靠的地址，赶紧开车赶了过去。田蜜此时还没醒，常胜向出租车司机道了谢，付了车费，把田蜜抱上自己的车，开回了家。

田蜜在床上又躺了一个多小时才醒。一睁开眼，赫然看见常胜的脸，连忙坐起身，还有些回不过神来：我、我又怎么了？

常胜板着脸：怎么了？你在出租车上就直接睡过去了！我再三强调，你不能单独外出，有危险——你把我的话当耳边风是不是？你要这样的话我可管不了你了啊。我负不了这个责任！我马上打电话给你爸妈，叫他们把你领走！田蜜连忙阻止：你别打！——我听你的，不出去了。我保证。常胜说：生命不是儿戏！你长点心吧！

常胜出去后，田蜜仔细想了一会儿，才想起来自己为何出门，一看已经八点了，赶紧给温暖打电话。

温暖接起电话就问：你什么时候过来？公孙先生已经到了。田蜜说：温总，我今天真的过不去了。——我病了。温暖急了：病了你早说呀！我已经跟公孙浩说你今晚上会过来！他是带着绳子来的！你要不来他可要上吊！——算了，你好好休息吧，我马上打电话报警！田蜜说：等等。温总，您把我微信号告诉公孙先生，让他加我微信。

过了会儿公孙浩果然加了田蜜微信。田蜜邀请公孙浩视频通话。

视频接通了，公孙浩的脸出现在屏幕上。

田蜜说：哇，公孙先生，几天没见，您怎么越来越帅了，气色也更好了，红光满面的。公孙浩一副生无可恋的表情：我又不想活了！田蜜说：不想活说明对自己有要求！这样的人更应该有勇气活下去！——您能告诉我为什么又不想活了吗？公孙浩说：我欠的钱实在还不起啊，天天被人堵着要债，请你夸我一下。

田蜜愣了一下。

公孙浩问：怎么，不能夸？田蜜说：能啊。公孙浩说：那你怎么发了一下愣？你是不是笑话我？田蜜说：不是。我是在想，公孙先生，您为什么欠人钱？为什么欠人很多钱？因为您做了很多事情。公孙浩说：我是做了很多事情，但这些事情，都没有成功。田蜜说：没有成功，说明您积攒了很多失败的经验。接下来您带着这些经验去做，就会比别人容易成功。

公孙浩说：我做事情总错，一错再错，步步错。田蜜说：不做事情才不会犯错。不站起来才不会跌倒。但您会去不做事情吗？会不站起来吗？不会。每一个步步错，都可以走向步步高。公孙浩说：我还想过自杀。我觉得，这是懦夫的行为。田蜜说：这说明您拥有愧疚感。愧疚感是一种伟大的品质，有担当的人才拥有。您千万不要自杀，因为您不自杀，您才有机会还清那些人的债。

公孙浩问：我还得清吗？田蜜说：还得清。只要想还，就还得清。公孙浩说：你在敷衍我。田蜜说：我没有敷衍你。我也在还债。虽然没有您多，但对我来说，也是很多很多的债。我到夸夸俱乐部来兼职，就是为还债而来。公孙浩愣了会儿说：缘分哪！咱们是债友啊！田蜜说：祝咱们都早日还清债务！公孙浩点头：谢谢你！田蜜笑了笑：为了共同的目标，今天的夸，免费。

常胜这些天备受煎熬。公司的员工已经走了一大半了，业务事实上已经陷入停顿。再有几天就是发工资的日子，发完工资公司账上就彻底没钱了，再没有资金进来，公司只能关门大吉了。

常胜硬着头皮又去找于洋洋。

常胜说：我想清楚了，常胜赢家不卖了。——我宁可砸在自己手里，也不能拱手让人。大不了就回到以前的状态，我自娱自乐好了。于洋洋说：你这心态还是有问题。你不要想着回到以前，你得有雄心壮志！常胜说：我有！所以，我想跟罗江谈谈。

于洋洋有些意外，嘲讽地看着常胜：你不是说，罗江那种人求着要见你你都不会见吗？怎么，改变自我了？常胜有些尴尬：也叫与时俱进。于洋洋看了常胜一会儿：他去外地了，明天回来。我来帮你安排。

第二天上午罗江回来了。于洋洋把常胜领到罗江办公室门口，低声说：你就在这儿等着，罗总忙完了会叫你。常胜连忙点头：好的。谢谢。

于洋洋自顾自去忙了。常胜坐在罗江门口的一把椅子上等着。没想到一等就是一个小时。常胜几次起身走到罗江办公室门口抬手想敲门，又忍住了。就这样等啊等，足足等了三个小时，罗江办公室的门终于开了。

罗江出现在门口微笑着：常总，里面请。

常胜连忙站起身，刚一迈步，腿却麻了，一个踉跄差点摔倒。

进了办公室，在沙发上坐下，罗江笑眯眯道：不好意思啊，让你久等了。常胜说：没事。谢谢您百忙之中抽空见我。罗江说：我们两家门对门的，其实早该见面聊一聊了。常胜说：知道您忙，所以之前没敢打搅。罗江说：哪里，我也是瞎忙。

常胜干咳了一声，指了指罗江面前的倒计时钟表：罗总，可以开始计时了。罗江说：哦，不用计时。常胜说：我听说您见任何人都不超过五分钟。您不必为我破例。罗江说：我的意思是，你不用再跟我说什么，我现在就可以给你答复。

常胜怔了怔：那您的答复是？

罗江缓缓说：常胜赢家，目前没有任何投资价值。

常胜僵住了，心中腾起了一股怒火，罗江显然根本就没想投资常胜赢家，却故意让他在外面白白等了几个小时，明显就是在耍他。常胜恨不得朝罗江皮笑肉不笑的脸上挥上一拳，但他只是瞪视了罗江片刻，站起身一言不发离开了。

常胜在办公室呆坐了很久。最后一线希望已经破灭了。他失败了，失败得很彻底。罗江说中了，他真的没有撑过两个月。他又想，或许上海的黄总说得对，自己根本不适合创业。总之，一切都结束了。

常胜把剩余的员工召集到一起，望着众人，久久才开了口：各位同学，非常抱歉，我们毕不了业了。

小吃摊的生意依旧红红火火，田加安算了算，大半个月下来，已经赚了大概一万块了。康哥每天依旧义务帮忙，起初是帮着剁剁肉馅，很快也学会了包抄手。

康哥自鸣得意：挺好。我又学会一门手艺。田加安说：康哥你脑子好使，学东西快。康哥说：那是，我就喜欢动脑子。哎，你们做的馄饨有什么独门秘诀？这么受欢迎。田加安说：我哪有什么秘诀。康哥不信：商业秘密？不方便说是吧？没事没事，我就随口问问。

田加安说：不是不是。要说独门秘诀吧，还真没有。别家的抄手也是这么做的。蜜蜜小时候喜欢吃这一口，我怕外面买的不卫生，就自己做。要说区别的话，可能我比较讲究用料，面皮肉馅都是自己手工做的，而且每样材料都是最好的。康哥点着头：我懂了。你是按照给宝贝女儿吃的标准做的，那能不好吃嘛！

三人说笑了一会儿，田加安说：对了康哥，我们想跟你商量个事。我看旁边的烧烤摊生意挺好，晚上不少人在那儿喝酒吃烤串。我想我们除了卖抄手之外，是不是也可以卖点儿啤酒凉菜什么的。

康哥说：好啊！加上啤酒和凉菜，我们营业额起码能提高百分之五十。就是会累点，晚上要营业到很晚。田加安说：累点不怕。我们白天多休息休息就好了。康哥说：那就这么定。一会儿我就去市场，买两张桌子几把椅子，再批发几箱啤酒回来。肖华问：桌子椅子往哪里放啊？每天搬上搬下的有点麻烦。康哥眼珠子一转：放心，有地儿放！

下午，蔡冬梅张秋菊李明白和万百千凑了一桌打麻将。常子龙坐在柜台里看报纸，忽见康哥抱着一张折叠桌进来了。

常子龙疑惑：干吗呢康哥？

康哥不答话，放下桌子扭头又出去了。过一会儿康哥又抱着一张折叠桌、拿着一摞塑料凳子进来了，把桌椅放到墙角放好。

常子龙从柜台里出来了：哎哎，康哥，你买这些干什么？我这儿不需要。康哥说：不是给你的。这是给田蜜爸妈用的。我们准备支两张桌子，卖点啤酒和小菜。常子龙说：那你搬我这儿来干吗？康哥说：搬楼上不是麻烦嘛。以后收了摊桌子椅子就搁你这儿。常子龙说：不行！我这儿又不是仓库！康哥说：常山赵子龙你怎么这样呢？就这点东西，又不占地方，搁你这儿怎么了？都街坊邻居的，要不要这样小气！常子龙无奈：你！……行行，就搁这儿。丢了我可不负责啊。康哥说：丢不了。谁闲着没事偷这玩意。

康哥正要离开，注意到柜台上放着的一块牌子，上面写着“供应 香烟 茶水 饮料 方便面”的字样。

康哥拿起牌子看了看：哎，我有个好主意。你在这牌子上加几个字。常子龙不解：加什么字？康哥说：馄饨、啤酒、夜宵。晚上到你这里打牌的，要是饿了可以点餐，你给我打个电话，我马上送过来。价钱跟外面一样，免费送货。不管卖多少，一律给你提成百分之五。怎么样？

常子龙说：百分之五？一碗馄饨八块，我卖一碗才挣四毛？！康哥说：你这个人就是不会做生意。钱是小事，关键是你给顾客提供了增值服务。你服务水平提高了，来你这儿玩的人肯定就多了，你收入自然而然就提高了，知道吗？这事就这么定了！

康哥转身匆匆出了棋牌室。

那边，万百千疑惑：康哥在忙活什么？张秋菊说：田蜜爸妈在小区外边开了个小吃摊，卖他们重庆小吃。万百千说：是嘛。那我们得去照顾照顾生意啊。蔡冬梅说：我们吃不惯那些玩意。你多照顾照顾吧。万百千说：必须的。晚上我去尝尝。

张秋菊说：哎，冬梅，你发现没有，万总自从加入我们债务委员会以后，思想道德品质有了很大的提高。蔡冬梅说：嗯，比刚来那会儿稍微好点儿。李明白说：我明白了，他是被我们教育感化了。万百千说：瞧你们说的，我本来就是个好人，只不过人在江湖身不由己。蔡冬梅说：早点儿改邪归正吧。现在到处都在扫黑除恶，你要不改，早晚把你给除了。万百千悻悻然：阿姨，不带这么咒人的。蔡冬梅说：忠言逆耳，爱听不听。

常胜连着几天都没出门，把自己关在房间里，除了睡觉就是发呆。田蜜有些奇怪，这天吃晚饭的时候，田蜜忍不住问常胜出了什么事。常胜起初不想说，被问烦了，只好说：我的公司倒闭了！

田蜜惊讶：为什么会倒闭？常胜说：为什么不能倒闭？创业公司十个里有九个最后都会倒闭。田蜜说：但你倒得也太快了。一般公司起码能撑个一年半载的，你才两个月。常胜说：那是，这说明我的公司不是一般公司！

田蜜有些好笑：这个时候就别再嘴硬了。接下来你打算怎么办？公司还开不开了？常胜说：倒闭了还开什么。田蜜说：你那个公众号不是很厉害吗？怎么会赚不到钱？我记得那时候，你在上面发了一条消息，几十秒之内就把我那套别墅卖出去了。常胜说：那是特例。我的公众号不做广告。我做的是付费阅读。田蜜问：为什么不做广告？常胜说：因为常胜赢家的战略定位就是公益性的、非商业的。——跟你说你也不懂。

田蜜想了想，起身进了房间。过会儿拿着那本《创业笔记》出来了。

田蜜把《创业笔记》放到常胜面前。

常胜有些疑惑：创业笔记？田蜜说：这是得恩留下来的。记录了他的很多经验心得，还有教训。你好好看看，也许对你会有启发。——我是不懂什么战略定位，但我从得恩的创业笔记里知道，创业成功的第一大关键因素就是先要活下去。跟做人一样。只有活下去才有机会。如果做广告能活下去，你就应该做广告。

常胜翻开创业笔记，扉页上一行字映入眼帘：我不想谢幕。

田蜜说：如果你也不想谢幕，你就看看这本创业笔记。

常胜却将创业笔记合上了，颓然地说：我已经谢幕了。

田蜜看着常胜，想了想：晚上我带你去一个地方。常胜问：什么地方？田蜜说：我兼职的地方。

常胜原本不想出门见人，但还是被田蜜勾起了好奇心，跟着田蜜去了夸夸俱乐部。

一进门温暖就迎了上来，很高兴：田蜜，你终于来了！你身体恢复了没有？田蜜说：基本上恢复了。谢谢温总。温暖说：恢复了就好。你先坐，我马上给你安排客人。田蜜说：等等。我今天不是来上班的。我带了一位朋友过来，他想体验一下我们的服务。麻烦您给我这位朋友找个头部夸夸师吧。他现在需要被狠狠夸一下。

温暖说：请朋友吃饭喝酒唱歌的都是酒肉朋友，请朋友到夸夸俱乐部来的才是真朋友。——今天由我亲自为你这位真朋友服务。

温暖领着田蜜常胜进入一个包间。

温暖说：请坐。这位朋友怎么称呼？田蜜说：他姓常，常胜。温暖说：好名字！常先生，那咱们开始吧？常胜说：稍等。咱们先说清楚啊，我没什么想让你给我服务的。是她生拉硬拽把我弄来的。说夸一下能让我振奋起来。

温暖说：她劝你来，你就来了。尊重女性，在意他人感受。绅士！常胜说：当然，我也有点好奇。什么夸夸俱乐部，不就是拍马屁吗？温暖说：好奇心是人类前进的最大动力。因为有好奇心，牛顿发现了万有引力，因为有好奇心，人类终于拍到了黑洞的照片。这照片你看见了吧？常胜说：我看见了。

温暖说：时刻关注天体新闻的人，运气都不会差。而且你跟牛顿、爱因斯坦一样，你拥有人类最优秀的素质——好奇心。因为好奇心，你来到了夸夸俱乐部，但我现在也必须告诉您，夸夸俱乐部不是拍马屁的。我们的服务，本质上是一种心理辅导和心理治疗。我们夸人，是直取这个人的本质，发现他的优点并加以扩大。刚才你已经展现了尊重女性、在意他人感受、拥有好奇心这样三个优点。田蜜，我为你拥有这样一个优秀的朋友而高兴，而嫉妒。我要是也能拥有这样一个朋友就好了。

常胜说：咱别说虚的了。我创业失败，没钱了。你夸夸我吧。温暖说：您看上去不像没钱的人。常胜说：但我确实没钱了。温暖说：敢于承认自己是没钱人，而且敢在女性面前承认自己没钱，您是个坦诚率真的人。——我又发现了常先生的第四个优点。我想请问常先生，您创业失败，损失了多少钱？

常胜说：一百多万吧。温暖说：一百多万就买了人生失败的经验。值！田蜜之前有位客户，公孙浩先生，也是位创业失败者。你知道他花了多少钱买人生失败的经验吗？常胜问：多少？温暖竖起四个指头：四个亿。常胜惊讶地看向田蜜：真的？田蜜点头：真的。别人创业都找风口，他找到的却都是下风口，总比别人慢半拍。他不但把四个亿都赔光了，还欠了好多债。

温暖说：公孙浩先生就是在人生最绝望的时候，偶然来到了我们夸夸俱乐部，遇到了田蜜。他不但打消了轻生的念头，还勇敢从失败中走了出来，开始了新的创业历程，获得了新生。常胜更惊讶了：没看出来，田蜜你还有这本事呢。田蜜说：常胜，事情没有这么简单。夸夸俱乐部不是一个真的能改变命运的地方，它只是能改变你的心情。失恋可以夸，吵架可以夸，流泪可以夸，软弱可以夸，没有不能夸的事情。这里是一个从另一个角度看待人生的地方。笑一笑，缓一缓，喝杯酒，聊聊天，事情也许就有了转机，至少心情先有了转变。公孙浩能从失败中走出来，不是靠我，是靠他自己。

常胜点头：明白了。你今天带我来，就是想教育我，从失败中走出来要靠我自己。田蜜说：是的。常胜说：在家说不就完了？还出来花这钱？温暖说：节俭！这是今天你第五个优点。另外我要宣布，常先生，你是田蜜的朋友，我今天对你免费。常胜朝温暖一竖大拇指：讲究！

回到家，常胜躺到床上，翻起了那本《创业笔记》。笔记里记载了很多刘得恩创业的心得以及经验教训，常胜不知不觉看得入了神。笔记中字里行间处处洋溢着的理想和激情更令常胜心潮起伏。一直到天亮，常胜终于看完了。他又翻到扉页，久久注视着那一行字：我不想谢幕。

常胜好好睡了一觉，一起床马上打电话约葛子见面。葛子已经知道了常胜公司关门的消息，半是安慰半是调侃说：我算瞧出来了，你就是公主的心丫环的命。你还是老老实实当个高级白领吧，别想着创业了。

常胜没接葛子的话茬，问道：你上次跟我说的出书的事，现在还能做吗？葛子说：能啊！我劝你那么多回你就是不听。终于想通了？常胜又问：出书大概怎么个程序，你跟我说说。葛子说：你只要做两件事。第一，签协议。第二，把你公众号的文章整理整理，选出二十万字左右。其他的事情都不用你操心，等着收钱就是了。

常胜问：你估计这本书出来能卖多少钱？葛子说：多了我不敢说，你的版税收入，至少十万起吧。常胜说：那，你能不能先预付我三万块钱？葛子说：没问题。回去我就转给你。常胜松了口气：谢谢啊葛子。非常感谢。葛子说：跟我客气什么。——哎，你要三万块钱干吗？常胜说：我要从头再来。

下午的时候葛子果然把三万块钱转给了常胜。常胜去银行取了一万块出来，又买了些菜，去了爸妈家。估摸着时间差不多了，常胜开始动手准备饭菜。刚把饭菜做好、碗筷摆好，常子龙和蔡冬梅回来了。

常胜笑脸相迎：爸、妈，回来了？我这时间掐得刚刚好，菜刚上桌。来来，赶紧坐下吃饭！

常子龙和蔡冬梅走到桌边，看看桌上的菜，又相互看看。

常子龙说：有事。蔡冬梅说：看样子事还不小。

常胜说：爸妈，你们真聪明，一下就猜出来了。我是有事要跟你们谈。先坐下，坐下说。

三人在餐桌旁坐下。蔡冬梅有些忐忑：儿子，你先给我透个底，好事还是坏事儿，我好有个心理准备。我怕我心脏受不了。常胜说：您放心，好事儿！

蔡冬梅略微松了口气。

常胜又打开一瓶酒，给常子龙倒上：爸，今儿我陪您喝几杯。咱爷俩很久没喝了。常子龙神情严肃：看样子不是什么好事儿。儿子，有话直说。

常胜说：我那公司——倒闭了。

常子龙和蔡冬梅面面相觑。

蔡冬梅说：儿子，我有点晕——这叫好事儿？常胜说：当然了。不经历风雨怎么见彩虹。经过了这次的创业失败，我学到了很多宝贵经验，收获了巨大的人生财富。这将为我接下来的二次创业铺平道路，帮助我更快地走向人生巅峰！

常子龙问：你说的二次创业什么意思？常胜说：这么说吧，我原先摊子铺得太大，资金一时跟不上，只好倒闭。现在我打算改变战略，从零开始，继续把公司开下去。

常子龙说：明白了，要钱。——儿子，咱家情况你知道，没钱。蔡冬梅说：怎么没钱？上次田蜜爸妈还了三十万。常子龙说：那钱不能动，得留着救命。我们都这么大岁数了，难免有个小病小灾的。手头上没钱可不行。蔡冬梅说：常子龙你过分了啊！儿子要创业，我们当爸妈的不支持谁支持？

常胜连忙说：哎，爸妈，你们别吵。我是需要你们的支持，但是不要钱。常子龙狐疑：不要钱？要命？常胜笑了：爸您真幽默。是这样，我现在资金确实有些紧张——常子龙说：还是要钱。常胜说：不是，您听我说完。创业初期，必须发扬艰苦朴素的优良传统，能省就省。现在那些写字楼什么的房租都挺贵，我也租不起了。后来我一想，咱家不是有现成的地方吗？我还费什么劲上外头租房子啊。

蔡冬梅左右看看：咱家这房子给你办公，我和你爸住哪儿呀？常胜说：不是这儿，我说的是棋牌室。蔡冬梅愣了下：你想在棋牌室办公？常胜点头：对。常子龙说：果然是要命。——我不同意！

蔡冬梅有些为难：儿子，这棋牌室你爸看得跟命根子似的，好多人想花高价把棋牌室给盘下来，改成茶馆咖啡馆饭馆什么的，你爸就是不同意。——咱能不能找别的地方？常子龙说：我开棋牌室就不是为了钱。这些年，这一片拆的拆搬的搬，就咱们小区一直没动。像秋菊、康哥、老马他们，都二十多年的老街坊了，不容易。我们这帮人岁数都大了，儿女基本也都成家立业了，平常也没什么娱乐活动，就喜欢凑一块儿打打牌喝喝茶热闹热闹。我这棋牌室就是为这帮老街坊们开的。像康哥，每天在棋牌室待的时间比在家待的时间都长。我要是把棋牌室让给你当办公室，老街坊们就没地儿去了。

常子龙说得有些动情，自己端起酒杯喝了一杯。

常胜连忙举杯：爸，我陪您一杯。

蔡冬梅说：儿子，你爸说的是真心话。我们住的房子让给你都可以，棋牌室不能让。常胜又给常子龙倒酒：我懂。你们和老街坊们之间的感情，非常深厚，非常伟大！这棋牌室绝对不能关，要一直开下去！我呢，也不是让你们把棋牌室让给我，我也用不了那么大的地儿。我就是想啊，在棋牌室那儿划一个角，不用大，十几平方米就行，给我当办公室。其他的该喝茶喝茶，该打牌打牌，两全其美。怎么样？

蔡冬梅想了想：我看行。咱们棋牌室挺宽敞的，平常也没多少人，空着也是浪费，划点出来给儿子当办公室，也算是物尽其用。常胜点头：就是这个理。常子龙犹豫了一下：只要不影响我棋牌室正常营业就行。常胜说：谢谢爸！我再敬您一杯！

常胜把酒一饮而尽，拿过包，掏出一万块钱放到常子龙跟前。

常子龙一愣：这是干吗？常胜说：房租。我先付您三个月的。蔡冬梅说：你不是说资金紧张吗，还付什么房租啊！不用付。常胜说：妈，亲兄弟，不对，亲父子明算账。爸，房租、物业、水电费，该多少就多少，我按月支付，绝不拖欠。常子龙想了想：行，你要付那我就收着。蔡冬梅不满：真是个财迷！

二十

得到爸妈的支持，常胜迅速行动起来，找了家装修公司，在棋牌室一角做了个简单的隔断，粉刷了一下墙壁，装了一扇玻璃门，不到一个星期时间新办公室就成型了。

这天上午，常胜正在归置刚搬来的办公桌椅和文件柜等，常子龙进来了。

常胜叫道：爸。常子龙四下看看：都弄妥了？常胜点头：妥了。常子龙问：哪天开张？常胜说：明天就开张。不过暂时可能就我一个人。常子龙说：哦。条件比较艰苦。常胜说：创业嘛，就该艰苦点。我得吸取教训。常子龙点头：是要吸取教训。

常子龙说着四下看了看，迅速从身上摸出一张银行卡塞进常胜手里。

常胜一愣：什么这是？常子龙压低声音：棋牌室的银行卡。赶紧收好，别让你妈瞧见了。常胜有些意外：不是，爸，您这是——常子龙说：你创业需要钱。艰苦归艰苦，该花的钱也还得花。常胜说：爸，我说了不要你们的钱——常子龙打断：借你的，以后赚了钱再还我。收起来收起来。你妈一天到晚就惦记着我这卡里的钱，不给你，早晚也得落你妈手里。

常子龙说着转身往外走，走到门口又转身朝常胜握了握拳：儿子，好好干。

常胜看着手里那张卡，有些好笑，鼻子忽然一阵发酸。

回到家，常胜把那本《创业笔记》还给田蜜。

田蜜问：你看完了？常胜说：我看了五遍。田蜜问：有收获吗？常胜说：收获非常大。我马上就要开始二次创业了。

田蜜惊讶：真的？做什么？常胜说：还是做自媒体。不过，我决定采纳你的建议，做广告。田蜜笑了：开始说你还不听。你要是早点儿向我请教，说不定早就创业成功了。常胜也笑：说你胖你还就喘上了。有没有你，我迟早都会创业成功的！

田蜜问：你不是没钱了吗？怎么二次创业？常胜说：没钱有没钱的办法。我把办公室搬到棋牌室了。田蜜说：那你总得招人吧？招人要花钱。常胜说：我不打算招那么多人了。就招一个合伙人。田蜜问：合伙人是干吗的？常胜说：就是创业伙伴。我负责写文章，合伙人负责拉广告。先立足于生存，再考虑下一步发展。创业成功的第一大关键因素就是先要活下去。田蜜说：这句话也是我说的。常胜说：好吧，给你点赞。

两人都笑了。

常胜问：你身体好点没？田蜜点头：好多了。这两天我都没睡过去。常胜说：再养养。彻底养好之前哪都不许去。

田蜜想了想又问：你们自媒体拉广告能赚多少钱？常胜说：不一定。有的顶级公众号，一年广告费能赚好几千万。田蜜吃惊：这么多？常胜说：还有一年上亿的呢。以前我也就是太清高，我要是做广告，一年不说多吧，挣个一千来万应该不在话下。

田蜜愣愣地看着常胜。

常胜以为田蜜又要犯病了：又想睡了是不是？别在这睡，赶紧去床上躺着去！田蜜说：我不想睡。——常胜，我能当你的合伙人吗？常胜一愣：你？田蜜说：对。你写文章，我拉广告。常胜犹豫：你行吗？田蜜说：我做汽车销售导购，原本也是什么都不懂的新手，但不到半个月的时间我就出业绩了——你觉得我行不行？

常胜愣愣地看着田蜜。田蜜一脸认真的表情。

常胜说：没有工资。你的吃住我包了。广告提成百分之三十。田蜜想了想：我同意。

田蜜打定了主意，当天下午就去了汽车4S店，找到车总说要辞职。

车总很惊讶，问田蜜：你身体是不是还没恢复？没关系，你再休养一阵子，养好了再过来上班！田蜜说：不是身体的原因。我要加盟一家创业公司。车总说：创业公司？田蜜，创业公司的风险很大啊，收入也不会稳定！以你的能力，在我们店里好好干，我敢说，不出半年，你一定能成为我们店乃至整个宁城市最优秀的汽车导购！你如果辞职，对你个人、对我们店都是不可估量的损失啊！

田蜜说：谢谢车总的厚爱。我已经决定了。感谢车总给了我到店里工作的机会，虽然时间不长，但是我真的学到了很多东西。我也不舍得走。可是，我特别想加盟那个创业公司，我不得不走。很抱歉车总。

车总有些惋惜：人各有志，你既然决定了，我也不强求了。希望你以后常回来看看，把这儿当成你的娘家。

李梦听说田蜜要辞职也很吃惊，说你真是的，刚做出点成绩又要改行。常胜给你灌了什么迷魂药啊？不给工资你都去帮他卖命！田蜜说：我不是帮他卖命，我是替我自己卖命。李梦说：别被一个合伙人的名头给骗到了。那些都是虚的，能赚到钱才是真的。田蜜说：我就是为了赚钱才当他合伙人的啊。我看好常胜赢家。李梦无奈：好吧，你先去干干看，不行就撤。田蜜笑道：我相信我一定会成功的！

从4S店出来，田蜜想了想，好久没见到爸妈了，也不知道他们最近怎么样，于是决定去趟阳光里小区，看望看望爸妈，顺便陪他们吃个晚饭。

田蜜到了阳光里小区门口时，天色已经暗下来了。街道两侧各种摊贩，挤占了道路，来往车辆行驶缓慢。田蜜刚走到小区大门附近，忽然听到远端传来康哥的声音：正宗重庆抄手！八块一碗！好吃不贵！还有啤酒小菜夜宵，走过路过不要错过！

田蜜一愣，站住了，抬眼四顾。远端大约二十米开外，几名顾客围在餐车旁，田加安肖华和康哥正在忙碌着。

田蜜呆住了，站在那里愣愣地看着，不知不觉眼睛模糊了。田蜜驻足看了一会儿，缓缓朝爸妈走过去。田加安肖华和康哥都在埋头忙碌，没注意到田蜜走近。田蜜开了口：给我来碗抄手。田加安习惯性地应着：好嘞，抄手一碗！说完一抬头，看见站在旁边的竟然是田蜜，愣住了。

肖华和康哥这时也看见了田蜜，脸色都微微变了。

田蜜眼中含泪，却微笑着：爸，快点煮吧，我饿了。

田加安回过神来，慌忙地：哦，好好好！你去坐一下，马上就好！

康哥把田蜜引到旁边的折叠桌旁坐下。没几分钟抄手煮好了，田蜜拿起汤勺吃着。田加安和肖华坐在旁边有些忐忑地看着田蜜。

田蜜吃了几口又停下，抬头看着爸妈：你们做了多久了？肖华连忙说：没多久，就半个月。田蜜说：你们怎么不告诉我一声？康哥赔笑：田蜜，这事赖我。是我撺掇你爸妈摆摊的。主要是他们手艺太好了，我心说不能光我一个人享口福啊，我得让我们广大宁城人民也享享口福，所以就撺掇你爸妈弄了这么个小吃摊。

田加安连忙附和：是啊是啊，我们不能闲着没事。田蜜说：我不是反对你们摆小吃摊。我知道你们是想赚钱帮我还债。可是，你们都这么大年纪了，爸爸的腿受得了吗？

田蜜有些难过。

田加安说：蜜蜜，我的腿没问题，这么一锻炼，更好了！你知道我的习惯的，就喜欢琢磨一些吃的东西。那些吃过的顾客，都夸我做的东西好吃，说实话，这比赚钱还让我高兴。所以啊，累是累点，但我心里特别高兴，浑身是劲。你想啊，我们要是不做事情，天天闷在家里，那还不憋出毛病来。现在，既赚了钱，又锻炼了身体，心情也好了，一举多得。

康哥连连点头：老田你说得对！以前我也是天天没事干，东家长西家短，哪儿热闹往哪儿凑，还经常招人烦。自打这小吃摊支起来后，我心情也好多了！不瞒你们说，我从早上一起床就开始盼，巴不得时间过得快点，天一擦黑赶紧出摊。

田蜜沉默了一会儿：爸，妈，康哥，请你们答应我一件事。肖华连忙说：你说。田蜜说：以后你们摆摊别太晚。否则的话身体会吃不消的。田加安点头：好，我们一定早收摊。

田蜜笑了笑：真好吃。好久没吃过爸爸做的抄手了。

田蜜低头吃起抄手来。田加安肖华和康哥都欣慰地笑了。

第二天吃过早饭，常胜和田蜜来到了棋牌室。两人一起动手把一块写有“常胜赢家文化传媒有限公司”的牌子挂到了棋牌室门口，公司这就算开张了。

田蜜拿出了刚进入汽车4S时的干劲，每天刻苦钻研自媒体的特点和广告客户属性，琢磨其中的门道。通常自媒体都是等客上门的，田蜜觉得，常胜赢家虽然有一定名气，有不少铁杆粉丝，但总体上还是偏小众，算不上头部自媒体，光靠等客上门恐怕行不通，还是要主动走出去。田蜜于是印了两盒名片和一摞常胜赢家的宣传资料，每天往宁城的各大写字楼跑，逢人就发。其余的时间田蜜就在办公室里抱着电话不停地打。一天下来，腰酸背痛不说，嗓子也哑了，晚上回到家连吃饭的力气都快没有了。但睡过一觉以后，第二天早上田蜜又是精神满满，犹如上满发条的手表，从早到晚奔忙不停。

功夫不负有心人，如此过了半个月，田蜜终于谈妥了第一笔广告单子。客户是一家母婴用品公司，田蜜某次在一个展会上看到了他们的宣传材料，就很执着地给对方公司的老总打电话，被拒绝了几十次还不死心，索性登门拜访。对方老总不太情愿地接见了田蜜，本想三言两语地把她打发走，不过田蜜事先已经做了充足的准备，一见面就侃侃而谈，从母婴用品的市场现状谈到该公司的产品定位，从自媒体广告特性谈到该公司的市场营销策略等，对方老总听得心悦诚服，大笔一挥，决定先投三十万元广告试试水。

田蜜以最快的速度返回棋牌室，冲进常胜赢家的办公室，对常胜喊着：常总，第一单，三十万！公章给我，我去签合同盖章！常胜很高兴：这么快就拉到广告了？什么广告？田蜜把合同递给常胜：一家母婴用品公司。

常胜皱起了眉头：母婴用品？不行。随手将合同扔进垃圾箱。

田蜜急了：不行？为什么？常胜说：我们公众号的定位跟母婴用品不符。田蜜说：怎么不符了？母婴用品，关爱女性，关心未来。常胜说：关爱女性，关心未来都很好。但我的人设是什么？是个财富专家，常胜赢家的粉丝主要是来看金融咨询和财富故事的，冷不丁推给他们一个母婴用品的广告，他们会觉得我的人设崩了。

人设一崩万事空。

田蜜说：你不要只考虑你的人设，你要考虑人生、考虑人民！常胜赢家的粉丝就不育儿了？就不使用母婴产品了？母婴用品是全人类的刚需。

常胜说：田蜜，你不要偷换概念，尿不湿的确是全人类的刚需，但你见过尿不湿上时尚杂志吗？见过尿不湿上机场广告牌吗？见过尿不湿上时代广场的大屏吗？投放广告不是乱放广告。这样对客户负责，对我们自己也负责。

田蜜说：我同意投放广告不是乱放广告，但我认为母婴用品符合常胜赢家的定位。什么叫赢家？爱护女人和婴儿的家庭，才叫赢家，使用贴心舒适的母婴用品才叫赢家。常胜赢家的粉丝关注金融领域是为了什么？是想提高自己的收入。提高自己的收入是为了什么？是为了提高自己的生活质量。母婴用品就是一个家庭生活质量高低的指标。所以，可以证明，母婴用品符合常胜赢家的定位！

常胜说：证明无效。田蜜，你别说了，这是我的坚持。田蜜说：我也有我的坚持！我是商务负责人。常胜说：你只有建议权，最终决策权在我。田蜜说：你这是一言堂！常胜说：常胜赢家就两个人，一言堂已经很民主很科学了。

田蜜说：你强词夺理！我们在发展阶段，需要尽快有广告进来。从零到一很重要！常胜说：田蜜，不要心急，常胜赢家一定会发展得越来越好，过段时间你肯定能拉到适合定位的广告，你要给自己时间。心急吃不到好豆腐。

田蜜说：一个月？一年？我等不起，我得还债！我还告诉你，常胜，你也等不起。上次你怎么失败的？就是因为迟迟没有找到盈利模式！现在盈利模式就在眼前，你又自己要放弃。常胜说：恰恰相反，这是坚持，不是放弃。你对我要有信心，对你自己更要有信心！

田蜜说：我对自己有信心，不然我不会一单一单地出去跑，打电话被骂、被拒绝我都不放在心上，因为我知道总有一单会谈成！我对你和常胜赢家也有信心，不然我不会每天打了鸡血一样在这一棵树上吊着。但是常胜，人总要解决燃眉之急，常胜赢家需要开张，需要盈利！

常胜也急了：田蜜，你怎么不明白我的意思呢？我告诉你，拿了眼前的三十万，就会丢掉后边的三百万。常胜赢家本来就不想做广告，为了发展不得已开展广告位，那就必须是走高端路线。做了母婴用品，以后走高端就是高难度了！

蔡冬梅、张秋菊等人正在打麻将，听到了常胜和田蜜争吵的声音，不由自主都停了手，竖着耳朵听起来。只听见里面越吵越激烈，众人都坐不住了，纷纷起身去看个究竟。

蔡冬梅说：怎么回事？怎么吵起来了？

田蜜说：叔叔阿姨你们来得正好，你们评评理！我拉了个广告能赚九万块，但是常胜不同意！

张秋菊说：九万块不少啊，常胜你为什么不同意？常胜说：那个广告不行。康哥问：怎么不行？常胜说：那是母婴用品。不符合定位。蔡冬梅说：常胜，怎么不符合了，生你那会儿要有这些东西，我会把你养得更好！张秋菊说：对啊，这都是好东西啊。李明白说：我就不明白了，常胜，给孩子和妈妈用的东西为什么不能接？

常胜说：你们不懂，这是定位的问题。张秋菊说：你这一定位，把大伙钱定没了！是不是啊冬梅？蔡冬梅欲言又止，没有搭腔。

康哥劝常胜：田蜜拉个广告不容易，再说这东西是真不错，对广大妇女儿童有利啊。我觉得，可以接。常胜说：你们别说了，我是常胜赢家的负责人。我不会做这个广告的！张秋菊说：这不是你一个人的事情，这牵扯到债委会所有人的广大利益。我提议，召集债委会成员开个紧急决策大会！

众人当即分头打电话叫人，一会儿工夫除了万百千债务会的人都到齐了。

张秋菊说：都到齐了，我说两句。事发突然，我们来个临时表决，常秘书长没有表决权。蔡冬梅不干了：为什么我家常胜没有？他是债委会秘书长。张秋菊说：但他也是此次会议对象。蔡冬梅说：会议对象？你把我儿子当敌对势力了？

康哥说：冬梅花儿开，你别生气，秋菊她用词不准确。她的意思是，在母婴用品是否可以投放广告这件事上，我们需要展开一场辩论会，常胜是反方，我们是正方。既然要开会，阵营还是要做个区分的。蔡冬梅说：我不管，你们要把我儿子分裂出去，我就和你们决裂！康哥说：别啊冬梅，你怎么就不明白呢，和我们决裂，就是和钱决裂。你不想要钱了？蔡冬梅说：我不跟钱决裂，更不跟我儿子决裂！

田蜜说：冬梅阿姨，那您就赶紧主持公道吧。蔡冬梅说：好的。会议开始。田蜜，你拉到广告，值得祝贺，拉到广告有分成了，分了能还我们的钱，也值得祝贺。但我觉得，也应该给常胜一个机会，让常胜说两句，大家听听他到底是怎么想的。他肯定有自己的考虑，儿子，你说，我们都听着呢。

常胜说：妈，该说的我刚才都说了，一句话，就是不合适。李明白说：常胜，你是债委会的秘书长，你有义务让债委会的债尽快能回来，现在有现成的钱不赚，才叫不合适啊！常胜说：我是债委会的秘书长，但我也是常胜赢家的法人。我得从长远考虑。其实你们根本就没有必要开这个会议。

张秋菊说：我觉得，双方分歧太大，咱们别费劲讨论了，直接举手表决吧。蔡冬梅说：我们做长辈的，为什么非要在一单广告上和孩子较劲，以后还会有别的广告找过来呀，就不能再等等吗？张秋菊说：我不同意等。你们问问自己，哪家不缺钱？钱就在眼前，为什么不赚？田蜜，我是支持你的！

康哥说：一二三，同意投这个广告的举手！

除了常胜和蔡冬梅外，其他人都举起了手。

蔡冬梅犹豫了一会儿：我不举手。我反对。

张秋菊说：少数服从多数，你反对无效。

常胜站起来：这事儿债委会说了不算。

大家的目光投向常胜，此刻一片安静。

常胜说：各位叔叔阿姨，作为债委会的秘书长，我和大家的心情一样，恨不能田蜜明天就把钱还完，但作为常胜赢家的法人，我必须再次表个态，这个广告，能挣三十万也好，三百万也好，都不符合常胜赢家的长期规划，所以，对不起了。

常胜起身离开，进了自己的办公室。

众人面面相觑。

田蜜眼中含泪，起身愤然离去。

好不容易拉来的第一单业务却被常胜否了，田蜜心情很低落，又很委屈。她一个人漫无目的地沿街走了很久，心里很茫然，她觉得自己这么长时间的努力似乎都是徒劳的，几百万的债务像座山似的压在她身上，她拼尽全力也动弹不得。

不知不觉田蜜走到了那条美食街。年糕店和小火车都还在。她想起那段不堪回首的日子，有些百感交集，但又豁然开朗。在那样艰苦的日子里，她都没有想过放弃，现在这一点点的挫折又算得了什么呢？

田蜜一下午都没在办公室，常胜有些担心，给她打电话不接，发微信不回。常胜知道田蜜在闹情绪，他自己心里也有些矛盾。他知道田蜜拉一笔业务不容易，公司也需要钱，但他无法说服自己接受不符合常胜赢家定位的广告。常胜心想回家以后得跟田蜜好好谈谈，争取能说服她。公司现在就两个人，田蜜要是一生气撂摊子不干了，一时半会儿他还真不一定能找到代替她的人。

常胜回到家，却见田蜜已经做好了饭正等着他回来。两人坐下吃饭。田蜜一言不发，神情一如往常，似乎什么都没发生。常胜反倒有些忐忑，不知道田蜜打的什么主意。一直到吃完饭洗完碗，田蜜才开了口：我要跟你谈谈。

两人重新坐到餐桌前。常胜说：今天的事情我很抱歉……田蜜却打断说：今天的事已经翻篇了。常胜一愣：那你要跟我谈什么？田蜜说：谈谈公司下一步的发展。常胜略微松了口气：行，我听听你的高见。

田蜜说：这段时间跑下来，我的广告业务开展得不是很顺利，我进行了深刻的反思。常胜赞许地点头：有反思精神好，我要给你点赞。不过也不要过度自责，毕竟你是第一次进入这个行业。田蜜说：我反思之后，发现问题不在我身上，而是在你这儿。常胜瞪大了眼睛：在我这儿？你这不是反思，是反我啊。田蜜说：你第一次创业，失败就失败在过度自信，盲目扩张——常胜打断：等会儿等会儿啊，我这就是第一次创业，我还没失败呢。田蜜说：你已经失败一次了。否则怎么搬到棋牌室的？

常胜语塞：失败是成功之母，挫折是成功之父。你继续。

田蜜说：你不要以为避免了过度自信和盲目扩张，就能避免再一次失败。因为常胜赢家真正的问题不在这儿，而是在内容上。常胜问：你认为常胜赢家内容有问题？田蜜说：是的。常胜问：什么问题？田蜜说：两个问题。首先是内容更新不稳定。你已经连续几天没有发文章了，公众号后台有多少留言是催你更新的，我想你比我更清楚。

常胜说：你以为我不想写？我会写出来的，我只是一时没有头绪！作者拖稿是很正常的。田蜜说：你要想商业化运营，就不能拖稿。你必须每天都更新。原来我还想一周更新三次就够了，但现在我发现不行。因为自媒体风口期已经过了，如果我们想胜出，必须得做到日更。很多我联系的商务，电话打过去，对方一口就拒绝了，因为他们知道，这是一个自娱自乐的号，还不是一个有经营意识的号。常胜说：你以为灵感是自来水吗，拧一下水龙头说有就有？我一个人没办法做到日更。田蜜说：如果做不到，咱们应该就地解散。你去找一份工作，我回4S店卖车。

常胜有些悻悻然，说：我争取吧。第二个问题是什么？田蜜说：内容没有紧跟热点。常胜说：你让我追热点？你不觉得这很庸俗吗？田蜜说：追热点这事儿的确很庸俗。但如果追出高度，就能超凡脱俗。我相信你。常胜：你相信我我就不庸俗了？当初我开这个公众号，一开始就立下两个原则，一个是不做广告，另一个就是不追热点。我已经放弃一个原则了，你想我两个都放弃？田蜜说：你现在也可以不做广告不追热点。没人强迫你改变。但如果你不这么做，常胜赢家成不了赢家。常胜说：照你说的就能成为赢家？田蜜说：那也不一定。那还需要你去努力，我去拼搏。但至少我们拥有了翻盘的可能。

常胜沉思了一下，点点头道：你的建议我会认真考虑的。你还有别的建议吗？田蜜说：有。我的市场部需要招人。常胜说：公司目前没有招聘计划。田蜜说：可我一个人当不了四面墙。我缺人啊。常胜说：加人意味着什么？钱。常胜赢家现在还不是赢家，主要是没有钱。

田蜜有些无可奈何：好，那我们市场部自负盈亏总可以吧？常胜问：怎么个自负盈亏法？田蜜说：我招来的人，不要底薪，不要五险一金，也不要中午的盒饭，只拿提成。常胜说：兼职市场专员是吧？田蜜点头：是。常胜松了口气：早说啊。那我同意了！田蜜说：还有个条件，我招什么人、招多少，你不许干涉。常胜说：只要不用公司出钱，你招一百个我都不干涉！

田蜜很是无语。常胜第一次创业时大手大脚，招个前台都要通过猎头，没两个月把钱全败光了。现在他却从一个极端走向了另一个极端，变得一毛不拔了。

田蜜在一些招聘网站上发布了招聘兼职市场专员的广告，又打印了一些招聘启事，到宁城几家大学校园里张贴，结果毫无动静。田蜜发愁，苦思冥想去哪儿能招到人，猛然看到正在打麻将的蔡冬梅等人，顿时有了主意。

二十一

这天下午葛子给常胜打电话，说之前那本书正式出版了，叫常胜过去拿样书。

常胜去了葛子办公室，爱不释手地翻看着那本《脑袋富才是真的富》。葛子笑问：怎么样？看着自己的文字变成印刷品，是不是很有成就感？常胜由衷地说：真好。葛子说：必须的呀。你瞧瞧这排版设计，还有这纸张印刷，都是行业顶尖水平。常胜说：我说的是写得真好。以前就是写着玩，我自己都没注意，我怎么这么有语感，你看看这些文章，我都怀疑是我写的吗？

葛子打断：哎哎，差不多就行了。别骄傲自满。不过说实话你真的具有成为畅销书作家的潜力。我打算给你好好包装一下，争取把你打造成第二个吴晓波。常胜说：我永远不当第二个谁。我只当我自己。我现在没时间写书，我得经营我那公众号。还有，你们宣传这本书的时候，顺带宣传一下常胜赢家。

葛子说：你就是不听我劝。当作家多好啊，你只管写就行了，其他的都我帮你搞定。现在自媒体太多了，竞争太激烈，像你这种又没钱又没人的，想成功，只能靠撞大运。撞上了你就成了，撞不上你就熬着吧。常胜说：有志者事竟成。想了想又问：哎，葛子，你手底下有没有比较有经验的编辑？葛子说：多的是。怎么了？常胜说：能不能给我介绍一个？常胜赢家现在缺一个主编。葛子说：主编？有个人很合适，你也认识，就是他不一定愿意来。常胜问：谁啊？葛子说：我啊。

常胜一拍大腿：对。我把你忘了。你来吧！咱哥俩联手干一番啊。上大学那会儿咱俩就聊过以后大家一块干。葛子：你先说说，你们那主编都什么待遇啊？常胜含糊其辞：待遇不是问题。关键是要能吃苦，有奋斗精神，目光要长远，不计较一时得失，愿意和常胜赢家一起成长。葛子说：明白了，一听这种待遇就好不了。常胜说：你别光看眼前啊，你现在加盟，就是常胜赢家的联合创始人，成与败，都是自己的。葛子，人要有远见，远见像探照灯一样，能照见未来！葛子笑道：这些话你还是留着忽悠别人去吧！

常胜悻悻然回到家。田蜜还没下班，常胜见屋子有点乱，顺手收拾了一下，又把那个装着蟹奋斗的玻璃瓶拿到厨房换水。刚把蟹奋斗取出来、把玻璃瓶里的脏水倒掉，外面手机响了。常胜放下玻璃瓶去客厅接电话，是个推销房子的。常胜说我暂时没有买房的打算，对方继续啰唆，常胜不耐烦把电话挂了，再回到厨房，把玻璃瓶装了点清水，突然发现蟹奋斗不见了！

常胜慌忙四下寻找，蟹奋斗不见踪影。常胜突然发现厨房的窗户开着，意识到蟹奋斗可能是从灶台爬上窗户逃走了，赶紧下楼去找，找了一圈还是没找着。

常胜这下真慌了，田蜜把奋斗当成了命根子似的，要是她知道自己把奋斗给弄丢了，非跟自己拼命不可。眼瞅着田蜜快下班回家了，常胜突然灵机一动，开车直奔最近的菜市场，找到一家卖水产的，挑了一只身形跟奋斗差不多大的螃蟹，急匆匆又赶回了家。刚把新买来的螃蟹放进玻璃瓶里，田蜜就回家了。

田蜜乐滋滋地跟常胜说：我的兼职市场专员已经招好了！常胜说是吗？招了几个？田蜜说四个。常胜有些惊讶：你效率还挺高啊。他们什么时候上班？你什么时候把他们领来我见见。田蜜说明天你就能见着了。常胜勉励田蜜：好好干，加油！田蜜说：我们一起加油，奋斗！

常胜见田蜜显然没注意到瓶中的螃蟹已经掉了包，暗暗松了口气。

第二天一上班，常胜问田蜜：对了，你招的人呢？什么时候来见我？田蜜说：就现在吧。他们就在外边。常胜感觉到不对：在外边？什么地方？

田蜜走到门口招呼：市场部的同志们进来一下，见一下常总。

蔡冬梅、张秋菊、李明白、康哥走进来，齐声说：常总好！田总好！

常胜瞠目结舌：田蜜，这怎么回事？田蜜说：这就是我招聘的四名市场部员工。常胜猛地站了起来：胡闹！田蜜，你想干什么？啊？田蜜说：我招员工拓展商务啊。不是你让我放手去招的吗？符合各项条件啊。

原来，头天下午趁常胜出门见葛子的空当，田蜜把蔡冬梅、张秋菊、康哥和李明白召集起来开了个会，先说了一通目前常胜赢家的发展势头一片大好如何如何，相信自己很快就能赚到钱还清众人的债务。接着话锋一转，她就说到当前面临的困难，除了缺钱之外，更主要是缺人，人手不足已经严重制约了常胜赢家的下一步发展。众人一开始还以为她想让他们帮忙招人，不料田蜜说：我想聘请你们担任常胜赢家市场部的兼职商务专员！

众人既吃惊又觉得新奇，一合计，反正闲着也是闲着，不如发挥发挥余热，做得好还有钱赚，何乐而不为呢，于是纷纷答应了。

常胜哭笑不得：田蜜，他们几个都退休好几年了，除了跳舞就是打麻将，除了打麻将就是跳舞，他们跟社会已经脱节了你不知道吗？他们能干什么？田蜜说：他们能干什么取决于他们想干什么。哦，他们脱节了咱们就眼睁睁看他们脱节了？通过这事不正好给他们接上火热沸腾的社会吗？难道他们就这样一辈子除了跳舞就是打麻将，除了打麻将就是跳舞，就不能干点正事了？！

常胜说：他们干得了吗？咱们是新媒体中的自媒体，他们懂什么叫自媒体吗？你让他们去拓展商务，他们认识谁啊？你为难我可以，你为难他们干吗啊？！他们现在到了安享晚年的阶段了！田蜜说：安享晚年？他们远远还没到那个阶段。我认为你这么说话是歧视老年人，哦不，我根本不认为他们是老年人，他们是中年人，不该提前步入安享晚年的心态。我认为他们还有很多能量可以爆发！

常胜有些恼了：田蜜，我认为你别有用心。田蜜说：我怎么别有用心了？常胜说：他们是你的债主，你把你的债主弄成你的部下算怎么回事？让他们去挣钱帮你还债？你一定认为你这个算盘打得很好是吧？亏你想得出来！

蔡冬梅忍不住插话了：哎，等会儿！你们俩为了我们吵，也得考虑一下我们这些非常尴尬地站在现场的当事人的心态吧？常胜说：妈，你们就别跟着搅和了。赶紧回去吧，该打麻将打麻将，该跳舞跳舞，我们这边，不麻烦你们。

蔡冬梅说：常胜，我非常反对你对我们的看法。什么叫我们除了跳舞就是打麻将除了打麻将就是跳舞？你怎么知道的？常胜说：我看见的。蔡冬梅：还有你没看见的呢？你以为你看见的就是我们生活的全部了？你真的关注过你妈我的生活吗？

张秋菊说：我们可没脱节。李明白说：我就不明白了，常胜，你为什么说我们脱节了？康哥说：常胜，我们没有跟社会脱节，是你跟我们脱节了。常胜：好。我跟你们脱节了，可以了吧？但是，我不同意你们来常胜赢家工作。太离谱了！

蔡冬梅说：常胜，本来我不愿意显摆我们的工作成果，但既然你这么看不起我们这些人，那咱们今天就摆摆阵。——康哥，你就拣你能想得起来的，把咱们这几年干过的光辉事迹说说。康哥说：这太多了。数不过来啊。蔡冬梅说：就从国际到国内，从文化到民生，你随便唠叨几件。

康哥说：国际上，欧盟主要领袖去年到宁城访问的时候，接见会谈的群众就是我们，这是上头直接下达命令让我们去见的，为什么呢？李明白说：因为他们觉得我们这群人有活力，有能力，素质过硬。外围群众才是白云里石头里那些人。

蔡冬梅挥挥手：说国内。康哥说：国内事儿就更多了，常胜，你以为我们纯粹就是一支广场舞队伍啊？我们还是一支社区劝导队，这几年，我们共发现劝导不文明行为823件，提供破案线索236条，提供反恐信息35条，协助警方破获案件109起，抓获犯罪嫌疑人193人，抓获间谍两人。李明白补充：一男一女。

蔡冬梅又挥挥手：说文化。康哥说：文化是我们的强项。很多文化活动找到我们，比如，有一个选秀冠军，你知道他是怎么选上的吗？是因为这个选手他妈是你妈的老同事，找到你妈，你妈又找到我们，我们发动了宁城人投宁城人、不投不是宁城人计划，把他投到了第一名。但后来我们发现了，那个第二名比这个第一名唱得好，觉得我们的行为不太好，决定以后不再参与类似投票行动。张秋菊说：好多人还有北京上海的人跑来请我们当水军。请冬梅当水军都督。给很多钱，我们都没干。

蔡冬梅说：不说这个了。不好的事情我们坚决不干。说民生。康哥说：民生也是我们关注的领域。有一次，宁城北郊有个西红柿种植基地，大丰收，但因为市场问题，几万斤西红柿都要烂在地里，我们发动了帮助农民兄弟全城吃西红柿计划，几万斤西红柿二十四小时之内就卖出去了。

蔡冬梅说：我们掌握着数百个群。这数百个群可以随时扩展到数万个群。手拉手心连心群传群。这几年，我们利用我们的舞蹈队、劝导队，利用我们的数百个群，为社会为人民做了很多好事、大事、大好事。常胜，这你都知道吗？

常胜和田蜜都听得瞠目结舌。

常胜的语气不由自主软了：妈，我还真不知道。您也没说过。蔡冬梅说：这有什么可说的。我们干的事儿多了去了。你这儿不就是拉个广告吗？我们有什么干不了的？我们不认识企业家，还不认识企业家他娘吗？张秋菊说：企业家的老婆我们认识的也不少。李明白说：常胜，我们不懂自媒体，自媒体不就是自己干的媒体吗？康哥说：常总，不是我说你，这一点你比田蜜差远了。我们的潜力，人家一眼就看出来了！

常胜被说得哑口无言，只好同意了四人的加盟。四人兴高采烈地出去了。

常胜看看田蜜，田蜜正在偷笑。常胜有些好气又好笑：真有你的，就地取材啊。田蜜说：因地制宜，因势利导。当年得恩创业，也是首先拉身边的人入伙。他的创业笔记里记载了一条宝贵的经验，就是创业不要盯着天边的人，一臂之内，就有对你有用的人。常胜说：田蜜，我必须提醒你，得恩创业失败了。田蜜说：初期他是成功的。即便后期他失败了，但他失败的经历对我们来说就是经验。常胜说：千言万语一句话，我不信我妈他们能拉到广告。田蜜说：我信！

田蜜召集蔡冬梅、张秋菊、康哥、李明白开了个会。

田蜜说：大家先不要急着去拉广告，因为你们知道，咱们常总对广告是有要求的。蔡冬梅点头：对。上次母婴用品就不让。田蜜说：我会尽快整理一份商务名单出来，到时候大家分工去联系。康哥问：那我们现在干什么？田蜜说：你们要了解一下自媒体的现状，也要看一下常胜赢家的文章，了解咱们这个公众号的定位是什么，是哪些人群在看这个号。一会儿我拉个群，把一些资料发到群里。李明白点头：这样好。你放心田蜜，我们都不是糊涂人，一看就明白了。

田蜜又说：你们一定要注意看那些十万加的文章。张秋菊问：什么叫十万加？蔡冬梅说：这都不懂？就是超过十万次点击呗。田蜜说：冬梅阿姨说得对。凡是超过十万加的文章，就说明这篇文章有热度，引起了共鸣。如果咱们篇篇都是十万加，商务就比较好拓展。蔡冬梅问：怎么才能十万加？田蜜说：选题要选好，文章要写好，标题要取好。比较难。篇篇十万加就更难了。这个主要是我跟常总的工作，大家不用多操心。

蔡冬梅、张秋菊、康哥、李明白四个人热火朝天地行动了起来，争先恐后地发动身边的一切资源，都想第一个做出业绩来，生怕被另外几个人比了下去。蔡冬梅最为上心，每天抱着手机琢磨。蔡冬梅发现，常胜赢家每篇文章的阅读量基本上都在八万左右，死活上不去，有些着急，这天就召集张秋菊、康哥、李明白来商量。众人一合计，这事必须得发动群众。几个人都加入了不少微信群，蔡冬梅当即做了下分工，每个人平均负责十五个左右的微信群，发动群员们订阅公众号点击文章，力求让常胜赢家每篇文章都能达到十万加，这样大家进行商务开发也容易得多。蔡冬梅最后又嘱咐大家一定要保密，不要让常胜和田蜜知道。

众人立即分头行动起来。当天晚上，常胜赢家的头条文章阅读量从八万多一举冲上了十万加。首战告捷，蔡冬梅、张秋菊、康哥、李明白都高兴极了。

田蜜和常胜也发现了数据的变化，兴奋之余也有些惊讶。田蜜说：下午下班的时候阅读量才八万三千多，刚刚一个小时之内数据突然疯涨了一波，突破了十万，你没有买数据吧？常胜说：我怎么会干那种事！可能是被某个大V转了一下吧。田蜜想想也有道理，没再深究了。

第二天上班，田蜜又召集四人组开会。田蜜说：告诉大家一个好消息，昨天咱们常胜赢家的文章突破了十万。接下来常总会每天更新，我们的数据上去以后，大家的工作会越来越轻松。

四个人偷偷交换着眼色，都忍着笑。

田蜜又想出了一个举措，把四个人分成两组，康哥和张秋菊一组，蔡冬梅和李明白一组，率先签单的那一组，将给予签单金额百分之二的额外奖励。

张秋菊嫌康哥不着调，不愿意跟康哥一组。蔡冬梅和李明白也附和着说：我们四个人就数康哥最爱玩，谁跟康哥一组准输。康哥不服气了：不就是分组打擂台吗，你们三个人一组好了，我一个人一组也能赢你们！另外三人一听正中下怀，一致同意。蔡冬梅说：我们人多力量大，肯定我们先签单！康哥说：骑驴看唱本，咱们走着瞧！

康哥开完会立即出了小区，找到一家花店，买了一束杜鹃花，又坐上公交车，转了两趟，去了位于郊区的一所养老院。

康哥显然不是第一次来了，熟门熟路地径直去了院长办公室，敲门，屋内没有回应。康哥正待再敲，身后传来一个中年妇女的声音：康哥？

中年妇女叫杜鹃，是这家养老院的院长。康哥闻言急忙回头，看到杜鹃，一笑，忽然又诧异地说：咦，刚才地震了吗？杜鹃有些疑惑：没有啊。康哥说：那为什么刚才我心里震了一下？

杜鹃无奈地笑了一下：康哥，您这话我接不住。康哥笑道：好。我说句你能接住的。——您刚才忙什么去了？杜娟说：今天大扫除，我看她们忙不过来，就过去搭了把手。

杜鹃开门请康哥进入办公室。杜鹃说：康哥，你跟我说话不要用您，怪别扭的。康哥说：不，必须用您。因为心头上有个你。去不掉了。杜鹃说：康哥，请不要再说这些土味情话了。让人听见怪不好的。康哥说：如果你觉得土，下次我说点洋味的。但其实，我喜欢土——因为我想你栽在我手里。

杜鹃尴尬地笑：康哥，这些话听着心惊肉跳的。你别说了。康哥说：我不知道你的态度啊，所以我只能不断地表达我的态度。

说着把手里的杜鹃花往杜鹃面前一递。杜鹃想了想，把花接过去。杜鹃说：花我收下了，但这些土味情话你先收回去。康哥说：杜鹃，你为什么不肯接受我？我们可以组建一个新的家庭。杜鹃说：这个养老院就是我的家。康哥说：家得有家人才是家啊。杜鹃说：养老院里的人就是我的家人。康哥，咱不说这个了，好吗？

康哥有些失望：你拒绝我了？杜鹃说：让时间给我们答案吧。——你以前都是每周义工日的时候来，今天怎么有空过来了？康哥说：哦，正事儿差点忘了。今天我不是为了说土味情话来的，也不是来做义工的，今天来找你，是想说一件重大的事。杜鹃问：什么事儿？康哥说：你这儿义工招得怎么样了？人手够了吗？杜鹃说：不够。不好招。康哥又问：你做广告了没有？杜娟说：现在账上的钱只够维持基本开销，做广告要花钱，我没这个费用。康哥说：要是不要钱的广告呢，你做不做？杜娟有些不相信：免费做广告？哪有这样的好事。

康哥掏出一张名片递给杜鹃。杜鹃看了一下有些惊讶：你再就业了？康哥说：是的。你自强不息，开办了这家养老院，我也不能落后。这家自媒体多次邀请我，可以说是三顾茅庐，我感动于他们的诚意，就出任了他们市场部的主管，手底下目前人不多，就三个兵。

杜娟有些疑虑：这家自媒体为什么不要钱？康哥说：对外人是要钱的。不但要钱，还收费不低。但对自己人，免费这个权限我还是有的。大小毕竟是个主管嘛。杜鹃犹豫：那会不会给你添麻烦？康哥说：你不给我添麻烦，就是我最大的麻烦。你给我添了麻烦，我的人生就再也没有麻烦。

杜鹃无奈：又来了。康哥，打住，那就给你添这个麻烦了！康哥点头：要得！余生请你多给我添加麻烦！

蔡冬梅、张秋菊、李明白三个人也没闲着，却不是跑业务，而是打麻将。代替康哥的是一位五十多岁的中年妇女，蔡冬梅称她芳姐。

蔡冬梅说：芳姐，您这水平太高了。我都有点招架不住了。芳姐挺高兴：是吗？我其实这一年迷上美容，不怎么打了。还以为退步了呢。张秋菊说：您这要叫退步，别人就别活了。就您这位置，原来坐的一直是康哥，把把不和。李明白说：我原来以为是这位置臭，现在我明白了，原来是康哥手臭。

几个人哈哈大笑。

常胜和田蜜在办公室里听见了蔡冬梅等人的笑声，面面相觑。

常胜说：我早跟你说了，他们除了打麻将就是跳舞，除了跳舞就是打麻将，你以为靠你几句话就能激励他们？田蜜说：他们可能还没习惯。我一会儿去提醒一下他们。常胜说：现在他们正在兴头上，你还是别去自讨没趣了。田蜜说：好歹还有个康哥。常胜说：康哥你也别指望。他吃穿不愁，生活无忧，才不会卖力气给你拉广告呢。

正说着康哥兴冲冲地进来了：常总好。田总好。田总，我想向您汇报一下工作情况。我拉到了第一单广告！

常胜和田蜜都很惊讶，也很兴奋。正好这时蔡冬梅等人的牌局也散了，田蜜当即决定把四个人都叫过来开个会。

田蜜婉转地说：我组建市场部，是为了让大家老有所为，改变除了打麻将就是跳舞、除了跳舞就是打麻将的生活，当然，我不是说打麻将和跳舞不好，我的意思是，生活可以有更多的内容。咱们先说说这一天的工作吧。从康哥开始。

康哥说：常总好，田总好。今天是我跑业务的第一天，非常激动，感觉生活打开了一片新的天地。蔡冬梅说：你就说，你拉到广告了没有？康哥说：冬梅花儿开，不好意思，——我拉到了。蔡冬梅有些意外：你拉到了？别吹牛啊老不着调康。康哥说：这有什么可吹的，我拉到的是——

田蜜打断：康哥，具体广告内容一会儿我们再谈。冬梅阿姨，你们三人组的工作情况呢？蔡冬梅说：我们谈成了两单。

常胜和田蜜惊讶不已。

常胜说：妈，您可别信口开河啊。我明明看见你们打了一天麻将。蔡冬梅：打麻将就不能谈业务了？田总刚才话里有话，是不是以为我们不务正业啊？田蜜有些尴尬：是的。冬梅阿姨，我以为你们没把这个事儿当回事儿。请问你们谈的这俩广告是怎么回事儿？

蔡冬梅说：有的人谈业务靠腿，比如康哥。我们谈业务靠的是动脑子。就刚才跟我们打麻将的那个芳姐，是天狼星智能文具开发集团老板的老婆，跟我们在一个劝导队，最服我，用你们的话说，就是我粉丝。麻将桌上我悄悄把事儿一说，她就说支持我，去洗手间给他老公打了个电话，他老公说先给三万。

田蜜说：她知道咱们是干什么的吗？蔡冬梅说：不知道。就说有用没用的，先做一次。有用就做，没用以后就拉倒了。所以，常胜，田蜜，你们可别掉链子。

常胜和田蜜面面相觑。

张秋菊说：还有上午跟我们打麻将那个余哥，他儿子是超级剧场APP的老总。他家里进过小偷，我们帮忙破的案，追回损失四十多万。李明白说：他一听我们创业了，二话不说给他儿子打电话让他儿子投。张秋菊说：他儿子不像话，给拒绝了。蔡冬梅说：但余哥不含糊啊，自己掏两万，说给他儿子打一次广告。就这么着，一天下来，谈成了两单。

田蜜有些好笑又有些歉疚：非常好。冬梅阿姨，秋菊阿姨，明白叔，我误解了你们，我向你们道歉。蔡冬梅说：别别别。你是我们领导，得有个领导的样儿。以前我在单位的时候，领导坚决不道歉。

康哥等得着急：该我说了吧？田蜜问：康哥您说。您拉到的广告是什么？康哥拿出一份资料：是一家养老院。田蜜拿起资料看了看，面露疑惑：春天养老院？他们要做什么广告？康哥说：他们想招聘护工。常总，田总，我都谈好了，一次底部banner，我谈了三万。

常胜接过资料看了看：田蜜，康哥，这个广告我不同意。康哥急了：养老院不符合你的标准？人家还是半公益呢！常胜说：对。我看资料了，因为它是半公益，所以咱们收它的费用不合适。不如咱们给它免费做一次广告吧。

康哥愣了愣，连忙摇头：我不同意。春天养老院是半公益，但它也收费。咱们做公司的，得有做公司的样子。怎么能不收钱呢？这也不符合公司发展原则啊。我们挣了钱，以后也可以做公益，但不能现在就把公司做成公益公司。这样公司活不下去。蔡冬梅说：康哥，你境界怎么突然一下子变这么高？康哥说：我本来就这么高。李明白一拍巴掌：我明白了，老不着调康，你是想急着拿你那份提成。康哥本想争辩，想了想还是顺水推舟：对。我还真想拿我这份提成。这也是我的成就感。

田蜜说：康哥说得对，公司得有公司的原则，以后哪怕咱们再把钱拿出来做公益，但不能一上来就破坏这个原则。常胜点头：好。我同意大家的意见。那就签合同吧。

蔡冬梅说：等会儿。田总，那我们和康哥，谁算第一单啊？田蜜想了想说：你们两组不分伯仲，这样吧，今天的三单，都额外奖励百分之二的提成！

众人兴高采烈：田总大气！

康哥很快就把三万块钱打到了常胜赢家公司的账户。常胜和田蜜都很高兴，大大地勉励了康哥一番。康哥走后，常胜查看公司账户，却发现有些不对劲。这笔钱不是从养老院的账户转过来的，而是从康哥个人账户转过来的。

常胜把情况跟田蜜一说，问：你觉得这说明什么？田蜜说：那就是两种可能，一种是养老院给康哥打了钱，康哥用他的账户给我们转账；另一种是康哥先垫付了。常胜说：我是怕有第三种可能。田蜜明白常胜的意思：你怕康哥私下拿回扣？常胜点头：对。虽然我印象中康哥不是这样的人，但我怕万一康哥没把持住，拿了回扣，对常胜赢家不好，对康哥也不好。

田蜜想了想说：我明天问一下康哥。常胜说：康哥好面子，不会跟你交底儿的。田蜜问：那你说怎么办？常胜说：我觉得，明天咱们去一趟春天养老院吧。田蜜说：好。我去一趟。常胜说：我跟你一块。田蜜说：不用你去。这么件小事我一人办就行了。常胜说：你去办小事，我要办大事。田蜜问：什么大事？常胜说：财富与养老是直接相关的。我想把养老院当成一个选题，写一期公众号。

第二天两人买了些礼品开车去了春天养老院，见到了杜鹃。杜鹃一见两人就说：你们是常胜和田蜜吧？田蜜和常胜很诧异：您认识我们？杜鹃笑着点头：我见过你们的照片，康哥每次来啊，总跟我说起你们，那叫一个滔滔不绝，他爱给我看手机相册，那里面有很多你们的照片。

常胜和田蜜都有些好笑。

常胜说：这康哥，我都不知道他什么时候拍的。杜鹃说：多半是你们工作的瞬间，趁你们没注意，偷偷拍的。康哥是个老小孩，长不大。我不光认识你们俩，我还知道有冬梅花儿开，秋菊遍山野，李大明白人。田蜜说：这么说，您跟康哥是老朋友了？杜娟说：是啊。他每周义工日准来，打扫卫生，洗洗碗，陪老人说说话，下棋打麻将。哦，有时候，不是义工日他也会来，只要他溜达到这边儿，总给老人们买点水果点心什么的。

常胜和田蜜面面相觑。杜娟看出了两人的疑惑，问：这些事情，你们不知道？常胜摇头说：这是康哥的个人生活。我们不是很清楚。杜鹃：哦，不说康哥了。您二位今天来是有什么事儿？

田蜜说：杜院长，我们想了解一下养老院广告的事儿。杜鹃问：怎么了？有问题？田蜜说：没问题。我们就是要核实一些细节。常胜也想来实地看看，采访一下，写一篇与养老院有关的文章，然后把招聘护工的信息植入在文章里，这样会更有效果。杜鹃说：这太麻烦你们了！让你们免费已经不好意思了，还要再让你们写文章，这，我真不知道怎么感谢你们！

田蜜一愣：康哥跟您说的是免费？杜娟说：对。我们这儿招护工一直是个问题，康哥热心，说可以给我们免费做个广告。难道不是免费的吗？是不是出了什么问题？

田蜜和常胜对视一眼，迅速明白了是怎么回事。田蜜连忙点头说：是，是免费的。

常胜赶紧转移话题：杜院长，想采访您一下，我来之前在网上大致了解了一下中国养老院的现状。咱们春天养老院目前的困难在哪儿？

杜鹃说：跟其他的养老院差不多。最大难点是招不到护理人员，咱们国家对养老机构有规定，每名工作人员护理有自理能力的，不能超过八个；护理没有自理能力的，不能超过四个，人手不够，我也上，再就是靠康哥这样的义工。再一个呢，就是养老能力有限，我这儿一共一百多个床位，预约的人已经超过了三百个。有的人一到六十岁就开始排，有时候一排就十年二十年的。这不，康哥今年给自己也排上了。

常胜惊讶：康哥要住养老院？他一直跟我们说要去美国养老啊。杜鹃也很惊讶：他怎么可能去美国？去哪儿他也不可能去美国！常胜问：为什么？杜鹃说：他儿子出车祸的事儿你们不知道吗？

常胜大吃一惊：他儿子出什么车祸了？什么时候的事儿？杜鹃明白了：看来康哥是瞒着你们的。也许我不该说。顿了一下又说：五年前的事儿了，他儿子在洛杉矶出了车祸。田蜜问：后来呢？

门外忽然有人接话：后来没抢救过来。人没了。

常胜和田蜜、杜鹃都一惊，扭头一看，康哥推门进来了。三人都下意识站起身来。

常胜和田蜜有些不知所措，叫了声“康哥”，不知道接下来该说什么。

康哥却神色如常：你们坐。别那么看着我，没事儿，都五年了。杜鹃歉意地：康哥，对不起。我不该说这事儿——康哥打断：杜鹃，谢谢你。要不是你，我还不知道什么时候把这事儿告诉大家呢。我总不能瞒大家一辈子。

杜鹃问：康哥，你今天来是干什么啊？康哥说：我来是想告诉你我的两位领导已经答应给你免费做广告了。没想到我的两位领导亲自来了。田蜜连忙解释：我们来，主要是补充一些广告材料。杜院长，您可以带领我们参观一下养老院吗？杜鹃点头：没问题。

杜鹃带着常胜、田蜜把养老院里里外外参观了一圈，常胜也问了很多关于养老和养老机构的问题，杜鹃知无不言。康哥全程陪在一旁，时不时还插上几句话。

参观完毕，常胜和田蜜向杜鹃道了谢，和康哥一起开车返回阳光里小区。

常胜说：康哥，你想做好事我们理解，但以后可不能这么干了。康哥说：没有规矩，不成方圆。我接受批评。

田蜜说：康哥，如果您想保守您儿子的那个秘密，我跟常胜可以守口如瓶。康哥叹了口气：田蜜，我早就不想保守了。我就是不知道怎么说。田蜜说：那我跟常胜帮你说吧。

三人回到棋牌室。常胜把蔡冬梅、常子龙、张秋菊、李明白等人召集到一块，简略说了一下康哥儿子早已过世的事。众人都很震惊。

田蜜说：康哥也不是有意要瞒着大家，他就是不知道怎么跟大伙儿说。

蔡冬梅突然哇的一声哭了。张秋菊和李明白也跟着哭了。常子龙很痛心：康哥啊，你，你说你怎么就不告诉我们一声，我们帮不上你什么，还帮不上一句话？还帮不上一杯酒？我陪你喝喝酒说说话也好啊。蔡冬梅哭着说：康哥啊，你说你的命怎么这么苦啊。早知道，这几年我就不总欺负你了啊。

康哥说：冬梅，我也没少挤对你。大家都别哭了好吗？事情已经过去五年了，我眼泪泡着心的日子已经熬过去了。你们别再勾我了。这事儿都过去了。成吗？——别哭了，别哭了。我还是喜欢看你们张牙舞爪想欺负我又欺负不成的样子。常子龙握住了康哥的手：康哥，我们养你。康哥说：常山赵子龙，我很感动。但不是吹牛，我的身子骨比你们硬实。养老就不用了，我已经在春天养老院预定了床位。到八十岁我就搬进去。你们最好也跟我一块锻炼，咱们到时候在春天养老院会师，该打麻将打麻将，该跳广场舞跳广场舞，向着一百岁前进！冬梅，那会儿你该欺负我还是欺负我，我该挤对你还是得挤对你。

蔡冬梅抹着眼泪笑了，用力点头：我们一言为定！

二十二

新一期常胜赢家公众号发布了。头条是《养老院自由，是人生的最后一种自由》，下方附带了春天养老院招聘护工的广告。二条三条分别是天狼星文具和超级剧场 APP 的软文。这是常胜赢家公众号第一次发布商业广告，田蜜有些紧张，待在办公室里不停地刷着手机，密切地关注着阅读量数据的变化。

蔡冬梅、张秋菊、康哥、李明白四个人则悄悄聚集到蔡冬梅家，也在拿着手机看着常胜赢家的公众号页面。蔡冬梅说：今天这三条广告是咱们的成果。所以，咱们要让这三条都十万加！张秋菊说：这个难度非常大啊。康哥说：大也得干。我们就是来解决困难的。李明白说：遇到难度，说明在上坡。我建议得干一把。

蔡冬梅说：那就发动所有咱们能发动的群组，还有咱们以前帮他们刷过的那些人，让他们也出力帮咱们把今天这三条刷到十万加。总之，动用一切力量！

办公室里，田蜜刷新着页面，几乎是目瞪口呆：常胜，今天这数据太神奇了，狂涨！常胜有些自得：主要是因为我文章写得好。田蜜说：不是。另外两条软文也涨得很快。常胜打开手机看了看，也吓了一跳：怎么这么快？田蜜说：我听说，公众号到了一定节点，会像宇宙大爆炸一样突飞猛进一阵子。咱们是不是到了这个节点了？常胜点头：我们可能是头部账号了。

到了下午四五点钟，常胜赢家三条推送的阅读量都突破了十万。田蜜和常胜都激动万分。常胜说：这么大的事情，只有吃大餐庆祝了！晚上我请大家聚餐！田蜜却说：公司好不容易才有了进账，还是省着点吧。正好葛子打电话来约常胜晚上喝酒，常胜也就没再坚持，下了班就兴冲冲地找葛子去了。

两人喝着酒聊着天。常胜问：上次你给我出那书没给你赔钱吧？葛子说：没赔。卖了几万册，还有赚头呢。今天咱们喝的酒，就用它来付了。常胜说：别。我那号这两天就算正式开张了，已经有进项了。而且你知道吗，三条全是十万加。头部账号的表现。今天你请客，我买单。

葛子说：谁请客不重要。但今天约你喝酒就是想说你公众号这事。常胜一愣：说什么？葛子说：你的号从开通那天我就在关注。我很喜欢你写的东西。要不也不会给你出那书。你之前不做广告的时候，一般都是一条，经常有十万加的表现。但也不是篇篇十万加。但今天那三条，其中两条是广告，都过了十万加，你觉得这可能吗？常胜说：当然可能啊。头部账号都是这样的。葛子说：我认为你的账号，目前还不是头部账号，最多算准头部。

常胜说：葛子，有话你就明说吧。葛子说：明说就是，你的号，刷数据了。常胜愣了愣，笑了：葛子，你很了解我，我这人有时候浑，有时候二，好吃懒做也有，但从不作假。常胜赢家这个号，我发誓我没有作假。葛子说：我了解你。但也许是你身边的人刷了数据呢？常胜说：我身边只有一个田蜜，她也不可能刷数据。她还盯着我让我不要刷数据呢。葛子说：但是你公号的数据的确有假。常胜问：你确定？葛子说：我有个朋友是做数据分析的，我让他帮我监测你的数据，为下一本书做准备。结果他发现你的数据有异动，特别符合刷数据的各种指标。如果不是你，那就一定是其他人。

常胜很震惊。他知道葛子如果没有确凿把握不会说这样的话，也就是说，常胜赢家今天的漂亮数据十有八九是假的。常胜也没心情跟葛子喝酒了，立即赶回了家。

刚进门田蜜就迎了上来，兴冲冲地说：好消息！我跟了很久的一家公司刚跟我联系了，让我明天去签约！

常胜沉着脸说：你怎么说服他们的？靠假数据吗？田蜜一愣：你什么意思？常胜说：我们公众号的数据有假。我很清楚，我没有造假。那么会是谁？田蜜愣了会儿说：你认为我造了假？常胜说：如果你买了数据，我希望你承认。田蜜说：我没有买数据。咱们这个号要活下去只能靠真实的数据，甚至都不是数据，是真实的广告转化。你为什么不相信自己的实力？

常胜敲着桌子说：有确凿的证据证明，咱们这个号刷了数据！田蜜说：所以你怀疑我？常胜说：是的。田蜜有些愤怒：荒谬！我有钱就拿去还债了，我哪有钱买数据？常胜说：我本来也是这么想的，但我回家的路上查了一下，几十块钱就能找人刷。

田蜜愤怒地看着常胜，忽然眼泪流了下来：常胜，这是我有生以来受到的最大的侮辱！常胜见田蜜哭了有点发慌，说：你别激动，我又没说一定是你，只是合理怀疑。田蜜说：这件事一定要查清楚，我不背这锅！我们先说好了，如果查到是我，我负全部责任，并立即走人。如果查到不是我，请你向我书面道歉，我保留进一步谴责你的权利！

第二天两人一到办公室，田蜜就把蔡冬梅、张秋菊、康哥、李明白召集到办公室开会。田蜜说：咱们昨天的公众号推出之后效果非常好，三篇都是十万加。但是常总从其他渠道发现，咱们的公众号数据有造假的嫌疑。甚至不是嫌疑，就是有人造假。

蔡冬梅等人不自觉互相看了一眼，有些心虚。

田蜜继续说道：常总怀疑是我刷的数据。我可以保证，我没有刷数据。今天跟各位通报的意思就是，我们要请第三方机构查明是谁给我们刷的数据，必要时候我们会报案，请公安机关协助。

一听报案，蔡冬梅顿时一哆嗦，站起身来：我自首！我自首！是我刷的！

常胜和田蜜惊讶地看着蔡冬梅。

常胜说：妈，您刷这个干吗啊？蔡冬梅说：唉，我这不老听你们说十万加十万加吗，你们到不了十万加的时候，我就着急啊。以前我们也帮别人刷过数据，但早就不刷了，这次没忍住，就动用了一点过去的关系。

康哥也站起身来：锅不能让冬梅一个人背。我也参与了。李明白跟着站起身：我也参与了。常胜说：刷了就是刷了，没刷就是没刷。这个时候别搞小集体主义。张秋菊也站了起来：这不明摆着的嘛，我们要不是一块出手，冬梅她一个人能有这么大力量？

常胜有些哭笑不得：妈，你这是害我啊！蔡冬梅有些忐忑：我是不是犯了大错啊？咱是不是内部处理就行了？我愿接受一切处罚！常胜说：您就等着内部处分吧。你们先出去，我和田总商量一下。蔡冬梅连忙点头：哎。我等着。

蔡冬梅和康哥等人出去了。常胜看着田蜜有些尴尬，说：对不起，我冤枉你了。田蜜说：一句对不起就行了？书面道歉呢？常胜说：我现在就写！

常胜坐了下来，对着电脑噼里啪啦敲打着键盘，一会儿工夫就写好了道歉信，通过微信发给了田蜜。

田蜜仔细看了一遍，点头：态度还算诚恳。常胜说：那必须的。我是深刻地认识到我的错误了。检查这个事儿那咱就算过去了啊，接下来咱们讨论一下对我妈，不，对蔡冬梅同志的处分。

田蜜说：主观意愿上是好心，但办成了坏事。我建议给个警告处分。常胜说：警告太轻了，不足以让她记住这个教训。我觉得应该开除。田蜜说：我不同意。他们几个是同进同退。如果开除了，不利于接下来的安定团结。常胜说：那你说怎么办？田蜜说：你最了解你妈。应该找个能让她记住又不影响大局的处罚办法。

蔡冬梅和张秋菊、康哥、李明白在棋牌室里忐忑等待。蔡冬梅说：你说他们会怎么处罚咱们啊？康哥说：我听常胜那话里话外的意思，是要处罚你，我们是从犯，应该会被大赦。蔡冬梅说：处罚我就处罚我。你们三个跟着我忠心耿耿这么多年，我愿意给你们顶雷。张秋菊担心：会不会开除你啊？蔡冬梅：开除我也不怕。犯了错我就得认。只要别罚我款就行。

正说着常胜从办公室里出来了，走到四人跟前。

常胜说：现在宣布对蔡冬梅同志的处罚决定：罚款一千元。请于三日内微信或现金交给田蜜。蔡冬梅哭丧着脸：儿子，不能这么无情啊。常胜说：这个时候叫我常总。希望你能记住这个教训。

康哥赔笑问：常总，那对我们三个就大赦了呗？常胜说：你们三个，记大过一次。康哥连连点头：应该的。我认罪。纪律严明，我喜欢咱们常胜赢家。李明白也说：我接受这个处罚。常总，我们这次确实太鲁莽了。

常胜转身回到办公室去了。蔡冬梅眼泪一下子出来了。

张秋菊连忙安慰：冬梅，别哭了。一千块钱，不值当掉这么多眼泪。蔡冬梅说：我不是哭这一千块钱，我是哭我儿子他对我大义灭亲哪。康哥说：我们别纠缠这个了，不是没被开除嘛，让我们悔过自新，从头再来！

常胜思索了良久，跟田蜜说：我认为咱们应该停更三天。田蜜惊讶：为什么？常胜说：刷数据这个事情，不是说处分一下我妈他们就能过去的。咱们给人做了广告，数据是假的，这是不行的。田蜜无奈问：那你想怎么办？常胜说：一、停更三天，告知社会各界我们停更的原因。二、通知那两家广告客户，我们可以退钱，或者再免费给他们推广一次。

田蜜呼地站起身来：常胜你疯了！你这是自毁前程！常胜说：我不能容忍造假。田蜜说：我们没有造假，是你妈好心帮了倒忙。而且，这个事情没人知道。常胜说：怎么没人知道？明眼人都知道！最重要的是，我知道！田蜜说：常胜，我再劝你一句，我们这个号本身就有它的影响力。你妈刷的那些数据没有从根本上改变什么，我们刚刚起步，你就自曝造假，接下来我们还怎么做？你的粉丝会流失，商务客户会敬而远之。常胜说：我不这么认为，我认为只要我们足够真实，就会有真正的粉丝和忠实的客户。田蜜说：你去当你的圣人吧！我不干了！

田蜜愤怒地摔门而出。也难怪她生气，常胜赢家好不容易有了个开门红，如果常胜真的坚持停更三天，大好局面很可能毁于一旦，之前所有的努力也都白费了，又得从头再来。田蜜很沮丧，一个人跑到公园坐了很久。她清楚常胜的性格，只要做出了决定轻易不会改变。果然，中午的时候田蜜打开手机，发现常胜已经在常胜赢家公众号上发布了停更声明。

停更声明写道：常胜赢家的读者朋友们，你们好，即日起常胜赢家将停更三天，因为我们发现近几期常胜赢家的数据有异动，经查，是由公司个别员工私自进行的刷数据行为。常胜赢家一向秉持真实、真诚的创作理念，为此我们停更三天，反省整顿。其间跟我们有往来的商务客户均可要求退款。常胜赢家。

田蜜有些绝望。下午她本来已经约好了要去跟客户签约，而且很可能签一笔数十万的大单，这个停更声明一发，这笔业务肯定会泡汤了。但跟客户约定的时间已到，田蜜想了想还是硬着头皮去了客户的公司。

蔡冬梅看到停更声明也急了，赶紧去找常胜。蔡冬梅说：儿子，我犯的错，你拿我开刀就行了，你登网上去干什么啊！常胜说：妈，您从小教育我有错就改。这不就是有错就改的时候吗？蔡冬梅说：这样咱们的粉丝还不全跑了？谁还来登广告？常胜苦笑：你跟田蜜一个想法。不会的。你不也常说嘛，我们要有文化自信。

蔡冬梅说：那田蜜跑了怎么办？常胜说：田蜜不会跑的。蔡冬梅说：你怎么知道她不会跑？刚才这不已经跑了吗？常胜说：她会回来的。我了解她。

常胜下了班刚到家不久田蜜也回来了。常胜讨好地迎上前：回来了？饿了吧？我马上做饭。田蜜没说话，放下包径直去喂蟹奋斗。常胜偷偷观察，田蜜面色平静，看不出什么。

常胜说：我给你说一下停更声明之后发生的事儿，一、你说的粉丝将会离我而去的事情没有发生，反而到现在呼呼呼增长了两万多粉儿。二、留言和评论我都看了一遍，支持率可以说百分之百。

田蜜看了常胜一眼说：请你说话实事求是。没有百分之百，其中有八十五条是严厉批评和嘲讽的。常胜愣了愣：你都看了？田蜜说：是的。常胜说：你是不是可以收回那句你不干了的话？田蜜说：我收回。你做的是对的。常胜有些意外：这么容易就收回了？我还以为要劝一阵儿呢。你说的不是反话吧？你下午干什么去了？怎么觉悟突然变这么高了？

田蜜从包里掏出一份合同放到桌上。常胜拿起一看，吃惊：一百万？！

田蜜的脸上终于绷不住露出了笑容。原来，下午她去了那家公司，本来还寄希望于对方没看到那份停更声明，不料对方负责人见面就问：你们这个常胜赢家就是今天自曝造假数据的那个常胜赢家吗？田蜜很尴尬，说是的。对方负责人说：那我想我们不用谈了。

田蜜很沮丧，站起身灰溜溜地要走，却被叫住了：您干吗去？田蜜说：您不是说不用谈了吗？对方笑道：我说的是你们不用介绍了，你们这个号的广告我们可以投放。我们之前投放的那些自媒体都有弄虚作假风气，我们正好想找一家走真实路线的自媒体合作！

田蜜喜出望外，接下来的洽谈更是令她激动万分，对方一口气跟常胜赢家签下了全年合作协议，每周一期软文加硬广，价格按照每期两万块计算，抹去零头，总计一百万整。

田蜜把经过一说，常胜也兴奋不已：我说什么来着！只要我们足够真实，就会有真正的粉丝和忠实的客户！你现在是不是很钦佩我做这件事儿的气魄和远见？田蜜说：是的。常胜没想到田蜜承认得这么爽快，倒不知道怎么接了：哎，你这么聊天就把天儿聊死了！两人都笑了。

田蜜签下大单的消息令所有人都感到振奋。蔡冬梅、康哥等人也更加发奋努力了，都暗暗较着劲，期望能碰到一个田蜜那样的大单。而田蜜自从签下第一单之后就如同打通了任督二脉，接下来一发不可收拾，大单小单不断。照这样的势头下去，只要一年多最多两年，田蜜就能把所有债务还清了。

常胜赢家的火热势头就连万百千都羡慕不已，几次三番找常胜和田蜜谈，说自己要转型，想带着小虎、小豹一块加盟常胜赢家，哪怕像康哥他们一样兼职也可以。常胜和田蜜自然不肯答应，婉言谢绝了，说我们这小庙哪容得下您这尊菩萨，您还是转型干别的吧。万百千很是悻悻然。

罗江收购甜蜜科技的计划有条不紊地推进着。于洋洋按照罗江的指示和几家债权人谈了谈，听说罗江有意接盘甜蜜科技，债权人都表示欢迎并且愿意配合。有了债权人的支持，罗江再去跟甜蜜科技的股东们谈的时候心里就有了底。

这天罗江约老戴见面，谈了谈自己的初步方案，大致就是由他出面说服几个大的债权人债转股，同时攀梦资本将投入一笔资金入股甜蜜科技，并成为甜蜜科技的第一大股东。老戴对这个方案是无条件赞同，不过他也提醒罗江，是不是该跟田蜜谈谈，毕竟田蜜名义上还是公司第一大股东。罗江说暂时还不到时候，等正式方案出来了再跟田蜜沟通。

罗江顺口又问老戴：田蜜现在怎么样？在做什么？老戴说：她好像在一家自媒体公司拉广告。罗江有些意外：拉广告？田蜜怎么混这么惨？老戴说：我听说得恩还遗留了有些债务，田蜜把房子车子都卖了都没还上，现在还欠了几百万。

罗江很吃惊：得恩怎么会欠那么多债？老戴说：公司到后期已经借不到钱了，得恩只好以个人名义去借，借来的钱其实都用在甜蜜科技了。但得恩一去世，这些债务就落到了田蜜头上。从道义上说这些钱得甜蜜科技来还，但公司目前自身难保，而且账户也被冻结了，帮不上田蜜。罗江沉思片刻说：你给我安排一下，我要见一下田蜜。

老戴给田蜜打电话，说罗江想见她。田蜜有些诧异，但还是答应了去见罗江。两人约在一家咖啡馆，见了面客套了几句，田蜜问：老戴说你着急找我，请问你有什么事吗？

罗江说：田蜜，得恩的事儿我很抱歉。没能帮到他。田蜜说：现在说这些没有意义了。你也不用抱歉，自从你离开甜蜜科技之后，你和得恩之间就两清了。谁都不欠谁的。罗江说：甜蜜科技是由我跟得恩和老戴三个人创办的。得恩不在了，我跟老戴有义务把它发展下去。所以，我准备接盘甜蜜科技。田蜜一愣说：你现在想接盘？得恩在的时候你为什么不接盘？罗江说：得恩在的时候我最多只是投资，接不了盘。他也不会让我接盘。我们的理念合不来。当年我们为什么分道扬镳，你也应该略知一二。田蜜说：我是不是可以这么理解，如果你接盘了甜蜜科技，甜蜜科技就不再是甜蜜科技了，它会变成罗江科技。罗江说：不，它还会叫甜蜜科技。但是它会按照我的路线发展下去。我跟得恩是殊途同归。我们的目标是一样的。

田蜜沉默了一会儿说：你找我来不光是想说抱歉的吧？罗江说：是的。我今天来主要是想跟你谈得恩遗留下的个人债务的问题。田蜜一愣：跟我谈这个？这有什么可谈的？罗江说：我认为，得恩留下的债务不该你还。田蜜说：那应该谁还？罗江说：那些钱，我先来给你还掉。田蜜说：你来给我还掉？为什么？凭什么？罗江说：那些钱得恩都用在甜蜜科技了，应该甜蜜科技来还。我帮你还算是给甜蜜科技垫付。等甜蜜科技步入正轨以后，再由甜蜜科技来还我这笔钱。

田蜜说：谢谢你的好意。但是我不能接受。得恩个人借的这些钱用到哪儿了我不清楚，但债是他欠下的，就该我来还。罗江说：田蜜，那些钱你来还，不公平。田蜜说：我认为很公平。而且，我也有能力有信心靠我自己还清这些债务。我不需要任何人的怜悯。——罗江，如果你真的要接盘甜蜜科技，我希望你能把得恩的理想也一块儿接盘过去。

罗江见田蜜态度坚决只好作罢，但想想心里还是有些不踏实。一方面，于情于理他都应该帮助田蜜解决债务问题；另一方面，将来甜蜜科技的重组必须得到田蜜的支持才有可能完成，他不希望田蜜被债务问题所困扰而影响到他的收购计划。罗江最终决定私下里找李梦谈谈，了解清楚田蜜的债务情况。

李梦接到罗江的电话很惊讶。她跟罗江并不是很熟，只是当年因为田蜜的缘故见过几面吃过几次饭而已，不知道罗江主动约她是什么用意。

罗江倒也直言不讳，说：我找你是想知道田蜜的负债情况。李梦说：这是田蜜的隐私。我不能告诉你。罗江说：我希望能够帮到她。我想这也是你的愿望。李梦说：你要帮她你应该去找她。罗江说：我找过了，她不接受。

李梦想了一下问：你想怎么帮？罗江说：我需要了解她的债务具体详情，还了多少了，还有多少没还，她的债主都是些什么样的人，等等。这样我才能知道怎么帮。李梦说：田蜜现在已经能自己赚钱还债了。罗江说：以她现在的赚钱能力，把债还完你算算需要多少年。李梦说：不用算，反正需要很多很多年。罗江说：人生并没有很多很多年，很多时候以为来日方长，其实往往是后会无期。

李梦被罗江说动了，跟罗江说了债委会的一些情况。罗江的意思是让李梦帮忙找那些债主，直接替田蜜把所有的债务都还了。李梦直摇头，说这个忙我可帮不了，田蜜知道了肯定会跟我绝交！罗江有些犯愁，不知道如何着手。李梦灵机一动，说：田蜜还有个债主，你可以找他！

李梦把万百千的电话给了罗江。罗江回去后拨通了万百千的电话，自我介绍说我是攀梦资本的罗江，有事想跟他面谈一下。不料万百千居然听说过罗江的大名，开始还不相信，怀疑罗江是骗子，罗江只得把公司地址告诉了他，说是不是骗子你来了就知道了！

万百千将信将疑去了罗江的办公室，见到罗江，很激动：久仰久仰！罗江说：你现在相信我不是骗子了？万百千说：绝对不是！我在网上看过您的照片，还看过您很多访谈，我老崇拜您了！不知您找我有什么事？

罗江说：我想跟你合作一个项目。万百千受宠若惊：不敢当不敢当！不能叫合作，有什么事您吩咐。罗江说：我出钱，你能否把你们那个债委会的田蜜的债务都收到你名下？

万百千一愣：这是何意？罗江说：只要你能把田蜜的债务都收来，你的这两百来万我最后也给你收了，另外我再付你百分之十的酬劳。万百千一听这买卖划算啊，但又有些疑惑：您自己为什么不出面收？罗江说：这个你不需要知道。你只需要知道，这件事需要保密。万百千又问：这么好的事情，怎么找到我头上来了？罗江说：这个你也不需要知道。你干还是不干？万百千连忙点头：我干！小事一桩，您就等我的信吧！

万百千乐呵呵地回去了，细细一琢磨，觉得这事有点儿怪。又一想，罗江身家少说也有好几个亿，总不至于为几百万的事情刻意来骗他。而且这件事如果办成了，罗江一高兴，真跟自己合作弄点什么项目，那自己后半辈子就有着落了！

想到这儿，万百千立刻把所有顾虑都抛到一边，专心想怎么能完成罗江交代的任务。万百千把债委会所有人过了一遍，决定擒贼先擒王，先从蔡冬梅入手。只要能说服蔡冬梅，其他人就好办了。

万百千当即买了些水果去登门拜访蔡冬梅。蔡冬梅很奇怪：万百千，你怎么来了？万百千举起手中的水果：早就该登门拜访了。蔡冬梅朝万百千身后望了望：你那俩虾兵蟹将呢？万百千说：见蔡阿姨，不需要他们保护我。——我可以进来吗？蔡冬梅说：进来吧。别人都怕你，我不怕。邪不压正。万百千赔笑：阿姨，您就别老敲打我了。其实我也是个普通人。

蔡冬梅把万百千让到屋子里坐下，问：普通人，你找我什么事儿啊？万百千压低声音：阿姨，找您真是有件天大的事儿。但不知道您能不能保密？蔡冬梅说：保不了。我这人心直口快，什么事儿都说。万百千说：要保不了，那我还真不敢说。我告辞了。

万百千说着起身要走，这招欲擒故纵还真起了作用，蔡冬梅赶紧拉住他：哎，你个万百千，上我这儿扔半截话就走啊？你这是要憋死我啊！万百千说：蔡阿姨，不是我要憋死你，是你不肯保密。蔡冬梅说：我知道你什么事儿啊，我就保密？而且你这个人目前是需要观察和检验的，我凭什么替你保密？

万百千说：行吧。我先问您个问题，请正面回答：你想不想拿回你那一百万？蔡冬梅说：当然想了。万百千又说：我可以让你二十四小时之内拿回一百万。你愿不愿意保密？蔡冬梅谨慎地：只要不犯法，我愿意保密。

万百千从包里掏出一份协议递给蔡冬梅，笑眯眯地说：蔡阿姨，只要您签了这份协议，田蜜欠您的钱就转到我身上了。您的一百万，我二十四小时转给您。蔡冬梅很警惕：这是个陷阱。万百千说：这不是个陷阱，这是个馅儿饼，我给您做了个大馅儿饼。蔡冬梅问：你为什么要做馅儿饼给我吃？别说虚的，我就想知道你安的什么心？万百千说：我知道这很难理解。但你一定要尽量去理解。就是我万百千在跟您打交道的过程中，对您产生了深深的敬佩。您这人，刀子嘴，豆腐心，为人善良，喜欢张罗，冬梅花儿开，阳光普天照。我服您！我想帮助您！我就想先替田蜜把钱给您还了。

蔡冬梅想了想：不对。这事儿不对。连不上。你就是对我敬佩，也犯不上替田蜜给我还钱啊？这都哪儿跟哪儿啊？哦，我明白了，你是不是让我把田蜜的债转到你身上以后，你好再去收田蜜的高利息？万百千连忙摆手：误会，误会啊。蔡阿姨，你就不相信我万百千对您的一片丹心照汗青吗？蔡冬梅很干脆：不信。万百千咬咬牙：好！这样，蔡阿姨，这协议你也不用签，你给我个账号，我先把一百万打给你。然后你再签这协议，怎么样，这样可以相信我了吧？蔡冬梅摇头：更不信了。

万百千急得汗都快出来了：那要怎样你才能相信？蔡冬梅说：你去跟田蜜谈，田蜜要同意了，我就同意。万百千说：她欠你的钱，干吗要她同意？蔡冬梅说：债务人也有债务人的权利。田蜜欠我钱，但田蜜一直在努力还钱。我要转让我的债权，我也得让她知道。万百千说：不行！你现在得给我保密。你刚才答应保密了。蔡冬梅说：我答应了吗？万百千说：你答应了！你说只要不犯法，就愿意保密。蔡冬梅想了下：我是说过这话。好，我给你保密。

万百千无奈收起协议，起身往外走：蔡阿姨，您只要想通了立即给我电话，我可以随时把钱打到您账上。一百万不是个小数，蔡阿姨，您可得想明白了。蔡冬梅说：我能想明白。哎！这水果我不能收。你带走。万百千说：买卖不成仁义在。蔡阿姨，这水果您就留下吧。蔡冬梅很坚决：别，吃人嘴软，拿人手短。你还是拎回去吧。

万百千无可奈何地拎上水果走了，正好又遇上李明白，万百千打起精神，好说歹说把李明白拉到附近一家茶馆，说有要事相商。

万百千一边给李明白斟茶一边说了来意：明白叔，我想买下你手中田蜜的债权。你的钱，我替田蜜来还。债转债，一把清。李明白想都不想一口拒绝。

万百千有些窝火，但也不敢流露出来，只能强颜欢笑：明白叔，你不缺钱啊？李明白说：我缺钱，但我不缺心眼。跟一放高利贷的谈钱，我找死啊还是找死啊？万百千说：明白叔，你不要糊涂，我不是放高利贷的，我那叫小额贷款。李明白说：你说我糊涂？我一辈子被人称呼为大明白人你说我糊涂？你就是小额贷款我也跟你扯不上关系。我这人，只存款，不贷款！万百千无奈：明白叔，您不答应也没关系。您回去想想，只要想通了随时给我打电话或者发微信！

蔡冬梅左想右想觉得万百千这事有蹊跷，忍不住去办公室找常胜。蔡冬梅说：常总，我有工作汇报。常胜说：什么工作啊？广告的事儿你找田蜜说。蔡冬梅说：不是广告的事儿，是有个人让我替他保守一个秘密，我答应了。但我又觉得这个秘密应该告诉你。你说怎么办？

常胜有些好奇：我爸的秘密？蔡冬梅说：不是你爸。常胜说：那就好。那你说这人是个好人还是个坏人？蔡冬梅说：坏人。常胜说：坏人你替他保守什么秘密啊。你还记得小时候你总教导我嘛，说坏人的秘密可以揭穿。蔡冬梅点头：对！我应该揭穿他。

常胜笑问：您说了半天到底是谁啊？蔡冬梅说：万百千。今天上午我在家的时候，万百千找上门来，说要替田蜜还我那一百万。我一听就是个陷阱，给拒了。常胜一愣：他说为什么了吗？蔡冬梅说：他说敬佩我的为人，想替田蜜给我把钱还了。你说我的为人虽然很好很好，但也不至于感天动地到这地步吧？常胜说：不至于。您做得对。万百千这里边憋着招儿呢。您忙去吧。这事我跟田蜜商量一下。蔡冬梅说：还得告诉田蜜啊？常胜说：那当然了。我是田蜜的财务顾问，这么重要的关于她的阴谋怎么能不告诉她。蔡冬梅想了想：好，田蜜也算我的领导，我这也算给领导立了一功！

蔡冬梅刚走没一会儿，李明白也来了。常胜一听万百千也找李明白了，更加奇怪，但想来想去也想不明白万百千这么做到底什么用意。

下了班回到家，常胜把田蜜从房间里叫了出来。常胜说：咱俩得开个小会。我了解到，有个针对你的阴谋正在展开。田蜜说：别故弄玄虚。什么阴谋？常胜说：万百千正在收购你的债务。他先找了我妈，又找了李明白。好在我妈和李明白都经受住了诱惑。我想他接下来还会找其他人，真金白银搁眼前，别人不一定能扛住。田蜜一听也愣了：万百千想干什么？常胜：这是我们需要搞明白的问题。我想明天召集大家开债委会会议，突袭万百千。田蜜点头：我也要参加！

第二天上午，常胜通知债务会全体成员开会。常胜单刀直入，问万百千：你为什么私下背着债委会搞小动作？万百千说：我搞什么小动作了？常胜说：你为什么要私下收购田蜜的债务？万百千一愣，看向蔡冬梅和李明白：你们出卖我！蔡冬梅说：万百千，请你正视你自己的问题。万百千说：这是我的个人自由。

常胜说：万百千，是这样的，如果你当时没加入债委会，你私下收购田蜜的债务是你的自由和权利，但你加入债委会以后，这个自由就有限度了，你看看咱们章程的第八十六条，写得明明白白，加入债委会之后，所有人跟田蜜有关的债务问题，都需要提交债委会讨论。你本人是田蜜的债权人，又要收购田蜜的债务，这么重大的事情，你不提交给债委会讨论，这是违反规定的。你当时可是自己主动申请，并承诺遵守规定的。对吧？

万百千不得不承认：对。田蜜开了口：万百千，你到底想干什么？万百千自然不肯说出实情：我没有恶意，我就想帮助你，帮助大家。张秋菊说：你就瞎掰吧。你自己相信你这话吗？万百千说：相信不相信，你们可以看我的行动啊。我现在就可以一次性把你们所有人的债给还了。你们谁把账号发给我，我现在就把钱打给你们！来！我不说虚的，你们也别说信不信，口说无凭，咱们眼见为实！

众人听了这话倒有些犹豫了，不知道万百千说的是真是假。

常胜说：万百千，你天天说自己是金融领域的人，你懂法吗？私人债权转让的条件你知道吗？万百千说：我真金白银搁这儿，这就是条件。常胜说：没有田蜜的同意，这些人的债权不能转让。万百千说：田蜜为什么不同意啊？你们谁不缺钱？我现在一次性拿出巨款，给田蜜把账平了，以后她慢慢还给我，她有什么不同意的？

田蜜说：万百千，说出你真实的目的，我看看是不是应该同意。别再说你要帮助我帮助大家的话，没人信，你自己也不信。万百千说：我不能说。田蜜说：那我也不能同意。万百千说：这也不是你同不同意的问题，既然大家都在，那我作为债委会的一员，我也有权利要求大家举手表决。同意我一次性把债替田蜜还清的请举手。

万百千自己举起了手。其他人互相看看，都没有举手。

万百千有些恼羞成怒：看来你们真不缺钱。那你们就等着田蜜十年八年地给你们还吧！道不同不相为谋！

万百千起身走了。

常胜说：非常好，大家齐心协力，粉碎了万百千的阴谋。

田蜜站起身，向众人鞠了一躬：谢谢各位叔叔阿姨！谢谢你们的信任！我会尽快把债还清的！

万百千眼见计划失败，不得已去向罗江汇报。

罗江皱着眉头：万百千，收钱难，怎么送钱也难？万百千苦着脸：罗总，这些人非常难缠，因为上当受骗之后，对人缺乏基本的信任。我已经尽力了。罗江说：这么说，我应该怀疑你的能力。万百千急忙说：别！您千万别怀疑我的能力！我什么都缺就不缺能力！罗江问：那你缺的是什么？万百千有些沮丧：我也就缺点运气。

罗江严肃地说：那我现在要终止跟你的合作。万百千一愣：为什么啊？罗江说：考零分和考五十九分的人，我更喜欢和考零分的人合作。因为运气比能力更重要。就这样吧！万百千不死心：罗总，这个事儿我一定会给你办好的。只要你再给我一次机会。

罗江说：有些机会只有一次。我不可能再给你机会了，但你终究是替我办过事，所以，我可以给你一个忠告。万百千问：什么忠告？罗江说：尽快上岸。找点正经事儿做。别再从事你这个职业了。否则，吉凶难料。万百千赔笑：您提醒得好。我也感觉到了危险，感觉到一张无形的网在向我这个行业张开。我在谋求转型。您能指点一二吗？罗江说：只有忠告，没有指点。你自求多福吧！

二十三

李梦跟罗江见面以后心里也有些不踏实，这天趁着休息就去找田蜜。

田蜜问：找我什么事儿？李梦说：想你了。田蜜说：想我了发微信就可以，还用得着见面？你肯定有什么事儿。李梦说：什么都瞒不过你。有个人找我打听过你债的事儿。田蜜一下就猜到了：罗江吧？李梦说：嗯。你怎么知道的？田蜜说：他找过我了。李梦明知故问：他找你干什么？田蜜说：他认为这债不该我背，因为钱没花在我跟得恩的家庭生活上。他想替我还清所有的债。李梦说：这债本来就不该你背啊！那钱不都花到甜蜜科技上边了吗？田蜜说：对啊。退一步来讲，不是我还，那也应该由甜蜜科技来还，对不对？为什么是他来还？

李梦被问住了：你这一说我有些糊涂了，为什么是他来还呢？他为什么要还？

田蜜说：因为他想接盘甜蜜科技。他害怕我成为他的障碍。李梦问：你会反对他接盘吗？田蜜摇头：我不会。我不希望看到甜蜜科技就这样消失了。李梦说：这就对了。要照这个逻辑，他罗江把债给你还了，理所当然，顺理成章啊。

田蜜说：我知道你担心我的债务问题，但不管做人还是做事，必须一码归一码。我的债我要自己还。你不用担心，我现在有还债能力。李梦说：你现在虽然能挣到钱了，但要把债还清还不知道要到猴年马月呢。田蜜说：很快，等我们把常胜赢家打造成真正的头部账号，一年我就能还清债务。

李梦不信：你一年能赚几百万？田蜜说：现在还没有，但我相信很快能够到这个数。李梦惊讶：你们自媒体收入这么高吗？你一笔业务能赚多少？田蜜说：不一定。我自己拉的业务提成是百分之三十，别人拉的提成要少一些。李梦惊得下巴都快掉了：那么高的提成？比我们卖车赚得多多了！我也来帮你拉广告好了！田蜜不置可否地说：拉广告和卖车是两回事，没你想的那么简单。

李梦却真的动心了。自己累死累活卖一辆车才挣一两千甚至几百块钱，田蜜拉一单广告就能挣几万甚至几十万，而且现在车越来越不好卖了，自媒体却还是个新兴行业，两相对比，显然还是去自媒体拉广告更有前途！

李梦迅速下定了决心，第二天一上班就去找车总辞职。

李梦说：车总，对不起，我想辞职。车总惊讶：为什么啊？你是这个店的元老啊！是不是有别的店挖你？李梦说：没有。田蜜那儿需要我，我想去帮她。车总：这样啊。那就是田蜜挖你。李梦说：车总，田蜜真没有挖我。是我自己想到那儿帮她的。车总说：那就是你们闺密情深。李梦连忙点头：对。我们闺密情深。

车总很惋惜：你们两人都是汽车销售奇才，要在我这儿干多好啊。李梦赔笑：是我们没有这个福分。车总说：安慰的话就不要说了。既然是你们闺密之间互帮互助的事儿，我也就不多阻拦了。你写个辞职报告上来吧。李梦说：谢谢车总！

李梦办完辞职手续，兴冲冲去了棋牌室。

田蜜问：你怎么不上班？来找我干什么？李梦说：我做了一个重大决定，是我长这么大以来最果断的一次。田蜜说：你是不是要从狗剩儿的魔掌中挣脱出来？李梦说：不是。狗剩儿已经快落入我的魔掌了。田蜜纳闷：那你做什么决定了？要嫁人了？李梦说：我把老车辞了！田蜜惊讶：什么？你辞职了？李梦说：嗯。不干了，我潇洒地跟老车说再见了。田蜜说：你怎么忽然就辞了？找到下家了？李梦说：找到啦，就是你！我正式申请加入你们常胜赢家！

田蜜明白了：李梦，你这样太草率了。李梦说：你可别不收我啊。以我对你的了解，我要提前跟你说，你一定不会同意。所以我先斩后奏。再说，从老车那儿离开我也考虑很久了，是深思熟虑的结果。我在你这儿干不好，你随时辞退我。不过我是销售天才，不会给你辞退我的机会的。

田蜜说：李梦，你不能到我这儿来。你知道的，现在市场部除了我以外都是兼职，没有底薪只有提成，收入不稳定。你的房租和日常开销怎么办，你想过吗？李梦信心十足：想过。我有信心在你这儿干好。别的我帮不上你，但我在销售方面有一定特长，我能帮到你的。李梦又压低声音：蔡阿姨他们终究是业余的，即便有了广告，也不知道怎么维护和拓展，我来是想给你把局面撑住。

田蜜忍不住笑了，想了想李梦说得有道理，有她这样一个强大的帮手，自己的工作肯定会轻松很多。田蜜把李梦想加盟的事给常胜一说，常胜说这是你们市场部的内部事务，你定就行。

田蜜于是召集蔡冬梅、康哥等人开会。田蜜说：这是咱们新来的员工，李梦。李梦说：各位叔叔阿姨好。初来乍到，请多关照。康哥说：关照没问题，但别叫错了辈儿。叫我康哥。李梦利索地改口：康哥。

康哥很高兴：嘴挺甜，是个人才。田总，这个人才怎么安排啊？建议她到我们市场部来。田蜜说：李梦是我闺密，也是我以前卖车时候的同事。正如康哥所说，李梦是个人才。在那个 4S 店，李梦是我们的销售冠军。

康哥说：失敬失敬。那到咱们这儿是不是屈才了？蔡冬梅说：老不着调康，你不要长他人志气灭自己威风。李梦在 4S 店那才叫屈才了，到咱们这儿才能放开手脚，想怎么折腾就怎么折腾。张秋菊赞同：冬梅说得对。我们要有自信。蔡冬梅说：咱们这还不是一般的自信，咱们这叫文化自信。——李梦，你结婚了吗？李梦一愣，说：还没有。蔡冬梅又问：有对象了吗？

田蜜赶紧打断：阿姨，私人话题咱们以后再聊。刚才大家说得都对，李梦是个多方面的人才，那到了咱们这儿，就不要局限在一个岗位上，不能屈了才。因此，李梦除了拓展商务以外，同时还担任常总的助理和我的助理，以及我跟常总忙不过来的工作，都由李梦负责。

开完会李梦就算正式入职了。李梦说：我以前卖车认识不少客户，好多都是公司老总什么的，我先挨个跟他们联系一遍。田蜜说：不着急。你现在的任务还不是去拉广告。李梦问：那是什么？田蜜说：你先把排名前一百的头部自媒体的所有广告客户列出来，然后看他们有哪些交叉，再统计出来最爱投自媒体广告的是哪些企业。李梦愁眉苦脸：我最不擅长干这种统计工作了。田蜜说：我跟常胜也不擅长。所以，你就得擅长了。这也是你熟悉自媒体领域的一个机会。磨刀不误砍柴工。

李梦没辙，拿着手机逐个查看那些头部自媒体，看了半天还是毫无头绪。正头疼呢，灵机一动，掏出手机给狗剩儿打电话。

李梦热情地说：狗剩儿，一会儿下班以后我想请你出来吃一种蛋糕。狗剩儿一如既往地冷淡：我不会为了蛋糕出趟门，当然，也不会为了你出门。这你知道的。李梦说：我知道。但我为你感到遗憾。狗剩儿说：如果你下一句话还不能明确地说出你打这个电话的目的，那我就挂了。李梦说：我发现了一家咖啡馆，这家咖啡馆开发了一种蛋糕，这个蛋糕的名字我觉得很奇怪，因为这个蛋糕的名字也叫狗剩儿。我本来想请狗剩儿吃狗剩儿，谁知道你不愿意。好的我说完了。那挂了啊。再见。

说着李梦把电话挂了，然后把手机搁在桌上，自己念念有词：一、二、三！打回来！手机没动静。李梦又念：三、二、一！打回来！这下手机响了，果然是狗剩儿。

李梦得意地接起来：喂，狗剩儿，还有什么事儿吗？狗剩儿说：我同意跟你去吃这个狗剩儿蛋糕。但有一条原则：必须是AA制。李梦说：什么AA制啊，我请你就行了。狗剩儿说：不行。我奶奶从小就教育我，不要随便吃人家的东西。李梦：那干脆你请我。狗剩儿：也不行。我奶奶还说，要节俭。李梦无奈：好。不跟你啰唆了。我把地址发你微信上。一会儿见！

李梦提前到了咖啡馆，跟服务员如此这般交代了一番。过了会儿狗剩儿来了。狗剩儿显得有些紧张不安，说：好久不出门了，街上的车和人真多。感觉很不安全。李梦笑嘻嘻说：见到我是不是有安全感了？狗剩儿认真想了想说：心里确实是不慌了。但不知道是不是因为……因为也可能是狗剩儿蛋糕对我产生了诱惑，让我静下心来。蛋糕呢？

李梦招呼服务员过来，说：狗剩儿蛋糕一个。两杯美式。狗剩儿说：一杯美式。我不喝。给我来杯白开水就可以。

服务员转身走了。狗剩儿说：吃蛋糕，喝美式，一是会热量超标，二是咖啡会打扰蛋糕的味道。你作为一个女生，真是太不会吃了。李梦说：我就喜欢混搭。你不喝咖啡，我这杯我自己付钱，就不用AA制了。狗剩儿说：这不行。既然说了AA制，那么桌子上一切需要付费的东西都要纳入AA制里去，如果你喝了咖啡，我不付钱，那么我们就面临着计算蛋糕谁吃了多少的问题，而实际上这是不容易计算的，况且又显得我很不绅士。因此，这是个BUG。吃多吃少，照半付钱。

李梦有些哭笑不得：狗剩儿，认真说，我替你奶奶发愁，她培养了你这样的性格，你说你能找到媳妇吗？狗剩儿说：你不用替我奶奶发愁，她已经过世了。李梦说：哦，不好意思。狗剩儿说：没什么。我想她已经到另外的程序里生活去了。至于你刚才说的媳妇的问题，我已经解决了。我媳妇你见过啊。李梦嗤笑：就那个经常出BUG的机器人？你真要跟她过一辈子？狗剩儿说：你们人类能不能别动不动就想要过一辈子，能不能先过好一阵子？李梦笑了：你这句话很有哲理，一会儿我发朋友圈！

服务员把蛋糕送来了。蛋糕上边果然写着“狗剩儿”三个字。狗剩儿有些新奇又迷惑：请问，你们为什么要出一款名为狗剩儿的蛋糕呢？服务员看了眼李梦说：这个嘛，我们保密。祝您用餐愉快。

两人吃起蛋糕来。李梦问：好吃吗？狗剩儿说：和我之前人生中吃过的六百五十八个蛋糕来比，这个蛋糕能排前十名。李梦呆呆地说：天哪，你连吃了多少蛋糕都记得。狗剩儿说：这不算什么。人我也记得。比如，你是我认识的第一百二十一个人。李梦说：我现在怀疑，你是不是个机器人。狗剩儿说：不用怀疑。我不是。因为机器人不吃蛋糕。但是，李梦，按照我对你这个人正常的程序了解，你今天不会是只找我吃蛋糕。你还有别的事儿。

李梦点头：有。我想向你求助。我现在到了常胜赢家工作，需要统计前一百个头部自媒体的商务数据。你能帮我吗？狗剩儿说：不能。这么简单的工作有辱我的智商。李梦说：还要对这些数据进行分析，从而得出最优化的结果。这个工作可不简单，一般人就干不了了。

狗剩儿想了想问：这个工作地球上之前有人做过吗？李梦说：没有。狗剩儿说：那我倒可以试一试。但是，为什么只是一百个头部自媒体？为什么腰部和脚部的那些自媒体不一并纳入进来？李梦说：只统计头部对我们已经很困难了。狗剩儿说：那是你们。对我不是。李梦说：那就把头部、腰部和脚部所有的商务数据都给我分析出来！不白干，你开个价儿。

狗剩儿说：没法开。开了也没意义，因为你付不起。李梦说：那你愿意给我干吗？狗剩儿说：愿意。李梦说：没钱还愿意，你是不是对我有别的企图啊？狗剩儿说：有什么企图？李梦说：那你坦诚地说说，你为什么没钱还愿意给我干？狗剩儿说：不是给你干，是给你们干。因为当初田蜜作为我的租客，我没有照顾好她，让她饱受讨债恶人之苦。因此，我现在愿意帮她这个忙。李梦竟然感到一丝失落：哦，这样啊。

过了两天，李梦兴冲冲来到办公室，跟田蜜说：你要的分析报告我做出来了！说着从包里取出一份厚厚的文件交给田蜜。田蜜一看，文件封面写着“史上最全分析：谁在给自媒体砸钱”，里面则是密密麻麻的表格，列举了上千家自媒体的广告客户，并从行业、投放力度、投放种类等多个角度进行了详细的数据分析和对比，堪称一部自媒体广告投放宝典。

李梦说：你让我分析前一百名头部自媒体，我觉得光是头部的不够全面，干脆把所有自媒体的数据给梳理了一遍，得出了这个分析结果。各种数据都有。田蜜惊讶地看着李梦：这是你做的？李梦说：对啊。你看，排名前三最爱给自媒体投广告的是互联网服务、生活服务和电商。第四到第六名是美妆个护、食品和家居类用品。

田蜜说：这个分析太好了！但是，李梦，这个肯定不是你做的。这么大的数据处理，你没这个能力。是狗剩儿吧？李梦见一下子就被揭穿了，不好意思地笑了：他那能力闲着也是闲着，我就动用了一小下下。谁知道，还真管用。

田蜜仔细翻看着分析报告，不由自主地赞叹：狗剩儿真是个人才！李梦说：什么人才，他就是个机器人！田蜜笑道：哎，你现在跟狗剩儿处得怎么样？李梦说：从最早被他全面压制，到现在我渐渐能反击了。他现在快拿我没辙了！

田蜜意味深长地说：其实，他不是拿你没辙，他是让着你。李梦说：让着我？田田，狗剩儿怎么可能让着我？他为什么要让着我？田蜜说：我觉得，他有点喜欢你。李梦哭笑不得：这都哪儿跟哪儿啊。一、狗剩儿不可能喜欢我，他有老婆，就是那台破机器人；二，就是他喜欢我，我也不可能喜欢他。太可怕了，谁也无法跟他在一个屋檐下生活。田蜜说：你现在就跟他在一个屋檐下生活呀。李梦说：我这是为了磨砺自己。不对，我要警惕，万一他真喜欢我呢？我得跟他谈谈。田蜜说：不管他喜欢不喜欢你，我建议你跟他谈的时候，劝他走出去，找个工作，不能一辈子宅在家里。李梦说：他宅不宅跟我有什么关系，我才懒得管他呢。你也是，自己的事都顾不过来呢，你还操心他！田蜜只好住口不说了。

田加安和肖华的小吃摊生意一直不错，两个月下来赚了有三万来块钱。这天两人把田蜜叫到康哥家，拿了三万块钱交给田蜜，让她还给债委会。田蜜坚持不收。田蜜说：爸妈，你们也看到了，我现在有能力赚钱还债，我不能再要你们的钱了！肖华说：你早点把债还清，我们才能真正安心。我们能力有限，但能帮你一点是一点。田加安也说：日子还长呢，等你把债还清了，再好好孝敬我们。田蜜拗不过，只好收下了。

这天晚上田加安和肖华照常出摊，忽然来了一位四十岁左右的中年女性，说要跟两人谈谈。中年女性自我介绍说，她是市环保局环卫处的主任，姓李。

肖华有些紧张，问：李主任，我们违规了吗？李主任说：大姐您别紧张，您没违规。你们这抄手我爱吃，我来过好儿回了。肖华说：对。我记得。您不爱吃香菜。您找我是？李主任说：是这样，咱们宁城今年申报了国家文明卫生城市，创城工作最近就启动了，所以对市容啊卫生啊等指标的要求就升格了。

田加安愣了愣：我们不能干了？李主任说：不能这么说。咱们宁城市非常重视外来务工人员，没有你们，也就没有宁城今天的生活。所以宁城市领导的想法是，文明卫生指标要达到，你们的具体情况也一定要考虑进去，绝不能一刀切。

田加安问：那，我们这种情况，应该怎么办？李主任说：我给您想了两条路，一个是你们的抄手这么好吃，是不是可以盘个铺面，固定下来经营？肖华说：不瞒您说，李主任，我们考虑过，目前主要是手头太紧，开不起来。李主任说：这样的话，我们也可以帮您想一些办法，一个是到我们环卫局来做环卫工人。另外呢，您有什么特长和教育背景，我们跟其他部门协调，看能不能给你们协调出来一些合适的工作。

田加安连忙摆手：这个我们就不敢麻烦你们了。李主任说：您千万别客气。只要我们能做得到的我们一定去做。但是因为创城的原因，咱们这个街头生意恐怕做不了了。这是宁城人的荣誉，大家都需要共同努力。也请您多体谅我们的工作。说着拿出一张名片：这是我的名片，您有什么问题，随时找我。田加安接过名片：谢谢您了李主任。我们一定回去认真考虑一下。

田加安和肖华犯了愁。晚上收摊之后，田加安跟康哥说：康哥，小吃摊可能摆不下去了？康哥问：怎么了？怎么我这段时间没去就摆不下去了？遇见什么问题了？

田加安把李主任的话复述了一遍，说：宁城要创国家文明卫生城市，小吃摊要正规化，要继续干就只能租赁店铺了。康哥说：那你们就租赁一个店铺呗。哦，对了，你们现在手头紧，我先给你们垫上。田加安连忙摆手：我们来宁城就是为还钱，不能再借钱了。

康哥一时也没主意，挠挠头说：这样，你们先别着急。咱们都想想办法。我看看能不能给你们找点事儿干。肖华说：谢谢康哥。还有，您千万别跟田蜜说。她又该担心我们了。康哥说：田蜜现在是我领导，我不会跟领导乱说话的。你们放心！

说来也巧，第二天康哥去棋牌室，在门口看见一个三十岁左右戴眼镜的男子在左顾右盼，还掏出手机来拍照。过会儿男子进了棋牌室，康哥也连忙跟了进去。

男子走到柜台处问：请问这儿谁是老板？常子龙说：我就是。男子又问：老板贵姓大名？康哥从后面接话：他贵姓常，大名子龙。常子龙。人称常山赵子龙。我姓康，叫我康哥就可以。

男子掏出名片递给常子龙：常老板您好。康哥您也好。我是家城便利的区域经理，我叫贾不假。常子龙接过名片：贾经理您找我什么事儿？贾不假说：我们家城便利是一家致力于让城市亮起来的开展 24 小时社区便利店的企业。您这个位置很符合我们开设便利店的要求，我想问一下，您有没有转让这个棋牌室的想法？

常子龙一听脸就拉下去了，把名片往柜台上一搁：没有。康哥说：常子龙，你先听听条件啊。常子龙说：康哥你别捣乱，什么条件我也不转。贾不假说：康哥说得对，常老板，您可以听听我们的条件。我们家城便利现在有雄厚的资金，可以给您很优厚的转让费和几倍于您正常收入的补偿。另外，我们很理解，您对这个地方有感情，待这个地方成为便利店以后，您有优先经营权。等于您还在这儿。一切都没有变。

常子龙说：什么叫没有变？这些老伙计想打牌下棋到哪儿打去？想喝壶茶聊聊天到哪儿聊去？能站在便利店里摆龙门阵侃大山吗？我这棋牌室不是棋牌室，我这棋牌室聚着阳光里的人气呢。贾不假还想劝：常老板，我明白您一时半会儿还想不通——常子龙打断：你甭劝了，我永远也想不通。我只要还能动，这儿就指定是棋牌室。贾不假无奈：常老板，明白您的一片热心。这样，您只要哪天万一改了主意，就给我打名片上的电话。

贾不假出门去了。康哥想了想，拿起名片追了出去。

康哥喊着：贾不假，白玉为堂金作马。请留步。贾不假转头见识康哥，连忙站住。康哥笑眯眯地问：兄弟，你家里人是不是喜欢《红楼梦》啊，给你起了这么一个名儿？贾不假点头：对。康哥您是聪明人。您找我是？康哥说：我找你倒不是谈《红楼梦》，我想问一下，你们这便利店是不是需要招人加盟啊？贾不假说：对。我们需要招承包人。您想加盟？康哥说：我已经实现财务自由了，就不加盟了。我想推荐我的朋友加盟。贾不假说：欢迎啊！那您让他给我打名片上的电话来找我。康哥点头：好嘞！贾兄弟！

康哥兴冲冲地拿着贾不假的名片回到家，跟田加安和肖华把情况一说。田加安犹豫：开便利店，我们没经验啊。康哥说：开小吃摊你就有经验了？不一样开得红红火火！肖华说：老田，康哥说得对。咱们现在不管干什么，都是从头做起。我觉得开便利店，也不会比开小吃摊难多少。再说了，就算是难，咱们也得干。

田加安说：开小吃摊不需要成本。开便利店呢？康哥说：老田，你怎么前怕狼后怕虎的，到底怎么回事儿，你先了解了再说。成本不成本的，你们不还有个康哥嘛。田加安想了想：好。康哥，听你的，我们先去了解一下。康哥高兴地道：这就对了。我马上给你们联系！

下午，田加安和肖华如约去了家城便利店运营总部，贾不假热情地接待了两人。简单问了一下田加安和肖华的情况后，贾不假说：叔叔阿姨，你们的情况基本符合我们的要求，可以申请承包我们的店铺。

田加安问：承包店铺，需要交押金吧？贾不假说：这个当然需要了。肖华问：押金是多少呢？贾不假说：三十万。田加安和肖华互相看了一眼。肖华问：没有其他方式吗？贾不假说：没有。田加安说：谢谢你啊贾经理。我们回去商量一下。贾不假说：好的。没问题。

田加安和肖华很是犯愁。田加安说：老肖，无论如何我们也凑不出三十万啊。肖华说：我想的不是三十万的事儿。我在想还有没有其他办法。田加安说：其他办法就是借嘛。咱们不能为了还钱再去借钱吧？

肖华说：其实，有一个办法可以试试。田加安问：什么办法？肖华说：现在丈母娘找女婿都用个人征信报告。我们是不是可以从这儿下手？田加安疑惑：征信报告能当钱使？肖华说：比钱还管用。地铁上吃东西都要纳入征信范围了，还不管用？这个谁都做不了假。咱俩的征信报告肯定过硬。田加安说：那还用说。咱俩做了一辈子守法好公民！不过，便利店这个事儿咱们用不用跟蜜蜜商量一下？肖华说：跟她商量就是给她添心事。咱俩的事儿，咱们自己办吧。

第二天，两人去了一家银行，把两人的个人征信报告打印了出来，然后拿着征信报告又去了家城便利店运营总部。

贾不假依旧很热情：叔叔阿姨，你们商量好了吗？押金准备好了吗？我们的申请马上就要截止了。肖华说：贾经理，跟您交个底儿，我们现在拿不出三十万押金，但是我们准备了这个，你们看看能不能代替押金。

肖华把打印好的两份个人征信报告递给贾不假。贾不假愣了愣：这是什么？肖华说：这是我们的个人征信报告。我们两人都有良好的信用记录。不知道这个能不能代替押金？

贾不假翻了一下两人的征信报告，歉意地说：阿姨，押金是我们的硬性要求。据我所知，还没有能替代的。这个征信报告恐怕不行。田加安和肖华都有些失望。肖华不甘心地问：那能帮我们向你们上级反映一下这个情况吗？贾不假说：可以。我给你们向上反映一下。但你们不要抱太大希望。两人连声道谢。

田加安和肖华走后，贾不假思考再三，觉得这两位老人的情况很有代表性，于是决定还是向上级汇报一下。

贾不假的上级正是于洋洋。家城便利店项目实际上是于洋洋进入攀梦资本后主抓的第一个项目，因此也投入了巨大的精力。于洋洋听了贾不假的汇报之后，敏锐地意识到这是一个迅速扩大市场规模的好办法，立即去找罗江商量。

于洋洋说：家城便利店面向社会招聘以后，效果非常好。但也遇到了一个问题，就是有很多想承包家城便利店的人，拿不出押金。罗江问：拿得出押金的人不够使吗？于洋洋说：够。罗江问：那它为什么成了一个问题？于洋洋说：我想拿出一部分便利店，给那些拿不出押金的人。罗江问：你把便利店交给那些拿不出押金的人，怎么进行风险管控？意义又在哪里？于洋洋说：在这次提交的加盟申请材料中，有相当一部分申请人提出了个人征信这个概念。我觉得可以作为一个重要指标参考。至于意义，我认为非常大。因为我们这么做，就是把一部分便利店交给了那些真正需要经营这家便利店的人，对我们的品牌形象传播也是好的。

罗江沉吟片刻，点点头：个人征信这个想法很有创意，我同意。可以先在宁城做一下试点，如果效果好的话再推广到全国。于洋洋高兴了：谢谢罗总！

田加安和肖华在家等了两天没动静，有些泄气。田加安说：咱们另想辙吧。人家不可能因为那么一张薄薄的征信报告用咱们的。不行咱们找个饭馆打工去。不能这么干等。肖华说：我总觉得这事儿有门。要不我再给对方打个电话去试试？田加安说：打一个吧。这样也省得咱们惦记了。

肖华刚掏出手机，贾不假的电话却打过来了。肖华连忙接起来：贾经理您好。贾不假说：田阿姨您好，家城便利店高层考虑到有些承包人的情况不足以承担这个押金，所以把个人征信报告也作为了一个同等的考核条件，开放了一些店面给大家，请您抓紧时间过来办申请手续吧！肖华先是一愣，继而喜出望外：好的好的！我们马上过去！

田加安和肖华的申请很快获得了批准，正好阳光里小区隔壁的白云小区新开了一家家城便利店，田加安和肖华就选择了这家店承包了下来。合同签署之后，两人又接受了一个星期的上岗培训。接下来等货物配送到位之后，便利店就可以正式开张了。

这天一早田蜜刚到办公室，就见爸妈笑眯眯地在等着她。田蜜问：爸妈，你们怎么来了？肖华说：蜜蜜，能不能耽误你一点时间，带你去个地方。田蜜疑惑：去什么地方？田加安说：走吧，去了你就知道了。

田加安和肖华把田蜜带到了便利店门口。店门还关着。肖华问：这便利店怎么样？田蜜说：这便利店还没开啊。肖华笑着说：当然没开了。这是我跟你爸的便利店。不过我跟你爸还没拿到钥匙，还没法儿带你进去看看。田蜜很惊讶：你们的便利店？这到底怎么回事？

肖华把开便利店的经过大致说了一遍。田蜜半是赞叹半是埋怨：真有你们的！一分钱不花就开起了便利店。你们怎么也不跟我商量一下呢？田加安说：你工作忙，我们自己能搞定的就不用打扰你了。

田蜜注意到店门头上二十四小时营业的标语，皱起了眉头。

田蜜说：爸，妈，经营便利店是个好事儿，能得到这个机会也不容易，但这对你们来说不合适。肖华说：怎么不合适？这比小吃摊好多了，风吹不着，雨淋不着。田加安说：对啊，蜜蜜。这个挣钱也比小吃摊多。田蜜说：是，它比小吃摊舒服一点，比小吃摊挣得多一点。但小吃摊它再晚也有个点儿。这个是二十四小时啊。小年轻还行，你们俩这岁数扛不住啊。肖华说：怎么扛不住了？到总部那儿申请的比我们俩岁数大的还有呢！田蜜说：我爸那腿，扛得住吗？田加安说：我扛得住。我这腿已经好了！

田蜜还是有些担心：爸，妈，我已经能挣钱了，债会很快还完的。你们就别接这便利店了。肖华说：蜜蜜，我们已经签完合同了。田加安说：而且我们都培训完了，下星期就正式开门营业了。

田蜜有些无奈又感动：爸，妈，我连累你们了，对不起你们！田加安握住了田蜜的手说：蜜蜜，风雨来了有伞，危难来了有家，哪有什么连累不连累，一切都已经好起来了！肖华也握住了田蜜的另一只手：是啊！一切都好起来了！

三个人的手紧紧地握在了一起。

二十四

一晃几个月过去了。常胜赢家稳步发展着，粉丝数已经突破五十万，头条文章阅读量每篇都稳居十万加以上，广告价格也水涨船高。田蜜带领的市场部业绩也都稳定在每个月一百万以上。每个月的发薪日是田蜜和债委会最为高兴的日子，意味着田蜜又能够还一笔债了。几个月下来田蜜已经还了将近一百万的利息和本金，虽然离全部还清还有一段日子，但至少不是遥遥无期了。

田加安和肖华的便利店生意不温不火，每个月利润基本稳定在一两万。老两口省吃俭用，一心希望能早点帮女儿还清债务。田蜜空闲的时候也会到店里去帮帮忙，陪爸妈聊聊天。曾经笼罩在头顶上的乌云日渐消散了，一家人又恢复到往日其乐融融的状态。

但万百千却突然不见了。从上一个发薪日开始万百千就联系不上了，电话打过去关机，发微信也是石沉大海没有回音。常胜和田蜜问债委会的其他人，也都说没见过万百千。众人都猜测万百千被抓了，蔡冬梅说他这是求锤得锤，活该。

又一个发薪日，田蜜计划再还二十万。蔡冬梅召集债委会开会，一致决定这笔钱还是按各人债务比例来分配。

常胜说：万百千那部分钱目前还在我手里，大家看怎么处理？张秋菊说：我建议分了！他被抓了说明他是非法的，是不是田蜜欠他那债就不用还了？李明白说：田蜜欠他的债是不是非法的，这个得国家机关说了算。但我同意把钱分了。蔡冬梅也说：我同意分了。我们又不是不分给他，是想分给他找不到人。

常胜问田蜜：你觉得呢？田蜜想了想说：各位叔叔阿姨，我不同意分。我认为，不管万百千是不是被抓进去了，那笔钱我都是得还他的，因为在常胜的调解下，那笔钱已经不是高利贷了。他是我们债委会的一员，总体来说他还是遵守了债委会的章程的。所以，每次还钱都应该有他一份。我建议把钱搁在常胜那儿，等联系到他以后再给他。

康哥赞同：我同意。这样光明磊落。

其他人见田蜜说的在理，也不好反对，于是也都纷纷同意了，委托常胜暂时代万百千保管这笔钱，怎么处理以后再说。

众人正准备散会，常胜说：等会儿！还有一件事。

常胜喊常子龙：爸！您过来一趟！

常子龙不明所以地走过来了：什么事？

常胜说：债委会成立已经九个月了。在各位的督促下，在我的帮助下，更主要的是在田蜜的个人努力下，截至目前已经偿还了将近一半的债务，可以说取得了丰硕的成果。

众人纷纷点头赞同。

常胜接着道：我想说的是我们家房本的问题。我们家房本被抵押在康哥那儿。现在大家已经看到了田蜜还债的能力，已经看到了债权全部收回的希望。那么，我觉得房本是不是可以先拿回来？

张秋菊说：常胜，要按照咱们当时的章程，要等全部债务还完，房本才能拿回去。常胜说：我知道。但是我们家有个特殊情况，想请各位叔叔阿姨体谅一下。常子龙警觉地问：咱们家什么特殊情况啊？常胜说：爸，您梦游不就是特殊情况嘛。常子龙噌地脸红了：谁梦游了！我没有梦游！蔡冬梅，我梦游了吗？蔡冬梅说：承认吧。梦游又不是什么丢人的事儿。

康哥乐了：梦游？常山赵子龙，行啊。你哪天教教我啊。常子龙臊得说不出话来，一扭头走了。

常胜说：我爸就是钱没了，房本被抵押以后，开始梦游。后来虽然有所缓解，但根还在这个房本上。所以，我想各位叔叔阿姨要是通融的话，先把房本拿回来，让我爸睡个安稳觉。

康哥说：我同意。睡不着觉最难受。张秋菊说：我估计冬梅也睡不着。我同意。李明白说：梦游怪吓人的。别游出事儿来。我同意。

众人一致同意。康哥说：我马上就回家把房本拿回来给常山赵子龙！

常胜站起身朝众人鞠躬：谢谢大家！散会！

业务越来越繁忙，常胜和田蜜不得不经常加班。这天两人又加班到深夜。常胜面前放着各种零食，一边吃一边码字。

田蜜想了想说：常胜，我觉得咱们公司得扩张了。常胜停了下来：说说你的思路。田蜜说：咱们内容方面发展得很快，目前头条软文能达到十万左右一条，虽然跟超一线的八十万到一百万不能比，但已经在头部账号里有自己的一席之地。我们现在跟其他自媒体一样，是靠的软文加底部广告。虽然有效，但非常机械化。接下来我想开拓新的商业模式。我需要人手。而且，最重要的是，你也需要人手。

常胜说：你需要人手你可以招人。我觉得我这边还可以。田蜜说：我觉得不可以。版式设计、内容编排、评论回复，这些我们都需要人。常胜说：你的意思是我的版式设计不好？田蜜说：是的。你走的是简洁大方的路子，突出文字，现在是读图时代，我们必须图文并茂。所以，我们还需要有专门的图片编辑。

常胜不以为然：常胜赢家的读者已经习惯了我的路子。田蜜说：那是因为他们还没有看到更好的路子。我们得引进专业人才。常胜说：我引进过。我第一次创业就引进了大量专业人才，多少呢，几十个。结果呢？砸了！几十个人的效率远远不如咱们三个人的效率。哦，加上我妈他们，是七个人。田蜜说：那时候不是人才不行，是你不够成熟。现在到了引进他们的时候了。否则会把咱们三个拖垮的。

常胜不想再争辩下去，说：行吧，让我想想。田蜜说：好的。那我走了。我去看一下我爸妈。常胜掏出车钥匙丢给田蜜：开我车去吧。田蜜问：你怎么办？常胜指了指沙发：晚上不回去了，我就睡这儿了。

田蜜开车去了便利店。肖华已经回去休息了，田加安在值班，他推着一个小推车，查看货品日期，从货架上取下那些明天就要过期的食品。

田蜜走进便利店，叫了声：爸。田加安惊讶：蜜蜜，这么晚你不赶紧回去休息，又来干什么。田蜜说：我刚加完班。回去也睡不着。过来看看能帮我老爸做点什么。田加安说：我这儿没什么活儿。你快回去吧。田蜜说：没活儿你在干什么？田加安说：咳，过期的食品水果下架打包好，明天一早有车来拉走。田蜜说：哦，我帮你一块弄。

田蜜上前帮田加安一块整理货架。田加安从货架上拿下一份面包：都是些好东西啊。就这么糟践了。蜜蜜，你知道他们拉走干什么去了吗？田蜜问：干什么去了？田加安说：全销毁了！这浪费了多少东西啊。就说咱们这小店，一天都得浪费一两千块钱。田蜜问：不是咱们付钱吧？田加安说：不是。总部负责。但不管谁负责，这些东西，明明都还能吃啊。唉。

田蜜说：您别想那么多了。食品行业有食品行业的规定。田加安说：就不能捐给福利机构或者流浪汉什么的？田蜜说：如果吃出问题，没人负得了这个责任。所以他们也不敢捐。爸，你跟我妈两个人轮班倒吃得消吗？再雇个店员吧。田加安说：吃得消。到我们这个岁数了，觉少。再雇个人，挣的钱就得发工资去了。蜜蜜，行了，你快回去吧。你要把活儿都给我干了，后半夜我还闲得慌呢。

田蜜嘱咐了田加安几句，走了。田加安将下架的过期食品分门别类打包，打包到两盒标价一百多一斤的进口车厘子的时候，惋惜地看了又看，最终还是不舍得扔掉，把两盒车厘子拿了出来，坐到柜台后面自己吃了起来，吃了一个小时终于吃完了，田加安颇有些心满意足。

凌晨时分客人不多，田加安靠坐在椅子上打了个盹，不料突然腹部一阵剧痛袭来，田加安一下子疼醒了。田加安猜测可能是那两盒车厘子惹的祸，不由得暗暗叫苦。起初田加安想着是不是忍一忍就过去了，但腹痛却越来越严重。田加安实在撑不住了，想给肖华打电话，一看时间都凌晨三点半了，肖华肯定在熟睡，想了想还是决定自己去附近药店买点药回来。

田加安忍着剧痛把便利店的卷帘门关上锁好，在路边拦了一辆出租车，去往最近的一家药店。那家药店距离便利店也就两三公里，来回大概也就半个小时。但偏偏就这半个小时出了问题。

田加安刚离开不久，两个喝醉酒的年轻人过来了。两人似乎是还没喝尽兴，准备到便利店再买几瓶啤酒回去喝，结果发现便利店关门了，很是扫兴。两人气得踹了几脚卷帘门，骂骂咧咧：靠！遇见假的二十四小时便利店了！拍下来上网曝光他！其中一个年轻人掏出手机拍了照片，随手就发到了网上。

于洋洋最近心情不错。自从推出以个人征信代替押金的举措之后，家城便利店的扩张速度有了极大的提升，同时这一举措也引起了媒体的广泛关注和讨论，家城便利店迅速成为新零售领域的一颗新星。此外，甜蜜科技的重组计划也进行得很顺利，重组方案已经做出来了，下一步就是要逐一跟债权人和股东们沟通协商，对方案做进一步完善。罗江对于洋洋的工作成效很满意，宁城这一块的业务基本上放手让于洋洋来管了，他自己则大部分时间坐镇上海。

这天于洋洋正在办公室忙碌，贾不假打来电话。贾不假说：于总，有件事情想麻烦您。不知道您和罗总有没有微博这边的关系？于洋洋问：什么情况？贾不假说：今天公关部门在网上监测舆情，发现有人投诉我们有一家便利店夜里关门了，没有二十四小时营业。我想您和罗总这边有关系的话能不能联系微博方面，先把帖子删除，以免造成更大影响。

于洋洋问：这事属实吗？贾不假说：还不清楚。我们正在调查。但是我们怕一旦造成负面影响，就不好控制了。于洋洋说：这件事情的重点在于你们要立即去核实事实，如果是假的，我们向微博投诉，如果是真的，我们要立即根据规章制度处理当事人。不要先想着去删除别人的帖子。我希望你们今天立即调查清楚来跟我说明。这个事情不难搞明白的。

贾不假放下电话不敢怠慢，赶紧去找田加安和肖华核实情况。贾不假问：请问昨天晚上有没有私自闭店的情况？肖华说：闭店？不可能啊。昨天我们家老田在这儿值了一宿呢。田加安说：老肖，昨天我是闭店了。肖华问：啊？你为什么闭店啊？你干吗去了？田加安正要开口，腹内又是一阵绞痛，赶紧从口袋里掏出一片药，喝了口水吞下去。

贾不假严肃地说：叔叔，总部派我来调查情况，希望您配合，请您将情况如实告诉我。田加安说了昨天去买药的事，很是懊悔：我就关了半个小时，买完药我就回来了。没想到竟然会闹到网上！肖华很担心：贾经理，你能不能帮我们跟总部解释一下？贾不假说：我会跟总部说明实际情况的，但怎么处理就不是我能决定的了。你们等候消息吧。

贾不假回去向于洋洋汇报，把整个过程说了一下。于洋洋问：这个事情你看怎么处理？贾不假说：这个情况非常恶劣，不光是闭店的问题，如果让外界知道咱们的便利店自己人吃自己的东西吃出肠胃炎来，后果不堪设想。所以我们要根据规章制度严格处理。一、闭店一周整顿反省。二、根据当时甲乙双方签的合同，如果合同约定期间不能二十四小时营业，一经发现，罚款为押金额的两倍，六十万。三、该处罚以内部公告形式通报家城便利所有店铺，以便起到警示作用。

于洋洋想了想，同意了贾不假的意见，随即通知行政部门拟了一份处罚通知书，让贾不假交给了田加安和肖华。两人一看傻了，苦苦哀求贾不假高抬贵手，贾不假说：我们的合同是有法律效力的，我也无能为力。你们先关门整顿吧，尽快把罚款交上！

田加安和肖华无计可施，想想这件事太过重大瞒不住，只好打电话把田蜜叫了过来，说了受罚的事。

田蜜既吃惊又恼火：他们家城便利的领导呢？在哪儿？我要找他们去，关门半个小时就罚六十万啊？这哪来的道理！田加安叹气说：找也没用，合同里签着呢！田蜜问：合同在哪儿？我看一眼合同。

肖华连忙拿出合同递给田蜜。田蜜翻到违约条款仔细看了看，果然，上面写得清清楚楚。

田蜜有些急：爸，妈，这样的合同你们怎么能签？你们又没有店员，就两个人轮班倒，今天不出事儿明天也会出事儿啊？谁能扛住三百六十五天连春节晚上都得营业？田加安垂着头说：都怪我。蜜蜜，我对不起你！对不起你妈！田蜜见爸妈这么难过，也不忍再责怪，只好安慰他们说：好了，这件事我来处理吧，你们这几天刚好休息休息，别想那么多。

晚上回到家，田蜜把便利店的情况跟常胜说了，请他帮忙出出主意。

常胜仔细看了一遍合同和处罚通知书，说：从法律层面来看，他们做得没有问题。即便打官司，我们的胜算也不大。田蜜不忿：这不是无故关门，这是有故关门。因为我爸病了。有故关门就不能罚款。不行，我要去找他们领导理论理论。凭什么半小时就罚我们六十万啊！我爸我妈一共才赚了多少钱啊！这不是要人钱，这是要人命啊！就算是我帮我爸还了这钱，他也压不下这口气啊！

田蜜忽然鼻子一酸掉下泪来。

常胜连忙安慰：你别急。我先给你查查这家城便利的背景和组织结构。要理论也得先摸清底细不是。

常胜当即上网查询家城便利店的有关信息，查着查着，常胜忽然瞪大了眼睛，脱口而出：不会吧！田蜜问：怎么了？常胜说：于洋洋是这家公司的联席董事长！

田蜜也很惊讶：这么巧？

常胜忽然笑了。

田蜜问：你笑什么？这有什么好笑的？常胜说：事情解决了啊。我们找于洋洋，跟于洋洋说明情况，不就行了吗？田蜜说：你真觉得这么简单？常胜说：是啊。好歹她是我前妻，这个面子不会不给吧？我现在就给她打电话。

田蜜连忙阻止：常胜，这是我的事情，你出面跟她说不合适，反而事情会更复杂。常胜说：那怎么办？田蜜想了想：你帮我约一下她，我自己跟她说！

常胜回到自己房间，关好门，拨通了于洋洋的电话。

常胜很客气：洋洋，晚上好。打扰了，不好意思。于洋洋说：你平时不这么客气。有事儿吧？常胜说：有件小事儿。于洋洋问：什么事儿？常胜说：田蜜想见你一面。想托我约你个时间。

于洋洋有些惊讶：田蜜要见我？为什么？我跟田蜜见面，不像是小事儿啊。常胜说：你见了不就知道是什么事儿了吗？于洋洋说：大家时间都很忙。我总得知道是什么事儿吧？常胜压低声音问：家城便利店跟你有关系吧？于洋洋说：有啊。我投的第一个项目。常胜说：你们刚处罚六十万的那家便利店是田蜜爸妈承包的。

于洋洋很诧异：是吗？这么巧！常胜说：可不，就这么寸！我说我要给你打个电话说说就行了，你不会连这点面子也不给。田蜜死活不让，非要自己见面跟你说。于洋洋说：田蜜是对的，你给我打电话说说不会行的。我不会给你这个面子。好歹夫妻一场，你还是不了解我。常胜悻悻然：哎，你这人不至于这么不通情理吧？好歹你得跟人见一面再说啊。于洋洋说：田蜜也没有见我的必要，因为这个决定是无法改变的。但你既然打了这个电话，这个面子我要给，如果她执意要见我，明天上午十点，我在办公室等她。

次日上午，田蜜准时到达了于洋洋的办公室。

田蜜说：谢谢你能见我。于洋洋说：甭客气。常胜打了电话，我肯定得见。但常胜跟您说了没有？田蜜问：说什么？于洋洋说：我让她转告您，其实您也没有见我的必要。我对您的父母深表同情，但是那个决定我无权改变。——看来他没有转告你。他这个人，就喜欢逃避。

田蜜说：于总，来之前我看了家城便利的介绍，你们的理念是以人为本，让生活更便利。实际上你们也做了很多好事，包括让交不起押金的人能够有承包就业的机会。我父母就是这么进来的。这一点我要感谢你们。但是如果以人为本，是不是要考虑到具体情况？我爸是急性肠胃炎，他都没有去医院，就是去药店买了几片药就回来了，满打满算也就半个小时，就这样要罚六十万吗？我想问问您，这叫以人为本吗？

于洋洋说：田蜜，一个公司除了理念，还有规章制度。理念是在严格执行规章制度的基础上才会成立。必须二十四小时营业也都写在合同里了。这个合同您的父母应该在签之前也有认真读过，而且我们也会再三核实，承包人是不是有二十四小时经营的能力和保证，我们都是有保证书的。您的父母肯定也有。

田蜜说：是的。他们写了。但我看了你们的合同，无故闭店才罚，我爸有病在身，不算无故。于洋洋说：有病在身，也要提前申请。田蜜说：凌晨三点多突发急病，如何申请？怎么申请？向谁申请？你们之前有这样的应急处置方案吗？于洋洋说：没有。这个事情出了以后，我们正在制订临时应急方案。田蜜说：没有说明你们的方案不健全，那就不应该处罚我们。

于洋洋说：这是两码事儿。我们的处罚决定已经下发到所有门店了，它不可能更改。而且，田蜜，我再提醒您一下，您父亲是吃便利店即将销毁的货品突发的急病，实际上也违反了我们的条例。虽然我们知道，几乎所有便利店店员都会分吃一些当天要过期的食品，但在规则上是不允许的。当代社会，我们还是要尊重契约。

田蜜无言以对。

常胜一上午都有些心不在焉，不知道田蜜和于洋洋谈得怎么样、会不会出什么岔子。好不容易等到田蜜回来了，常胜急忙问：怎么样？

田蜜没回答，却问：万百千的消息你打听到了吗？常胜说：我妈打听到了，他确实被抓了，小虎、小豹也跟着进去了，还没判。我估计一年半载的他出不来了。——你怎么突然问起他来了？

田蜜说：我想用他那笔钱先给我爸妈把罚款交上。常胜愣了愣：你这就认了？田蜜说：于洋洋有一句话提醒我了，要尊重契约。得恩走了的这些时间，我做的不就是尊重契约的工作吗？而且，我爸也有错在先。他不该吃要销毁的那些食品。常胜说：我觉得这个事情依然有讨论的空间。

田蜜说：常胜，不讨论了，向前看吧，我现在有还债能力了。得恩的债我还，我爸妈的债我也认。你帮我召集一下债委会，我想向大家申请用万百千那笔钱先还我爸妈的罚款。常胜犹豫了一下说：我这儿有钱，我先把这笔钱垫上。当你借我的。田蜜摇头：我不能用你的钱。我是在一点点还债，我借你的钱，不是添新债吗？借钱还债还叫还债吗？常胜只好点头：好吧。我尽快帮你召集。

下午，常胜召集债委会开会。众人也都知道了便利店被罚的消息，纷纷为田加安和肖华鸣不平。蔡冬梅说：半个小时罚六十万，抢劫啊！这罚款不能交！常胜说：

按合同来说，田蜜爸妈是该罚。康哥问：那要是不交会怎么样？常胜说：不交的话首先田蜜爸妈的店开不下去了，其次对方很可能会起诉，而且他们赢的可能性比较大。

蔡冬梅说：这么说，这笔钱逃不过去了？常胜说：恐怕是逃不过去。田蜜有一个想法想跟大家说说。田蜜，你说吧。田蜜说：我想跟大家申请把我还万百千的那笔钱先用于给我爸妈还那笔罚款。如果大家不同意，我就再想别的办法。

众人一想，这笔钱本来就是暂存在常胜那儿，拿出来救急也是理所应当，纷纷点头表示同意。

下了班，田蜜去见爸妈，说钱的问题已经解决了，叫他们不必再烦心。田加安和肖华很自责，本来想帮女儿还债，没想到却让女儿平白无故多出了六十万债务，但事已至此也无可奈何。

常胜晚上回到家，仔细想了想，觉得田蜜爸妈这次的遭遇很有代表意义。类似的企业对员工过度严苛、动不动就巨额罚款的案例屡见不鲜，表面上看企业是管理严格并且一心一意为用户着想，却忽视了对员工正当权益的保护。孰是孰非很难一句话断定，但这一现象显然具有很大的讨论空间。

常胜来了灵感，连夜奋笔疾书，以田蜜爸妈的遭遇为例洋洋洒洒写了一篇文章，标题是：“家城便利店：这笔罚款该不该交？请大家踊跃讨论！”

第二天一早，常胜把这篇文章放到了常胜赢家公众号的头条发了出去。田蜜看见了，大吃一惊，急忙去找常胜。

田蜜说：常胜，你怎么把我爸妈的事儿给弄网上去了？你把头条改了怎么也不跟我提前说一声？常胜说：我如果跟你商量，你不会同意的。田蜜说：我现在也不同意，我要求你删除！

常胜说：不能删。自媒体也是媒体。我们要对发布的内容负责。田蜜，你仔细看一下，我没有列出你父母的名字，我只是把这个事情提出来，交给社会讨论。你看，十分钟时间，已经有三百多条讨论了，大部分认为不该罚！田蜜说：这有什么用呢？家城便利店和于洋洋不会因为这个改变主意的！常胜说：围观改变气场，讨论促进变革。社会就是这样一点点进步的！

这时李梦也到了办公室，一进门就兴奋地说：好消息！便利店这个事儿已经上微博热搜了！

常胜和田蜜都愣了一下，赶紧上网看微博热搜。原来，有网络大V把这篇文章转到了微博上，随即引起了读者们的强烈反响，各大媒体、各路专家以及普通网民纷纷各抒己见，对这笔罚款到底该不该展开了热烈的讨论。这个话题也成为当天全网最热门的话题。

家城便利店陷入了一场来势汹汹的舆论风暴中。于洋洋紧急召集家城便利店的各部门负责人开会商量对策。刚开完会，罗江打来了电话。

罗江问：洋洋，怎么搞的，现在好多人给我打电话说便利店的事儿。我看事情的源头是常胜那公众号发的，到底怎么回事？他怎么掺和到这事儿里来了？于洋洋说：罗总，这件事儿我没跟您说，我们要罚款的这家便利店的承包人是田蜜的爸妈。

罗江吃惊：什么？这事儿你怎么不跟我说？于洋洋说：您说一般的事儿就别给您汇报了。我就没打扰您。罗江说：这是一般的事儿吗？这是打断骨头连着筋的事儿！你们现在都有什么措施？于洋洋说：我们马上要发布一个严正声明。律师正在写。罗江语气严厉：立即停止！我马上动身去宁城，等我到了再说！

傍晚的时候罗江赶到了宁城。于洋洋详细汇报了事情的经过。罗江略一思索说：我不同意罚款！要立即取消这个决定！

于洋洋说：罗总，您一直教导我，一个企业要照章办事。罗江说：如果照的这个章是错的呢？于洋洋说：我认为也要照章办事。办完事，然后把错误改过来。罗江说：死板！

于洋洋不服气：我认为是没有规矩不成方圆。罗总，我想知道，您想取消这个处罚的原因是什么？是您对田蜜的同情？还是田蜜是甜蜜科技的最大股东，您在为下一步接盘甜蜜科技下一盘大棋？罗江说：都不是。于洋洋问：那是为什么？罗江说：我是为了你。于洋洋一愣：为了我？

罗江说：这是你第一次投资并进入一个项目操盘。你还不清楚你已经遇到了一次非常大的危机。目前还处在可控范围内，如果你把律师的所谓什么狗屁严正声明发出去，家城便利店就将万箭穿心。以前毁掉一个企业至少要用一年，现在社交媒体只要二十四小时就可以。我在创投界这么多年，看着多少企业因为舆论倒在成功的起跑线上甚至是终点线前。洋洋，你去看看微博上的评论，有几个人站在家城便利这一边？那就是汹涌澎湃的民意，全部都是对第一线劳动者的同情。

于洋洋还是有些不服气：因为民意就不遵守契约吗？罗江说：我们是甲方，不存在不遵守契约这个概念。如果你逆民意而上，这就是危机；如果你顺民意而行，这就是转机。我在这个事件里看到了巨大的转机。

于洋洋不解：什么转机？罗江说：我们要把这个危机事件转换为家城便利店的品牌营销。我们不是要发严正声明，而是要发一个温馨声明。声明我们放弃对承包人的处罚，声明我们永远坚持以人为本的理念。人，不光包括我们的顾客，也包括我们自己的店员，我们还要声明，我们将引进人工智能，计算每个便利店所需的食物果品，尽可能减少浪费，更要声明，在某些紧急情况下，店员可以闭店，并将不受惩罚。我们不光要让生活更便利，还要让人间更温馨！

于洋洋愣愣地看着罗江。

罗江皱眉：怎么？脑袋还转不过弯来？于洋洋回过神来：不是，罗总，您这番话让我醍醐灌顶。我这就让他们出温馨声明！罗江说：不，你自己出。于洋洋说：好的。我这就去写，尽快发出来。

于洋洋转身要走，被罗江叫住：等等！不着急。这个声明不要今天发。明天再发。于洋洋不解：为什么不今天发出去扭转局势？罗江微微一笑：因为要让话题继续发酵，热度达到顶点将要变冷的时候，我们再抛出去这个声明。投资人也要学会传播。于洋洋恍然大悟：我懂了！

第二天上午，家城便利店官方微博发布了于洋洋起草的“温馨声明”。正如罗江所料，家城便利店再次登上了热搜榜，不过这次是一边倒的赞赏之声。一场舆论危机算是化解了，于洋洋大大松了一口气。

田加安和肖华也接到了贾不假的通知，罚款取消，便利店即日起重新开门营业。两人激动不已，赶忙打电话告诉了田蜜。

常胜和田蜜此时也从网上看到了家城便利店的声明。常胜意气风发，挥动着胳膊说：看见没有？这就是民意的力量！

二十五

于洋洋向罗江汇报了一下近期的工作，除了甜蜜科技这块，于洋洋又考察了一些项目，正好借机征求一下罗江的意见。

罗江听了一会儿说：你知道我这次为什么回来吗？于洋洋愣了一下说：您回来不是为家城便利店的事情吗？罗江笑笑说：家城便利店的事情就几句话而已，我电话里就跟你说明白了，不值得我回来。于洋洋问：那您回来是？罗江缓缓说：我要收购常胜赢家。

于洋洋有些吃惊：您以前不是拒绝常胜了吗？罗江说：那是以前，现在我看到了他的成长。我查了一下他的数据，就说这便利店事件，五分钟微信十万加，十分钟上了微博热搜。常胜赢家已经是一个不折不扣的超级自媒体。攀梦资本在宁城的布局里，应该有自媒体这一块，尤其是财经类自媒体。

于洋洋说：我明白了。那我马上找他先谈一下。罗江说：不，为表最大诚意，你帮我约一下，我跟他谈。

常胜正在办公室跟田蜜、李梦开选题讨论会，接到了于洋洋的电话。

于洋洋调侃地说：英雄救美啊常胜。这下你满意了吧？常胜说：多谢夸奖。这是英雄应该做的。也祝贺你们最终回归到了一家企业应该有的人文关怀上。我相信你会做出这样的选择。于洋洋说：这不是我做出的选择，这是罗江的选择。现在，罗江要见你。

常胜皱眉：他要见我干什么？于洋洋说：他要收购你。严格来说，是收购咱们俩。我也是常胜赢家的股东。常胜惊讶：他要收购常胜赢家？为什么？于洋洋说：具体的你跟他谈吧。你现在能过来吗？你也知道，罗江的时间是以分钟来计算的。

常胜一听这话忽然有些来气：他的时间以分钟来计算？那你知不知道我的时间现在都以秒来计算！他如此傲慢，也就别怪我有偏见了，不见！于洋洋愣了下：常胜，如果攀梦资本进来，对常胜赢家来说不是量的积累，而是质的飞越。常胜说：我认为他也应该品尝一下被拒绝的滋味。再见！

常胜把电话挂了，朝田蜜和李梦说：可笑！罗江和于洋洋竟然想收购咱们！让我给拒了！李梦说：这个节骨眼上他们要投资是不是要报复啊？咱们挑动了舆论，他们干脆把咱们给收了，这是想团灭咱们吗？

田蜜却很冷静：常胜，我认为，你应该见一下罗江。常胜说：咱们现在发展得挺好的，我不想要什么投资。田蜜说：我跟你谈过几次了，咱们到瓶颈了，需要有投资进来。常胜说：即便需要投资，我们也可以找别人。为什么一定是罗江？田蜜说：你成熟一点，做人不要置气。你比我更清楚罗江在投资领域的分量。常胜说：我已经拒绝了。田蜜说：于洋洋肯定会打回来的。她必须得完成罗江交代的任务。

话音刚落，常胜的手机响了，果然是于洋洋又打了回来。

于洋洋说：常胜，你给我打电话，我见了田蜜，我给你打了电话，也请你见一下罗江。这个要求不过分吧？常胜没继续置气了：洋洋，你安排吧。我见。

常胜去了罗江办公室，两人客套了几句，随即进入正题。

罗江说：常先生，常胜赢家你自己估值多少？常胜略一思索说：一个亿。罗江想都不想：我认。我投三千万，收购你手里常胜赢家百分之三十的股份。常先生意下如何？

常胜一愣，没想到罗江答应得这么爽快，没敢贸然回答了，说：罗总，我得回去想想。罗江说：理解。你什么时候可以回复我？常胜说：明天上午。罗江微笑点头：静候佳音。

回去的路上常胜有些激动，罗江的条件委实令他心动。第一次创业失败的惨痛经历还历历在目，没想到第二次创业的成功来得如此突然，他心里又有些忐忑。

回到办公室，常胜关上门，把跟罗江的会谈结果跟田蜜说了一下。

常胜说：我现在脑子有点乱，你帮我好好想想，这件事到底是好事还是坏事？田蜜认真想了想说：肯定是好事。但有一点，我们要在投资合同中确保我们的独立地位，他们无权干涉我们的经营。

常胜说：你觉得我们一定要引进资本去发展吗？你能再给我一个让我下定决心的理由吗？田蜜说：我爸妈那便利店是二十四小时经营，咱们这常胜赢家何尝不是二十四小时经营？我连做梦都是在跟人谈合同。前两天李梦告诉我，她黑白颠倒到两个月没来例假了。就说你，你每天掉的一地碎头发你不知道吗？这样下去不用半年你就秃了，秃如其来了！

常胜不自觉摸了摸头发：我这两天照镜子，发现发际线确实有点后退呢。你呢？你没什么事儿吧？

田蜜把自己的包往桌上一搁：你自己看。常胜摇头：我不能随便动女士的包。

田蜜打开包自己往外一样一样掏东西：这是速效救心丸，胸闷时吃一片。这是云南白药，着急上火，口腔老溃疡。这是抗过敏药，体质下降，荨麻疹又犯了。这是解酒药，有些客户一定让喝，我也躲不掉。提前吃一片，有用没用至少能起个心理作用。这是——常胜打断：田蜜，你别掏了，我下定决心了，咱们干！

第二天上午常胜带着田蜜一道去了罗江办公室。常胜说：咱们直接谈合同吧！

于洋洋已经拟好了合同草案。当下几个人一起，逐条逐条地检视讨论，一直忙活到晚上才把所有条款都确定了下来。于洋洋立即将正式合同文本打印了出来，常胜和罗江郑重地在上面签了字。

四个人相视而笑，互相握手道贺：合作愉快！

从罗江办公室出来，常胜和田蜜都按捺不住内心的兴奋。田蜜说：祝贺你！你马上就成千万富翁了！常胜说：多亏了你。这里面有你一半的功劳。田蜜说：哪儿的话，谢谢你给了我一个机会让我到常胜赢家工作，要不然我根本还不了那么多债。

常胜想了想问：你现在还有多少债务？田蜜说：还有不到三百万。常胜说：田蜜，我想奖励你百分之五的股份。田蜜愣了愣说：那不是我应该得的。我只拿我应该拿的钱，还我必须还的债。你不要强迫我。常胜笑笑：你就不是个能被强迫的人。田蜜也笑了。

投资的事情落实了，接下来就是选址和招人。常胜和田蜜看了几处写字楼都不太满意。这天常胜又去于洋洋那儿跟她探讨常胜赢家下一步的发展计划，突然发现攀梦资本对面的办公室还空着。

常胜问于洋洋：对面那办公室怎么还没租出去？于洋洋笑着说：你搬走以后租出去了，但那家公司没俩月也倒闭了！现在大家都说对面那办公室风水不好，租金降了一半了还是没人敢租。

常胜略一思忖说：我租！于洋洋惊讶：你不怕有心理阴影？常胜自信地说：我不信这个邪！再说了，从哪里跌倒就要从哪里爬起来！于洋洋想了想说：也好，在对面办公我们沟通起来方便，另外也能经常提醒你别忘了当初的教训。常胜说：那就这么定了！

常胜和田蜜商讨招聘计划。常胜吸取了上次的教训，决定精简编制，除了财务和行政部门外，另外只设两个部门，一是编辑部，负责公众号文章的撰写和维护，由常胜担任主编，另外配置十个左右的记者和编辑。另一个就是市场部，依旧由田蜜担任主管，人员也暂定十人左右。两人又商量制定了公司的薪金制度和考核制度，总的原则就是想办法激发大家的工作积极性和主动性。

两人讨论得热火朝天，田蜜突然想到一个问题：蔡阿姨和康哥他们怎么办？

常胜也是一愣，心说这还真是个问题。以前公司处于初创期，各方面都不正规，请他们几位做兼职也是不得已而为之。现在公司要进入正规化运营，再让他们兼职就有些不伦不类了。

田蜜说：我们现在好起来了就让他们走，我开不了口。

常胜想了想说：晚上请我妈他们吃个饭，我来说。

晚上，常胜在一家高档饭馆订了一个豪华包间，把爸妈和张秋菊、康哥、李明白都请了过来。田蜜、李梦作陪。

众人都兴高采烈。蔡冬梅问：儿子，今天为了什么聚餐啊？你怎么点了这么多菜？常胜说：妈，秋菊阿姨，明白叔，今天请大家吃饭，是要庆贺一件大事儿。蔡冬梅问：什么事儿啊？你赶紧说。常胜说：常胜赢家以一个亿的估值引进了一家投资方。

众人一愣，随即欣喜若狂。蔡冬梅拍着巴掌：妈呀，我儿威武！康哥说：我们都是功臣啊！李明白说：我明白了，人活着就要折腾！

张秋菊问：这一个亿不是要分给咱们吧？李梦说：秋菊阿姨，估值一个亿，不是挣了一个亿。张秋菊说：哦，不管怎么说，那也是一个亿！

常子龙也很欣慰：这小子，都让你干到上亿了！蔡冬梅说：可不是常胜一个人干出来的！还有田蜜、李梦，还有我们麻将四人组，不，团结四人组，是咱们大家一块干出来的！常胜说：对！大家一块干出来的！干杯！

众人纷纷举杯。

常胜又朝常子龙说：爸，我们的新办公室正在装修，装修好以后，我们就从您这儿搬走了。感谢您对我创业的扶持，感谢您对常胜赢家的帮助。在最困难的时候，您收留了我。我敬您一杯！常子龙乐呵呵地说：你跟我客气什么，我又不是没收你的房租！

蔡冬梅说：儿子，你怎么说得很伤感啊。你就是搬走了，这儿也是你的家啊。康哥说：常胜，公司搬走了，是不是我们四个也得跟着搬啊？哎呀，常山赵子龙，把你一个人留在这儿我们不落忍啊！张秋菊问：公司地址在哪儿啊？有麻将桌吗？李明白说：对。没麻将桌不行，我们现在是麻将桌外交。项目都是麻将桌上谈。

常胜说：你们不用搬过去。蔡冬梅说：不，儿子，你不用考虑我们，该搬过去就得搬过去，做事就得有做事的样子。康哥点头：对，常胜，我们能克服这个困难。

常胜硬着头皮说：妈，不是这个意思。蔡冬梅问：那你什么意思？常胜说：我的意思是，公司不需要你们的帮助了。你们还是快乐地跳广场舞和打麻将吧。谢谢你们在常胜赢家期间对常胜赢家的帮助和付出。

众人都愣了，不自觉地看向田蜜。

蔡冬梅说：田蜜，你是我们的直接领导，是这么回事吗？田蜜站起身来：蔡阿姨，秋菊阿姨，康哥，明白叔，对不住你们了。康哥说：田蜜，你先坐下，这是谁的决定？

常胜和田蜜异口同声：我的。

张秋菊哼了一声：领导班子还挺齐心啊。

常胜说：是我的决定，跟田蜜没关系，她没有权力做决定。实际上她想带着你们一块过去，被我否定了。康哥说：常胜，你这是卸磨杀驴啊。蔡冬梅不满：康哥，别这么说，不好听。我们不是驴。康哥说：我就是打个比方。李明白说：比方不准确，这应该叫过河拆桥。张秋菊说：也叫上房抽梯。康哥说：要这么说，得叫杯酒释兵权。

蔡冬梅说：你们说的都不对。这叫鸟尽弓藏。可是常胜，我们还能发挥更大的作用啊。我们还有很多人脉没来得及施展啊。田蜜说：蔡阿姨，公司规模发展以后，劳动强度会加大，您几位的身体不一定吃得住。常胜主要是这方面的考虑。常胜连忙附和：对。妈，你们还得继续跳广场舞。

蔡冬梅说：人生就是一场广场舞，谁的广场谁做主。常胜，你是不知道，在我们忙于谈广告业务期间，地盘被人占了。你妈，已经不是这一片儿的广场舞舞王了。更没想到，你说不用就不用我们了。人生，已经无处可去了啊。

常子龙开了口：蔡冬梅，怎么无处可去了，我这棋牌室不就是你们的地盘吗？你不要给常胜和田蜜再增加压力了。公司要发展，得靠年轻人，都走新路子。常胜，田蜜，我支持你们裁员！

张秋菊又哼了一声：父子也挺齐心啊。

蔡冬梅可怜巴巴地望向常胜：儿子，你的决定还没改吗？常胜说：妈，不能改变了。但是我跟田蜜商量了一下，为了感谢大家对常胜赢家的付出，由我奖励您四位每人一万块钱。

蔡冬梅一听儿子要花钱立马心疼了：不用不用，奖励就不要了吧。张秋菊说：冬梅，不带这样的啊，怎么就不要了？我认为这个奖励很有必要。李明白，你觉得呢？李明白点头：很有必要。能让我们心理平衡一点。康哥说：奖励吧。冬梅花儿开，你也不用心疼你儿子的钱，奖励给我，我最后也会花到这棋牌室，肥水没流进外人田。

常胜松了口气：好！那就这么定了！谢谢大家！我再敬大家一杯！

众人举杯干杯。

蔡冬梅把酒杯往桌上一顿：秋菊，吃完饭咱们开个会吧？张秋菊不解：我们都被辞退了还开什么会？蔡冬梅说：商量一下怎么把广场舞地盘抢回来！

经过半个多月紧张的筹备，新公司开张了。常胜召集全体员工举行了一个简单的开张仪式。

常胜说：欢迎各位加盟常胜赢家。大家可能不知道，这间办公室曾经是常胜赢家的滑铁卢。当时常胜赢家第一次创业，也是在我现在站的这个位置，我雄心勃勃地对当时的新同事们说，常胜赢家不仅是一家公司，更是一所学校，是培养行业精英和优秀人才的学校。但是由于战略以及管理上的重大失误，仅仅两个月过后，公司就关门大吉了。这之后我和田蜜女士联手，开始了第二次创业。我们把公司搬到了一个小区里的棋牌室里，顺便说一句那个棋牌室是我爸开的，没要我房租。

员工们发出了一片笑声。

常胜说：就在那样艰苦的条件下，常胜赢家创造了奇迹，不到半年时间粉丝数就从几万上升到上百万，每期至少一篇文章十万加，影响力指数也始终位居同类自媒体排行榜前十位，并且成功获得了著名天使投资机构攀梦资本的青睐，首轮融资三千万，估值将近一个亿。

员工们鼓掌赞叹。

常胜继续说道：之前为新公司选址的时候，我坚持要回到这里。一方面我是希望从哪里跌倒还从哪里爬起来，另一方面我也是希望提醒自己不要忘记过去的沉痛教训。但还有一个更重要的原因，我希望自己、希望常胜赢家能够不忘初心。我衷心地希望，我们能够一起成就一番事业！

众人热烈鼓掌。

蔡冬梅、张秋菊、康哥和李明白又恢复了广场舞加麻将的日常生活。

这天下午，四个人打着麻将，都情绪不高，有些心不在焉。

蔡冬梅摸了一张牌，和了，但一点都不兴奋：自摸。

其余三人也都一语不发，各自付筹码给蔡冬梅。

蔡冬梅把面前的牌一推：不玩了，没意思。张秋菊也把牌一推：我也不想玩了。李明白皱眉：我就不明白了，这几天怎么老是没精神。康哥无精打采地说：我也是。这常胜赢家一搬走吧，好像有点空落落的，干什么都提不起劲来。

蔡冬梅说：康哥是说到点子上了！我们之前天天忙着跑业务拉广告，已经习惯了。现在突然闲下来了，有点不适应。李明白恍然大悟：我明白了，就是这个原因，所以我老没精神。

张秋菊说：冬梅，要不你跟常胜说说，还让我们干兼职？蔡冬梅说：我也想接着干，但是不行。我儿子说了，常胜赢家现在拉到了投资，不能再像以前那样想怎么干怎么干，要走正规化发展的路子，招人都要签正式劳动合同，上五险一金，兼职的没办法管理。再说公司离着那么老远，我们哪有时间和精力天天往公司跑啊。

康哥忽然说：哎，要不我们自己弄一个公众号？

众人都一愣。蔡冬梅说：我们自己能弄吗？康哥说：能啊，特别简单，上网注册一下就行。

众人相互看看，都有些跃跃欲试。

蔡冬梅说：康哥这个提议意义重大。咱们开个会讨论讨论。康哥忙不迭点头：讨论讨论！——扭头朝柜台喊：常山赵子龙！上茶！

四个人当即喝着茶热烈地讨论起来。

张秋菊问：注册公众号要花钱吗？康哥说：不用花钱，免费的。蔡冬梅说：钱不钱的倒不是大问题。问题是我们公众号写什么呀？康哥说：只要不违法，写什么都行。

蔡冬梅说：不能乱写。你们还记得常胜说的吗？公众号得有定位。定位就是写什么、写给谁看，这些要先想好。张秋菊说：就写给我们自己看呗。李明白说：还有我们阳光里的街坊邻居们。康哥补充：还有我们那些全国各地的微信群友。

蔡冬梅说：我总结一下，我们这个公众号，就写给全国各地跟我们差不多年纪的中老年朋友看。我们的定位就是中老年之友，是中老年人了解社会、了解时代的一个窗口，是中老年人互相交流、共同进步的一个平台。

众人纷纷赞同。张秋菊说：这个定位好。康哥说：冬梅花儿开有水平！李明白说：我明白了，冬梅是深藏不露啊。

蔡冬梅有些自得：咳，哪里，我就是比较好学，另外脑子比较灵活而已。接下来咱们想一下公众号的名字。

张秋菊想了想说：我看，就叫中老年之友。蔡冬梅说：叫中老年之友可以是可以，就是感觉太老套了，不时尚。李明白说：要不叫阳光里在线？蔡冬梅想了想：不大气。我们是面向全国的，眼界要高一点，不能老盯着阳光里小区。

康哥说：我有个好名字，康哥说事。张秋菊说：康哥说事？就你和杜鹃那点事，有什么可说的呀。康哥有些窘：怎么扯到杜鹃头上了！我不是说自个儿的事，我说的是家事国事天下事。广告词我都想好了：家事国事天下事，康哥说事！——怎么样？

蔡冬梅摇头：不妥，这个公众号是我们大家一起弄的，不能只突出你一个人。你这个康哥说事可以开个专栏，不能作为公众号的名字。张秋菊附和：我同意冬梅的观点。康哥只好说：那大家再想想吧。

几个人苦思冥想了一会儿，蔡冬梅忽然灵光一闪：哎，叫甜蜜的生活怎么样？

康哥说：甜蜜的生活……不错，积极向上。张秋菊点头：朗朗上口。李明白说：吉祥如意。众人异口同声：就叫甜蜜的生活！

傍晚的时候常子龙回到家，见蔡冬梅对着一台崭新的台式电脑，点击着鼠标打开一个个应用查看着。见常子龙回来了，蔡冬梅连忙叫道：哎，常子龙，你过来帮我看看，打字的软件在哪儿呀？

常子龙愣了下：你哪来的电脑？蔡冬梅说：买的呀。常子龙问：你买电脑干什么？蔡冬梅说：写文章呀。常子龙问：写什么文章？蔡冬梅说：公众号文章呀。常子龙说：你帮儿子写文章？你行吗？蔡冬梅说：不是常胜赢家那个公众号，是我们自己的公众号，甜蜜的生活。我和康哥、秋菊、老李四个人弄的。

常子龙惊讶：什么？你们唱的哪一出啊？蔡冬梅说：哎呀，等一下再跟你讲。你先帮我找找打字的软件。

常子龙走到电脑前，点击鼠标查看了一番：这电脑根本就没装打字软件，上哪儿找去。蔡冬梅说：那怎么办呀？你会装吗？你帮我装一个。常子龙说：会。蔡冬梅说：那你帮我装一个吧。今天晚上我必须把文章写出来。

蔡冬梅起身让常子龙坐。

常子龙说：我帮你装着，你先做饭去。蔡冬梅说：哎，那你慢慢装吧。

次日上午，四个人又聚到棋牌室开会。每个人手里都拿着几页纸，是打印出来的文章。

康哥先拿着纸念：我的文章标题是，康哥说事：老龄产业有望成为经济发展新的增长点。我给大家念一下啊——

蔡冬梅打断：别念了，挨个念得念到什么时候啊。念标题就行。——秋菊。

张秋菊说：我的文章标题是，春季到了，中老年朋友要注意预防呼吸道疾病。

蔡冬梅点头：秋菊这个选题不错，实用。你以后就写一些养生保健类的文章。张秋菊说：那我也开个专栏，就叫养生保健。蔡冬梅：我们每个人都开个专栏。——老李。

李明白说：我的文章标题是，诗词鉴赏：奇峰突起，意境独辟——诗仙李白山水诗赏析。蔡冬梅说：诗词鉴赏？有人看吗？李明白说：怎么没人看。中老年人群很热爱文化艺术的。有的老年大学还专门开了诗词鉴赏课。我准备以后专门写文化艺术方面的文章。除了诗词鉴赏，还有书法绘画、音乐舞蹈等。蔡冬梅点头：也挺好。你就写文化艺术吧，能提高我们公众号的品位。

张秋菊问：冬梅你写的什么？蔡冬梅拿起自己手里的几页纸：我的文章标题是，从零基础到广场舞高手，只需要这四个技巧。张秋菊笑了：咳，怎么写起广场舞来了。蔡冬梅说：广场舞怎么不能写了？广场舞是人民群众喜闻乐见的业余文化娱乐活动。以后我就专门写老百姓的日常生活。康哥说：你的专栏就叫生活百态，怎么样？蔡冬梅高兴：这名字好。就这么定。

康哥又说：对了，文章的内容谁来把关？蔡冬梅说：你把关。我们写完文章以后都发给你，你看哪儿不合适就给改改。康哥连连点头：没问题，我来给你们把关。

蔡冬梅说：好了，甜蜜的生活第一次选题会议圆满成功！等一下大家都把文章发给康哥。康哥，你抓紧给登出来。康哥说：还有件事，谁来排版？张秋菊说：你呀。康哥说：我不会呀。李明白说：我就不明白了，你不是什么都懂吗？怎么排版就不会了。康哥说：这是专业活，我要现学的话也学得会，但跟专业的没法比。

这时常子龙提着水壶过来给大家加水。

蔡冬梅说：排版很重要，不能瞎排。我们是要找个专业点的。张秋菊说：上哪儿找啊。雇人还得花钱，这钱谁出？我反正不出。蔡冬梅说：雇人是有点不划算。康哥你要学得会的话就你来干。康哥点头：我尽力而为吧。

常子龙忽然开了口：我来吧。

众人都一愣。蔡冬梅问：你来什么？来壶茶？常子龙说：我说，排版的事，我来。康哥惊讶：嗬，常山赵子龙，没看出来啊，你还会排版？常子龙说：想当年，我们厂子里的黑板报都是我一个人画的。我画黑板报画了三十多年。康哥说：我们说的是公众号文章的排版，跟黑板报是两码事。常子龙：我说我会排版。信不信由你们。

常子龙转身走了。众人面面相觑。

张秋菊问：哎，冬梅，老常到底会不会啊？蔡冬梅说：他说会就一定会。常子龙从来不吹牛。李明白说：让老常试试看。康哥说：对，试试看，不行我们再找人。蔡冬梅很自信：不用试，常子龙一定行！

时间过得飞快，一转眼又是三个月过去了。蔡冬梅等人借用了常胜赢家留下来的办公室，把门口的牌子改成了“甜蜜的生活编辑部”，每次会议就在办公室里召开。

这天的例会时间，蔡冬梅情绪高昂地说：经过大家持续三个多月的不懈努力，我们甜蜜的生活公众号的粉丝数终于胜利突破了五千大关！

众人都高兴地鼓掌。

蔡冬梅又道：我们文章的阅读量也在持续上涨，从刚开始的几十到几百再到几千。其中，我那篇《从零基础到广场舞高手》的文章，从刊登以来到现在，不断地被转发、转载，截至中午十二点，阅读量已经突破了两万！

张秋菊朝蔡冬梅竖起了大拇指：冬梅真厉害，把康哥都比下去了。康哥不服气：不能这么说，冬梅花儿开就那一篇文章的阅读量比我高，如果算全部文章的总阅读量，那还是我第一。

李明白有些郁闷：我就不明白了，怎么我的文章阅读量从来没超过一千？常子龙说：诗词鉴赏属于小众领域，十个读者里有一个愿意看就不错了。蔡冬梅说：你要是写电视剧鉴赏，估计看的人就多了。李明白点头：我明白了。冬梅这个建议好。我要转型，以后我不写诗词了，我就写电视剧。

蔡冬梅说：总而言之，我们还是取得了丰硕成果，大家一定要戒骄戒躁，继续努力！

这三个月里，常胜赢家也驶上了快车道，业务量增长迅猛。公众号头条的广告价格从十万涨到二十万继而又涨到四十万，整整翻了两番。涨价其实也是迫不得已，因为主动找上门来的客户太多了，如果价格太低的话根本安排不过来。文章的阅读量也是一路攀升，每期的头条阅读量都能达到二十万加甚至三十万加。

这天，常胜正在总经理办公室里埋头写稿，田蜜兴冲冲敲门进来了：常总，我刚谈了一个大单，全年套餐，两百四十万！常胜笑道：不错，恭喜恭喜。田蜜说：六期头条软文，外加十二条底部 banner，对方要求我们再额外赠送六期栏目冠名，总的算下来相当于给他们打了八折。你看可以吗？常胜点头：可以。我们就是要尽量多争取这类长期客户，优惠幅度大一点没关系。田蜜说：好的，我知道了。我马上去跟他们确认合同条款。

田蜜开心地出去了。常胜微笑注视着田蜜的身影，活动了一下酸胀的肩膀，继续埋头写稿。

晚上，常胜洗完澡，见田蜜坐在桌前写她的《还债日记》。常胜想起白天的事，问：今天那单合同谈妥没有？田蜜说：谈妥了。他们要走流程，估计下礼拜一二就签了。

常胜问：这单提成拿到手，你的债还差多少？田蜜拿笔在本子上算了算：还掉这一笔的话，还剩大概九十万。常胜微笑：加油，再有两三个月你就彻底还完了。田蜜点头：嗯，胜利在望。不过我还不能放松，还要继续奋斗。

常胜弯腰去逗玻璃瓶中的螃蟹：奋斗啊奋斗，你的使命快完成喽。

田蜜看看奋斗，又看看常胜，忽然问：你说，奋斗是男是女啊？常胜暗自一惊：螃蟹怎么还有男女呢，应该叫公母。田蜜说：嗯，那你说奋斗是公是母？常胜装糊涂：我看看啊……我还真不大分得清……是公是母不重要，关键是它能激励你去奋斗。对吧？

田蜜说：有道理。是公是母不重要，是真是假也不重要。——但你是不是骗了我很重要。常胜干笑：骗你？什么话，好好的我骗你干什么——

田蜜盯着常胜，常胜讪讪地住了口。

田蜜说：你不会以为我连螃蟹的公母都分不清吧？奋斗是一只公螃蟹——指了指瓶子——这只螃蟹是母的。

常胜尴尬，举手做投降状：我错了。我诚恳地向你承认错误并且道歉。

田蜜想笑又忍住：知错能改，还有救。说吧，你为什么要给我狸猫换太子？

常胜苦着脸说：我真不是成心的，有一次我给奋斗换水，一转身，没了！我也不知它跑哪儿去了。我怕你一生气把我当螃蟹蒸了，就没敢告诉你，第二天一大早跑去市场又买了一只螃蟹回来。当时我也没注意奋斗的公母，给买混了。失误啊。不好意思，不好意思。

田蜜故意板着脸：你要不失误，我还真发现不了你骗我。常胜赔笑：我这是善意的欺骗，善意的。田蜜说：你不该欺骗我，你知道奋斗对我的意义，有了奋斗我才走到了今天。常胜说：你错了。没有奋斗你也能走到今天。从来就没有什么救世主，也不靠神仙皇帝，全靠你自己的努力，紧紧扼住了命运的咽喉。了不起，你非常了不起！

田蜜盯了常胜一会儿，忍不住笑了。

常胜松了口气，也笑了。

常胜身兼总经理和主编二职，每天忙得不可开交，葛子几次约他出来喝酒他都没时间。这天葛子索性登门拜访来了。

常胜正在跟某个投资人通话。对方很热切地说：常总，给我们一个机会嘛。我们要的不多，5个点就行。价钱你定！常胜说：实在对不住啊朱总，我们暂时没有新的融资计划。一旦我们开始第二轮融资，我一定第一个通知您。……哎，先这样。

常胜挂了电话。葛子感叹：常胜，你算混出来了。常胜说：还早着呢。你找我什么事？葛子问：你们那主编位子还空着吗？常胜说：空着。我一直想找个合适的人替我。怎么，你有合适的人推荐了？葛子说：我推荐我自己。常胜愣了下：你想通了？葛子说：出版业也不景气，我想到别的行业试试。常胜说：葛子，我个人非常欢迎你来！不过，我们现在的月薪可能还没有太大的竞争力。当然了，我们有期权。关于待遇，你能接受吗？葛子说：这些都是小问题。我想的是，如果我现在还不试着换换赛道，可能以后就来不及了。常胜说：你说的是真的？别让我空欢喜！葛子点头：真的。我想来。

常胜激动地握住葛子的手：葛子，欢迎你，也谢谢你！葛子笑着说：不瞒你说，常胜，我做了这个决定以后，又找到了大学那会儿的热血上脑的感觉！

葛子很快办妥了手续正式加盟了常胜赢家，接替常胜担任了主编职务。一上任葛子首先对公众号的版式做了些调整。

葛子把调整完的样板给常胜看：你看看怎么样。

常胜一边看一边频频点头：非常好。不是一般的好。

这时田蜜敲了敲门进来了，一脸兴奋地把一份合同复印件递给常胜：我那个两百四十万的单子合同签下来了。常胜高兴：太棒了！祝贺你田蜜。

葛子很惊讶地看着田蜜：这么厉害？一笔单子就两百多万？常胜说：你是不知

道，田蜜现在整个一广告狂魔。只要她盯上的客户，没有她拿不下来的。田蜜说：主要还是内容部门的功劳。要内容好才能吸引读者，读者多、阅读量高，我们市场部的才好跟客户谈。常胜说：你放心，以后内容归葛子管，只会越来越好。哎，你过来看一下，葛子把咱们的版式调了一下，你看一下提提意见。

田蜜凑过去看样板：哇，比以前好看多了。特别干净、特别舒服的感觉。葛子说：这只是形式上的调整。内容编排上我可能也会做一些调整。比如头条、二条、三条、四条怎么搭配，大标题、小标题怎么起，配什么样的插图，等等，以前好像有点粗放，今后需要做精细化的编排。

常胜说：田蜜你看，专业的就是专业的。跟葛子一比，我就有点业余。田蜜说：术业有专攻。永远不要用自己的爱好去挑战别人的专业。谢谢葛子老师的加盟。葛子笑道：你们俩夸起人来还挺默契啊。常胜也笑：要说夸人，田蜜还真是专业的。葛子迷惑：是吗？田蜜学什么的？还有夸人这专业？田蜜笑着说：好啦，他说着玩的。你们忙吧，我干活去了。

田蜜出去了。常胜由衷地说：葛子，你来了我就轻松了。你就按照你的想法放手去做，有问题我们随时沟通。葛子说：放心吧老同学，不会给你掉链子的！

二十六

日子一天一天过着，忙碌而充实。田蜜的《还债日记》也快写满了，剩余债务从最初的六百多万，一点点地减到剩三百万、二百万、一百万、八十万、五十万……如今还剩下最后的九万。

这天，常胜正对着电脑忙碌着，田蜜敲门进来，走上前，将一张广告合同复印件放到常胜跟前。常胜拿起来一看，金额写着 40 万。

常胜抬头看着田蜜，田蜜也微笑着看着他。

常胜说：这单的钱拿到手，你的债就清了。田蜜显得异常平静：是的。常胜说：我一会儿跟葛子说一声，这一单优先定档。田蜜说：谢谢。

常胜看了下时间，大约下午四点。

常胜说：哎，晚上一块吃个饭吧。庆祝一下！

常胜特意选了一家重庆餐厅。

田蜜很开心：好久没吃过家乡菜了。谢谢你啊。常胜问：怎么样，味道正不正宗？田蜜说：还行吧，不过还是没有重庆本地的好吃。常胜说：那肯定不能比。

田蜜问：你去过重庆吗？常胜说：去过一次，跟我的公众号粉丝做线下交流，不过基本上都待在酒店里，没出去逛。田蜜说：那跟没去一样。有机会我带你去重庆，把好吃的都吃个遍。至少可以吃一个星期不带重样的。

常胜笑着说：好啊。就怕我吃上瘾了不愿意回来了。田蜜也笑：那你就在重庆安家好了。常胜说：听说重庆妹子都很泼辣，是真的吗？田蜜说：你觉得我泼辣吗？常胜想了想说：一半一半。田蜜问：什么叫一半一半啊？常胜说：就是说，在工作上你挺泼辣，生活中还好。田蜜追问：还好是什么意思？常胜说：就是……还挺温柔。

田蜜笑了，又有些不好意思，低下头吃东西。

常胜说：那个，别光顾着吃啊，咱们喝一杯。

两人都举起杯。

常胜说：祝贺你就要把债还清了。田蜜说：谢谢你常胜。没有你，我不知道能不能走到今天。常胜说：可别这么说。没有我，你还是你，还能走到今天。倒是我，不一定是今天的我。来，别感慨了，喝一杯。

两人轻轻碰杯。

常胜又问：把债还清以后你有什么打算？田蜜说：继续努力，继续奋斗。常胜说：我问的是具体打算。你还继续在常胜赢家待着吗？田蜜问：什么意思？你想撵我走？

常胜笑：我哪敢撵你走啊。现在常胜赢家可以没有我，但不能没有你。田蜜说：我有那么重要吗？常胜说：很重要。我知道，背后好几家自媒体要挖你，你都没答应。田蜜略微有些惊讶：这你都知道了？常胜说：我是总经理，这我能不知道嘛。知己知彼，百战不殆。田蜜笑道：所以啊，你要留住我就得对我好点，否则我随时可能就跳槽了。常胜点头：嗯。我得有点危机感了。

田蜜无声地笑了。

隔了两天，田蜜那笔四十万的广告费到账了。常胜把葛子叫到办公室里交代：

这篇文章你先给排上，田蜜的单。葛子说：你这是以权谋私啊。还有好多单子没排上呢。常胜说：特事特办。这一单对田蜜意义重大。下不为例。葛子说：跟你开玩笑呢。我马上去安排。

田蜜上午出去谈业务了，常胜一上午也无心工作，等着田蜜回来。好不容易听到外面传来田蜜和李梦的说话声，常胜急忙从椅子上跳起来，打开办公室门，探出半个身子喊：田蜜！你过来一下！

田蜜应了一声，放下包进了常胜办公室。常胜关上门。

田蜜问：什么事？常胜微笑看着田蜜：我刚跟葛子说了，你那单优先安排。田蜜说：田蜜：谢谢啊。常胜说过：还有，你那笔四十万广告费到账了。田蜜开心：真的？太好了。等到下个月发工资，我的债就可以还清了！常胜说：不用等发工资了。今天我就把提成发给你。

田蜜一愣，看着常胜，有些感动。

常胜微笑着：别愣着了，收拾一下，我们一块去债委会。

常胜已经提前打好了招呼，蔡冬梅早早就把债委会全体成员叫到了棋牌室，等着常胜和田蜜的到来。

常胜主持会议，拿着一张纸，挨个核对每个人还剩余的债务，并当场通过手机把钱转到各人的账户。款到账后，每个人都喊一句：我的债清了！蔡冬梅是最后一个。随着“滴”的一声短信提示到账两万块钱，蔡冬梅高声地喊：我的债清了！我们大伙儿的债都清了！

众人热烈鼓掌。田蜜突然想起来：对了，还有康哥！常胜一拍脑袋：嘿，我怎么把康哥给忘了。康哥摆手：我的就算了，早说了不用还了！田蜜说：谢谢康哥，但这钱必须要还。

田蜜当即从钱包里掏出了两千块钱现金，正要递给康哥，常胜说：等等！

常胜掏出手机来：这是个历史性时刻，必须得记录下来！康哥点头：对对对，记录下来！

在众人的鼓掌欢呼中，田蜜和康哥相对而站，田蜜捧着两千元现金，弯腰鞠躬双手递给康哥。康哥也弯腰鞠躬接过。两人同时握着那两千块钱，面向众人微笑。常胜、蔡冬梅、张秋菊等人纷纷拿着手机拍照。

蔡冬梅喊着：同志们！静一静！

众人安静了下来。

蔡冬梅庄重地说：今天，是我们阳光里小区债务委员会的最后一次全体会议。债委会成立一年多来，在我和秋菊同志的领导下，在秘书长常胜同志的辛勤工作下，更主要的是在田蜜同志的努力奋斗下，取得了丰硕成果。今天，此时此刻，田蜜同志终于还清了全部债务。让我们对此表示热烈的祝贺！

众人热烈鼓掌。田蜜向众人鞠躬致谢，热泪盈眶。

蔡冬梅说：下面，我宣布，阳光里小区债务委员会已经胜利完成了历史使命，即日起正式解散！同时，我们也衷心祝愿田蜜同志彻底告别过去，去拥抱更美好的未来！

众人再次热烈鼓掌。田蜜泪流满面。

众人都散去了，只剩下蔡冬梅和康哥、张秋菊、李明白。

蔡冬梅有些伤感：唉，今天本来是个大喜的日子，我心里不知道怎么的有点难受。张秋菊说：我也是。大伙儿在一块热热闹闹的一年多，忽然散了，好像少了点什么。蔡冬梅点头：你说的没错，就是这个感觉。

李明白说：债委会解散了，那我们那个微信群是不是也该解散了？康哥说：要我说啊，微信群不用解散。但是得改个名字。蔡冬梅说：对，不解散，大家还在一块儿。——改个什么名字好？康哥说：名字现成的，跟咱们公众号一样，就叫甜蜜的生活！张秋菊说：好！债都还清了，可不是甜蜜的生活嘛！蔡冬梅说：我现在就改过来！

蔡冬梅拿出手机操作，把微信群名由“阳光里小区债务委员会”改成“甜蜜的生活”。蔡冬梅说：改完了！这个微信群我们要永远保留，永不解散！

下班后田蜜去了爸妈的便利店，说到债务已经全部还清，田加安和肖华都喜极而泣。

田蜜想起很久没陪爸妈吃饭了，就叫了些外卖，一家三口围着柜台开开心心地吃着聊着。

田蜜说：我的债已经还清了，你们有了钱就自己存着吧。你们那一百五十万我也会尽快还你们的。田加安说：还给我们干什么？我们还不是要留给你的。肖华也说：是啊，我们的钱哪还要你还。蜜蜜，债还清了，你是不是该考虑一下个人问题了？

田蜜说：妈，我的个人问题不着急。我还要继续奋斗，将来给你们买一所大房子。肖华说：我们不要什么大房子。只要你开开心心的我们就知足了。田蜜说：我现在就很开心啊。肖华说：蜜蜜，我跟你爸年纪也大了，以后照顾不了你，你得身边有个人啊，要不然出点大小事，都没人照应。你听妈的话，得赶紧成个家，行吗？

田加安劝：老肖，不要逼婚。让蜜蜜自己去考虑。你那么着急干什么。肖华说：我不着急行吗？女儿也不能随便找个人就嫁了，总得挑一挑选一选吧。就算选中了，从认识到结婚，也还要有个过程。一来二去，那还不得一年半载的。现在不开始找，那得拖到什么时候！田蜜说：妈，个人问题我会考虑的，但不是现在。你不要操心了行吗？肖华怏怏地不说话了。

吃过饭田蜜见时间还早，决定步行回家。走着走着，又经过那条美食街。路过当初落难时睡过的那个小火车，田蜜情不自禁地瞥了一眼，发现里边竟然蜷缩着一个人。

田蜜愣了愣，继续往前走。走了几步感觉不对，又退了回来，走到小火车门口朝里看。那人如同当年的田蜜一样蜷着身子躺在小火车的椅子上，头发凌乱，面容憔悴，旁边立着一个行李箱——她赫然竟是马蒂莎！

田蜜呆呆地站在小火车门口，看着睡着了的马蒂莎，不知道该走还是该留。马蒂莎突然惊醒了，一睁眼看见了田蜜，猛地坐了起来。

两人对视着，都有些不敢相信自己的眼睛。此情此景恍如昨日，不同的却是两个人的位置对换了。

田蜜终于还是开了口：莎莎，你怎么在这儿？

马蒂莎垂头沉默不语。

田蜜迟疑了一下说：那，我走了。再见。

田蜜走了几步忍不住又回头，看见马蒂莎无声地痛哭流泪。田蜜又走了回去，走进车厢，坐到了马蒂莎旁边，从包里抽出一张纸巾递给马蒂莎。

田蜜问：莎莎，你到底怎么了？马蒂莎含泪看着田蜜：田蜜，跟你看到的一样，我成了那天躺在这张椅子上的你。田蜜疑惑地问：赵康出事了？马蒂莎说：赵康没出事。是我出事了。——赵康跟我分了。田蜜惊讶：你们离婚了？马蒂莎摇头：不，不是离了，是分了。我们就从没领过证。之前，说领了证都是我骗你们的。赵康一直拖着我，不领。

马蒂莎有些语无伦次，田蜜一时没明白：莎莎，那你现在到底是怎么回事啊？怎么住到了这儿？马蒂莎说：没地儿住了。受你启发，就住到了这儿。田蜜说：就算你俩分了，你不还有一处公寓吗？马蒂莎说：被赵康收回去了。田蜜说：我记得你说那是赵康买给你的生日礼物。不在你名下？马蒂莎说：在我名下。但赵康他前任太太，哦，也就是他第四任太太，起诉我，给收回去了。

田蜜更迷惑了：莎莎，你说的我有点弄不明白。他跟他那太太不早就离了吗？马蒂莎说：别说你弄不明白。我都弄不明白。——田蜜，我可不是小三，我跟赵康在一起的时候，他确实跟他第四任已经离了，但谁知道他跟我分手以后，他老婆起诉了我，还起诉了赵康，他老婆说这房子的钱是赵康用他们的共同财产买的。法院判我输，被要回去了。

田蜜不知道说什么好：莎莎，你以前不是学过唱歌、跳舞、主持的吗？从头再来吧。要不先到婚庆公司当个司仪，我记得你最早当过司仪。马蒂莎说：我恨死司仪了，我就是当司仪的时候认识的赵康。田蜜说：那就再想想别的。这样下去不是办法。马蒂莎说：田蜜，问题不在我没地儿住了，问题在我背上了六百多万的债。我当一辈子司仪也还不上啊。

田蜜吃惊：你还欠钱？什么钱？马蒂莎：赵康的钱。之前赵康拿我的身份证注册了一家个人公司，他往账上打了一笔九百万的费用，说是买期货什么的，钱在账上转了一圈就没了，现在要我还这笔钱。田蜜说：那为什么要你还呢？马蒂莎说：我也搞不懂这些，赵康，哦，还有赵康前妻，把我埋坑里了。

田蜜想了想说：你不能老住这儿。妙雯呢？马蒂莎说：她回香港了。田蜜说：我给你微信转一点钱，你找个旅馆住吧。

马蒂莎无奈地默默点头。田蜜把手机往马蒂莎面前一伸：咱们扫个微信吧。

马蒂莎一愣，忽然想起来自己早已把田蜜拉黑了。马蒂莎有些惭愧地掏出手机再次添加了田蜜的微信，终于忍不住再次痛哭：蜜蜜，对不起！我对不起你！

田蜜说：莎莎，别哭了。还有，你能不能把你的这个事儿的前因后果写下来？马蒂莎说：没用。我给法院写过申冤书。田蜜说：你不要写申冤书，你就把这个事儿详细写下来，不要夸大，如实记录。写完了给我。马蒂莎点头：嗯。我写。

田蜜站起身：走，我跟你一块找个旅馆。马蒂莎却坐着没动：不用。我自己找就行。

田蜜知道马蒂莎还是拉不下脸，也没勉强，说：好。那你自己去找。我先走了。有事儿随时跟我微信。

田蜜离开了。马蒂莎看着田蜜的背影发愣，忽然手机响了一声。马蒂莎打开手机，原来是田蜜通过后给她转来了五千块钱。马蒂莎泪落如雨，将手机抱在了自己的怀里。

田蜜心里也很不好受。她太了解窝在那个小火车里是什么感受了。虽说马蒂莎曾经在她最困难的时候落井下石伤害过她，但她却无法对马蒂莎如今的遭遇坐视不管。

田蜜把马蒂莎的情况跟常胜说了一下，问常胜：我们有什么办法能帮帮她吗？常胜想了想说：从你的描述来看，马蒂莎的遭遇倒是一起很典型的婚姻财富管理危机案例。我可以考虑写一篇文章把她的遭遇揭示出来。田蜜说：那太好了！常胜说：这样，我跟你一块去见见她，把前因后果了解清楚再说。

田蜜立刻约马蒂莎到公司楼下的咖啡馆见面。

马蒂莎把几页纸递给田蜜，说：这是你让我写的事情经过。田蜜接过看了一眼又递给常胜：常胜，你看看这篇文章能不能在我们公众号上发表。

常胜说：我先看一下。

常胜看着马蒂莎写的材料，标题：“血泪控诉！重大冤情！我和渣男赵康不得不说的故事！”

常胜看材料，田蜜和马蒂莎继续交谈。

马蒂莎说：田蜜，我已经提起上诉了。我想清楚了，我要为我自己讨个公道。田蜜说：是的，莎莎，你不能就这样轻易认输。你应该维护自己的合法权益。马蒂莎说：可是我担心我还会输。赵康他这人阴狠毒辣，我斗不过他。田蜜说：你要相信法律的公正。上次输是因为你准备不足，这次尽量准备充分点，我觉得你还是有很大机会赢的。我和常胜我们会尽力帮你。

马蒂莎很感激：田蜜，我现在才明白朋友的可贵。之前我感觉好像全世界都抛弃了我，特别绝望，一心只想逃避，不愿意面对现实。但碰到你之后，我觉得我又有信心了。田蜜说：我特别理解你。我也有过那样的至暗时刻。

这时常胜看完了文章开了口：马蒂莎，你这文章我们发不了。马蒂莎顿时激动了：为什么发不了？我说的句句属实！我要向全社会揭露赵康这个渣男的真面目！常胜说：你先别激动，我不是说不给你发，我的意思是你这篇文章叙述得有点乱，而且个人感情色彩太浓，还有多处错别字、语法错误、用词不规范等小问题，不符合我们的稿件发表标准。——你明白我意思吧？

马蒂莎点头：明白了，你是说我文章写得不行。常胜说：就这意思。马蒂莎说：我从小语文就不好。那我该怎么办？常胜说：我来写。马蒂莎一愣，随即感激地说：那太好了。谢谢你常胜老师。常胜说：不用客气。你这个案例很有警示价值，我会跟到底的。

常胜掏出一个录音笔，又掏出笔和本子准备做记录。

常胜说：你先把你跟赵康从认识到最后反目的过程完完整整说一遍，有不清楚的地方我随时发问。注意一定要实事求是，不能夸大其词。——说着按下录音笔：开始吧。

马蒂莎开始讲了起来，从她和赵康如何认识开始，一直讲到被赵康扫地出门流落街头，中间几次忍不住痛哭流涕。田蜜在一旁好言安慰。如此断断续续说了几个小时，基本上把前因后果说清楚了。

晚上回到家，常胜又把马蒂莎叙述的内容仔细听了一遍，随即着手开始写文章，写到将近十二点还没写完。

田蜜泡了一杯咖啡端给常胜，说：困了明天再写吧。常胜说：没事，我一口气写完。田蜜说：谢谢你帮马蒂莎的忙。常胜说：路见不平一声吼，该出手时就出手。赵康这事做得实在是太过分了。

田蜜想了想问：哎，你写这篇文章，不会给常胜赢家惹麻烦吧？常胜说：惹麻烦也不怕。天使不登台，魔鬼不退场。好人都怕惹麻烦，这世界就变成坏人的了！

隔日，常胜赢家公众号头条刊登了常胜撰写的文章，标题是:《套路之王——实业家赵康是怎样把送给前任的房产拿回来并转嫁给她六百万债务的！》

文章一上线立即引起了轰动。田蜜约马蒂莎，把这个好消息告诉了她。

田蜜说：这篇文章上线以后半小时之内阅读数就已经突破十万了。好多人的朋友圈都被这篇文章刷屏了。而且还有很多其他公众号、微博大V也开始转发这篇文章。

马蒂莎看着手机上的文章，心情复杂，一时不知道说什么好：田蜜，这次我真的不知道该怎么谢谢你了。田蜜说：你真的不用谢我。就算我以前跟你不认识，遇到这样的事，我也不会坐视不管的。常胜也一样。我们虽然是自媒体，但我们跟传统媒体一样，要承担起传播事实真相、维护社会公义的社会责任。

马蒂莎说：田蜜，你真的很了不起，我特别佩服你。得恩出了事，你不但没有被打垮，反而越变越强大了。田蜜说：你也可以做到的。送你一句话，尼采说的：一个人知道自己为什么而活，就可以忍受任何一种生活。马蒂莎似懂非懂：我需要知道自己为什么而活。对吗？田蜜说：是的。——站起身来：好了，我得回去上班了。后续如果你还需要什么帮助，可以随时跟我或者常胜联系。

下午，田加安正在店里整理货架，肖华进来了，脸上带着神秘的笑容。

田加安问：你去哪里了？肖华把一叠资料放到柜台上：你看看。田加安拿起一看，是一叠征婚资料，有些惊讶：你去婚介所了？肖华说：是啊，收获很大。这些资料都是他们根据蜜蜜的条件挑出来的，我们先给蜜蜜筛选一遍。

田加安说：蜜蜜说了，她现在不考虑个人问题。肖华说：她不考虑，我当妈妈的要考虑。来，你帮我一起掌掌眼。田加安无奈：好好，等一下，我去洗个手。

田加安洗完手，和肖华坐在一起查看挑选那叠相亲资料。

田加安拿出一份资料给肖华看：这个教授你看怎么样？教育背景很好，人长得也蛮精神。肖华看了看：这个可以作为备选。你看看这个会计师。也挺好的。肖华把会计师资料递给田加安，又拿起一份资料，却愣住了，这份资料竟然是常胜的。

肖华把资料递给田加安：你看这个！田加安一看也愣住了：这怎么回事儿？肖华说：还能怎么回事儿，咱们给孩子找对象，人家蔡冬梅就不给孩子找对象啊。你看，这要求，还挺严格的。

田加安问：那你说常胜这资料咱们还往不往里搁啊？肖华想了想：你觉得常胜怎么样？田加安说：那还用说。脾气好，人品也好。肖华说：挺好的咱们就搁进去。让田蜜自己拿主意。田加安有些犹豫：合适吗？肖华说：男女找对象，他没婚，蜜蜜没嫁，没什么不合适的。

傍晚，肖华把田蜜叫到店里，拿出一个装着挑选出来的相亲资料的文件袋，递给田蜜：蜜蜜，这是婚介所给你匹配的一些男士，你拿回去看看，有中意的就跟我说，我可复婚介所，给你约了相亲。

田蜜有些羞急：妈，谁让你去婚介所的啊。肖华说：要是在重庆，我们有些社会关系，倒是也不用找中介，宁城这地方我们人不熟啊。田蜜说：您没看新闻吗，多少通过婚姻中介骗人的。靠不住。肖华说：我都查了，这个是本地一个很可靠的婚介，都成了上千对儿了，有名有姓。

田蜜说：妈，我现在不想找对象。肖华不解：为什么呀？以前你说债没还完不想找，现在你债都还完了干吗还不找啊？田蜜说：我们现在工作挺忙的，我真没心情找。就是想找我也不想通过中介。肖华说：都是借口。这些资料你拿回去看看，万一有你能看上眼的呢？

田蜜无奈地接过资料塞进了包里。

晚上回到家，田蜜打起精神翻看母亲给她的那叠相亲资料，翻了几页觉得无聊，随手把资料往旁边一丢，却突然看到露出来的一份资料上一个熟悉的名字：常胜。

田蜜一愣，以为是同名，拿起来一看，上面的照片正是常胜。田蜜有些好奇地看了起来，看着看着，差点笑出声来。

征婚资料中把常胜夸得天花乱坠，什么相貌堂堂、创业精英、年入数百万等，还列举了常胜从小到大获得的各项荣誉，连幼儿园时期得了几朵小红花也没落下。但是，择偶要求则苛刻无比，要求女方有品位、有理想、有礼貌、有教养，既传统又开朗，既大方又端庄，上得厅堂、下得厨房，琴、棋、书、画样样在行，身高要一米七以上，肤色还得白里透着亮儿……

田蜜忍不住玩心大起，把正在房间里写文章的常胜叫了出来，说：我妈给我找了个相亲对象，想请你帮我掌掌眼。常胜来了兴趣，让田蜜说下情况。田蜜就把常胜的那份相亲资料念了念。常胜听得直皱眉。

常胜说：哎，田蜜，你为什么拿这资料让我给你掌眼啊？这还用掌眼吗？这不就是个二百五吗？田蜜说：人各有志，可不能这么说。常胜说：那怎么个意思？你还准备去见见这人啊？田蜜说：这人我倒是见过了。常胜吃惊：啊？你都去相过了？田蜜说：我不用去。这人我现在天天见。常胜一愣：什么意思？这人谁啊？田蜜说：远在天边，近在眼前。

田蜜说着把资料往常胜面前一递。

常胜看见了表格上自己的名字和照片，目瞪口呆：你要我呢？田蜜忍着笑：不是，我真是刚好看到了，觉得特别好玩……

田蜜忍不住捂着肚子趴到桌上笑得停不下来。

常胜有些哭笑不得地看着田蜜，忽然明白了：我妈干的好事！明天我得找她谈谈！

第二天一早，常子龙和蔡冬梅正要出门去棋牌室，常胜来了。

蔡冬梅说：儿子，你怎么这么早就来了？吃早饭了没？我给你下碗面。常胜说：不吃！吃气已经吃饱了。蔡冬梅一愣：哟，气得不轻啊。生谁的气呢？跟妈说，妈给你出气！常胜说：你的。蔡冬梅疑惑：啊？我的？我怎么了？常胜：你说你怎么了！你害我丢人都丢到我姥姥家了！蔡冬梅问：我怎么害你丢人了？

常子龙说：常胜，好好说话。你姥姥都去世好多年了，别捎上她老人家。——到底怎么回事？

常胜掏出自己那张征婚资料，往茶几上一拍：爸，您自己看。您看看我妈都写的什么玩意！

常子龙拿起征婚资料看了看，也直皱眉头，说：你妈有些话是有点夸张……常胜说：岂止夸张，简直就是胡说八道——妈，您今天就去婚介所，把我的资料给撤下来！蔡冬梅说：为什么要撤？撤了你到哪里相亲找对象去？你要是觉得我写得不合适，我去改一下好了。常胜说：改什么改，您赶紧给撤了！反正我以后绝对不会再去相亲了！

蔡冬梅也有些火了：你说什么胡话！你才三十几岁，难道后半辈子就打光棍？

常胜说：谁说我要打光棍了！我说我不去相亲，没说我不找对象。蔡冬梅说：那你倒是找呀！你别光说不练假把式！常胜说：我不是一直在忙事业吗？这不刚刚有点儿起色，你们着什么急呀。该找的时候我自然会找，你们别给我添乱了行不行？算我求你们了！

蔡冬梅不得已去了趟婚介所，把常胜的征婚资料撤了下来。回到家，蔡冬梅一个人生闷气。

常子龙劝蔡冬梅：要我说啊，儿子找对象的事你就别费心思了。蔡冬梅说：你以为我愿意操心啊？我心疼儿子！我着急！常子龙说：我意思是说，你用不着操心，儿子可能有喜欢的人了。

蔡冬梅急忙问：啊？谁呀？常子龙说：田蜜。蔡冬梅一愣：田蜜？他喜欢田蜜？谁说的？常子龙说：我猜的。你想啊，他们俩在一起住了那么长时间了，又一块儿创业，从早到晚低头不见抬头见的，没准儿就互相看顺眼了。

蔡冬梅愣了一会儿：还真有可能，难怪叫他去相亲他就是不乐意。可他为什么不跟我们说呀？常子龙说：儿子脸皮薄，这种事不到最后他不会说的。当初他跟洋洋谈恋爱不也直到要结婚了才告诉我们。蔡冬梅问：你的意思，他们俩现在已经谈上了？常子龙说：我哪知道啊，我只是猜测。这得问常胜。蔡冬梅说：我现在就打电话问他！常子龙赶紧拦住：你别着急！你现在问也白问。该说的时候他自然会说。

蔡冬梅有些喜忧参半：哎，我这个脑子真是越来越不灵光了，我怎么就没想到田蜜呢？儿子身边明明就有个理想的人选，我还花钱去婚介所，吃力还不讨好。——你怎么不早点提醒我呀！常子龙说：你希望田蜜当我们家儿媳妇？蔡冬梅说：希望呀。田蜜多好啊，人长得漂亮不说，思想道德品质也很过硬，能力还特别强，跟我们儿子再般配不过了！——我就担心一个问题。常子龙问：什么问题？蔡冬梅说：田蜜性子倔，跟洋洋一个类型的，我怕儿子拿不住她。

常子龙说：只要两人感情好，无所谓什么拿得住拿不住的。我也拿不住你，我们俩不照样过了几十年。蔡冬梅想了想：有道理。唉，也不知道你猜得准不准，别到时候空欢喜一场。常子龙说：你先别想那么多，也别轻举妄动，咱们就四个字——静观其变。

二十七

肖华如同着了魔怔似的，天天催着田蜜去相亲找对象。田蜜烦得不行，只好从那叠相亲资料里随便挑了几个人，让肖华帮她安排。肖华高兴坏了，立即跟婚介所联系，当天就安排好了跟其中一个大学教授见面。

田蜜无可奈何，下班后去了约定的见面场所。大学教授叫韩晓，相貌儒雅，打扮也很朴素得体。两人都有些拘谨。

还是田蜜先打破了尴尬，问：韩教授您是教什么的？韩晓说：我主要研究西方文学，偏古典方面的。您现在是在一家自媒体公司？田蜜说：是的。创业公司，发展阶段，刚完成首轮融资。韩晓问：哦，你有股份吗？田蜜说：我没股份。我主要负责商务。

韩晓说：田女士，您是个很不一般的女性。坚强，勇敢，自立，我很钦佩。田蜜说：谢谢。韩晓问：田女士，您对我怎么看？田蜜说：我对您……我，暂时还没形成什么看法。韩晓说：怎么会没看法呢。您就说说您对我的第一印象。没关系的，不管好坏您直说就行。

田蜜想了想说：您很儒雅，很有风度。韩晓问：那，田女士，您觉得我符合您择偶的标准吗？田蜜一愣：韩先生，您可能误解我的意思了。我……跟您说实话吧，我相亲是为了安慰我妈，不是我的本意。

韩晓问：为什么？田蜜说：没有为什么。我只是暂时不想考虑个人问题。很抱歉韩先生，我不会跟您有进一步的交往。相信您一定能找到比我更合适的。对不起啊，耽误您时间了。

田蜜起身想走。韩晓叫道：等等，田女士。

田蜜只好又坐下。

韩晓说：我也必须诚实地告诉您，就这么短短半个小时的接触，我已经被您深深地吸引了。田蜜很尴尬：韩教授，您并不了解我。韩晓说：您的个人情况我通过婚介公司都了解了。田蜜说：纸上的资料说明不了什么。

韩晓说：不，我想说的是，其实您的遭遇我感同身受。我妻子一年前也是因为意外去世了，车祸。我也是花了很长时间才走出来。田蜜怔了怔：您妻子的遭遇我很遗憾。韩晓：人生就是由一个遗憾接一个遗憾组成的。我们每个人的努力，无非是想让人生的遗憾少一点。田蜜深有感触，不自觉点头：是的。

韩晓又说：您暂时可能对我没感觉，没关系，不过我还是希望我们能保持朋友般的交往。请放心，我不会勉强您做任何违背您意愿的事，也不会过多地打扰您的正常生活。——您能满足我这个微小的愿望吗？

韩晓显得很诚恳，田蜜不好意思拒绝，只好同意了。两人相互留了电话加了微信，礼貌地道别。

田蜜回到家。常胜问：你今天去哪儿了？田蜜顿了下说：相亲去了。常胜愣了下：你还真相亲去了？田蜜说：嗯。我不去的话没办法跟我妈交代。常胜打量着田蜜的神色：看样子没遇到合适的？你别灰心，相亲就是这样，其实跟撞大运差不多，多相几次也许就能遇到合适的。田蜜：我本来就不想去相亲的，无所谓合不合适。

常胜问：哎，今儿相亲的是什么人？说说，我帮你参谋参谋。田蜜说：一个大学教授。常胜说：是吗，多大年纪？长得怎么样？有房有车吗？田蜜说：我不关心这些。常胜问：那你关心什么？田蜜说：我关心的是怎么样才能让我妈不再逼我去相亲。常胜问：你为什么不想相亲？田蜜说：你不也是不愿意相亲吗？你是为什么？常胜语塞：我……我这不一心扑在事业上吗，顾不上。田蜜说：我要赚钱。我也顾不上。常胜说：你债都还完了，用不着那么拼命赚钱了。田蜜忽然提高了音量：我就是不想相亲，不行吗？

田蜜径直回房间去了。

常胜嘀咕着：不想相亲就不相呗，嚷嚷什么呀……

不知道为什么，田蜜有些心烦意乱。她自己也说不清为什么那么抗拒相亲。是因为刘得恩吗？刘得恩去世已经一年多了，这一年多里，田蜜所有的心思都在还债上，似乎早已将刘得恩放下了，偶尔会想起他，内心也没有太大波澜。但如果不是因为刘得恩又是因为什么呢？田蜜心里隐隐有一个答案，但她却不愿意去想。她也不知道自己为什么要逃避，是害怕失望吗？可是没有希望哪来的失望？那她又希望什么？这一夜，田蜜辗转反侧，难以入眠。

第二天肖华又打电话给田蜜询问相亲结果。田蜜敷衍了几句，说那个大学教授还不错，两人先当朋友相处一段时间再说。肖华很高兴。

但田蜜没有想到，韩晓竟是个异常执着的人。第一次见面以后韩晓几乎每天都会通过微信问候一下田蜜，给田蜜的朋友圈点个赞，但也适可而止，没有过多纠缠，不至于令田蜜反感。韩晓时不时约田蜜见面吃饭什么的，田蜜一开始总是拒绝，但拒绝的次数多了又有些过意不去，偶尔也接受一次邀约。

韩晓或许是受到了鼓励，越发主动了。他不知道怎么打听到了田蜜爸妈开店的地址，竟主动登门拜访。肖华看到一表人才的韩晓，乐得简直合不拢嘴。自那以后韩晓隔三岔五就去看望一下田加安和肖华，去得比田蜜还勤。田蜜得知以后很是无奈，感觉再这样下去可能会无法收拾，但韩晓的所有举动却也没有超越朋友的范畴，她也拉不下脸真跟韩晓彻底断绝联系。

田蜜和韩晓的交往常胜默默看在眼里，时不时拐弯抹角地打听田蜜和韩晓的关系进展程度，田蜜总是轻描淡写一带而过。常胜越发好奇，总是不自觉地猜测那个大学教授到底是怎样一个人。

这天田蜜又推辞不过跟韩晓去吃了个饭。韩晓问：听阿姨说你那些债务都还清了？田蜜说：基本上还清了。还差一位债主几十万。韩晓说：还差几十万？需不需要我先帮你垫上？田蜜说：不用，我不是没钱还，是那个债主自己出了问题，暂时联系不上。等联系上了我马上还他。

韩晓感叹：能在这么短的时间内还清这么多债，你真的很不容易。田蜜说：主要是一开始不容易。我都怀疑自己能不能熬得过来。但熬着熬着，我发现其实也没那么难熬。韩晓说：艰难岁月已经过去了。我希望我们能够尽快走向美好的未来。田蜜说：我现在不想考虑未来。韩晓问：为什么？田蜜说：未来的不确定性太大。我觉得还是把握好当下更为重要。韩晓语带双关地说：你说的也对。我们是应该好好把握当下。

吃过饭韩晓开车送田蜜回家，不期然在楼下遇到了常胜。田蜜有些尴尬，只好给两人做了下介绍。韩晓早就从田加安和肖华那里得知了常胜的存在，握着常胜的手一个劲地感谢他对田蜜的照顾，弄得常胜也不知道说什么好。

某个周末韩晓居然真的登门拜访了，还给常胜带了一盒刚上市的新茶。常胜陪着韩晓坐在那儿天南地北地瞎聊，田蜜别扭得不行，借口要去看望爸妈，赶紧把韩晓拉走了。

开车去便利店的路上，韩晓突然说：田蜜，我觉得你住在这儿还是有点不太方便。如果经济条件允许的话，我建议你还是另外租个房子，搬出去住。田蜜说：没有啊，挺方便的。这儿也算是市中心了。韩晓说：我是说，你跟常胜住一块儿不太方便，容易让人误会。——我不是说我啊，我没什么误会，你的情况我比较清楚，知道是怎么回事儿。但是不知道的人可能就不这么想了。田蜜略微沉默了一会儿：我会考虑你的建议的。

常胜这一天都有些魂不守舍。一直等到晚上十点多田蜜才回到家，有些闷闷不乐的样子。

常胜问：回来了？干吗去了这么晚？田蜜说：没什么，吃了个饭，看了场电影。常胜打量着田蜜的神色：有状况。跟教授闹不愉快了？

田蜜摇头，忽然说：我在想，我是不是应该搬出去住。常胜一愣：搬哪儿去？田蜜说：我想另外租个房子。一个人住也行，跟我爸妈一块住也行。常胜纳闷：你怎么突然想起这茬来了？——明白了，教授有意见。对吧？田蜜说：跟教授没关系。这是我和你之间的事。常胜说：我没事啊。你愿意住这儿就住这儿，不愿意住你就搬走，我都行。

田蜜看了眼常胜说：知道了。我还是搬走吧。我会尽快找好地方。

田蜜起身向房间里走去。

常胜愣了一会儿说：哎，我不是撵你走啊！你别误会！

田蜜没说话，进了房间，关上了门。

常胜愣在那里，心里隐隐有些不是滋味。

罗江又从上海回来了。一到办公室，于洋洋就拿着一大摞资料过来了。

于洋洋说：罗总，要不您先休息一下，一会儿我再向您汇报甜蜜科技的进展。罗江说：我不用休息。你直接说结果吧，过程就不用说了。

于洋洋翻着资料向罗江汇报：债权人方面，有三家同意债转股，另外两家不同意，坚持要求以现金形式清偿债务，否则就向法院提起破产清算诉讼。这两家债务总额将近五千万。罗江说：不能让他们提起诉讼。一旦法院介入，程序上会很麻烦。——答应他们的要求，等我们正式接手甜蜜科技之后，一周内偿清他们的债务。于洋洋说：好的。最大的难点是宁新创投。他们提出了一个条件：甜蜜科技股权重组之后，宁新创投要维持百分之二十的股份不变。否则他们会否决我们的重组方案。

罗江皱眉：老沈的算盘打得精啊。刚开始老戴是希望宁新创投接盘甜蜜科技的，老沈不接。现在等到我要接盘，他又漫天要价。于洋洋说：罗总，我们可以以退为进。罗江问：怎么以退为进？于洋洋说：我们可以明确告诉宁新创投，如果他们不同意我们的方案，我们就退出甜蜜科技的重组。我们如果退出，甜蜜科技只有破产一条路，宁新创投会血本无归。

罗江摇摇头：这个办法行不通。老沈已经吃透我了，他知道我们对甜蜜科技是势在必得。于洋洋：我们不是势在必得。说着从手里那摞资料里拿出一份文件递给罗江：还有五家在线教育机构目前都在寻找战略投资，他们的现状都比甜蜜科技好得多，收购其中任何一家的代价和风险都比收购甜蜜科技小得多。

罗江看了看那份文件：这些备着吧。我们的首要目标还是甜蜜科技。我对甜蜜科技，有情感因素。于洋洋说：您一直告诫我，投资不能有情感因素。罗江笑了笑：什么叫情感？理智无法控制的，叫情感。

于洋洋收起文件：那宁新创投这边接下来怎么谈？答应他们的条件？罗江沉吟了片刻：我跟老沈只是泛泛之交，他不肯卖我面子。不过有个人，老沈也许会卖他面子。

罗江说的这个人是赵康。赵康最早是做房地产起家的，后来旗下也设立了一家投资公司，主要从事文化地产方面的投资，和宁城创投有过不少合作。罗江和赵康也算是老朋友了，当年他和刘得恩创办甜蜜科技的时候，赵康也差点入了股，但最后赵康可能还是觉得互联网行业太烧钱，不如房地产来钱快，没有参与投资。罗江离开宁城以后和赵康联系就少了，但交情还在。

罗江于是打电话约赵康见面吃个饭。于洋洋也去了。

罗江向赵康介绍：这位是我们攀梦资本宁城分部的负责人，于洋洋。赵康色眯眯地打量着于洋洋说：幸会幸会。宁城分部负责人，这么说于小姐以后要长驻宁城了？于洋洋说：我大学毕业后就到了宁城，已经待了将近十年了。之前我在盛邦信托工作。赵康说：哦。希望以后有机会能跟于小姐合作。我们加个微信吧。

于洋洋本能地对赵康有些厌恶，笑笑说：赵总，加微信就不必了。我是罗总手底下的小兵，您有什么事情直接跟罗总说就行。赵康略微一愣，干笑：呵呵。于小姐太谦虚了，罗总看中的人怎么会是小兵，至少是员干将。

几个人吃着饭聊着。罗江问：赵总，你跟老沈那边合作的那个影视城项目，进行到哪一步了？赵康说：我们影视城项目非常顺利，马上就开工了。怎么，罗总有兴趣？罗江说：我对这行业不太了解，我就不掺和了。赵康说：哦？罗总不是为这个事来的？那你找我是？罗江也不隐瞒：我打算接盘甜蜜科技，到老沈这儿卡住了。

赵康有些惊异：接盘甜蜜科技？罗总，这不是一笔好买卖啊。刘得恩之前就找过我很多次，想让我入股，我做了下尽职调查，发现他们那窟窿太大了，我也就没进去。罗江说：窟窿是不小，所以没人愿意接盘。我如果不是跟甜蜜科技有那层渊源也不会介入。这事本来很容易搞定，没想到卡在老沈这儿了。赵康明白了：你是希望我去跟老沈说说？罗江说：是啊。其实只要我和老沈双方都做点让步，这事也不难解决。问题是老沈压根不给我谈的余地。所以，我想请赵总帮忙做一下说服工作。

赵康不置可否地笑笑，忽然转移了话题：罗总，我听说你最近在布局自媒体行业？罗江说：谈不上布局，投了几家，试试水吧。也没花多少钱。赵康问：常胜赢家是不是你投的？罗江说：是我投的。他们那公司就在我公司对门。赵康又问：他们登了一篇关于我的文章，你看过吗？罗江说：哦？我倒没注意。文章写的什么？

赵康显出气恼之色，敲着桌子：侮辱，诽谤！无中生有！颠倒黑白！手段极其恶劣！影响非常坏！罗江一愣：这么严重？赵康说：有人想背后搞我。——你真的不知道这事？于洋洋说：赵总，我们罗总从不干涉所投资公司的具体运营，他确实不知情。赵康问：于小姐呢？你看过那篇文章没有？于洋洋说：看过。赵康又问：你什么感想？于洋洋顿了顿说：确实非常恶劣。触目惊心。

赵康朝罗江：你听听！要多恶劣有多恶劣！我本来想息事宁人，让人给常胜赢家发了律师函，勒令他们立即删除那篇文章，他们居然置之不理，还说欢迎我去起诉！是可忍，孰不可忍哪！

罗江明白了赵康的意思：赵总，这件事我回去以后立即进行调查，一定会给你一个交代。赵康说：我也不用什么交代。你让他们把文章删掉就行了，我既往不咎。如果他们坚持不删，那我只好采取法律行动了。不瞒你说罗江，这件事搞得我非常恼火，老沈约了我好几次说请我喝酒，我都给推了，没心情。罗江说：酒该喝还是得喝啊赵总，没必要为这点小事劳神。——这样，文章的事，最迟明天，我给你一个答复。赵康干笑：好、好，那就多谢罗总了。

回去的路上，罗江找出那篇写马蒂莎、赵康纠纷的公众号文章看了一下。

罗江说：恶劣，太恶劣了。于洋洋说：我也这么觉得。罗江说：我说的是赵康。于洋洋说：我说的也是赵康。罗江说：难怪你不愿意加他微信。于洋洋说：加那种人，我怕我手机不同意。

两人都笑了。

罗江又看了看手机，有些好奇：这篇文章还是常胜亲自写的。没想到他对这种狗血八卦新闻还感兴趣。于洋洋说：据我所知，这篇文章的女主角，就那个马蒂莎，是田蜜以前的闺密。常胜应该也是受人之托吧。罗江沉吟着：常胜这么做也确实有些不妥。宁城的人际关系圈子很小，得罪了一个赵康，可能会得罪一大片。于洋洋说：常胜不在乎得罪谁不得罪谁。罗江说：作为个人他可以不在乎，作为公司总经理他必须在乎。你回去以后跟他谈谈，叫他把这篇文章删了。

于洋洋有些疑虑：这样合适吗？当初签订投资协议的时候，您承诺过不干涉常胜赢家日常经营。罗江说：所以叫你去跟常胜谈。赵康的意思很明白，删了这篇文章，他才肯帮我们去说服老沈。——这篇文章必须删除。不就是一篇文章嘛。于洋洋说：恐怕没那么简单。罗江说：那就把它变简单。不要为了芝麻丢西瓜。

马蒂莎突然打电话找常胜，说有急事想见他。常胜约马蒂莎到公司楼下的咖啡馆见面。刚落座，马蒂莎就急切地说：常胜老师，赵康开始行动了，网上那些文章都被他删了！

常胜说：我看见了。不过，不能说都删了，还有我的那一篇。马蒂莎说：只剩您的那一篇了。谢谢您！他找过您的麻烦吧？常胜说：找过。还发了律师函。不过我暂时还没理会他们。

马蒂莎有些担心：我非常了解赵康这个人，为了达到目的他会不择手段的。为了删这些文章他肯定花了不少钱，找了不少关系。我担心他也会用什么手段对付您。常胜说：不管他用什么手段，常胜赢家这篇文章都不会被删除的。我们常胜赢家是媒体，媒体代表着公开与公正，自我删除意味着虚假和不负责任，我会为我的报道负责的。文责自负说了这么多年，得有人出来真的文责自负。等你们正式开庭以后，我们还会继续做跟踪报道。马蒂莎点头：谢谢常胜老师。有你们帮我，我好像不那么害怕了，我一定跟赵康死磕到底！常胜说：不用客气。你找我就是说这事？

马蒂莎吞吞吐吐地说：还有件事……我看到那篇文章下面的读者评论，有一些不明真相的读者骂我，说我拜金，说我活该什么的，有些话说得特别难听……你能不能帮我把那些评论删掉，或者隐藏起来？

常胜正色道：马蒂莎，自媒体也是媒体，我们只负责把事件真相告诉读者，但不能左右读者的看法。有人骂你，也有人骂赵康，还有人幸灾乐祸看热闹不嫌事大，这都很正常。除了极个别特别偏激的、涉及人身攻击或者人格侮辱的言论我们会删除之外，其余的评论我们都应该一视同仁。如果我出于情面删除了那些批评你的言论，那这种做法跟赵康的做法有什么区别？

马蒂莎有些不好意思：我懂了。那就不删了！常胜说：别想去改变别人的眼光和言语，而是要改变自己的行为和选择。

常胜刚回到办公室，于洋洋发来微信，请他过去一下。常胜去了对门于洋洋的办公室。于洋洋也没绕弯子，把她和罗江跟赵康见面的事说了。

常胜有些惊讶：赵康竟然找到你和罗江头上了？于洋洋说：是我们去找他的。我们这边有个项目，需要赵康帮忙。常胜说：懂了。你们私底下达成了一项交易。那篇文章成了交易的筹码。于洋洋说：可以这么理解。

常胜不高兴：洋洋，难道你真以为，有钱就能为所欲为？于洋洋说：我怎么以为不重要。你怎么以为也不重要。重要的是，你必须删除那篇文章。常胜说：于总，常胜赢家好像还轮不到你来发号施令吧？我是常胜赢家的总经理，那篇文章也是我写的，删不删除，权力在我。于洋洋说：我不是发号施令。我是在跟你协商，请你帮忙。常胜说：对不起，这个忙我帮不上。于洋洋说：你说了删不删除权力在你。常胜毫不退让：对。我拒绝删除那篇文章。

于洋洋有些无奈：常胜，那篇文章我看了，赵康确实很过分，比渣男还渣。不管你是出于正义感也好，出于朋友情面也罢，你已经做了你该做的，文章发了，影响力也产生了，你发这篇文章的目的已经达到了，就算现在删除了也不会有任何实质性的损失。

常胜说：怎么没有实质性的损失？如果我删除这篇文章，意味着我损失了人格，损失了一家媒体的职业道德和职业尊严。于洋洋说：一篇文章而已，有这么严重吗？还上升到人格层面。你太小题大做了！常胜说：不是我小题大做，是你在避重就轻。删不删除文章，是个很重大很严肃的问题。文责自负，我写了这篇文章，就要对这篇文章负责。如果赵康认为我歪曲了事实，可以起诉我，法院怎么判我怎么认。我绝不接受任何暗箱操作。

于洋洋说：你这样会让我很难做。常胜说：是你先让我很难做的。于洋洋说：罗总说了，不管你愿不愿意，这篇文章都必须删除。常胜说：那就请你转告罗总，我们的投资协议里明确规定了，常胜赢家享有独立的经营权，其中包括采编权，也就是采写文章和发表文章的权力。幸好我当初坚持要加这么一条，我很佩服我的先见之明。——常胜站起身：洋洋，送你一句忠告，资本可以不讲良心只讲利益，做人不可以！

常胜心里有些发堵，下班后拉着葛子去喝酒。

葛子劝常胜：一篇文章而已，没什么大不了的。罗江要删你就删了吧。常胜说：不行。这是原则问题。葛子说：原则有很多种。做人有做人的原则，做生意有做生意的原则。有时候两者不能兼顾，你就必须做出取舍。常胜说：那我必须维护做人的原则啊。

葛子说：但你现在是一家创业公司的总经理，你不能光考虑自己，也要为公司、为跟着你干的兄弟姐妹们考虑。你的职责和使命就是带领大家取得创业成功。所以有时候你必须学会妥协。常胜说：不涉及大是大非问题的情况下我可以妥协，赵康这事不行。这事已经触及到了大众道德的底线。如果我妥协了，那我岂不成了赵康的帮凶。葛子说：你要考虑后果。赵康不会善罢甘休的。常胜说：我就不信赵康有那么大的能量，能把常胜赢家给搞垮了！

葛子说：常胜，你也在社会上打拼多年了，但你还跟大学那会儿一样，热血、天真。常胜说：你这是夸我还是讽刺我？葛子说：我是在提醒你。本来问题是删不删那篇文章，是个小问题。但是你现在把自己变成了问题，这就成大问题了。常胜：多谢提醒。你说的大问题小问题对我来说都不是问题。我的问题只有一个：今晚上这顿酒谁请？葛子看了常胜一会儿，有些无奈：我请。常胜笑了：够意思。——服务员！再来两瓶！

于洋洋向罗江汇报了和常胜谈话的结果。罗江皱眉：常胜不肯把文章删掉？于洋洋说：是的。他态度很坚决，说这件事关系到他的职业尊严。罗江说：幼稚！他这叫因小失大！捡了芝麻丢了西瓜！于洋洋说：他就这性格，没办法，我劝不动。

罗江思索了一下：看样子只能我亲自跟他谈了。于洋洋说：罗总，您跟他谈也没用。常胜一旦倔起来，九头牛都拉不动。您还是别跟他谈了，免得——罗江问：免得什么？于洋洋说：免得碰一鼻子灰，面子上不好看。罗江说：面子不重要，重要的是把事情做成。你的意思是，常胜这边根本没有回旋余地了？于洋洋说：回旋余地——约等于零。罗江沉默了片刻：我再跟他谈一下。如果他固执己见——那就只有一个办法了。

第二天上午，常胜接到于洋洋电话，说罗江要找他谈谈。常胜想了想还是去了。一进门，见罗江和于洋洋坐在沙发上，神情都很严肃。

常胜说：罗总您找我？罗江说：是的。请坐常总。

常胜坐下。罗江按下了倒计时钟表的按钮，常胜一愣。

罗江说：常总，我找你什么事，你应该清楚。

常胜看了眼于洋洋，于洋洋面无表情。

常胜说：罗总，如果是那篇文章的事，用不了五分钟。五秒钟就够了——我拒绝删除。罗江说：我正在着手收购甜蜜科技。现在遇到了难题，需要赵康帮忙解决。条件就是删掉这篇文章。这不仅是我个人或者攀梦资本的事，这件事关系到田蜜。如果往深了说，也关系到你。我说的对吗？常胜说：不管关系到谁，说来说去，不就是利益的问题吗？为了利益背弃良心、背弃职业道德，我做不到。

罗江凝视了常胜片刻，点点头：很好。我很欣赏常总这种坚守原则的做派。那我就不强人所难了。常胜松了口气：多谢罗总。

罗江接着道：谈话结束。接下来，我们开一个董事会会议。常胜一愣：什么董事会？罗江说：常胜赢家董事会。常胜说：你什么意思？罗江说：我提议，解除常胜先生常胜赢家文化传媒有限公司总经理的职务，降为执行编辑。下面进行表决。赞同这一提议的请举手。

罗江举起了手。常胜愕然地看着罗江，罗江面无表情。

常胜又看向于洋洋。于洋洋也看着常胜，缓缓举起了手。

常胜霍地站起身来，怒不可遏：我是常胜赢家的大股东！创始人！你们无权解除我的职务！罗江说：你是大股东，但不是控股股东。我和于洋洋女士的股份加起来超过了百分之五十，根据公司章程和相关法律规定，有关解除你总经理职务的提议获得通过，立即生效。

倒计时钟表响了一声，时间到了。

常胜看看罗江又看看于洋洋，忽然笑了：有意思。解除我的总经理职务，降为执行编辑。——罗江，果然姜还是老的辣，你厉害，跟你一比我确实太天真了。感谢你给我上了一课。

于洋洋忍不住开了口：常胜，这个决议是应急措施。等事情过后，我们随时可以再出一个决议，恢复你的总经理职位。常胜瞪着眼：你们说解除就解除，你们说恢复就恢复，这就叫翻手为云覆手为雨。你们玩资本的最擅长这个对吗？要说玩这一套我还真玩不过你们。不过还好，我还有别的选择。——我不玩了！

常胜转身摔门而出，没回公司，径直走了。

于洋洋随即去了常胜赢家，召集全体员工开会。于洋洋面无表情地拿着一页纸宣读着：经常胜赢家文化传媒有限公司董事会研究决定，从即日起解除常胜先生公司总经理的职务。葛子健先生自即日起代理公司总经理职务，并继续担任主编职务。本决定一经宣布立即生效。

众人都很吃惊，不知道发生了什么。

宣读完决定，于洋洋当即要求葛子删除那篇文章。葛子照做了。

于洋洋说：谢谢你葛子。葛子叹气：洋洋，怎么会弄成这样？于洋洋说：你知道常胜什么脾气。我和罗总别无选择。葛子说：我能理解。但我也理解常胜。他认准的事情，不会回头。说实话，我很尊敬和佩服我这位老同学。于洋洋苦笑：我也尊敬和佩服。否则当年不会嫁给他。

葛子说：洋洋，虽然我服从了你和罗总的指示，删了文章，但并不代表我认同你们的做法。你们这样做开了个很坏的先例。将来如果遇到类似的事情，怎么办？继续删？这样下去常胜赢家还有什么公信力？于洋洋说：葛子，我可以保证，这是个特例，不会成为惯例。葛子说：希望你说到做到。于洋洋说：常胜赢家你多费心了。这个牌子不能倒。葛子说：我会尽我一切努力。

于洋洋走出常胜赢家大门，田蜜追了出来：于总！

于洋洋站住。

田蜜说：我要跟你谈谈。于洋洋左右看看没人：就在这儿说吧。什么事？

田蜜：你们这样做对常胜很不公平！常胜赢家是他一手创办起来的，你们凭什么解除他的总经理职务？于洋洋说：你应该知道为什么。田蜜说：我问的不是为什么，是凭什么。于洋洋说：凭我们是投资人和控股股东。

田蜜质问：常胜赢家没有了常胜，不是很可笑吗？你们是控股股东，但常胜才是常胜赢家的灵魂！一家公司没有了灵魂还能够长久吗？于洋洋说：是的，我知道。我们在常胜赢家投入的是真金白银，也不希望出现这样的局面。但是常胜太固执，我们也没办法。田蜜说：常胜不是固执，他是讲原则！

于洋洋说：田蜜，我们没必要浪费时间争论这个问题了。这件事已经结束了。你如果希望常胜好，希望常胜赢家好，请你回去劝一下常胜，只要他肯回来，我们会立刻恢复他的总经理职务。田蜜说：我不会帮你们劝他的。这是对他的不尊重。于洋洋说：那我就只好也只能表示遗憾了。

于洋洋转身进入了攀梦资本。田蜜愤愤不平却又无可奈何。

常胜开着车漫无目的地行驶了一阵子，渐渐冷静下来了，把车停到一个无人的地方，打开手机，点开马蒂莎那篇文章的链接，出现了文章已被删除的提示。

常胜有些愤懑，但更多的是沮丧。面对这样的局面，他无能为力。

田蜜发来一条语音微信：你没事吧？你在哪儿？

常胜听出了田蜜语气中的担心，心里暖了一下，想了想，拿起手机自拍了一张微笑的表情发给了田蜜，说：我在微笑。

田蜜正和李梦、葛子待在总经理办公室里，看着手机上常胜发来的自拍照，忍不住也笑了一下。李梦连忙凑近脑袋：他说什么了？田蜜举起手机给李梦看：他在微笑。李梦看着手机：这是微笑吗？我怎么觉着是强颜欢笑。田蜜说：强颜欢笑也是笑。能笑就不错了。

葛子说：田蜜，你回去劝劝他，消消气儿。我这个总经理是代的，等他回来我就让给他。李梦说：葛老师，我对你很有意见。葛子说：有什么意见当面提，没关系。李梦说：你跟常胜老师是铁哥们，常胜老师被罗江、于洋洋他们排挤走了，你不帮他说句公道话，还代理了他的职务，删除了他坚持不肯删除的文章。——你是不是太不讲义气了？

葛子说：我可以拒绝代理总经理职务，也可以拒绝删除文章，甚至也可以像常胜一样甩手不干了。——然后呢？他们可以再任命一个总经理，比如田蜜。田蜜不干就再任命下一个，总有愿意干的。实在不行他们自己来当这个总经理，结果还是一样。与其做无谓的抗争，不如顺势而为，保留有生力量。

李梦撇嘴：你这是在给自己找借口。说到底还是没骨气。田蜜说：李梦，葛子说得对。就算我们几个都辞职了，也改变不了结果。常胜赢家能有今天很不容易，我们都走了，常胜赢家也许真的会垮掉。葛子说：田蜜，还是你有见识。其实常胜也明白这个道理，他不会怪我的。李梦说：哦，你的意思就我一个人没见识呗。葛子说：你确实还需要加强学习。

李梦朝葛子直瞪眼。

田蜜说：好啦，我们还是继续工作吧。常胜那边我会劝他的，你们不用担心。

二十八

罗江给赵康打电话：赵总，那篇文章已经删除了。赵康显得心情很愉悦：好、好，多谢罗总。我欠你一个人情。罗江说：哪里的话。举手之劳而已。老沈那边，还请赵总多多费心。赵康说：一定一定。放心吧啊，这事包我身上了！罗江说：多谢！那我们改天再叙。

罗江挂了电话，松了口气，想了想问：常胜走了？于洋洋说：嗯，走了。罗江说：抱歉，我这样做也是不得已。于洋洋说：您跟我抱什么歉啊。您是我上级。罗江说：哦？你不怕常胜生你的气？于洋洋有些尴尬：他爱生气生去呗。我们离婚又不是一天两天了，早就没有关系了。罗江笑道：言不由衷。看得出来，你还是很关心他的。于洋洋说：有那么一点吧。不过，我更关心工作。罗江说：你和常胜最大的区别，就是你能把情感问题和工作问题分得很清楚，但是常胜不能。这是你的优点，继续保持吧！

常胜给马蒂莎打了个电话，约她见面。常胜说了文章被删除的事，对马蒂莎表示道歉。

马蒂莎有些失落：没关系，常胜老师，删了就删了吧。我猜到会是这样的结果。但是我没想到会连累你丢掉了自己辛辛苦苦创办的公司。是我对不起你。常胜说：没事。我只是丢掉了总经理的职位。我还是公司股东。马蒂莎说：赵康就是这种人，他的逻辑是，如果解决不了问题，那就解决制造问题的人。他对我就是这么做的。我应该提醒你一下的。常胜说：你提醒过我。但再选择一次，我还会这么做。

马蒂莎说：常胜老师，这件事到此为止了，你不用再管了，我自己去处理吧。常胜问：你打算怎么处理？马蒂莎神情悲愤：赵康做得了初一，我也做得了十五。对我来说，他，还有他前妻，就是制造问题的人。常胜警惕地问：你什么意思？你想怎么解决？马蒂莎说：这个你不必问了。

常胜说：马蒂莎，你别冲动。我们必须在法律许可的范围内解决这些事情。你千万别铤而走险。文章被删了不代表你官司会输。马蒂莎摇摇头：常胜老师，你太天真了。赵康跟我打这场官司，他根本不在乎最后结果是输还是赢，光是打官司的过程就足够把我拖死。事实上没有你和田蜜的帮助，我根本就撑不到官司开庭。

常胜说：马蒂莎，我既然答应了帮你，就一定会帮到底。前提是，一、你必须相信我；二、必须在法律框架内。如果你这时候因为冲动做出一些不理智的行为，那我们就前功尽弃了，到时候真的谁都帮不上你了。

马蒂莎看了常胜一会儿，点头：常胜老师，我信你。我听你的，你说让我怎么做我就怎么做。常胜说：谢谢你的信任。——让我们留在场上，打完这场比赛，到最后一刻！

田蜜下了班回到家，常胜已经回来了，躺在沙发上发着呆，闷闷不乐。

田蜜把公司的情况简略说了一下，说：葛子现在是代理总经理。他是顾全大局，否则的话你一走常胜赢家群龙无首，就乱了。常胜说：好事。有葛子盯着，我放心。

田蜜说：你不会怪我们没有力挺你吧？常胜说：不会。我怪你们干吗。你们该怎么干还怎么干。我走了，但是常胜赢家还是应该按照我们的既定规划走下去。他罗江再牛，常胜赢家不是还得挂我常胜的名字吗？他有本事把常胜俩字去掉我才佩服他。田蜜说：你这么想就对了。自从创业以来你就没怎么休息过，这次你就当休假，别去想工作上的事了，好好放松放松。

常胜却叹了口气：我就是心里堵得慌。田蜜说：堵什么呀，这件事你已经尽力了。常胜说：我不能就这么认输。田蜜说：常胜，他们不择手段，咱们赢不了。常胜说：那也不一定。还没到最后见分晓的时候。

手机响，常胜一看是于洋洋发来的微信：晚上出来聊聊？常胜没回。

田蜜问：谁找你？是不是于洋洋？常胜说：嗯。田蜜问：你怎么不回她呀？常胜说：没什么可回的。田蜜说：这事也不能怪于洋洋。站在她的立场，她那么做无可厚非。常胜说：我不怪她，我也不怪罗江，我谁都不怪。但是，我要让他们知道，世上总还有公理。

田蜜也叹气：于洋洋说的没错，你太固执了。常胜说：她找你谈了？田蜜说：我找她谈的。常胜问：谈什么了？田蜜说：她想让我劝你回去。我拒绝了。常胜朝田蜜一竖大拇指：说得好！我是绝不可能再回去了。田蜜问：那你以后做什么？常胜说：凭我的能力，做什么不行啊。你不用担心。

田蜜想了想说：我觉得你可以当财经作家。常胜说：我已经是了啊。我上本书就卖得很好。田蜜说：你可以继续写啊。之前你是业余时间写，以后你可以当专职财经作家，在财经领域传道授业解惑。常胜若有所思：我本来就好为人师……这倒是条路子。

常胜忽然一拍桌子，吓了田蜜一跳。常胜说：一语点醒梦中人啊！田蜜，你立了一功！等以后事成之后，我狠狠奖励你！

常胜兴冲冲地起身回房间去了。

田蜜有些摸不着头脑，愣了会儿，不自觉露出了一丝笑意，自言自语：一惊一乍，什么时候能长大……

第二天上午，常胜去了爸妈家。蔡冬梅问：今天你怎么有时间过来呀？怎么没上班呀？常胜说：妈，我有事请您帮忙。蔡冬梅说：儿子的事就是妈的事。说吧，什么事？常胜说：你们那“甜蜜的生活”公众号给我登一篇文章，要头条。蔡冬梅说：小事一桩。什么文章？常胜说：就我之前在常胜赢家登过的，讲马蒂莎的。蔡冬梅说：哦，那篇文章我看了，写得不错。听说是真人真事？那男的怎么那么坏呀，把那女的害得够惨。常胜说：是真人真事。那女的是田蜜的朋友。这件事我插手了，我得管到底。蔡冬梅说：该管！那种坏人必须得治治他们！你把文章链接发给我，我让你爸直接转载到“甜蜜的生活”上去。

常胜说：我们那文章链接已经被删了。我一会儿直接把原文微信发给您。蔡冬梅问：你为什么删了呀？常胜说：不是我删的。蔡冬梅问：网管删的？常胜说：也不是。——是于洋洋和罗江他们删的。蔡冬梅不解：他们删的？凭什么呀。你不是总经理吗？他们还能管得了你？常胜说：能。他们不但管得了我，还解除了我的总经理职务。——我已经从常胜赢家出局了。

蔡冬梅很震惊，追问怎么回事。常胜大略说了一下，蔡冬梅着急：那你以后怎么办？常胜说：我以后准备转行当作家了！

从母亲家出来，常胜随即给葛子打电话，约他到公司楼下咖啡馆见面。

葛子劝常胜：老常，那篇文章虽然删了，但是常胜赢家风格没变，质量没变，罗江和于洋洋并没有干涉其他的内容。你还是回来吧！

常胜说：我今天来不是说这个的。我找你有其他的事儿。葛子问：什么事儿？常胜说：你出版界的关系还在吧？葛子说：在啊。我人缘好，什么关系都丢不了。常胜说：我想尽快出本书。你能帮我吗？葛子问：什么书？常胜说：暂时保密。你就说能不能办到吧。葛子说：小菜一碟。不过得符合国家规定啊，内容要过关。常胜说：内容积极向上，一定脍炙人口，有启迪人生的作用。葛子：能透露一下吗？常胜说：暂时要保密。葛子说：你就卖关子吧。那你尽快把稿子给我。常胜：好！我回去整理稿子去了。

常胜拔腿就走。葛子喊：哎，你这杯咖啡还没喝呢！常胜说：我要争分夺秒。

送你喝了！

常子龙在电脑上对马蒂莎那篇文章进行排版。蔡冬梅忧心忡忡地坐在一旁絮叨着：怎么办哪？常子龙，儿子又失业了。洋洋也是，她怎么胳膊肘往外拐呢。唉，不过也不能怪她，她早就不是咱们家的人了。那个马……马莎……玛莎拉蒂——

常子龙说：马蒂莎。玛莎拉蒂那是车。蔡冬梅说：哦，马蒂莎。这名字中不中洋不洋的我哪记得住嘛。你说儿子也是，咱们跟她非亲非故的，你就算帮她，也不至于把工作给丢了啊。你说当初他弄那个常胜赢家多辛苦呀，现在好了，公司成别人的了！

常子龙说：儿子是见过大风大浪的人，他在棋牌室办公那会儿，那么艰苦，他都挺过来了，这点小事对他来说不算什么，你就别唠叨了。蔡冬梅闭了嘴，过了会儿，想了想又说：哎，你说，要不让儿子到我们这儿来上班？常子龙说：到哪儿？棋牌室？蔡冬梅说：甜蜜的生活呀。让儿子来给我们当总经理，我们跟儿子一块创业！常子龙说：你拉倒吧！我们那就是闹着玩的，让儿子给我们当总经理，那是高射炮打蚊子——大材小用。你别胡乱出主意。

蔡冬梅不高兴：好啦，我说什么都是错的，就你对！——赶紧排版，儿子着急发呢。常子龙说：你要是把嘴闭上，我早就排完了！蔡冬梅站起身：我走，我睡觉去行了吧！排完了叫我！

蔡冬梅气哼哼地进房去了。

常胜回到家，刚进门手机响。蔡冬梅发来语音微信：儿子，文章已经发了，你看一下。有问题随时跟我说。

常胜打开“甜蜜的生活”公众号，看到头条文章：《套路之王——实业家赵康是怎样把送给前任的房产拿回来并转嫁给她六百万债务的！》

常胜露出了笑容，点击转发，把文章发给了马蒂莎，又发了条微信：马蒂莎，耐心等候，大招还在后面！

常胜从包里拿出笔记本电脑，走到桌前坐下，打开电脑，打开文档，深吸了一口气，自言自语：战斗开始了。

常胜每天把自己关在屋子里奋力敲击着键盘，困了就倒头睡上几个小时，醒来继续写。田蜜问他在干什么他也不说。连续奋战了十来天，一本洋洋洒洒二十万字的书稿出炉了。常胜给这本书取名叫《警示录：婚恋中的财富陷阱》，内容实际上就是那篇公众号文章的扩展版，除了讲故事之外，还详尽分析了此次事件中赵康所用的手段以及防范的方法，算是对赵康的一次彻底的“扒皮”。当然，这毕竟是书不是新闻报道，常胜给书中涉及的人物都取了个化名，不过明眼人一看就知道说的是赵康。

书稿完成之后，常胜第一时间找到马蒂莎，把打印出来的书稿给她看。

常胜说：你不用看别的，你就看关于你跟赵康的事实部分，如果全部属实，你就给我一个授权书。马蒂莎说：全都是事实，我跟你说的每个字都是真的。——您这是打算要干什么？常胜说：他删除了文章，我就给他出一本书。如果你觉得事实没有出入，就签吧。

常胜掏出一页《授权书》，连同一支笔递给马蒂莎。马蒂莎在授权书上签了字，又有些担心：常胜老师，您这样帮我风险太大了。常胜说：风险很大。但我并不仅仅是为了帮你。我也是在帮我自己，甚至也是在帮赵康——帮他认清这个世界不是他所能左右的！

告别马蒂莎，常胜又给葛子打了个电话。

常胜说：葛子，我上次跟你说的书稿我已经写完了。葛子说：这么快？那你发给我吧。常胜说：马上发。你尽快帮我联系出版社的编辑，我希望这本书能尽快上市，越快越好。葛子说：这么着急？现在你不缺钱啊。常胜说：跟钱没关系。你看了稿子就知道怎么回事了。葛子说：你把稿子发过来，我马上看，看完再跟你聊。常胜说：好的。你不用全部看完，尽快帮我安排，我等你电话！

常胜刚回到家，葛子的电话就打过来了。

葛子嚷嚷着：稿子我看了。你想干吗？你还嫌事不够大？文章给你删了，这事过去了不就完了，你还写书！常胜说：葛子，我没工夫听你讲道理。你就给我一句话，这书你能不能帮我出？能的话就尽快帮我安排，不能的话我就另找别人。

葛子有些无奈：上次我都答应你了，能不帮你安排吗？我这是为你着想。常胜说：为我着想就赶紧安排吧。还是那句话，我文责自负。葛子说：拿你没办法。我给你个号码，是我以前的一个得力的编辑，叫青青。你把书稿发给她，然后你们俩直接对接就行了。常胜说：谢了！下次喝酒我请！

葛子想想心里还是不踏实，把田蜜叫过来，跟田蜜说了这事。

田蜜吃惊：难怪，他最近这些天几乎没出过门，天天半夜屋子里还亮着灯，噼里啪啦在那儿打字，问他他什么都不说——原来他在写书！葛子说：我真服了他了，二十万字，他十天就写出来了，而且写得还相当不错。常胜天生就是当作家的料。田蜜说：可是，这本书要是出了，会不会给他带来更大的麻烦？葛子说：那就看赵康的反应强不强烈了。轻一点，他可以提起民事诉讼，告常胜侵犯名誉权、隐私权。重一点，他甚至可以提起刑事自诉，告常胜诽谤。

田蜜有些担忧：能不能不出这本书？葛子说：你得问常胜。我的意思，最好别出。但他坚持要出，我只好帮他。

晚上回到家，田蜜找常胜谈话。田蜜说：常胜，这本书你能不出吗？常胜说：为什么？我这本书写得特别棒，精彩极了，不信我发给你看看。田蜜说：我看了。你这样做风险太大，不值得。常胜说：值不值得要看从哪个角度看。我认为很值得。田蜜说：你不怕惹上官司？常胜说：我做好了打官司的心理准备。甚至做好了进监狱的心理准备。人生在世，总得有所为有所不为。

田蜜看着常胜，常胜也一脸坦然地看着田蜜。

田蜜有些无奈：都说我倔。你比我更倔。常胜说：你谦虚了。我们是棋逢对手，不相上下。田蜜说：我是改不了了。我看你也是。常胜说：干吗要改。我们干脆倔强到底。

两人对视着，忍不住都笑了。

隔了两天，常胜和葛子安排的出版社编辑青青见了面。之前常胜已经把书稿发给青青了。

青青说：早就听葛老师说起过您，您那本书《脑袋富才是真的富》，主要也是由我负责的。没想到今天能见到您，非常荣幸。常胜说：您客气了。青青老师，那书稿您看过了吗？青青说：看过了，写得非常棒，我一口气给看完了。

常胜问：出版的问题葛子跟你说过了吧？青青说：说过了，出版不存在任何问题，就是走一下程序。我把合同带来了，您着急的话今天就可以签。常胜说：今天就签！合同我也不用看了，就按你们的标准合同来。青青说：好的。合同其实也没什么大问题，主要就是版税和印数，这些我们能够达成一致就可以了。常胜说：版税、印数都无所谓，你们定。青青笑道：常胜老师，我从来没见过您这样好说话的作者。

常胜说：我只有一个要求，就是尽快把这本书印出来。青青问：要多快？常胜说：二十天，行吗？青青想了想：行倒是行，不过那就得走加急程序了。常胜说：加急！如果有额外增加的成本，我来承担。青青说：常胜老师，您这么说我都不好意思了。您放心，我们出版社还是有一定实力的，我答应您的，一定会做到。常胜说：非常感谢！

等待的日子里常胜倒是很逍遥自在，每天睡到自然醒，然后就是看看书听听音乐，买买菜做做饭，天气好的时候就出门去溜达溜达，偶尔还去棋牌室陪蔡冬梅她们打几圈麻将。二十天下来常胜居然胖了一圈。

这天常胜终于接到了青青的电话，书印出来了！常胜急忙赶去出版社。

书的装帧设计印刷都很精美。腰封上写着：新锐财经作家、常胜赢家创始人、畅销经典《脑袋富才是真的富》作者常胜最新力作。

常胜连连道谢：太棒了。青青，非常感谢。青青说：不用客气，我们应该做的。常胜老师，这本书的预售情况相当不错，在几家网上书店的财经类书籍预订排行榜上都排第一。我们之前的计划是先印三万册，现在看来实际销量很有希望突破十万册。

常胜说：太好了。我希望能把我的稿费作为宣传费，继续加大宣传。青青说：您放心，我们已经制定了非常周密的宣传计划。等下周书正式上市，所有宣传工作一启动，声势就起来了。对了，我们还有个想法想征求一下您的意见。常胜说：您说。青青说：我们想给您举办一个全国巡回签售会，不知道您愿不愿意？常胜说：非常愿意！

青青很高兴：常胜老师，我们希望以后跟您长期合作。常胜说：没问题。对了，您能不能先送我几本样书？青青说：我现在这儿只有五本，您先拿去。不够的话下次再说。常胜说：够了。——青青，再次对您表示最真挚的感谢！

从出版社出来，常胜立即约马蒂莎见面。马蒂莎翻看着那本样书，突然流下泪来。

马蒂莎哽咽着说：我从来没想到，有一天我会成为一本书籍的女主角。我以前倒是梦想过成为一部电影或者一部电视剧的女主角。现在，算是圆了我半个梦吧。常胜说：马蒂莎，现在不是圆梦的时候，是认清现实的时候。

马蒂莎连忙擦了擦眼泪：对不起啊。自从出了事以后，我就变得多愁善感起来了。常胜说：你先别多愁善感了。接下来怎么做你知道吗？

马蒂莎摇头。

常胜指指那本书：你把这本书寄给赵康。越快越好。懂我的意思吧？马蒂莎似懂非懂地点头：这是要向他宣战？常胜说：不是宣战。是帮他认清现实。我们都需要认清现实。

田蜜下了班回到家，常胜正在做饭，哼着歌儿显得心情很不错。

田蜜走到餐桌边一看已经摆了好几道菜，还摆了一瓶酒，有些惊讶：这么丰盛呀。今天有什么喜事？

常胜端着刚炒好的一盘菜走过来，笑着说：你猜。

田蜜想了想：那本书出了？常胜说：聪明！从旁边包里掏出一本书，递给田蜜。田蜜有些欣喜，又有些感动：祝贺你，常作家。常胜说：菜都齐了，咱们开喝吧！田蜜说：来吧。今天我就舍命陪君子，陪你喝个够！常胜一竖大拇指：豪爽！

常胜给罗江寄了一本样书。罗江收到很是吃惊，翻了翻，恼火地把书扔到一边：这个常胜，就会添乱！

于洋洋捡起那本书，说：罗总，我建议您还是给赵康打个电话。我想他肯定也收到这本书了。罗江想了想，有些无奈：好吧。

罗江拨打赵康的电话。电话响了几下通了。罗江说：喂，赵总。常胜的书您看到了吧？赵康冷冷地说：看到了。罗江说：我跟您解释一下——赵康说：罗总，这个事儿就没必要解释了。你让他删了文章，他倒好，给我出了本书。白纸黑字啊！早知道，还不如留着那篇文章呢！

罗江赔着笑脸说：赵总，这个书我们就实在没办法了。赵康说：我理解。没办法的事儿就没办法吧。就这样。罗江说：赵总，沈总那边——赵康说：沈总那边我已经打过招呼了，再多的办法，我也没有了。再见。

没等罗江再说什么，赵康已经挂断了电话。罗江和于洋洋面面相觑。

于洋洋说：这么直接啊？糖块换糖块？罗江苦笑：成人社会，不过是个大一点的幼儿园。

马蒂莎正在街上走着，手机响了，赵康打来电话。马蒂莎接起来，很平静地说：你好。

赵康坐在行驶的车子后座，手边放着那本“警示录”，一脸恼怒：马蒂莎！你什么居心！你是不是想把事情闹大！马蒂莎说：赵康，把事情闹大的不是我，是你。赵康说：你知不知道你这样做对我的名誉损失有多大！这个责任你负得起吗？信不信我告你诽谤！

马蒂莎冷笑了一声：赵康，别跟我来这套，我现在已经一无所有了，光脚的不怕穿鞋的，不管你再使什么手段，我都会奉陪到底！赵康说：马蒂莎，你有什么资本能跟我斗？你以为出一本书就能把我吓住？我告诉你，最多一个星期，我就能让这些书从市面上全部消失！马蒂莎说：好啊，反正你有的是钱，大不了出版社印一本你买一本。我替出版社还有常胜老师先谢谢你。

赵康口气有些软了：你这是被人当枪使知不知道？！我们好歹好过一场，有什么事可以商量嘛。你把外人牵扯进来干什么！马蒂莎流下泪来：你给过我商量的机会吗？当初我那样求你，甚至给你跪下来，你对我哪怕有一点怜悯之心，我也不会落到现在的地步……你摸摸自己的良心，我跟了你这么多年，做过一件对不起你的事情吗？就因为你前妻闹，就因为你前妻家里势力大，你就这样对我？！我告诉你赵康，我跟你没完！

马蒂莎挂断了电话。赵康抓起手边那本书，恼火地扔出了车窗外。

赵康这条路算是断了，罗江心想收购甜蜜科技的事不能再拖下去了，只好再次打电话给沈总，希望双方再谈一次。沈总倒是很爽快地答应了。会谈地点照旧放在了甜蜜科技，老戴也参与旁听。

罗江不想再跟沈总这个老狐狸打太极了，上来就开门见山：老沈，你们的条件我同意了——给你们保留百分之十五的股份，另外再付给你们两千万现金。

不料沈总微微一笑，说：罗总，这个是半个月前我们提的条件。时过境迁了。

罗江拉下了脸：您什么意思？这样的条件你们还不满足？

沈总说：不是不满足，只不过我们经过讨论以后，认为甜蜜科技不具备继续持有的价值，既然罗总这么希望接盘甜蜜科技，那我们干脆把所有股份都转给罗总好了。

罗江说：可以啊，我求之不得。只要价钱合适，我全接了。您开个价吧。

沈总慢悠悠地吐出一个数字：一点五亿。

罗江忍不住在心里问候了一下沈总的母亲，这个老狐狸，居然坐地起价！但罗江脸上依旧带着笑容：沈总，您这就没意思了啊。按照你们之前提的对价，百分之五股份两千万，百分之二十股份，最多八千万。

沈总没说话，女助理这时从包里掏出一份文件递给了罗江。罗江一看是一份《补充协议》的复印件，甲方乙方分别是宁新创投和刘得恩。再仔细一看内容，罗江愣住了：这竟然是一份对赌协议！

原来，四年前宁新创投投资一亿元人民币获得了甜蜜科技百分之二十的股份。签署投资协议的同时，宁新创投又和刘得恩本人签订了这份补充协议，协议上约定，如果三年后甜蜜科技未能上市的话，宁新创投有权要求刘得恩以不低于一点五亿元人民币的对价，回购那百分之二十的股份。——这就是俗称的“对赌协议”。并且，这份对赌协议早在刘得恩去世后三个月就已经生效了。虽然刘得恩意外离世，但依据法律规定，宁新创投有权根据这份对赌协议，向刘得恩的法定继承人进行债务追索。总之，沈总说，罗总如果想接盘甜蜜科技，就拿出一点五亿来！

罗江忍着恼火说：沈总应该知道，刘得恩的法定继承人只有一位，就是他的妻子田蜜。目前田蜜在我手下的一家自媒体机构担任广告部经理。您认为她能偿还得起一点五亿吗？

沈总微微一笑说：田蜜手里不是还握有甜蜜科技百分之四十七的股份吗？

罗江一下子明白了沈总这个老狐狸的算盘。田蜜还不起一点五亿的债务，就势必将手中的甜蜜科技股份进行抵押或拍卖，宁新创投退可以连本带息拿回投资款，进则可以以极低的代价一举将甜蜜科技收入囊中！

回到办公室，罗江和于洋洋紧急商讨对策。

于洋洋说，我认为这对我们是好事。罗江问：怎么说？

于洋洋不慌不忙道：刘得恩持有甜蜜科技百分之四十七的股份，这部分股份由田蜜继承了。之前我们的方案是通过以承担部分债务和继续投入资金的方式进行股权重组，也就是对原有股权进行稀释，我们取代田蜜成为第一大股东，实现相对控股。但现在，我们可以换一种方式——我们可以直接买下田蜜手里的全部股份加上宁新创投手里的股份，这样田蜜和宁新创投两清了，而我们虽然要比原计划多掏一个多亿的资金，但持有的股份却也翻了一倍。这笔买卖，我认为很划算。罗江哈哈笑了：洋洋，你可以出师了！

于洋洋所说和罗江想的不谋而合。随即两人分头行动，罗江去落实资金，于洋洋则抓紧时间起草股权转让协议。准备妥当之后，两人先去找了老戴，说了全盘收购甜蜜科技的计划。老戴自是没什么异议。接下来只需要说服田蜜就可以了。

老戴给田蜜打电话，约田蜜到公司来一趟，说有一些跟甜蜜科技重组有关的事情需要跟她商量。田蜜说甜蜜科技的事情我不是委托你全权处理吗？老戴说这件事必须你亲自做决定。田蜜有些疑惑，但还是放下手中的工作，匆匆去了甜蜜科技。

老戴把田蜜迎进会议室。田蜜一看罗江、于洋洋都在，有些纳闷。刚一落座，于洋洋就把那份《补充协议》的复印件放到了田蜜跟前。田蜜问老戴这是什么意思？老戴说让罗总和于总跟你解释吧。

于洋洋简明扼要地把对赌协议的含义说了一下。田蜜还是不太明白：这跟我有什么关系？

于洋洋说：是这样，我和罗总前期做了大量的工作，希望说服宁新创投继续持股，很遗憾没能说服他们。宁新创投计划以这份对赌协议为依据提起诉讼，要求你作为刘先生的连带责任人，代替刘先生履行回购义务。因为这是你们夫妻关系存续期间的共同债务。也就是说，他们要求你偿还这一点五个亿！

田蜜脑子里嗡嗡作响，愣在了那里，说不出话来。

罗江这时候开了口：我有一个非常简单的方案来解决这个问题。

于洋洋拿出拟定好的《股权转让协议》，递到田蜜面前。

罗江说：我给你一点七个亿，买下你手里全部的甜蜜科技股份，包括宁新创投那百分之二十。这样的话，还掉宁新创投的一点五亿，你还有两千万。不能说可以实现财务自由，车厘子自由是可以实现的。

田蜜强迫自己平静下来，又拿起那份对赌协议看了看，忽然道：这个债，我不认。

三个人都一愣。

田蜜说：最高人民法院前几年发布了关于审理涉及夫妻债务纠纷案件适用法律有关问题的解释，简单来说，就是共债共签。没有我的签字，我完全不知情，这一点五亿恐怕也不能随便扣到我头上。

罗江说：你说得有道理，但司法解释是司法解释，具体官司是具体官司。事情没你说的那么简单，真打起官司来谁输谁赢还不一定。你现在完全可以全身而退，何必去冒那个险？

老戴也说：嫂子，宁新创投的背景很深，能量很大，他们既然决定向你追索这笔债务，一定是做足了准备的，你斗不过他们，也没必要跟他们斗。

田蜜沉默了一会儿说：这事儿有点突然。我得回去再想想。

罗江说：可以。这两份协议你都带回去，好好看看。甜蜜科技的重组就差这最后一步了，后续我们还有很多事情要处理。你最好尽快做出决定！

二十九

从甜蜜科技出来，田蜜失魂落魄地走在街上，脑子里乱糟糟的，不停回想着罗江和于洋洋的话。田蜜忽然感觉一阵眩晕，赶紧找了一处长椅坐下，试图捋顺纷乱的思绪，但怎么也捋不清。

田蜜给常胜打了个电话，问他在哪儿。常胜说刚跟出版社编辑谈完事正往家走。常胜很兴奋，说你知道吗？我马上要举办全国签售会了！田蜜哪里有心思听常胜絮叨这些，说有事找你谈，一会儿见，就挂了电话。

田蜜和常胜前后脚回到家。常胜问什么事这么着急现在就要跟我谈？田蜜没说话，掏出那两份协议往常胜跟前一放。

常胜拿起协议仔细看着，半天不说话。

田蜜说，我该怎么办？

常胜挠头说，这事太过重大，我得捋一捋。

田蜜说你慢慢捋吧，起身就往外走。常胜问你去哪儿？田蜜说我下午约了个广告客户，我去谈一下。常胜惊讶：你这会儿还有心情去谈广告？田蜜说，人活着不能靠心情。说着出门去了。

常胜又拿起两份协议翻来覆去看了半天。罗江提出的条件似乎无懈可击，只要在那份股权协议上签上字，所有问题都解决了。但问题是，罗江为什么要这么做？常胜想来想去没有头绪，最后决定，索性找于洋洋问个明白。

于洋洋接到常胜的电话挺开心，自从离开常胜赢家之后，常胜就再也不接于洋洋的电话，微信也不回，如今主动约她见面，看样子气已经消了。一转念于洋洋又责备自己：他消不消气跟我有什么关系？又不是我的错！

两人约在攀梦资本附近的一家咖啡馆见面。于洋洋问：想通了？准备哪天回来？常胜说常胜赢家我暂时是不可能回去了。今天我找你不是谈我的事。于洋洋明白了：你是为田蜜的事来的？常胜点头：聪明。于洋洋说：常胜，这件事跟你没关系啊。常胜说：鲁迅说过，无穷的远方，无数的人们，都和我有关。

于洋洋原本的好心情忽然就散了，说：想干什么你就说吧。

常胜说：我就是有些问题不太明白，想向你请教请教。据我所知，甜蜜科技已经严重资不抵债，罗江为什么要花这么大代价收购甜蜜科技？

于洋洋说：第一，我们要布局在线教育行业。第二，罗江对甜蜜科技有感情。常胜问：就这么简单？于洋洋说：就这么简单。常胜又问：现在在线教育属于红海而非蓝海，竞争极为激烈，而甜蜜科技已经濒临倒闭，罗江接手以后会怎么做，你们有方案吗？于洋洋说：有，但我不能告诉你。常胜说：理解。你把能告诉我的告诉我就行。

于洋洋说：能告诉你的是，在线教育行业拼的是两件事，一是钱，二是人。甜蜜科技是倒在了钱的问题上，而我们恰好有钱。常胜说：有钱的不只你们攀梦资本。田蜜也可以选择卖给别人。于洋洋说：理论上是这样，但田蜜没得选。因为愿意接盘甜蜜科技的，目前只有我们。

常胜又拿出那份《股权转让协议》，翻开放到桌上。

常胜说：宁新创投要求田蜜以一点五亿回购他们持有的百分之二十股份。你们接受这个价格吗？于洋洋说：我们不接受也得接受。

常胜说：好，如果你们接受这个价格，意味着甜蜜科技估值高达七点五亿。田蜜持有百分之四十七的甜蜜科技股份，价值三个多亿。你们给田蜜一点七个亿，表面上看田蜜还赚了两千万，实际上等于是你们只用了两千万就买下了田蜜所持有的百分之四十七的股份——你们这算盘打得也太精了吧？

于洋洋说：估值并不等于实际价值。如果没有我们接盘，甜蜜科技可以说一文不值。常胜说：我看未必。如果甜蜜科技真的一文不值，罗江不可能接盘。像罗江和你这样的职业投资人，不可能凭借感情做决定。

于洋洋有些恼火了：常胜你什么意思？你是代表田蜜来讨价还价的吗？常胜说：没有，我代表不了她。我就是出于职业习惯，想搞清楚这笔交易里头到底隐藏了什么。于洋洋冷笑：你对田蜜还真是关心备至啊。常胜说：我是她的财务顾问嘛，当然要关心。

于洋洋说：好吧，我实话告诉你，如果不是你非要插手马蒂莎和赵康的事情，本来我们可以以小得多的代价实现掌控甜蜜科技的目的，而田蜜也不会背负上一点五亿的债务，还能保留一点甜蜜科技的股份。就因为你要逞英雄，才导致目前的局面！如果不是因为罗江对甜蜜科技还有一份感情、对田蜜本人还心存那么一丝同情，这笔交易根本不会存在，甜蜜科技大概率会进入破产程序，而田蜜很可能会背负一点五亿的债务，这辈子再也翻不了身。即便她要为此打官司，也将是五年甚至十年八年的时间，她根本耗不起，她可能连律师费和诉讼费都交不起。——所以，你如果真心想帮田蜜的话，就劝她赶紧签了这份协议！

于洋洋说完起身扬长而去。

常胜仔细琢磨着于洋洋刚才的话，想来想去，确实如于洋洋所说，田蜜恐怕别无选择。常胜打了个电话问田蜜在哪儿，田蜜说刚从客户那儿出来，准备回趟公司，常胜说正好，我就在常胜赢家边上，咱们咖啡馆见吧！

等了半个多小时田蜜来了。常胜大致复述了一下他跟于洋洋的对话。

田蜜问：除了把甜蜜科技卖给罗江，我还有别的选择吗？常胜说：有。只要你能拿出一点五个亿来。田蜜又说：我和得恩没有孩子，甜蜜科技就像我们的孩子。得恩如果活着，不会同意我把孩子交给别人的。常胜说：甜蜜科技不光是你们的孩子，其实也是罗江的孩子，交给他总比交给其他人好。田蜜问：你不讨厌罗江了？常胜说：这跟我讨不讨厌他是两回事。田蜜，你必须同意罗江的条件，签了这份协议！这对你、对甜蜜科技，对你爸妈，对你未来的生活，都是最好的结果！

田蜜沉默着没说话，这时手机响了，一看，是红十字会的李红打来的。田蜜的心不自觉地收紧了，想起了那个她不愿回首的夜晚。

常胜注意到田蜜的异样，问怎么了？田蜜说没什么，接起了电话。

李红在电话里告诉田蜜，刘得恩的五位器官受捐者均已康复，他们今天从全国各地聚到了宁城，想见田蜜一面。田蜜本想过几天再说，但李红说这几位受捐者明天就要离开宁城，所以务必请田蜜今晚上抽出时间来跟他们见一下。

田蜜想了想答应了。李红连声感谢。

挂了电话，常胜问什么情况？田蜜说了刘得恩当初器官捐献的事。田蜜说，一共有五个人。没想到，得恩一个人救了那么多人。

常胜在心里叹息了一声，说：我陪你去吧。

两人先回了趟家，换了身衣服，随便吃了点东西垫垫肚子，然后驾车赶往李红所说的地址。

路上田蜜跟于洋洋打了个电话，说你们把正式协议准备好，明天我们就签了吧。于洋洋按捺住内心的狂喜，说罗总明天上午有个重要会议，我们就明天下午见吧！

挂了电话，于洋洋和罗江额手称庆。于洋洋说：恭喜罗总，甜蜜科技终于又回到你的怀抱了！罗江说：多亏了你。整件事我基本上没怎么操心。应该给你记头等功！于洋洋笑道：罗总客气了，您是掌舵者，我只是在您的指挥下冲锋陷阵而已。罗江说：要实事求是，不要过分谦虚。将来甜蜜科技的运营我还要交给你呢。于洋洋说：一定不辱使命。——接下来我该干什么？罗江说：明天和田蜜签完协议，你先抓紧把法律手续落实到位，接下来我们就要着手对甜蜜科技的组织架构和业务体系进行重组！

晚上七点，常胜和田蜜准时到达李红所说的地址。李红早早就在门外迎接，热情地把两人迎进发布会会场。一进门田蜜略微有些吃惊，主席台上巨大的LED屏幕上一行大字：“刘得恩先生受捐者与家属见面会”，前排挤了数十位拿着长枪短炮的记者。台下则坐满了观众，田蜜原以为是红十字会的例行发布会，没想到这场发布会是专门为自己所开的，而且这么大的阵势。田蜜不自觉有些心跳加速。

田蜜和常胜在前排正中落座。李红拿着话筒走上主席台。

李红说：大家好，今天是刘得恩先生的五位受捐者与刘得恩太太田蜜的见面会，田蜜女士现在已经来到了现场。

众人鼓起掌来。田蜜站起来向众人点头致意。

李红说：也许大家知道，也许大家不知道。我国每年等待器官移植的患者大约有 30 万人，而每年器官移植数量的比例是 30∶1，仅约 1 万人能够等来移植的机会。那么，先让我们看一个短视频，共同分享刘得恩先生的故事。

灯光变暗，LED 大屏幕上开始播放一则视频。视频简单回顾了刘得恩的生平，介绍了五位受捐者的情况，在接受器官移植前后他们的生活和生命发生的巨大改变，等等。当刘得恩微笑的面容出现在大屏幕上的瞬间，田蜜的眼泪夺眶而出。

一名浑厚温暖的男声画外音讲述着：刘得恩，一个不幸倒在创业途中的创业者，在他离开世界以前，他就留下了遗嘱，捐献出身体器官。他的这一个决定，让五个人重获新生。每一次每一个捐献者的故事和受益人的故事，都能够影响到很多很多的人。大家要知道，器官捐献，不是人的天性，而是教育的结果。因为这些伟大的捐献者，我们才能够在死神的旁边抢救出这些活下来的“礼物”，才能够给另一个将要失去生命的人以生命。

五位受捐者的画外音也依次响起：

一位六十岁的老人：谢谢你刘得恩，是你让我能够继续呼吸生命的气息。

一位中年男人：谢谢你刘得恩，是你让我有延续生命的可能。

一位中年女人：谢谢你刘得恩，是你让我能够跟家人延续这一世的缘分。

一位女童：谢谢你得恩叔叔，是你让我重新看见了妈妈的笑脸。

一位年轻小伙子：谢谢你刘得恩，是你让我有机会聆听这个世界的心跳。

视频结束。灯光亮起。田蜜紧紧捂着嘴不让自己哭出声。常胜默默注视着田蜜，伸出手去想握住田蜜的手，但还是收回来了。

李红：现在，让我们有请五位受捐者上场。

五位受捐者走上了主席台。全场寂静无声，注视着台上。

六十岁老人拿起了话筒：大家好，我叫李国庆。我来自兰州，本来我已经退休了，但是我受到了刘得恩先生的捐助以后，我决定站出来，去影响更多的人。

接着是一位中年男人：大家好，我叫秦伟，来自长沙。刘得恩先生年龄比我还小，受到他的捐助，我很幸运，但心里又非常难过。刘先生的遗愿是我们受到了帮助以后要去影响更多的人。我愿意。

接着是一位中年女人：大家好，我叫林丽华，来自海口。一开始，我听说刘得恩先生的遗愿是，受到捐助的人，需要站出来做公益宣传。我本来不愿意接受，因为我害怕我的隐私曝光，但是我后来又想，刘先生都把自己的身体捐献出来了，我还有什么不敢面对的。所以，我站了出来。

接着是一位大约十岁的女童：叔叔阿姨好！我叫彤彤，来自贵阳。我的眼睛好了以后，又回到了学校上学。我曾经做过一个梦，梦见刘得恩叔叔来我家做客，我给了刘得恩叔叔一块塘，刘得恩叔叔一边吃糖，一边问我："彤彤，你长大了干什么？"我说："长大后，我要成为你。"

最后是一位二十出头的年轻小伙子：大家好，我叫孟钢，来自北京。刘得恩先生是一名在线教育的创业者，他创办的甜蜜科技一直致力于把最好的教育送到最远的地方，让所有人都能平等享受到高质量的教育资源。这是一项伟大的事业，这项事业的核心精神就是人人为我、我为人人。刘得恩先生生前是这样做的，在他不幸离世以后，依然是这样做的。因为他的无私奉献，我们才得以重返生命的舞台。今年我即将大学毕业，我很想进入甜蜜科技工作，继续刘先生未竟的事业，我已经向甜蜜科技发送了我的简历。他顿了一下，又道，我知道甜蜜科技现在状况不太好，但是，生命都可以重来，还有什么不可能的呢？

五个人深深地向台下鞠了一躬。全场响起了热烈的掌声，很多人都红了眼眶，悄悄地擦拭着眼泪。

李红说：感谢五位受捐者的分享。根据刘得恩先生的遗愿，我们红十字会跟五位受捐者决定成立一支宣传器官捐献的公益自行车队。我们将择机参加一些自行车的友谊赛和长途骑行，去影响更多人，为更多等待器官移植的患者争取生命的希望。这是一支一个人的自行车队。

六十岁老人先开口：我是刘得恩，我是刘得恩的肺。

中年男人：我是刘得恩，我是刘得恩的肝。

中年女人：我是刘得恩，我是刘得恩的肾。

十岁女童：我是刘得恩，我是刘得恩的眼。

二十二岁男青年：我是刘得恩，我是刘得恩的心。

五个人把手叠在一起，齐声地：刘得恩，加油！刘得恩，我们上路了！

全场再次响起热烈的掌声。田蜜泪流满面，站起来向五位受捐者深深鞠了一躬，哽咽着：谢谢你们！谢谢你们！

这天夜里，田蜜失眠了。发布会的场景如电影画面般一遍一遍地在她眼前闪过，五位受捐者满怀深情又充满力量的话语一遍一遍地在她耳边回响着。她不自觉又拿出那本《创业笔记》翻看着，细细地品味着刘得恩留下的那些文字。她忽然感觉到，很多人包括自己，其实并不真正了解刘得恩。刘得恩是一个有着大爱精神的人，少年时代的坎坷经历令他对世间一切苦难都有着强烈的同理心和悲悯心。刘得恩之所以创办甜蜜科技投身在线教育行业，也是这种大爱精神的体现。他的目标是用科技改变教育的未来，让所有的孩子尤其是偏远落后地区的孩子都能够平等、便捷地享受到最好的教育资源，通过教育改变这些孩子的命运，从而改变国家的未来。

然而，随着刘得恩的离世，他的理想和远大目标也随之烟消云散了。但是甜蜜科技还在。可是，罗江会继承和实现刘得恩的遗志吗？不会的。当初罗江和刘得恩正是因为理念的不同才分道扬镳的。是的，罗江可以挽救甜蜜科技，让甜蜜科技避免破产的命运。也许在罗江的带领下甜蜜科技未来会极为辉煌。可是，那样的甜蜜科技是刘得恩想要的吗？

天色渐渐放亮。田蜜也有了自己的答案。

中午吃过午饭，常胜陪同田蜜赶到甜蜜科技。田蜜注意到，能容纳上百人的办公室如今只剩下十几个人，冷冷清清，毫无生气。

老戴把常胜和田蜜迎到会议室等候。过了没多久，罗江和于洋洋到了。两人看见常胜也在，略微愣了一下，也没说什么。

于洋洋从包里掏出两份打印装订好的《甜蜜科技股份有限公司股权转让协议》，推到田蜜跟前，说：田总，这是正式协议文本，和你昨天看到的一样。

常胜伸手接了过来：给我。我再检查一遍。田蜜开了口：不用检查了。常胜说：还是检查一遍好。有些话稍微改几个字意思就不一样了。防人之心不可无啊。

于滢洋暗中狠狠地瞪了常胜一眼。

罗江笑着说：常总说得对，再检查一下吧，谨慎点好。田蜜说：我说了不用了。——因为，这份协议我不签了。

众人都愣了，望向田蜜。

罗江强作笑颜：怎么了？这个价钱你还不满意？没关系，我们可以再谈。田蜜说：跟价钱无关。甜蜜科技的股份我不想卖了。

众人都很吃惊。

罗江沉下了脸：田蜜，你什么意思？ 田蜜说：得恩一直希望把甜蜜科技做成国内最好的在线教育平台，这个愿望，我一定要帮他实现。所以，我想拯救甜蜜科技。罗江忍着怒火：你以为只有你一个人想救甜蜜科技？我、于洋洋还有老戴，我们忙了这么长时间，挨个地去跟那些债权人还有股东一遍一遍地沟通，一个一个地说服，你以为我们是在干什么？！

老戴说：田蜜，说句良心话，如果罗江不出手，甜蜜科技早就进入破产程序了。田蜜说：罗总，我知道你尽了最大的努力，我非常感谢。但我不能把这个股权转让给你！罗江忍不住一拍桌子：简直莫名其妙！

常胜从震惊中回过神来，赶紧站起身：大家稍等。——田蜜，我们需要谈谈。田蜜却没动：有什么话你就当着罗总于总的面说吧，没关系。常胜无奈，压低声音：昨天我们不是谈得好好的了吗？你怎么突然变卦了？田蜜说：因为昨天晚上那场发布会。我看见得恩一个人变成了五个人。他还活在这个世界上，他还没有谢幕。我希望带领甜蜜科技复兴。

常胜说：田蜜，你不要头脑发热。除了卖掉甜蜜科技，你没有别的选择。田蜜说：我有。进入甜蜜科技就是我的选择。常胜说：你还过债知道还债的滋味。进入甜蜜科技意味着这一亿五千万就要落实到你身上了！一亿五是什么概念你清楚吗？你这辈子都还不完！

田蜜说：我已经做了这个决定了。我不会改变的。而且，我也不认为我还不清一亿五千万债务。当初我说我要在三年之内把那几百万的债都还清，没一个人相信，但我做到了。常胜有些焦躁：几百万和一点五个亿是一回事吗？田蜜镇定地：是一回事。常胜，你还记得昨晚上那个叫孟钢的小伙子说的话吗？生命都可以重来，又有什么是不可能的呢？常胜说：抒情是抒情，做事是做事。你不要混为一谈！

于洋洋忍不住开了口：田蜜，你要知道，现在除了我们攀梦资本，没有人会救甜蜜科技，也没有人能救得了甜蜜科技——也包括你。田蜜说：你们说的这些我都很清楚。我一个人是救不了甜蜜科技的，所以我需要你们的帮助。罗江说：你还想我怎么帮你？！田蜜说：我希望罗总你来担任甜蜜科技的CEO。我们一起努力，重振甜蜜科技！罗江气极反笑：我给你当CEO？！荒谬，我做投资这么多年，从来没遇到过这么荒谬的事！太荒谬了！

罗江起身拂袖而去。

于洋洋无奈收起协议，对田蜜说：罗总明天下午要去上海，你如果改变了主意，最好在这之前给我打电话！说完匆匆走了。

常胜和老戴面面相觑。

田蜜依旧很淡定，对老戴说：老戴，我们那份股权托管协议可以解除了。根据公司章程，我将出任公司董事长和法人代表。麻烦你尽快帮我办好法律手续。

老戴说：嫂子，请你三思。田蜜说：我已经考虑清楚了。老戴无奈点点头：你稍等。我去拿文件。起身离开了。

常胜看着田蜜。田蜜也看着常胜。

常胜说：田蜜，我最后问你一句：你真的要赌上自己的后半生去冒这个险吗？田蜜说：是的。

常胜扭头走了。

田蜜想叫住常胜，张了张口却没发出声音。田蜜的心情有些黯淡。她知道，做出这样的决定，没有人会理解她支持她，常胜也不例外。从这一刻起她再也没有退路，她必须竭尽全力去战斗，要么生，要么死。但，无论生死，她都绝不后悔，因为这是她自己的选择。

罗江和于洋洋回到了办公室。

罗江沉着脸说：在线教育这个赛道我们不能丢，之前提到的那几家在线教育平台，你抓紧时间做一下尽职调查，月底前必须完成。于洋洋说：罗总，我建议再等等。我再去跟田蜜谈谈，也许她会改变主意的。罗江说：不能再等了！在甜蜜科技身上我们已经耽误了太多时间，越等下去越被动。——这是我的失误。做我们这行，任何决策都不应该掺杂个人感情色彩。教训啊！这是一个深刻的教训！于洋洋本想再劝，还是住了口：知道了。我会尽快完成尽职调查。

田蜜回到家，正要进房间，被常胜叫住了。

常胜说：站住。事儿还没完呢。咱们得掰扯掰扯。

田蜜站住，转身看着常胜：什么事儿啊？常胜说：明知故问啊！今天你为什么临时变卦？田蜜说：因为昨天晚上我看了那场公益发布会，他们激励了我，甚至可以说点燃了我，我觉得我应该接管甜蜜科技。

常胜说：不可理喻！田蜜，你这是感情用事，不，你这不是感情用事，我今天算是见到感情用事本人了！你用什么接管甜蜜科技？用你的感情吗？田蜜说：对。我会用我的全部感情，还有我的全部能力。常胜质问：你有什么能力？田蜜说：我有很多能力。我勤奋，努力，我愿意学习，拼搏。我做广告业务的时候学会了跟人打交道，我了解现在的很多企业的长处和缺点——

常胜打断：这叫能力？这叫基本功。田蜜说：你的意思是我一点能力也没有？我在你眼里就是这样一个人？常胜赢家的商务是谁做起来的？常胜说：一点能力也没有不符合事实。但要说你拥有使一家创业公司起死回生的能力也同样不符合事实。你懂管理吗？懂经营吗？懂融资吗？你有人吗？你有什么？

田蜜说：我有志气。还有理想。常胜说：你有志气很好，你有理想也很好。今天你凭着一腔感情拒绝这个合同我甚至很佩服你。但是我要正面问你，请你正面回答，你靠什么来接管这个甜蜜科技，你靠什么来接下这个一亿五千万的债务？田蜜说：会有办法的！我会找到办法的！我坚信，甜蜜科技会重新复兴的。常胜说：你这不是王面回答，是侧面回答，是盲目坚信！请问，你从哪儿得出的这个甜蜜科技会复兴的判断？

田蜜顿了顿说：罗江。

常胜一愣。

田蜜说：如果甜蜜科技没有翻盘的可能，罗江为什么要接盘？他接盘说明他看好甜蜜科技。请你正面回答，是不是这样的？常胜说：是这样的。你的判断完全正确。但罗江接盘是因为他是罗江，你不是罗江。他可以，你不行。因为你没有罗江的资源和能力。田蜜说：是的，我不是罗江，我没有罗江的资源。但我可以有罗江。有罗江就可以有罗江的资源和能力。常胜没明白：你什么意思？田蜜说：我可以聘任罗江。

常胜忍不住嗤笑：你不但不可理喻，你还让人匪夷所思。你有聘任罗江的实力吗？田蜜说：没有。但我觉得我有聘任罗江的能力。也许我还会聘任你。还会——常胜打断：不自量力！打住吧。田蜜，我不想听你在这儿做白日梦。你刚刚从悬崖下边爬上来，为什么还要再把自己逼到悬崖边上？你想过你爸妈知道这个事情会担心成什么样吗？

田蜜看着常胜，有些恳求的神情：常胜，这个决定我已经做了，我不会再改变了，所以，我们没必要再讨论下去了。可以吗？常胜说：好！我尊重你的决定，但即便你做了这个决定，为什么不提前告诉我？田蜜说：我是到了现场才做出的决定。常胜逼视着：撒谎！你肯定是昨天晚上就打定了主意！

田蜜顿了一下，点头：是的。我昨天晚上就做出了决定，但不想告诉你。因为我知道，如果告诉你，你肯定会阻止我。常胜说：这件事的关键不在我阻不阻止你，而是你信不信任我。你在罗江和于洋洋面前临时变卦你不觉得对我是一种愚弄吗？！田蜜说：我没有愚弄你的意思，我很感谢你对我的帮助。但这件事情，是我一个人的事情。请你不必再阻止和劝说我！我会为我的决定负责的！

田蜜扭头进了房间。常胜愣了会儿，不由自主地重重地叹了口气。

次日田蜜又去了甜蜜科技，和老戴商量接下来的工作。

田蜜问：手续大概什么时候能办完？老戴说：一个星期左右。田蜜说：我现在就想开始工作。老戴说：没问题。我会发一份内部邮件，把你出任董事长的消息告诉大家。

田蜜想了下说：不用发邮件了，你把大家都召集起来开个会，我想跟大家说几句话。老戴点头：好的。还有什么需要我办的？田蜜说：公司的资料，债权人的资料，罗江的重组计划，等等，凡是你认为我应该了解的信息和资料，你都给我准备一份，我拿回去看。老戴说：好的。我去召集大家开会。

不一会儿，老戴通知田蜜可以开会了。田蜜去往会议室，见老戴和大约十个员工坐在会议桌旁。

老戴起身示意田蜜坐到主位。

田蜜低声问：就这么多人吗？老戴点点头：全公司的人都在这儿了。

老戴向员工们介绍说：我给大家介绍一下，这位是刘得恩刘总的妻子，田蜜女士。从今天起，田蜜女士将接任甜蜜科技公司的董事长职务。

众人都默默地看着田蜜，神情大多是怀疑和困惑。

田蜜深深地鞠了一躬：谢谢各位。在甜蜜科技最艰难的时候，你们没有放弃，一直坚持到现在。我想替得恩谢谢你们。也许你们已经听说了，我拒绝了攀梦资本罗江的收购请求。可能大家都认为我疯了，认为我不自量力，认为我根本没有能力带领甜蜜科技走出困境。实话说，本来我自己心里也没底。但是，看到了你们，我看到了希望。过去那样困难的情况下你们都坚持下来了，未来还有什么困难我们不敢去面对、不能去战胜呢？你们的坚持让我相信，我的选择是正确的！

一名员工举手示意。

田蜜说：您请说。

员工说：我是负责网络平台搭建和网络维护的，是甜蜜科技最早的一批员工。我之所以还没有辞职，是因为听说罗江要进来。罗江进来就意味着资金进来，甜蜜科技走到今天这一步，就是缺钱。没有钱别的都是空谈。现在您告诉我们说罗江不来了，请问资金问题您打算怎么解决？

田蜜说：我只是拒绝了罗江的收购要求，并不是拒绝罗江进入甜蜜科技。事实上我打算请回罗江担任甜蜜科技的CEO，毕竟从资金层面和经营层面，他都能起到巨大作用。

员工接着问：您觉得罗江可能回来吗？田蜜说：我会用最大的诚意去说服他。——但是，就算罗江不肯回来，我相信我们也能找到新的投资方以及新的CEO人选。请大家再给我一点时间。

又一名员工举手说：田总，我是市场部的。我说实话，我之所以没走是还没找好下家。我想请问田总，欠我们的工资什么时候能发？

田蜜说：请大家以后都叫我田蜜，不要叫我田总。——非常抱歉拖欠大家工资这么久，因为今天我刚来，具体拖欠了哪些人的工资、总额多少我都还不清楚。但我可以承诺，我会优先解决拖欠工资问题。

员工说：我们需要的不是承诺，是明确的时间。田蜜顿了顿说：一个月之内。

又有一名员工提问：现在甜蜜科技就剩我们几个人，老师们都走了，招生和授课也都停止了，而且极其缺乏资金。一个月之内你能解决这些问题吗？

田蜜说：我能。但我对大家也有一个请求。

众人看着田蜜。

田蜜目视前方，神情坚定：我请求大家，在接下来的一个月里，跟我并肩战斗！

三十

常胜和青青见面商谈签售会的事。

常胜看着青青给他的有关签售会的宣传材料，有些心神不定。

青青说：杭州是我们全国巡回签售会的第一站，接下来是南京、苏州、无锡。之后我们就北上，北京、天津、唐山、太原。这两轮跑完我们回宁城休整几天，接着南下，福州、厦门、深圳、广州——

常胜忽然打断：对不起，稍等我打个电话。青青只好住了口：好的，您先打。

常胜起身走到一旁，拨打于洋洋的电话。

于洋洋正开着车送罗江去机场，接通车载电话。

常胜急切地问：洋洋，罗江走了没有？于洋洋说：我和罗总正在去往机场的路上。怎么，田蜜改变主意了吗？常胜说：请他在机场等一会儿。我们马上过去找他！

于洋洋看了眼罗江，罗江点点头。于洋洋说：最迟两点半。过时不候。

常胜挂了电话，快步走到青青跟前：青青，签售会取消吧。

青青一愣：您说什么？常胜说：签售会取消。全部取消。青青急了：常老师，您没事吧？我们都策划一个月了，第一轮签售会场地都租好了，助场嘉宾也请好了，您现在跟我说取消？！

常胜说：对不起青青，接下来我有更重要的事情要做，没时间跑签售了。——前期你们已经支出的所有费用都由我来承担。另外，已经报名参加签售会的读者，每人赠送一本书，费用也由我承担。

常胜拿起包离开了。青青一脸愕然，不明白发生了什么。

田蜜和老戴在办公室里商谈。

田蜜说：老戴，我想尽快恢复招生运营。你觉得应该怎么做？老戴说：我们之前的课程都已经停了，老师资源也都流失了。要想恢复招生，首先得把老师请回来。田蜜问：老师名单和课程名单在哪儿？老戴从桌上一摞文件里抽出一个文件袋递给田蜜：都在这里面。

田蜜从文件袋里抽出一叠文件，首页就是杜鹏的简历资料。

田蜜说：老师这一块我来想办法。另外公司还需要补充人手。人力资源这一块先由你负责，可以吗？老戴点头：可以。我之前就是一直负责行政、人力资源这一块的。不过CEO、CFO这些高管职位的人选还需要你亲自定夺。

田蜜说：我会尽快物色合适的人选。还有，公司那些离职的核心骨干还能不能联系上？我想见见他们。老戴疑惑：你想把他们请回来？田蜜说：是的。老戴说：我联系联系看。不过，想说服他们回归很难。田蜜说：有一个算一个。公司亏欠他们很多，我一定要想办法弥补。老戴点头：我尽快联系。

老戴的手机震动了起来。老戴看了下手机，没接，苦笑说：债权人快把我手机打爆了。罗江退出的消息可能已经传出去了。

田蜜问：罗江的收购计划里，对债权人这部分是怎么处理的？老戴说：几个比较大的债权人都同意债转股。其他一些小的债权人罗江是准备直接把债务给清了。——这部分金额大概是五千万。

田蜜想了想：我们争取说服所有债权人都债转股。你先帮我安抚一下债权人，给我一个星期的缓冲时间，我先把宁新创投的事情解决了，再跟债权人谈。

老戴问：你打算怎么跟宁新创投谈？田蜜说：我还没想好。老戴说：宁新创投的老沈不怎么好说话。当初得恩也是有点急躁了，想把步子迈大一些，所以接受了他们的投资，签了对赌协议，结果非常被动。田蜜说：一着不慎满盘皆输。从现在开始，我们一步都不能走错。

常胜突然快步进了门。田蜜、老戴都一愣。

田蜜说：常胜？你怎么来了？常胜说：我们马上去机场见罗江。田蜜一愣：我说了，我不能把甜蜜科技卖给他。常胜说：不是要你卖给他。要想重振甜蜜科技，罗江不可或缺。我们必须说服他加盟甜蜜科技。田蜜有些没反应过来：我们？你的意思是——常胜说：两点半我们必须赶到机场。路上再说！

常胜驾车带着田蜜迅速赶往机场。

常胜说：我的全国巡回签售会取消了。田蜜问：怎么了？出什么情况了？常胜说：我要加入甜蜜科技。田蜜看着常胜，有些不敢相信：你是说真的？你愿意加入甜蜜科技来帮我？常胜说：你现在最需要的就是我——首席财务官。田蜜说：你要担任首席财务官？常胜说：还有公司董事。我出一千万，买你百分之五的股份。

田蜜有些感动：常胜，你没必要这样。常胜说：你愿意为甜蜜科技赌上自己的后半辈子，我也愿意。田蜜说：但是你跟我不一样。甜蜜科技原本跟你无关。常胜说：我不是为了甜蜜科技。田蜜问：那你是为了什么？常胜说：你知道我为了什么。

田蜜明白了常胜的意思，有些震惊，又有些慌乱，心怦怦直跳，一时不知道说什么。

常胜又说：我们要尽一切力量请回罗江。田蜜说：我明白。但罗江他要的就是甜蜜科技的控股权。如果我不同意，他可能不会帮我们。常胜说：就算解决了宁新创投和债权人的问题，我们还是需要罗江的经验和资金。所以无论如何必须说服他加盟甜蜜科技。一次不行就两次。两次不行就三次！

罗江和于洋洋坐在机场一家咖啡馆里等待着。

常胜和田蜜匆匆来了。于洋洋一看时间，刚好两点半。

于洋洋笑笑：你们很准时。请坐。

常胜和田蜜坐下。

罗江掏出那个倒计时钟表往桌上一放，按下了倒计时按钮：五分钟。

田蜜没说话，掏出 iPad 放到罗江、于洋洋跟前，播放视频。视频是公益发布会上播放的那个短视频以及当天现场的画面。

罗江和于洋洋看着，都被震动了。

罗江说：非常感人。得恩是个非常伟大的人。你是因为这个改变了主意？田蜜点头：是的。我希望我能亲自完成得恩未竟的事业。所以我不能把甜蜜科技卖给你。罗江说：那你来找我干什么？

常胜说：我们希望你以投资者而不是收购者的身份进入甜蜜科技，并且出任公司 CEO。罗江说：你们？听常总的口气，你也要加入甜蜜科技？常胜说：我已经加入了。我现在的身份是甜蜜科技的股东、董事兼首席财务官。

于洋洋吃惊：你们也太儿戏了！常胜说：我们很严肃，很认真。甜蜜科技即将告别刘得恩时代，进入田蜜时期。我愿意辅助她完成甜蜜科技的复兴。不久的将来甜蜜科技将成为国内在线教育的头部平台。罗江，甜蜜科技需要你。

倒计时钟表此时响了，时间到了。

罗江收起倒计时钟表：说得好。甜蜜科技需要我，但我不一定需要甜蜜科技。我钦佩你们的雄心壮志。但是很可惜，你们只是空喊口号，却拿不出实际的筹码来说服我。抱歉。祝你们好运。

罗江起身拎起包往外走。

于洋洋压低声音对常胜说：晚上我们谈谈。随即也快步走了。

常胜田蜜相互看看。田蜜有些失望。

常胜安慰田蜜：别灰心，我觉得罗江没把话说死。

田蜜手机滴滴响，一看是“教授”发来的微信：老地方，六点半。

田蜜看了下时间：我想去趟常胜赢家，把那边的工作交接一下。

常胜说：一块去吧。

两人去了常胜赢家，见到了葛子和李梦。

葛子说：青青刚还跟我抱怨，说忙活了一个月好不容易安排好了全国巡回签售，却被你放了鸽子。——原来是因为甜蜜科技？常胜说：抱歉啊葛子。你帮我跟青青解释一下。

田蜜说：常胜是为了帮我，甜蜜科技现在面临着很大的挑战，人手不够，时间也很紧迫。麻烦你代常胜也代我向那位出版社的同事道个歉。葛子说：签售这都是小事，他们能理解。但甜蜜科技这事可不小啊，你们冒的险大了点。

李梦说：是啊，田蜜姐，一点五亿的债务，我想都不敢想！罗江愿意接盘，你干吗不放手啊！田蜜说：李梦，将来你会理解我的。李梦说：我能理解你，不过我更担心你！

葛子问：田蜜，你走了，市场部你觉得谁来管比较合适？田蜜说：李梦啊。我推荐李梦接替我的位子，担任市场部经理。李梦的能力大家都有目共睹，她完全能够胜任这一职务。葛子点点头：那你们抓紧时间办一下交接吧。

田蜜说：好的。我们先去交接。你们聊。

田蜜和李梦起身出去了。

葛子看着常胜摇头：你现在成跨界王了。先从信托跨到自媒体，又从自媒体跨到出版，现在又跨到在线教育行业了。常胜说：真是得多谢你。当初最早就是你鼓励我跨界的，没有你的鼓励，我可能永远迈不出第一步。我现在不是穷人思维了吧？葛子说：当时我那是忽悠你的。谁知道你真信了。你放心去闯吧，有事招呼一声。常胜说：谢谢！

从常胜赢家出来，常胜和田蜜分头行动，田蜜去赴韩晓的约会，常胜则去找于洋洋喝酒。

于洋洋说：常胜，我可以给你交个底。目前除了甜蜜科技之外，还有五家在线教育机构一直在跟我们接触洽谈。他们开出的价码比甜蜜科技便宜很多，他们的现状也比甜蜜科技好很多。我们现在已经启动了新的计划，准备从这五家里选择一家进行收购。

常胜说：你的意思是，罗江准备彻底放弃甜蜜科技了？于洋洋说：对。但是，如果田蜜改变了主意，我也许还能说服罗江，重新考虑一下之前跟田蜜达成的协议。常胜说：洋洋，你为什么不劝罗江考虑一下我们后来的提议？你跟罗江说，甜蜜科技热切期盼跟他的合作，除了控股权，别的都好谈。于洋洋说：罗江说得很明确了，没有控股权就没得谈。

常胜想了想问：罗江哪天回来？于洋洋说：不一定。可能下周。常胜说：这样，等罗江回来，你第一时间通知我，我再找他谈一次。

于洋洋说：常胜，你听我一句劝行吗？别去蹚甜蜜科技这摊浑水！常胜说：如果是摊浑水你们为什么要去闯？所以，甜蜜科技是座金矿。于洋洋说：莎士比亚说过，爱情是盲目的，恋人们看不见他们自己所干的傻事——这句话用在现在的你身上再合适不过了。

常胜有些窘：哪跟哪呀！咱们谈的是投融资的事，怎么扯到爱情上了！两码事，不挨着！于洋洋说：别自欺欺人了。你的感情问题我无权干涉，也不感兴趣。不过作为前任，看见你非要往悬崖下跳，我好歹得拦一下，也算是仁至义尽了。甜蜜科技是不是金矿？是。但那得看在谁手里。在你跟田蜜手里，它就是摊浑水。

常胜沉默了片刻说：洋洋，我真诚地感谢你对我的关心和忠告。不过我觉得有些事别着急下结论，等等看。时间会给出答案的。

田蜜和韩晓吃着饭，有些心不在焉。

韩晓拿着手机说：我刚给你发了个资料，你看一下。

田蜜拿起手机打开微信看了看，是一份希腊爱琴海旅游宣传资料。

田蜜问：你想去爱琴海旅游？韩晓说：不是我，是我们。过几天就是你的生日，我已经向旅行社预定了爱琴海自由行的行程。我希望今年的这个生日会成为你生命中最难忘的一个生日。

田蜜愣了会儿：对不起啊韩晓，我去不了。我没时间。韩晓说：不要光顾着工作，要学会享受生活。田蜜说：我现在还顾不上享受生活。我还有很多事要做，还有很多债要还。

韩晓一愣：你那些债不是都还完了吗？田蜜说：那些是还完了。不过现在我又有了新的债务。韩晓说：多少？田蜜说：一点五亿。韩晓脸色变了：你没开玩笑吧？你是不是想用这个来吓退我的追求？我对你是真心的！

田蜜说：没开玩笑。我接手了甜蜜科技。这笔债务是遗留问题。韩晓说：公司的债务跟个人无关啊。田蜜说：这一点五亿就是我个人债务。公司欠的更多。

韩晓看着田蜜说不出话来。

吃完饭，韩晓开车送田蜜回家，全程黑着脸一言不发。田蜜自顾自想着心事，也没注意韩晓的态度变化。车子到了楼下，田蜜下了车，韩晓很快就驶走了。

常胜正好也刚到楼下，看到了这一幕。

常胜问田蜜：怎么不请教授上去坐坐啊。田蜜板着脸：以后你能不开这种玩笑了吗？常胜愣了下：我没开玩笑啊。他送你回家，请他上去坐坐不很正常吗？——你以为我是在调侃你？哪能呢，我才不是那种小心眼的人。

田蜜看了常胜一会儿，笑了：我们出去走走吧。

两人在附近的公园散步。公园里三三两两的人群。

常胜问：你跟教授说了一点五亿债务的事，教授什么反应？田蜜说：没反应。我说完以后，到刚才送我到家门口，他总共说了三句话。第一句，先吃饭吧。第二句，我去结账。第三句，再见。——对了，我得嘱咐他一声，先别跟我爸妈说这事。

田蜜掏出手机给韩晓发语音微信：韩晓，我今晚上跟你说的事，你先别告诉我爸妈好吗？谢谢。

田蜜一松手语音发了出去，微信对话框却跳出了“你还不是对方好友”的提示。

田蜜吃惊：教授把我拉黑了！

常胜和田蜜面面相觑，又哑然失笑。

常胜说：看样子教授被吓着了。田蜜说：一点五亿，谁听了都会害怕。——除了你。常胜说：我们是战友。一起打过仗的。田蜜说：有你跟我并肩作战，我心里踏实多了。常胜说：甜蜜科技是场硬仗。既然决定打这一仗，我们就必须牢牢树立必胜的信心。

田蜜看着常胜，微笑点头：是的。——我们开始战斗吧！

常胜和田蜜都明白，目前最大的堡垒就是宁新创投。

常胜说：对赌协议的主体是刘得恩，那么这一点五亿的债务究竟是刘得恩的个人债务还是你们夫妻共同债务，还有待商榷。真打起官司来，我们不一定输。

田蜜摇头：既然是刘得恩的债务，我得认。我不认，甜蜜科技也得认。已经是一回事儿了。而且，打起官司来，对甜蜜科技会产生很大的负面影响，可能得不偿失。我想，不如我认下这笔债务，然后跟他们签一个还款协议，约定几年内分期还清债务。

常胜说：最好的办法就是跟宁新创投谈判，希望他们解除对赌协议，继续持股甜蜜科技。但现在看来宁新创投已经对甜蜜科技失去了信心，急于解套离场，说服他们的难度很大。

田蜜想了想说：还有一个办法。常胜问：什么办法？田蜜说：再签一份对赌协议，以我的名义。我可以提高对赌金额，请他们再给我三年时间。常胜吃惊：这不行，太冒险了！而且宁新创投也不一定会同意。田蜜说：同不同意，我们总要试一试。

常胜思考再三，同意了田蜜的想法。田蜜随即通知了老戴，让老戴约沈总到甜蜜科技来会谈。

会谈地点安排在会议室。田蜜特意将公司剩余的员工都请了过来。

沈总如约到了。常胜和田蜜起身相迎。

老戴向沈总介绍：这位就是田蜜。这位是我们的首席财务官，常胜。

常胜、田蜜和沈总打招呼握手：沈总您好。

沈总看了看其他员工，有些疑惑：他们是？田蜜说：他们是甜蜜科技目前全部的在职员工。大家都很关心宁新创投的态度，所以我特意邀请大家一起旁听我们的会议。沈总有什么话都可以当着大家的面直接说，没关系的。

沈总说：我们的态度已经很明确了，就是对赌协议必须得执行。这件事已经转到法务部门了，接下来会由法务部门全权处理。本来今天我不该来的，但是考虑到我跟得恩多年的交情，我还是来了。

田蜜说：谢谢沈总。

沈总忍不住有些恼火：田蜜，我非常不理解你的做法！本来是一个皆大欢喜的结局，罗江完成他的投资布局，我们解套了，债权人解套了，你也解套了，其他股东包括老戴也都解套了，这不挺好吗？！你现在这么一弄，所有人都非常被动！本来是多赢的局面，现在成了全输！

田蜜平静地说：沈总，首先我很抱歉，因为我的一个决定，给大家都添了不少麻烦。但是，我不认为现在是一个全输的局面。沈总说：除非罗江重新接手，否则这就是个死局！不好意思，这就是我真实的看法。

常胜说：沈总，在线教育目前依然是风口行业，甜蜜科技深耕在线英语教育领域多年，品牌形象和口碑一直很不错。目前虽然暂时遇到了一些困难，但依旧面临着很大的市场机会，否则的话罗江也不会想接手。宁新创投这时候选择退出，等于放弃了这块广阔的市场，您不觉得可惜吗？

沈总说：是很可惜，只能说我们当初眼光不准，选错了队伍。

常胜将一份资料放到沈总跟前：您没有选错。这是甜蜜科技成立以来的主营业务收入统计表。报表显示，甜蜜科技的主营业务收入连续多年保持着百分之三十以上的增长率，最高达到了百分之一百三。

沈总说：我不用看，这些数据我都知道。营收是在增长，但是亏损也在逐年加大，最终导致资金链断裂。

常胜说：资金链断裂的原因是多方面的，有外部环境原因，也有内部决策失当的原因，但最主要的原因还是在于公司巨大的研发投入，而这些投入未来都将转化为公司的核心竞争力。

沈总说：你说的是那个公益直播教育平台吧？那就是个烧钱的项目。

田蜜说：沈总，得恩既懂技术又懂教育，他有很多前沿的思路。比如您刚说的那个直播教育平台，按照得恩的想法，实际上是结合了 AI+ 教育的理念。得恩的出发点是公益，但这个项目所运用到的技术本身蕴藏着巨大的商业潜力。

常胜说：得恩是个有远见的人，他的短板在于不懂资本。他只会埋头苦干，不知道怎么跟资本说故事。如果有资本加持，再给得恩一到两年时间，甜蜜科技有很大的机会将成为在线教育的领跑者。——得恩壮志未酬先走了，接力棒交到了我们手里。我们有信心带领甜蜜科技实现得恩当初的愿景。

沈总说：你们现在说这些已经晚了。当初投资甜蜜科技，我们设定的投资周期就是两年。时间到了，我们必须退出，并且拿回属于我们的投资收益。田蜜说：沈总，我很理解你们的想法。你们这时候选择退出也无可厚非。但是，如果能够获得更大的收益，你们是否能够考虑暂时不退出呢？沈总说：你们不要光说愿景。能获取更大的利益当然好，问题是如何保证？

常胜拿出了一份协议交给田蜜，田蜜把协议推向沈总。

田蜜说：沈总，这是一份新的对赌协议，请您过目。沈总一愣：新的对赌协议？什么意思？

田蜜说：之前的对赌协议，签约主体是得恩，现在这份签约主体是我。三年之内，如果甜蜜科技没能实现上市目标，我必须以不低于两亿元的对价回购你们手中的甜蜜科技股份。

沈总看着那份协议，思索了一会儿：田蜜，据我所知，你现在并没有偿还一点五亿债务的能力。那你如何保证三年后你有偿还两亿债务的能力？

田蜜说：我没办法保证。但我会吸取得恩的教训，尽最大努力避免出现那样的结局。——你们再给我三年时间，也许到时候我会还你们一个奇迹。

沈总说：光靠奇迹这两个字，我没办法说服我的合伙人。

常胜说：我愿意担任这份对赌协议的担保人，并且承担连带责任。

田蜜一愣。

沈总看着常胜：不好意思，常先生，你的说服力也不够啊。常胜说：我是甜蜜科技的股东，除此之外，我还是自媒体常胜赢家的创始人和最大股东。常胜赢家目前的估值是一个亿，未来还会继续增长。——对了，常胜赢家也是罗江投资的。你不相信我，总该相信罗江的眼光。

老戴这时忽然开了口：再加上我。我也愿意担任担保人，承担连带责任。我是甜蜜科技的联合创始人，我拥有一部分老股，愿意全部拿出来担保。

田蜜望向老戴，既吃惊又有些感动。

一名旁听的员工忽然举手：沈总好。我叫梁新，工号 16。我是甜蜜科技最早的一批员工，目前担任甜蜜科技网络维护部副经理。我拥有甜蜜科技最早的期权分配。我也愿意在这份对赌协议上签字作为担保人。

田蜜常胜老戴沈总等人都很吃惊。

又一名员工举手：我叫章文，工号 32。我是教研部的。我之前有过离开甜蜜科技的想法，但现在我决定留下来并拿出自己的期权担保。我愿意在这份对赌协议上签字。

第三个员工接着举手：我叫王栋，工号 88。我舍不得放弃这么吉祥的工号，所以我会一直留在甜蜜科技。我也愿意在这份对赌协议上签字作为担保人。

接着又是第四个：我叫方正，工号 105，运营部的。我是在甜蜜科技最辉煌的时候来的，我亲眼见证了甜蜜科技从高峰跌落谷底的过程，但我相信，将来我会见证甜蜜科技再次走向辉煌。我也愿意在这份对赌协议上签字作为担保人。

其余的员工一个一个都举起了手。最后所有员工都举起了手。

沈总震惊地看着众人。众人都目光坚定地看着沈总。

沈总沉吟了片刻：我们一个主要合伙人目前人在美国。今天晚上我会召开一个合伙人视频电话会议，讨论你们的提议。一有结果，我会立刻通知你们。

沈总和女助手离开了。

田蜜感动地朝众人深深地鞠躬：谢谢你们。

有人喊了句：甜蜜科技加油！田蜜加油！众人纷纷地高喊着：加油！加油！

田蜜热泪盈眶。

田蜜和韩晓的交往算起来有两个多月了，肖华一直记挂着两人关系的进展，时不时给两人打个电话探探口风。

这天肖华又给韩晓打电话：喂，韩教授啊。我是田蜜妈妈。你最近忙吗？有日子没见你了。有时间你到店里来玩。韩晓的语气却很冷淡：阿姨，您以后别给我打电话了行吗？肖华一愣：怎么了？是不是你跟蜜蜜闹矛盾了？韩晓说：没闹矛盾。我们已经断绝来往了。

肖华有些吃惊：韩教授，出什么事了？你们不是处得挺好的吗？韩晓突然情绪激动起来：以前处得是挺好，但那都是假象！骗局！我原以为田蜜是个单纯善良又勇敢的当代女性，没想到她心机这么深！——不光是她，你们一家都是！

肖华懵了：韩教授，我不懂你这话什么意思？蜜蜜做错什么了吗？韩晓说：你们之前告诉我说田蜜欠了几百万的债务，我说没关系，我能理解，甚至有必要的话我也可以帮忙承担一部分。后来你们又告诉我说那些债务都还清了，我还很佩服你们，觉得你们一家人都很有担当。现在突然又告诉我，说还有一点五亿的债务！——我算明白了，这些都是套路！你们就是想一步步地引我上套，让我当接盘侠、冤大头！

肖华很震惊：你说什么？哪来什么一点五亿的债务？蜜蜜没跟我说过呀！韩晓说：阿姨，别演戏了。你们的套路太深，我玩不过你们，我怕了，我退出了！

韩晓挂断了电话。

肖华呆了一会儿，赶紧给田蜜打电话。肖华问：蜜蜜，韩晓跟我说你还有一点五亿债务，到底怎么回事呀？你赌气说着玩的吧？田蜜在电话里顿了会儿说：妈，这件事有点复杂，见面说吧。

田蜜去了便利店，跟爸妈把接手甜蜜科技的前因后果说了一下。田加安和肖华听到一点五亿的债务竟然是真的，都很震惊。

田蜜安慰爸妈：我正在跟那家公司谈，希望他们把对赌协议延长三年。公司现在所有员工，包括常胜老戴，我们都特别齐心，我们有信心打一场翻身仗。你们真的不用替我担心。

肖华突然扑通跪倒在地。

田蜜大惊，站起身去搀扶：妈！您干吗！您快起来！

田加安也去搀扶田蜜妈：老肖！你这是干什么！

肖华紧紧抓着田蜜的衣服不肯起身，老泪纵横：蜜蜜，你不能这样啊！一点五亿跟几百万它不是一回事儿啊！几百万的话，我和你爸爸咬着牙，拼着这把老骨头，还能帮上你一点忙。一亿五，我和你爸爸真的无能为力啊！我们到死也不可能还清这么多债啊！

田蜜也流下泪来：妈，您先起来好吗？我说了这些债务目前还是纸面上的，并不需要我马上还。而且只要我能把甜蜜科技做起来，这笔债务就很容易还清。这些事情我都考虑清楚了，您用不着担心。

肖华哭着说：我们能不担心吗？你能把那几百万的债务还清，已经谢天谢地了。你就让我和你爸爸喘口气行吗？你想的很简单，只要把公司做好，债务就不是问题。可万一你失败了呢？万一甜蜜科技在你手里倒闭了呢？那你这辈子都不可能再有翻身的机会了！蜜蜜，妈求求你，放手吧！罗江愿意接盘就让他接吧！我们也不要他多给两千万了，我们就挣点辛苦钱，照样可以开开心心地过日子，我和你爸爸也能多活几年……

田加安顿足：老肖！你起来！你不要这样逼孩子好不好！

田加安用力把肖华搀扶起来，肖华坐到椅子上掩面痛哭。

田加安含泪看着田蜜：蜜蜜，你能不能告诉爸爸妈妈，为什么要这么做？

田蜜擦了擦眼泪：爸爸妈妈，我给你们看一样东西。

田蜜掏出 iPad，打开公益见面会的视频，开始播放。

田加安和肖华看完了视频，沉默不语。

肖华心疼地看着田蜜：蜜蜜，都这么长时间了，我劝过你很多次了，你怎么就放不下得恩呢？

田蜜说：妈，甜蜜科技是用我的名字命名的，得恩最大的心愿，不是赚多少钱，而是希望把甜蜜科技做成一家对社会有益的、受人尊敬的公司。得恩走得太突然、太匆忙，他这个心愿来不及实现了。我必须尽我最大的努力，帮他实现这个心愿，实现了这个心愿，我也就放下了。否则的话，我永远都放不下他。

田加安长叹一声：蜜蜜，爸爸妈妈年纪大了，可能思想也落伍了，有些事情，我们确实理解不了。主意还是你自己拿。只要你想明白了、下决心了，你就去做吧。我们帮不上你的忙，但是你记住了，不管最后什么结果，任何时候你到爸爸妈妈这里来，都有你一口饭吃。

田蜜忍着眼泪微笑点头：我记住了。

常胜抽空去了趟爸妈家。蔡冬梅正坐在电脑前认真而缓慢地打字。

常胜进门叫了声“妈”，蔡冬梅头都不抬说：哎，儿子。你先坐会儿，我把文章写完。常胜说：哎，您先写。

蔡冬梅继续认真地写着文章。

常胜问：妈，你们那公众号多少粉丝了？蔡冬梅说：快两万了。截至昨天晚上八点，一共一万八千六百五十三个粉丝。常胜说：厉害啊。蔡冬梅说：前几天还有人上门找我们做广告呢。被我们给拒了。常胜说：是嘛。为什么拒了啊？蔡冬梅说：他们是卖保健品的，一看就不靠谱，专门骗中老年人的。被我跟康哥和秋菊骂了一通，灰溜溜跑了。常胜说：你们做得对。这种钱不能挣。

蔡冬梅敲下一个键：写完了。儿子，你帮我看看，写得怎么样。

常胜凑过去看电脑屏幕，念着：阳光里劝导队再立奇功，协助警方成功抓获两名吸毒人员——行啊妈，你们快赶上北京朝阳群众了。

蔡冬梅自得：可不。通过我们公众号这么一宣传，阳光里劝导队的名气越来越大了。现在小偷到了阳光里这一片都绕着走。常胜说：佩服佩服。

蔡冬梅说：对了儿子，有件事跟你商量。我和康哥几个商量了，我们也准备创业了。常胜惊讶：创业？蔡冬梅说：对，自媒体创业，跟常胜赢家一样。你想啊，既然有人主动找上门来做广告，说明我们“甜蜜的生活”这个公众号有商业价值。而且我们几个有拉广告的经验，我们创业有优势啊。

常胜点头：嗯，挺好，你们这种老有所为的精神特别好。我支持你们创业！蔡冬梅高兴了：我就知道我儿子会支持！常胜说：必须的呀。我创业的时候你们也没少支持我。蔡冬梅说：有你支持我心里就踏实了。我们先干着，有不懂的地方就问你。

常胜说：没问题。——妈，我也准备再创业了。蔡冬梅说：哦？这回你打算做什么呀？常胜说：甜蜜科技。蔡冬梅一愣：甜蜜科技不是倒闭了吗？常胜说：没倒。田蜜现在接手了。她当董事长，我当首席财务官。蔡冬梅惊讶：田蜜当董事长？那你不是成她下手了？常胜赢家的时候，你是管着她的。常胜说：我们是创业合作伙伴，无所谓谁上手谁下手。

蔡冬梅想了想：我记得你说过，甜蜜科技欠了好多债——还清了吗？常胜说：没呢。蔡冬梅问：还欠多少？常胜说：好几个亿。蔡冬梅大惊：欠这么多？你跟田蜜一块创业，那这些债你也要帮她还？常胜说：当然了，我们既然一块创业，这些问题就得一起面对。

蔡冬梅急了：儿子你疯了！帮人你也得看什么事啊，几个亿的债务你怎么帮？你哪有那么多钱！常胜说：妈，不是这个意思。不是说我掏出钱来帮田蜜还债，我是要帮她把甜蜜科技这家公司给做起来，发展壮大。公司发展壮大了，债务问题自然就解决了。明白了吗？蔡冬梅狐疑：真不用你掏钱？常胜说：真不用。

蔡冬梅盯着常胜看了会儿：儿子，妈问你一件事，你必须老实回答。常胜点头：您问，我保证实话实说。蔡冬梅问：你跟田蜜到底什么关系？常胜说：我跟田蜜？我们是合作伙伴啊。蔡冬梅追问：除了合作伙伴关系呢？还有没有别的关系？常胜含糊地说：别的……我们算是朋友吧。蔡冬梅不依不饶：朋友分很多种，你们是哪种？常胜说：你可以先理解成普通朋友。

蔡冬梅说：你没说实话。别以为我看不出来，要是普通朋友，你会这样帮她？常胜说：我们是互相帮助，我之前创业田蜜也帮了我不少忙。蔡冬梅说：好，那我再问你，你是不是喜欢田蜜？

常胜有些窘：妈，这个问题我能不能不回答？蔡冬梅说：不回答就是默认。常胜说：随便您怎么想。总之呢，现在时候未到。时候到了，您自然就有答案了！

三十一

晚上常子龙回到家，蔡冬梅把她跟常胜的谈话跟常子龙说了。

常子龙皱着眉头踱着步思索了一阵子，说：这是好事。蔡冬梅问：怎么是好事？常子龙说：你不是希望田蜜当咱们家儿媳妇吗？你想啊，这么大的事情，儿子都愿意跟田蜜一起扛，这说明他俩的感情肯定不一般。

蔡冬梅说：这我知道。问题是这事太大了，我怕儿子扛不动啊。要是几百万我就不说什么了。你难道就不担心吗？常子龙说：要说不担心那是假话。不过我觉得吧，儿子和田蜜都是经历过风浪的人，而且都很理性，不会做没把握的事。他们敢接手甜蜜科技，肯定想好了对策。这方面他们比我们懂得多，我们用不着替他们担心。

蔡冬梅叹气：唉，你说田蜜这孩子也是，好不容易把债还清了，刚过上几天舒坦日子，干吗又去接那么一个烫手山芋。常子龙说：一般人是不会这么干，但田蜜不是一般人，儿子也不是——至少他自己觉得他不是。蔡冬梅说：我宁愿他们是一般人。一般人才碰不到不一般的事儿。我现在就希望他们能顺顺利利平平安安，还能再早点成家。常子龙安慰蔡冬梅：你放心，你是个福将，你的愿望都会实现的！

夜深了，常胜和田蜜还在一边讨论后续工作一边等待着沈总那边的消息。

常胜说：我统计了一下，总计拖欠员工工资和老师的课时费，大概七百八十万。田蜜问：公司账上还有多少钱？常胜说：公司账上是负数。最近几个月的房租和基本办公开支是老戴拿自己的钱垫的。不过我那一千万这两天就能到账。到账以后先把拖欠工资结清吧，否则的话人心稳定不下来。

田蜜想了想：工资本来就是员工们应得的。光是结清工资我觉得还不够，他们应该得到补偿，以及更大的激励。常胜说：我们现在拿不出更多的现金了，能起到激励作用的只有期权。田蜜说：不要期权。直接给他们股权。甜蜜科技不应该是某一个人的公司，应该属于全体员工。

常胜惊讶：全员持股？田蜜说：对。全员持股。我可以把我的股份全部让出来，但是我希望能保持对公司的控制权。有什么办法吗？

常胜略一思索：办法倒是有，我们可以参考华为的虚拟股模式或者阿里巴巴的AB股模式，保证你在极低的股权比例下依旧拥有对公司的绝对控制权。但是这么做的话对你来说并不公平，你个人承担的风险和未来的收益根本不成比例。

田蜜说：你不用考虑我个人的风险和收益，只需要考虑怎么对甜蜜科技未来的发展更有利。

常胜点点头：我尽快拿出个方案。

这时田蜜手机响了。田蜜一看立刻紧张起来：沈总打来的！

常胜说：开免提！

田蜜深呼吸一下，打开免提接通电话，尽量保持着镇定：沈总您好。

沈总直截了当地说：三年期限，两点五亿。没有讨论余地。你们能接受吗？

田蜜和常胜对视了一眼。常胜点头。

田蜜说：我接受。

沈总说：具体协议内容，我们法务部门会跟你这边进一步协商确定。

挂断电话，常胜和田蜜击掌祝贺，但很快又都严肃了起来。新的对赌协议意味着他们有了三年时间来令甜蜜科技起死回生，但也意味着此后三年里，他们将背负着两点五亿的债务艰难前行。——这是一场没有退路的战斗。

隔日，沈总带着新拟定的一份补充协议再次来到甜蜜科技。田蜜郑重地在协议上签上了自己的名字。

沈总和田蜜握手：从今天开始，我们又是合作伙伴了。田蜜说：谢谢沈总。谢谢你们的信任和支持。沈总说：我们当初投资甜蜜科技，一方面当然是为了盈利，另一方面也是被得恩的一腔热忱打动了。我们希望甜蜜科技能为中国的教育事业做一点贡献。田蜜说：是的，这也是我接手甜蜜科技的初衷。沈总微笑点点头：好好努力！

蔡冬梅常子龙康哥张秋菊李明白开了个会，讨论创业事宜。

蔡冬梅说：今天主要讨论几件事，第一件事，咱们既然决定创业，就得注册公司，公司叫什么名字大家一起想想。第二件事就是公司的股份怎么分，谁占多少。第三件事，我们几个怎么分工，谁当董事长谁当总经理，谁管哪一摊。——先说第一件，公司名称，大家都想想。

张秋菊说：公司名称就叫甜蜜的生活呗。康哥说：不得带“的”字。只能叫甜蜜生活。张秋菊说：也行。蔡冬梅说：宁城市甜蜜生活文化有限公司。挺好听。

常子龙说：文化传媒有限公司。加个传媒。康哥说：对，我们是自媒体，应该加上传媒两个字。蔡冬梅：那就叫宁城市甜蜜生活文化传媒有限公司。第二件事，股份。我建议股份大家平分。我们五个人，一人占百分之二十。

众人纷纷点头表示同意。

蔡冬梅说：第三件事，职务分工。我建议我当董事长，秋菊当副董事长，康哥当总经理，常子龙当主编，李明白当市场部经理。李明白说：我就不明白了，大家股份一样，凭啥我的职位最低？蔡冬梅说：你的职位低，但是重要啊。赚不赚钱全看市场部的。

张秋菊说：我不同意，我要当董事长！冬梅你不能什么事都压我一头。广场舞你是领队我是副领队，劝导队你是队长我是副队长，之前的债委会你是主任我是副主任，这回你又想让我当副董事长，我坚决不同意！蔡冬梅说：秋菊，能力越大责任越大。你觉得你能当得了董事长吗？张秋菊说：那我宁可康哥当董事长，否则这辈子被你欺负到底了。

康哥点头赞同：秋菊遍山野，你这个提议非常好！我当董事长，冬梅花儿开当总经理。蔡冬梅说：康哥，你是将才，适合带兵打仗，总经理必须你当，我当不了。康哥很受用：这么说倒是也有道理。那我还是当总经理吧。

常子龙摇着头说：我说你们啊，公司还没注册呢，就开始争权夺利的，这么弄公司好得了才怪。说着起身走了。

其余几人面面相觑。

蔡冬梅说：常主编说得对。张副董事长，我们俩以后要团结一致，齐心协力，不能内斗。康总经理，公司注册的事情你来负责，抓紧时间，尽快办下来。——散会！

葛子找李梦谈话，讨论常胜赢家下阶段的工作计划。

葛子说：我们计划推出一到两个子公众号。比如说，我们可以把理财专业知识这一块内容剥离开来，单独设立一个子公众号，就叫常胜赢家理财课堂，未来这一块可以向付费阅读和在线培训方向发展。当然，目前我们的重点还是广告。到今年底，我希望我们能完成五千万广告营收的既定目标。你有信心吗？

李梦走神了：啊？你说什么？葛子说：我问你有没有信心完成五千万的营收目标？

李梦愣愣地看了葛子一会儿，忽然站起身：葛老师，我要辞职。葛子愣了：什么？！李梦说：葛老师，我知道您器重我，但有个地方，更需要我。

李梦转身出去了。葛子目瞪口呆。

同一时间，老戴邀请了七八位离职员工来到了公司，和田蜜常胜举行见面会。

田蜜对离职员工们说：感谢你们的到来。我想说，甜蜜科技永远是你们的家，以后不管有事没事，欢迎你们随时过来。

一名三十来岁的男子说：田总，我们几个都是公司的老员工，可以说对甜蜜科技满怀感情，否则我们今天也不会过来。

老戴凑近田蜜低声提醒：这位是原先教研部的部长，唐超。

唐超说：你请我们来的目的我们也很清楚，不外乎希望我们回归甜蜜科技。问题是，公司的现状不改变，我们回来能干什么？

其余员工都点头赞同。

田蜜说：唐先生，你的问题很好。公司急需改变现状，恢复正常运营，但这需要时间，也需要人。正如唐先生所说，我特别期望各位能够回归甜蜜科技。不过这不是我今天请各位来的主要目的。

众人都有些疑惑地看着田蜜。

田蜜说：我今天请大家来的主要目的，是想替得恩、替甜蜜科技，向大家道歉。你们为甜蜜科技付出了巨大的努力，却没有得到应有的回报，甚至连应得的工资都没能及时拿到。这是得恩欠下的债——我指的不光是钱，还有你们曾经对得恩的期许。很多人都质疑我为什么要接手甜蜜科技，我可以告诉大家：第一，我是为了完成得恩未竟的事业。第二，我是为了还债。得恩欠你们的，我替他还。

众人神情都有些震动。

田蜜示意常胜：这位是公司新任首席财务官常胜先生。请常先生向大家介绍一下公司刚刚做出的最新决定。

常胜说：第一，所有拖欠工资，包括在职员工和离职员工，公司将在未来一周内全部结清。第二，公司将进行股权结构调整，田蜜女士放弃她的股份，实行全员持股制度。所有员工，包括在职的和离职的，凡是任职期限超过一年的，都将获得数额不等的公司股份。公司将成立员工持股平台，代行股东权力。作为目前公司控股股东的田蜜女士，将只保留不超过百分之五的股份。公司将在本月内拿出具体的制度设计方案，供全体员工讨论，一旦通过，立即实施。

众人都被震动了。

会议结束，田蜜和常胜老戴送众人出门，一一握手道别。有几名员工表示，回去后把手头上的工作处理一下，尽快回甜蜜科技报到。田蜜连连鞠躬致谢。

唐超留在了最后，和田蜜握手，说：唐超。工号 11。我想现在就开始上班，可以吗？田蜜感动地紧紧握住唐超的手：欢迎你！

李梦突然从走廊里快步走过来了，叫道：田蜜姐！

田蜜有些意外：李梦你怎么来了？李梦说：我来向你们报到来了！常胜不解：报到？李梦说：我申请加入甜蜜科技！职位你们看着办。我愿意拿最低的工资。田蜜吃惊：你不想在常胜赢家干了？李梦说：本来我是打算在常胜赢家一直干下去的。可是我觉得甜蜜科技更需要我，所以我就辞职了。你们不会不要我吧？

田蜜常胜都有些感动。常胜说：李梦，恭喜你做出了一个非常勇敢也非常具有远见的决定！李梦说：我没什么远见，不过我早就决定了，田蜜姐到哪儿，我就到哪儿。田蜜拉住李梦的手：谢谢你李梦。我们确实很需要你。李梦笑道：好啦，客气话别说了，开始工作吧！——让我干什么？

田蜜想了想说：李梦，你暂时负责运营推广这一块。老戴，你带李梦熟悉熟悉业务情况。老戴点头：好的。

李梦跟着老戴进去了。

田蜜常胜把唐超请到总经理办公室，询问他对甜蜜科技恢复运营的看法。

唐超说：名师是关键。没有名师，教研部门、运营部门都是巧妇难为无米之炊。田蜜说：我明白。接下来我们的工作重点就是请回之前的老师，尤其是名师。唐超说：老师这一块我比较熟悉，我来负责吧。田蜜说：那太好了。你全权负责这一块，有需要我协助的地方你随时说。

唐超想了想说：有一个人，可能需要你协助才能请回来。田蜜问：谁？唐超说：杜鹏。田蜜说：我看过他的资料。他之前是甜蜜科技的总教习。

常胜问：总教习是什么职务？唐超说：这不是什么正式职务，因为杜鹏资历比较老，水平也比较高，每次有新的老师加盟，都是由杜鹏进行岗前培训，久而久之大家都尊称他为总教习了。常胜说：这么说杜鹏非常关键，必须把他请回来。唐超说：没错。如果把甜蜜科技目前的情况看作一盘棋局的话，杜鹏就是最重要的那颗棋子。只要他回来了，整盘棋就活了。

田蜜问：他现在在哪儿？唐超说：在北京一家专业考研辅导机构担任首席英语讲师。听说他把家都搬到北京去了。田蜜问：你能联系上他吗？唐超说：联系不上。他手机换了，微信号也换了。我之前给他发过邮件他也没回我。不过网上能搜到他任职单位的信息。要想找他，只能去北京。

田蜜想了想：那就去北京。我亲自去。唐超点头：好。您亲自去显得比较有诚意。田蜜说：那麻烦你了解清楚杜鹏现在任职的具体单位名称和地址。我马上订明天的机票飞北京。

唐超走后，田蜜说：常胜，我想你陪我一起去北京。请回杜鹏这件事非常重要，别的事情我们可以先放一放。常胜说：可以。你把身份证号码发给我，我来订票。

田蜜把身份证号发给了常胜，常胜打开手机上的购票软件在线购买机票。

常胜操作了一会儿，忽然一愣：你上了失信人名单？！田蜜也一愣：为什么？我个人的债务问题都已经解决了呀。常胜略一思索明白了：甜蜜科技还有一些遗留的债务纠纷。你现在是甜蜜科技的法人代表，所以被自动列入了失信被执行人名单。田蜜说：我成了老赖？常胜说：对。你现在不能坐飞机，也不能坐高铁。总之不能有大额消费。田蜜问：普通列车能坐吗？常胜说：能坐。但只能坐硬座或者硬卧，不能坐软卧。田蜜说：那你查一下宁城有没有到北京的普通列车。

常胜用手机查了一下：现在全是高铁了，没有普通列车。田蜜说：那我怎么去北京？常胜说：你去不了了。我一个人去吧。田蜜说：不行，我必须亲自去。常胜想了想：那只有一个办法了。田蜜问：什么办法？常胜说：开车去。田蜜问：从宁城到北京要开多长时间？常胜说：宁城到北京一千四百公里，正常的话要开十六七个小时。考虑到堵车还有路上吃饭休息的时间，二十个小时左右就能到了。

田蜜想了想，下了决心：那就开车去！

两人跟老戴、唐超、李梦等人交代了一下，回到家简单收拾了一下行李，随即就开着车出发了。一路上两人轮流驾车和休息，第二天上午十点就赶到了北京。两人顾不上休息，直接去了杜鹏目前所在的培训机构。

田蜜问门口的保安：请问杜鹏老师是在这儿上班吗？保安警惕地打量着田蜜常胜：你们是什么人？找他什么事？田蜜说：我们是他的朋友，从外地过来的，想见见他。保安说：你们给他打个电话，叫他下来接你们。

常胜问：请问他电话号码多少？保安反问：你们不是他朋友吗？怎么不知道他电话号码？常胜说：他手机号码前不久刚换过，您有他新号码吗？或者办公室座机也行。保安说：对不起，我不能告诉你们。田蜜问：那请问我们怎么才能联系上他？保安朝门外一努嘴：你们去外面等着吧。等他下班。

保安说着扭过头不理田蜜、常胜了。

田蜜、常胜无奈，只好回到车里等待。田蜜有些疲惫，把座椅放倒闭目养神。常胜睡不着，拿着手机上了那家培训机构的官网，查找杜鹏的信息，突然看到一条公告：今天晚上六点考研名师杜鹏将举办免费试听课。

常胜眼睛一亮，连忙叫醒田蜜：我有办法见到杜鹏了！

两人当即在网上报名参加试听课，随即就近找了家宾馆住了下来，吃了个饭洗了个澡，下午美美地睡了一觉，等到五点多赶往试听课的教室。

来参加试听课的有十几个人，都是些二十岁左右的年轻男女。常胜和田蜜在其中显得很突兀，两人都有些不自在，坐到了教室的最角落里。

等到六点钟杜鹏来了。名师就是名师，杜鹏在讲台上妙语连珠，逗得听众们笑声不断。田蜜很认真地边听边记，常胜却难忍困意打起了瞌睡。

杜鹏整整讲了一个半小时，最后说：好了，今天的试听课就上到这里。如果同学们觉得我们的课程对你们的考研有帮助，可以报名参加我们的正式课程。报名方式和课程安排在我们的官网上都有介绍。另外大家也可以关注我的微信公众号，杜鹏开讲，上面除了相关课程信息之外，我还会不定期地跟同学分享一些考研英语的知识和技巧。谢谢大家！

众人纷纷鼓掌起身。田蜜跟着站起身鼓掌，扭头一看，常胜歪着头睡着了。

田蜜赶紧捅捅常胜，低声地：醒醒，别睡了。

常胜醒了，连忙坐正身子。

听课的学生纷纷上前和杜鹏交流，加微信等，陆续离开了。

杜鹏低头收拾着教案。田蜜和常胜一使眼色走上前去。

田蜜说：杜老师您好。杜鹏没抬头：哎。你好。你们哪个学校的？田蜜说：抱歉杜老师，我们不是考研的学生。

杜鹏一愣，这才抬头仔细打量田蜜常胜。

杜鹏有些疑惑：我好像见过你。你是？田蜜说：我是刘得恩的太太，田蜜。

杜鹏愣住了。

三人出了教室，去了附近一家咖啡馆。

田蜜从包里掏出一个鼓鼓囊囊的信封放到杜鹏面前：杜老师，这是甜蜜科技拖欠您的工资和利息，一共八万两千三百四十六块。非常抱歉拖了这么长时间，请您原谅。

杜鹏略微怔了怔，打开信封口看了看，又看向田蜜：甜蜜科技的资金问题解决了？田蜜说：还没有完全解决，我们正在努力。杜鹏问：你们？田蜜说：我现在是甜蜜科技的董事长。这位是新加盟的首席财务官常胜。老戴还是继续分管行政和后勤。对了，唐超也回来了。

常胜说：唐超说您手机微信都换了，联系不上您，所以我们只好冒昧地直接跑到北京来找您。杜鹏说：你们找我，不会是就为了把拖欠的工资给我吧。田蜜说：我想我们不说您也猜得到。我们这次来，是想请您回归甜蜜科技。

杜鹏沉默了一会儿：刘总不光是我的老板，更是我的好大哥。是他一手把我打造成了名师。在他最困难的时候我没能帮到他，我离开了。没想到我刚走他就……我把手机号换了，微信也换了，跟所有老同事都断绝了联系，因为我不想再听到甜蜜科技的名字，一听到这个名字我心里就跟针扎似的难受……

杜鹏双手捂住了脸。田蜜常胜默默看着杜鹏。

杜鹏平复了一下情绪，抬起头来。

田蜜说：杜老师，您不必难过，得恩的去世是个意外。您离开甜蜜科技也是迫不得已的选择，因为得恩有些方面确实没做好。您不欠得恩和甜蜜科技什么，是得恩和甜蜜科技欠您的。我们想请您回去，首先是因为您很重要，其次我是希望能够有机会弥补甜蜜科技给您带来的遗憾。

杜鹏说：从情感上来说，现在甜蜜科技需要我，我应该义不容辞地回去帮助你们。但是，我也不得不考虑现实问题。我现在最希望的是稳定，不想再折腾了。

常胜说：杜老师，公司目前虽然资金还比较紧张，但对于老师这一块，公司一定会给予全方位保障，所有资源都会向老师这一块倾斜。老师的待遇相比以前只会高不会低。另外，公司很快将正式推出全员持股计划，以后公司不再有老板和员工之分，所有人都是公司的主人，所有人都能享受到公司发展的红利。

杜鹏说：常先生，不是钱的问题。我妻子目前正在家待产，我走不了。

田蜜和常胜愣了，相互看看。

田蜜勉强笑了笑说：杜老师，恭喜您即将成为父亲。您现在是把家庭而不是事业金钱放在首位，这是对的。我们每个人奋斗的最终目的，就是为了让自己和家人生活得更幸福。

杜鹏说：抱歉啊田蜜，我现在帮不了你。等以后吧，以后如果我要改变自己的人生规划，一定首先考虑甜蜜科技。田蜜说：没关系的杜老师，无论您回不回来、什么时候回来，我们都会当您是甜蜜科技的一分子。杜鹏说：谢谢，我也会一直关注甜蜜科技的。

从咖啡馆出来，杜鹏问：你们住哪家宾馆？常胜指了指说：就那家快捷酒店。杜鹏说：我开车送你们过去吧。常胜说：不用麻烦你了，我们自己开车来的。

杜鹏惊讶：开车来的？从宁城开过来的？田蜜说：是的。因为我被列入了失信被执行人名单，乘坐不了飞机高铁。杜鹏说：哦，那你们够辛苦的。——你们打算什么时候回去？田蜜说：明天一早吧。杜鹏说：那，我们下次再见了。

杜鹏和常胜田蜜握手。

田蜜说：对了，还有件事。

田蜜从包里拿出那本《创业笔记》：这是得恩留下来的，记录了他创业过程中的很多想法和心得体会。其中有个问题我想请教一下您。

杜鹏说：您说。

田蜜翻开《创业笔记》看着：得恩提到一个“星光项目”，说是要打造一个公益性的直播教学平台，说通过一根网线、一块屏，把大城市的名校课堂和偏远地区、贫困地区的课堂连接起来，让所有的孩子都能享受到最优质的教育资源。——得恩说这个想法是您提出来的，是吗？

杜鹏说：是的。这是个公益性项目，是一个理想。田蜜说：我特别喜欢这个计划。但是我不太清楚的是，这个项目推进了几年好像依旧没什么进展，问题出在哪儿？怎么解决？您知道吗？

杜鹏神情严肃起来：田蜜，我劝你不要碰这个项目。田蜜一愣：为什么？杜鹏说：这个项目的技术难度、实施难度，比之前我和刘总想象的要大得多。如果不是这个项目，甜蜜科技的资金链不会那么快断裂。

田蜜点点头：我明白了。谢谢您的提醒，我会慎重考虑的。不过，我相信有一天这个项目一定能够成功。杜鹏说：田蜜，我不是劝你慎重，我是劝你彻底放弃这个项目！否则你很有可能重蹈刘总的覆辙！

田蜜疑惑地看着杜鹏：可这个项目是你和得恩的理想啊。杜鹏说：是的，但很可惜，有时候理想和现实之间的鸿沟是无法逾越的！

田蜜沉默了片刻：我之所以接手甜蜜科技，不是迫不得已，也不是为了赚钱，我就是希望能完成得恩未竟的心愿。如果不能做到的话，我的努力等于毫无意义。所以，无论多难，我都绝不会放弃星光项目。——杜老师，再见。祝你全家幸福。

田蜜转身离开。

杜鹏望向常胜：希望你能阻止她。常胜笑笑说：她说要做的事，谁也拦不住。

常胜转身跟上田蜜。

杜鹏愣在原地。

常胜和田蜜回到酒店。

常胜问：我们要不明天再找杜鹏谈谈，再争取一下？田蜜摇头：算了，我们不能强人所难。常胜说：那我们必须想办法尽快找到合适的人替代杜鹏的位置。田蜜说：嗯。回去以后我跟唐超商量一下。

常胜说：明天我们不用太早动身。你好好睡一觉吧。田蜜说：你也是。晚安。常胜说：晚安。

两人各自打开房门进屋。

杜鹏驾车回到公寓停车场，停车，熄火，却没有下车，发着愣。

良久，杜鹏掏出手机，缓缓地按着键，拨打了一个电话号码。

甜蜜科技公司里，唐超和众员工还各自坐在工位上对着电脑忙碌着。旁边座位上的座机电话突然响了起来。

唐超起身接起电话：您好甜蜜科技。

杜鹏一愣，忘了说话。

唐超等了一会儿又说：您好。请问有什么可以帮您？杜鹏试探地问：唐超？唐超也一愣：老杜？杜鹏说：都几点了你怎么还在办公室？唐超说：兄弟们正在连夜奋战呢，月底前甜蜜科技要全面恢复运营。我感觉好像又回到了当年我们刚开始跟着刘总创业的时候。——哎，你怎么打电话到办公室来了？你见到田蜜没有？这边的情况她都跟你说了吧？你什么时候回来？赶紧啊，兄弟们都想你了！

杜鹏没说话，神情有些感动。

第二天上午，常胜田蜜起床后收拾好东西准备返回宁城。两人退了房，正要往外走，忽然一愣，只见杜鹏就坐在大堂的沙发上。

杜鹏看见两人站起身来。常胜田蜜赶紧快步上前。

田蜜说：杜老师。您怎么到这儿来了？

杜鹏说：我可以回归甜蜜科技。

田蜜常胜一愣，随即都激动了。

田蜜说：杜老师，您肯回去我当然特别特别欢迎，我也特别特别开心，但我真的不希望您为了甜蜜科技牺牲家庭。杜鹏说：我媳妇家就是宁城的。她回宁城待产也挺好的。田蜜说：杜老师，非常非常感谢您。也非常非常感谢您的爱人。

杜鹏说：但我有一个条件。田蜜说：您说。杜鹏说：你必须放弃星光项目。

田蜜一愣。

杜鹏说：我非常后悔当初向刘总提出这个项目。这个项目已经坑了甜蜜科技一次，绝不能再有第二次。田蜜愣了会儿：杜老师，这个条件我不能答应。杜鹏说：你要不答应我恐怕不能回去。

常胜赶紧打圆场：田蜜，杜老师完全是为甜蜜科技着想，我认为这个条件可以接受。

田蜜说：我知道杜老师是为甜蜜科技好。所以我更加不能欺骗杜老师，先假装答应，等杜老师回去以后我又反悔。星光项目我是一定要做的，但我可以答应杜老师一点，我会吸取得恩的教训，等到条件成熟的时候再做，不会冒进。而且做之前我会征求大家的意见，得到大家的一致同意我再做。

常胜和杜鹏不自觉相互看看，都有些无奈的神情。

杜鹏说：那你必须承诺，没有大家的一致同意，不能启动星光项目。田蜜点头：我一定说到做到。常胜松了一口气：那就这么定了！杜老师，您大概什么时候回宁城？杜鹏说：我回去跟家里人商量。我会尽快。

田蜜开心地和杜鹏握手：杜老师，宁城见。杜鹏微笑着：你们路上注意安全。宁城见！

老戴正在面试新员工，接到了田蜜的电话，获知杜鹏即将回归的消息，老戴也倍感振奋。公司目前严重缺乏人手，所以老戴也加紧了招聘的步伐，从早到晚面试时间安排得满满当当。

下午的时候来了一位年轻小伙子，叫孟钢。

老戴看了看孟钢的简历，略微有些惊讶：你从北京过来的？孟钢说：是的。您知道刘得恩先生器官捐赠的事情吗？老戴说：知道啊。孟钢说：我就是五位受捐者之一。

老戴吃惊地看着孟钢。

孟钢指了指自己心脏的部位：我这里，跳动的是刘得恩先生的心脏。

老戴忽然眼圈红了，说了句“对不起”，站起来背过身去，仰着头，过了一会儿才平复了情绪，重新坐下。

老戴说：孟钢，我们公司的情况你应该清楚。你是985大学毕业，你完全可以在北京上海这类大都市找到一份更好的工作。你到甜蜜科技来，是想报恩。对吗？孟钢说：一半是出于报恩心理吧，但另外一半是我觉得在线教育行业很有发展前景。

老戴说：从事在线教育的公司很多。你完全可以选择那些头部公司。甜蜜科技现在处于底部。孟钢说：甜蜜科技只是暂时处于底部。我相信甜蜜科技会很快成为头部公司。老戴说：小孟，我特别欣赏你这种乐观积极的精神面貌，我也特别感动你知恩图报的优秀品质，但是，很抱歉，我不能录用你。

孟钢一愣：为什么？老戴说：你的身体条件不允许。孟钢说：我现在已经完全康复了啊！跟正常人没什么两样！我有医生的报告！

老戴说：小孟，你刚走出大学校门，对职场还不太了解。像我们这种创业型的公司，工作强度之大是超出你的想象的。好比外面那些同事，他们最近两天总共只睡了顶多八个小时。有些人甚至连着几天根本就没回家，困了就往地板上一倒睡一会儿，醒了继续工作。你的身体承受不了这么大的工作强度。

孟钢有些着急：我能承受！别看我做了心脏移植手术，其实我身体素质特别棒，我是运动健将！老戴很坚决：对不起小孟。我建议你还是回北京，找一份离家近的、轻松一点的工作。

孟钢激动地站起身来：戴总，您不能这样！我从躺到手术台那一刻起我的命就不是我自己的了，是刘得恩的，是甜蜜科技的！我从北京过来宁城就没打算再回去！您可以先试用我一段时间，不行的话再开除我。您不能说连个机会都不给我！

老戴温和地说：小孟，请你相信我一句话，身体健康比知恩图报更重要。刘得恩跟我亲如兄弟，我非常了解他。他做出器官捐赠这样的善举，一定是希望受捐者能够过上快乐、幸福、安康的生活。你活得越好、活得越健康、越长久，就是对他最好的报答。

孟钢怔怔地说不出话来。

入夜了，常胜驾着车在高速上奔驰着。田蜜坐在副座，打着哈欠。

田蜜问：到哪儿了？常胜说：还早，刚走了一半。你困了就睡。田蜜说：嗯，我先睡会儿，到下一个服务区你叫我。常胜说：没事，你睡你的，我累了再叫你。田蜜说：嗯，不用着急，慢点开。

田蜜闭上了眼睛。

常胜忍不住扭头看向田蜜，目光中满是温柔。

又开了两个多小时，还有几分钟就到零点了。常胜缓缓地将车驶离高速公路，在附近一处小河边停下，打开了大灯。

田蜜还在熟睡。常胜轻手轻脚地下了车，走到后备厢处，轻轻地打开后备厢，拿出一个小袋子，从里面拿出一个小盒子，打开，是一块茶杯大小的蛋糕和几根小蜡烛。

常胜把蛋糕放到引擎盖上，插上蜡烛，点燃，又轻轻坐回车里，掏出手机，打开音乐播放软件，把手机音量调到最大。

常胜按下播放按钮，音乐声骤然响起，是“生日歌”的旋律。

田蜜醒了，迷迷糊糊地：啊？换我开了？

常胜举着手机微笑着看着田蜜，跟着旋律唱了起来：祝你生日快乐，祝你生日快乐，祝你生日快乐，祝你生日快乐！……

田蜜先是愣了会儿，继而反应过来，既开心又感动地看着常胜。

常胜示意田蜜下车，引着她走到引擎盖前。

田蜜惊喜：你还买了蛋糕？什么时候买的？我怎么不知道？常胜说：肯定不能让你知道啊。知道了就没惊喜了。来，许个愿。

田蜜微笑着合起双手，闭上了眼睛。

过了会儿田蜜睁开了眼睛：许完了。

常胜说：吹蜡烛吧。

田蜜吹灭了蜡烛。

常胜问：许的什么愿？田蜜笑着：不能说。说出来就不灵了。常胜说：哦，那就别说。我猜是跟甜蜜科技有关。田蜜说：不是。常胜说：那就是跟你爸妈有关。田蜜说：也不是。

常胜说：那是跟——

常胜看着田蜜没说下去。田蜜看着常胜，眼中似乎有泪花闪动。

两人慢慢靠近了对方，互相注视着，但终究没有发生什么，最后他们把头抬向星空，那里有满天的星光。时间仿佛停止了。

三十二

上午，常胜和田蜜回到了宁城。两人都有些疲惫。

田蜜问：你要不要先回家去休息一下？你一晚上没睡。常胜说：没事，我扛得住。

两人驾车径直去了甜蜜科技。停好车，往楼里走，孟钢忽然迎了上来：刘太太！

田蜜一愣站住。

孟钢走近：刘太太，你记得我吗？常胜先认出来了：你是那个换心脏的小伙子，孟钢！孟钢点头：是的，是我。田蜜也认出来了：啊，你还在宁城没回去？孟钢说：上次发布会后我回去了，昨天我又回来了。

田蜜问：你找我有事？孟钢有些气愤：我想加入甜蜜科技，但是戴总无情地拒绝了我。我从昨天下午开始就在门口等着，终于等到你了。刘太太，你必须为我主持公道！

田蜜常胜有些愕然，相互看看。

田蜜说：孟钢，我们进去谈吧。

三人进入公司，往总经理办公室走，经过会议室，常胜和田蜜突然愣住了。透过会议室的玻璃窗，他们看见杜鹏竟然正在会议室里和唐超等人开会。杜鹏站在众人跟前情绪饱满手舞足蹈地说着什么，其他人认真听着做着笔记。杜鹏也看见了田蜜和常胜，隔着玻璃窗向他俩招了下手。

田蜜和常胜很吃惊也很感动，没想到杜鹏先他们一步到了宁城，并且立即投入了工作。

老戴这时迎了上来：回来了？看见孟钢一愣：你怎么又来了？

田蜜说：我带他回来的。孟钢说：戴总，我的决心是不会变的。

几个人进了办公室。

老戴说：孟钢，我真不是对你有成见。我说得很清楚了，你的身体条件不适合到甜蜜科技来工作。你的心情我理解，但我们也要对你负责，对你的家人负责。

孟钢说：我也说了，可以先让我试试，如果我胜任不了工作，都不用您赶，我自己会走。请你们放心，我不会拖公司的后腿，也不会成为公司的累赘。

田蜜想了想：孟钢，我同意你加入甜蜜科技。孟钢高兴了：谢谢刘太太！

老戴有些无奈地摇摇头。

田蜜说：以后不要叫我刘太太，叫我田蜜好了。但是孟钢我对你有个特别要求，你必须按正常作息时间上下班，也就是早上九点到下午五点，不许加班。孟钢说：只要让我加入甜蜜科技就行，别的什么要求我都答应！

田蜜说：还有，我建议你买一个智能手表，可以监测心脏的那种。任何时候你有任何不舒服，千万不要坚持，立刻休息或者去医院检查。——我希望你爱惜你现在的那颗心脏。明白吗？孟钢点着头：明白。我一定严格按照您的要求去做。

田蜜问老戴：老戴，你看把孟钢放在哪个部门合适？老戴说：他是学计算机的，要不就放在网络维护部吧。田蜜说：好的，你带孟钢去办入职手续吧。老戴说：好的。孟钢你跟我来。

老戴和孟钢起身出去了。

常胜说：田蜜，你这事做得不对。田蜜不解：哪儿不对？

常胜说：你既然让老戴负责人事这一块，就该尊重他的意见。他拒绝录用的人，你一转头就自作主张给招进来了，你这等于是粗暴干涉老戴的工作，不合适。田蜜说：我倒是没考虑到这一点。不过孟钢的情况比较特殊。就是他的那番话打动了我，让我做出了接手甜蜜科技的决定。就算老戴反对，我也要把他给招进来。

常胜说：这事已经发生了就算了，你下回注意。就算是董事长也不能随心所欲地插手下面人的工作，否则下面的人会无所适从。——你等会儿抽个空跟老戴道个歉，下不为例。

田蜜说：好的，我一会儿向老戴道歉。想了想又说：但是你这样对我发号施令，算不算粗暴干涉我董事长的工作？你应不应该向我道歉？常胜说：我这不算。我这属于善意提醒。田蜜说：你这是双重标准。

常胜无奈：好吧，我向你道歉。——晚上请你吃饭，怎么样？把李梦老戴唐超杜鹏他们都叫上，给你办一个生日宴会。

田蜜笑道：不用了，你不是已经给我过完生日了嘛。还有好多事情要忙，等哪天空的时候你再请吃饭吧。常胜站起身：听你的。我去工作了。有事随时说。

李梦抽空去了趟常胜赢家，把工作交接了一下，又匆匆忙忙要回甜蜜科技。刚走出常胜赢家大门，迎面遇见了罗江和于洋洋。

李梦习惯性地打招呼：罗总好。于总好。于洋洋问：你好李梦。去见客户啊？李梦说：不是，我回公司。于洋洋疑惑：回公司？公司在那边，你怎么往这边走。李梦说：不是回常胜赢家，我是回甜蜜科技。罗江惊讶：你什么时候去甜蜜科技了？李梦说：就前天。不对，好像是大前天。好了我得赶紧回去了，拜拜！

李梦匆匆离开了。

罗江有些恼火，一进办公室就把包一扔：田蜜搞什么名堂！她自己走也就罢了，还从常胜赢家挖人！于洋洋说：我看田蜜不会主动挖人。李梦和田蜜是闺密，有可能是李梦自己主动过去的。

罗江问：听说老沈跟田蜜签了新协议？于洋洋说：是的。据说是又给了田蜜三年期限，对赌金额涨了一个亿，变成两点五亿了。

罗江说：这个老沈也不知道哪根神经搭错了！他以为加了一个亿他就赚到了？到时候他还是一分钱都收不回来！于洋洋说：罗总，消消气儿。甜蜜科技这个项目我们意外失手了，归根到底是我们自己的问题，怨天尤人可不是您的风格。

罗江看看于洋洋，脸色缓和下来了，自嘲地笑笑：你说得对。我失态了。

于洋洋说：关心则乱。看样子你还有点放不下甜蜜科技。罗江说：放不下也得放。——我让你做的尽职调查做得怎么样？于洋洋说：做完了，在我办公室，你现在要看吗？罗江说：现在就拿给我吧。我们要加快速度，力争月底前完成收购计划，免得夜长梦多！

田蜜召集常胜、老戴、杜鹏、唐超、李梦举行了首次高管会议，商讨恢复运营的具体举措。

杜鹏说：甜蜜科技在线英语教育的业务板块主要有四六级、考研、雅思、托福、专四专八以及商务英语这几大块。其中四六级和考研是我们的优势板块。我们衡量教学质量有一个重要指标就是学生参加相应考试的通过率，这方面我们一直处于同行业领先水平。

田蜜说：我们现在人员资金都比较紧张，应该把有限的资源集中到我们的优势领域上。

杜鹏说：对。马上进入下半年了，下半年是考研培训的旺季，尤其是六七八这三个月，报名参加各类考研培训的学生数量会达到全年的峰值，所以这三个月对我们同行业来说是必争的黄金季，竞争极其激烈。

唐超说：我们现在面临两种选择，一种就是避开锋芒，我们先不碰考研这一块，主攻四六级。这么做风险相对比较小，但业务增长会比较平缓。另一种就是硬碰硬，主攻考研，打一场夏季战役。打赢了，意味着甜蜜科技将迎来全面复苏。打输了，我们很可能会弹尽粮绝，再次一蹶不振。

田蜜思考了一会儿：甜蜜科技现在正处于谷底，要想从谷底爬起来、重新登上高峰，必须有一支敢于打硬仗、善于打硬仗的队伍，否则甜蜜科技的全面复苏无从谈起。——所以我认为，我们应该打这场考研夏季战役。

李梦赞同：对！就要正面刚！

杜鹏说：我赞同。不谦虚地说，考研这一块我们的师资力量跟任何同行比起来都毫不逊色。唐超说：我也赞同。我们在课程设计和教学效果把控上也有一定的优势，我们的课程非常受学生欢迎。

常胜问：你们估计打这场仗需要投入多少资金？

老戴说：除了日常的人员开支以及服务器成本、带宽成本之外，最大的投入就是宣传推广这一块。根据以往的经验，我估计这场战役下来，投入至少需要五百万。

常胜点头：好的，我有数了。大家尽管放心冲锋，粮草弹药这一块，我会全力保障。

田蜜说：如果大家都没什么异议的话，那就这么定了。从今天开始，我们所有人都要全力以赴，拿出破釜沉舟、背水一战的决心，投入这场夏季战役中去。这场仗，我们只能赢，不能输！

方向定了，但资金还是个大问题。常胜此前投入的一千万大部分已经用于补发工资和房租等，现在已所剩无几。

常胜和田蜜想来想去，只能寄希望于罗江。从李梦口中得知罗江刚刚回到了宁城，田蜜当即给罗江打电话，不料罗江却不接。

田蜜说：不接电话，那我们就直接上门去找他谈。

常胜想了想说：不急。我先跟于洋洋谈谈，摸摸底。

常胜和于洋洋照例约在常胜赢家楼下的咖啡馆。

于洋洋一坐下就掏出倒计时钟表往桌上一放，按下按钮开始计时。

常胜说：跟我也来这套？

于洋洋说：公事公办。有事麻烦你快点说，我还有很多工作要做。

常胜说：那我就直奔主题了。上次在机场，罗江说我们没有足够的筹码打动他，现在我们有了。第一，我们跟宁新创投签订了新的补充协议，宁新创投同意把对赌协议延长三年；第二，我们请回了多位甜蜜科技的骨干人员，包括总教习杜鹏、教研部总经理唐超等，甜蜜科技的业务已经开始恢复运营。希望你能帮我们劝一下罗江，重新考虑一下我们之前的提议。

于洋洋说：我们已经着手实施新计划了。攀梦资本和甜蜜科技已经没有合作的可能。

常胜问：你们的计划进行到哪一步了？

于洋洋说：无可奉告。不过我可以告诉你，我们将要投资的这家公司，无论从哪个方面考量，对甜蜜科技都具有碾压式的优势。所以，我劝你还是早一点想好退路，不要当甜蜜科技无谓的棋子。

常胜说：谢谢你的提醒。但我还是希望你能帮我约一下罗江。

于洋洋说：罗江不会再见你们的。你不要再做无谓的努力了。

常胜说：他必须见我。

于洋洋嗤笑：凭什么？

常胜说：因为我要求召开常胜赢家董事会。

于洋洋愣了，没想到常胜来这一手。常胜虽然离开了常胜赢家，但股份还在，他要求召开董事会，于洋洋和罗江都无法拒绝。

于洋洋只好把常胜带到了罗江办公室。

罗江有些不耐烦：常总，你这是在浪费我们大家的时间。常胜说：罗总，我应该有召开常胜赢家董事会的权利吧？罗江说：你当然有权利。不过，你只许谈跟常胜赢家有关的事情，不许谈其他的。否则我立即终止会议。常胜说：没问题。

罗江说：开始吧。老规矩，五分钟。

罗江按下倒计时钟表。

常胜说：我想把我持有的常胜赢家股份全部转让给你。不知道罗总有没有兴趣？

罗江和于洋洋都有些意外，没想到常胜会提出这样的问题。

罗江说：我当然有兴趣。不过我想知道你为什么要卖掉常胜赢家的股份。常胜说：我需要钱。罗江说：是你需要钱还是甜蜜科技需要钱？常胜说：罗总，你说了，只能谈常胜赢家，不能谈别的。

罗江点点头：好，那请你开个价。常胜顿了顿：两千万。

于洋洋忍不住叫了起来：两千万？常胜你知不知道，常胜赢家马上要进行第二轮融资，估值一点二亿。你百分之四十五的股份只卖两千万？你是不是脑子坏了？

罗江说：于总，请注意你的身份和立场。于洋洋说：罗总，现在是在举行常胜赢家董事会。我的身份是常胜赢家的股东，不是攀梦资本的员工。

罗江笑了：有意思。抱歉啊于总，你说得对，这是董事会，我们都是平等的股东，我无权对你的观点立场指手画脚。

常胜说：罗总，时间宝贵，关于我刚才的提议，希望你给我一个答复。罗江慢悠悠地说：你既然着急用钱，我也不能不帮忙啊。这样吧，一千万，你的股份我收了。

常胜一愣：罗总，这不叫买卖，这叫趁火打劫。罗江说：你这话不对。买卖讲究的是你情我愿，你愿意卖，我愿意买。你不愿意卖，我也不能强迫你。怎么能叫趁火打劫呢？

于洋洋又插话：常胜，我有义务提醒你，三到四年以后，你持有的常胜赢家股份可能会价值一个亿甚至更多，足以让你实现真正的财务自由。

罗江说：于总，常胜老师是聪明人，不需要你的提醒。于洋洋冷笑：聪明人？我看他是走火入魔了！

常胜沉默了片刻：罗总，我答应你的条件。一千万。但这笔钱必须在股权转让协议签订后一周内到账。罗江说：没问题。常胜站起身：我回去就把股权转让协议拟出来。明天见。

常胜离开了。

罗江按停了倒计时钟表，似笑非笑地看着于洋洋：洋洋，你今天话有点多啊。挡人财路是大忌你知道吗？于洋洋说：我不过是挡人财路，但您是要断人后路。罗江说：没错。但如果我不断了他的后路，他永远不会认清现实。——你苦口婆心跟他说了那么多，他有一句听进去了吗？

于洋洋忽然有些泄气：您说得对。跟他说什么都是对牛弹琴，而且，我跟他根本没必要说那么多。

罗江说：你知道就好。这件事你就不要插手了。——今天我们加个班，把这几家在线教育公司的资产情况、经营情况好好捋一遍，把收购目标定下来！

常胜回到甜蜜科技，去见田蜜。

田蜜问：怎么样？常胜说：我见了于洋洋，也见了罗江。目前看来，罗江不太可能投资甜蜜科技了。田蜜眉头微蹙：我们必须尽快拿出一份融资方案，寻找新的战略投资方。夏季战役需要资金。

常胜说：融资方案我已经在做了。夏季战役的资金你不用担心，我能解决。田蜜看看常胜：你能跟我说一下你的解决办法吗？常胜说：财务这一块由我全权负责，你就不用操心了。——你忙吧，我还有好几份方案要做，晚上我得加个班。

田蜜说：我们也要加班把夏季战役的全盘计划拿出来，可能到很晚。你忙完了就先回去吧，不用等我。常胜说：估计是你不用等我的问题。我们不知道谁比谁晚呢。

两人相视笑了笑，各自忙碌去了。

罗江和于洋洋一直忙到深夜。

于洋洋坐在桌前，看着面前一堆资料讲述着。罗江踱着步认真听着思索着。

于洋洋说：这五家公司里，英格利希在线业务门类最齐全，涵盖了从大学四六级、考研、托福、GRE 到 K12、幼儿英语、实用英语、公务员考试等几乎全部领域。易学英语和必考网的业务类型跟甜蜜科技类似，都是着重于大学阶段的各类应试英语教育。

罗江问：这两家跟甜蜜科技相比较优势在哪儿？

于洋洋说：易学英语发展非常稳健，财务状况相当好。必考网是后起之秀，最近两年增长势头比较猛，他们的特点一是教学手段比较灵活新颖，二是营销推广能力非常强。罗江点点头：继续。

于洋洋说：另外两家中，宁江教育侧重于 K12 也就是基础教育领域，目前在这一块他们的综合实力能排到国内前五。卡尔思英语侧重于商务、旅行等实用英语培训，最大的特色是外教一对一教学体系。

罗江问：这五家的综合评估结果是什么？于洋洋说：根据我们的评估模型进行综合打分，以满分100分计，英格利希在线和必考网得分最高，都是85分。易学英语和宁江教育得分都在75到80分之间，卡尔思英语大约70分。罗江说：也就是说，我们需要在英格利希在线和必考网中选择一家。于洋洋说：是的。

罗江问：你倾向于哪家？于洋洋说：我跟您的倾向是一致的。罗江说：我还没说我的倾向是什么。于洋洋说：您倾向于必考网。我也是。罗江来了兴趣：我倒是不明白了，你怎么知道我倾向于必考网？于洋洋说：因为必考网和甜蜜科技的气质最接近。而且，在我看来，您虽然一直走的是稳健路线，但您骨子里其实更欣赏冒险气质。

罗江笑了：洋洋，我很欣赏你，你已经把我的思路吃透了。于洋洋也笑了：谢谢罗总欣赏。

罗江问：必考网总部在哪儿？于洋洋说：武汉。罗江说：明天我们就飞武汉。你和我。于洋洋说：您的意思是今天吧？罗江看了下时间：嗬，都两点了。对，今天我们就飞武汉。于洋洋说：好的，我马上订机票。

于洋洋拿起手机操作起来。

罗江想了想：不用订太早的。订下午的吧。一会儿我们去吃个宵夜。

常胜忙活了几个小时，把常胜赢家的股权转让协议拟出来了。

常胜核对着打印文本，田蜜推门进来了：忙完了吗常胜？常胜说：忙完了。田蜜说：再耽误你半个小时行吗？我们开个会，讨论一下夏季战役的媒体投放计划。常胜说：好的。

常胜随手把股权转让协议一放，站起身向外走。

田蜜正要转身，忽然瞥见了协议，一愣，指了指协议：那是什么？

常胜也一愣，下意识把协议翻了个面：没什么。一份协议。

田蜜站着没动，一伸手：给我看看。常胜说：没什么可看的。走吧开会去。

田蜜上前一伸手拿起协议，常胜想拦慢了一步。

田蜜吃惊地看着协议。

常胜说：行了不用看了。大家都等着开会呢。

田蜜抬头看向常胜：你要把常胜赢家的股权卖给罗江？一千万你就全卖了？常

胜只好点头：是的。

田蜜怔怔地看着常胜，忽然热泪盈眶：常胜，你已经把你的钱都投入甜蜜科技了，如果再把常胜赢家卖了，你就真的一无所有了……你不能这样！常胜说：瞧你说的，怎么叫一无所有呢？甜蜜科技我不是有股份吗？而且我也说了，这笔钱算借款，等夏季战役打完，公司赚了钱再还我就是了。田蜜：常胜赢家花费了你多少心血啊，更何况你在常胜赢家的股权价值远远不止一千万，你这是贱卖！——我马上给罗江打电话，取消这笔交易！

田蜜说着拿起手机要拨打罗江的电话。

常胜抓住了田蜜的手：田蜜，你别感情用事。甜蜜科技需要这笔钱。田蜜：你才是感情用事！你的牺牲太大了，我不能接受！常胜说：我们都把目光放长远点好吗？表面上看我现在卖掉常胜赢家的股权很不合算，但是这样做能够帮助甜蜜科技打赢夏季战役、渡过眼前的难关，而它所带来的长久利益将远远大于一千万。——你告诉我，你有信心打赢夏季战役吗？

田蜜说：我当然有信心，但是——常胜打断：有信心就行，别的不用再说了。田蜜，让我们并肩战斗吧。

田蜜感动地看着常胜。两人对视了一会儿，常胜忽然意识到自己还一直抓着田蜜的手，连忙松开。

常胜温和地笑笑：走吧，去会议室。

罗江和于洋洋驱车行驶在空无一人的街道上。

于洋洋问：您说的那个青林大排档在哪儿？罗江说：这家是宁城最有名的海鲜烧烤大排档，你没去过？于洋洋说：没去过。我以前晚上从来不出门吃宵夜的。罗江笑道：看样子常胜不怎么懂得生活情趣啊。

于洋洋说：其实您可能很意外，我跟常胜之间是我不懂。我之前总觉得吃宵夜是浪费时间，而且很不健康。罗江说：你很自律。不过太自律了，生活不免少了不少乐趣。

于洋洋有些不服气：您一年到头总是背着个双肩包满世界飞，也没见您怎么享受过生活啊。罗江说：你看到的只是表象。告诉你一个小秘密吧。我每次飞到一个城市跟人谈事情，少则五分钟多则半个小时就谈完了，然后我就会在这个城市以及周边到处走一走看一看，尝一尝当地的美食，了解一下当地的风土人情。——这就是我的乐趣所在。

于洋洋说：这样啊。罗总果然是个懂得生活情趣的人。以后我得向您学习。罗总说：必须做到工作生活两不误。否则工作有什么意义？

说话间车子驶到了甜蜜科技写字楼所在的街道。罗江下意识地扭头看过去，只见写字楼一片黝黑，只有某个楼层灯火通明。

罗江眉头一皱，盯着写字楼：前面好像是甜蜜科技吧？于洋洋看了看：是。就那栋楼。罗江忽然道：停车。

于洋洋立即靠边停车，不明所以：怎么了罗总？

罗江没说话，下了车，大步向甜蜜科技写字楼走去。于洋洋连忙跟了过去。

两人进了楼，径直乘坐电梯到了甜蜜科技所在楼层。

于洋洋有些不解：罗总，这么晚了我们到这儿来干吗？

罗江不说话只是快步走着。于洋洋满怀疑惑地跟着。很快到了甜蜜科技公司门口，罗江和于洋洋推门而入，站住，举目望去，都惊住了。

办公室里灯火通明，十几个员工在各自座位上对着电脑忙碌着。

罗江和于洋洋愣了一会儿，缓步沿着通道往前走。

远端的会议室进入罗江的视线，透过会议室的大玻璃窗，可以看到田蜜、常胜、老戴、杜鹏、唐超、李梦几个人正在开会，大家都精神抖擞地说着什么。

罗江有些惊讶，向会议室走去，忽然脚下被什么东西绊了一下，低头一看，却是一个小伙子睡在地上。

于洋洋也很吃惊。两人四下张望了一下，通道上还横七竖八睡了两三个人。

罗江神情有些震动，又向会议室方向看过去，只见田蜜正站起身说着什么，脸上带着自信的笑容。

罗江忽然说：洋洋，取消去武汉的机票。

于洋洋惊讶地看向罗江，正待开口询问，罗江却转身向外走去。

常胜和田蜜都没注意到罗江的到来。开完会已经三点多了，两人回到家倒头就睡。睡到约摸十点钟，田蜜被电话吵醒了，一看是于洋洋打来的。

于洋洋说：田总，罗总想跟你谈谈。田蜜有些反应不过来：他要跟我谈什么？于洋洋说：罗总决定投资甜蜜科技。我刚刚把投资协议草案发到你微信上了，你抓紧时间看一下。具体情况我们下午两点见面再谈。

田蜜和常胜都有些难以置信，不明白罗江为什么突然改了主意。直到下午两点罗江和于洋洋准时来到甜蜜科技，常胜和田蜜才确信于洋洋不是开玩笑。

田蜜既高兴又意外：罗江，你为什么突然改变了主意要投资甜蜜科技？

罗江指指田蜜，又指指常胜，又伸手指向会议室外。

会议室外，员工们在忙碌着。田蜜常胜都有些迷惑不解。

常胜说：罗江，别打哑谜。

罗江微笑着，神情却有些感慨：老戴应该能明白我的意思。

老戴微笑点头。

罗江说：从你们身上，我看到了当年我和得恩老戴我们刚开始创业时的影子。说句煽情点的话吧，我内心里那团小火苗被你们重新点燃了。

田蜜常胜都笑了。

于洋洋将几份打印出来的《投资协议》分发给田蜜常胜老戴，三个人翻看着。

罗江说：我简单说一下条件吧。债权人这一块，除去债转股的部分，大概还有五千万的债务需要现金清偿，这部分资金我来承担。另外，我再投入五千万用于公司的日常运营。公司的股权结构需要调整，调整后我们攀梦资本占百分之十五股份。

田蜜和常胜交换了一下眼神。

田蜜点头：我同意。

罗江说：还有，我本人将担任重组后的甜蜜科技的联席董事长。于洋洋女士担任公司 CEO，同时向我和田蜜汇报。

田蜜犹豫了一下，看了于洋洋一眼又看向罗江：罗江，我的意思是你来担任 CEO。罗江说：我的主业是投资，甜蜜科技只是我的投资版图的一小部分。我没有精力参与琐碎的经营事务。田蜜说：但是，于洋洋她并没有在线教育行业的经验。

于洋洋笑笑：田董事长的意思是我不够格了？田蜜说：于洋洋，你叫我田蜜就好。我们公司目前的制度是所有人都直接以姓名相称。——我不是说你不够格，我只是觉得CEO这个职位需要真正有在线教育行业从业经验的人来担任。

于洋洋没说话，从包里拿出一本厚厚的资料，沿着桌面滑向田蜜。

田蜜接住，一看，封面写着“甜蜜科技运营战略及执行方案”。

田蜜有些惊讶地看向于洋洋。

于洋洋说：最近这几个月，我都在为担任甜蜜科技CEO职务而做准备。我不但深入研究了甜蜜科技的方方面面，还深入研究了甜蜜科技主要的潜在竞争对手的方方面面。这份战略及执行方案是在我大量的调研和思考的基础上，在罗总——哦，在罗江的指导下制定完成的。具体内容我就不细说了，大家会后可以再详细阅读。我原以为这些工作都白做了，还好没有。

田蜜翻看了一下那本方案，望向常胜和老戴：常胜，老戴，你们的意见呢？

常胜看着于洋洋：我认为，于洋洋很适合担任CEO职务，我也相信她能胜任这一职务。老戴说：我相信罗江和常胜的判断。于洋洋笑笑：谢谢。

田蜜略一思索：罗江，我同意你们提出的方案。但我还有个条件。罗江说：请说。田蜜说：你必须放弃常胜赢家的股权转让交易。

罗江笑了：这件事好像跟我们的合作没关系吧？田蜜认真地说：有关系。常胜把常胜赢家卖给你是为了解决甜蜜科技的资金问题，现在既然你要投资甜蜜科技，资金问题已经解决了，不需要那一千万了。

罗江望向常胜：常胜，你的意思呢？常胜很平静：我答应的事情不会反悔。协议我已经准备好了，你想签的话我们随时签。

田蜜叫道：常胜——常胜做了个阻止的手势：别说了，做人要诚信，我不能违背原则。罗江微微一笑：甜蜜科技这一块我需要动用将近一个亿的资金，所以手头上也有点紧。常胜赢家股权转让的事情我看还是以后再谈吧。常胜有些感动：谢谢你罗江。

田蜜欣慰地笑了。

罗江说：那，我们就签协议？

田蜜和罗江分别在协议文本上签上字。众人激动地鼓掌。

罗江说：下周我要去趟美国。老戴，在我走之前你把债权人召集起来，我把这件事解决了再走。至于其他问题，就看你们几位的了。老戴点头：我马上安排。

送走罗江，田蜜领着于洋洋去了总经理办公室。

田蜜说：你就用这间办公室吧。于洋洋说：这间不是你的办公室吗？田蜜说：以前得恩兼着董事长和CEO，所以公司没有单独的CEO办公室。这间你用吧，我让老戴另外再给我安排一间。于洋洋说：我一来就占了你的办公空间多不合适呀。你在外面给我安排一个工位就行。我初来乍到还需要熟悉情况，跟大家一块办公交流起来也方便。

田蜜想了想：好的，我一会儿让老戴安排。你还有什么需要直接跟老戴说就行，他负责行政后勤这一块。于洋洋说：好的。那我去工作了。

田蜜又道：洋洋，我在会上说的那些话，并不是有意针对你什么，希望你不要介意。于洋洋说：不会的。对事不对人嘛，我懂。我也喜欢这样。田蜜说：我想我们会成为朋友的。于洋洋说：我们的目标是一致的，都是为了重振甜蜜科技。至于我们能不能成为朋友，我觉得并不重要。你说呢？田蜜说：是的。不管能不能成为朋友，我相信我们都能合作得很好。

两人对视着，都微微一笑，握手：合作愉快！

三十三

罗江的加入令所有人都为之振奋。这意味着长久以来困扰甜蜜科技的资金难题彻底得到解决了。这一消息也迅速登上了各大财经媒体的版面，沉寂许久的甜蜜科技再度进入各路投资人、竞争对手和潜在客户的视线。对于即将到来的夏季战役，众人的信心更足了。

杜鹏提出了一份初步的课程方案，田蜜召集相关部门负责人开会研讨。

杜鹏说：我们这套考研英语课程分成词汇、语法、完形填空、阅读、写作和翻译五个板块，总共206个课时。这些课时又分成三个阶段，基础夯实阶段，强化提升阶段和考前冲刺阶段，每个阶段的侧重点都不一样。课程开课时间定为七月一号，一直持续到十二月底。

田蜜问：学员七月一号以后还能报名吗？

唐超说：学员随时都可以报名。我们的课程都是语音录播，学员随时可以点击收听每堂课的内容。其中每个月会有一次视频直播教学，主要由杜鹏老师负责。错过的学员也可以随时点击录像查看。

常胜问：学费 1999，这个价格有竞争力吗？

李梦说：这个价格在线上平台属于中等，高的有三千多的，低的有八九百的。线下平台的费用普遍更高，都是几千甚至几万。

于洋洋说：刚才唐超说每个月有一次视频直播教学，这个频率能不能扩大到每周一次？

唐超说：视频直播教学确实效果比较好，实时在线人数和总点击量都比语音录播的要多很多。但难点在于备课时间长，对老师的教学能力特别是课堂效果的把握能力要求比较高。另外技术支持部门的工作量也会加大不少。

杜鹏说：每周一次可以。就是大家都辛苦点。于洋洋说：那就改成每周一次视频直播教学。大家有不同意见吗？

田蜜举手示意：我有不同意见。

众人都看向田蜜。

田蜜说：洋洋在那份“甜蜜科技运营战略及执行方案”中提到，我们的主要竞争对手，比如易学英语和必考网，他们也都是采用录播的形式进行教学，这种方式省时省力，但最大的弊端是课程更新慢，有的老师的课甚至是几年前录制的。而且老师和学员不能实时互动。我想，既然视频直播教学模式更为科学先进，我们可不可以全部课时都采用视频直播教学模式？

唐超说：田蜜，你这个想法很好，但实施起来难度太大。从每月一次到每周一次，我们教研部门包括老师的工作量至少就翻了一倍。如果改成全程视频直播教学，我们的工作量还得翻几番，远远超出了我们部门的承受能力。

田蜜说：我们可以增加人手充实力量。目前老师和教研人员的配备比是 1 比 2，也就是平均两名教研人员服务于一名老师，我们可以把这个比例增加到 1 比 4 乃至 5。

老戴说：但是人员成本会增加很多。田蜜说：我相信这是值得的。教学形式的改变，可以很直观地提升学员的学习体验，也可以最大程度地把我们和竞争对手区别开来。

于洋洋说：我赞成田蜜的意见。我们的同行其实也都知道视频直播教学的优势，但都不敢做，我们就要做这个全行业的第一，甚至是唯一。杜鹏说：我也赞成。困难虽然很大，但我们教研部门应该可以克服。

众人都纷纷表示赞成。

孟钢举起手。田蜜问：孟钢，你有什么建议？

孟钢说：业务上的事情我不太懂，不过，我们的服务器和整个的系统架构，根本承受不了大流量的视频直播。

田蜜说：服务器和带宽方面你不用担心，公司可以根据需要加大投入。

孟钢说：不光是服务器和带宽问题，因为我们的系统是按照录播模式搭建起来的，要改成视频直播模式，必须从底层架构开始重新搭建整个系统。

田蜜问：重新搭建系统要花多少时间？孟钢说：按我们现有人手，起码需要两三个月。新系统还要经过一系列测试，总之至少要半年时间新系统才能稳定投入使用。

众人面面相觑。常胜问：如果增加人手呢？最快多少时间能解决？孟钢说：最少也要四个月。田蜜思索了片刻：如果短期内不能解决系统问题，视频直播教学方案只能暂时搁置，还按原方案进行吧。

业务会议结束后，田蜜、常胜、于洋洋、老戴又开了个管理会议。于洋洋提了一个问题：我们每个月的办公开支太高了，有没有办法降下来？

常胜说：房租和人员开支这一块基本是固定的。想节省开支的话，只能从细微处入手，比如水电啊、办公用品啊这些。不过，如果要花费专门的人力物力去进行这方面的精细化管理，可能新增成本反而会大于节省下来的成本。

田蜜突然灵光一现有了主意，说：这个问题我来想办法解决吧。

开完会，田蜜把李梦叫了过来，说：给你一个任务。李梦问：什么任务？田蜜说：你帮我约一下狗剩儿。李梦不解：狗剩儿？你找他干吗？田蜜微微一笑：发挥他的特长——抠门。

晚上回到家，李梦热情地把狗剩儿从房间里拉出来：来来来，我跟你谈点事。狗剩儿问：什么事？李梦说：我们田总想见你。狗剩儿问：田总？哪个田总？李梦说：田蜜呀。——你知道甜蜜科技吗？狗剩儿说：不知道。李梦说：甜蜜科技你都不知道？你——算了，不知道就不知道。田蜜现在是甜蜜科技的董事长。

狗剩儿问：她找我干吗？李梦说：田总很欣赏你的才华。她想给你提供一个工作机会。狗剩儿问：什么工作机会？

李梦说：办公室智能化改造。我们现在还处于创业阶段，必须节省开支。田总就想设计一套智能化办公系统，对大到办公室中央空调系统、小到厕所里的卫生纸，等等，统一进行智能化管理，严格控制各项支出，杜绝一切铺张浪费行为。

狗剩儿说：就这事？李梦点头：对。你行吗？狗剩儿霍地站起身，很愤怒：岂有此理！简直是侮辱人！李梦吓一跳：怎么了？谁侮辱谁了？狗剩儿指着李梦：你，还有你们田总，侮辱我！

李梦莫名其妙：我们怎么侮辱你了？狗剩儿说：你们知道我是谁吗？李梦说：你？狗剩儿啊。狗剩儿说：我是地球上最天才的程序员！之一！全球排名前十位的IT企业，我都收到过offer！而你们，甜蜜科技，竟然邀请我去给你们设计什么办公智能化系统——这是一个天才程序员该干的事吗？这就好比让一个最顶尖的心脏外科专家去切土豆！

李梦明白了，不以为然：你是觉得这活儿太简单了是吗？这有什么呀，捎带手的事。谁说心脏外科专家就不能切土豆了。狗剩儿说：我说的！李梦也火了：不去就不去你嚷嚷什么呀！我看你整天待在家里没事干，好心好意想给你介绍点工作挣点钱，你还不领情！

狗剩儿愣了，看着李梦，表情有些古怪：你是想帮我？李梦没好气地说：废话！好心当成驴肝肺，早知道我就不搭理你了！——你就宅着吧，早晚你会宅死在这破屋子里！

李梦站起身往房间里走去。

狗剩儿忽然说：我去。李梦一愣，站住：什么？狗剩儿说：明天上午，我去见你们田总。

狗剩儿转身进了房间。

李梦愣了一会儿，自言自语：神经病！

第二天李梦领着狗剩儿去了甜蜜科技。

田蜜热情相迎：狗剩儿你好！狗剩儿说：你好田蜜。奋斗还好吗？田蜜一愣：

奋斗？挺好的。狗剩儿说：请转告奋斗，我很想念它。田蜜笑着点头：哦，好的。狗剩儿，谢谢你今天能来。我们去会议室谈吧。

狗剩儿说：不必谈了。李梦跟我说了你找我的目的。我本来不想来的，但我还是来了。李梦说：他说我们找他做智能化办公系统是大材小用，是侮辱他。

田蜜连忙解释：狗剩儿，你误会了，我们绝对没有这个意思。狗剩儿说：我知道。开始我很生气，后来我想明白了。李梦问：你想明白什么了？狗剩儿说：你们都是俗人。俗人是没办法理解我这种天才的。所以我不生气了。

田蜜李梦相互看看，想笑又忍住。

田蜜问：狗剩儿，你大概多少时间能把这个系统做出来？狗剩儿转头查看了一下周围环境：三天。田蜜说：好的。那你需要什么？

狗剩儿拍了拍自己背着的电脑包：我需要的东西都在这儿。——你们机房在哪儿？带我去机房。

田蜜：好的。我带你去吧。

田蜜李梦领着狗剩儿去了机房。

孟钢和几名员工各自在电脑前忙碌着，看见田蜜和李梦连忙起身打招呼。

田蜜关心地问：孟钢，工作还适应吗？孟钢说：适应。不过好多东西我还在学。田蜜说：慢慢学不着急。注意身体啊。

李梦问：咱们的网络测试进行得怎么样了？孟钢挠头：我们的服务器和带宽都不太够，网络有时候不太流畅。田蜜问：那应该怎么解决？孟钢说：添置服务器，增加带宽。不过这一块成本很高。田蜜说：我知道了。我们会解决的。

田蜜转向狗剩儿：狗剩儿，需要他们怎么配合你吗？狗剩儿说：不用。给我腾一张桌子就行了。另外，我工作的时候不喜欢别人打扰，所以，请吩咐你手下的这些小朋友们，不要跟我说话。

孟钢不明所以地看看狗剩儿又看看田蜜。

田蜜吩咐：孟钢，请按狗剩儿先生的话办。孟钢点头：知道了田蜜姐。田蜜朝狗剩儿微笑着：狗剩儿，拜托你了。

田蜜李梦出去了。

孟钢腾出了一张桌子，朝狗剩儿做了个请的手势。狗剩儿也不说话，走过去坐下。

孟钢客气地说：我叫孟钢，也是新来没多久的。你是叫什么来着？狗剩儿？

狗剩儿看着孟钢不说话。

孟钢自觉无趣，讪讪地说：哦，忘了，不能跟你说话。你忙吧，有事招呼。

狗剩儿没有吹牛，只花了三天就把田蜜想要的智能办公系统做出来了。

狗剩儿领着田蜜李梦在办公区巡查，拿着 iPad 讲解着：我做了一个智能办公控制系统，把办公室里的所有设备，包括门禁系统、空调、灯光、窗帘、电脑、打印机、复印机、投影仪乃至饮水机，等等，都连接到一台中央主机上，然后通过我设计的这个终端控制系统，可以利用任何一台终端设备，包括但不限于手机电脑 PAD 等，实现对所有办公设备的一键式控制。——顺便说一句，我采用的是傻瓜式设计，只要认识常用汉字，智商达到小学生水平，都可以在十分钟内学会如何操作这套系统。

李梦将信将疑：这么牛？狗剩儿说：一点都不牛。我刚说了，这不过是一个满足你这样智力水平的低端系统而已。

田蜜说：狗剩儿，谢谢你。我们应该付你多少报酬？狗剩儿说：零。李梦一愣：零？什么意思，你不要钱？狗剩儿不屑地：为这种低端智力成果付给我报酬，是对我的侮辱。

田蜜和李梦有些哭笑不得，不知道说什么。

这时孟钢匆匆过来了，朝狗剩儿嚷嚷：喂！你是不是动我机器了？

田蜜问：怎么了孟钢？孟钢说：我们的系统崩溃了！所有指令全部失效了！

狗剩儿一副淡定的表情：少安毋躁。我刚刚对你们的服务器进行了一下优化，给你们重新做了一个系统基础架构，另外捎带手修复了几个 BUG。你把服务器电源断掉，三分钟后重启一下，问题就解决了。

田蜜吃惊：狗剩儿，你为什么这么做？

狗剩儿说：你们不是说服务器和带宽资源不够吗？经过我优化以后，服务器效率能够提高百分之七十，带宽资源能够节省百分之五十。

众人都瞠目结舌。

孟钢说：服务器效率提高百分之七十？不可能！狗剩儿不屑：小朋友，你去试一下就知道了。——转向田蜜：田蜜女士，我的工作完成了。告辞。

田蜜赶紧叫住：等等！狗剩儿，我还要再跟你谈谈。

田蜜把狗剩儿请到办公室，讲述了视频直播教学平台的构想和遇到的难点。

狗剩儿说：我了解你们的需求了，就是重新搭建一个适用于视频直播教学的网络平台。田蜜说：是的。我想知道，如果交给你来做，大概需要多少时间能完成？狗剩儿问：你的意思是交给我一个人做吗？ 田蜜说：不是你一个人做，以你为主，公司其他的技术人员都会全力配合你。

狗剩儿思索了片刻：如果带着你们公司那群小朋友一块做的话，我估计至少需要两个月时间。田蜜有些惊喜：两个月？狗剩儿，你确定两个月能做出来？

狗剩儿说：请听我说完。如果完全由我一个人做的话，半个月时间足够了。

田蜜愕然：为什么？狗剩儿傲然地说：因为我是天才，他们不是。

李梦在旁边有些担心：狗剩儿，你说的是真的吗？这件事对我们公司非常重要，不能有任何闪失，你到底有多大把握半个月就能完成？

狗剩儿说：我什么时候说过没把握的话、做过没把握的事？当然，没能保护好田蜜确实不对。因为我没有对付讨债恶人的人生程序。这是个 BUG。

田蜜李梦都还有些疑虑。

孟钢突然激动地进来了：真的！他说的是真的！服务器效率真的提高了百分之七十！我都不敢相信！但确实是真的！——说着一把握住狗剩儿的手：大神啊！你是大神！活生生的大神！

田蜜李梦有些吃惊。

狗剩儿矜持地抽回了手，扶了扶眼镜：别这么大惊小怪的！比起大神，我还是更喜欢天才这个称呼。

田蜜问：狗剩儿，你愿意担任甜蜜科技首席技术官职务吗？狗剩儿干脆地说：不愿意。田蜜恳切地说：狗剩儿，我们非常需要你的帮助！狗剩儿说：我可以帮助你。但是我不喜欢什么首席次席技术官指挥官什么的，我就是个程序员。我会给你们把你们所需要的网络平台搭建起来。田蜜激动：谢谢你狗剩儿！

田蜜当即去找杜鹏和唐超。

田蜜说：杜鹏，唐超，如果我们改成全程视频直播教学，你们能够在正式开课之前完成教案调整、人员培训这些准备工作吗？

杜鹏唐超相互看看，一齐点头：能。

田蜜说：谢谢。请你们立即着手开始准备吧。技术部门会在一个月之内完成新平台搭建。唐超惊讶：新平台一个月之内能搭建完成？不可能吧？除非是天才。田蜜笑着：你说对了。世界上真的有天才的，而我刚好认识一个。

田蜜转身走开了。杜鹏和唐超面面相觑。

杜鹏说：唐超，我负责老师和助教培训，你负责教案调整。时间紧任务重，咱们可不能掉链子。唐超说：没问题。哎杜鹏，你有没有觉得田蜜像一个人。杜鹏问：像谁？唐超说：神奇女侠。杜鹏笑：超级英雄电影你看多了！

田蜜经过会议室，听到里面有争吵声，推门进去，只见狗剩儿正朝老戴和李梦嚷嚷：我就叫狗剩儿！你们非让我改名我就不干了！

田蜜赶紧问：怎么回事？谁让你改名了？狗剩儿一指老戴和李梦：他们！

老戴说：不不，我不是说让你改名，我的意思是让你用回你的本名李化云。

狗剩儿说：我跟你说多少遍了，我本名就叫狗剩儿！李化云只不过是我身份证上的名字而已，不是本名！

李梦有些懊恼：你这人怎么讲不通道理呢？平时大家叫你狗剩儿没问题，但是工牌也叫狗剩儿太不伦不类了吧？狗剩儿说：你说什么？什么叫不伦不类？你不许侮辱狗剩儿这个名字！李梦气得不行：你！——田蜜你跟他说吧！我快被他气死了！

田蜜说：狗剩儿，你喜欢叫什么就叫什么，这是你的自由。不过，在一些正式文件资料上，比如入职登记表，工牌，员工名册，工资单，等等，在这些上面，还是用你的法定姓名更合适。好比你买飞机票，姓名总不能写狗剩儿吧？写狗剩儿肯定不让你登机。你说是不是？

李梦说：就是！有本事你用狗剩儿这个名字坐一次飞机给我看看！

狗剩儿说：你们说得对，这个名字坐不了飞机。所以我从来不坐飞机。自从火车票实行实名制以后我也再不坐火车了。我就不爱出门了！

田蜜李梦老戴都觉得有点儿不可思议。

田蜜问：狗剩儿，这个名字对你这么重要吗？狗剩儿说：是的。对我很重要，比我的命还重要！

几个人都惊讶疑惑地看着狗剩儿。

田蜜问：狗剩儿，这里边有什么故事吗？愿意给我们讲讲吗？

狗剩儿沉默了片刻，声音低沉下去了：狗剩儿这个名字是我奶奶给取的。我是早产，出来就没呼吸，差点被扔了，是奶奶扇了我一巴掌把我扇过来的。奶奶说我命不硬，取个狗剩儿好养活，其实我们那儿没有孩子再这么起名了。爸妈一直在外地打工，我是奶奶一手带大的。我跟她亲。后来我考上大学，离开家乡，成了奶奶的骄傲。毕业后我进入了一家顶尖的 IT 企业，我当时最大的愿望就是赶紧挣钱买房，把奶奶接到我的身边……可是奶奶没等到那一天。她去世的时候我正在公司夜以继日地赶一个项目，半年没回家，没跟她联系，等我收到消息赶回家的时候已经晚了，没能见到她最后一面……我觉得我的奋斗失去了价值，从那以后，我就只剩一个名儿了，就是狗剩儿……只要有人叫我狗剩儿，我就觉得奶奶还在，她好像还没走……

狗剩儿声音哽咽了，捂住了眼睛。

田蜜李梦眼眶也湿润了。

田蜜朝老戴：就叫狗剩儿吧。

很快新的工牌制作出来了，狗剩儿的照片，姓名一栏写着“狗剩儿”。

狗剩儿把工牌挂到脖子上，李梦冲狗剩儿竖起大拇指，狗剩儿咧嘴笑了。

已经过了下班时间了，办公室里依旧人声鼎沸，很多人都还在忙碌。

田蜜对着甜蜜科技的宣传文案出着神。

宣传文案写着：“甜蜜科技考研英语系统班 即日开放报名 全程视频直播教学 206 课时 仅 1999 元。”

田蜜思索了一会儿，召集管理层开会。

田蜜说：上次开会的时候我们说到了，现在一个线上考研英语班，便宜的要八九百，贵的要三四千，而且基本上都是语音录播。那么，如果我们采用视频直播教学，给学生最好的师资力量，最好的课程设计，最好的学习体验，最好的服务，但是只收他们 199，而不是 1999——你们说，学生们会怎么选？

众人面面相觑。

常胜说：田蜜，你的意思是说，我们把课程价格定为 199？田蜜说：是的。不要 1999，也不要 999，只要 199！

众人顿时炸了，你一言我一语地齐声反对。

于洋洋说：你太激进了！我们现在根本没有实力挑起一场价格战。田蜜问：常胜，你觉得呢？常胜说：田蜜，投入产出完全不成正比，从财务角度上来说不太可行。

唐超说：全程视频直播教学，更合理的做法应该是涨价而不是降价。杜鹏说：这么低的价格，我们老师的价值从何体现？李梦说：田田，便宜没好货，价格太低了，会被别人认为我们偷工减料以次充好的。

田蜜似乎也没想到大家都反对，有些意外地看看众人：你们都反对？

众人异口同声地：反对！

田蜜想了想：可能我的提议太突然了，超出了大家的心理预期。没关系，大家可以回去以后再想想，明天我们再讨论。

晚上回到家已经很晚了。常胜洗完澡从洗手间出来，见田蜜还坐在桌前认真地看着资料。

常胜说：还不睡？田蜜说：再等会儿。我看完这些资料。常胜说：明天再看吧。我先睡觉了啊，困得不行了。

田蜜说：你稍等会儿，我们再聊几句。——你真的认为 199 的价格行不通？

常胜说：目前在线英语教育行业的平均获客成本，也就是每招收到一名学员所需要花费的各项成本总和，大约在 500 到 800 元。我们要定价 199，意味着每招收一名学员就要亏 300 块以上，招得越多亏得越多。我明白你的战略，但我要考虑战术——我们现在没钱烧。而且就算有钱，目前也不能这么烧。价格战真打起来，我们不一定能赢。

田蜜说：你说的平均获客成本只能作为一个参考，并不是绝对的。我们为什么不能把获客成本降到 100 块甚至更低？好比我们以前做常胜赢家公众号，获客成本几乎可以忽略不计，我们不照样成功了？

常胜说：两码事。公众号拉广告是 to B，而在线教育是 to C。之前我们开会讨论过，整个夏季战役我们需要投入资金至少五百万。如果我们把获客成本降到100块钱，意味着我们至少要招收到5万名学员才能保本。你认为可能吗？

田蜜说：没试过怎么知道不可能？常胜不耐烦了：田蜜，这个问题没有讨论的必要。我们还有更重要的工作要做，别在这些无谓的问题上浪费时间了，行吗？赶紧洗洗睡吧！

田蜜说：我再说一句。常胜说：就一句啊。赶紧。

田蜜说：既然我们谁都说服不了谁，不如我们举办一场辩论赛吧！

常胜吃惊：辩论赛？田蜜点头：对！辩论赛！

第二天，田蜜再次召集管理层开会。

田蜜问：大家都看过各种辩论赛吧？于洋洋说：我自己就打过辩论赛。唐超说：大学那会儿，我组织过。李梦则说：我看过《奇葩说》。

田蜜说：我们就综合一下，采取辩论赛的形式。辩题是"我们应不应该采取低价策略"，支持低价策略的为正方，反对的为反方。每方选出四个人，一辩二辩三辩四辩，自由报名，自由组队。从全体员工中选择21个人担任现场观众和评委，辩论结束，由这21个人进行投票，得票多的一方为辩论赛的赢家。如果正方赢了，我们就实行199低价策略。如果反方赢了，我们就维持既定政策不变。

于洋洋反对：用辩论赛的方式来决定公司的重大政策，太儿戏了吧？

田蜜举起一本《奈飞文化手册》：不是儿戏。大家应该都听说过Netflix这家公司的名字吧？这个办法我就是跟奈飞学的。这家公司的企业文化我很欣赏，他们在一些重大决策上就是采取辩论赛的形式，让公司每个员工都能参与其中，都能充分表达自己的观点和意见，在激烈的辩论中达成最终的共识。之所以采取辩论赛的形式，是因为你如果想要获得辩论赛的胜利，必须真正深入地对辩题进行全方位的思考，而不是仅仅凭借经验、直觉或者数据就对某一个事务做出判断。——所以，各位，有人愿意接受这样的挑战吗？我是正方。我支持低价策略。

众人相互交换了一下眼色。

于洋洋举手：我愿意接受挑战。我是反方。

田蜜点头：好。我们俩来担任正反方的队长，分别组队，每队四个人。21位评委的名单从全体员工中随机抽取。辩论赛时间定为后天上午。我们分别有一天半的时间准备。

于洋洋说：好的。那，我们就辩论场上见！

众员工听说公司要举行辩论赛都很感兴趣，三三两两聚在一起议论纷纷。田蜜和于洋洋则抓紧时间开始组队。

于洋洋先找到杜鹏和唐超，问：你们俩是不是都加入反方战队？杜鹏说：我加入。我坚决反对低价策略。于洋洋问：唐超你呢？唐超说：我再琢磨琢磨。

田蜜先找到常胜，问：你加入哪边？常胜显得积极性不高：我是财务官，按说我应该做裁判。田蜜说：根据规则你做不了裁判，你必须下场。

常胜说：我跟你说吧田蜜，你没什么胜算。于洋洋当年是她们校辩论队的。田蜜笑笑：真巧，我当年也是校辩论队的，而且我还拿过大学生辩论赛的最佳辩手。是不是可以跟你当年的幼儿园独舞大赛亚军有一拼？

常胜有些窘：别哪壶不开提哪壶啊，都这时候了你还有心情笑话我。

田蜜说：我没有笑话你。人生每个阶段的比赛都是困难的，包括幼儿园。我希望你对我有点信心，更希望你能支持我！

常胜想了想：不好意思，田蜜，你还是赢不了，因为我不能支持低价策略。我会加入于洋洋的队伍。而且我当年也打过辩论赛。

田蜜愣住。

这时于洋洋远远地叫道：常胜，你有时间过来一下吗？

常胜朝于洋洋走了过去，田蜜远远看着，只见于洋洋笑着跟常胜说着什么。

田蜜不自觉有些失落感。

李梦凑了过来：怎么样，凑了几个人了？田蜜说：目前就我一个。李梦朝常胜那边努努嘴：常胜不肯帮你？田蜜说：他本来就不支持低价战略。

李梦说：那你凑不齐四个人怎么办？没比你就输了。田蜜很坚定：世界从来都不会一边倒。我相信会有人站到我这边。李梦说：但我刚在公司走了一圈，基本上都是支持反方的。——包括我。

田蜜说：李梦，你要知道，真理有时候是掌握在少数人手中的。我希望你认真思考一下低价战略。低价，不代表低价值。李梦说：田蜜姐，我最佩服你这种奋斗精神。——我决定加入你的战队！

田蜜惊喜：你这么快就被我说服了？李梦说：你的精神说服了我。我不能让你孤军奋战。田蜜高兴：好。正方欢迎你。你赶紧去查资料，准备战斗！

于洋洋又说服了老戴，加上常胜、杜鹏，反方战队率先组成了。

四个人凑在一起开了个短会。

于洋洋说：感谢各位加入反方战队。我们先分下工，我担任一辩，杜鹏二辩，老戴三辩，常胜四辩。一辩是立论，负责提出我方观点。二辩、三辩重点是攻防，四辩是总结。大家有没有意见？

众人都说：没意见。

于洋洋说：辩论赛前的准备工作大致分这么几个部分：第一，分析辩题，找准关键词。第二，立论。讨论观点，写出立论稿。第三，寻找可以打击对方的问题。第四，分析对方的观点以及可能提出的问题，想好对策。时间紧，大家分头去查找资料、提出观点、问题和答案，明天我们再碰。

众人点头：好的。

杜鹏、老戴先出去了。

于洋洋朝常胜笑道：谢谢你加入我这边。刚开始我还担心你抹不开面子不参加辩论赛了呢。常胜说：心底无私天地宽。我一向光明磊落心口如一。于洋洋说：希望你好好发挥，别掉链子。常胜说：我会的。不过我也提醒你，不要轻敌。

田蜜和李梦动员了半天却没人愿意加入正方战队。

李梦很恼火：真是一群顽固！田蜜说：我能理解他们，不愿意咱们陷入价格战。

这时唐超走了过来：田蜜，我想了又想，最后决定支持你的观点。甜蜜科技处在特殊时期，应该有特殊手段，其实不用低价策略我们的赢面也不大，那还不如利用低价策略，先抢一块蛋糕。

田蜜激动得拥抱了唐超一下：唐超，谢谢你的加入。

唐超说：人齐了招呼我。说着走开了。

田蜜说：还差一个了！李梦想了想：交给我了！

李梦去了机房。

狗剩儿坐在电脑前飞快地敲击着键盘。孟钢坐在旁边认真地看着。

李梦说：狗剩儿！辩论赛的事情你知道吗？狗剩儿说：知道。李梦说：你加入我们战队吧！怎么样？我和田蜜一个队，我们是正方。狗剩儿说：这种无聊的游戏我不会参加的。你们另请高明吧。李梦央求：狗剩儿，你帮帮忙，我们还差一个人。

狗剩儿懒得搭理，戴上了耳机，专注地对着电脑敲击键盘，输入一行行代码。

李梦有些无奈，转身要走，孟钢却站了起来：李梦，我愿意加入你们。

李梦惊喜地转身：你支持低价策略？孟钢指指自己的胸口：我这颗心，这个时候必须跟田蜜站到一起。

李梦庄重地和孟钢握手：孟钢，欢迎你的加入！

晚上，田蜜和常胜坐在餐桌前各自翻资料查数据准备辩论赛。两人时不时偷偷观察对方。

常胜手机响，于洋洋来电。常胜看了田蜜一眼，犹豫了一下接了起来。

于洋洋在电话里说：常胜，你负责收集三到五个因为低价策略而导致惨败的例子，我们要用真凭实据让对方心服口服。

常胜说：这样的例子我已经收集了十几个。一会儿微信给你。于洋洋说：很好。你要注意保密啊。不要泄露我们的辩论策略。常胜说：于洋洋，请你不要怀疑我的职业操守。于洋洋说：不是怀疑，是提醒。提醒你理智要战胜情感。再见。

常胜挂了电话，又看了田蜜一眼。

田蜜调侃：很积极啊你。常胜说：你不也是嘛。我们都要为各自的观点而战。田蜜说：我不是为自己的观点，我是为自己的命运而战。对你来说，是个观点，是个策略，是一次辩论，对我来说，就是命。常胜说：对我来说，也是。

田蜜一愣。

常胜说：历史结果证明，低价策略会带来价格战，价格战没有赢家，多败俱伤。只是谁弹药多，谁撑到最后谁赢。这里边没有技术含量，是野蛮战争。甜蜜科技你我都清楚，势单力薄，不到跟人打架的时候，首先是得活下来。

田蜜说：历史只是一个后视镜，它可以帮我们观察过往的路况，但不能帮我们判断前方的险情，更不能帮我们抵达未来。未来只掌握在自己手里。常胜说：未来也必须遵循过去的规律。否则世界就分崩离析了。田蜜说：在线教育不是传统事物，它必将有新的玩儿法。

常胜不想争下去了：这些话我们应该在辩论场上去说。在这儿说不合适。

田蜜也有点火气上来了：跟我公事公办了？常胜说：对啊。公事难道不公办吗？田蜜说：即便公事公办，你是我聘请的首席财务官，你也应该支持我！

常胜说：我就是因为支持你，所以要赢你！别人是为了胜利而战，我是为了失败而战——为了你的失败而战！我必须赢你！我只能赢你！我没有退路！田蜜说：你没有退路，但除了低价我没有其他的路。你叫常胜也就罢了，你这么好胜会害死我的！你就不考虑一下我的处境吗？常胜说：我就是考虑你的处境我才这么做的！我要不那什么你我至于上这个险滩吗？

田蜜说：你那什么我？你说清楚！

常胜说：我喜欢你我在乎你我才这么做的！

话一出口，两人都呆了。气氛宁静而尴尬。

常胜呆呆地看着田蜜，渐渐地眼神柔和下来了，深吸了一口气，说：田蜜，其实在乎和喜欢也不是我想说的，我想我已经爱——

田蜜突然打断：常胜，咱们辩论场上见吧！

不等常胜再开口，田蜜反身进了房间，关上了门。

这一夜，田蜜又一次辗转反侧难以入眠。她脑子里不断回想着和常胜从相识至今的一幕幕画面，时而展颜欢笑，时而默默流泪。

天亮时，田蜜终于下定了决心。她起身收拾了简单的行李，悄然离开了家门。

常胜也是迷迷糊糊直到很晚才睡着。早上醒来，习惯性地摸起手机查看，忽然看见一条田蜜发来的微信。

常胜赶紧打开，是田蜜的一条文字微信：常胜，我走了。现在我的心里只有甜蜜科技和那一份对赌协议。感谢你这么多天来的照顾。奋斗同学留给你了。麻烦你照顾好它。咱们公司见。辩论场上见。

常胜愣住了。

三十四

田蜜在公司附近找了家酒店住了下来，稍事休息之后便去公司上班。过了一阵子常胜来上班了，田蜜不自觉有些紧张，不知道常胜会不会因为自己的离开而生气，或是出言责怪。但常胜什么都没说，只是默默地将一份买来的早餐放在了她的桌子上，笑了笑，转身走开了。

田蜜松了一口气，又不自觉有些怅惘。

辩论赛的日子到了。办公大厅的公共区域被布置成了辩论会现场，相对摆着两排桌子椅子。背后的投影屏幕上打着本次辩论赛的辩题：甜蜜科技是否应该实行低价策略？

二十一位随机挑选出来的员工担任评委，坐在前排观战。其余的员工们也都或坐或站在下方围观。

罗江对辩论赛很感兴趣，但人在上海分不了身，于洋洋安排了一位同事通过手机视频给他进行现场直播。

时间到了。主持人拿着麦克风上场了：甜蜜科技首场内部辩论赛即将开始。我是主持人秦东。下面，有请双方选手入场！

在员工们的鼓掌欢呼声中，两组人员进场，分别落座。

主持人说：我先宣读一下本次辩论赛的规则。首先是正方一辩发言，接着是反方一辩发言，时间均为 2 分钟。接下来是正方二辩三辩和反方二辩三辩进行开杠，也就是互相提问回答，一分钟为限。再接下来是自由辩论环节，时间为 8 分钟，双方用时各 4 分钟。再接下来是评委提问环节，由评委向正方反方分别提出两个问题，双方选手分别作答，每个问题的提问和回答时间不超过 1 分钟。最后是总结陈词环节，先由反方四辩发表总结陈词，再由正方四辩发表总结陈词，时间分别为 3 分钟。下面，辩论赛正式开始。先请正方一辩田蜜女士发言！

田蜜微笑着站起身来，向对面和员工们点头致意。

田蜜说：大家好，我方的观点是，甜蜜科技应该实行低价策略。首先，无数商业实践证明，低价策略是所有销售中最有效的营销方式。远的比如当年长虹发起的彩电价格大战、格兰仕微波炉价格大战，近的比如每年 6 · 18、双 11 的电商促销大战，更是把价格这一市场竞争利器的功能发挥到了极致。其次，大家都知道目前甜蜜科技的业务已经停滞了很久，品牌知名度和美誉度都处于低谷，而即将到来的夏季战役堪称是决定甜蜜科技命运的一战，我们已经丧失了先发优势，必须采取非常手段才有可能突出重围，赢下这场战役。视频直播教学和低价正是现阶段我们能够采取的最直接有效的两大非常手段。所以我方认为，低价策略势在必行。谢谢。

众员工或鼓掌或低声议论。

主持人说：谢谢正方一辩选手。接下来有请反方一辩于洋洋女士发言。

于洋洋站起身微笑点头致意。

于洋洋说：大家好。我方的观点是，甜蜜科技不应该实行低价策略。关于价格，市场营销有两个基本规律：第一，高价上市，先难后易；低价上市，先易后难。第二，高价打败低价是市场的常态，而低价打败高价是个案。这是因为：消费者对产品的“价格认同”有两个概念：一是价格本身，即价格高低，这种认同不产生购买行为；二是价格与价值的关联，即产品是否值这个价格，这是价格与价值的差异。低价本身只产生第一种认同，不产生第二种；第二种认同是“消费体验”和“市场推广”之后才产生的。而要产生消费体验，首先得有一个前提，那就是先要有人买。要想让人买，就必须主动做市场推广。而市场推广又是需要费用的。费用从哪来？就从产品的“利润空间”里预支出来。对大部分产品来说：只有更高的价格或者说利润空间，才能支撑更多的推广活动。低价策略是伤敌一千自损八百，以甜蜜科技的现状，采取低价策略无异于自杀行为。综上，我方坚决反对实行低价策略。谢谢！

众员工鼓掌。

接下来依次是双方的二辩三辩发言，之后便进入激烈的自由辩论环节，双方你一言我一语互不相让。

杜鹏说：优质高价是基本的市场价值规律。把白菜卖出螃蟹价那是欺诈，但把螃蟹卖出白菜价那是自废武功。

田蜜说：我要提醒对方辩友注意，我们做的不是普通产品，是在线教育。我们的目的是让所有有需要的人都能享受到最优质的教育资源。

常胜说：理想固然重要，但我们首先需要生存下去。田蜜反击：低价策略正是我们目前最有效的生存竞争手段。

常胜说：低价策略可能会吸引一部分对价格很敏感的客户，但这部分客户的忠诚度很低，一旦竞争对手打出了更低的价格，客户就会投奔对手而去。为了夺回这部分客户，你就需要跟对手打价格战，进一步降低利润空间，从而陷入恶性循环。

唐超说：我们的主要客户群也就是学员基本上都是大学生，他们绝大多数都对价格很敏感。因此我们可以通过低于竞争对手的价格把学员吸引过来，再通过优于竞争对手的教学质量和教学体验留住他们，从而培养出客户的忠诚度。

于洋洋说：问题是199这样的低价格远远低于平均300到500的获客成本，负利润的情况下只有靠烧钱才能维系下去。大家知道我的另一重身份是投资人，我可以非常明确地告诉对方辩友，靠烧钱抢夺市场的时代已经过去了。

田蜜说：低价策略不意味着必然烧钱。对方辩友所说的获客成本只是一个理论值而不是绝对值。我们完全可以通过控制营销推广成本来降低获客成本。

老戴说：对方辩友的想法是理想化的、想当然的。在线教育行业竞争这么激烈，我们在营销推广方面的投入原本就比不上那些主要竞争对手，如果再降低这一块的费用无异于死路一条。

李梦说：对方辩友之前也说过，靠烧钱抢夺市场的时代已经过去了，在线教育行业平均获客成本之所以居高不下，就是因为营销推广费用过高。我们应该努力改变这一现状而不是随波逐流。

主持人宣布：时间到！下面进入总结陈词环节。先由反方四辩进行总结陈词。

常胜站起身：谢谢对方辩友的精彩辩论。正方的核心观点是，低价是我们快速占领市场的最有效手段之一，对此我方并不否认。但正方忽略了一个基本常识，就是任何一家企业的生存和发展都是建立在合理利润的基础上的。低价意味着利润的大幅度流失，好比一个人失血过多，如果没有源源不断的血液补充，也就是资本注入，这个人将无法生存下去，企业也是如此。我特别要提醒正方注意，在这方面甜蜜科技有过惨痛的教训。之前甜蜜科技正是在自身造血功能尚未足够强大的情况下盲目投入，导致长期的入不敷出，最终因失血过多而濒临死亡。我们绝不能再犯同样的错误。所以，我恳请各位评委支持反方的观点，坚决反对实行低价策略。谢谢大家！

众人鼓掌。

主持人说：接下来由正方四辩进行总结陈词。

众人目光投向孟钢。田蜜朝孟钢微微点头以示鼓励。

孟钢站起身，侧身面朝台下的员工们，有些感慨的神色。

孟钢说：刚才对方辩友打了一个造血和失血的比喻，我很感慨，因为这让我想起了我做换心手术的那天。我清楚地记得，那天下午我醒来的时间是四点三十二分四十九秒。虽然当时我还很虚弱，但我却有种前所未有的感觉，原来生命是如此的美好。我能听到我的心脏在有力地跳动，它使我的血液向大脑汇聚，又向四肢舒展。甜蜜科技的现状，就如同换心之前的我，虽然还活着，但也仅仅是活着而已。我也知道换心手术有很大的风险，但我要想重获新生，要想生命得以持久的延续，就必须换心。甜蜜科技现在就需要一颗崭新的心脏。而低价策略就是这样的一颗心脏，它能迅速激活甜蜜科技，给甜蜜科技注入新的活力，让甜蜜科技恢复造血功能，从而真正实现永续经营。我说完了，谢谢大家。

众人沉默了一会儿，热烈鼓掌。

主持人：本次辩论赛的辩论环节到此结束，感谢正反双方为我们呈现了一场精彩纷呈的语言和思想的交锋。下面开始进入投票环节！

气氛陡然紧张起来。

有人拖过来一块白板。白板上写着“正方”“反方”。主持人拿着一支水性笔站在白板跟前。

主持人说：我们一共有 21 位评委，分属于公司的不同部门，每人一票，不能弃权。最终得票多的为本次辩论赛的胜方。下面计票开始！

评委们依次举起代表“正方”或“反方”的牌子，双方票数交替上升，前 20 个评委投票完毕，双方竟然打平了。

主持人说：现在正反双方得票都是 10 票，还剩最后一位评委，他将投出关键性的一票，本次辩论赛的最后赢家到底是正方还是反方？有请 21 号评委，请投票！

众人的目光都聚集到 21 号评委身上。21 号评委有些紧张，迟疑了好一会儿，缓缓举起了“正方”的牌子。

一片哗然。有人失望有人兴奋。

主持人宣布：21 号评委支持正方！正方得票 11 票，反方 10 票，本次辩论赛的最后胜出者是——正方！

田蜜和李梦等人兴奋地击掌拥抱。于洋洋常胜则有些失望沮丧。

罗江看完辩论赛直播，第一时间给田蜜打来电话。

罗江说：祝贺你田蜜。辩论赛很精彩，这种形式也非常好，今后不妨多用用。田蜜说：谢谢。罗江，关于低价策略，你有什么建议吗？

罗江说：总的来说我支持你的判断。夏季战役是甜蜜科技恢复运营的第一仗，不但要打赢，还要打出气势来。我们不能当行业的跟随者，要当行业的领军者！

田蜜说：是的，我有信心打赢这一仗。罗江说：这一仗打完，我就着手进行第二轮融资。田蜜，放手去做吧！

田蜜随即召开高管会议，讨论接下来的工作安排。

第一项工作，人才招聘，各部门请根据公司现有需要制定出招聘计划，由老戴负责实施，这项工作必须赶在夏季战役正式打响之前完成。第二项工作，调整宣传方案，做好宣传推广和招生的准备工作。这项工作由于洋洋负责，市场部门具体执行。一旦我们的新平台搭建完成，宣传推广工作就全面展开，夏季战役就正式开始。第三项工作，教研部门尽快举行两到三次视频直播教学公开课，一方面是配合市场部门的宣传推广，另一方面也是实际检验一下我们的教学模式和教学效果。第四项工作，常胜除了负责公司内部财务事务之外，再就是配合罗江做好第二轮第三轮乃至第四轮融资的财务准备。

田蜜最后说：公司已经决定实行低价策略，希望大家都放下成见，齐心协力，坚决贯彻执行下去。请大家记住，接下来的几个月，甜蜜科技将进入超常规发展阶段，我们务必全力以赴，迎接即将到来的挑战！

蔡冬梅等人的“宁城甜蜜生活文化传媒有限公司”注册下来了。五个人举行了一个简单的挂牌仪式，把一块定制的招牌挂到了棋牌室门口，公司这就算开张了。

康哥说：蔡董事长，你给大家说几句吧？

蔡冬梅说：同志们，从今天开始，我们正式创业了！既然创业就得有个创业的样子，以后我们可不能像以前那样自由散漫，我们要加强组织纪律性，按时上下班，保质保量地完成各自的工作任务，齐心协力，把“甜蜜的生活”打造成为中国影响力最大的公众号之一！

众人鼓掌：说得好！

蔡冬梅说：康总经理，你也说几句？

康哥说：我就说一句——大家撸起袖子加油干，让我们的生活更甜蜜！

众人鼓掌欢笑。

下午，常子龙正坐在柜台里浏览公众号读者留言，蔡冬梅拎着一个大塑料袋进来了。

蔡冬梅说：常子龙，我去趟儿子家，给他送点菜。常子龙问：又送什么菜？蔡冬梅打开塑料袋给常子龙看：排骨。他工作忙压力大，叫他多炖点排骨汤喝，增加点营养。

常子龙说：买这么多？今天排骨打折？蔡冬梅说：打什么折，我拣最贵的买的。我说常子龙，你什么心态啊？打折的东西能给儿子吃吗？吃出病来你负责？常子龙说：你不是老买打折的东西给我吃吗？你就不怕我吃出病来。蔡冬梅说：你病了有我伺候你，现在儿子不是还没找着儿媳妇吗，他要病了谁伺候他？

常子龙被怼得没脾气：好好好，你赶紧去吧！

蔡冬梅去了常胜住处，把排骨放进冰箱，又在屋子里巡视了一番。屋子有些凌乱。蔡冬梅嘀咕：忙成这样，屋子也不收拾。随即从卫生间拿出抹布和拖把，开始搞卫生。

蔡冬梅拖地拖到田蜜房间门口。房间门开着。蔡冬梅抬头看了一眼，继续拖地，又似乎感觉有些不对劲，停了手，朝房间看了看，想了下，放下拖把进了田蜜房间。

田蜜房间里被褥叠得整整齐齐，除此之外别无他物了。

蔡冬梅疑惑地看着，想了想，又打开衣柜，里面也是空的。

蔡冬梅有些惊讶，又有些迷惑不解。

蔡冬梅匆匆忙忙赶回家，嚷嚷着：常子龙！我去儿子家了，刚回来！常子龙说：

我知道。你不是送排骨去了吗？一惊一乍的干吗？蔡冬梅说：我有一个重大发现！常子龙问：发现什么了？蔡冬梅神情严肃：田蜜搬出去了！

常子龙问：哦。搬哪去了？蔡冬梅说：不知道。搬哪去了不重要，重要的是田蜜为什么会搬出去？他们俩是不是出什么事了？常子龙说：不应该吧？甜蜜科技不是说发展得挺顺利吗？蔡冬梅说：工作很顺利不代表感情很顺利！你说他们会不会是吵架了？常子龙说：我哪知道啊。你也别瞎猜了，真有事儿子会跟我们说的。

蔡冬梅想了想：我现在就打电话问一下儿子！

蔡冬梅拿出手机拨打常胜的电话，常子龙凑近听着。

蔡冬梅问：儿子，下班没有？常胜说：还没呢。蔡冬梅说：还没下班呀？几点下班？你晚上到家里来吃饭吧？常胜说：妈，我忙着呢，要加班。有空我再过去看你们。蔡冬梅说：这么忙呀。你要注意身体晓不晓得？常胜说：知道。您也注意身体。挂了啊。

蔡冬梅急忙叫：等一下！我正事还没说呢。常胜说：有事您快点说行吗？我真忙着。蔡冬梅说：我问你呀，田蜜怎么搬走了？常胜一愣：您怎么知道的？蔡冬梅说：我下午给你送排骨去了，我看见她房间空了。

常胜下意识压低了声音：是，她搬出去了。蔡冬梅问：为什么呀？你们俩吵架了还是？常胜说：没吵架。那个，她现在不是董事长吗？工作太忙，天天加班到半夜，来回跑太麻烦，所以她就在公司旁边找了个小旅馆，住那儿去了。蔡冬梅说：哦，是这么回事呀。你们之间没发生别的什么事吧？常胜说：没有。我们能有什么别的事啊。妈您别没事瞎琢磨。我挂了啊。

常胜挂了电话，不自觉叹了口气，有些惆怅。

蔡冬梅和常子龙都松了口气。

常子龙说：没吵架就好。我就说他们俩好好的不应该有事。蔡冬梅说：唉，儿子也是，他跟田蜜都多长时间了，还没定下来，搞得我老是提心吊胆的。常子龙说：这事急不得。儿子和田蜜都是很有主见的人，什么时候该干什么他们自己清楚，我们就别掺和了，掺和得不好还帮倒忙。

蔡冬梅说：我就怕夜长梦多。常子龙说：怕也没用。感情上的事情还是顺其自然吧。蔡冬梅说：什么叫顺其自然呀？你的意思我们就不管了？常子龙说：怎么管？你仔细想想，儿子当初结婚又离婚，哪回不是他自己拿主意，你管得了吗？

蔡冬梅想了想，有些泄气：管不了。算了，我也懒得管了，随他们去吧！常子龙说：不管就对了。你有空还是好好管管我们的公众号吧。既然创了业，我们总得创出点名堂来，不能脚踩西瓜皮，滑到哪里是哪里。

蔡冬梅说：常子龙，你进步了。以前你就守着棋牌室那一亩三分地，广场舞不跳麻将不打，活得一点趣味都没有。自从做了公众号，你越来越积极向上了。值得表扬！

常子龙说：别口头表扬，晚上你给我改善改善伙食好不好？这段时间天天让我吃面，我都快吃吐了。蔡冬梅说：我不是忙嘛。好好好，今天晚上给你炖脊骨。常子龙说：我要吃排骨！

夜晚，常胜给蟹奋斗换水，看着蟹奋斗，不由自主又回想起和田蜜在一起的一些片段。

常胜想了想，掏出手机给螃蟹拍照。

小旅馆里，田蜜正准备上床休息，手机滴滴响，常胜发来了微信，是一张用蟹奋斗的照片做成的表情图，图上一行字——“奋斗：我想我的小伙伴了”。

田蜜忍不住笑了，回复了一条文字微信：专心工作，继续奋斗。想了想又补了一句：早点睡觉。

常胜收到田蜜的微信，笑了笑，不自觉又轻轻叹了口气。

8 号早上 8 点整，甜蜜科技考研英语系统班各个报名端口将全面开放，夏季战役也将正式打响。

于洋洋安排人在办公大厅正中的一面墙上安装了一块巨大的电子显示屏。早上七点五十分，田蜜常胜于洋洋等人和公司全体员工都围站到电子显示屏前，有些紧张又兴奋地等待着。

电子屏上一侧显示当前时间，另一侧显示“已报名人数 0”。

终于到了 8 点整。众人紧张地盯着电子显示屏。屏上的时间一秒一秒地变化着，很快变成了 8：00：58。几乎同时，“已报名人数”的数字“0”闪了一下，变成了“1”。

众人鼓掌欢呼。1很快变成了2，又变成了3、4、5……接着便开始了急速增长。

8点05分，已报名人数突破1000。

众人鼓掌。田蜜依旧神情严肃紧盯着电子显示屏。

一个小时过去了，电子显示屏上已报名人数依旧在迅速增长。

9点55分，已报名人数终于突破了10000大关。

众人再次鼓掌欢呼。田蜜的脸上也终于露出了笑容，和周围的人握手击掌。

下午，田蜜召集高管开会，众人的神情都很轻松兴奋。

唐超看着笔记本电脑：截至下午三点，报名人数累计达到了22436人。就报名人数而言，这个数字已经超过了甜蜜英语考研班往年的最高报名人数纪录。

李梦高举双臂：我们成功了！

田蜜却很冷静：唐超，你预计到正式开课时，报名人数能达到多少？唐超说：根据以往经验，报名开始后的一周和开课前一周是报名人数最集中的日期。我预计，最终报名人数将达到8万人左右。——这将是一个让我们同行颤抖的纪录！

于洋洋看着手机：我们的竞争对手已经开始回应了。刚刚必考网更新了一条信息，把他们的考研英语班学费从2888直降为199，跟我们一样。

田蜜说：给我看一下。

于洋洋把手机递给田蜜。

田蜜浏览了一下：他们还是采取语音录播的方式。其他竞争对手应该也一样，价格上他们可以降到跟我们一样甚至更低，但教学形式短期内他们改不了，这是一个系统工程。所以这是我们的一个巨大优势。接下来我们第二轮宣传的重点就可以放在视频直播教学模式上。

杜鹏说：我们会每周举办一次免费公开课，一直持续到正式开课。

田蜜说：李梦，第二轮宣传要尽快展开。李梦点头：明白。

常胜说：每年的考研人数有限，8万人可能已经是考研班报名人数的极限了。大学四六级考试的人数更多，而且每年各有两次，报名参加培训班的学员数量可以达到百万级。我建议我们也尽快启动大学四六级课程，同样采取低价策略。

田蜜说：这个建议很好。我们要争取永远快对手一步。唐超杜鹏，再开一个四六级班有难度吗？唐超说：有难度，工作量太大。田蜜说：可以增加人手。需要多少人我们再招。

杜鹏说：教研人员好招，老师尤其是名师不好招。有些人原本很感兴趣，但一听我们是全视频直播模式就打退堂鼓了。同样的薪酬，我们老师的工作强度和对能力的要求比同行要高出一倍都不止。

田蜜说：那我们就付出比同行高出一倍的薪酬。于洋洋反对：田蜜，我们还是要考虑投入产出比。

常胜说：我赞同田蜜的意见。目前我们老师的平均薪酬大约是 20 万一年，在同行中属于中等偏上。如果提高到平均 40 万一年，每年增加支出大约 500 万，从财务的角度来说我们完全可以承受。

田蜜说：好的，我们就这样定，老师的薪酬在现有基础上翻一倍。老师是我们的核心资产，他们本应该拿全公司最高的薪酬。

杜鹏站起身，郑重地说：我代表我自己、公司的全体老师，以及在线英语教育行业的全体老师们，向你们表示衷心的感谢。这一举动将带动全行业老师薪酬的提高。我代表大家谢谢各位。

杜鹏朝众人鞠了一躬。众人都轻松地笑了。

一周以后罗江回来了。此时，电子显示屏上的“已报名人数”数字已经达到 5 万多人，并且还在继续缓慢跳动。

罗江由衷地赞叹：了不起啊田蜜！这一仗打得漂亮！

田蜜微笑着说：谢谢夸奖。这是大家共同努力的结果。其实我也没想到低价策略有这么大的威力。同行们已经纷纷跟进了。我们已经决定尽快把这一策略推广到四六级英语教学领域。

罗江说：对，我们要乘胜追击，不要给对手喘息之机！

常胜说：罗江，第二轮融资的事情我们得聊聊。罗江说：好的。田蜜你忙，我和常胜谈谈。

罗江和常胜坐到了会议室。常胜摊开手里的一个文件夹，取出一些资料递给罗江。

常胜说：公司的资金消耗速度比我预计的要快得多。主要是人员开支和市场推广这两块费用增长较快。按照目前的花钱速度，我们大概只能支持半年。所以第二轮融资越快进行越好。等到没钱的时候再去跟人谈融资就被动了。

罗江赞许地点头：常胜，你的危机意识越来越强了，不错。常胜说：吃一堑长一智。我第一次创办常胜赢家的时候，在你办公室门口活生生等了几个小时，最后被你一句话打发了。那种滋味不好受。

罗江笑道：我也有过被拒绝的时候。你不会因为这事还记恨我吧？常胜说：不会，我就压根没记恨过你。你给我上了一课，我其实很感谢你。

罗江说：你和田蜜也给我上了一课啊。我差点就准备放弃甜蜜科技投资必考网了，要那样的话，现在的我恐怕就寝食难安了。常胜说：我们都做出了正确的选择。罗江感叹：是啊，有时候做出正确的选择非常难，还好，我们选择对了。——资金的问题你不用担心，你先拿出一个第二轮融资方案，剩下的就交给我了。

常胜点头：好的，最迟一周之内我会把方案做出来。

罗江说：第二轮过后紧接着就是第三轮、第四轮融资，再接着我们就要开始着手启动 IPO。我们的任务很艰巨，你要做好心理准备。常胜说：现在就谈上市是不是早了点？罗江说：别忘了，你们跟宁城创投还有一个三年的对赌协议。三年时间说短不短，说长也不长。常胜点头：明白了。罗江，资本运作是你的强项，这些事你来定，我全力配合。

蔡冬梅和常子龙、康哥、张秋菊、李明白聚在一起开会，各自汇报近期的业务开展情况。

康哥说：我前天跟阳光超市的谈了谈，他们同意在我们这儿投广告了！蔡冬梅问：多少钱？康哥说：五千。蔡冬梅说：这么少？常子龙说：不少了。我们刚起步，人家肯投就不错了。

康哥说：就是，良好的开端是成功的一半，有了五千，就会有五万、五十万。蔡冬梅说：说的也是，蚊子腿也是肉。这单广告我们接了。

张秋菊说：我这段时间把我们周围的饭馆都扫了一遍，其中有三家同意在我们这儿投放广告，但是他们不肯出现钱，只肯出同等金额的代金券，凭券可以上他们那儿免费吃喝。——我们同意不同意？

蔡冬梅说：同意呀，干吗不同意。他们出多少钱的代金券？张秋菊说：两个三千，一个五千。加起来一万一。蔡冬梅说：够我们吃几个月的工作餐了。接了！老李，你怎么样？

李明白说：你们还记得当初田蜜谈的那家母婴用品公司吗？康哥说：记得啊，被常胜拒了的那家。李明白说：我琢磨了一下，母婴用品不符合常胜赢家的定位，但符合我们的定位啊。所以我又去找那家谈了谈。你们猜什么结果？

蔡冬梅说：别猜了，你直接说就是了。李明白伸出五个指头：他们答应跟我们签一个全年合同，十二期，总共五万。

众人都很惊喜。

康哥猛地拍了李明白一下：嘿！李大明白人儿！你还真有一套！我怎么就没想到找他们呢！李明白直咧嘴：你别拍我，拍你自己！

蔡冬梅说：老李，你真行，让你当市场部经理算是选对人了！

张秋菊说：五万块钱提成就得一万了吧？老李你得请客！李明白说：钱还没到手呢，等钱到手了我保证请。

常子龙问：蔡冬梅，你呢？蔡冬梅说：我？我……我有几家正在谈，还没谈下来。常子龙说：你得加把劲。你是董事长，要起到模范带头作用。蔡冬梅不满：你就会说！你怎么不帮我谈？常子龙说：我是主编，业务的事又不归我管。

康哥说：哎哎，冬梅花儿开，你有现成的客户怎么不去谈呀？蔡冬梅说：什么现成的客户？康哥说：甜蜜科技啊。他们现在正在大做广告，尤其是自媒体，投了好多。

蔡冬梅想了想：哎，有道理，反正他们是要做广告的，少我们一个不少，多我们一个也不多。——我去找他们谈谈！常子龙说：你拉倒吧！你别去给儿子找麻烦了。蔡冬梅说：谁说我给儿子找麻烦了？我又不找儿子，我找田蜜！我现在就去找！

蔡冬梅站起身走了。

常子龙不满地朝康哥瞪眼：老不着调康，你就是喜欢乱出主意！

田蜜正在工位上埋头忙碌，突然有人温和地叫：田蜜。

田蜜一抬头，见蔡冬梅笑眯眯地站在跟前，愣了下连忙站起身：阿姨您好！您怎么来了？常胜去哪儿了，他刚刚还在。

蔡冬梅说：不用找常胜，我是来找你的。田蜜疑惑：找我？蔡冬梅说：对。你方便的话我们单独聊一下行吗？田蜜连忙点头：好的。阿姨您跟我来。

田蜜领着蔡冬梅进入会议室坐下，热情招呼：阿姨您喝点什么？蔡冬梅说：不用了。田蜜呀，我们那个公众号你关注了没有？田蜜茫然：公众号？蔡冬梅说：对呀，甜蜜的生活。田蜜说：哦，我最近太忙没顾得上关注。我现在就关注一下。

田蜜掏出手机操作。

蔡冬梅说：嗯，你关注一下。我们这个公众号创办时间不长，但是发展非常快。目前已经有将近两万粉丝了。我们每期头条的阅读量早就上万了，多的时候有三万多，不过暂时还没有十万加。

田蜜夸奖：阿姨，你们真了不起。

蔡冬梅说：这都是当初跟你和常胜学的。我们不是自娱自乐啊，我们也开始创业了！我们注册了一家公司，就叫甜蜜生活文化传媒有限公司。就是甜蜜科技的甜蜜，你名字的谐音。田蜜说：甜蜜的生活，真棒。那我可以入股吗？蔡冬梅说：入股？入股就算了。我们股份都分掉了，就是我们原先四人组加上常胜他爸，每人百分之二十。暂时我们还不需要融资。就是需要拓展一下商务。

田蜜一下明白了：阿姨，您今天来，是想拉我们做广告吧？蔡冬梅有些不好意思：你猜对了！田蜜你真聪明！我看你们最近在到处投放广告，我想你和常胜都不是外人，我们也可以出一份力呀。

田蜜说：谢谢阿姨。你们的广告价格是多少？蔡冬梅说：头条是一万。如果长期做的话还有优惠。田蜜说：我们投放广告要看效果的，所以一开始不会投太多。这样吧阿姨，我们先投三期试试看，行吗？

蔡冬梅大喜：田蜜你真爽快。就这么说了，先投三期！效果好你们再投。田蜜说：嗯，效果好我们一定会再投的。阿姨，我们去找一下常胜。蔡冬梅连忙说：哎，不用找常胜了！田蜜说：不找他不行。钱的事情归他管。得让他付钱给您。蔡冬梅说：哦，那就找吧。

田蜜领着蔡冬梅去了财务室。常胜惊讶：妈，您怎么来了？

田蜜说：阿姨是来找我们做广告的。我跟阿姨谈好了，先在甜蜜的生活公众号投放三期广告，一共三万块钱。常胜你帮着办一下手续吧。

常胜说：等会儿！妈，您能不添乱吗？蔡冬梅说：我哪里添乱了？我们是自媒体，你们要做广告，所以我来找你们拉广告，这是正常业务来往呀。

常胜说：我没工夫跟您掰扯。田蜜，这笔广告我不同意。田蜜说：常胜，我答应阿姨了。阿姨他们的公众号办得挺不错，这笔钱也不多，我认为可以试试。蔡冬梅说：就是呀。田蜜都答应了，你凭什么不同意！常胜说：我就是不同意！

蔡冬梅恼了，指着常胜：我问你，这家公司，你和田蜜，谁职务高？常胜说：田蜜职务高。蔡冬梅问：谁说了算？常胜顿了下：田蜜说了算。蔡冬梅说：那不就好了！要你啰唆！快点，赶紧给我办手续！你爸还等着我回去给他做饭呢。

田蜜朝常胜使眼色：常胜，你帮阿姨办手续吧，我去忙别的。

田蜜出去了。

常胜无奈，拿出广告合同，填了一下，递到蔡冬梅跟前：您签一下。

蔡冬梅说：我先看一下。

蔡冬梅拿起合同看着：哎，不对呀，怎么是一万五？一期一万，三期应该是三万。常胜说：妈，您也真敢叫价啊。就你们那号，一篇十万加都没有就敢要一万？你们的头条最多就值三千，我是看在您是我妈的分上，给您按五千算。一期五千，三期一万五。

蔡冬梅有些懊恼：你！——常胜，你怎么吃里扒外呀！你们这么大的公司，一个月广告费上百万，至于跟我计较五千一万吗？人家田蜜都答应了！常胜说：妈，我现在是甜蜜科技的首席财务官。我要是不跟您计较才叫吃里扒外。就一万五，您愿意签就签，不愿意签就拉倒。

常胜说着想拿回合同，被蔡冬梅一把按住：我签！

蔡冬梅悻悻地在合同上签上了字。

常胜说：您回去以后把账号发给我，钱我明天给你们一次性打过去。——就这一次啊，没有下次了。蔡冬梅说：好的啦！下次我也不会再来了！哪边是里哪边是外都搞不清楚，我白把你养这么大了！

蔡冬梅站起身就走，走到门口又转身回来：我今天给你爸炖了汤，还做了红烧带鱼，你回不回去吃饭的啦？常胜说：我手头上一大堆事，真没时间去您那边。改天吧。蔡冬梅说：改天改天，你都一个月没回家了！工作越忙越要注意身体晓不晓得啦？常胜说：我挺注意的。我最近都胖了好多，您没发现吗？蔡冬梅说：你那是虚胖！再这样下去就浮肿了！工作忙归忙，不准把身体搞坏了！常胜说：知道，谢谢您的关心。蔡冬梅说：关心归关心，广告这事儿还是得说你一句——没良心！

蔡冬梅走了。

常胜有些好笑，又有些感动。

三十五

这天中午，常子龙回家吃午饭，蔡冬梅坐在电脑前浏览着甜蜜的生活公众号文章，忽然皱起了眉头，扭头喊着：常子龙，怎么这期没有甜蜜科技的广告？

常子龙说：甜蜜科技不是只做三期吗？已经登完了。蔡冬梅说：什么叫已经登完了呀？他们付了三期的钱，但我们不能只登三期。常子龙说：付了三期的钱，不登三期难道登四期？蔡冬梅说：你不要管多少期，反正每天都登，一直登下去！

常子龙说：白登？不给钱？哪有这样做买卖的呀！康哥秋菊李明白也不会同意啊。蔡冬梅不满：你这个人怎么回事呀！跟儿子还计较这些干什么呀！康哥他们我会进行教育说服的。常子龙说：我没有跟儿子计较啊。我们登的是甜蜜科技的广告，又不是儿子的广告。

蔡冬梅说：儿子是甜蜜科技的首席财务官，管钱的，我们这样是替他省钱晓不晓得啦？常子龙说：那省下来的钱也进不了儿子的口袋啊，这么做是替甜蜜科技省钱。蔡冬梅说：你这个人怎么讲不通的啦！甜蜜科技之前在甜蜜的生活投广告是照顾我们，我们就不能照顾一下他们了？你有没有良心！

常子龙不服气：我不是没良心，问题是这么做不符合商业规则。蔡冬梅说：我不管什么商业规则不规则，我是董事长，我说了算！下期你马上把广告给我加上！常子龙无奈：行行，听你的。

李梦整理了一份“媒体投放及广告效果监测表”，向田蜜汇报。

李梦说：截至目前我们一共投放了 62 家网络媒体，其中百分之八十是自媒体。累计花费 476 万。截至目前报名人数达到了 61512 人，算下来我们的获客成本是

77块。不过接下来我们还要投放两轮广告，预计总共宣传推广费用会达到800万元，按照最终报名人数8万人计算的话，获客成本就是100块，还是远远低于行业平均水平。

田蜜松了口气：我们的判断没错。获客成本是可以降下来的。如果广告投放的精准度再提高一点，获客成本还会更低。

李梦说：是的，从广告效果监测来看，效果最好的20家媒体带来了百分之八十多的转化率，剩余42家媒体加起来只有不到百分之二十的转化率。我建议对转化率高的20家媒体加大投入，砍掉效果最差的20家媒体。

田蜜点头：可以。具体投放方案你和于洋洋再商量商量。李梦说：好的。田蜜忽然想起来蔡冬梅，问：对了，甜蜜的生活这个公众号的转化率怎么样？李梦说：甜蜜的生活当然得保留啊，他们在转化率最高的前20里头。田蜜惊讶：是吗？我都没仔细看。我看看。

田蜜又拿起那份表格仔细看了看，“甜蜜的生活”排名第18位。

田蜜有些新奇：奇怪，他们的粉丝应该是以社区居民为主，很少有大学生，为什么广告转化率这么高？李梦说：不奇怪，大学生不是他们的粉丝，大学生的爸爸妈妈、爷爷奶奶是呀。田蜜恍然大悟：懂了。本来我是想照顾一下他们的生意，没想到歪打正着。——我待会儿跟常胜说一下，让他尽快跟蔡阿姨续约。

田蜜拿着“媒体投放及广告效果监测表”去财务室找常胜，一进门，正要开口，却见常胜仰头靠坐在椅子上睡着了。桌上放着电脑和一大堆资料。

田蜜想了想，还是走上前去，轻轻推了推常胜：常胜。常胜醒了：啊？田蜜说：这么困？你要不回家休息一下。常胜揉着眼睛打着哈欠：不用。什么事？

田蜜把那张表递给常胜：甜蜜的生活公众号广告转化率非常高，物超所值，你跟阿姨说一下，我们再续几期。常胜惊讶：是吗？这数据准确吗？不可能吧？田蜜说：准确。没想到吧？常胜笑道：没想到。我还真是小瞧我妈她们了。咱们续几期？田蜜想了想：每周一期，先续半年。价格可以适当提高一点，你看着办。

蔡冬梅和张秋菊李明白围坐在麻将桌旁。

蔡冬梅问：康哥去哪里了？张秋菊说：谁知道。李明白说：我知道。他要么是去养老院了，要么是谈业务去了。蔡冬梅说：你这跟没说一样。张秋菊说：要不让老常替康哥先玩几圈。

柜台里的常子龙听见了：我不玩。上班时间打麻将，成何体统。你们最好也别玩了，有时间看看书学习学习。张秋菊撇嘴：常子龙，董事长在这儿都没说话呢，你一个主编说得着吗。蔡冬梅说：我们是劳逸结合。一边打麻将一边开会，两不耽误。

这时康哥兴冲冲地进来了。

李明白叫着：康哥！快点！就等你了！

康哥走上前，掏出一张合同往桌上一拍：你们瞧瞧！

三个人都凑过去看合同。

张秋菊说：唷，签了一单？多少钱？李明白说：嗬，十万！蔡冬梅惊讶：什么单位这么大方？家城便利店？李明白竖了竖大拇指：康哥，有你的！

蔡冬梅说：等等。康哥，你搞什么东西呀？田蜜爸爸妈妈开个店那么辛苦，你怎么还找他们做广告？这个钱我们不能要。康哥说：冬梅花儿开，你看清楚一点。我不是跟田蜜爸爸妈妈签的，是跟家城便利的总部签的！蔡冬梅说：这样啊。那还可以。

张秋菊羡慕：哎哟喂，康哥你发财了！康哥得意：小菜一碟。怎么样？李大明白人儿，你以为你上次拉了个五万就了不起？我一下子把你的纪录提高了一倍。李明白很懊恼：你别说，我还真想过做家城便利店的广告，但我没想到去找他们总部。被你捡了便宜了！

这时蔡冬梅手机响了，是常胜打来的。

蔡冬梅说：我儿子打电话了。我先接一下。

蔡冬梅接起电话：儿子。常胜说：蔡董事长，明天上午请您到甜蜜科技来一趟。蔡冬梅有些紧张：怎么了？出什么事了？常胜说：出大事了——我们准备跟甜蜜的生活续约。蔡冬梅愣了下：续约？

众人一听续约都来了精神，常子龙也凑了过来。

常胜说：对。我们初步决定，先续半年，20 期，每周一期。价格的话呢在之前的基础上略有上涨，按八千一期计算。请问您这边有没有什么问题？

蔡冬梅一阵狂喜但立刻忍住，轻描淡写地说：哦，晓得了。我这边没问题。那我明天上午过去啊。好的，明天见。

蔡冬梅挂了电话。

常子龙问：儿子怎么说？蔡冬梅说：没怎么说，他就是说要跟我们续约。康哥问：续多少？蔡冬梅说：不多，先续 20 期，每期八千，一共是……是多少来着？李明白说：十六万！蔡冬梅说：对，十六万。

张秋菊叫了起来：十六万还不多？你还想要多少！

康哥张口结舌：嘿，冬梅花儿开，行啊你，这么快就把我的纪录给打破了！

李明白说：常胜这孩子懂事。蔡冬梅说：我儿子嘛，亲生的。妈妈要创业，他哪能不支持呢。——好了，工作的事情先放一放，先打牌。康哥，赶紧坐下来，等你半天了。

康哥愣了片刻：你们玩，我还有业务要谈。

康哥扭头走了。

张秋菊叫：嘿，老不着调康！别走啊！李明白说：我明白了，康哥的纪录被冬梅打破了，他不服气。蔡冬梅故作矜持：咳，这有什么。我一点都不在乎这些东西。李明白说：我也不玩了。我也谈业务去！

李明白也起身走了。

张秋菊说：你们都挣着钱了，就我没挣着。我也要加把劲才行。以后麻将我戒了，不玩了！

张秋菊也走了。

蔡冬梅有些回不过神来：哎，怎么一个个的都跑了呀！

常子龙问：蔡冬梅，你跟儿子说什么了？怎么突然投这么多钱？蔡冬梅说：我什么都没说，他主动说要投的呀。常子龙说：你注点意，可不能让儿子犯错误！蔡冬梅：我晓得！我还会害儿子呀！真是的。——我回去写文章了！

入夜了。田蜜在工位上低头忙碌，有些疲惫了，活动了一下肩颈，又看了下时间，已经十一点了。

田蜜抬头看了看，还有很多员工在埋头忙碌加班。这时孟钢从机房里出来了，端着水杯去饮水机前接水。

田蜜一愣，起身朝孟钢走过去，叫道：孟钢！

孟钢站住：田蜜姐。田蜜说：都十一点了，你怎么还在这儿？孟钢说：哦，甜蜜英语的APP做了点改版，添加了大学英语四六级板块。我刚刚弄完。

田蜜语气严厉：你入职的时候我们不是说好了吗？你不许加班！孟钢说：我知道，今天是特殊情况，改版的事情挺着急，我心想一鼓作气弄完得了。您放心，我一点都不累。

田蜜说：等你觉得累的时候就晚了！孟钢，这不是开玩笑的，你不能拿你的身体尤其是你的心脏冒险，明白吗？如果你不遵守不加班的承诺，我要重新考虑你是否适合在甜蜜科技工作了。

孟钢连忙点头：我遵守我遵守！我保证不再犯。田蜜说：你现在立刻下班回去休息！三分钟内你必须离开办公室！说着抬手看表：计时开始。孟钢说：好的好的，我去拿一下包。

孟钢赶紧端着水杯往机房方向走去。

常胜这会儿正跟葛子在酒吧喝酒。常胜一脸疲态，不时打着哈欠。

葛子说：你真够忙的啊，想见你一面都得半夜。常胜说：创业阶段哪有不忙的。之前常胜赢家创业的时候也这样。没事，我都习惯了。

葛子说：我看你们最近广告打得很猛啊，怎么漏了我们常胜赢家啊？常胜说：我们经费有限。常胜赢家价格太高了，所以暂时不考虑。葛子说：价格高可以商量。常胜赢家和甜蜜科技是一家人，我们应该出份力。放着我们这样一个头部自媒体不用，这是资源浪费。

常胜想了想：有道理。那你觉得给甜蜜科技什么价格比较合适？葛子说：两折吧。头条十万，硬广两万。常胜说：这个价格没问题，我们可以承受。我尽快安排人跟你们把合同签了。葛子说：合同晚点签都没事，你把要发布的内容给我，我先给你安排上。常胜说：不行，必须严格按照财务程序来，先签合同再进行下一步。我们马上要进行第二轮融资，将来还要上市，财务上容不得半点疏漏。

葛子点头：我懂。那你尽快安排人跟我对接吧。常胜说：李梦负责这一块，就让她跟你对接。

常胜说着又打了个大大的哈欠。

葛子有些担忧：你这状态不对啊，以前咱俩喝酒你老是越喝越精神，今天怎么老打哈欠，就跟没睡醒似的。常胜说：什么没睡醒，我从昨晚到现在就没睡过。我这几天得把我们的第二轮融资计划书给做出来。葛子说：这怎么行！常胜，听我一句劝啊，咱们也都三十好几了，不年轻了，稍不注意身体就会出状况。——得，咱们也别喝了，你赶紧回家睡觉去！

清晨，田蜜拿着一盒牛奶边走边喝进入办公室。

办公室的灯亮着，有两三名员工仰头靠在椅子上睡觉，神情都疲惫不堪。办公室一角搭了个小帐篷。透过帐篷缝隙看过去，狗剩儿在里面呼呼大睡。

田蜜有些好笑，走到自己工位上放下东西，抬头看了看，发现财务室的灯还亮着。

田蜜有些疑惑，朝财务室走过去。

常胜坐在电脑前敲击着键盘，瞪大着眼，既专注又似乎有些麻木。

田蜜推门而入。

常胜抬了下头：早。田蜜惊讶：你一晚上都在这儿？没睡觉吗？常胜说：睡了。回家睡了两个小时又过来了。今天我得把融资计划书赶出来。田蜜问：今天能弄完吗？常胜说：能。田蜜说：那你抓紧弄完，弄完以后好好休息两天。你吃早餐了吗？常胜说：不饿。

田蜜有些无奈，想了想，去外面买了一杯豆浆和一袋小笼包回来，又进了财务室，往常胜手边一放：早餐，趁热吃。常胜依旧专注地看着电脑：稍等。田蜜伸手挡住常胜的视线：先吃早餐！吃完再写。听话。

常胜看看田蜜，田蜜盯着常胜。常胜只好拿起早餐狼吞虎咽吃起来。

田蜜笑了，看着常胜，又有些心疼。

上午，于洋洋准备出门去机场接罗江，刚走到办公室门口，不期然迎面遇上蔡冬梅。

蔡冬梅和善地微笑着：洋洋，好久不见。于洋洋有些尴尬：阿姨好……你和常叔身体都还好吧？蔡冬梅说：都挺好的。洋洋，有空你过去玩。我们虽然不是一家人了，但还是可以来往的呀。于洋洋说：是的，阿姨……您找常胜吧？他在里面，我帮您叫他。蔡冬梅说：不用，你忙你的。

田蜜这时也走了过来：阿姨您来了？蔡冬梅说：哎。你好田蜜。于洋洋说：阿姨，我有事先出去了啊。再见。蔡冬梅说：哎，再见洋洋。

于洋洋匆匆出去了。

田蜜说：阿姨，我带您去找常胜。

两人往财务室走。

蔡冬梅说：田蜜啊，谢谢你啊。这么照顾我们生意。田蜜说：哪里，应该我谢谢您才对。你们的广告效果特别好，给我们带来了不少学员。蔡冬梅说：真的呀，那太好了。你们的钱没白花就好，要不然我过意不去。

常胜坐在椅子上打着哈欠伸着懒腰，显得很疲惫。

田蜜和蔡冬梅进来了。

常胜连忙起身：妈。蔡冬梅说：哎。忙着呢？常胜说：刚忙完。

田蜜问：融资计划书写完了？常胜说：写完了。田蜜说：辛苦了。你跟阿姨把广告的事情安排一下，然后马上回去休息。——阿姨你们聊啊。蔡冬梅说：哎。你去忙吧。

田蜜出去了。

蔡冬梅坐到椅子上，压低声音：儿子，我刚碰见洋洋了。常胜说：哦。说什么了？蔡冬梅说：没说什么，打了个招呼。哎，洋洋跟田蜜在一块上班，不会吵架吧？常胜说：吵架？为什么要吵架？蔡冬梅说：她们应该是仇人——不对，算不上仇人，应该是敌人。

常胜有些哭笑不得：敌人？妈您想多了。这么跟您说吧，我和洋洋，还有田蜜，现在都是普通同事关系，明白吗？蔡冬梅说：好好好，反正你的事情我也管不了，我就当什么都不知道好了。常胜说：说得好像您知道什么似的。妈，真有什么事我会告诉您的。您以后别瞎猜了。蔡冬梅说：好的呀！我们说好了啊，有事情不许瞒着妈妈。常胜说：一言为定！——我给您拿合同，签完合同您赶紧回去吧。

常胜站起身往文件柜走，忽然身子一个踉跄，站住了，一手紧紧抓住桌角，一手捂住了胸口，脸色变得很难看。

常胜艰难地叫道：妈——

蔡冬梅还没注意到常胜的异常，“哎”了一声。

常胜说：帮我打、打、12——0还没说完，常胜忽然倒了下去。

蔡冬梅脸色变了：儿子！

田蜜正在和李梦商量下阶段的媒体投放计划，忽然听到财务室里蔡冬梅的喊声：常胜！常胜你怎么了！

田蜜脸色变了，起身向财务室奔跑过去，一进门，见蔡冬梅正弯腰试图把常胜扶起。

蔡冬梅惊慌失措地说：儿子！你别吓我呀！

田蜜呆住了，浑身颤抖。

蔡冬梅扭头看见了田蜜，喊着：田蜜！快打120！

常胜还有一点意识，只觉得眼前一片模糊，眼皮子很沉重抬不起来，似乎从很遥远的地方传来蔡冬梅和田蜜急切的呼喊声：常胜！——很快又传来救护车凄厉的警笛声，接着眼前一黑，世界陷入一片沉寂……

不知道过了多久，常胜缓缓醒来，首先映入眼帘的是田蜜的泪眼。田蜜坐在床边的椅子上，含泪看着常胜，紧紧握着常胜的一只手。蔡冬梅常子龙站在另一侧床边，担忧地看着常胜。

常胜张了张口想说话却没发出声来。

见常胜醒了，蔡冬梅急忙去叫大夫。一会儿大夫过来了，拿着听诊器给常胜做了一下检查。

蔡冬梅常子龙紧张地看着大夫，田蜜却一直怔怔地看着常胜。

大夫说：暂时没什么问题了。他这病就是长期睡眠不足加上劳累过度引起的短暂性的心肌缺血，导致大脑供血不足引发晕厥。——还好不是心肌梗塞，算是万幸。今后一定要注意休息，不能大意。

蔡冬梅松了口气：大夫，谢谢您救了我儿子一命。大夫说：不客气。

大夫出去了。

常胜开了口，声音很虚弱：爸、妈，没事，你们不用担心。蔡冬梅点头：嗯，没事，爸爸妈妈不担心。你也不要担心，好好休息。

常胜又闭上了眼睛。

蔡冬梅常子龙看看常胜又看看田蜜，田蜜依旧怔怔地握着常胜的手看着常胜。

蔡冬梅常子龙相互看看。蔡冬梅说：田蜜，我们先回去给常胜做饭，做完饭再过来。你帮忙照看一下，有事情就叫医生。啊？

田蜜不说话也不动。

蔡冬梅拉了下常子龙，低声说：走啦！

两人出了门，常子龙说：你一个人回去做饭就行了，我在这儿守着儿子。蔡冬梅说：不用你守。跟我回去。

常子龙不满：儿子差点就没了，你怎么一点都不担心呢！蔡冬梅说：大夫不是说了没事了吗？常子龙说：大夫说没事就没事？儿子还没恢复，你就放心把他一个人扔医院里？蔡冬梅说：不是有田蜜在吗？常子龙说：田蜜她毕竟是外人，我们是当爸妈的，能一样吗？

蔡冬梅说：哎呀你这个人怎么一点眼力都没有的！你没看见田蜜的样子啊？我们俩在旁边坐着你不觉得尴尬啊？常子龙说：田蜜她什么样子？蔡冬梅：你没长眼睛啊。她就这个样子——

蔡冬梅抓起常子龙的一只手，学着田蜜的样子，心疼又深情地看着常子龙。

常子龙有些不自在，抽回了手：别这么看我。我又没病你看我干吗。蔡冬梅说：你懂我意思了吧？常子龙说：懂了。蔡冬梅说：懂了还站着干吗？回家去！

蔡冬梅拉扯着常子龙离开了。

常胜一直睡到傍晚，精神总算恢复了一些。

田蜜依旧坐在旁边紧握着常胜的一只手。两人对视着。

田蜜心疼地说：我叫你注意休息你怎么就不听呢？常胜有些歉意：对不起啊，让你担心了。田蜜说：对不起？你知不知道我什么感受？看到你躺在地上一动不动，我完全懵了，我说不出话来也动不了，我都要窒息了！真的，我特别特别恐惧……我再也承受不了这样的事情了你明白吗？

田蜜哽咽着掉下泪来。

常胜眼睛也红了，勉强微笑着：哭什么呀，我不是没事吗。听话，别哭了啊。

田蜜哽咽着说不出话来。

常胜说：好了，我答应你，以后一定注意，再也不这么玩命熬夜了。……你先把手松开行吗？田蜜哽咽着：我不松！常胜说：我手麻了。

田蜜愣了下，连忙松开手。两人对视着。忽然都不好意思地笑了。

常胜在医院里住了三天，基本上恢复了，死活不肯再住下去，田蜜只好办理了出院手续，陪着常胜回到了家。

田蜜关切地招呼常胜：你去坐着，我来收拾。

常胜走到沙发处一倒，长长地舒了口气：还是家里舒服。

田蜜说：瞧这乱的。你是不是从来不收拾呀？常胜说：我哪有时间收拾。哎，你还是搬回来住吧。田蜜顿了一会儿：马上要正式开课了，还有好多事要忙，我还是住在公司旁边方便。以后再说吧。

常胜含笑看了田蜜一会儿，喊：你过来，我要跟你谈谈。

田蜜走了过去。常胜拍拍自己旁边的位置示意田蜜坐过来。

田蜜却坐在了旁边的沙发上：干吗？跟我谈什么？常胜说：谈很严肃的问题。田蜜说：说吧。

常胜说：以后我们都不能再这么玩命工作了。该休息必须休息。就我这次这事，别说你怕，我想想也很后怕。你说我还风华正茂，万一就那么没了我多冤哪。你也一样。别以为你身体好没事，我之前也这么认为的。真有事就麻烦了。

田蜜说：你说得对。其实不光是我们俩，公司几乎所有人一直以来都在玩命工作，连孟钢都经常加班到夜里十一二点，我说了不让他加班，他还偷偷摸摸非要加班。我们不能再这样下去了。

常胜有些感触：现在很多公司尤其是互联网公司，员工长期加班，透支健康，虽说有时候是工作需要，但这样既不合理也不合法。我们应该改变这一现状。田蜜赞同：明天我们开会研究一下，最好出台一项规定，对加班的事情做出严格限定。

常胜说：别明天了，下午我们就去公司。田蜜说：你就别去了，在家休息几天。常胜说：我已经满血复活了。你瞧——

常胜站起身做了几个健身动作。

田蜜好笑：好啦，你刚出院，别好了伤疤忘了疼。你先休息一下，我去做饭。

这时田蜜手机响了，一看是蔡冬梅打来的。

田蜜说：阿姨打来的。你接还是我接？常胜说：打给你的，当然你接了。

田蜜接起电话：阿姨你好。蔡冬梅问：田蜜啊，常胜出院了？田蜜说：嗯，出院了，我们已经回到家了。蔡冬梅问：大夫怎么说的呀？他没事了吧？田蜜说：没事了，就是要注意休息。他在旁边，您要不要跟他说？蔡冬梅说：我没什么跟他说的，叫他好好在家里养着。哪天我空了过去看他。

田蜜说：好的。您还有别的事吗？蔡冬梅说：没别的事了。田蜜啊，你辛苦一下，帮我照顾照顾常胜，啊？你叫他不要熬夜了，按时吃饭按时睡觉。我说他他听不进去。田蜜说：知道了阿姨，我会照顾他的，您放心。挂了啊。

田蜜挂了电话，见常胜正看着她笑。

田蜜有些不好意思：你笑什么？常胜说：你答应我妈要照顾我，你行不行？田蜜说：什么叫我行不行？这几天不都是我照顾你的吗？——见常胜还要说什么，躲开话头：我做饭去，下午还要开会。

吃过饭，田蜜和常胜回到公司。罗江刚好也在，田蜜召集管理层开个会。

田蜜说：常胜的事情给我们大家敲响了警钟。根据我的观察，目前公司员工每天工作时间普遍超过十二个小时，有的甚至长达十六个小时。这样下去还会出问题的。所以我提议要从制度层面对工作时长和加班问题做出约束。不知道大家什么意见？

常胜说：我赞同田蜜的提议。我就是活生生的教训啊同志们。要不是运气好我差点就见不着各位了。

罗江说：田蜜的提议出发点是好的，但我认为不具备可操作性。公司刚刚恢复正常运营，可以说是百废待兴，我们最缺的就是时间。

唐超说：我同意罗江的观点。以我们教研部门来说，如果按照朝九晚五的方式准时上下班，根本完不成工作任务。杜鹏说：我们老师就不用说了，我们的教学时间基本上都在晚上，肯定得加班。李梦说：我们市场部门倒还好，一阵一阵的，现在是宣传推广期所以很忙，过阵子可能就好了。我觉得工作时间还是灵活点好。

于洋洋说：我个人对加班问题是无所谓的，而且也习惯了。不过从公司层面我还是同意田蜜的观点，我们不能违背《劳动法》。老戴说：从公司层面来说我们肯定不能强制加班，但是在工作需要的情况下该加班还是得加。我建议增加一项加班补贴，作为福利也好，经济补偿也好，总之能够让大家都受益。

田蜜说：我不同意老戴的观点。经济补偿的方式实际上是变相鼓励员工加班，这和我们的初衷是背道而驰的。罗江说：现在夏季战役还没结束，马上又要上马四六级项目，同时还要进行二轮融资，事情太多。我建议这个问题暂时搁置，等这些事情忙得差不多了我们再讨论。田蜜说：罗江，问题既然提出来了我认为就该及时解决，搁置就是逃避。

罗江想了想：既然这样的话，我看不如咱们再举行一次辩论赛，把这个问题交给全体员工去决定。田蜜说：我同意。

众人纷纷表态同意。

罗江说：好，那就这么定。辩题就是公司该不该鼓励超过八小时的工作时长。我是正方。田蜜说：我是反方。罗江说：规矩就还跟上次一样，我们俩分别组队，两天时间准备。如何？田蜜说：可以。

田蜜站起身：愿意加入反方战队的请起身。

常胜站起身。其余人都还有些犹豫。

罗江笑道：田蜜，看样子支持你的人不多啊。田蜜说：上次我也是少数派，但我还是赢了。罗江说：上次我不在，这次你未必有那么好运气了。

李梦站起身来：田蜜，这次我还站在你这边。田蜜说：谢谢你李梦。你是真的赞同我的观点吗？李梦说：当然了。你还不知道我？我最讨厌加班了。唐超说：不对啊李梦，也没人逼你，你不是照样天天加班吗？李梦说：大家都加班，我不加班岂不是显得我太不敬业了。

众人都笑了。

于洋洋也站起身来：我加入反方。

罗江一愣又笑了：于洋洋，这不太符合你的人设啊。在我印象中你可是加班狂魔啊，怎么还加入反方？于洋洋说：我个人的选择不能代替公司制度上的选择。强制加班首先是反人性的，其次也违反劳动法。我必须反对。

田蜜说：于洋洋，欢迎你的加入。好了，我们人够了。各位，辩论场上见。

田蜜、常胜、李梦、于洋洋离开了会议室。

罗江看着老戴唐超杜鹏，有些感慨：兄弟们，我很久没跟你们一起并肩战斗了。

杜鹏说：还真是。论资历，现在的甜蜜科技恐怕就我们四个人最老了。唐超说：有意思，他们四个都新来的。咱们这是新老对决！老戴说：对手很强大啊。我们不能掉以轻心。

四个人相视一笑，站起身，伸手叠在一起，一齐喊着：加油！

第二次辩论赛开始了。狗剩儿这次被抽中选为21位评委之一,百无聊赖地坐在评委席上观战。

经过一辩、二辩、三辩，进入自由辩论环节，众人唇枪舌剑，毫不相让。

罗江说：我方必须再强调一遍，任何公司不应该也不能强制员工加班，我们也一直提倡认真工作快乐生活，但是年轻人自己要明白，幸福是奋斗出来的。如果你希望自己能够快速成长，希望自己幸福快乐，那么你就必须付出更加努力的代价。加班无非就是努力的一种。

田蜜说：对方辩友提到成长，提到幸福快乐。请问成长是什么？成长就要摆脱幸福和欢乐吗？长期加班的本质是什么？是疲劳战。我们反对加班不是反对努力，而是反对无效的劳动。大多数加班并没有意义，只是为了加班而加班，这样带不来任何成长。

罗江说：一个公司要成就伟大，必须首先要求公司全体员工有伟大的抱负。加班加点仅仅是前提之一。田蜜针锋相对：公司要成就伟大的目标，应该把任务拆解出工作量，补足任务所需的员工，而不是靠少量员工打身体战。

罗江说：你太理想主义了！所有的公司都面临人手不够的问题。田蜜说：那为什么大量的公司在裁员？我认为不是人手不够，是人才不够。像我们有狗剩儿，我们的工作就变得高效。罗江说：狗剩儿也在加班。田蜜说：那是他自愿的。公司没有强制他。罗江说：我们不能得了便宜卖乖，存在就是合理。田蜜说：存在罪犯，就有警察。我们没有能力取消加班现象，但是我们反对。我们尽可能身体力行地反对。罗江说：什么叫反对？反的是目前的对。田蜜说：目前的对，可能就是以后的错。

众人热烈鼓掌。

杜鹏站起身来：我认为加班很多时候不是个对错问题，是个态度问题。其实工作就跟谈恋爱一样。跟喜欢的人在一起，时间再久都不会觉得长。跟不喜欢的人在一起每一秒都是度日如年。同样的，如果你不热爱自己的工作，八小时都嫌长，如果你热爱，十二小时都不嫌多。

李梦迅速反驳：我认为你说的这一现象只适用于玩手机。杜鹏说：玩手机也是因为你热爱甚至溺爱它。总之，我认为，如果你热爱自己的工作，你必然会是加班狂魔！

李梦说：杜鹏老师混淆了概念，我们反对普遍意义上的加班，我们不反对你自己主动加班，常胜妈妈打游戏经常二十四小时，这是她自己的选择，拦都拦不住。恋爱中的人，经常四十八小时不眠不休。难道我们能把这种二十四小时和四十八小时列为规则吗？热爱，不能代替规则。

观战的员工们鼓掌叫好。

老戴站起身来：我提请对方辩友注意，超过八小时的工作时长，说的是一种现象，我们承认并一定程度上赞赏这一现象的存在，但公司从未强迫员工加班。在座的各位，包括对方辩友在内，都是主动地选择了这样一种工作模式，是自愿而不是强迫。

于洋洋说：表面上看员工都是自愿的，但实际上这是隐性强迫。工作任务太重，领导和同事的以身作则，甚至高薪和高福利，都是一种隐性强迫手段，这些都导致加班成了公司通行的潜规则，严重侵害了员工的合法权益。员工加班过度，生病 ICU，类似的例子已经有很多很多，我们不能视而不见。

唐超说：对方辩友不要忘了，甜蜜科技目前还是一家创业公司。创业公司的首要任务是活下来。活下来需要的是团队中所有人时间、精力和智慧的全方位奉献。当你面对着千百个问题要去解决、千百个漏洞要去堵的时候，加班对公司和团队来说，不是什么要求，甚至不是什么热爱，而是必须。必须活下来，活不下来，你这就是悠长假期了！想加班都没门儿了！

常胜说：优秀的企业是结果导向、效率导向。管理者提高决策科学性和效率比员工加班更有价值。罗素在《闲暇颂》里说，勤奋成为一种高品质是统治阶级为平民制造的迷魂汤。我们赞赏这种品质，但不能利用这种品质。前段时间我的身体出了问题，在倒下的那一刻，我想活着真好，能够呼吸真好，有一个健康的身体真好。这是我从鬼门关上走回来的切身体会。我希望大家劳逸结合，细水长流。没有健康的员工，就不会有健康的企业！

主持人宣布：自由辩论时间到！下面进入总结陈词环节。

罗江站起身来：今天的社会不缺正确的话，我们缺的是实话、真话、让人思考的话。该不该鼓励超过八小时的工作时长，我认为不是关键。关键在于你是否认真思考过自己的选择，是否认真思考过人生的意义和奋斗的方向。我们要看到，世界上大部分成功者或者有追求的人，不仅是企业家，还有艺术家、科学家、运动员、政治家，等等，他们因为超爱自己选择的事业，并为此付出超常的奋斗和努力，才获得了常人没有的成功。努力也许不一定会成功，但不努力是肯定不会成功。当然每个人对成功的定义也不一样，对幸福的定义也不一样。每个人都有选择自己工作生活方式的权利，无论什么样的选择都值得尊重。最后我想说，我不为加班辩护，我向奋斗者致敬！谢谢大家！

众人鼓掌。

田蜜接着站起身来，环顾众人，缓缓道：我有一只宠物，是一只螃蟹，名字叫奋斗。那时我正处于人生最低谷的时候，我在超市里遇到了奋斗，我看到它正努力地从标价 138 块的筐里向标价 198 的筐里爬。它打动了我，所以我把它带回了家。我用它来提醒和激励自己，无论何时何地，一定要奋斗，为了自己能拥有一个更美好的未来。是的，我承认，不论是公司还是个人，我们都需要奋斗精神。但是我们一定不能忘了，我们每个人的奋斗，都是为了朝向更加幸福的生活。幸福的生活包括物质的增长、职业荣誉感的提高，还有更重要的，是对自我生活自由的追求，其中包括了空间和时间的自由支配。不正常的工作时长就是在透支健康、透支未来，这恰恰是对奋斗者的伤害，也是对奋斗精神的误读。人生大多数的意义在八小时工作时间之外的生活里。在为生存奔忙的间隙里，我们还能做什么？我们想活着，活得像一个人。拥有一日三餐，拥有春华秋实。

众人沉默着。过了一会儿，雷鸣般的掌声响起。

主持人说：辩论环节到此结束。下面开始投票。到底是支持正方的多还是支持反方的多？答案马上揭晓！请各位评委举起你们手中的牌子！

21 位评委一起举牌，齐刷刷一片都是举着“反方”的牌子，唯独狗剩儿举着“正方”的牌子。

主持人说：今天的辩论可谓一边倒，我们看到支持正方的只有一位——

众人的目光都齐刷刷投向狗剩儿。狗剩儿酷酷地看着大家。

主持人说：投票结果，正方对反方，1 比 20，反方获胜！

众人鼓掌欢呼。

田蜜、常胜、于洋洋、李梦开心地相互击掌。

罗江、老戴、唐超、杜鹏相互看看，神情都有些尴尬。

田蜜、常胜、罗江、于洋洋、老戴鱼贯进入会议室，分别落座。

罗江看着田蜜、常胜、于洋洋，自嘲地笑：20 比 1，这是我有生以来输得最惨的比赛，没有之一。

田蜜忍着笑安慰罗江：你不用介意。辩论赛的目的是让大家能够充分表达意见，以帮助我们更好地决策，没有输家。常胜说：罗总你今天说得非常好，尤其是总结陈词那段，特别精彩，我都差点忍不住要给你鼓掌了。于洋洋说：要说输你也是输在观点和立场上，不是输在辩论技巧上。

罗江摆摆手：输了就是输了，不用你们帮我找台阶下。——不过我还是要提醒你们一下，不强制不鼓励员工加班，我没意见，但是业绩不能掉，否则接下来的融资和上市都无从谈起。

老戴说：时间紧任务重，我们可能还需要增加人手。

田蜜说：暂时不用。我相信取消不合理的加班制度后，我们员工的工作积极性和精神面貌都会更上一层楼，工作效率也会大大提高。我们有信心完成既定的计划和目标。

常胜问：融资计划书你看了吗？有没有什么地方需要调整的？罗江说：没什么需要调整的，做得很好。我已经跟几家投资机构约了时间，洋洋，你可能要辛苦一下，陪我跑一趟北京、上海还有深圳、香港。于洋洋说：可以，你安排时间吧。

田蜜说：目前本年度的考研英语班招生基本告一段落了，接下来重点是大学四六级课程，预计下周就会推出来。罗江问：预期收益有多少？

常胜说：我们计划举办一期四级和一期六级考前强化培训班，每个班总课时 100 小时左右，费用定为 99 块。预期总招生人数 40 万人次，总收入约 4000 万。

田蜜说：从第四季度开始，我们还计划逐步推出针对备考人群的雅思、托福、GRE 课程以及针对普通人群的职场英语、旅游英语等实用英语课程。明年我们的目标是全年学员数达到200万人次，收入达到2个亿。

罗江欣慰地点点头：很好。如果这些目标都能够实现，到明年年底，我们就可以正式启动上市进程。——大家一起努力吧！

罗江说着站起身来，众人也都跟着起身。

罗江看着田蜜：下次辩论赛，我一定要赢你。

田蜜笑了。众人也都笑了。

三十六

蔡冬梅和常子龙、康哥、张秋菊、李明白开会。

蔡冬梅说：今天我们开个总结会。我们甜蜜生活文化传媒有限公司经过一段时间的试运营，成果显著。——具体情况请康总经理谈一下。

康哥掏出一张纸来边看边说：截至目前，甜蜜的生活公众号粉丝数已经超过了6万人，平均每篇文章的阅读量达到了一万加，其中头条的阅读量基本稳定在三万加——主要是我写的。

蔡冬梅打断：康总经理，不要搞个人主义。张秋菊说：就是，每篇文章不管谁写的，都是我们大家共同的功劳。康哥连忙检讨：对不起对不起，大家批评得对，我稍微有点骄傲情绪。我尽量改正。

李明白问：康总经理，说重点，我们挣了多少钱？康哥接着说：试运营以来，我们的广告客户数量一直在稳步增长，截至目前我们的广告合同收入——包括代金券和实物——累计达到了76万元的价值。

张秋菊高兴：76万，那我们一人能分十几万吧？嘿，到这岁数，竟然赶上人生第二春了。康哥说：我说的是合同收入，有些钱还没收回来呢。好比甜蜜科技那16万，他们按月支付，目前实际到账只有4万。

李明白问：甜蜜科技一共在我们这儿做几期啊？常子龙说：20期。每周一期。李明白说：我就不明白了，既然是每周一期，那为什么我们每期都登甜蜜科技的广告？常子龙语塞：这个……让蔡冬梅给你解释。

蔡冬梅说：常主编，工作场合请叫我蔡董事长，或者蔡董。——是这样的李经理，甜蜜科技的付费广告是每周一期，其余的是免费赠送的。李明白说：那我更不明白了，他们做一期我们送六期，这不是赔本买卖吗？张秋菊说：你是真不明白假不明白？蔡董事长这是以权谋私。

蔡冬梅说：我哪里以权谋私了？我一没贪污二没受贿，怎么叫以权谋私？张秋菊说：你们家常胜在甜蜜科技上班，你这样做是为他省钱，难道不是以权谋私？蔡冬梅说：常胜是在甜蜜科技上班，但他不是甜蜜科技的老板呀。老板是田蜜。我是觉得田蜜很不容易，接手那么大一个企业，我们能帮一点是一点。你们说是不是啦？

康哥说：我支持蔡董事长的做法。我们是看着田蜜一步一步成长起来的，她能有今天也离不开我们大家的帮助，她能取得成功也是大家的光荣，所以能帮还是帮她一下。

张秋菊说：帮助田蜜我也没意见。我是就事说事。田蜜早晚是你们老常家的人，所以这件事的性质归根到底还是以权谋私。李明白恍然大悟：我明白了，田蜜和常胜好上了。常子龙说：张秋菊，李明白，你们俩要不信谣不传谣。张秋菊说：谁传谣了。上次冬梅还跟我说，常胜出了事，田蜜在旁边寸步不离地守着，哭得眼泪汪汪的比你们俩还伤心。

蔡冬梅说：哎呀，我就是随口说说的，他们俩具体什么情况我也搞不清楚。康哥说：冬梅花儿开，常山赵子龙，田蜜和常胜要是能在一块儿那多好啊，你们应该大力支持，想办法促成这件事。——你们要没招儿我来帮你们想。

常子龙说：老不着调康，你别瞎凑热闹。这事轮不着你管。张秋菊说：说得对，咱们外人就别凑热闹了。但是冬梅，你是当妈的，儿女婚事你不能撒手不管哪。蔡冬梅说：我不是不管，我是觉得时候不到。他们现在正在一门心思创业，个人问题还是先放一放比较好。我就不给他们添乱了。康哥说：不能添乱是对的，但是该关心还是得关心。

李明白说：哎哎，我就不明白了，我们不是开公司总结会吗，怎么说到儿女婚事上去了！张秋菊说：对对，我们还是说正事。冬梅——哦，蔡董事长，从感情上来说，你以权谋私我们也无所谓，但是从公司经营上来说，这样做还是不合规矩。李明白说：我同意张副董事长的观点。发布广告，不管付费的免费的，怎么着也得先经过我这个广告部经理的同意才行。

蔡冬梅说：好啦，我们投票表决吧。同意给甜蜜科技免费刊登广告的举手。

蔡冬梅自己先举起了手，常子龙和康哥也举起了手。

蔡冬梅说：三比二，通过！张秋菊和李明白无可奈何。

李梦的电脑出故障了，开机就黑屏，死活进入不了系统。李梦鼓捣了半天也没弄好，顺手掏出手机给狗剩儿发语音微信：狗剩儿，麻烦你过来一趟。

过会儿狗剩儿过来了，问：什么事？李梦说：我电脑坏了，开不了机，你赶紧帮我修一下。狗剩儿皱眉：电脑坏了，叫我修？你知道我是谁吗？李梦说：你？狗剩儿呀。狗剩儿说：我是程序员。

李梦不解：程序员怎么了？狗剩儿说：真相一，全世界的程序员都是不会修电脑的。李梦问：为什么？狗剩儿说：真相二，因为修电脑技术含量太低了。如果你问一个程序员会不会修电脑，是对他的一种侮辱。李梦说：还有这种说法呢？好吧，对不起。你忙去吧，我找别人修。

狗剩儿站着没动：真相三，我是全世界唯一一个会修电脑的程序员。——麻烦你让一让。

狗剩儿坐到了李梦的座位上。

李梦有些哭笑不得：你直接说你会修不就行了，非要绕这么大一弯子！

狗剩儿飞快地敲击着键盘：我没有绕弯子，我只是告诉你那三个真相而已。

李梦想了想：哎，狗剩儿，你既然说让程序员修电脑是对程序员的侮辱，那你为什么要帮我修电脑？

狗剩儿停了手，愣住了：这好像是一种下意识行为。李梦问：什么叫下意识行为？狗剩儿说：就是说，在我做出帮你修电脑这个决定的时候，我的大脑反馈机制并没有及时提醒我这种行为存在瑕疵。我的大脑出 BUG 了。

李梦说：你先别管你大脑的 BUG 了，先把我电脑的 BUG 修好。狗剩儿说：这个 BUG 很严重——我说的是我的大脑。不行，我应该立即停止这种下意识行为，找出我大脑的 BUG！

狗剩儿说着要站起身，李梦赶紧把狗剩儿按了下去：别别别！你先把我电脑修好，完了我再帮你找你大脑的BUG。狗剩儿问：你帮我找？李梦点头：嗯，我帮你找。狗剩儿说：一言为定。

下班时间到了，田蜜还坐在工位上认真地看资料。

常胜拎着包走了过来，敲了敲田蜜的桌子：下班了。田蜜一愣：啊？这么早就下班了？常胜低声道：别忘了我们之前的辩论赛。大家都看着你呢。

田蜜抬头望过去，众员工都还没走，都有意无意地朝田蜜这边看着。

田蜜会意地点头：懂了。

田蜜起身收拾东西好，和常胜一前一后向公司大门走去，边走边大声地说：下班了！大家都早点回家吧！

办公室里掌声欢呼声一片。

田蜜和常胜出了写字楼，常胜问：你什么安排？

田蜜犹豫了一下：我这从公司出来了，只能回旅馆加班了。这一不在公司加班了，还真不方便。常胜说：今天不加班了，我请你吃大餐。

田蜜问：为什么要请我吃大餐？常胜说：你哪来那么多为什么呀。我们都吃了这么长时间外卖了，还不得改善改善伙食啊。

田蜜犹豫着：我手头上还一堆事儿呢。常胜说：请你说到做到，言出必行，一日三餐，春华秋实。走吧！

李梦去机房叫狗剩儿：狗剩儿，下班了，咱们一块走吧。

狗剩儿不说话，坐在那儿发着愣。

李梦说：发什么愣呢？赶紧。狗剩儿说：我是天才程序员，但是我却设计不出一个程序来找出我大脑中的BUG。李梦说：怎么还想着这事呢？跟你说吧你脑子里没BUG。

狗剩儿说：你不要安慰我，我知道我脑子出BUG了。李梦说：你能吃能睡能干活，有什么BUG呀？你别胡思乱想。狗剩儿说：我做了不该做的事。这就是BUG。你不是答应帮我找出BUG的吗？李梦说：我……我是答应了，但我也得花时间呀，哪能那么容易就找出来。

狗剩儿恳求地看着李梦：李梦，拜托你了。李梦转了转眼珠子：这样吧，我帮你找BUG，你请我吃饭。在我找出你脑子里的BUG之前，晚饭都你包了。怎么样？狗剩儿想了想：一言为定。李梦说：那赶紧走吧！我肚子饿得不行了！狗剩儿说：出去吃太浪费时间了，我给你点外卖！

李梦哭笑不得。

常胜领着田蜜去了一家高档餐馆，点了一桌丰盛的菜。

田蜜有些不安：点这么多干吗？太贵了。常胜说：你忘了你在辩论赛上说的话了？人生大多数的意义其实是在八小时之外。你也不能光顾着奋斗，也得学会享受生活。

田蜜说：我现在已经很享受了，有地方住，有饭吃，有热爱的工作。常胜说：你这要求也太低了。这只是最低的生存需求，不是享受生活。田蜜说：那你想怎么享受？常胜说：比如说，去度个假什么的。

田蜜说：你有年假可以休，找一个海岛待上几天，好好放松放松。常胜说：一个人度假多没意思啊。田蜜说：你可以把叔叔阿姨带上。他们应该也很久没去旅游了吧。常胜说：带上他们那更没意思了。度假最好是两个人。

田蜜看看常胜，常胜面带笑意看着田蜜。田蜜笑而不语，低头吃着东西。

常胜说：别光傻笑啊。你什么想法？田蜜说：我没什么想法。我现在没时间去度假。公司那么多事情我根本走不开。常胜说：借口。都5G时代了，在哪儿都能办公。田蜜说：我现在真没心思度假，以后再说吧。

常胜无奈：哎，假设啊，假设你去度假，你想去哪儿？田蜜想了想：我想去飞滑翔伞。常胜说：就你说的从悬崖上往下跳那种？多吓人啊。你飞过吗？田蜜说：飞过啊。以前我们几个闺密经常飞。我都飞过无数次了，我还有教练证呢。可以带着你飞。常胜有些畏惧：算了吧，我还是喜欢在地面上活动。

田蜜想了想：你记不记得，我刚到4S店的时候，我们打过一个赌？常胜问：什么赌？田蜜说：我说我能一晚上把那些资料背下来，你不信。结果你输了。

常胜说：哦。想起来了。田蜜说：我们的赌注是，赢了的人可以让输了的人做任何一件事。常胜有些警惕：是吗？有这事？田蜜笑：别装。你还录了视频的，不许耍赖。常胜说：谁耍赖了。都过去那么长时间了谁还记得那么清楚啊。田蜜说：我记得。

常胜看着田蜜：不是，你这时候提出这件事，什么居心？田蜜含笑看着常胜：

我想到让你做什么事了。常胜有些心虚：你想让我干什么？你想清楚了啊，机会只有一次，别浪费了。田蜜说：我想清楚了。常胜说：那你说吧。我听着。田蜜说：以后，我带你飞一次滑翔伞！我要看看你被吓破胆的样子！

常胜面子上有些挂不住：田蜜，我跟你说，真飞我也不害怕，但没什么意义，我建议你还是留着这个机会，等到以后真有用的时候再说。田蜜说：你还是不敢！常胜说：有什么不敢的，你非要浪费这次机会我就陪你飞一次！田蜜说：不许反悔！常胜一挺胸：君子一言，驷马难追！

李梦随口说了句帮狗剩儿找 BUG，本来是想骗几顿晚饭吃，没想到狗剩儿却当真了，天天缠着李梦，问李梦找到他的 BUG 没有。李梦只好敷衍，说正找着呢，你别着急。狗剩儿说：拜托你快一点。如果不把这个 BUG 找出来我会疯的！

这也就罢了，狗剩儿还牢守承诺，天天晚上帮李梦叫外卖，而且还紧着一家点，说是可以攒积分。吃了几天李梦实在受不了了，说晚饭不用你请了，你点的外卖我都快吃吐了！

这天中午吃午饭时李梦跟田蜜吐槽。李梦说：再这么下去狗剩儿没疯我先疯了！你说狗剩儿这到底是什么 BUG？田蜜笑了，说：其实他脑子里的 BUG 很明显。你情商这么高你不知道？李梦说：不知道啊。什么 BUG？你快说说！田蜜说：他喜欢你！

李梦愣了一会儿：不可能！他怎么会喜欢我！他有老婆。田蜜说：那老婆你还当真啊？我告诉你，因为他喜欢你，所以他才会不假思索地为你做一些他本不应该做的事情——这还不明显吗？喜欢你，就是他的 BUG。

李梦张口结舌：他、他不能喜欢我！他像个机器人。田蜜说：怎么不能？喜欢谁是他的自由。其实狗剩儿人挺好的，而且是个难得一见的天才，我觉得你们俩挺合适的。好好把握机会吧。李梦面如土色：完了，这下真完了！一个机器人喜欢上了我！田蜜笑：多酷啊。机器人喜欢上你，你就是程序员了啊！李梦朝田蜜瞪眼：还拿我开涮！

到了下班时间，李梦收拾好东西想赶紧开溜，结果还没走出公司大门就被狗剩儿拦住了。

李梦干笑：狗剩儿，晚上我有点事，你真的不用请我吃外卖了。狗剩儿说：不行，我们说好的，在你找出我的 BUG 之前，我必须每天请你吃饭。李梦苦着脸说：真不用了，我吃不下。狗剩儿说：今天不吃外卖了，因为你已经吃吐了。餐厅我已经订好了，六点半。我们现在过去刚好正点到达。

李梦无奈，跟着狗剩儿去了餐厅。

两人吃着饭，狗剩儿又问：你找出我的 BUG 了吗？李梦说：没有。狗剩儿说：继续找。不找出来誓不罢休！李梦说：狗剩儿，别找了行吗？你那个 BUG 可能就是个偶然现象，就出现那么一次，现在已经消失了！狗剩儿说：不可能，BUG 不纠正不会自动消失的。

李梦把筷子一放，瞪着狗剩儿：狗剩儿，是不是我帮你找出了 BUG，你就不再纠缠我了？狗剩儿不解：我纠缠你？我为什么要纠缠你？你这个问题很奇怪。李梦无奈：好好，我豁出去了。告诉你吧狗剩儿，你的 BUG 我已经找出来了。

狗剩儿惊喜：真的？是什么 BUG ？你快说！

李梦一字一句地说：你的 BUG 就是——你喜欢我。

狗剩儿愣了，过了一会儿，哈哈哈哈笑了起来：我喜欢你？怎么可能！太可笑了，这不是 BUG，这是个 JOKE ！

李梦说：不管你承不承认，这就是事实！狗剩儿说：事实？我喜欢你？你怎么证明？你证明给我看看！李梦说：你不愿意帮别人修电脑，却愿意帮我修，这不很明显吗？狗剩儿说：这不算。这是 BUG 引起的。

李梦说：你本来天天宅在家里，我让你帮忙，你就跑到甜蜜科技来上班了——不是喜欢我你为什么这么做？狗剩儿说：这个……我不是帮你的忙，我是帮田蜜的忙。因为她是我的租客而我没能保护好她，我欠她的。

李梦说：借口，这明明是借口！狗剩儿说：这不是借口，这就是证据。

李梦说：好吧，那再说别的。你想想看，你有多长时间没有罚我的款了？狗剩儿想了想：好像有很长时间了。李梦说：对呀，原先你动不动就罚款，罚得我心惊肉跳，现在你为什么不罚了？狗剩儿说：因为你没有违背合租条约。李梦说：我每天都在违背合租条约，你视而不见！你再想想看，你的合租条约有多长时间没升级了？

狗剩儿有点含糊了：好像……也很长时间了。李梦说：现在的合租条约就是一纸空文。在你面前我可以为所欲为。我可以随便进你的房间，随便用你的东西，随便使唤你帮我做这做那——你能容忍别人这样吗？狗剩儿下意识地说：绝对不能容忍！李梦说：但是你容忍我了！

狗剩儿喃喃地：不可能，我有老婆了，我怎么还会喜欢你？李梦说：狗剩儿，你现在是在三次元，不是在二次元。接受现实吧！

狗剩儿呆呆地看了李梦一会儿，忽然说：我承认，我的 BUG 就是喜欢你。这样所有的事情都能解释得通了。李梦说：你承不承认都是事实。狗剩儿说：那我接下来应该怎么做才能消除这个 BUG？李梦说：你什么都不用做，就跟以前一样，该干吗干吗。时间长了，这个 BUG 自然而然就消失了。狗剩儿说：我说过，BUG 不可能自己消失的。李梦说：这个 BUG 跟电脑的 BUG 不一样，会消失的。相信我，啊？还有，这个 BUG 你自己知道就行，绝对不能跟别人说！

狗剩儿很苦恼。长久的自我封闭令他完全不懂人之常情，根深蒂固的程序员思维则令他无法容忍 BUG 的存在。狗剩儿无计可施，只好偷偷问智能机器人：喜欢一个人，然后应该怎么办？智能机器人说：喜欢一个人，就要向她表白。狗剩儿又问：表白？怎么表白？智能机器人说：正在为你搜索如何表白……第一步，购买戒指。第二步，向她求婚……

这天下午狗剩儿急匆匆地要出门，迎面遇上田蜜。田蜜随口问：你要出去呀？狗剩儿一脸郑重地说：我要去解决我的一个 BUG。田蜜一愣，试探地问：你什么 BUG？狗剩儿说：李梦说了不能告诉别人。田蜜差点笑出声来，连忙说：你去吧。

狗剩儿径直去了一家珠宝店，说要买戒指求婚。店员热情洋溢地一通介绍，推荐了一款价值不菲的钻戒，又给狗剩儿出主意，要找一个浪漫的场所，要穿得隆重一点，等等。

李梦正在忙碌，接到狗剩儿的电话。狗剩儿说：晚上六点半，餐厅位置我微信发给你了。李梦说：狗剩儿，我们不是说好了吗，你的 BUG 已经找出来了，你不用再请我吃饭了。狗剩儿说：光找出来不行，还得解决。李梦说：解决我不会。狗剩儿说：你不会，我会。我找到解决我的 BUG 的方法了。李梦有些惊讶：啊？什么解决方法？狗剩儿说：来餐厅你就知道了。

李梦本不想去，但又好奇狗剩儿到底有什么解决办法，最后还是去了。到了餐厅一看，狗剩儿居然穿了一身西装打了领带，正襟危坐。

李梦有些惊讶地看着狗剩儿：狗剩儿，你、你怎么穿成这样？狗剩儿说：新买的。他们说，这种场合应该穿得隆重一点儿。李梦疑惑：他们？他们是谁呀？狗剩儿说：一些比较懂这样场合的人。李梦狐疑地打量着狗剩儿：你有点不对劲。说吧，你想干吗？狗剩儿说：稍等。

狗剩儿扬手冲远端一名服务员做手势。

餐厅里突然响起了音乐，是王力宏的《爱的就是你》——在爱的幸福国度，你就是我唯一，我唯一的爱的就是你，我真的爱的就是你……

李梦正愣神间，狗剩儿从身上摸出了一个钻戒盒，站起身，走到李梦身边，单膝跪地，打开，里面是一枚亮晶晶的钻戒。

李梦惊着了，站起身来：狗剩儿！你干吗？！狗剩儿说：李梦，你愿意嫁给我吗？李梦说：你神经病啊！狗剩儿说：我不是神经病，我的 BUG 就是我确定此生只爱你一个人，这是你亲口说的，并且已经得到了证明。

李梦说：你喜欢我但是我不喜欢你！狗剩儿愣了下：怎么证明？李梦说：证明什么？狗剩儿说：证明你不喜欢我。李梦说：不喜欢就是不喜欢，这还需要证明！你赶紧起来！把钻戒收起来！狗剩儿说：你不答应嫁给我我不能起来。李梦又羞又怒：你做梦！要我嫁给你，等下辈子吧！

李梦抓起包走了。

狗剩儿站起身，有些迷惑，自言自语：下辈子？这么说，她是答应我了？我的 BUG 解决了！

狗剩儿如释重负地笑了。

夏季战役大获全胜，甜蜜科技重回一线在线英语教育机构行列。紧接着公司又制定了秋季战役、冬季战役计划，推出了一系列价廉质优的新课程，学员数不断攀升。总之，一切都走上了正轨。田蜜也终于可以松口气了。

田蜜开始思考公司下一步的战略。她想到了那个尘封已久的星光计划。田蜜从资料库里把星光计划的相关文件资料找了出来，细细阅读了一番，渐渐地思路清晰了。

田蜜去找常胜，说：我想跟你商量件事。常胜说：请坐。

田蜜坐下，把一份“星光计划项目总体构想”文件递给常胜：你看看这个。

常胜有些惊讶：星光计划？你不会现在就想上马星光计划吧？田蜜摇头：现在我想上也上不了。一是资金，二是技术，这两大难题都还没解决。

常胜说：你知道就好。杜鹏当初不是再三说了吗，千万别再碰这个项目，会把公司拖垮的。田蜜说：是的，目前时机还不成熟。再过一两年，公司业务稳定了，资金充裕了，我再考虑是否全面推行星光计划。

常胜说：那你现在跟我说这个想干吗？田蜜说：星光计划的核心是星光屏的技术研发。我看了下资料，研发工作之前已经进行了两年，取得了一些成果，但还有几个关键技术环节没有突破。我想能不能抽调一部分技术人员，把星光屏的技术研发工作进行下去。

常胜说：你还是趁早打消这个念头吧。你以为研发工作不要钱？我看过之前的财务资料，得恩在这上边花了大量资金。我们现在业务刚起步，根本没这个实力！

田蜜说：我找你就是商量这个问题。你能不能帮我核算一下，未来两年，在不影响公司正常运营的前提下，能够承受的额外的研发成本大概是多少？常胜说：不用算，是零。

田蜜一愣：为什么？常胜说：在接下来一到两年时间里，公司最紧迫的任务就是融资和上市。要想融资和上市，公司的财务报表得健康高效。如果财务报表里出现哪怕是一笔跟主营业务毫无关系的预算外支出，我们都没办法跟投资人交代。除非你能证明，这笔投入未来能给公司带来巨大收益。

田蜜说：但星光计划是个公益项目，公益项目不能简单地用投入产出比来衡量。常胜反问：那用什么衡量？田蜜说：社会效益。我们如果要想成为真正的行业领袖，就必须将社会效益放在首位。

常胜说：我就问你一个问题：你能确保项目成功吗？刘得恩花费了大量资金花费了几年时间，都没能成功，你凭什么能够成功？如果项目再次失败，损失谁来承担？责任谁负？——别跟我说你来负责，你根本负不起这个责任！

田蜜沉思了一会儿说：如果不用公司额外投入资金呢？常胜说：不用投入？那你打算自己来做？你懂技术吗？你连 PPT 都不会做你还想搞研发？田蜜一笑说：我

不会，有人会。

田蜜说的自然就是狗剩儿了。从财务室出来田蜜就把狗剩儿叫到了办公室，把星光计划跟他大致说了一下，又把相关的技术资料给他看。

狗剩儿仔细翻看着之前留下来的一份“星光屏双向视频直播教学系统技术方案”，很快看完了，把资料放下：垃圾。

田蜜一愣：什么？狗剩儿指着那份资料说：我说的是这个技术方案。田蜜说：狗剩儿，这个技术方案是很多人花了很多时间很多钱做出来的一个初步方案，有很多不完善的地方，但也不至于一无是处吧？

狗剩儿说：星光屏的技术目标是以双向视频直播，而这个技术方案本质上跟我们现在做的视频直播教学系统差不多。从根子上就错了。田蜜说：你能说得具体点吗？狗剩儿说：我们现在的视频直播教学系统，老师在这头讲课，那头有成千上万的学员通过单个视频接收设备观看。学员能看到老师，老师看不到学员，老师和学员并不能实现真正的双向交流。

田蜜点头：是的。

狗剩儿说：星光计划要做的双向视频直播系统，主要有两大技术要求。第一，以超大屏幕、1 比 1 的超清画面，最大化地还原线下教学场景。第二，不光学生能看到老师，老师也能看到课堂上的学生，学生和老师能够直接进行互动。在手机或者 iPad 上收看视频，跟在大屏幕上收看完全是两个概念。在现有的技术条件下，屏幕一旦超过 100 英寸，必然出现画面失真、图像卡顿、语音延迟等状况。这才是真正的技术难点所在，而这个技术方案根本没考虑到这个问题。

田蜜说：我明白了。那你有解决办法吗？狗剩儿说：解决办法就是推翻重来，根据上述技术要求和技术难点，重新进行系统架构设计。田蜜期待地问：你能完成重新设计吗？狗剩儿扶了扶眼镜：如果说世界上只有一个人能够完成这个任务的话，那这个人就是我。

田蜜高兴：太好了！狗剩儿，你估计完成整套系统的设计需要多少时间？

狗剩儿伸出了一个指头。田蜜问：一个月？狗剩儿说：一年。田蜜一愣：这么长时间？你上次做视频直播教学系统只用了半个月。狗剩儿说：这两套系统的难度差别，相当于造一架玩具飞机和造一架真飞机的差别。

田蜜说：我懂了。狗剩儿，这项任务就交给你了。我希望一年之后星光计划就能够正式开始推广运行。狗剩儿说：技术上我可以保证，别的我无能为力。田蜜说：别的我会想办法解决的。狗剩儿，拜托了！

狗剩儿正要离开，田蜜忽然想起一件事，说：哎，狗剩儿，你的BUG解决了吗？狗剩儿说：解决了。田蜜惊讶：真的？怎么解决的？

狗剩儿犹豫了一下说：你是李梦最好的朋友，也是我曾经的租客，所以跟你说没关系。——我的BUG是我喜欢李梦。田蜜说：哦。然后呢？狗剩儿说：所以我向她求婚了。

田蜜吃惊：什么？求婚？狗剩儿你太勇敢了！李梦答应没有？狗剩儿说：答应了。田蜜很惊喜：真的？太好了，恭喜你！李梦怎么说的？狗剩儿说：她答应下辈子嫁给我。

田蜜愣了：什么？她说……下辈子嫁给你？狗剩儿说：是的。田蜜不知道怎么说才好：狗剩儿，这个，如果按照我们普通人的理解，这不是答应，是拒绝。狗剩儿问：为什么？田蜜说：因为……下辈子什么情况谁也不知道，甚至有没有下辈子都不确定。

狗剩儿问：你能证明没有下辈子吗？田蜜说：我不能。狗剩儿说：所以，李梦是答应我了，不是拒绝我。田蜜倒也无法反驳，只好点点头：好吧，你愿意这样理解也好。祝你们幸福。

田蜜又去找常胜，说了她跟狗剩儿的谈话结果。

常胜有些疑虑：星光屏这么大的技术工程就让狗剩儿一个人弄？行吗？田蜜说：我相信狗剩儿，在生活上他是个机器人，在技术上他真的是个天才。

田蜜想到狗剩儿求婚的事，忍不住扑哧笑了。

常胜不解：你笑什么？田蜜忍着笑：跟你说个八卦，你别说出去。狗剩儿昨天向李梦求婚了。常胜惊讶：是吗？什么结果？田蜜说：李梦说，要我嫁给你，等下辈子吧。

常胜说：原来是狗剩儿自作多情啊。李梦这话也够狠的，一点不留余地。狗剩儿岂不是很伤心？田蜜说：他不伤心。你知道为什么吗？他认为李梦答应他的求婚了。只不过不是这辈子，而是下辈子。常胜也忍不住笑了：这情商够低的啊。田蜜说：不过可能在他看来这辈子和下辈子也没多大区别，无非就是等的时间长一点而已。

常胜愣了一会儿，感慨：狗剩儿真是个奇人啊。田蜜也有同感：是啊，他的思维方式跟普通人不一样。常胜说：不过狗剩儿还真是勇气可嘉。说求婚就求婚，一点都不含糊。挺爷们的。我应该向他学习。

常胜似笑非笑地看着田蜜。田蜜脸一红：你不许学他！常胜问：为什么？田蜜说：我觉得现在还不是时候。常胜问：那什么时候才是时候？田蜜说：甜蜜科技上市以后。常胜说：甜蜜科技上市最快也要一年半到两年。我怕我等不及。田蜜说：如果你不愿意等，可以不等。常胜说：我必须愿意啊。等到下辈子我也愿意等。

田蜜有些感动，随即又忍不住笑了。

常胜说：严肃点。你又笑什么？田蜜忍着笑说：下辈子……你还是在学狗剩儿。

常胜忍不住也笑了。

晚上常胜去了趟爸妈那儿，陪蔡冬梅常子龙吃了个饭。

蔡冬梅问：你身体好了没有啊？常胜说：好了。常子龙说：身体还是要放在第一位。以后不能再熬夜了。常胜说：你们放心，不熬了。我现在连班都不加了。

常子龙问：甜蜜科技现在发展得还顺利？常胜说：总的来说还比较顺利。当然，困难和挑战还是有的，不过我们有信心也有能力战胜困难。常子龙又问：你们打算什么时候上市？常胜说：上市恐怕还得一两年之后再考虑。

蔡冬梅说：行了常子龙，儿子好不容易回来一趟，别谈工作上的事情了。——儿子，田蜜搬回去没有？常胜说：没呢。蔡冬梅有些着急：怎么没搬回去呢？她答应我要好好照顾你的呀。常胜说：妈，您这话不对。我住院那几天都是人田蜜照顾的，我病好了还让人照顾，说得过去吗？她又不是我们家保姆。

蔡冬梅说：我不是那意思，我是说——算了，我也懒得跟你绕弯子了。我问你，你和田蜜到底到哪一步了？常胜说：妈，您能不能别念叨这事了？我不是跟您说了吗，现在还没到时候。

蔡冬梅不满：你就知道拖！你打算拖到什么时候？常子龙说：儿子，你就招了吧。你妈天天跟我念叨你们俩的事，我耳朵都快听出老茧来了。

常胜无奈：好好好，我招。……我们俩挺好的。蔡冬梅问：挺好的什么意思呀？你们俩关系确定没有？常胜说：还没有。蔡冬梅问：还没有？为什么？田蜜不同意？常胜说：也不是不同意。我还没正式跟她提这事。蔡冬梅问：为什么不提？常胜说：其实提不提都一样，我们俩心里都很清楚怎么一回事儿。

常子龙说：该提还是得提啊，窗户纸早晚得捅破的。这事早点定下来，我和你妈心里也踏实了。常胜说：爸，妈，我就跟你们交个底吧。第一，田蜜会同意的，但不是现在，她的想法是等到公司上市、彻底摆脱债务危机之后。第二，就算她不同意，我也不会再找别人。

蔡冬梅常子龙相互看看，喜忧参半。

第二天一早，常子龙正准备出门去棋牌室，被蔡冬梅叫住了：等一下。我跟你商量一下。常子龙问：商量什么？蔡冬梅说：儿子和田蜜的事。常子龙说：这事不都说清楚了吗？儿子说了，非她不娶。

蔡冬梅说：儿子的想法我们是清楚了，但田蜜的想法我们还不知道。儿子是非田蜜不娶，那万一田蜜不肯嫁怎么办？难道儿子下半辈子就打光棍了？常子龙说：儿子不是说了吗，田蜜会同意的。——就算不同意我们也不能强迫人家啊。蔡冬梅说：所以我们要搞清楚到底田蜜是什么想法呀！

常子龙说：怎么搞清楚？我们直接去问田蜜也不合适啊。蔡冬梅想了想：问田蜜是不合适。要不我去问问她爸爸妈妈？他们应该知道田蜜什么想法。常子龙说：这倒是个办法。顺便你也可以了解一下田蜜爸妈的态度，他们是赞成还是反对我们也得搞清楚。不过你要注意说话方式，要婉转一点，不要太直接。蔡冬梅说：我晓得，还用得着你教！

蔡冬梅抽空去了趟便利店。田加安忙着接待顾客整理货架，肖华客气地招呼蔡冬梅坐下，拿饮料给蔡冬梅喝。

蔡冬梅说：你别忙活了，我说几句话就走。肖华问：什么事？蔡冬梅说：我们家常胜说了，非你们家田蜜不娶。

田加安一下子呛住了，咳嗽不止。

蔡冬梅扭头问：唷，怎么了？没事吧老田？田加安连忙摆手：没事没事，你们聊。

肖华有些惊异：常妈妈，你说的是真的？蔡冬梅说：这种事情我能瞎说的呀。

常胜亲口跟我们讲的。肖华说：这……那你和常爸爸的意思是？蔡冬梅说：我们的意思不重要，重要的是田蜜什么意思？她跟你们提过她和常胜的事情吗？肖华说：没提过呀。我们也好些日子没见到她了。她工作太忙，我们也不好打搅。

蔡冬梅说：工作再忙，终身大事你们还是要关心一下的呀。肖华说：我们关心过，有段时间我老催她相亲找对象，但是她老是推三阻四的，我也没办法。不过她跟常胜的事情我们确实不清楚。

蔡冬梅想了想：我叫常胜相亲，他也是推三阻四的，要不是被我逼急了，他也不会说出心里话。——田妈妈，根据我的分析啊，田蜜心里肯定也是有人了。问题在于，这个人到底是不是常胜。

肖华说：常妈妈，你能不能给我先交个底，你和常爸爸对这件事什么态度？蔡冬梅说：我们只希望常胜早点找个好对象，别的我们都无所谓的。我们很开明的。肖华说：你这么说那我就放心了。我们也很开明的。

蔡冬梅说：田妈妈，既然我们已经达成了共识，那希望你还是尽快问一下田蜜的想法，给我们一个准确消息，好不好？肖华点头：好的好的，我尽快问她。蔡冬梅说：谢谢你啊。问清楚了麻烦你给我回个话。

田加安和肖华都被蔡冬梅带来的消息震动了。但仔细一想，蔡冬梅说的也在情理之中。两人一商量，觉得蔡冬梅说得对，田蜜的态度必须搞清楚，行还是不行应该给人家一个准信儿。

肖华便给田蜜打电话，叫她晚上过来吃饭。田蜜也好久没见到爸妈了，下了班就过去了。

一家人就在便利店里围着一张折叠桌吃着简单的饭菜。

田加安说：老肖，你看蜜蜜好像现在气色好多了啊。田蜜说：是呀，现在公司业务基本上走上正轨了，我也不用那么累了。

肖华说：不容易啊。当初你要接手甜蜜科技，我真是担心得饭吃不下觉睡不着。多亏了有常胜帮你，要不然现在怎么样还很难说。田加安说：不光是甜蜜科技，蜜蜜刚欠债那时候常胜就一直在帮她。肖华说：常胜这小伙子真不错，有情有义。田加安补充：人品也很过硬。

田蜜有些奇怪，看看爸妈：你们怎么突然夸起他来了？

田加安和肖华交换了一下眼色。田加安说：你直接跟蜜蜜说吧。

肖华说：蜜蜜，常胜妈妈来找过我们了。田蜜一愣：蔡阿姨找你们什么事？肖华说：她问我们，你对常胜到底是什么态度。

田蜜说：我、我没什么态度呀，我们就是同事关系。

田加安索性挑明了：蜜蜜，你告诉爸爸妈妈，你到底喜不喜欢常胜？田蜜不好意思：爸！您怎么也跟我妈一样管起闲事来了！

田加安说：人家的妈妈都找上门来了，我们不管行吗？肖华说：常胜妈妈跟我们说，常胜明确说了，非你不娶。田加安说：你也要表个态，喜欢还是不喜欢，不要勉强，也不要含糊。

田蜜怔住了。

三十七

次日一早，田蜜刚到办公室，常胜也到了。

常胜打招呼：早。田蜜看了常胜一眼却转移了视线：早。

常胜站住了，看看田蜜：有事。田蜜嘴角带着笑意，低着头整理桌子：没事。常胜说：还笑。看来是喜事啊。说来听听。田蜜说：我不说。常胜说：小气。说说。

田蜜招了招手示意。常胜弯腰附耳倾听。

田蜜低声地说：你妈去找我妈了。常胜一惊，直起身看看田蜜：我妈跟你妈说什么了？田蜜问：你跟你妈说什么了？常胜说：我……我妈全跟你妈说了？田蜜点头：全说了。常胜有些窘：嘿，我妈真是……咳！

常胜快步走开了。田蜜偷笑不止。

常胜进入办公室，想了想，掏出手机给田蜜发微信：你跟你妈怎么说的？

田蜜看到微信，无声地笑了。想了想，回复文字微信：保密。

常胜无奈地笑了。

李梦坐在座位上正在忙碌，狗剩儿那个智能机器人顶着一盒牛奶缓缓移了过来，停到李梦旁边。

智能机器人发声了，但声音竟然变成了狗剩儿自己的声音：老婆，每天一盒牛奶，注意保重身体。

李梦一看，智能机器人的面部竟然也替换成了狗剩儿自己的头像。

李梦又吃惊又好笑，拿起了那盒牛奶，四下看看，没看见狗剩儿。

李梦拿起手机给狗剩儿发语音微信：马上给我滚过来！

一会儿狗剩儿快步过来了：我滚过来了。怎么了？

李梦指指智能机器人：你这是什么意思？怎么变成你了？狗剩儿说：哦，是这样，田蜜交代给我一项重要工作，我大概需要花费一年时间才能完成。接下来的一年我会很忙，顾不上照顾你。所以我把它改造了一下，让它替我照顾你。

李梦恼火：谁要你照顾了！还有，谁让它叫我老婆的？不许乱叫！狗剩儿问：那应该叫什么？李梦说：什么也不应该叫！——你那个戒指带了吗？狗剩儿点头：带了。在我包里。你现在要？李梦站起身：拿上戒指，跟我走一趟！

李梦拉着狗剩儿去了买钻戒的那家店。

店员热情招呼：两位下午好。

李梦朝狗剩儿一伸手：钻戒。狗剩儿掏出首饰盒递给李梦。李梦把钻戒盒往柜台上一放：退了！

店员拿起首饰盒打开看了看，又看看李梦和狗剩儿：请问二位，你们是对钻戒的款式不满意吗？李梦说：不是！店员问：那是因为？李梦说：不需要了！用不上。

店员为难地看向狗剩儿。狗剩儿说：她说了算。李梦说：对，我说了算，退了！——你们能退吗？店员说：能退是能退，不过，这位先生购买我们的求婚钻戒的时候是签了“真爱协议”的。李梦一愣：“真爱协议”？什么“真爱协议”？

店员从一堆资料里找出一份狗剩儿签字的“真爱协议”递给李梦。李梦一看，上面写着一段话：当我将一生只能定制一枚的这枚钻戒赠予你，代表你就是我一生的唯一真爱，无论顺境、逆境、富裕、贫穷、健康、疾病，一生只爱你一人。下方写着：“承诺人：狗剩儿 受诺人：李梦”。

李梦有些被触动的神情。

店员小心翼翼地问：请问您就是李梦小姐吗？李梦没说话。狗剩儿说：是的。她就是李梦。

店员说：李梦小姐，根据“真爱协议”，男人一生只能购买一枚我们品牌的求婚钻戒。也就是说，如果退了的话，这位先生这辈子就再也没有机会购买我们品牌的求婚钻戒了，所以，希望您们能考虑清楚。

李梦转头看了看狗剩儿，狗剩儿却有些慌乱地躲开了眼神。李梦放下“真爱协议”，转身走了。狗剩儿还愣在那儿。

店员赶紧拿起那个首饰盒递给狗剩儿：先生！赶紧追上去啊！

狗剩儿这才反应过来，收起首饰盒追了出去。

店员欣慰地笑了。

日子一天天地过去。甜蜜科技的业务突飞猛进，仅仅半年时间学员数就突破了一百万人次，而且始终保持着每月百分之二十以上的增速，很快就将突破二百万大关。这期间罗江则率领着于洋洋和常胜跟各路投资人展开了一轮又一轮的洽谈，相继成功地进行了 B 轮 8000 万和 C 轮 1.5 亿人民币的融资。三人一鼓作气，C 轮融资过后不到三个月，又成功地完成了 D 轮 2.8 亿元融资。

签约仪式过后，罗江和田蜜、常胜、于洋洋、老戴等人欢聚一堂，举行了一个小型的庆功会。众人都笑容满面，相互握手道贺。

罗江说：甜蜜科技的上市前融资工作总算胜利完成了。田蜜说：谢谢你罗江。还有于洋洋。你们辛苦了。于洋洋说：其实主要功劳还是一线的业务部门，没有亮眼的业绩单支持，我们的融资过程不会这么顺利。

常胜说：接下来上市的事情该提上日程了。罗江说：常胜说得对，其实从今天开始，我们就已经进入上市筹备阶段了。真正的考验还在后头。

田蜜说：上市这一块罗江你最熟悉，还是你多费心。罗江说：我已经跟几家券商谈过了，都很感兴趣。会计师事务所、律师事务所于洋洋也进行了初步接触。改天我们专门开个会，讨论一下具体的上市细节。

老戴说：我们是不是先把董事会秘书确定下来？罗江说：董事会秘书我提议由常胜兼任。他是首席财务官，公司内部财务这一块他最熟悉。

田蜜和于洋洋老戴都表态：我同意。常胜也说：我没意见。田蜜说：那我们就定了，常胜兼任董事会秘书。

罗江说：常胜，上市筹备过程中董事会秘书是最辛苦的，你要有心理准备。常胜说：我早就准备好了，就等着今天这一刻。田蜜说：我们的各项业务板块累计报名人数已经达到了一百九十多万人次，很快就会突破二百万。我建议，我们就选择突破二百万那一天，正式启动上市进程。罗江点头：就这么定！

又过了一些日子。狗剩儿在机房里重重地敲下一个键，停了手，长出了一口气，露出了矜持的笑容。

田蜜坐在座位上正在忙碌。狗剩儿走了过来，把一本厚厚的资料往田蜜面前一放。田蜜拿起来一看，封面写着“星光屏双向视频直播教学系统技术方案”。

田蜜惊讶地看向狗剩儿：狗剩儿，星光屏技术研发成功了？

狗剩儿矜持地点点头。

田蜜突然眼泪夺眶而出，拿着那份方案向财务室跑去。

常胜正要往外走。田蜜忽然冲了进来，常胜吓了一跳。

田蜜激动地说：常胜！成功了！我们成功了！常胜问：什么成功了？田蜜激动地挥舞着手里的资料：星光屏成功了！狗剩儿已经完成了星光屏双向视频直播教学系统从架构到应用的全套技术方案！

常胜惊喜：真的？田蜜点头：真的！常胜赞叹：嘿，狗剩儿还真厉害啊，之前好几十人花了两个亿没搞定的事情，他一个人一年就搞定了！你终于心想事成了。祝贺你！田蜜：是的，我的愿望实现了，我们终于可以启动星光计划了！

田蜜当即召集高管们开会，通报了星光屏技术研发成功的消息，表示希望尽快启动星光计划。

杜鹏第一个站起来反对：我坚决不同意！田蜜，当初你请我回来的时候我就再三跟你说，必须彻底放弃星光计划！你忘了吗？

田蜜说：杜鹏你别激动。我没忘。但是我当时也跟你说了，我不会放弃星光计划，但我会取得大家的一致同意后才会上马。现在我就是在征求大家的意见。

罗江说：我对星光计划本身没什么意见，但现在时机不对。目前我们的首要任务是上市。田蜜说：我知道。但是星光计划的推行和上市并不冲突，也不会耗费太大的人力物力财力，不会影响到公司的财务报表。常胜说：如果不影响，我支持星光计划。

老戴说：我们是一家即将上市公司，首先要考虑的是股东和投资人的利益。田蜜说：我刚说了，这和股东以及投资人的利益并不冲突。而且，上市是场马拉松比赛，我觉得没必要把时间白白耗在等待上面。星光计划早一天上马，就会多一些孩子受益。

于洋洋说：田蜜，你要考虑到一个问题，如果星光计划推行过程中出现什么问题，发生负面新闻，会对我们的上市进程造成不可估计的严重后果。田蜜说：这种可能性是有，但只是可能性而已。就算我们什么都不做，也不能保证不会发生负面新闻。

众人陷入了短暂的沉默。

常胜说：看样子大家的意见又没办法统一了。我建议还是老办法，辩论场上见。罗江说：我同意。我们就这个问题再举行一次辩论赛。辩题就是“该不该上马星光计划”，这回我是反方，田蜜你是正方。谁跟我一条战线？请举手。

杜鹏、老戴、于洋洋举起了手。大家都看着常胜。

常胜想了想说：我加入正方。

田蜜说：我们这边再加上李梦和狗剩儿。他们都支持星光计划。不过我有个提议，这次的辩论赛我们稍微更改一下规则。罗江问：怎么更改？你说。田蜜说：我们采取反向辩论的形式。

众人都有些疑惑。罗江问：反向辩论？怎么辩？

田蜜说：原本的正方变为反方，反方变为正方。比如，你们原本是反对星光计划上马的，但是辩论赛时你们必须选择正方，要支持星光计划上马。常胜说：你的意思就是换位思考呗？田蜜说：是的。我想我们每个人都不妨换位思考一下，从对手的角度重新审视一下自己的观点和立场，也许会得出不一样的结论。

罗江笑了：有意思！我同意采取反向辩论规则。但是有一点，虽然观点互换了，但我们还是要全力以赴争取胜利，不能故意放水让对手赢。田蜜说：你说得对，故意放水的话辩论赛就毫无意义了。常胜说：不用担心，我相信我们大家这点职业操守还是有的。罗江说：那我们就分头开始准备吧！

田蜜常胜随即把李梦狗剩儿叫到一块儿开会商讨。

李梦说：反向辩论，多别扭啊。谁想出来的馊主意？田蜜说：我。李梦干笑着改了口：仔细一想，又是个好主意。那我们要赢还是要输啊？田蜜说：当然要赢。

李梦说：我们要是赢了，星光计划岂不是泡汤了？田蜜说：如果我们赢了，只能证明星光计划确实不应该上马。我接受这样的结果。总之，我们要像前两次辩论一样认真对待，全力争胜。李梦点头：明白了。

常胜说：我们先分头准备，每个人都围绕星光计划该不该上马这个辩题，把所能想到的正反两方面的理由都列出来，越详细越好，然后我们再碰。

常胜先走开了。

狗剩儿问：我能不参加吗？李梦一瞪眼：不能！狗剩儿说：好的，我现在就去准备。

狗剩儿走开了。

田蜜好笑，低声说：梦梦，你真打算让狗剩儿等到下辈子啊？李梦有些忸怩：再说吧。田蜜说：干吗再说呀，难道你还想着要嫁一大款？李梦说：早就不想了。田蜜问：真的呀？李梦说：是呀。从我跟着你进入常胜赢家的时候我就已经想明白了，与其讨好生活，不如武装自己。田蜜赞许地点头：说得好。让我们武装起来，夺取这一次辩论赛的胜利！

第三次辩论赛如期开始了。战况一如既往的激烈。

田霫率先开炮：在座的各位老员工一定不会忘记，当年正是因为在星光计划上耗费了太多资源和资金，导致甜蜜科技陷入了几乎万劫不复的境地。我们不能重蹈覆辙！

杜鹏说：这件事我最有发言权，因为星光计划最早就是我提出来的。星光计划之前的失败主要是技术研发上走了弯路，资源和资金主要也耗在了这上面。但是现在技术环节已经得到了圆满解决，最大的障碍已经消除了。

常胜说：但是星光计划后续的落地执行需要耗费的资金量更大，甚至可以说是无底洞。据初步估算，每套星光屏系统，设备上的投入至少需要十万元。这笔费用对甜蜜科技而言是一笔沉重的负担。

于洋洋说：设备费用是一次性投入，我们可以跟相关学校协同解决，由对方承担，确有困难的我们也可以承担一部分。退一步说，就算完全由我们承担，按照每年安装两百套系统计算，所费也不过两千万元，不会对甜蜜科技的资金链造成实质性影响。

田蜜说：但是请记住，我们是一家准上市公司，要对股东和投资人负责，我们的每笔投入都必须考虑回报问题。

罗江说：对方辩友目光太过短浅，我方认为，星光计划恰恰会给甜蜜科技带来巨大的回报。作为一项公益计划，星光计划将大大提高甜蜜科技的品牌美誉度，这对一家公众公司来说至关重要。

李梦说：我们不否认星光计划的出发点和愿景是好的，但是我认为对方辩友大大低估了这一计划在现实中推行的难度。这项计划针对的是偏远地区的学校，路途遥远交通不便。而且对方不一定能接受这一新生事物。总之，这项计划最后的结果就是费力不讨好。

狗剩儿说：我同意李梦说的每一个字。

台下众人哄笑。

罗江说：正是因为困难多，才更加凸显星光计划的现实意义。我们曾经说过，教育是一个国家和民族的未来，而在线教育是教育的未来。星光计划将给偏远地区的学校和孩子带去优质的教育资源，带去先进的教学理念和方法。星光计划将为那些地区的孩子们打开一扇门，一扇通往未来的大门。换句话说，一块屏幕，也许将改变千万个孩子的命运。这不仅是我们的愿景，更是我们的责任！

台下响起了雷鸣般的掌声。

辩论环节结束了，进入计票环节。最后结果是，正方以 15 比 6 获胜。

在众人的掌声中，田蜜和罗江紧紧握手。

罗江微笑着说：田蜜，我终于扳回了一局。但实际上还是你赢了。田蜜热泪盈眶：谢谢你罗江。谢谢你赢了我。罗江说：你放手去做，如果真遇到资金问题，我个人和攀梦资本都可以出一份力！

田蜜和常胜、李梦、狗剩儿开会讨论星光计划的执行问题。

田蜜说：星光计划的执行工作暂时由我们四个人负责。我们要尽快建立起一支公益团队，负责星光计划的落地执行。等公司上市以后，我们还会成立一个星光公益基金，为星光计划的推广筹措资金。

李梦问：我负责做什么？常胜说：星光屏连接两头，一头是大城市中的名校和名师，一头是偏远地区的课堂和孩子。你负责名校这一块。

田蜜说：另一头，也就是偏远地区学校，我们还缺一个执行人。李梦说：要不也让我负责？常胜说：你不行。女孩子不太适合长年累月在偏远地区奔波。李梦说：那上哪儿找人去啊？

田蜜想了想说：有一个人倒是很适合。常胜说：我也想到一个人选。不知道我们俩想的是不是一样。田蜜说：我想的那个人名字是数字组成的。常胜说：我想的那个人目前还不自由，但应该马上就出来了。

李梦恍然大悟：万百千！

田蜜、常胜都笑了。

常胜当即请蔡冬梅和康哥发动关系去打听万百千的情况。很快消息就反馈回来了：万百千已经出狱了，正赋闲在家。

常胜和田蜜大喜，问清万百千的住址，当即赶了过去。一见到万百千，两人都吃了一惊。万百千比以前瘦了不少，鬓角也有些斑白的痕迹了，看上去老了不少。万百千见到两人也有些吃惊，继而悲喜交加，和田蜜、常胜紧紧握手，哽咽着说：我想死你们了！

常胜和田蜜有些好笑，安慰了万百千几句。

万百千平静下来，问：两位找我什么事？

常胜掏出一张银行卡，放到万百千面前。

万百千一愣：这是？田蜜说：我欠你的尾款。常胜说：密码是你原先的手机号码的后六位。

万百千拿起卡，很感动：弟妹，讲究啊。一诺千金，我佩服你！田蜜说：没什么，欠债还钱，应该的。万百千问：你的债都还清了？田蜜说：早就还清了，就剩你这最后一笔。常胜说：我们一直联系不上你，后来才知道你进去了。万百千有些羞愧：惭愧啊，马失前蹄。让你们惦记了。

常胜问：万总，你今后有什么打算啊？是重操旧业还是另起炉灶？万百千说：别叫我万总，不敢当。具体什么打算我还没想好，不过重操旧业是绝不可能了。之前其实我就想转型没成功，教训深刻啊。今后哪怕要饭，我也不能再干老行当了。

常胜说：你有这个决心非常好。浪子回头金不换。田蜜说：要不你到我们甜蜜科技来吧。——你知道甜蜜科技吧？万百千说：知道啊。我早就加入甜蜜科技了。田蜜惊讶：什么？你加入甜蜜科技了？ 万百千说：对啊，我在里面报名了甜蜜英语实用英语班。田蜜明白了：哦，你是甜蜜英语的学员啊。

常胜好奇：在里面也能报名学英语？万百千说：能啊。领导们都非常支持。我们还成立了学英语兴趣小组，我是小组长。——你说让我去甜蜜科技上班？田蜜说：对，你有兴趣吗？万百千说：有兴趣，求之不得！不过我就是担心我现在这英语水平当老师可能还有点儿吃力。

田蜜笑了：不是让你去当老师。万百千看看两人，有些不自信：看你们的样子，也不像是请我去当高管的——

常胜掏出一份厚厚的资料放到万百千面前。

万百千拿起一看，封面写着"甜蜜科技星光计划落地执行方案"。

万百千不解：星光计划？

田蜜说：对。你看一下。星光计划的目标就是让偏远地区的孩子也能享受到和城里孩子一样的优质教育资源。这个目标可以通过我们的星光屏来实现。你需要做的工作就是联系偏远地区的学校，向他们宣传推广星光计划，说服他们加入。

常胜说：这是一项公益计划，参加的学校只需要承担基本的设备购置费和网络维护费。甜蜜科技负责与大城市的名校对接以及技术支持，不收取任何服务费或者管理费。田蜜说：我们计划首批发展十所学校进行试点，以后每年至少增加二十所学校。

万百千说：利国利民的大好事啊！为什么找我？常胜说：这项工作需要很强的沟通和说服能力，要有责任心，有爱心，还要有一不怕苦二不怕累的精神。田蜜说：我和常胜商量了很久，一致认为你是最合适的人选。

万百千有些感动，站起身来朝两人鞠了一躬，郑重地说：士为知己者死，万百千一定不辱使命！一定要人生转型成功！

田蜜、常胜笑了。

期待已久的时刻到了。办公区的电子显示屏上，已报名人数显示为 199.9996 万。

田蜜、常胜和罗江、于洋洋等人都围站在电子显示屏前等候着。

已报名人数变成了 199.9997 万、199.9998 万、199.9999 万、200 万。

众人爆发出热烈的掌声和欢呼声。田蜜常胜等人激动地握手击掌拥抱。

有人打开了早已准备好的香槟，喷洒彩带。

等众人稍微安静下来，田蜜站到正中间，高声地说：请大家静一静！

众人静了下来，望着田蜜。

田蜜深情地看着众人：今天是甜蜜科技的一个重要日子。我们的学员数一举突破了二百万人次，提前几个月完成了本年度的预定业绩目标，这是我们大家共同努力的结集。在此我代表甜蜜科技董事会感谢大家的付出。另外，我要借此机会向大家宣布一个重要决定。从今天起，甜蜜科技将正式启动上市进程。此时此刻，甜蜜科技真正开始腾飞了！

众人鼓掌欢呼。

田蜜、常胜、罗江、于洋洋、老戴召开董事会。

于洋洋拿着一叠资料讲述着：我们拟上市地点是深交所创业板。券商也就是保荐机构我们选择了宁江证券。目前公司总股本大约是两点一亿股，拟公开发行不超过百分之二十也就是四千万股，发行价格人民币 10 元左右，拟募集资金四亿元左右。——上面说的都是大概数字。

罗江说：这周之内我们要把券商和会计师事务所、律师事务所的合同签了，下周上市筹备委员会就要正式开始运作。——大家还有什么问题没有？

众人相互看看，都摇头：没什么问题了。

罗江站起身，众人也都跟着站起身，伸出手，叠在一起。

田蜜喊道：甜蜜科技，奋斗！

众人齐声地喊：奋斗！

上市筹备工作是场攻坚战。常胜会同券商机构先是夜以继日地忙活了几个月，制定出了《招股说明书》，递交到证监会。接下来几个月，常胜无数次往返于宁城和北京之间，与有关部门和机构沟通，对《招股说明书》进行修订。经过了无数个不眠夜，甜蜜科技终于迎来了过会的那一天。

田蜜和常胜作为公司代表，和两名券商代表踏上了宁城赴北京的航班。罗江于洋洋等人特意到机场给几人送行。

罗江紧紧握着田蜜的手：我等你们的好消息！田蜜说：一定！

到了北京安顿了下来，田蜜常胜和券商代表连夜又进行了几轮紧张的排练，为第二天的过会做准备。众人都充满了信心。

次日，四人早早来到了证监会股票发行审核委员会，坐在走廊里排队等过会。

田蜜神情有些紧张，不时抬手看表。

券商代表安慰地说：田总，放轻松点。一会儿过会的时候不用紧张。我们宁江证券最近几年担任过十几家公司的上市保荐机构，你们的实力很棒。我们有信心。你自己也要有信心。

田蜜的神情轻松了一些。常胜悄悄握住了田蜜的一只手。田蜜的手下意识动了下，转头看向常胜。常胜微笑着。田蜜也微微笑了，轻轻握紧了常胜的手。

等了很久，办公室大门开了，四名另一家过会公司的代表鱼贯走了出来。

田蜜常胜等人的神情陡然严肃起来。

一名工作人员出来了，喊着：甜蜜科技！

田蜜常胜和两名券商代表站起身来，相互看看，点头相互鼓励，进入了发审委办公室。

七位发审委委员一字排开坐在台上。田蜜常胜和两名券商代表面对着委员们坐在下方。

过会开始了。委员甲提问：请问甜蜜科技对自己的定位究竟是一家科技公司还是一家教育公司？

田蜜说：甜蜜科技是一家以科技创新为驱动的教育公司。我们始终坚信，教育是国家和民族的未来，在线教育是教育的未来，而科技创新是推动在线教育事业发展的核心动力。我们的《招股说明书》中详细阐述了这一理念，比如说人员构成这一块，我们的研发部门和教研部门的人数占比最大，合计超过了全公司人数的一半以上。

委员乙提问：你们最近两年的经营业绩呈现出爆发性增长态势，请问这么高的增长率是怎么实现的？未来是否能够维持这样的快速增长？

常胜说：我们经营业绩的快速增长首先是得益于核心竞争力的提高，包括前面我们提到的技术能力、教研能力。其次是得益于我们强大的市场推广能力和恰当的市场策略。比如我们在同行业内率先采用了全程视频直播教学的模式，给予了用户也就是我们的学员最佳的教学体验，赢得了一致好评。未来我们在继续保持上述核心竞争力的同时，将进一步拓展业务领域，我们有理由相信甜蜜科技未来将继续保持快速的增长，为广大投资者带来持续的回报。

接下来委员们轮番发问，田蜜常胜和券商代表胸有成竹，回答得从容不迫。终于，过会结束了。四个人又回到走廊上等待最终的结果。

手表上的秒针滴答滴答走着。时间似乎格外的漫长。

十五分钟后，一名工作人员走了过来，叫道：甜蜜科技！

田蜜常胜和两名券商代表迅速站起身来，紧张而期待地看着工作人员。

工作人员说：祝贺你们。你们通过了。

田蜜常胜和两名券商代表愣了两秒，激动地握拳挥拳鼓掌。

券商代表拿出手机匆匆走开打电话去了。

田蜜眼含泪水，望向常胜。常胜眼睛也湿润了。

常胜朝田蜜张开了双臂，田蜜略一迟疑，投入了常胜的怀抱。

两人紧紧相拥。

于洋洋第一时间接到了券商代表打来的电话，激动万分，高呼：甜蜜科技过会成功了！

办公室里顿时一片欢腾，鼓掌声欢呼声响成一片。

李梦流下了激动的泪水，和周围的人击掌拥抱。

智能机器人这时悄然滑到了李梦身边，顶着一个打开的首饰盒，里面正是之前狗剩儿买的那枚钻戒。

李梦愣了，左右看看没看见狗剩儿。

智能机器人唱起歌来，是陶喆那首《明天我要嫁给你》。

周围的人注意到了，纷纷朝李梦这边看过来，渐渐停止了喧嚣，办公室里只剩下歌声。李梦怔在那里。

角落里，孟钢使劲把狗剩儿推了出来，向李梦那边推。狗剩儿抱着一束花，神情扭捏。

众人看见了狗剩儿，鼓掌欢呼起哄。

李梦怔怔地看着狗剩儿。孟钢使劲推了狗剩儿一把，狗剩儿顺势走向李梦。

狗剩儿走到了李梦跟前，鼓足勇气，双手递上那束花。

李梦看着狗剩儿没动。

众人开始有节奏地鼓掌，喊着：嫁给他！嫁给他！嫁给他！

李梦流着泪笑了，伸手接过了那束花，又把左手伸到了狗剩儿面前。

狗剩儿愣了一下才反应过来，他拿起那枚钻戒，单膝下跪：我终于解决了我的BUG，李梦，我会用一生来爱你一个人！

众人热烈鼓掌欢呼敲打着桌子。

李梦擦着眼泪笑着，狗剩儿也笑了。

田蜜和常胜回到宁城，顾不上休息，紧接着紧张的路演就开始了。两人在接下来的两个月里马不停蹄地跑遍了北京上海广州深圳等重点城市，路演大获成功。

结束路演回到宁城，常胜去了趟爸妈那儿。

蔡冬梅很开心，不停地问这问那：儿子，一家公司上市难吗？常胜说：世上无难事，只要肯登攀。蔡冬梅又问：是不是一上市你就成大富豪了？常胜说：会比原来多点钱。但离大富豪还有点远。蔡冬梅问：多少钱啊？常子龙说：蔡冬梅，你能不能别打听别人的隐私。蔡冬梅说：他不是别人，他是我儿子。常子龙说：你儿子也有自己的隐私。

常胜笑道：爸，没事儿，我妈她这也是关心我。但我确实还不知道。得看上市以后的走向。不过，妈，我赚的钱足够孝敬您了。这不就行了。

蔡冬梅说：儿子，甜蜜科技都上市了，你跟田蜜的事儿也该上心了吧。常胜笑道：已经都准备好了。蔡冬梅来了精神：怎么准备的，你倒是跟我说说啊。我着急啊。

常胜从口袋里掏出一个钻戒盒：看见没，敲完钟，我就求婚。蔡冬梅又有些担心：她不会拒绝吧？当着那么多人，那样可就丢人了。常胜说：放心，我心里有数。蔡冬梅想了想又说：那还当着洋洋呢，洋洋会不会伤心啊？常胜说：您想得真多，洋洋会祝福我的。

蔡冬梅问：那我能去吗？常胜说：妈，我们一共只有五十个入场券，分都分不过来，您是无关人员，去不了。蔡冬梅说：我怎么就无关了，我给你们做了那么多广告，我也是你们的客户。常子龙说：行了，你别老给他添麻烦。

蔡冬梅说：我添什么麻烦了，我这是给儿子助阵呢。哪像你，什么都不管。常子龙说：有些事儿就是不要管。不管就是刚刚好。不求多，不嫌少，我就喜欢刚刚好！

田蜜也抽空去了趟便利店。

肖华得知甜蜜科技即将上市的消息也大大松了口气，问：上市这就算板上钉钉了吧？田蜜说：嗯。肖华说：太好了！你说，这得恩都没做成的事儿愣是在你手里做成了。蜜蜜，苦都让你吃了。田蜜说：妈，苦都过去了。接下来就是甜了！

肖华问：你跟常胜的事儿呢？也该甜一下了吧。田蜜说：忙完上市的事儿再说吧。肖华说：人这辈子，没个忙完的时候。我觉得，常胜也该有点表示啊。他这样黑不提白不提的，算怎么回事啊。

田蜜说：妈您别急。这事儿得水到渠成。肖华说：我能不急嘛。他倒是沉得住气。上了市他要还不提，我就找他妈去。他妈倒是个爽快人儿。田蜜笑道：行了妈，您就好好照顾好我爸就行。我跟常胜的事儿，我们自己会处理好的。

三十八

离上市敲钟日期只有一个星期时间了。万百千从外地回来了。

这一年多时间里，万百千基本上都在全国各地偏远地区东奔西跑，一个月难得回来一次。别说，当初田蜜和常胜还真是找对了人。在万百千的努力下，星光计划进展得很不错，已经有将近一百块星光屏落地了。每块星光屏对应的至少是五六十位偏远地区的孩子，也就是说，至少有五千名孩子将受益于星光计划，其中很多人或许将因此而彻底改变自己的命运。每每想到这儿，田蜜就觉得自己的坚持是值得的。

万百千向田蜜汇报工作。万百千说：咱们的星光屏越来越受欢迎了，这次我在太行山区走了一些学校，有七八家师资力量严重匮乏，有必要接入咱们这块屏，但是这个地区实在是太贫困了，只有两家学校有建设和维护基础设施的能力，其他都需要我们全力资助。这个资金缺口太大了。您看怎么办？

田蜜毫不犹豫地说：全力接入。钱你不用担心。我来想办法解决。万百千说：我代表那些学校和孩子们谢谢你！我这就去通知他们！

罗江主持召开会议，讨论上市庆功晚宴流程。这是业内的惯例，通常在敲钟前一天晚上举行。

常胜说：目前我们统计出来的拟邀请客人是476位，我们预备了48桌晚宴，地点计划设在香格里拉一层大宴会厅，总预算60万左右。罗江说：预备50桌吧。到了深圳，现场还会有很多人临时想来。这样的场合，我们不怕人多，一定要热闹起来。常胜说：好的。第二天的敲钟仪式我们一共只有五十张入场券，这个罗江你最有经验，你来敲定一下最后参加敲钟的人选。罗江说：没问题。名单我今天晚上选定了给你。

田蜜忽然开了口：我有个建议。罗江说：你说。田蜜说：我建议取消这次上市庆功晚宴。

众人都吃了一惊。罗江问：你说什么？取消晚宴？田蜜说：是的。罗江问：为什么啊？田蜜说：这次晚宴的预算是60万。我们完全可以把这60万用在更有意义的地方。罗江说：这就是最有意义的地方。田蜜，敲钟前一夜的晚宴，是所有上市公司的惯例，我们不能取消。

常胜问：你说的更有意义的地方是什么地方？田蜜说：刚刚万百千来跟我说，有几个学校师资力量不够，教学任务完成不了，急需接入咱们的星光屏。但他们没有基本的后续维护能力，需要我们投入。我就想，把咱们的晚宴费用省下来，先给这几家学校把屏给接上。

罗江说：我不同意。田蜜，你要知道，上市是一个公共事件，大家都在盯着咱们呢。这个晚宴是感谢社会各界对我们的帮助，不能取消。李梦说：是啊，甜蜜科技的小伙伴也都盼着这个晚宴痛快一下呢。

常胜说：田蜜，问题不在于取不取消这个晚宴，而是我们星光屏以后的公益对象如果连基本维护费用都没有的话，我们会被拖垮的。这是一笔沉重的负担。我们甜蜜科技根本承担不了。

田蜜说：我明白。所以甜蜜科技上市以后我想成立一个星光公益基金，吸引更多的社会力量来做这个事情。罗江说：那就要取消晚宴吗？这是两码事儿！上市公司没有庆祝晚宴，闻所未闻！

田蜜说：罗江，我们甜蜜科技一路走过来，做的不就是闻所未闻的事情吗？这六十万用到星光屏上会让更多孩子看到更大的世界听取更好的知识。

罗江说：田蜜，我再说一遍，我不反对公益，我本人也做了很多公益，但我反对一家公司上市没有庆祝晚宴，这对我们的合作伙伴和帮助我们的朋友很不礼貌！

田蜜坚持己见：我会写一封致歉信说明情况。总之，晚宴的预算，我不会批的。还有，常胜，去深圳我跟罗江的头等舱取消，大家都坐经济舱。香格里拉的住宿取消，所有人都住七天连锁酒店。

众人面面相觑。罗江摇头：简直是胡闹！起身走了。

于洋洋也不满：行啊，上了市，倒过上苦日子了。晚宴取消，咱们这个晚宴筹备会也取消吧！也起身走了。

田蜜看向常胜。常胜冲田蜜竖起了大拇指。田蜜笑了。

上市庆功晚宴最终还是按照田蜜的意见取消了。敲钟前一天，田蜜、常胜、罗江、于洋洋、李梦、老戴等一行人浩浩荡荡抵达了深圳。

当晚，众人举办了一个小型庆祝会，地点选在了一家小龙虾店。

罗江黑着脸：这是我从业以来吃过的最简陋的上市庆祝晚宴。

田蜜剥了一个小龙虾放到罗江碗里，笑着说：我代表那些学校和孩子们感谢罗江先生！罗江苦笑。

老戴说：田蜜，你给大伙儿说几句吧。

田蜜站起身来，酝酿了一下情绪，深情地说：大家好，甜蜜科技能走到今天，离不开在座的各位，离不开现在还忙碌在自己岗位上的小伙伴。首先感谢大家的信任。是你们的信任，让我拥有了信心。特别感谢罗江和洋洋的加盟。你们的加盟使甜蜜科技度过了最艰难的时刻。也要谢谢已经不在人世的刘得恩，他给甜蜜科技打下了一个非常良好的具备价值观的基础框架，他的设想是宏伟的，是理想主义的，是充满人文关怀的，我们沿着他的脚步走到了今天，我想，这也正是他想要实现的。在过会的时候，有发审委委员问我，我们到底是一家科技公司还是一家教育公司，我回答，我们是一家以科技创新为驱动的做教育内容的公司。教育是一个国家和民族的未来，在线教育是教育的未来。所以，我们上市不是一个结束，而是一个开始。我们拥有了一个更大的舞台，可以去做更多的关于教育的事情。让我们不忘初心，继续前行。谢谢大家！干杯！

众人鼓掌举杯。

吃完饭，常胜和田蜜在酒店附近散步。

常胜问：你准备好了吗？田蜜说：你是说敲钟仪式吗？不需要准备什么吧？常胜说：我说的是别的仪式。田蜜说：别的仪式？什么仪式？常胜说：两年前说的话你忘了？田蜜说：两年前？我说过什么呀？

常胜说：你跟我说，狗剩儿向李梦求婚，李梦说等下辈子——想起来了吗？田蜜想起来了，却有些不好意思：想不起来。我忘了。常胜：你忘了没关系，我没忘。——时候到了。

常胜深深地看着田蜜。田蜜低下了头，幸福地笑了。

次日的敲钟仪式，甜蜜科技排在第三个。田蜜、常胜、罗江等人早早来到了敲钟现场等候。众人都激动地期待着。

距离甜蜜科技敲钟只有不到十分钟了。常胜不自觉把手伸进了口袋里，摸了摸那个钻戒盒。

意外却在这时候发生了。一名证券交易所的工作人员匆匆走到了田蜜等人的队列前，问：你们谁是负责人？田蜜连忙上前：我是。

工作人员神情严肃：您好。我们刚刚接到证监会通知，你们的上市资格被取消了。田蜜一愣：您说什么？工作人员说：你们的上市资格被取消了。请你们停止敲钟仪式，离开现场。稍后会有书面通知发给你们。

众人都有些不敢相信自己的耳朵。田蜜感到一阵晕眩，常胜急忙扶住了她。

罗江神情凝重：咱们先回酒店。我马上联系相关人员，看看发生了什么！

一行人回到酒店。常胜和于洋洋等人的手机一直在响，都是各路媒体请求采访的电话或信息。

田蜜神情木然地坐在那儿。

过了很久，罗江匆匆进来了：搞清楚了。是昨天夜里有人突然实名举报咱们财务方面有利益输送的问题。有关方面出于综合考虑，就把咱们拿下了。

众人都看向常胜。常胜说：财务从头到尾都是我做的。我可以保证，我们一定没有利益输送的问题。于洋洋问：谁举报的我们？罗江说：我们的竞争对手，必考网。于洋洋说：怪不得。就是被我们打趴下那家。不知道提高教学质量，背后下黑手了！罗江说：这不是黑手，这是死手！

于洋洋问：现在各家媒体都要求采访，我们是否召开一个记者见面会？罗江转向田蜜：田蜜，你觉得呢？

田蜜像是自言自语：不都通过了吗？为什么好好地又取消了呢？我想不明白啊。罗江说：田蜜，我们要直面这个现实。田蜜怔怔地：我应该怎么直面？你告诉我怎么直面？你们告诉我应该怎么直面？这是要置我于死地吗？

罗江只好转向常胜：常胜，你先回复一些重要的媒体，告诉他们关注我们的官微。洋洋，立即安排起草一份甜蜜科技的官方说明，二十分钟内发到官微上。这个时候，气不能散。李梦，你立即订机票安排车辆，我们立即赶往机场回宁城。田蜜，你是甜蜜科技的主心骨，你要振作起来。

田蜜有些绝望：我该怎么振作？

常胜忽然站起身来：大家好，有件事情我本来是想在敲钟现场做的，但我现在想在这儿做。希望你们做一个见证。

常胜从口袋里掏出钻戒盒，打开盒子取出钻戒，单腿跪在田蜜跟前。

常胜凝视着田蜜，深情地说：田蜜，艰难的时刻我们曾一起度过，我以为度过了艰难就会是甜蜜，但是没想到，又是更艰难的时刻。我想人生可能从来就是在波峰与浪谷间颠簸，我不想再等了，生活没有给我们甜蜜，那我们就自己去创造甜蜜。无论是下一个艰难的时刻，还是更艰难的时刻，我都会陪你一起走过，这是男人一生仅能定制一枚的钻戒，我保证用一生去爱你一个人，嫁给我吧。

田蜜的眼泪一下出来了，但她终于还是摇了摇头：常胜，谢谢你，但是我现在不能接受！

常胜僵在那里。于洋洋同情地看着常胜。

田蜜站起身，擦干眼泪，神情又变得坚决起来：我们回宁城吧！他们想让我死，我偏要活！

甜蜜科技上市遇阻的消息很快传到了田加安、肖华和蔡冬梅等人耳里。

田加安和肖华都急得不行。肖华催促田加安：你倒是快给蜜蜜打个电话啊。这上不了市了怎么办啊！这好几个亿的债务是不是就背上了啊！你不打我打！

田加安说：老肖，不能打！这个时候，咱们不能给蜜蜜火上浇油！等她缓过劲来，她会来找咱们的！肖华叹息一声：这不是要咱们蜜蜜的命吗？！

那边棋牌室里，蔡冬梅和常子龙张秋菊李明白康哥聚在一起也在议论这事。

李明白说：我就不明白了，什么叫利益输送？蔡冬梅说：利益输送给别人那叫利益人民，利益输送给自己人才叫利益输送。常胜管财务，他不可能藏私的，田蜜也是个好孩子，也不会搞什么利益输送。

康哥说：我看新闻上说是实名举报，也可能是坏人使坏。常子龙说：我相信常胜和田蜜不可能干什么利益输送的事儿。张秋菊说：做事难啊。以后咱们的财务也得严格起来，别被人抓住什么把柄。

常子龙说：蔡冬梅，你给常胜打个电话问问。蔡冬梅说：这个时候让我出头了？儿子他们肯定在开会呢。我已经给他发微信了，让他有空儿的时候回来一趟，说说具体情况。

康哥说：我听说，田蜜这次对赌要失败，就得背上两个多亿的债了。蔡冬梅说：老不着调康，这个时候，你就不要再往我心里扔石头了。我堵得慌！

田蜜常胜等人回到宁城后，紧急开会商讨对策。

罗江说：敲钟前被取消资格的事情虽然非常少，但之前也发生过几例。从这几例来看，公司往往会一蹶不振，其中有一家直接倒闭了。我们要避免这样的结局。

田蜜说：罗江把那几个案例都给我看了。我们的情况跟他们不一样，我们目前的运营状况非常好。我们有自身的造血功能。

常胜说：现在最大的问题是跟宁新创投的对赌协议，如果他们要求兑现的话，那么我们的资金链将承受巨大压力，如果引发连锁效应，甚至可能会断掉。

罗江问：宁新创投有什么反应吗？于洋洋说：很奇怪。没有任何反应。

这时候罗江手机进来一条微信。罗江一看：有反应了。沈总给我来微信了。

众人都紧张地看着罗江。

罗江说：我给大家念一下。——罗总，我想田蜜现在应该压力很大，所以就不给她发微信和打电话了，你转告田蜜和甜蜜科技董事会，我们宁新创投将支持田蜜，支持甜蜜科技。我身边很多人都在你们那儿报课程学习，对你们赞不绝口，你们的财务报表我也看了，这样的企业没有理由不成功。对赌协议可以延迟，如果有资金需要，我们也可以继续投资。本条微信是我们宁新创投一致通过的，可以作为凭证展开我们的后续对接工作。

众人都长出了一口气。

罗江说：接下来的工作就是要找出我们这次的责任人，拿出我们的报告和处理方案，提交给证监会申诉。书面通知收到了吗？于洋洋说：会议之前刚刚收到。

田蜜问：具体是什么原因？于洋洋说：说有证据表明，我们跟甜蜜的生活和常胜赢家这两个公众号存在利益输送。

众人又是一愣。

常胜说：这怎么可能？于洋洋说：实名举报者提供的证据是，我们一共选择了一百多家各类媒体做了广告投放，但只有两家是期期不落，这两家都是自媒体，一家是甜蜜的生活，是儿子常胜输送给母亲蔡冬梅；一家是常胜赢家，通过自己的大学同学葛子健输送给自己。

常胜猛地站起身来：诬蔑！田蜜说：常胜，你坐下。

常胜又坐下，依旧愤懑不平：绝对是诬蔑！要说利益输送，是我妈他们那公众号输送利益给我们，每期都给我们打广告，收费很少。常胜赢家是葛子提议给咱们打两折，扶持我们。这怎么能叫利益输送？你们认为这是利益输送吗？

罗江说：我认为不是，我想我们都理解你！常胜说：荒谬！

田蜜说：常胜，你不存在利益输送，在甜蜜的生活公众号做广告是我提议的。常胜赢家也给了我们很大帮助。但是，我们被对手抓住把柄了。我们忘了我们跟这两家媒体有千丝万缕的关系。

常胜愣住，想了想，又站起身来：各位，对不起，是我的责任！作为首席财务官，作为董事会秘书，我考虑不周。我连累大家了！我不称职，我请求免除我的这两个职务！

田蜜说：你不需要辞职，我们向社会和证监会把情况说明就可以。罗江说：田蜜，常胜做的是对的。他必须辞去这两个职务。田蜜坚持：他没有错！

罗江说：我们认为他没有错，外界不一定这么认为。一家想上市的公司，必须学会接受社会监督。这次问题出在财务，那么财务负责人必须担负这个责任。常胜引咎辞职，这个事情才算有个交代。我们才有可能重新赢得社会和证监会的信任，才有可能再做一次上市的努力。

田蜜说：我不同意。常胜的工作一直非常出色。没有错就是没有错，这是个误会。罗江说：这不是个行政问题，这是个决策问题。我同意常胜辞职。

罗江说着举起了手。

于洋洋也举起了手：我同意常胜辞职。

田蜜求助地看向老戴。老戴低下头，也举起了手：我同意常胜辞职。

常胜自己也举起了手：田蜜，就这样吧。但我不同意叫常胜辞职，应该是甜蜜科技免除我的职务。只有这样，才算是向公众、向各位员工和股东交代。请董事会批准。

罗江说：田蜜，你要对得起董事会和各位大小股东。

田蜜沉默了一会儿，缓缓地举起了手：我同意。

常胜被免职的消息很快在公司传开了。不少人心情复杂地过来向常胜道别。常胜则反过来安慰鼓励大家，说我走了没关系，甜蜜科技不会倒的，请大家继续支持田蜜的工作，继续努力！

常胜收拾着自己的私人物品，田蜜进来了。

田蜜心情复杂地看着常胜，问：你什么打算？常胜故作轻松地说：我不是答应陪你去飞一次滑翔伞嘛。我去学学。等甜蜜科技上市了，我就陪你去。

田蜜说：我希望你留下来。常胜一愣：留下来？田蜜，刚才那是董事会决议。田蜜说：职务不留，但你人留下来。常胜说：田蜜，我不能留下来。

田蜜说：你欠我一个愿望，我现在放弃那个滑翔伞的愿望，我换一个愿望，就是让你留下来。常胜说：我留下来能干什么？田蜜说：去帮我干最艰苦也是我最想做的事情，执行星光屏的落地计划。

常胜想了想：我好像没有拒绝的可能。田蜜笑了笑：你没有。常胜说：我可以答应你。但我想知道，你为什么不接受我的求婚？田蜜说：这个答案你比我更清楚。——谢谢你留下来！

田蜜知道爸妈担心，抽空去了趟便利店，把情况跟爸妈原原本本说了。

肖华松了一口气，还有些不放心：你真没背上那对赌协议的债？田蜜说：没有。他们很看好我们，又给了机会。

田加安感慨地说：蜜蜜，风雨来了有伞，危难来了有家。如果真有什么事儿，你别瞒着我们。咱们一家人也算经历了些风浪了。田蜜说：爸，真没事儿了。接下来就是我们继续努力奋斗，不辜负大家的信任。田加安点头：太好了！

肖华又问：你跟常胜呢？

田蜜低下了头：他向我求婚了。但我不能答应。毕竟我还背着这么大的一个债务。爸，妈，你们能理解吗？肖华点头：理解。蜜蜜，我理解。田加安说：蜜蜜，你做得对。我想常胜也会理解的。

常胜也去了趟棋牌室，跟爸妈和康哥等人说了自己被免职的缘由。

蔡冬梅捶胸顿足：啊？你给我输送利益？你给我输送什么了？冤枉哪！我要去喊冤。常子龙，咱们新一期的号头条留给我喊冤！

常胜安慰母亲：妈，事情已经解决了。您就甭再添乱了！蔡冬梅说：你都被辞退了还叫解决？妈给你帮了倒忙啊！常胜说：我被解除了职务，但工作还在甜蜜科技。蔡冬梅将信将疑：还有工作？

常胜说：有。我现在负责去教育落后和偏僻地区落实星光屏计划。蔡冬梅说：你这哪叫工作，你这是被发配了啊！常胜说：分配。工作总是有分工的。我就当欣赏祖国大好河山的风景了。

张秋菊开了口：常胜，你跟田蜜的个人大事我们也很关心啊，什么时候能吃上喜糖啊？常胜说：秋菊阿姨，这不是我一个人能定的事儿。张秋菊笑道：看来以后，你们家也是田蜜做主。冬梅，你可有对手了。

蔡冬梅说：是常胜有对手了。我现在精力主要扑在咱们的公众号上。儿子，你以后可要拿住自己的媳妇，别像你爸这样没出息，一辈子拿不住我！常子龙悻悻然：嘿！得了便宜卖乖，明天我就开始拿你！

众人都笑了。

新一轮的征程开始了。于洋洋接替常胜担任了董事会秘书，和田蜜罗江一道，开始了艰难的二次上市历程。所有的程序都要重走一遍，每一个细节都要推敲推敲再推敲，不容许再有任何哪怕一丁点的疏漏。这个过程对所有人来说都是一种煎熬，但幸好田蜜和于洋洋都挺过来了。

常胜则和万百千一道，踏遍了千山万水，不厌其烦地一家一家地跟那些偏远地区的学校沟通，将星光屏以及星光计划所代表的优质教育资源送到一个个陌生而遥远的地方。

很快半年过去了，甜蜜科技终于迎来了第二次过会。再次站到那七位证监会发审委委员面前，田蜜百感交集。这次的过会较之上次更加严格耗时也更长，但最终还是顺利通过了。

走出证监会大门，田蜜迫不及待地拨通了常胜的电话。

常胜正开着车行驶在崎岖的山路上，接到田蜜的电话，连忙把车停到一边。

田蜜说：常胜，我们成功了！常胜说：祝贺你田蜜！田蜜说：不，是祝贺我们！祝贺甜蜜科技！到时候，你要来敲钟。常胜说：田蜜，你知道，我不能去，我没有参与上市工作。我还在路上，先挂了。再见。

常胜挂了电话，发动了车子，继续沿着崎岖的山路前行。

田蜜怔在那里。

有了上次的底子，第二次的路演就简单多了。一个月后，田蜜罗江等人再次奔赴深圳，准备参加次日的敲钟仪式。

等待的时候田蜜很紧张。这次没有意外发生。在震耳的欢呼声和掌声中，田蜜和罗江共同敲响了开市的钟声。众人激动地相拥，田蜜热泪盈眶。

甜蜜科技成功上市的消息令蔡冬梅等人很振奋。这天开会，蔡冬梅说：今天开这个会呢，是想跟大家说说我的一个愿景。张秋菊问：什么景？蔡冬梅说：愿景。愿望的愿，景色的景。常子龙，你给秋菊介绍介绍。

常子龙说：就是这辈子特别想干但又不是特别有把握能干成的愿望，就叫愿景。张秋菊说：那我的愿景太多了。李明白说：我的也不少。

康哥笑嘻嘻地说：我只有一个，已经达成了。我的杜鹃我的花，已经进了我的家。众人都很惊讶：你和杜鹃成了？康哥点头说：昨天我们刚去领了证！

众人纷纷恭喜康哥，吵着让康哥请客。康哥说：你们放心，办喜酒的时候少不了你们。

蔡冬梅打断众人：行了，都别吵，我还没说我的愿景呢！常子龙有些警惕：蔡冬梅，你可别作啊，你又想干什么？

蔡冬梅说：我的愿景就是，咱们甜蜜的生活该考虑启动上市计划了！

常子龙一口正喝着的水差点吐出来：蔡冬梅，你可真敢想啊！

蔡冬梅说：连愿景都不敢想你能见着风景吗？怎么样，干不干？李明白说：我听董事长的。张秋菊说：都这岁数了，能折腾就折腾吧。康哥说：闲着也是闲着，干！蔡冬梅说：常子龙，你不用表态了，少数服从多数！

众人放声欢笑。

又一个月过去了。常胜还没有回来，只是打来电话说，他正在贵州的大山里逐个地回访那些安装了星光屏的学校，实在抽不出空来回宁城。

田蜜有些怅惘，但她也终于下定了决心。

几日后，罗江从上海回来了，他是应田蜜的要求回来参加甜蜜科技董事会会议。

罗江说：田蜜，什么重大的事儿啊，非得把我从上海弄来开这个会。

田蜜说：非常重大。我要辞职。

于洋洋老戴等人都很震惊。罗江问：辞职？为什么啊？有什么问题吗？

田蜜说：没什么问题。我觉得，甜蜜科技上路了，它不是我一个人的公司，它是一家上市公司，做董事长不是我的理想，我有更有兴趣的事情想做，而董事长这个位置，也有更合适的人选。

罗江问：谁啊？田蜜说：于洋洋。我觉得洋洋更适合这个位置。我推荐洋洋来担任甜蜜科技的董事长。洋洋，我希望你能肩负起这个重任。

于洋洋说：田蜜，我希望你慎重决定。

田蜜说：我已经决定了。希望董事会批准。

罗江问：你想干什么呢？

田蜜说：星光基金已经成立了。它可以用一块发光的屏，让知识穿越时空去发光。我要去做这件事情。这也是我一直想做的事情。请大家满足我的心愿吧。

田蜜站起身，向众人深深鞠了一躬。

田蜜的辞职申请获批了。常胜从网上看到了甜蜜科技关于更换董事长的公告，很是吃惊，想打电话问田蜜，田蜜却不接电话。

常胜有些担忧，又打电话问于洋洋，于洋洋说了田蜜辞职的经过，常胜得知田蜜没事放了心，但联系不上田蜜心里难免有些牵挂。常胜决定，等这一轮的回访工作结束后马上返回宁城，一定要找田蜜问个清楚。

这天下午，常胜正在一家学校做回访，询问校长对星光屏和星光计划的意见。

校长说：常先生，谢谢你！这块屏进来的这两年来，我们的升学率和教学质量都提高了，还有两名学生分别考进了清华和北大。这在以前是我们连想都不敢想的事情啊。先进学校的教学质量，我们比不了啊！师资跟不上。

常胜问：同学们有什么要反映的问题没有？

校长说：就有一个小问题，就是跟我们对口的是福建的一个学校，他们有位老师的口音，我们学生听起来比较费劲。

常胜点点头：这个问题很普遍，我考虑加一个技术环节，即时音译为字幕。

这时田蜜悄然出现在门口。

校长先发现了：您找谁？

田蜜指了一下常胜：我找他。

常胜闻声一回头，有点不敢相信自己的眼睛：你怎么来了？

田蜜俏皮地笑笑：我来回访啊。

常胜见校长一脸疑惑，连忙介绍：哦，刘校长，我给您介绍一下，这位就是星光屏的发起人，田蜜。

校长激动地站起身来：田老师，不，田总，不，田女士，您怎么来了！谢谢您！我给您拿水果去！

田蜜连忙阻止：不，校长，您别客气了！话没说完校长已经跑出去了。

常胜和田蜜含笑对视着。

常胜说：你懂技术环节吗你就回访？田蜜说：我不用懂技术，我懂你就可以了。

常胜又说：干吗不接我电话？田蜜说：给你个惊喜不好吗？

常胜忍不住笑了，张开双臂将田蜜紧紧拥在了怀里。

和校长又聊了一会儿之后，常胜和田蜜告辞离开。

校长陪着田蜜和常胜往校园外走。田蜜注意到，所有教室的窗玻璃上出现了一张张学生的脸。他们在窗前向田蜜无声地挥手。

校长说：田女士，我告诉学生们，你来了，这两年来，他们一直在用你们的星光屏学习几千里外传来的教学内容。山里的孩子老实，不会表达，他们说就在教室里向您行注目礼吧。

田蜜看着教室玻璃后一张张脸和一双双挥动的手，忍不住眼含热泪，也向他们挥起了手。常胜动情地看着这一幕。

校长和田蜜握手告别：田女士，欢迎你下次再来。田蜜点头：我会的。

常胜悄悄掏出了钻戒盒，叫道：田蜜。

田蜜转头看向常胜。

常胜打开盒子，露出钻戒，单膝下跪。

田蜜吃惊：常胜——

常胜看着田蜜：这枚戒指我一直带在身上，带了很长时间了。本来我想等回到宁城后再拿出来，但我等不及了。——校长，请你帮我们做个见证。

田蜜热泪盈眶地看着常胜。

常胜说：田蜜，人生可能从来就是在波峰与浪谷间颠簸，我们曾经一起度过了一个又一个艰难的时刻，生活没有给我们甜蜜，但我们可以自己去创造。无论下一刻是艰难还是甜蜜，我都会陪你一起走过。田蜜，嫁给我吧。

田蜜流着泪，用力地点头。

常胜起身，从盒子里取出钻戒，戴到了田蜜的手上。两人甜蜜相拥。

校长咧嘴笑着用力地鼓掌。

教室里，孩子们也都鼓着掌，绽放着笑脸。

又一个春天到来了。常胜和田蜜来到了一家滑翔伞俱乐部。

两人穿戴整齐，田蜜在后，常胜在前，站在高高的山坡上。

常胜问：我们在等什么？

田蜜说：等风来。

风来了。田蜜和常胜往前跑去。滑翔伞飞了起来。

常胜开怀笑着，大声问：我好像一点儿也不害怕。你说这是为什么？田蜜说：这个答案，你比我清楚！

两人飞向远方……

图书在版编目（CIP）数据

甜蜜／宋方金，黄健著. —北京：中国工人出版社，2019.11
（影视同期书）
ISBN 978-7-5008-7303-7

Ⅰ.①甜… Ⅱ.①宋… ②黄… Ⅲ.①长篇小说—中国—当代 Ⅳ.①I247.5

中国版本图书馆CIP数据核字（2019）第260984号

影视同期书：甜蜜

出 版 人	王娇萍
责任编辑	葛忠雨　周小彦
责任印制	黄　丽
出版发行	中国工人出版社
地　　址	北京市东城区鼓楼外大街45号　邮编：100120
网　　址	http://www.wp-china.com
电　　话	（010）62005043（总编室） （010）62005039（印制管理中心） （010）62379038（社科文艺分社）
发行热线	（010）62005049　（010）62005042（传真）
经　　销	各地书店
印　　刷	天津中印联印务有限公司
开　　本	710毫米×1000毫米　1/16
印　　张	29.75
字　　数	500千字
版　　次	2020年2月第1版　2020年2月第1次印刷
定　　价	58.00元

本书如有破损、缺页、装订错误，请与本社印制管理中心联系更换